Jeffery Deaver

DIE ANGEBETETE

Buch

Kayleigh Towne ist eine gefeierte Sängerin, ihre neuste Single ein riesiger Hit. Die Polizistin Kathryn Dance hat sie einmal persönlich kennengelernt und sich mit ihr angefreundet. Für ein großes Konzert in Fresno hat Dance sich ein paar Tage freigenommen, um ihre Freundin wiederzutreffen. Der Kurzurlaub entwickelt sich allerdings zu einer Dienstreise in einen Albtraum. Edwin Sharp ist ein glühender Fan, der sich unsterblich in sein Idol verliebt hat und fest daran glaubt, dass Kayleigh Towne seine Gefühle erwidert. Obwohl die Anwälte der Sängerin ihm bereits eine Klage angedroht haben, gelingt es ihm immer wieder, sich ihr zu nähern. Als auf den Tourmanager Bobby Prescott ein tödlicher Anschlag verübt wird, gerät Edwin Sharp in den Verdacht, der Mörder zu sein. Fortan wird er überwacht, und das Konzert, zu dem auch Berühmtheiten wie der demokratische Kongressabgeordnete William Davis erwartet werden, steht auf der Kippe. Während Edwin Sharp schwört, Kayleigh Towne vor denen, die sie ausnutzen, beschützen zu wollen, wird ein weiteres Attentat verübt – und Sharp hat ein Alibi. Kathryn Dance ist ratlos: Wer steckt hinter den Mordanschlägen, und wie kann sie den Täter, der seine Spuren meisterhaft verwischt, aufhalten?

Autor

Jeffery Deaver, Jahrgang 1950, hat sich seit seinem großen Erfolg als Schriftsteller aus seinem Beruf als Rechtsanwalt zurückgezogen und lebt nun abwechselnd in North Carolina und Kalifornien. Für seine Romane – die in 150 Ländern erscheinen und bislang in 25 Sprachen übersetzt wurden – wurde Deaver mehrfach ausgezeichnet, u.a. mit dem Ian Fleming Steel Dagger der »Crime Writers Association of Great Britain«. Die Verfilmung seines Romans *Die Assistentin* unter dem Titel *Der Knochenjäger* mit Denzel Washington und Angelina Jolie war ein weltweiter Kinoerfolg. Sowohl Jeffery Deavers Thriller um das Ermittlerpaar Lincoln Rhyme und Amelia Sachs als auch die Reihe um die Kinesikspezialistin Kathryn Dance erfreuen sich einer riesigen Fangemeinde.

Kathryn Dances bisherige Fälle:

Die Menschenleserin (TB 37212)
Allwissend (TB 37470)

Jeffery Deaver

Die Angebetete

Thriller

Ins Deutsche übertragen
von Thomas Haufschild

blanvalet

Die Originalausgabe erschien 2012 unter dem Titel *XO*
bei Simon & Schuster, New York.

MIX
Papier aus verantwortungsvollen Quellen
FSC® C014496

Verlagsgruppe Random House FSC® N001967
Das FSC®-zertifizierte Papier *Holmen Book Cream* für dieses Buch
liefert Holmen Paper, Hallstavik, Schweden.

1. Auflage
Taschenbucherstausgabe Juli 2014
bei Blanvalet, einem Unternehmen der
Verlagsgruppe Random House GmbH, München

Umschlaggestaltung: www.buerosued.de
Umschlagmotiv: plainpicture / Mira
Redaktion: Dr. Rainer Schöttle
AF · Herstellung: sam
Satz: Uhl + Massopust, Aalen
Druck und Bindung: GGP Media GmbH, Pößneck
Printed in Germany
ISBN: 978-3-442-38203-3

www.blanvalet.de

XO

Anmerkung des Verfassers

Die Texte aller Songs von *Your Shadow*, dem Countrymusic-Album im Zentrum dieses Romans, finden sich am Ende des Buches. Auf diese Lieder wird im Verlauf der Handlung immer wieder Bezug genommen, und sie können den einen oder anderen Hinweis auf den Gang der Ereignisse enthalten. Falls Sie sich den Titelsong oder die anderen Lieder des Albums gern mal anhören würden: Sie wurden vor Kurzem in Nashville aufgenommen. Auf www.jefferydeaver.com erfahren Sie Näheres über die Möglichkeit zum Download.

Für die meisten Hörer ist der Titelsong »Your Shadow – Dein Schatten« einfach ein Liebeslied.

Manch einer sieht das etwas anders.

>>>

Von: noreply@kayleightownemusic.com
An: EdwinSharp18474@anon.com
Betreff: AW: Du bist die Beste!!!
2. Januar, 10.32 Uhr

Hallo, Edwin!
Danke für Deine E-Mail! Ich freue mich sehr, dass Dir mein neues Album gefällt! Deine Unterstützung bedeutet mir alles. Besuche auf jeden Fall mal meine Website und trage Dich für meinen Newsletter ein, dann bleibst Du über alle neuen Veröffentlichungen und Konzerttermine auf dem Laufenden. Vergiss auch nicht, mir bei Facebook und Twitter zu folgen.
Und schau regelmäßig in Deinen Briefkasten. Ich habe Dir das Autogrammfoto geschickt, um das Du gebeten hast.
XO, Kayleigh

>>

Von EdwinSharp26535@anon.com
An: ktowne7788@compserve.com
Betreff: Unglaublich!!!!!
3. September, 05.10 Uhr

Hallo, Kayleigh!
Ich bin total hin und weg. Mir fehlen die Worte. Und Du kennst mich ja inzwischen ziemlich gut – es verschlägt mir nicht oft die Sprache!! Wie dem auch sei, es geht um Folgendes: Ich habe gestern Abend Dein neues Album heruntergeladen und mir »Your Shadow« reingezogen. Whoahhh! Das ist zweifellos der beste Song, den ich je gehört habe; der beste, der je geschrieben wurde. Er gefällt mir sogar noch besser als »It's Going to Be Different This Time«. Ich habe Dir ja schon erzählt, dass niemand außer Dir so gut zum Ausdruck bringt, was ich über Einsamkeit, das Leben und einfach alles empfinde. Und dieser Song macht das total. Und was noch wichtiger ist, ich verstehe, was Du sagst, wie Du um Hilfe bittest. Es ist nun alles klar. Keine Sorge. Du bist nicht allein, Kayleigh!!
Ich werde *Dein* Schatten sein. Für immer.
XO, Edwin

>>>

Von: Samuel.King@CrowellSmithWendall.com

An: EdwinSharp26535@anon.com

Betreff: WG: Unglaublich!!!!!

3. September, 10.34 Uhr

Sehr geehrter Mr. Sharp,

Miss Alicia Sessions, die persönliche Assistentin unserer Mandantin Kayleigh Towne und ihres Vaters, Bishop Towne, hat Ihre E-Mail vom heutigen Morgen an uns weitergeleitet. Sie haben mehr als 50 E-Mails und Briefe geschickt, seit wir uns vor zwei Monaten mit Ihnen in Verbindung gesetzt und Sie dringend gebeten haben, jegliche Kontaktaufnahme mit Miss Towne sowie ihren Freunden und Angehörigen zu unterlassen. Es erfüllt uns mit großer Sorge, dass Sie Miss Townes private E-Mail-Adresse in Erfahrung gebracht haben (wenngleich diese unterdessen geändert wurde), und wir prüfen derzeit, gegen welche Staats- und Bundesgesetze Sie dadurch verstoßen haben könnten.

Wir müssen Sie leider erneut darauf hinweisen, dass Ihr Verhalten unseres Erachtens vollkommen unangemessen ist und möglicherweise Anlass zu weiteren rechtlichen Schritten gibt. Wir legen Ihnen mit äußerstem Nachdruck nahe, diese Warnung ernst zu nehmen. Wie wir bereits mehrmals betont haben, wurden sowohl Miss Townes Sicherheitspersonal als auch die örtlichen Strafverfolgungsbehörden über Ihre wiederholten zudringlichen Kontaktversuche unterrichtet. Wir sind vollauf bereit, alle notwendigen Maßnahmen zu ergreifen, um diesem beunruhigenden Verhalten ein Ende zu setzen.

Samuel King, Esq.

Crowell, Smith & Wendall, Rechtsanwälte

>>

Von: EdwinSharp26535@anon.com
An: KST33486@westerninternet.com
Betreff: Bis bald!!!
5. September, 23.43 Uhr

Hallo, Kayleigh!
Ich habe Deine neue E-Mail-Adresse. Ich weiß, was die vorhaben, aber keine Sorge, es wird alles gut.
Im Moment liege ich im Bett und höre Dir zu. Ich fühle mich im wahrsten Sinne des Wortes wie *Dein Schatten*… Und Du bist meiner. Du bist so wunderbar!
Ich weiß nicht, ob Du schon Gelegenheit hattest, darüber nachzudenken – du bist sooooo beschäftigt, ich weiß! –, aber ich frage einfach noch mal: Es wäre echt cool, wenn Du mir eine Strähne von Deinem Haar schicken könntest. Ich weiß, dass Du es seit zehn Jahren und vier Monaten nicht mehr abgeschnitten hast (das ist eines der Dinge, die Dich so wunderschön machen!!!), aber vielleicht finden sich ja ein paar Haare in Deiner Bürste. Oder noch besser, auf Deinem Kissen. Ich werde sie für alle Zeit in Ehren halten.
Das Konzert nächsten Freitag kann ich kaum noch erwarten.
Bis bald.
Auf ewig Dein,
XO, Edwin

SONNTAG

1

Das Herz eines Konzertsaals sind die Menschen.

Und wenn die riesige Halle – so wie hier gerade – dunkel und leer ist, verströmt sie eine fast greifbare Abneigung, eine Art Gleichgültigkeit.

Sogar Feindseligkeit.

Okay, reiß dich am Riemen, ermahnte Kayleigh Towne sich. Hör auf, dich wie ein Kind zu benehmen.

Sie stand auf der breiten verschrammten Bühne der Haupthalle des Fresno Conference Center, ließ den Blick ein weiteres Mal in die Runde schweifen und machte sich mit dem für sie typischen Perfektionismus an die Vorbereitung des für Freitag angesetzten Konzerts. Sie überdachte in immer neuen Variationen die Beleuchtung, die Bühnenshow und die Stellen, an denen die Bandmitglieder stehen und sitzen sollten. Wo sie sich am besten vorwagen, Fingerspitzen berühren und Kusshände verteilen konnte, ohne der Menge zu nahe zu kommen. Wo die beste Akustik für die Monitorboxen herrschen würde, damit die Band sich ohne Halleffekte und Rückkopplungen selbst hören konnte. Viele Künstler benutzten zu diesem Zweck mittlerweile In-Ear-Kopfhörer; Kayleigh mochte die Direktheit der traditionellen Bodenlautsprecher.

Es gab noch hundert andere Einzelheiten zu berücksichtigen. Sie war der Ansicht, dass jeder Auftritt perfekt sein sollte und dass jedes Publikum das Beste verdiente. *Mehr* als perfekt. Hundertzehnprozentig.

Immerhin war sie in Bishop Townes Schatten aufgewachsen.

Eine unpassende Wortwahl, merkte Kayleigh.

Ich werde Dein *Schatten sein. Für immer …*

Zurück zu der Planung. Diese Show musste sich von der letzten hier – vor etwa acht Monaten – unterscheiden. Ein neu gestaltetes Programm war deshalb so wichtig, weil viele der Fans die Konzerte in Kayleighs Heimatstadt regelmäßig verfolgt haben würden, und sie wollte die Leute unbedingt überraschen. Es zählte zu den Besonderheiten von Kayleigh Townes Musik, dass ihr Publikum nicht ganz so groß war wie manch ein anderes, aber dafür treu wie ein Golden Retriever. Die Fans kannten die Liedtexte auswendig, kannten Kayleighs Gitarrenlicks, kannten ihre Bewegungen auf der Bühne und lachten über ihre Scherze, bevor sie die Zeilen beenden konnte. Die Leute lebten und atmeten ihre Auftritte, hingen an ihren Lippen, kannten Kayleighs Lebenslauf, ihre Vorlieben und Abneigungen.

Und einige wollten noch viel mehr wissen …

Bei diesem Gedanken zogen sich ihr Herz und ihr Magen zusammen, als wäre sie mitten im Januar in den Hensley Lake gesprungen.

Bei dem Gedanken an *ihn*, natürlich.

Dann erstarrte sie und keuchte auf. Ja, da stand jemand am anderen Ende der Halle und beobachtete sie! Aus der Crew hatte niemand dort hinten zu tun.

Die Schatten bewegten sich.

Oder bildete sie sich das alles nur ein? Spielten ihre Augen ihr vielleicht einen Streich? Der liebe Gott hatte Kayleigh ein absolutes Gehör und eine engelsgleiche Stimme geschenkt. Dann hatte er beschlossen, dass das ausreichen musste, und mächtig bei ihrem Sehvermögen geknausert. Sie kniff die Augen zusammen und rückte die Brille zurecht. Ja, dahinten versteckte sich jemand. Er stand im Durchgang zum Lagerraum der Snackbar und wiegte sich vor und zurück.

Dann hörte die Bewegung auf.

Kayleigh kam zu dem Schluss, dass es wohl doch nichts gewesen war. Bloß ein Lichtreflex, ein Schattenspiel.

Andererseits hörte sie auch weiterhin ein beunruhigendes Klicken, Knacken und Knarren – von woher auch immer – und erschauderte in einem Anflug von Panik.

Er…

Der Mann, der ihr Hunderte von E-Mails und Briefen geschrieben hatte – in vertrautem Tonfall, völlig verblendet –, über das Leben, das sie gemeinsam führen könnten, und verbunden mit der Bitte, sie möge ihm Haarsträhnen oder abgeschnittene Fingernägel zusenden. Der Mann, dem es bei einem Dutzend Shows irgendwie gelungen war, Nahaufnahmen von Kayleigh zu schießen, ohne dass er dabei jemals jemandem aufgefallen wäre. Der Mann, der sich vermutlich – wenngleich es nie einen konkreten Beweis dafür gegeben hatte – während der Tour in die Bandbusse oder Wohnmobile geschlichen hatte, um einzelne Kleidungsstücke von Kayleigh zu stehlen, darunter auch Unterwäsche.

Der Mann, der ihr Dutzende Fotos von sich selbst geschickt hatte: struppiges Haar, fett, in Kleidung, die ungewaschen aussah. Die Bilder waren seltsamerweise nie obszön, sondern eher familiärer Natur, was sie nur umso verstörender machte. Sie wirkten wie die Schnappschüsse, die ein Junge von unterwegs an seine Freundin schicken würde.

Er…

Ihr Vater hatte vor Kurzem einen Leibwächter für sie engagiert, einen mächtigen Kerl mit rundem Kahlkopf, aus dessen Ohr gelegentlich ein Spiralkabel ragte und erkennen ließ, was seine Aufgabe war. Doch im Augenblick drehte Darthur Morgan draußen seine Runde und überprüfte die geparkten Fahrzeuge. Sein Sicherheitskonzept beinhaltete unter anderem die nette Idee, sich einfach regelmäßig zu zeigen, damit potenzielle Stalker lieber kehrtmachen und abhauen würden, als die Konfrontation mit einem Einhundertfünfzehn-Kilo-Mann zu riskieren, der wie ein mies gelaunter Rapper aussah (was er als Jugendlicher bestimmt auch gewesen war).

Kayleigh spähte abermals in den hinteren Teil der Halle – was die beste Stelle für *ihn* wäre, wenn er sie beobachten wollte. Dann biss sie die Zähne zusammen. Sie ärgerte sich über ihre Angst und noch mehr über ihr Unvermögen, die Beklemmung in den Griff zu bekommen und sich nicht länger ablenken zu lassen. Mach dich gefälligst wieder an die Arbeit, dachte sie.

Und wovor fürchtest du dich überhaupt? Du bist nicht allein. Die Band war zwar noch nicht in der Stadt – sie schloss gerade ein paar Studioaufnahmen in Nashville ab –, aber Bobby stand an dem riesigen Midas-XL8-Mischpult auf der Kontrollplattform im hinteren Teil der Halle, etwa sechzig Meter entfernt. Alicia bereitete die Probenräume vor. Zwei der bulligen Roadies aus Bobbys Truppe luden derweil die unzähligen Kisten aus dem Laster, um all die Werkzeuge und Requisiten und Sperrholzplatten und Ständer und Kabel und Verstärker und Instrumente und Computer und Stimmer zusammenzusetzen und aufzubauen – die paar Tonnen Ausrüstung eben, die auch eine mittelgroße Tourband wie die von Kayleigh benötigte.

Sie nahm an, dass einer der Jungs ihr zu Hilfe eilen würde, falls der Schatten dort tatsächlich *er* wäre.

Verdammt, hör endlich auf, mehr aus *ihm* zu machen, als *er* ist! *Er, er, er* – als hättest du Angst, auch nur seinen Namen auszusprechen. Als würdest du ihn dadurch heraufbeschwören.

Sie hatte schon andere besessene Fans gehabt, jede Menge sogar – welche großartige Singer-Songwriterin mit himmlischer Stimme würde nicht auch ein paar aufdringliche Bewunderer anziehen? Sie hatte zwölf Heiratsanträge von Männern erhalten, die ihr noch nie begegnet waren, und drei von Frauen. Ein Dutzend Paare wollten sie adoptieren, ungefähr dreißig halbwüchsige Mädchen wollten ihre beste Freundin sein, tausend Männer wollten sie zu einem Drink oder Abendessen einladen, manche in Ökorestaurants, andere in Luxushotels … und zahllose Offerten boten ihr die Freuden einer Hochzeitsnacht, ohne sich vorher der Mühe einer Eheschließung zu unterziehen. *He Kayleigh denk drüber nach denn ich besorgs dir besser als dus je gekriegt hast und übrigens hier is ein Bild von dem was dich erwartet ja das bin wirklich ich nicht schlecht oder???*

(Es war eine ziemlich blöde Idee, ein solches Foto an eine damals siebzehnjährige Kayleigh zu schicken.)

Für gewöhnlich fand sie es amüsant, so viel Aufmerksamkeit zu erregen. Aber nicht immer und definitiv nicht in diesem Moment. Kayleigh schnappte sich unwillkürlich ihre Jeansjacke von einem nahen Stuhl und zog sie über ihrem T-Shirt an, um allen neugierigen Blicken noch weniger Angriffsfläche zu bieten. Und das, obwohl Fresnos charakteristische Septemberhitze die dunkle Halle in einen großen Schmortopf verwandelt hatte.

Wieder dieses Klicken und Klopfen aus dem Nichts.

»Kayleigh?«

Sie fuhr herum und versuchte sich den Schreck nicht anmerken zu lassen, obwohl sie im selben Moment die Stimme erkannte.

Eine kräftige Frau von etwa dreißig Jahren blieb mitten auf der Bühne stehen. Sie hatte kurzes rotes Haar und diverse Tätowierungen auf Armen, Schultern und Rücken, die durch das enge Tanktop nur teilweise verdeckt wurden. Die ebenfalls enge und hüftbetonte Jeans steckte in modischen Cowboystiefeln. »Ich wollte dich nicht erschrecken. Alles okay?«

»Hast du nicht. Was gibt's?«, fragte sie Alicia Sessions.

Ein Nicken in Richtung des iPads in ihrer Hand. »Die sind gerade reingekommen. Probeabzüge der neuen Poster. Wenn wir sie noch heute in die Druckerei geben, sind sie bis zur Show auf jeden Fall fertig. Gefallen sie dir?«

Kayleigh beugte sich über den Bildschirm und nahm die Poster in Augenschein. In der heutigen Musikbranche ging es natürlich nur zum Teil um Musik. Wahrscheinlich war das schon immer so gewesen, vermutete sie, doch es kam ihr so vor, als würde der geschäftliche Teil ihrer Karriere mit wachsender Popularität viel mehr Zeit in Anspruch nehmen als früher. Sie interessierte sich nicht besonders für diese Angelegenheiten und musste sich meistens auch nicht damit auseinandersetzen. Ihr Vater fungierte als ihr Manager, Alicia kümmerte sich um den täglichen Papierkram und die Termine, die Anwälte prüften die Verträge, und die Plattenfirma regelte die Details mit den Tonstudios, den CD-Presswerken, dem Einzelhandel und den Download-Portalen. Kayleighs langjähriger Produzent und Freund bei BHRC Records, Barry Zeigler, überwachte die technische Seite der Arrangements und Produktionen, und Bobby und die Crew übernahmen Aufbau und Durchführung der Shows.

Das alles geschah, damit Kayleigh Towne tun konnte, was sie am besten beherrschte: Lieder schreiben und sie singen.

Einer der wenigen geschäftlichen Aspekte, der ihr trotz allem wichtig war, betraf ihre Fans. Viele von ihnen waren jung oder besaßen nicht viel Geld, und damit sie den Abend des Konzerts in ganz besonderer Erinnerung behalten konnten, sollten sie dort preiswerte Andenken von angemessener Qualität erwerben können. Zum Beispiel Poster, T-Shirts, Schlüsselanhänger, Arm- oder Stirnbänder, Talismane, Songbooks, Rucksäcke … und Kaffeebecher – für all die Mütter und Väter, die ihre Kinder zu den Konzerten und wieder nach Hause fuhren und außerdem die Tickets bezahlten.

Kayleigh musterte die Probeabzüge. Das Motiv war sie selbst mit ihrer liebsten Martin-Gitarre – keine von den großen Dreadnoughts, sondern eine kleinere 000-18, schon alt, mit einer schmucklosen vergilbten Decke aus Fichtenholz und einer eigenen Stimme. Das Foto war zugleich das Innenbild ihres neuesten Albums *Your Shadow*.

Er …

Nein, hör auf.

Ihr Blick schweifte ein weiteres Mal über die Eingänge.

»Bist du sicher, dass alles in Ordnung ist?«, fragte Alicia, in deren Stimme ein schwacher texanischer Akzent mitschwang.

»Ja.« Kayleigh widmete sich wieder den Postern, die alle das gleiche Foto mit unterschiedlicher Beschriftung und verschiedenen Hintergründen zeigten. Es war eine ungeschönte Aufnahme, die weitgehend dem Bild entsprach, das Kayleigh von sich selbst hatte: mit einem Meter achtundfünfzig kleiner, als es ihr lieb war, das Gesicht ein wenig lang, aber mit phänomenalen blauen Augen, vollen Wimpern und Lippen, hinter denen manche Reporter Kollagen vermuteten. Von wegen … Ihr Markenzeichen, das goldblonde, ein Meter zwanzig lange Haar – nein, nicht geschnitten, nur gestutzt, und zwar seit zehn Jahren und vier Monaten – wallte in der künstlichen sanften Brise des großen Ventilators im Fotostudio. Dazu Designerjeans und eine dunkelrote Bluse mit Stehkragen. Ein kleines diamantbesetztes Kruzifix.

»Du musst den Fans das volle Programm liefern«, pflegte Bishop Towne zu sagen. »Und damit meine ich auch die Optik. Für Männer gelten dabei andere Maßstäbe als für Frauen, und es rächt sich, wenn man das ignoriert.« Er wollte sagen, dass ein Mann sich in der Welt der Countrymusic einen Look erlauben konnte, wie er für Bishop selbst kennzeichnend war: dicker Bauch, Zigarette, ein faltiges, knorriges Gesicht mit Bartstoppeln, ein zerknittertes Hemd, verschrammte Stiefel und eine verwaschene Jeans. Eine Frau hingegen, predigte er – obwohl er eigentlich »ein Mädchen« meinte –, müsse sich wie für eine Abendverabredung zurechtmachen. Was in Kayleighs Fall natürlich den Besuch eines kirchlichen Tanztees bedeutet hätte: Sie hatte ihre Karriere auf dem Image des netten Mädchens von nebenan aufgebaut. Sicher, die Jeans durften ein wenig enger sein, und die Blusen und Pullover durften ihre weiblichen Rundungen betonen, aber sie blieben immer hochgeschlossen. Das Make-up war dezent und vorwiegend in Rosatönen gehalten.

»Gib die Poster frei.«

»Mach ich.« Alicia schaltete das iPad aus und hielt kurz inne. »Ich habe aber noch nicht das Einverständnis deines Vaters eingeholt.«

»Die sind prima«, versicherte Kayleigh.

»Ja. Ich lege sie ihm nur schnell vor. Du weißt schon.«

Nun hielt Kayleigh kurz inne. Dann: »Okay.«

»Ist die Akustik hier gut?«, fragte Alicia, die früher selbst als Künstlerin aufgetreten war. Sie hatte eine ziemlich gute Stimme und liebte die Musik, was zweifellos der Grund war, weshalb sie für jemanden wie Kayleigh Towne arbeitete, obwohl die tüchtige, selbstsichere Frau als persönliche Assistentin eines Firmenchefs leicht das Doppelte hätte verdienen können. Sie hatte ihre Stelle im letzten Frühling angetreten und die Band hier noch nie live erlebt.

»Oh, der Sound ist erstklassig«, sagte Kayleigh mit Blick auf die hässlichen Betonwände. »Würde man gar nicht vermuten.« Sie erklärte, die Konstrukteure der Halle hätten damals in den 1960er-Jahren offenbar ganze Arbeit geleistet. Es gab viele Konzertsäle – darunter auch besonders exklusive, die für klassische Musik gedacht waren –, deren Erbauer nicht daran geglaubt hatten, ein Musikinstrument oder eine Stimme könne ohne bauliche Unterstützung von der Bühne aus auch noch den hintersten Sitzplatz erreichen. Also hatten die Architekten winkelförmige Oberflächen und frei stehende Elemente hinzugefügt, um die Lautstärke der Musik zu erhöhen, was zwar gelang, aber die Schallwellen gleichzeitig in alle möglichen Richtungen ablenkte. Das Resultat war der akustische Albtraum eines jeden Künstlers, nämlich ein Widerhall, bei dem Echo auf Echo folgte, was dem Publikum einen breiigen, bisweilen sogar buchstäblich falschen Klang zu Gehör brachte.

Hier, im bescheidenen Fresno, erläuterte Kayleigh nun Alicia, so wie ihr Vater es zuvor schon einmal ihr erläutert hatte, hatten die Konstrukteure hingegen auf die Kraft und Reinheit der Stimme, des Trommelfells, des Resonanzbodens, der Rohrflöte und der Saite vertraut. Sie wollte ihre Assistentin soeben auffordern, den Refrain eines ihrer Songs mit ihr anzustimmen, um einen anschaulichen Beweis der Akustik zu liefern – Alicia sang großartig die zweite Stimme –, als ihr auffiel, dass die Frau zum hinteren Teil der Halle schaute. Vielleicht war sie von dem wissenschaftlichen Vortrag gelangweilt. Doch dann runzelte Alicia die Stirn.

»Was ist denn?«, fragte Kayleigh.

»Sind nicht nur wir beide und Bobby hier?«

»Wie meinst du das?«

»Ich dachte, ich hätte gerade jemanden gesehen.« Sie streckte den Arm aus. Ihre Fingernägel waren schwarz lackiert. »Dahinten, in dem Durchgang.«

Genau an der Stelle, an der auch Kayleigh vor wenigen Minuten einen Schatten entdeckt zu haben glaubte.

Mit feuchter Hand berührte sie geistesabwesend ihr Telefon und starrte auf die sich kontinuierlich verändernden Schemen im hinteren Teil der Halle.

Ja … nein. Sie konnte es einfach nicht sagen.

Dann zuckte Alicia die breiten Schultern, von denen eine von einer rot-grünen Schlangentätowierung geziert wurde. »Hm«, machte sie. »Wohl doch nicht. Was auch immer das war, es ist weg … Okay, dann bis später. Um eins im Restaurant?«

»Ja, da sehen wir uns.«

Kayleigh hörte, wie die Stiefelschritte sich entfernten, wandte den Blick aber nicht von den schwarzen Durchgängen ab.

Dann flüsterte sie plötzlich wütend: »Edwin Sharp.«

Da. Ich habe *seinen* Namen gesagt.

»Edwin, Edwin, Edwin.«

Und jetzt, da ich dich heraufbeschworen habe, hör gut zu: Verschwinde gefälligst aus meinem Konzertsaal. Ich habe zu tun.

Dann wandte sie sich von dem finster gähnenden Durchgang ab, aus dem sie natürlich keine Menschenseele belauerte. Sie ging in die Mitte der Bühne und begutachtete die Klebebandkreuze auf dem verstaubten Holzboden. Damit waren die Stellen markiert, an denen Kayleigh an verschiedenen Punkten des Konzerts stehen würde.

In diesem Moment rief jemand aus der Halle ihren Namen. »Kayleigh!« Es war Bobby, der nun hinter dem Mischpult zum Vorschein kam, dabei seinen Stuhl umwarf und sich gleichzeitig den Kopfhörer herunterriss. Er winkte ihr mit einer Hand zu und deutete mit der anderen auf einen Punkt über ihrem Kopf. »Vorsicht…! Nein, Kayleigh!«

Sie schaute nach oben und sah eine Batterie von Bühnenflutern – eine mehr als zwei Meter lange Colortran-Einheit – aus der Aufhängung fallen und an einem dicken Stromkabel in Richtung der Bühne schwingen.

Kayleigh wich instinktiv zurück und stolperte über einen Gitarrenständer, an den sie nicht gedacht hatte.

Mit rudernden Armen kämpfte sie keuchend um ihr Gleichgewicht…

Doch die junge Frau fiel hin und landete hart auf dem Steißbein. Die schwere Scheinwerferreihe schwang wie ein tödliches Pendel genau auf sie zu und wurde größer und größer. Kayleigh wollte sich panisch aufrappeln, wandte aber gleich wieder das Gesicht ab, weil die gleißenden Strahlen der Tausend-Watt-Birnen sie blendeten.

Dann wurde alles schwarz.

2

Kathryn Dance hatte mehrere Leben.

Verwitwete Mutter zweier Kinder, beide kurz vor dem Teenageralter.

Agentin beim California Bureau of Investigation, spezialisiert auf Verhöre und Kinesik – die Analyse der Körpersprache.

Gehorsame, wenngleich bisweilen respektlose und verärgerte Tochter, deren Eltern ganz in der Nähe wohnten.

In dieser Reihenfolge.

Und dann gab es noch Punkt Nummer vier, der für Kathryns seelisches Wohlbefinden beinahe genauso unentbehrlich war wie die ersten drei: Musik. Dance war eine Folkloristin, eine Liederjägerin, ähnlich wie Alan Lomax in der Mitte des zwanzigsten Jahrhunderts. Hin und wieder nahm sie sich frei, stieg in ihren SUV – manchmal mit Kindern und Hunden, manchmal, wie jetzt, ganz allein – und machte sich auf die Pirsch nach Musik – so wie ein Jäger sich ins Unterholz schlagen würde, um ein Reh oder einen Truthahn zu erlegen.

Im Augenblick steuerte sie ihren Nissan Pathfinder den Highway 152 entlang, der von der Monterey-Halbinsel durch einen weitgehend kargen Landstrich Kaliforniens bis ins drei Stunden entfernte Fresno im San Joaquin Valley führte. Dies war das landwirtschaftliche Herz der Region, und eine endlose Kette von Zugmaschinen mit jeweils zwei offenen Anhängern voller Knoblauch, Tomaten und anderer Obst- und Gemüsesorten rollte auf die gewaltigen Lebensmittelfabriken am diesigen Horizont zu. Die Anbauflächen waren grün oder, sofern bereits abgeerntet, tiefschwarz. Alles andere hingegen war so trocken und braun wie verbrannter Toast.

Der Nissan zog eine Staubfahne hinter sich her, und auf seiner Windschutzscheibe zerplatzten Insekten.

Für die nächsten Tage hatte Dance sich vorgenommen, die hausgemachte Musik einer ortsansässigen Gruppe mexikanischer Künstler aufzuzeichnen, die alle in oder bei Fresno wohnten. Da die meisten von ihnen ihr Geld als Pflücker auf den Feldern verdienten, nannten sie sich *Los Trabajadores*, die Arbeiter. Dance wollte die Lieder mit ihrem Digitalrekorder aufnehmen, einem TASCAM HD-P2, der eigentlich etwas zu teuer für sie war, aber dafür erstklassige Ergebnisse lieferte. Nach entsprechender Bearbeitung würde Dance die Songs dann auf ihrer Internetseite namens *American Tunes* veröffentlichen. Dort konnten die Leute sie gegen eine geringe Gebühr herunterladen. Der größte Teil der so erzielten Einnahmen floss an die Musiker; Dance behielt lediglich genug zurück, um die Betriebskosten der Seite zu decken und mit den Kindern gelegentlich essen zu gehen. Durch diese Downloads wurde niemand reich, aber manche der Gruppen, die Kathryn und ihre Geschäftspartnerin Martine Christensen entdeckt hatten, waren zu regionaler oder gar landesweiter Bekanntheit gelangt.

Dance hatte bei der CBI-Dienststelle in Monterey, für die sie tätig war, gerade einen schwierigen Fall abgeschlossen und sich danach zu einer kurzen Auszeit entschieden. Die Kinder waren tagsüber in ihren Sommerlagern für Musik beziehungsweise Sport und übernachteten, ebenso wie ihre Hunde, bei den Großeltern. Kathryn hatte daher Gelegenheit, *Los Trabajadores* aufzunehmen und sich in Fresno, Yosemite und der Umgebung nach weiteren Talenten dieser musikalisch reichhaltigen Region umzusehen. Es gab hier nicht nur Latinomusik, sondern auch eine einzigartige Country-Spielart zu entdecken (nicht umsonst wird das Genre oft als Country-*Western* bezeichnet). Der Bakersfield-Sound, benannt nach der gleichnamigen

Stadt einige Stunden südlich von Fresno, war sogar eine der bedeutendsten Country-Stilrichtungen gewesen und als Reaktion auf die – wie manche es empfanden – übermäßig glatten Nashville-Produktionen der Fünfzigerjahre entstanden. Künstler wie Buck Owens und Merle Haggard hatten damals die Bewegung in Gang gesetzt, und in letzter Zeit war sie durch Musiker wie Dwight Yoakam und Gary Allan wiederaufgelebt.

Dance nippte an ihrer Sprite und schaltete von einem Radiosender zum nächsten. Sie hatte in Erwägung gezogen, aus dieser Reise einen romantischen Kurzurlaub mit Jon Boling zu machen. Doch er hatte zugesagt, ein Start-up-Unternehmen der Computerbranche zu beraten, und würde für einige Tage unabkömmlich sein. Außerdem war es Dance aus irgendeinem Grund ganz recht, allein unterwegs zu sein. Der kürzlich abgeschlossene Entführungsfall hatte ihr zugesetzt; nur zwei Tage zuvor hatte sie an der Beisetzung des einen Opfers teilgenommen, das sie nicht hatten retten können. Die beiden anderen, die mehr Glück gehabt hatten, waren ebenfalls dabei gewesen.

Sie drehte die Klimaanlage höher. Auf der Monterey-Halbinsel war es zu dieser Jahreszeit angenehm, sogar bisweilen kühl, und Kathryn war entsprechend gekleidet. Nun war es ihr in ihrer langärmeligen grauen Baumwollbluse und der Bluejeans viel zu warm. Sie nahm die rosa geränderte Brille ab und putzte sie mit einer Serviette, während sie das Lenkrad zwischen den Knien hielt. Ein Schweißtropfen war ihr mitten über eines der Gläser gelaufen. Der Bordcomputer des Pathfinder meldete Sechsunddreißig Grad Außentemperatur.

September. Von wegen.

Dance freute sich noch aus einem anderen Grund auf die Reise – sie würde die einzige Berühmtheit unter ihren Freunden treffen, Kayleigh Towne, die inzwischen allseits bekannte Singer-Songwriterin. Kayleigh unterstützte schon seit Jahren Dance' und Martines Internetseite und damit auch die dort präsentierten einheimischen Musiker. Sie hatte Dance zu ihrem großen

Konzert am Freitagabend in Fresno eingeladen. Kayleigh war zwar ein Dutzend Jahre jünger als Kathryn, stand aber schon auf der Bühne, seit sie neun oder zehn war, und war bereits als Teenager ins Profilager gewechselt. Sie war witzig, klug und eine hervorragende Texterin und Unterhaltungskünstlerin, dabei aber völlig uneitel und deutlich reifer, als ihr Alter vermuten ließ. Dance war sehr gern mit ihr zusammen.

Außerdem war sie die Tochter der Countrymusic-Legende Bishop Towne.

Dance hatte bisher zwei oder drei von Kayleighs Auftritten verfolgt und sie in Fresno besucht. Dabei hatte sie auch die Bekanntschaft von Bishop gemacht, der mit bärenhafter Statur und gewaltigem Ego ins Zimmer getrampelt war und die Intensität eines Mannes verströmt hatte, der heutzutage ebenso leidenschaftlich abstinent lebte, wie er früher kokain- und alkoholabhängig gewesen war. Er hatte endlos über andere Leute in der Branche schwadroniert: Musiker, die er gut kannte (Hunderte), Musiker, von denen er gelernt hatte (nur die ganz Großen), Musiker, denen er ein Mentor gewesen war (die meisten der heutigen Superstars), und Musiker, mit denen er sich geprügelt hatte (von denen es ebenfalls jede Menge gab).

Er war laut, ungehobelt und unverblümt theatralisch aufgetreten; Dance war fasziniert gewesen.

Sein letztes Album hingegen hatte keinen Erfolg gehabt. Bishops Stimme hatte ihn im Stich gelassen, seine einstige Energie auch, und das waren genau die beiden Aspekte, an denen sogar die ausgefeilteste Digitaltechnik eines Aufnahmestudios kaum etwas ändern kann. Hinzu kamen die abgedroschenen Songs, die nichts mehr mit den brillanten Texten und Melodien zu tun hatten, denen er seinen früheren Erfolg verdankte.

Dessen ungeachtet besaß er eine treue Gefolgschaft und behielt Kayleighs Karriere fest im Griff; wehe jedem Produzenten, Plattenboss oder Veranstalter, der Bishops Tochter nicht anständig behandelte.

Dance erreichte nun die Stadtgrenze von Fresno. Das hundertsechzig Kilometer westlich gelegene Salinas Valley mochte als die Salatschüssel der Nation bekannt sein, doch das San Joaquin Valley war größer und ertragreicher, und Fresno war sein Zentrum. Es handelte sich um eine schmucklose Arbeiterstadt, etwa eine halbe Million Einwohner groß. Es gab ein paar Gangs und die gleiche Mischung von Straftaten wie derzeit in allen mittelgroßen Städten: häusliche Gewalt, Überfälle, Morde und sogar vereinzelte Terrordrohungen. Insgesamt lag die Verbrechensrate leicht über dem landesweiten Durchschnitt. Der Grund dafür, vermutete Dance, war die hohe Arbeitslosenquote von ungefähr achtzehn Prozent. Ihr fielen mehrere junge Männer auf, die wie lebende Beweise dieser Statistik wirkten. Sie lungerten an den Straßenecken herum, trugen ärmellose T-Shirts und ausgebeulte Shorts oder Jeans und schauten den vorbeifahrenden Autos hinterher oder plauderten und lachten und tranken aus Flaschen in braunen Papiertüten.

Von dem glühend heißen Asphalt stieg Staub auf, und die Luft flimmerte. Hunde saßen auf Veranden und starrten ins Leere, und Dance erhaschte kurze Blicke auf Kinder in den Gärten hinter den Häusern, wo sie fröhlich über die laufenden Rasensprenger hüpften, was im fortwährend von Dürre geplagten Kalifornien zwar nicht illegal, aber zumindest bedenkenswert war.

Dank des Navigationsgeräts fand sie mühelos zum Mountain View Motel am Highway 41. Trotz des Namens gab es dort keinen solchen Ausblick, aber das mochte am Dunst liegen. Dance kniff die Augen zusammen und spähte nach Osten und Norden. Es ließen sich allenfalls ein paar bescheidene Gebirgsausläufer erkennen, die sich erst viele Meilen später zum majestätischen Yosemite aufschwingen würden.

Dance stieg aus in die brütende Hitze und fühlte sich tatsächlich benommen. Das Frühstück mit den Kindern und Hunden lag schon lange zurück.

Ihr Zimmer war noch nicht fertig, aber das spielte keine Rolle, denn sie war in einer halben Stunde – um dreizehn Uhr – mit Kayleigh und einigen Freunden verabredet. Sie deponierte ihr Gepäck an der Rezeption und stieg wieder in den Pathfinder, in dem es bereits heiß wie in einem Backofen war.

Dann gab sie eine andere Adresse in das Navi ein, fuhr los und folgte pflichtgetreu den Richtungsanweisungen. Sie fragte sich, wieso die einprogrammierten Stimmen dieser Geräte meistens weiblich waren.

An einer roten Ampel nahm sie ihr Telefon und überprüfte die Liste der eingegangenen Anrufe und Textnachrichten.

Leer.

Gut, dass niemand aus dem Büro oder den Lagern der Kinder sie zu erreichen versucht hatte.

Aber seltsam, dass nichts von Kayleigh dabei war, die eigentlich im Laufe des Vormittags hatte anrufen wollen, um das Treffen zu bestätigen. Das war nämlich einer der Punkte, die Dance an der Künstlerin stets beeindruckt hatten: Ungeachtet ihrer Berühmtheit vernachlässigte sie nie die Kleinigkeiten. Sowohl im »normalen« Leben als auch auf der Bühne wirkte sie vollauf verantwortungsbewusst.

Dance wählte Kayleighs Nummer.

Und landete direkt bei der Mailbox.

Kathryn Dance musste lachen.

Die Eigentümer des Cowboy Saloon besaßen Humor. Der dunkle, in Holz gehaltene und erfreulich gut klimatisierte Laden hatte kein einziges Cowboy-Utensil vorzuweisen. Das Leben im Sattel wurde dennoch ausgiebig repräsentiert – durch die *Frauen*, die in diesem Beruf ritten, mit Lasso und Brandeisen umzugehen wussten und das Vieh trieben … und auch den Revolver schwangen, wenn man dem Poster glauben durfte, auf dem eine Wildwestversion von Rosie der Nieterin Flaschen von der Querlatte eines Zaunes schoss.

Laut der Filmplakate, vergrößerten Buchumschläge, Butterbrotdosen, Spielzeuge, Gemälde und Fotos musste es im Wilden Westen von langhaarigen, vollbusigen Mädchen gewimmelt haben, die Hüte mit breiter Krempe trugen, neckische Halstücher, Wildlederröcke und bestickte Blusen sowie einige der herrlichsten Stiefel, die je angefertigt wurden. Kathryn Dance hatte eine Schwäche für Schuhe und besaß zwei Paar hochwertige Noconas. Doch keines von beiden konnte sich auch nur annähernd mit den Prachtexemplaren messen, die Dale Evans – Roy Rogers' Costar in seiner Fernsehshow der Fünfzigerjahre – hier auf einem verblassten Poster trug.

Kathryn ging zum Tresen, bestellte ein Glas Eistee, leerte es durstig und bestellte ein weiteres. Dann setzte sie sich an einen der runden, vielfach überlackierten und zerkratzten Tische und musterte die Kundschaft. Zwei ältere Paare, drei erschöpfte Arbeiter in Overalls der Stadtwerke, deren Dienst vermutlich schon im Morgengrauen begonnen hatte, ein schlanker junger Mann in Jeans und Karohemd, der die altmodische Jukebox betrachtete, und einige Geschäftsleute mit weißen Hemden und dunklen Krawatten, aber ohne Jacketts.

Kathryn freute sich darauf, Kayleigh zu sehen und die Songs der *Trabajadores* aufzunehmen. Und sie freute sich auf das Mittagessen. Sie hatte einen Mordshunger.

Außerdem machte sie sich Sorgen.

Es war jetzt zwanzig nach eins. Wo blieb ihre Freundin?

Aus der Jukebox ertönte ein Lied. Dance lachte auf. Es war ein Song von Kayleigh Towne – und angesichts dieses Ortes auch noch ein besonders gut gewählter: »Me, I'm Not a Cowgirl.«

In dem Lied ging es um eine gewöhnliche Hausfrau und Mutter, deren Leben nichts mit dem Dasein eines Cowgirls zu tun zu haben scheint, bis ihr am Ende klar wird, dass womöglich doch eine Geistesverwandtschaft besteht. Es war ein typischer Kayleigh-Song, fröhlich und unbeschwert, aber dennoch mit einer Aussage.

In diesem Moment öffnete sich die Vordertür, und ein gleißender Sonnenstrahl fiel auf den verschrammten Linoleumboden, über den geometrische Formen tanzten, die Schatten der Eintretenden.

Dance stand auf. »Kayleigh!«

Umgeben von vier weiteren Leuten betrat die junge Sängerin das Restaurant, zwar lächelnd, aber mit einem schnellen Blick in die Runde. Dance merkte sofort, dass ihr irgendwas zu schaffen machte. Nein, mehr als das. Kayleigh Towne hatte Angst.

Doch was auch immer sie hier vorzufinden befürchtet hatte, war nicht da, und ihre Anspannung ließ nach. Sie trat vor und schloss Dance fest in die Arme. »Kathryn, hallo. Das ist so großartig!«

»Ich konnte es kaum erwarten herzukommen.«

Die Sängerin trug Jeans und seltsamerweise eine dicke Denim-Jacke, trotz der Hitze. Ihr herrliches Haar fiel offen herab; es war fast so lang, wie sie groß war.

»Ich hab zweimal versucht, dich zu erreichen«, fügte Dance hinzu.

»Es gab … äh, ein kleines Problem im Konzertsaal. Nichts Wichtiges. He, Leute, das ist meine Freundin Kathryn Dance.«

Dance begrüßte Bobby Prescott, den sie seit einigen Jahren kannte. Mitte dreißig, gut aussehend wie ein Schauspieler, mit zurückhaltendem Lächeln und braunem Lockenschopf. Ebenfalls dabei war der dickliche und überaus schüchterne Tye Slocum mit seiner langen roten Mähne, die dringend mal gestutzt werden musste. Er war für die Instandhaltung und Reparatur der Gitarren der Band zuständig. Die ernste, muskulöse Alicia Sessions, die für Dance so aussah, als gehöre sie in einen Punkrock-Club in Downtown Manhattan, war Kayleighs persönliche Assistentin.

Und dann war da noch jemand. Ein Afroamerikaner, etwa eins neunzig groß und um die hundertfünfzehn Kilo schwer.

Ein Aufpasser.

Die Tatsache, dass Kayleigh einen Leibwächter hatte, war keine Überraschung, wenngleich Dance besorgt registrierte, dass der Mann auch hier drinnen aufmerksam alles im Blick behielt. Er nahm jeden der Anwesenden genau in Augenschein – den jungen Mann bei der Jukebox, die Arbeiter, die Geschäftsleute und sogar die älteren Paare und den Barkeeper. Er hielt eindeutig Ausschau nach einer potenziellen Gefahr.

Was war der Grund dafür?

Offenbar fand er zunächst keine Anzeichen einer Bedrohung und richtete seine Aufmerksamkeit wieder auf Kayleigh, ohne jedoch in seiner Konzentration nachzulassen. Das war charakteristisch für Leute wie ihn – deshalb waren sie so gut. Er ging in Wartestellung. »Sieht okay für mich aus.«

Sein Name war Darthur Morgan. Als er Dance die Hand gab, sah er sie durchdringend an, und in seinem Blick flackerte Erkennen auf. Als Kinesik-Expertin wusste Dance, dass ihre Körpersprache den Cop in ihr verriet, auch wenn sie das gar nicht beabsichtigte.

»Essen Sie mit uns«, forderte Kayleigh den großen Mann auf.

»Nein, vielen Dank, Ma'am. Ich warte draußen.«

»Nein, es ist zu heiß.«

»Draußen ist es sinnvoller.«

»Nun, dann holen Sie sich wenigstens einen Eistee oder eine Limo. Und kommen Sie herein, falls Ihnen zu warm wird.«

Doch er bestellte kein Getränk, sondern ging nur langsam durch das halbdunkle Restaurant zur Tür und mit einem kurzen Blick auf die Wachsfigur eines lassoschwingenden Cowgirls weiter nach draußen.

Der hagere Barkeeper brachte die Speisekarten und konnte seinen bewundernden Blick kaum von Kayleigh Towne abwenden. Sie lächelte dem jungen Mann mütterlich zu, obwohl sie ungefähr im gleichen Alter war.

Kayleigh schaute zur Jukebox. Es war ihr sichtlich peinlich, dass ihre eigene Stimme ihnen ein Ständchen sang.

»Also, was ist passiert?«, fragte Dance.

»Okay, ich werd's dir verraten.« Sie erklärte, dass sich während der Vorbereitungen für das bevorstehende Konzert eine lange Scheinwerferbatterie über der Bühne gelöst hatte und heruntergefallen war.

»Mein Gott. Geht es dir gut?«

»Ja, sicher. Abgesehen von einem blauen Fleck am Hintern.«

Bobby, der neben Kayleigh saß, legte ihr eine Hand auf den Arm und sah sie besorgt an. »Ich weiß nicht, wie das geschehen konnte«, sagte er leise. »Es war eine fest installierte Batterie Bühnenfluter. Die werden nicht je nach Bedarf an- und abmontiert, sondern hängen immer da.«

»Und außerdem hast du sie doch überprüft, Bobby«, fügte der große Tye Slocum mit scheu gesenktem Blick hinzu. »Ich hab dich gesehen. Zweimal. Sämtliche Scheinwerfer. Bobby ist der beste Roadie, den es gibt. Ein solcher Unfall ist noch nie passiert.«

»Wenn das Ding sie getroffen hätte, wär's das wohl gewesen«, fügte Alicia wütend hinzu. »Sie hätte tot sein können.«

»Die Strahler sind mit Tausend-Watt-Birnen bestückt«, erläuterte Bobby. »Wenn die zerbrochen wären, hätte ein Feuer ausbrechen können. Ich habe vorläufig den Strom abgeschaltet für den Fall, dass es doch eine Beschädigung gegeben hat. Heute Abend, wenn ich zurück bin, sehe ich mir das genauer an. Aber vorher muss ich noch nach Bakersfield, einen neuen Verstärker und Lautsprecherboxen abholen.«

Dabei beließen sie es und widmeten sich den Speisekarten. Dance war nach dem Entführungsfall in Topform – sie hatte vier Kilo abgenommen – und beschloss, sich eine Portion Pommes frites zu ihrem Sandwich mit gegrilltem Hühnchen zu gönnen. Kayleigh und Tye bestellten Salate. Alicia und Bobby wählten Tostadas und dazu Kaffee, trotz der Hitze. Das Gespräch drehte sich nun um Dance' musikalisches Interesse, und sie erzählte ein wenig von ihren eigenen gescheiterten Versuchen, als Sängerin in San Francisco Fuß zu fassen.

»Kathryn hat eine tolle Stimme«, sagte Kayleigh und ließ dabei fünf oder sechs kinesische Reaktionen erkennen, die auf eine Irreführung hindeuteten. Dance lächelte.

»Verzeihung«, ertönte die Stimme eines Mannes. »Hallo, Kayleigh.«

Es war der junge Mann von der Jukebox. Lächelnd nickte er Dance und den anderen zu und sah dann Kayleigh an.

»Hallo.« Der Tonfall der Sängerin hatte sich schlagartig geändert. Sie klang freundlich, aber zurückhaltend.

»Ich wollte nicht lauschen, aber ich habe mitbekommen, dass es irgendein Problem gegeben hat. Bist du in Ordnung?«

»Aber ja, danke.«

Es herrschte kurz Stille, und zwar die Sorte, die zu besagen schien: Danke für dein Interesse, aber du kannst jetzt gehen.

»Bist du ein Fan?«, fragte Kayleigh.

»Na klar.«

»Nun, dann danke für deine Unterstützung. Und deine Sorge. Kommst du am Freitag zum Konzert?«

»Oh, aber sicher. Ich werde da sein. Das würde ich um alles in der Welt nicht verpassen wollen. Geht es dir wirklich gut?«, hakte der Mann nach.

Wieder eine Pause, fast schon peinlich. Vielleicht dachte Kayleigh über die letzte Frage nach.

»Ja, ganz bestimmt.«

»Okay, Kumpel«, sagte Bobby. »Machen Sie's gut. Wir würden jetzt gern zu Mittag essen.«

Der Mann lachte leise auf. »Du erkennst mich nicht, oder?«, fragte er, als wäre der Roadie gar nicht anwesend.

»Tut mir leid«, sagte die Sängerin.

»Gönnen Sie Miss Towne doch bitte etwas Privatsphäre«, stellte Alicia mit entschiedener Stimme fest.

»Hallo, Alicia«, sagte der junge Mann zu ihr.

Die persönliche Assistentin war sichtlich verblüfft. Sie kannte den Mann nicht und fragte sich, woher er ihren Namen wusste.

Der Mann ignorierte sie nun und lachte erneut, diesmal mit hoher, unheimlicher Stimme. »Ich bin's, Kayleigh! Edwin Sharp. Dein Schatten.«

3

Ein lauter Knall hallte durch das Restaurant, als Kayleighs Eistee ihr aus den Fingern glitt und am Boden zerschellte.

Das große Glas traf dabei in einem solchen Winkel auf, dass das Geräusch wie ein Schuss klang. Dance ertappte sich dabei, dass sie unwillkürlich nach der Glock griff – aber die Pistole lag gegenwärtig bei ihr zu Hause, eingeschlossen in der Metallkassette neben dem Bett.

»Du … du bist … Edwin?«, stammelte Kayleigh keuchend und mit großen Augen.

Ihre Reaktion war fast schon panisch, doch er runzelte mitfühlend die Stirn und sagte: »He, Kayleigh, alles in Ordnung. Kein Problem.«

»Aber …« Ihr Blick huschte zur Tür, auf deren anderer Seite sich Darthur Morgan befand – mitsamt seiner Waffe, wie Dance glaubte.

Kathryn versuchte sich einen Reim auf die Situation zu machen. Der Kerl konnte kein Exfreund von Kayleigh sein, sonst hätte sie ihn früher erkannt. Also wohl ein aufdringlicher Fan. Kayleigh war genau die Art von Künstlerin, die Stalker anziehen würde: hübsch, Single, talentiert.

»Ich kann verstehen, dass du mich nicht gleich erkannt hast«, sagte Edwin Sharp, um sie bizarrerweise zu trösten, ohne zu begreifen, dass er es war, der ihr Angst einjagte. »Seit ich dir das letzte Mal ein Foto von mir geschickt habe, bin ich etwas dünner geworden. Ich hab ganze dreiunddreißig Kilo abgenommen.« Er klopfte sich auf den Bauch. »Das habe ich dir absichtlich nicht geschrieben. Es sollte eine Überraschung sein. Ich lese regelmäßig die *Country Week* und *Entertainment Weekly* und habe die Fotos von dir und einigen dieser Jungs gesehen. Ich weiß, dass du schlanke Männer bevorzugst, keine rundlichen Typen. Und ich hab mir einen Fünfundzwanzig-Dollar-Haarschnitt verpassen lassen! Du weißt ja, dass viele Männer ständig davon reden, sie würden sich ändern, ohne dass je etwas daraus wird. Wie in deinem Song. Ich wollte kein Mr. Morgen für dich sein. Ich bin ein Mr. Heute.«

Kayleigh bekam kein Wort heraus. Sie hyperventilierte beinahe.

Aus manchen Winkeln sah Edwin gar nicht so schlecht aus – dichtes Haar, konservativ frisiert wie bei einem Politiker und mit viel Spray fixiert, wache dunkelbraune Augen, glatte Haut, wenngleich etwas blass. Aber sein Gesicht war auch sehr lang und kantig, mit deutlich hervorstehenden Brauenwülsten. Er war in guter Form, ja, aber groß – größer als sie es zunächst wahrgenommen hatte, bestimmt eins fünfundachtzig oder mehr, und trotz des Gewichtsverlustes wog er etwa neunzig Kilo. Seine Arme waren lang, die Hände auffallend groß und von seltsamer und beunruhigender rosa Färbung.

Bobby Prescott sprang auf und stellte sich dem Mann in den Weg. Auch er hatte eine massige Statur, war aber eher breit als hoch, sodass Edwin ihn überragte. »He«, sagte Edwin fröhlich. »Bobby, der Roadie. Verzeihung – Chef der Roadcrew.«

Und dann richtete sein Blick sich wieder schmachtend auf Kayleigh. »Es wäre mir eine Ehre, wenn wir ein Glas Eistee zusammen trinken könnten. Gleich da drüben in der Ecke. Ich hab ein paar Sachen, die ich dir zeigen möchte.«

»Woher hast du …?«

»Gewusst, dass du hier sein würdest? Mensch, jeder weiß doch, dass dies dein Lieblingsladen ist. Steht doch in allen Blogs. Hier hast du ›Me, I'm Not a Cowgirl‹ geschrieben.« Er nickte in Richtung der Jukebox, aus der gerade genau jenes Lied erklang – inzwischen zum zweiten Mal, registrierte Dance.

The suburbs and the cities, that's what I'm about.
Me, I'm not a cowgirl, unless maybe you count:
Looking people in the eye and talking to them straight.
Not putting up with bigots or cheaters or with hate.
Remembering everything my mom and daddy said
about how to treat my family, my country and my friends.
Didn't think I was a cowgirl, but I guess that all depends.

(Die Stadt und die Vororte, das ist meine Welt.
Ich bin kein Cowgirl, es sei denn, du meinst damit,
dass ich den Leuten ins Gesicht sehe
und offen mit ihnen rede,
dass ich Fanatiker, Betrüger und Hass nicht ausstehen kann.
Ich beherzige, was meine Mutter und
mein Vater mich gelehrt haben,
wie ich meine Familie, mein Land und
meine Freunde behandeln soll.
Ich hätte mich nie als Cowgirl bezeichnet, aber womöglich
kommt es nur auf die Betrachtungsweise an.)

»Ich liebe diesen Song«, schwärmte er. »Ich *liebe* ihn einfach. Aber das weißt du ja. Ich hab es dir bestimmt schon hundertmal geschrieben.«

»Ich … ich …« Kayleigh war wie ein Reh im Scheinwerferlicht.

Bobby legte Edwin eine Hand auf die Schulter. Nicht unbedingt feindselig, nicht unbedingt freundlich. Dance fragte sich, ob dies der Anfang einer Prügelei sein würde, und griff nach ihrer einzigen Waffe – ihrem Mobiltelefon –, um gegebenenfalls den Notruf zu wählen. Doch Edwin wich einfach ein Stück zurück und kümmerte sich nicht um Bobby. »Na los, lass uns Eistee bestellen. Ich weiß, dass du den hier für den besten der Stadt hältst. Du bist eingeladen. Mr. Heute, weißt du noch? He, dein Haar ist wirklich wunderschön. Zehn Jahre, vier Monate.«

Dance hatte keine Ahnung, was er meinte, aber er setzte Kayleigh damit eindeutig noch mehr zu. Ihr Unterkiefer bebte.

»Kayleigh möchte ihre Ruhe haben«, sagte Alicia streng. Die Frau schien ebenso kräftig wie Bobby Prescott zu sein, und ihr wütender Blick war sogar noch bohrender.

»Gefällt es Ihnen, für die Band zu arbeiten, Alicia?«, fragte er, als würde er mit ihr auf einer Cocktailparty plaudern. »Sie sind jetzt wie lange dabei? Fünf, sechs Monate, richtig? Sie haben ebenfalls Talent. Ich hab Sie auf YouTube gesehen. Sie können richtig gut singen. Wow.«

Alicia beugte sich bedrohlich vor. »Was, zum Teufel, ist das hier? Woher kennen Sie mich?«

»Hören Sie, Kumpel«, murmelte Bobby. »Sie sollten jetzt gehen.«

Dann schob Tye Slocum langsam seinen Stuhl zurück und ging mit großen Schritten zur Tür. Edwins Blick folgte ihm, und auf seinem Gesicht lag dabei immer noch dasselbe unerschütterliche Lächeln, das er vom ersten Moment an zur Schau gestellt hatte. Aber etwas hatte sich geändert; es war, als hätte er tatsächlich erwartet, dass Kayleigh sich zu ihm gesellen würde, und wäre nun verblüfft, dass sie es nicht tat. Ferner schien es ihn zu ärgern, dass Tye den Leibwächter holte. »Kayleigh, bitte. Ich wollte dich hier nicht stören, aber du hast ja nie auf meine E-Mails geantwortet. Ich möchte nur mit dir plaudern. Es gibt viel zu besprechen.«

»Ich kann wirklich nicht.«

Bobby griff abermals nach Edwins Arm, bevor Dance einschreiten konnte. Doch erneut wich der Mann einfach zurück. Er schien keinerlei Interesse an einer Konfrontation oder gar an einer tätlichen Auseinandersetzung zu haben.

Licht blitzte auf, und der Tisch wurde in Helligkeit getaucht, als die Tür sich öffnete. Dann schob sich ein Schatten dazwischen. Darthur Morgan nahm die Pilotenbrille ab und eilte herbei. Er sah Edwin ins Gesicht, und Dance erkannte, wie die

Muskeln um seinen Mund sich anspannten; er ärgerte sich, weil der neuerdings schlanke Stalker ihm entgangen war.

»Sie sind Edwin Sharp?«

»Ganz recht, Mr. Morgan.«

Es war heutzutage nicht schwierig, Informationen über andere Leute zu sammeln, vor allem, wenn sie zum Umfeld einer sogenannten öffentlichen Person wie Kayleigh Towne gehörten. Aber den Namen ihres Leibwächters in Erfahrung zu bringen?

»Ich muss Sie bitten, Miss Towne in Ruhe zu lassen. Sie möchte, dass Sie gehen. Sie sind ein Sicherheitsrisiko.«

»Nun, gemäß *Giles gegen Lohan* bin ich das keineswegs, Mr. Morgan. Von mir geht nicht mal eine unterschwellige Gefahr aus. Aber wie dem auch sei – ich möchte wirklich niemanden verletzen oder in Bedrängnis bringen. Ich bin nur hier, um einer Freundin von mir mein Mitgefühl zum Ausdruck zu bringen, weil ihr etwas Traumatisches zugestoßen ist. Und um ihr einen Eistee zu spendieren. Ihnen auch, falls Sie möchten.«

»Ich denke, das reicht jetzt«, sagte Morgan unbeeindruckt.

»Sie sind lediglich eine Privatperson«, stellte Edwin ruhig fest. »Sie könnten mich nur festnehmen, falls Sie mich bei der Begehung einer Straftat erwischen würden. Und ich habe nichts Illegales getan. Wären Sie ein Polizeibeamter, sähe das anders aus, aber da Sie …«

Tja, das musste wohl so kommen, dachte Dance, stand auf und zeigte ihren CBI-Dienstausweis vor.

»Ah.« Edwin nahm das Dokument übertrieben lange in Augenschein, als würde er es sich einprägen. »Mir war doch gleich so, als hätten Sie was Offizielles an sich.«

»Können Sie sich irgendwie ausweisen?«

»Natürlich.« Er gab ihr seinen Führerschein, ausgestellt im Staat Washington. Edwin Stanton Sharp. Mit einer Adresse in Seattle. Das Foto zeigte in der Tat einen wesentlich schwereren Mann mit langen strähnigen Haaren.

»Wo wohnen Sie hier in Fresno?«, fragte Dance.

»In einem Haus am Woodward Park. Einer dieser Neubauten. Gar nicht mal so schlecht.« Ein Lächeln. »In Fresno wird es ganz schön heiß.«

»Sie sind hergezogen?«, flüsterte Alicia ungläubig.

Kayleighs Augen wurden noch größer, und ihre Schultern hoben sich.

»Nein, ich wohne bloß zur Miete. Für eine Weile. Ich bin wegen des Konzerts in der Stadt. Das wird das beste des ganzen Jahres. Ich kann es kaum noch erwarten.«

Wieso mietete jemand ein ganzes Haus, um ein einziges Konzert zu besuchen?

»Nein, Sie wollten Kayleigh weiter belästigen«, platzte es aus Bobby heraus. »Die Anwälte haben Sie doch ausdrücklich gewarnt.«

Anwälte?, wunderte Dance sich.

Edwin ließ den Blick über die Anwesenden schweifen. Sein Lächeln verblasste. »Ich würde sagen, so wie Sie alle sich hier aufführen, bringen Sie Kayleigh nur noch mehr aus der Fassung.« Er wandte sich an sie. »Es tut mir leid. Ich weiß, womit du dich herumplagen musst. Aber keine Sorge, es wird alles gut.« Er ging zur Tür, hielt inne und drehte sich noch einmal um. »Auch Ihnen noch einen schönen Tag, Agent Dance. Gott segne Sie für all die Opfer, die Sie den Bürgern dieses Staates bringen.«

4

Als Dance sagte: »Raus damit!«, legten sie los. Alle auf einmal.

Erst nachdem sie den Schwall an Informationen etwas geordnet hatte, gewann sie allmählich den Überblick. Letzten Winter war ein Fan zu der Überzeugung gelangt, Kayleighs automatisch versandte Formbriefe und E-Mails, die stets mit einem »XO, Kayleigh« endeten – also dem Buchstabenpiktogramm für einen Kussmund und eine Umarmung –, seien wörtlich aufzufassen. Da die Songs ihm angeblich so viel bedeuteten und seine Sicht auf das Leben perfekt ausdrückten, war er zu dem Schluss gelangt, er und Kayleigh seien Seelenverwandte. Von da an hatte er sie mit Nachrichten bombardiert – per E-Mail, Facebook und Twitter sowie handschriftlich per Brief – und ihr Geschenke geschickt.

Kayleigh und ihre Mitarbeiter folgten dem Rat, den Mann zu ignorieren, und reagierten nicht mehr auf ihn; nur die Geschenke schickten sie zurück. Edwin Sharp ließ sich davon nicht beirren. Anscheinend glaubte er, Kayleighs Vater und ihre Betreuer fühlten sich durch die Verbindung zwischen ihm und der Sängerin bedroht und wollten sie auseinanderbringen.

Er wurde verwarnt, Dutzende Male. Die Anwälte Kayleighs und ihres Vaters drohten ihm rechtliche Schritte sowie eine Anzeige für den Fall an, dass er sein Verhalten nicht unterließ.

Er unterließ es nicht.

»Das war so gruselig«, sagte Kayleigh nun mit zitternder Stimme und trank einen Schluck Tee. Der Barkeeper hatte ihr ein neues Glas gebracht, als er gekommen war, um die Scherben einzusammeln und die Pfütze aufzuwischen. »Er wollte eine Haarsträhne, einen abgeschnittenen Fingernagel, den Abdruck meiner Lippen auf einem Stück Papier. Er hatte Fotos von mir an Orten, an denen ich niemanden sonst bemerkt hatte. Backstage oder auf Parkplätzen.«

»Das ist ja das wirklich Schlimme bei einer solchen Straftat«, sagte Dance. »Man weiß nie so genau, wo der Stalker sich aufhält. Vielleicht meilenweit weg, vielleicht draußen vor deinem Fenster.«

»Und dann seine Nachrichten!«, fuhr Kayleigh fort. »Hunderte von Briefen und E-Mails. Wenn ich meine E-Mail-Adresse gewechselt habe, dauerte es nur wenige Stunden, und er kannte die neue.«

»Glaubst du, er könnte etwas mit dem Scheinwerfer zu tun gehabt haben, der heute heruntergefallen ist?«, fragte Dance.

Kayleigh sagte, sie habe am Vormittag im Kongresszentrum mehrmals den Eindruck gehabt, irgendwas »Komisches« gesehen zu haben, womöglich nur irgendwelche Schatten, womöglich auch gar nichts. Sie hatte jedenfalls niemanden erkannt.

Alicia Sessions war sich da sicherer. »Ich hab auch was gesehen, hundertprozentig.« Sie zuckte die breiten Schultern, wodurch kurz ihre Tätowierungen aufblitzten, die ansonsten weitgehend durch den Stoff verdeckt wurden. »Leider nichts Konkretes. Kein Gesicht, keine Gestalt.«

Die Band war noch nicht in der Stadt, und der Rest der Crew hatte sich während des Vorfalls außerhalb der Halle aufgehalten. Bobby hatte ebenfalls nichts bemerkt, nur die Bühnenfluter, als diese sich aus der Aufhängung gelöst hatten.

»Wissen die hiesigen Behörden über Sharp Bescheid?«, fragte Dance.

»O ja, allerdings«, antwortete die Sängerin. »Die wussten, dass er vorhatte, das Konzert am Freitag zu besuchen – obwohl die Anwälte ihm eine Unterlassungsverfügung angedroht hatten. Uns gegenüber haben sie aber bezweifelt, dass wir eine würden durchsetzen können; dafür hatte er wohl noch nicht genug angerichtet. Aber der Sheriff wollte ihn im Auge behalten, falls er tatsächlich auftauchen würde. Und dafür sorgen, dass Sharp von der Überwachung wusste.«

»Ich rufe im Sheriff's Office an und teile denen mit, dass er hier ist«, sagte Alicia. »Und wo er wohnt.« Sie lachte überrascht auf. »Er hat ja nun wirklich kein Geheimnis daraus gemacht.«

Kayleigh schaute sich bekümmert um. »Das hier war immer mein Lieblingsrestaurant in Fresno. Nun hat er es mir gründlich verdorben. Ich habe keinen Hunger mehr. Und ich möchte gehen. Tut mir leid.«

Sie winkte nach der Rechnung und zahlte.

»Warte noch kurz.« Bobby ging zur Vordertür, öffnete sie einen Spalt, sprach mit Morgan und kehrte zum Tisch zurück. »Er ist nicht mehr da. Darthur hat gesehen, wie er in sein Auto gestiegen und weggefahren ist.«

»Lasst uns trotzdem den Hinterausgang nehmen«, schlug Alicia vor. Tye bat Morgan, mit dem Wagen nach hinten auf den Parkplatz zu kommen. Dance begleitete die kleine Gruppe durch einen nach Bier stinkenden Lagerraum und vorbei an einer dreckigen Toilette. Draußen auf dem bröckelnden Asphalt standen ein paar verstaubte Fahrzeuge. Aus einigen Rissen wuchs verdorrtes Unkraut.

Dance bemerkte, dass Kayleigh nach rechts schaute und aufkeuchte. Sie folgte dem Blick der Sängerin.

In sechs Metern Entfernung parkte ein riesiger alter leuchtend roter Straßenkreuzer. Hinter dem Steuer saß Edwin Sharp. »He, Kayleigh!«, rief er durch das offene Fenster. »Sieh dir meinen Schlitten an! Es ist zwar kein Cadillac, sondern nur ein Buick, aber gefällt er dir?« Er schien keine Antwort zu erwarten und fügte hinzu: »Keine Angst, mein Auto wird mir nie wichtiger sein als du!«

»My Red Cadillac« hieß einer von Kayleighs größten Hits. Es ging darin um ein Mädchen, dem sein alter Wagen viel bedeutet … und das jeden Mann in die Wüste schickt, der dem großen verbeulten Vehikel nichts abgewinnen kann.

Bobby Prescott stürmte vor. »Verpiss dich, du Arschloch!«, brüllte er. »Und wage ja nicht, uns zu verfolgen, um herauszufinden, wo Kayleigh wohnt. Falls du das versuchst, rufe ich die Cops.«

Edwin nickte lächelnd und fuhr weg.

Die Sonne schien sehr grell, sodass Dance das Gesicht des Mannes nicht genau hatte sehen können. Sie hatte den Mann nur kurz erlebt und war sich hinsichtlich seiner persönlichen kinesischen Norm nicht sicher, aber sie hatte den Eindruck, dass das Gesicht des Stalkers bei Bobbys Worten leicht verwirrt gewirkt hatte – als wüsste er *selbstverständlich*, wo Kayleigh wohnte. Wieso auch nicht?

5

Es ist kaum überraschend, dass Kalifornien seit jeher Latino-Musik hervorgebracht hat, darunter manche mit salvadorianischen, honduranischen oder nicaraguanischen Wurzeln. Der größte Teil jedoch zählt zu den *Mexicana*: traditionelle *Mariachi, Banda, Ranchera, Norteño* und *Sones*. Außerdem jede Menge Pop und Rock und sogar mexikanische Spielarten von Ska und Hip-Hop.

Diese Klänge wurden von zahlreichen spanischsprachigen Sendern überall im Central Valley in die Wohnungen und Büros und auf die Felder übertragen. Sie nahmen die Hälfte der Radiofrequenzen in Anspruch; der Rest entfiel auf angloamerikanische Musik, Talksender und religiöse Scharlatane, die um Geld bettelten und ihre wirre Theologie unter die Leute brachten.

Es war nun kurz vor einundzwanzig Uhr, und Dance erhielt in José Villalobos' drückend heißer Garage am Rande von Fresno soeben eine unmittelbare Kostprobe dieser musikalischen Tradition. Die beiden Toyotas der Familie waren aus dem kleinen frei stehenden Gebäude verbannt worden. Normalerweise fungierte es als Proberaum, heute Abend aber diente es als Aufnahmestudio. *Los Trabajadores* beendeten gerade die letzte Nummer für Dance' digitalen Rekorder. Die sechs Männer im Alter von fünfundzwanzig bis sechzig spielten schon seit einigen Jahren zusammen, und zwar sowohl herkömmliche mexikanische Volksmusik als auch eigenes Material.

Die Session war gut verlaufen, wenngleich die Männer anfangs etwas unkonzentriert gewesen waren – hauptsächlich wegen Dance' Begleitung: Kayleigh Towne, das Haar zu einem kunstvollen Zopfknoten geflochten, mit verwaschener Jeans, T-Shirt und Denim-Weste.

Die Musiker waren eingeschüchtert gewesen, und zwei von ihnen waren ins Haus gelaufen, um die Frauen und Kinder zu holen und sich dann Autogramme geben zu lassen. Eine der Frauen hatte unter Tränen gesagt: »Wissen Sie, Ihr Song ›Leaving Home‹ bedeutet uns allen sehr viel. Gott segne Sie dafür, dass Sie dieses Lied geschrieben haben.«

Es handelte sich um die Ballade über eine ältere Frau, die ihre Habseligkeiten zusammenpackt und das Haus verlässt, in dem sie und ihr Mann ihre Kinder großgezogen haben. Der Zuhörer fragt sich, ob sie wohl gerade zur Witwe geworden ist oder ob die Bank das Haus zwangsversteigern lässt.

Now I'm starting over, starting over once again,
to try to make a new life, without family or friends.
In all my years on earth, there's one thing that I know:
Nothing can be harder than to leave behind your home.

(Ich fange jetzt von vorn an, fange noch einmal von vorn an
und versuche, mir ein neues Leben aufzubauen,
ohne Familie oder Freunde.
In all meinen Jahren auf dieser Erde habe ich eines gelernt:
Nichts kann härter sein, als dein Zuhause zu verlassen.)

Erst am Ende wird klar, dass sie illegal im Land war und nun abgeschoben wird, obwohl sie ihr ganzes Leben in den Vereinigten Staaten verbracht hat. Als sie dann allein an einer Bushaltestelle in Mexiko steht, singt die Frau als Coda »America, The Beautiful«. Es war Kayleighs umstrittenster Song und hatte ihr den Zorn all jener eingehandelt, die für härtere Einwanderungsbestimmungen plädierten. Doch er war auch ungeheuer beliebt und zu einer Hymne der arbeitenden Latino-Bevölkerung und all jener geworden, die für eine weichere Linie eintraten.

Während sie nun ihre Sachen zusammenpackten, erläuterte Dance, dass die Titel bald auf ihrer Internetseite zur Verfügung stehen würden. Sie könne zwar nichts garantieren, aber die Band sei sehr gut und würde vermutlich eine ansehnliche Downloadquote erzielen. Angesichts der landesweit wachsenden Zahl von spezialisierten Radiosendern und unabhängigen Plattenlabels sei es durchaus möglich, dass auch irgendein Produzent oder Agent auf sie aufmerksam wurde.

Merkwürdigerweise waren die Männer nicht im Mindesten daran interessiert, erfolgreich zu werden. Oh, sie hätten nichts dagegen, mit ihrer Musik etwas Geld zu verdienen, aber nur über die Downloads. »Dieses Leben auf Tour wäre einfach nichts für uns«, erklärte Villalobos. »Wir reisen nicht. Wir haben Jobs, Familien, *bebés.* Jesus hier hat Zwillinge – er muss jetzt los und ihnen die Windeln wechseln.« Ein Blick zu dem gut aussehenden jungen Mann, der gerade grinsend seine alte verschrammte Gitarre der Marke Gibson Hummingbird in ihrem Koffer verstaute.

Sie verabschiedeten sich, und Dance und Kayleigh stiegen in den Wagen. Kathryn hatte ihren Pathfinder am Mountain View stehen gelassen und war mit Kayleigh in deren dunkelgrünem SUV hergekommen. Darthur Morgan nickte ihnen wortlos zu und machte sich auf den Rückweg zu Dance' Motel. Er hatte draußen im Wagen gewartet, um die Straße im Auge zu behalten. Auf dem Beifahrersitz lagen sechs oder sieben kleine, in Leder gebundene Bücher mit goldener Prägeschrift auf den Rücken. Klassiker, vermutete Dance. Doch er schien nicht darin zu lesen, wenn er im Dienst war. Vielleicht waren sie sein Freizeitvergnügen abends auf dem Zimmer. Eine kleine Flucht vor der ständigen Begegnung mit dem Bösen.

Kayleigh schaute zum Fenster hinaus auf die schwach beleuchtete oder schwarze Landschaft. »Ich beneide die Leute«, sagte sie.

»Wieso denn?«

»Das gilt für viele Musiker auf eurer Website. Sie spielen abends oder an den Wochenenden für ihre Freunde und Angehörigen. Es geht ihnen nicht ums Geld. Manchmal wünschte ich, ich wäre nicht so gut. Achtung, Bescheidenheitsalarm. Aber du weißt, was ich meine. Ich wollte nie wirklich ein Star sein. Ich wollte einen Ehemann haben und« – sie nickte über die Schulter in Richtung des Hauses der Familie Villalobos – »Babys und *denen* und unseren Freunden etwas vorsingen … Es hat sich alles irgendwie verselbstständigt.«

Sie verstummte, und Dance ahnte, dass sie gerade dachte: *Wenn ich nicht berühmt wäre, gäbe es auch keinen Edwin Sharp in meinem Leben.*

Dance konnte im Fenster Kayleighs Spiegelbild erkennen. Ihr fiel auf, dass sie die Zähne zusammenbiss und wahrscheinlich Tränen in den Augen hatte. Dann wandte Kayleigh sich wieder zu ihr um, schob offenbar die finsteren Gedanken beiseite und lächelte schelmisch. »Also«, sagte sie. »Jetzt erzähl mal. Was machen die Kerle?«

»Männer?«

»Klar!«, sagte Kayleigh. »Hast du nicht einen Jon Soundso erwähnt?«

»Der großartigste Mann auf der Welt«, sagte Dance. »Ein schlauer Kopf. Er hat früher im Silicon Valley gearbeitet, aber inzwischen ist er Dozent und übernimmt Beratungsaufträge. Am wichtigsten ist, dass Wes und Maggie ihn mögen.« Sie fügte hinzu, ihr Sohn habe sonst immer große Probleme damit gehabt, dass seine Mutter gelegentlich mit Männern ausging. Vor Boling habe er keinen einzigen der anderen Kandidaten akzeptiert.

»Es war natürlich auch wenig hilfreich, dass einer der Männer, die ich den beiden vorgestellt habe, sich später als Killer entpuppt hat.«

»Nein!«

»Oh, wir sind nicht in Gefahr gewesen. Er war hinter demselben Täter her wie ich. Nur dass ich den Kerl einbuchten wollte. Mein Freund wollte ihn töten.«

»Ich weiß nicht«, sagte Kayleigh mit einem bösen Unterton. »Vielleicht ist das bisweilen gar keine so schlechte Idee.«

Wobei sie mutmaßlich erneut an Edwin Sharp dachte.

»Von Jon sind die Kinder jedenfalls ganz begeistert. Und es läuft gut.«

»Und?«, fragte die Sängerin.

»Und was?«

»Erzählst du es mir nun oder nicht?«

Eigentlich bin doch *ich* die Kinesik-Expertin, dachte Dance. Sie überlegte kurz, entschied sich letztlich aber dagegen. »Ach, da ist nichts weiter … Wer weiß, was passieren wird? Ich bin erst seit ein paar Jahren verwitwet. Ich hab's nicht eilig.«

»Sicher«, sagte Kayleigh und nahm ihr die lahme Ausrede nicht so ganz ab.

Und Dance verlor sich für einen Moment in ihren Gedanken. Ja, sie mochte Jon Boling sehr gern. He, vermutlich liebte sie ihn sogar, und bei mehr als einer Gelegenheit, wenn sie während der seltenen Nächte, die sie gemeinsam außerhalb der Stadt verbrachten, nebeneinander im Bett lagen, hätte sie es ihm auch beinahe gesagt. Und sie hatte gespürt, dass es ihm ebenso ging.

Er war nett, unbefangen, gut aussehend und hatte einen tollen Sinn für Humor.

Aber es gab auch noch Michael.

Michael O'Neil war Chief Deputy beim Monterey County Sheriff's Office. Er und Dance arbeiteten schon seit Jahren zusammen, und wenn es jemanden gab, mit dem sie instinktiv auf einer Wellenlänge lag, dann O'Neil. Bei der Arbeit harmonierten sie perfekt, sie lachten über dieselben Witze, mochten das gleiche Essen, den gleichen Wein, konnten sich streiten, dass die Fetzen flogen, und nahmen nie ein Wort davon persönlich. Dance glaubte, dass niemand so gut wie er zu ihr passte.

Abgesehen von einem kleinen Problem: seiner Frau. Die ihn und die gemeinsamen Kinder am Ende doch noch verlassen hatte – aber natürlich erst, *nachdem* Dance angefangen hatte, mit Jon Boling auszugehen. Michael und Anne waren immer noch miteinander verheiratet, wenngleich sie inzwischen in San Francisco wohnte. O'Neil hatte erwähnt, dass die Scheidungsformalitäten derzeit vorbereitet würden, aber der genaue Ablauf schien noch in den Sternen zu stehen.

Kayleigh Towne würde sich hinsichtlich einer Aussage zu diesem Thema jedenfalls noch eine Weile gedulden müssen.

Zehn Minuten später hielt Darthur Morgan vor dem Mountain View Motel. Dance wünschte den beiden eine gute Nacht.

In diesem Moment summte Kayleighs Telefon. Sie schaute auf das Display und runzelte die Stirn. Dann hob sie ab. »Hallo? ... Hallo?« Sie lauschte kurz und fragte dann verärgert: »Wer ist denn da?«

Dance hatte die Hand schon auf dem Türgriff. Sie hielt inne und wandte sich zu der Sängerin um.

Kayleigh trennte die Verbindung und musterte erneut das Display. »Komisch.«

»Was?«

»Jemand hat mir gerade eine Strophe aus ›Your Shadow‹ vorgespielt.«

Das war der Titelsong ihres neuesten Albums und bereits ein riesiger Hit.

»Wer auch immer das war, er hat kein Wort gesagt. Er hat nur die erste Strophe gespielt.«

Dance hatte sich das Lied heruntergeladen und kannte den Text.

You walk out onstage and sing folks your songs.
You make them all smile. What could go wrong?
But soon you discover the job takes its toll,
and everyone's wanting a piece of your soul.

(Du gehst hinaus auf die Bühne und
singst den Leuten deine Lieder vor.
Du bringst sie alle zum Lächeln.
Was soll da groß schiefgehen?
Doch schon bald stellst du fest,
dass dieser Job seinen Tribut fordert
und jeder ein Stück von deiner Seele will.)

»Die Sache ist nur die: Die Aufnahme war von einem Konzert.«

»Aber es gibt doch von dir gar kein Live-Album«, sagte Dance, die wusste, dass Kayleigh die kontrollierte Umgebung eines Studios bevorzugte.

Die junge Frau starrte immer noch das Display an. »Stimmt. Das muss ein Bootleg gewesen sein. Aber die Aufnahme war von wirklich guter Qualität – fast wie eine echte Stimme, keine Aufzeichnung. Wer war das eben? Und warum?«

»Sagt dir die Nummer des Anrufers denn nichts?«

»Nein. Die Vorwahl stammt nicht hier aus der Gegend. Glaubst du, das war Edwin?« Ihre Stimme spannte sich an, und ihr Blick richtete sich auf Darthur Morgan, dessen dunkle, ruhige Augen im Rückspiegel zu sehen waren. »Aber halt, nur meine Freunde und Angehörigen kennen meine Nummer. Wie ist er nur an sie rangekommen?« Sie verzog das Gesicht. »Vielleicht auf die gleiche Weise wie an meine E-Mail-Adressen.«

»Könnte es jemand aus der Band gewesen sein, der dir einen Streich spielen will?«, fragte Dance.

»Keine Ahnung. So was ist zumindest noch nie vorgekommen.«

»Gib mir die Nummer. Ich mache ein paar Anrufe. Und ich überprüfe Edwin. Wie war doch gleich sein Nachname?«

»Sharp. Ohne e am Ende. Bist du so nett, Kathryn?«

»Na klar.«

Dance notierte sich die Nummer des Anrufers und stieg aus dem Wagen.

Sie verabschiedeten sich.

»Ich schätze, wir sollten wohl lieber nach Hause fahren, Darthur.«

Während der Wagen anfuhr, suchte Kayleigh den leeren Parkplatz ab, als würde Edwin Sharp dort irgendwo lauern.

Dance ging hinein und ertappte sich dabei, dass sie eine Zeile aus »Your Shadow« summte, die ihr unaufhörlich durch den Kopf schwirrte.

What could go wrong… what could go wrong… what could go wrong?

6

An der Bar des Mountain View holte Dance sich ein Glas Pinot noir. Dann ging sie zu ihrem Zimmer und trat ein. Sie hatte schon zuvor das Bitte-nicht-stören-Schild außen an den Türgriff gehängt und ließ es nun dort, denn sie freute sich auf etwas, das im Leben einer Mutter selten vorkam – ausschlafen zu können.

Sie duschte, zog einen Bademantel an, trank einen Schluck Wein und setzte sich aufs Bett. Dann drückte sie eine Kurzwahltaste an ihrem Telefon.

TJ Scanlon hob beim ersten Klingeln ab. »Hallo, Boss«, sagte er fröhlich. Im Hintergrund ertönten merkwürdige Geräusche. Klingeln, Rufe, die Melodie einer Dampforgel.

»Bist du in einer Spielhalle oder so?«

»Auf einem Jahrmarkt. In Begleitung. Wir stehen hier gerade in der Warteschlange der Achterbahn, aber für dich stelle ich mich noch mal neu an.« Seine Stimme wurde leiser, denn er wandte sich an jemand anders. »Das ist mein Boss … Genau. Trink lieber aus, bevor wir losfahren … Nein, hör auf mich. Ehrlich. Gibt das Wort ›kopfüber‹ dir denn gar nicht zu denken?«

TJ war der alternativste aller Agenten der CBI-Dienststelle von Monterey, in der es im Allgemeinen eher konservativ zuging. Er war die erste Wahl für alle langwierigen, anspruchsvollen Aufträge, für verdeckte Ermittlungen und für alle denkbaren Fragen zu den Themen Sechzigerjahre, Bob Dylan, Batikhemden und Lavalampen.

Kauzig, ja. Aber wer war Dance, das zu beurteilen? Sie hatte sich gerade für eine Woche nach Fresno abgesetzt, um in einer stickigen Garage zu hocken und obskure Lieder einer Gruppe fröhlicher und höchstwahrscheinlich illegal eingereister Landarbeiter aufzunehmen.

»Du musst etwas für mich überprüfen, TJ.«

Sie gab ihm durch, was sie über Edwin Sharp wusste. Dann nannte sie ihm die Nummer des Anrufers, der Kayleigh vorhin ihr eigenes Lied vorgespielt hatte.

»Brauchst du was Bestimmtes zu Sharp?«, fragte TJ.

»Das Übliche. Aber auch Zivilrechtliches. Stalking, Gerichtsverfahren, Unterlassungsverfügungen. Hier und im Staat Washington. Nimm außerdem noch Oregon dazu.«

»Mach ich. Kiefernbäume, Pinot noir, Käse. Nein, das ist Wisconsin.«

»Viel Spaß noch.«

»Den haben wir. Ich habe für Sadie einen Panda gewonnen … Nein, ich meine es ernst. Trink aus. Die Fliehkraft wird nicht reichen … Bis bald, Boss.«

Dance trennte die Verbindung. Sie versuchte Jon Bolings Nummer, landete aber direkt bei der Mailbox. Noch ein Schluck Wein, und dann würde sie zu Bett gehen. Sie stand auf, ging zum Fenster und zog die Vorhänge zu. Dann putzte sie sich die Zähne, streifte den Bademantel ab und zog Boxershorts sowie ein viel zu großes verwaschenes rosafarbenes T-Shirt an; ein Nachthemd gab es bei Kathryn Dance nur zu besonderen Anlässen.

Im Bett drehte sie sich zur Lampe und streckte die Hand nach dem Lichtschalter aus.

Und erstarrte.

Das Fenster.

Bevor sie an jenem Nachmittag das Zimmer verlassen hatte, hatte Dance sowohl die Gardine als auch die schweren Vorhänge zugezogen.

Dieselben Vorhänge, die sie gerade erneut zugezogen hatte.

Nur dass sie sie zuvor nicht wieder geöffnet hatte. Jemand anders war hier im Zimmer gewesen und hatte das getan.

Wer hatte sich von dem Bitte-nicht-stören-Schild nicht abhalten lassen?

Jedenfalls nicht das Zimmermädchen – das Zimmer war nicht aufgeräumt gewesen, die Bettdecke noch immer unordentlich, weil Dance am Nachmittag dort gesessen und die Kinder angerufen hatte.

Auch alles andere sah noch so wie vorher aus. Die dunkelgrünen Koffer standen an derselben Stelle. Die Kleidung hing weiterhin nachlässig von den diebstahlsicheren Bügeln im Schrank, und die fünf Paar Schuhe standen in einer ordentlichen Reihe neben der Kommode. Niemand schien ihre Computertasche angerührt zu haben, und der Laptop war ohnehin durch ein Passwort geschützt; also konnte niemand ihre Dateien oder E-Mails gelesen haben.

Dance schaltete das Licht aus, ging zum Fenster und spähte hinaus. Es war dreiundzwanzig Uhr dreißig, und der Park auf der anderen Seite des Highway war menschenleer … Nein, doch nicht. Da war jemand im Schatten. Sie konnte zwar keine konkrete Person erkennen, aber sie sah den winzigen orangefarbenen Glutpunkt einer Zigarette, die mehrmals langsam zum Mund geführt wurde.

Ihr fiel ein, wie Edwin Sharp mittags im Restaurant bedächtig und eindringlich ihr Gesicht und ihren Körper gemustert hatte. Und wie er sorgfältig alle Informationen auf ihrem Dienstausweis gelesen hatte. Sie wusste, dass Stalker wahre Meister darin waren, sich Informationen über andere Leute zu beschaffen – sowohl über ihre Zielpersonen als auch über jeden, der sich dabei als Hindernis erweisen konnte. Edwin hatte bereits bewiesen, dass auch er sein Handwerk beherrschte; Dance hatte selbst mit angehört, wie viel er über Kayleighs Mitarbeiter wusste.

Doch vielleicht war alles bloß ein Zufall. Es könnte ein Problem mit der Elektrik oder dem Abfluss gegeben haben, und die Handwerker hatten ihr Zimmer betreten müssen, ungeachtet des Schildes am Türgriff. Sie rief die Rezeption an und erkundigte sich; der Nachtportier hatte gerade erst seinen Dienst angetreten und wusste nicht, ob jemand vom Personal in ihrem Zimmer gewesen war.

Dance vergewisserte sich, dass alle Fenster geschlossen waren und sie die Türkette eingehängt hatte. Dann nahm sie durch einen Spalt zwischen den Vorhängen ein weiteres Mal den Park in Augenschein. Der Mond war zum Vorschein gekommen, doch es war immer noch zu dunkel und diesig, um viel erkennen zu können.

Der orangefarbene Punkt flammte auf, als der Raucher tief inhalierte. Dann fiel die Zigarette zu Boden und verschwand unter einem Schuh oder Stiefel.

Darüber hinaus sah Dance keine weitere Bewegung. War der Beobachter nun weg, weil sie das Licht gelöscht und sich vermeintlich schlafen gelegt hatte?

Sie wartete noch einen Moment ab, legte sich dann ins Bett und schloss die Augen.

Und fragte sich, wieso sie überhaupt den Versuch unternahm. Sie wusste, dass der Schlaf noch lange, lange auf sich warten lassen würde.

7

Er musste schon die ganze Zeit an Jackson Brownes »The Load Out« denken. Der Song stammte von dem 1978er Album *Running on Empty* und war eine Hommage an alle Roadies.

Nun ja, gewissermaßen eine Hommage. Man bekam trotzdem den Eindruck, dass der Sänger an erster Stelle stand.

Aber tun sie das nicht immer?

Dennoch – niemand sonst hatte je ein Lied über Bobby Prescotts Beruf geschrieben, und er summte es oft vor sich hin.

Nun, um kurz vor Mitternacht, parkte er beim Kongresszentrum, stieg aus dem Minivan der Band, einem Nissan Quest, und streckte sich. Hinter ihm lag eine lange Fahrt nach und von Bakersfield, wo er den Verstärker, eine Spezialanfertigung, abgeholt hatte. Kayleigh Towne hatte es lieber, wenn ihre Musiker Röhrenverstärker benutzten – so wie in den alten Fernseh- und Radiogeräten. Es hatte eine große Debatte darüber gegeben, was besser sei: Röhren- oder Halbleiterverstärker. Die Röhren-Puristen hatten geltend gemacht, die ältere Technik produziere im oberen Leistungsbereich einen deutlich weicheren Klang, den digitale Verstärker noch nie hätten nachahmen können. Daher überraschte es nicht, dass auch Bishop Towne dieser Meinung war, und wenn »der Alte«, wie seine eigenen Roadies ihn nannten, selbst auftrat, stand auf der Bühne ausschließlich das entsprechende Equipment: Marshall JCM2000 TSL602, Fender Deluxe Reverb II, Traynor Custom Valve YCV20WR und Vox AC30.

Bobby war auch Gitarrist (es gab in der Musikbranche nur

wenige Roadies, Techniker oder persönliche Assistenten, die nicht im äußersten Notfall während einer Show hätten einspringen können). Seiner Ansicht nach kam der angeblich bessere Klang der Röhren nur beim Blues voll zur Geltung.

Er schloss nun die Tür zur Bühne auf und rollte den schweren Verstärker hinein. Zudem hatte er eine Schachtel Halterungen und Sicherheitskabel mitgebracht.

Wegen der Batterie Bühnenfluter, die am Vormittag heruntergefallen war.

Mein Gott...

Das Leben als Rockstar konnte gefährlich werden. Bobbys Vater, Robert senior, hatte in den Sechzigern und Siebzigern als Toningenieur in London gearbeitet. Es gab damals zwar eine Reihe ernsthafter Profis – die Beatles und die Stones zum Beispiel –, aber ihnen stand eine Vielzahl verrückter, selbstzerstörerischer Musiker gegenüber, die es ziemlich häufig schafften, sich mit Drogen, Alkohol, Autos und verdammt schlechtem Urteilsvermögen selbst umzubringen. Doch auch wenn man das leichtsinnige Verhalten außer Acht ließ, blieben Auftritte nicht ohne Risiken. Das größte davon war die Elektrizität – er hatte von drei Künstlern gehört, die auf der Bühne durch Stromschläge getötet worden waren, dazu zwei Sänger und ein Gitarrist, die der Blitz getroffen hatte. Ein Roadie war mal von einer hohen Bühne gestürzt und hatte sich das Genick gebrochen. Ein halbes Dutzend andere waren bei Verkehrsunfällen gestorben, oft weil sie am Steuer eingenickt waren. Wiederum andere hatte der Gerätelaster zerquetscht, weil die Bremse versagte oder der Truck einfach über die Bremskeile rollte.

Aber ein Scheinwerfer, der sich aus der Aufhängung löste? Das war seltsam und ihm während seiner Jahre als Roadie noch nie untergekommen.

Kayleigh in Gefahr?

Bobby erschauderte schon bei dem bloßen Gedanken.

Heute Abend war die riesige Halle nur von den Schatten der

Notbeleuchtung erfüllt. Doch im Gegensatz zu der Beklemmung, von der Kayleigh an jenem Vormittag erzählt hatte, fühlte Bobby sich hier alles andere als unwohl. Er und Kayleigh lagen praktisch immer auf derselben Wellenlänge, nur in einem Punkt nicht: Für sie war die Musik ein Geschäft, eine Pflicht, ein Beruf. Und in Konzerthallen ging es ihr nur um die Akustik. Für Bobby, den Romantiker, waren dies ganz besondere, beinahe andächtige Orte. Er glaubte, dass die Klänge aller Künstler, die je in einem solchen Saal aufgetreten waren, für immer dort weiterlebten. Und in der Beziehung konnte dieser hässliche Betonklotz in Fresno einiges vorweisen. Auch Bobby stammte von hier, und er hatte hier Dylan und Paul Simon gesehen, U2 und Vince Gill, Union Station und Arlo Guthrie, Richard Thompson und Rosanne Cash, Sting und Garth Brooks, James Taylor und Shania und, und, und – die Liste war endlos. Ihre Stimmen und der Widerhall ihrer Gitarren, Bläsersektionen und Drums hatten buchstäblich die Struktur dieses Ortes verändert, glaubte er.

Als er sich nun der heruntergefallenen Scheinwerferbatterie näherte, fiel ihm auf, dass sie bewegt worden war. Bobby hatte den schweren schwarzen Beleuchtungskörper auf die Bühne abgelassen und verfügt, dass niemand ihn anrühren solle. Inzwischen lag das Ding aber vorn an der Kante, oberhalb des Orchestergrabens, und somit gute viereinhalb Meter von der ursprünglichen Stelle entfernt.

Dafür würde jemand Ärger bekommen. Bobby hatte genau nachvollziehen wollen, was geschehen war. Er hockte sich hin und nahm die Bühnenfluter in Augenschein. Wie, zum Teufel, hatte so etwas passieren können?

Steckte etwa dieses Arschloch Edwin Sharp dahinter?

Vielleicht …

Bobby Prescott hörte keine Schritte hinter sich. Er spürte nur, dass zwei Hände ihn nach vorn stießen und er stürzte. Als der Betonboden des Orchestergrabens ihm nach sechs Metern

Fall den Unterkiefer und den Arm brach, drang lediglich ein kurzer Schrei über seine Lippen.

O Gott, o Gott…

Er lag auf dem Bauch und starrte den weißen, blutbespritzten Knochen an, der aus seinem Unterarm ragte.

Bobby stöhnte auf und fluchte und brüllte um Hilfe.

Wer? Wer hat das getan?

Edwin? *Womöglich hat er uns in dem Café belauscht, als ich zu Kayleigh gesagt habe, dass ich spätabends noch herkommen würde.*

»Hilfe!«

Stille.

Bobby versuchte, sein Mobiltelefon aus der Tasche zu ziehen. Die Schmerzen waren zu stark. Er wurde fast ohnmächtig. Versuch's gefälligst noch mal! Willst du hier etwa verbluten?

Dann hörte er trotz seines keuchenden Atems ein leises Geräusch von oben, ein Scharren. Er drehte den Kopf und sah hoch.

Entsetzt verfolgte er, wie die Batterie Bühnenfluter sich direkt über ihm immer weiter über die Bühnenkante schob.

»Nein! Wer ist da? Nein!«

Bobby wollte verzweifelt außer Reichweite kriechen, aber seine Beine gehorchten ihm nicht. Also versuchte er, sich mit dem unverletzten Arm über den Betonboden zu ziehen.

Zwei Zentimeter, fünf…

Beweg dich, roll dich zur Seite!

Doch zu spät.

Die Scheinwerferbatterie traf mit hundertsechzig Kilometern pro Stunde auf seinen Rücken. Er fühlte hoch oben in seinem Körper abermals etwas brechen, und alle Schmerzen waren plötzlich weg.

Mein Rücken… mein Rücken…

Ihm wurde schwarz vor Augen.

Irgendwann später kam Bobby Prescott wieder zu sich – nach Sekunden, Minuten oder Stunden. Er wusste es nicht. Er wusste nur, dass der Raum in erstaunliche Helligkeit getaucht wurde; die Scheinwerfer auf seinem Rücken waren eingeschaltet worden.

Und jede der großen Birnen brannte mit der Kraft von eintausend Watt.

Dann sah er auf der Wand diverse Schatten flackern, hervorgerufen durch Flammen. Im ersten Moment war ihm nicht klar, was da brannte – er spürte jedenfalls keinerlei Hitze. Doch dann stieg ihm der eklige Gestank von verkohltem Haar und Fleisch in die Nase.

Da wusste er es.

MONTAG

8

Das Klingeln des Telefons riss Kathryn Dance aus dem Schlaf. Die Kinder, dachte sie.

Dann: ihre Eltern.

Dann: Michael O'Neil, eventuell dienstlich, wegen eines der Banden- oder Terrorfälle, an denen er in letzter Zeit gearbeitet hatte.

Während sie nach ihrem Mobiltelefon tastete, es fallen ließ und erneut danach suchen musste, schoss ihr eine Vielzahl von Szenarien durch den Kopf, die hätten erklären können, weshalb jemand sie bei Tagesanbruch anrief, obwohl sie sich im Urlaub befand.

Und Jon Boling … war mit ihm alles in Ordnung?

Sie bekam das Telefon zu fassen, konnte aber ohne Brille die Nummer des Anrufers nicht entziffern. Sie drückte die grüne Taste. »Ja?«

»Ich hab dich geweckt, Boss.«

»Was?«

»Tut mir leid.«

»Tut dir leid was heißt das tut dir leid ist bei euch was passiert?« Ein Satz aus vielen. Dance musste, wie so oft, an den Anruf der Highway Patrol wegen Bill denken – ein kurzes, freundliches, aber emotionsloses Gespräch, in dem ihr mitgeteilt worden war, dass das Leben, das sie mit ihrem Mann geplant und von dem sie geglaubt hatte, es werde ihr stets eine Stütze sein, nicht stattfinden würde.

»Nicht bei uns, bei euch.«

Lag es bloß daran, dass sie übermüdet war? Sie kniff die Augen zusammen. Wie spät war es überhaupt? Fünf Uhr morgens? Vier?

»Ich wusste nicht, ob du mich vielleicht brauchst«, sagte TJ Scanlon.

Sie setzte sich mit einiger Mühe auf und zog das T-Shirt herunter, das sich während des offenbar unruhigen Schlafes zu einem Wulst zusammengerollt hatte. »Fang von vorn an.«

»Ach, du weißt es noch gar nicht?«

»Nein, ich weiß es noch gar nicht.«

Tut dir leid was heißt das …

»Okay. Hier bei uns im System wird ein Mord in Fresno gemeldet. Tatzeit gestern am späten Abend oder heute am frühen Morgen.«

Sie war nun etwas wacher. Oder weniger unwach.

»Und?«

»Das Opfer ist jemand aus dem Umfeld von Kayleigh Townes Band.«

Herrje. »Wer?« Sie strich sich das dunkelblonde Haar aus dem Gesicht. Je schlimmer die Neuigkeiten, desto ruhiger wurde Kathryn Dance. Teilweise dank ihrer Ausbildung, teilweise aus Veranlagung, teilweise aufgrund ihrer Erfahrung als Mutter. Wenngleich ihr als Kinesik-Expertin nicht entging, dass sie unwillkürlich mit dem Fuß wippte. Sie hörte damit auf.

»Ein gewisser Robert Prescott.«

Bobby?, grübelte sie. Ja, das war sein Nachname, Prescott. Oh, verdammt … Aus der gestrigen Interaktion zwischen ihm und Kayleigh hatte sie deutlich erkennen können, dass die beiden nicht nur Arbeitskollegen, sondern enge Freunde waren.

»Gibt es schon nähere Einzelheiten?«

»Noch nicht.«

Dance dachte auch an Edwins unnatürliches Lächeln zurück, an seine anzüglichen Blicke und sein unterkühltes Auftreten, hinter dem sich ihrer Ansicht nach geballter Zorn verbergen konnte.

»Es war bloß eine kurze Nachricht im System«, sagte TJ. »Lediglich zur Information, nicht mit der Bitte um Unterstützung.«

Das CBI war den anderen kalifornischen Strafverfolgungsbehörden bei Kapitalverbrechen gern behilflich, wartete zumeist aber ab, bis diese Hilfe auch angefordert wurde. Schließlich stand dem CBI nur begrenztes Personal zur Verfügung, und Kalifornien war ein großer Staat, in dem zahlreiche Straftaten verübt wurden.

»Das Opfer ist im Kongresszentrum ums Leben gekommen«, fuhr der jüngere Agent fort.

Wo am Freitag das Konzert stattfinden sollte.

»Und?«

»Zuständig für den Fall ist das Fresno-Madera Consolidated Sheriff's Office. Der Sheriff heißt Anita Gonzalez, der leitende Detective P.K. Madigan. Er gehört schon ewig zur Truppe. Mehr weiß ich über ihn nicht.«

»Ich mache mich gleich auf den Weg zum Tatort. Hast du schon was über Sharp? Den Stalker?«

»Es gibt weder Haftbefehle noch Gerichtsbeschlüsse. Jedenfalls nicht in Kalifornien. Auf die Antworten aus Washington und Oregon warte ich noch. Was die Telefonnummer anbelangt, die du mir gegeben hast... von der Person, die Kayleigh angerufen hat... Das war ein bar bezahltes Prepaid-Telefon, gekauft in einem Drugstore in Burlingame.«

Südlich von San Francisco, wo auch der Flughafen lag.

»Von der Transaktion existiert weder eine Videoaufzeichnung noch sonst irgendein Nachweis. Die Angestellten können sich nicht daran erinnern. Das war vor drei Tagen. Mehr weiß ich bislang nicht.«

»Bleib dran. Schick mir Sharps vollständige Biografie. Alles, was du kriegen kannst.«

»Dein Wunsch ist mein Befehl, Boss.«

Sie beendeten das Gespräch.

Wie spät war es denn nun? Im Zimmer war es noch immer dunkel, aber hinter den Vorhängen schimmerte Tageslicht durch.

Brille auf. Oh, halb neun. Fast schon Vormittag.

Sie ging ins Badezimmer, um schnell und heiß zu duschen. Zwanzig Minuten später trug sie eine schwarze Jeans, ein schwarzes T-Shirt und ein marineblaues Seidenjackett, konservativ, sachlich. Die Hitze konnte mit dieser Kleidung ein Problem werden, aber Kathryn würde vielleicht dienstlich werden müssen. Und sie hatte schon vor langer Zeit gelernt, dass eine Frau in diesem Job wesentlich mehr auf ihr professionelles Auftreten achtgeben musste als ein Mann. Traurig, aber so war es nun mal. Statt der rosa geränderten Brille setzte sie heute die mit dem schwarzen Gestell auf.

Und sie nahm den Laptop mit, nur für den Fall, dass wieder jemand ihr Zimmer betrat, während sie weg war – sofern es gestern überhaupt einen Eindringling gegeben hatte.

Sie machte sich auf den Weg und ließ das Bitte-nicht-stören-Schild außen an der Tür hängen, obwohl sie dessen Wirkung inzwischen bezweifelte.

Draußen, im unbarmherzigen Sonnenschein, floss ihr sofort der Schweiß über Schläfen, Gesicht und Achseln. Dance fischte die Schlüssel des Pathfinder aus ihrer Handtasche und vergewisserte sich automatisch, dass die Glock an ihrer Hüfte hing.

Nur war da heute leider keine Waffe.

9

Hatte es wirklich nur ein Opfer gegeben?

Als Dance auf den Parkplatz des Kongresszentrums einbog und zum Bühneneingang fuhr, hielten sich dort weitaus mehr Feuerwehrleute, Rettungssanitäter und Polizisten auf, als sie erwartet hatte. Es waren mindestens zwei Dutzend, die langsam umhergingen, in ihre Telefone oder Funkgeräte sprachen und verbeulte Koffer bei sich trugen, deren grüne, rote und gelbe Farben an eine Ampel denken ließen – oder an Kinderspielzeug.

Vier Feuerwehrfahrzeuge, zwei Krankenwagen, acht Streifenwagen und mehrere zivile Polizeifahrzeuge.

Dance fragte sich erneut, ob TJs Informationen stimmen konnten. Waren nicht doch noch andere Personen ums Leben gekommen?

Sie fuhr weiter zu einem Dodge, nicht markiert, aber unverkennbar, hielt an und stieg aus. Eine Frau in der Uniform eines Deputy sah in ihre Richtung. Auf dem kleinen metallenen Namensschild über der straff eingepackten Brust stand *C. Stanning*. Ihr Haar war – ebenfalls straff – zu vorwitzigen kleinen Zöpfen geflochten, deren Spitzen in blauen Haarbändern endeten.

»Kann ich Ihnen helfen?«

Dance zeigte ihren CBI-Dienstausweis vor. Die Frau schien nicht zu wissen, was sie davon halten sollte. »Sie … Hat Sacramento sich eingeschaltet?«

Dance hätte beinahe geantwortet, sie mache hier bloß Urlaub und glaube das Opfer zu kennen. Doch in ihrem Job kam es auf den Instinkt an – im Umgang sowohl mit Verdächtigen als auch mit Kollegen. »Noch nicht«, sagte sie daher. »Ich war zufällig in der Nähe.«

Stanning dachte darüber nach – und vermutlich auch an die Anweisungen ihrer Vorgesetzten. »Okay«, sagte sie dann.

Dance ging weiter auf den kühlen Betonbau des Kongresszentrums zu. Ein greller Sonnenstrahl fiel ihr genau ins Gesicht. Sie wich in den Schatten aus, aber das nutzte auch nicht viel; die Luft zwischen den beiden hohen Mauern, die zum Eingang führten, war aufgrund der völligen Windstille furchtbar stickig.

Sie trat ein. Die Erleichterung über die Klimaanlage hielt ungefähr eine halbe Sekunde an, dann machte der Gestank sie gründlich zunichte.

Kathryn Dance arbeitete nun schon einige Jahre als Polizistin und hatte Hunderte von Tatorten aufgesucht. Als CBI-Agentin war sie jedoch nur selten als Erste vor Ort und hatte auch nichts mit der Spurensicherung zu tun. Wenn sie kam, war der größte Teil des Grauens längst gebändigt, die Blutungen gestillt, die Leichen mit Plastikplanen abgedeckt, die Körperteile eingesammelt und katalogisiert.

Der Geruch von verbranntem Fleisch und Haar traf sie daher vollkommen unerwartet und fuhr ihr wie ein Fausthieb in die Magengrube.

Sie ließ sich nicht davon überwältigen, aber sie wappnete sich und kämpfte energisch gegen die Übelkeit an. Dann betrat sie die große Halle, die nach Dance' Schätzung etwa dreißigtausend Menschen fassen würde. Alle Scheinwerfer waren eingeschaltet und ließen das abgenutzte schäbige Dekor deutlich hervortreten. Es war fast, als hätte soeben eine Vorstellung oder ein Konzert geendet und die Veranstalter würden das Publikum nun möglichst schnell in die Lobby treiben wollen, damit es dort CDs und Andenken kaufte.

Auf der Bühne und im Zuschauerraum hielt sich ein Dutzend

Leute in den diversen Uniformen von Polizei, Feuerwehr und Rettungsdienst auf.

Dance stieg die Stufen zur Bühne empor und steuerte eine Gruppe am Rand des Orchestergrabens an. Von dort unten stiegen immer noch ein paar stinkende Rauchfetzen auf. Kathryn verlangsamte ihren Schritt, um den Würgreiz in den Griff zu bekommen. Dann ging sie weiter.

Was ist hier bloß geschehen?, wunderte sie sich. Ihr fiel der herabgestürzte Scheinwerfer vom Vortag ein.

Alle Polizisten hier trugen gelbbraune Uniformen. Bei zweien von ihnen erkannte Dance an Auftreten und Blicken sofort, dass sie den anderen übergeordnet waren. Die Erste war eine stämmige Latina Mitte fünfzig, mit langem Haar und pockennarbigem Gesicht. Ihre Haltung verriet, dass sie die eng geschnittene Uniform nicht mochte – wahrscheinlich weil dadurch ihre Fettpolster nur umso mehr betont wurden.

Der Mann, mit dem sie sprach, war ein Weißer, wenngleich mit dunkler Sonnenbräune. Auch er war zu dick, aber bei ihm konzentrierte sich das Gewicht auf den Bauch; seine Hüfte war schmal, die Beine dünn. Das große runde Gesicht war mit zahllosen Fältchen übersät. Seine Haltung – vorgebeugt, die Schultern hochgezogen – und die ruhigen, argwöhnisch blickenden grauen Augen ließen auf einen arroganten und schwierigen Mann schließen. Sein Haar war schwarz und dicht. Er trug einen Revolver, einen langläufigen Colt, während alle anderen hier mit der halbautomatischen Glock bewaffnet waren, die zur Standardausrüstung fast sämtlicher Polizisten Kaliforniens gehörte.

O ja, sie hatte richtig vermutet; er war P. K. Madigan, der leitende Detective.

Das Gespräch verstummte, und alle drehten sich zu der schlanken Frau um, die mit Jeans und Sportsakko auf sie zukam.

»Und Sie sind …?«, fragte Madigan schroff und mit einem Unterton, der seinen Worten in keiner Weise entsprach. Dabei blickte er finster über ihre Schulter hinweg, als halte er nach der Person Ausschau, die einer Fremden unerlaubt Zugang zu seinem Tatort gewährt hatte.

Dance sah am Namensschild, dass die Frau Gonzalez hieß und somit der Sheriff war. Daher wandte Kathryn sich an sie und zeigte ihren Dienstausweis vor. Beide leitenden Uniformierten nahmen das Dokument genau in Augenschein.

»Ich bin Sheriff Gonzalez. Das ist Chief Detective Madigan.« Wenn jemand sich ohne Vornamen vorstellt, will er dadurch meistens seinen Führungsanspruch geltend machen. Dance nahm das vorläufig nur zur Kenntnis. Sie war nicht zu einem Kräftemessen hier.

»Meine Dienststelle hat mich über einen Mordfall in Kenntnis gesetzt. Ich war zufällig wegen einer anderen Angelegenheit in der Gegend.«

Das konnte eine offizielle Angelegenheit gewesen sein oder auch nicht. Sollten der Sheriff und der Chief Detective ruhig raten.

»Ich bin außerdem mit Kayleigh Towne befreundet«, fügte Dance hinzu. »Als ich hörte, dass das Opfer zu ihrem Team gehört, bin ich gleich hergekommen.«

»Nun, vielen Dank, Kathryn«, sagte Madigan.

Und wenn jemand einen anderen mit dessen Vornamen anspricht, will er ihm dadurch meistens dessen untergeordnete Stellung verdeutlichen.

Das Aufflackern von Gonzalez' Augen bei diesem leichten Affront – aber ohne einen Seitenblick auf Madigan – sprach für Dance Bände über den Chief Detective. Er hatte sich beim FMCSO ein eigenes kleines Reich geschaffen.

»Aber wir benötigen derzeit keine CBI-Unterstützung«, fuhr der Detective fort. »Meinen Sie nicht auch, Sheriff?«

»Ja, allerdings«, sagte Gonzalez und starrte Dance dabei in die Augen. Es war ein magnetischer Blick, der im Gegensatz zu dem von Madigan nichts mit ihrem Geschlecht oder ihrer Zuständigkeit zu tun hatte, sondern eher mit der Entschlossenheit, einen Körper zu ignorieren, dessen Kleidergröße mindestens vier Nummern unter der eigenen lag. Was für einen Rang oder Beruf wir auch bekleiden mögen, wir sind in erster Linie zerbrechliche menschliche Wesen.

»Sie sagten, Sie seien in einer anderen Angelegenheit hier?«, fragte Madigan. »Ich verschaffe mir jeden Morgen einen gründlichen Überblick über die internen Meldungen. Ermittlungen des Bureau sind mir für unsere Gegend dabei gar nicht aufgefallen. Andererseits geben die – Sie – uns auch nicht immer Bescheid, oder?«

Er zwang sie, Farbe zu bekennen. »Eine Privatsache«, sagte Dance und sprach sofort weiter: »Das Opfer war Bobby Prescott, der Chef der Roadcrew?«

»Ganz recht.«

»Ist sonst noch jemand zu Schaden gekommen?«

Madigan hatte keine Lust, ihr zu antworten, und nutzte einen nahen Deputy als Gelegenheit, sich abzuwenden und sich leise mit ihm zu besprechen. Sollte seine Chefin sich doch mit dem Eindringling herumschlagen.

»Nein, nur Bobby«, sagte Sheriff Gonzalez.

»Und was ist passiert?«

Madigan drehte sich wieder zu ihnen um. »Es gibt zum jetzigen Zeitpunkt nur vorläufige Erkenntnisse. Wir können uns noch nicht festlegen.« Er wollte sie eindeutig nicht hierhaben, aber da sie zu einer übergeordneten Dienststelle gehörte, musste er wenigstens so tun als ob. Dance war wie ein großer Hund, der mitten in ein Picknick gelaufen kam – unerwünscht, aber potenziell zu gefährlich, um sich verscheuchen zu lassen.

»Todesursache?«

Eine Pause. »Er hat letzte Nacht offenbar auf der Bühne gearbeitet«, sagte Gonzalez dann. »Wie es aussieht, ist er ausgerutscht und gestürzt, und ein Scheinwerfer ist auf ihm gelandet. Das Ding war eingeschaltet und hat ihn in Brand gesetzt.

Gestorben ist er dann am Blutverlust und an den Verbrennungen.«

Mein Gott, was für ein furchtbarer Tod.

»Er muss eine ganze Weile gebrannt haben. Wurde denn kein Alarm ausgelöst?«

»Die Rauchmelder im Orchestergraben haben nicht funktioniert. Den Grund dafür kennen wir nicht.«

Kathryn sah sofort Edwin Sharp vor sich, wie er zu Bobby Prescott schaute, mit diesem falschen Lächeln und einem Blick, der mühelos auch den Wunsch beinhalten konnte, den Roadie in ein Häuflein Asche zu verwandeln.

»Sie sollten wissen, dass …«

»… es einen Stalker namens Sharp gibt?«, fiel Madigan ihr ins Wort.

»Äh, ja.«

»Einer aus dem Team, Tye Slocum, hat mir berichtet, es habe sich gestern im Cowboy Saloon ein entsprechender Zwischenfall ereignet.«

Dance schilderte, was sie gesehen und gehört hatte. »Bobby hat sich ihm zweimal in den Weg gestellt. Und Edwin hat vermutlich gehört, dass Bobby sagte, er würde am Abend noch herkommen und einen technischen Defekt überprüfen. Es könne aber spät werden, weil er vorher etwas aus Bakersfield abholen müsse.«

»Wir haben Edwin auf dem Schirm«, sagte Madigan desinteressiert. »Wir wissen, dass er ein Haus am Woodwark Park gemietet hat, im Nordteil der Stadt. Für einen Monat.«

Dance erinnerte sich, dass Edwin recht bereitwillig davon erzählt hatte. Und sie hätte immer noch gern gewusst, wieso er sich für einen ganzen Monat dort eingemietet hatte. Ihr fiel auch auf, dass sowohl sie selbst als auch Madigan ihn beim Vornamen nannten; das geschah häufig, wenn ein Verdächtiger als potenziell seelisch gestört galt. Dance ermahnte sich, Sharp auf keinen Fall zu unterschätzen.

Der Chief Detective erhielt einen Anruf. Dann widmete er sich wieder Dance, wenn auch nur ganz kurz und mit einem knappen Lächeln – genauso falsch wie das von Edwin, dachte sie. »Danke für Ihren Besuch. Wir geben dem CBI Bescheid, falls wir irgendwas benötigen sollten.«

Dance musterte die Bühne und den Dunst über dem Orchestergraben.

»Machen Sie's gut«, sagte Gonzalez.

Doch trotz des doppelten Rauswurfs hatte Dance noch nicht vor, sich zu verabschieden. »Wie konnte der Scheinwerfer denn auf ihn fallen?«

»Vielleicht hat er ihn hinter sich hergezogen«, mutmaßte der Sheriff. »Am Kabel, Sie wissen schon.«

»Waren es Bühnenfluter, eine ganze Batterie?«, fragte Dance.

»Keine Ahnung, wie man die nennt«, murmelte Madigan. »Sehen Sie doch selbst nach.« In dem Satz schwang eine gewisse Herausforderung mit.

Dance sah selbst nach. Die verkohlte Leiche war tatsächlich ein schwer zu ertragender Anblick. Und, ja, es handelte sich um einen Riegel mit vier Scheinwerfern.

»Das könnte dieselbe Batterie sein, die gestern heruntergefallen ist.«

»Das hat Tye schon erwähnt«, sagte Madigan. »Wir überprüfen das.« Er hatte allmählich wirklich die Nase voll von ihr. »So, nun ist es aber gut.« Er wandte sich ab.

»Wie konnte das Ding denn aus der Halterung fallen?«

»Weil sich die Flügelmuttern gelöst haben?« Er schaute hinauf zu dem Gestänge.

»Und ich frage mich, wie Bobby hier abstürzen konnte«, sagte Dance. »Die Warnung ist doch nicht zu übersehen.« Ein breites gelbes Klebeband markierte die Kante der Bühne.

»Das sind aber viele Fragen auf einmal«, tat Madigan ihre Bedenken beiläufig ab.

Da ertönte aus dem Hintergrund der Halle die laute, entsetzte Stimme einer Frau: »Nein … nein, *nein!*« Das letzte Wort war ein Aufschrei. Und trotz der heißen feuchten Luft rann Dance ein eisiger Schauder über den Rücken.

Kayleigh Towne rannte den Mittelgang entlang auf den Orchestergraben zu, in dem ihr Freund auf so grausame Weise gestorben war.

10

Dance hatte die junge Sängerin ein halbes Dutzend Mal getroffen. Kayleigh war stets sorgfältig, wenn nicht sogar perfekt zurechtgemacht gewesen.

Heute hingegen sah sie völlig aufgelöst aus. Kein Make-up, das lange Haar zerzaust, die Augen vom Weinen angeschwollen, nicht von Schlaflosigkeit (das ist ein Unterschied, wusste Dance). Statt der sonst üblichen Kontaktlinsen trug sie eine Brille mit dünnem schwarzem Gestell, nicht unähnlich der von Kathryn. Sie war außer Atem.

Detective P.K. Madigan wurde sofort zu einer vollkommen anderen Person. Sein bei Dance verärgert aufgesetztes Lächeln verwandelte sich bei Kayleigh in eine Miene aufrichtigen Mitgefühls. Er fing die junge Frau im Zuschauerraum ab, bevor sie die Bühne erreichen konnte. »Kayleigh, Liebes. Nein, nein, Sie sollten nicht hier sein. Das ist wirklich nicht vonnöten.«

»Bobby?«

»Leider, ja.«

»Man hat es mir gesagt… aber ich habe so sehr gehofft, es würde sich als Irrtum herausstellen.«

Dann gesellte Sheriff Gonzalez sich zu den beiden und legte dem Mädchen einen Arm um die Schultern. Dance fragte sich, ob wohl alle Freunde und Angehörigen eines Opfers eine solche Behandlung erfuhren oder ob dies Prominenten vorbehalten blieb. Aber das war ein zynischer und herzloser Gedanke. Kayleigh Towne war der Star der Stadt, ja, aber im Augenblick war sie vor allem eine Frau, die schrecklichen Kummer litt.

»Es tut mir leid, Kayleigh«, sagte Gonzalez. »Es tut mir so leid.«

»Er war's! Edwin. Ich weiß es! Gehen Sie und verhaften Sie ihn. Er parkt vor meinem Haus. In diesem Moment!«

»Er macht *was*?«, fragte Madigan.

»Er ist auf dem Parkplatz des Erholungsgebiets, gleich auf der anderen Straßenseite. Er sitzt einfach da in seinem verfluchten roten Wagen.«

Madigan runzelte die Stirn und schickte per Funk einen Deputy dorthin, um die Lage zu überprüfen.

»Nehmen Sie ihn fest!«

»Das müssen wir erst mal abwarten, Kayleigh. Es ist vielleicht nicht so einfach.«

»Aber gestern ist ein Scheinwerfer heruntergefallen. Er *muss* dahintergesteckt haben.«

»Wir gehen der Sache nach«, sagte Madigan.

Dance bemerkte Darthur Morgan, der mit verschränkten Armen im hinteren Teil des Zuschauerraums stand und sich sorgfältig umsah.

»Wer, zum Teufel, ist das denn?«, knurrte Madigan, dem der Mann ebenfalls auffiel.

»Mein Leibwächter«, erklärte Kayleigh schluchzend.

»Oh.«

Dance kehrte zum Rand der Bühne zurück und sah hinunter. Der hier besonders starke Geruch erregte abermals Übelkeit, doch Kathryn riss sich zusammen und nahm den Tatort genau in Augenschein: Die Lichtleiste, etwa zwei Meter lang, lag auf den verbrannten Überresten von Bobby Prescott. Dance kannte die Botschaften, die ein Körper von sich gab – ob im Leben oder im Tod. Sie betrachtete nun die gebrochenen Knochen und die Klauenform der Hände, erhoben in der Boxerhaltung – teilweise wegen der für ein Brandopfer typischen Kontraktionen, aber auch, weil er versucht hatte, seinen zerschmetterten Leib aus dem Bereich unterhalb der Bühnenkante zu ziehen. Er wollte weg von den Stufen – was unlogisch gewesen wäre, hätte er einfach nur Hilfe gesucht.

»Zunächst ist *er* gestürzt, die Lampe erst etwas später«, sagte Dance zu dem Deputy neben ihr, ganz leise, damit Kayleigh es nicht hörte.

»Wie war das, Ma'am?« Der Mittdreißiger mit der rechteckigen Statur und dem üppigen schwarzen Schnurrbart trat näher. Auch er war sonnengebräunt wie Madigan, schien aber zudem von Natur aus einen dunklen Teint zu haben. Auf seinem Namensschild stand *Det. D. Harutyun.*

Sie wies nach unten. Die in Overalls gekleideten Mitarbeiter der Spurensicherung räumten soeben die Scheinwerferbatterie beiseite und widmeten sich dem Leichnam. »Seine Beine«, sagte Dance. »Achten Sie auf den Winkel. Und sehen Sie sich seine Hände an. Erst ist er gestürzt. Dann ist die Lampe auf ihm gelandet.«

Der Deputy musterte alles schweigend. Dann: »Der Scheinwerfer ist gekippt und gefallen. Der Mann wusste das, weil er an dem Kabel gezogen hatte.«

Doch das Kabel war an eine Steckdose auf der Bühne angeschlossen, nicht im Orchestergraben. Dance und der Detective realisierten das im selben Moment. Bobby konnte nicht von unten daran gezogen haben.

»Warum ist das Kabel dort in der Wand eingestöpselt?«, fragte sie. »Ein solcher Scheinwerfer hängt doch eigentlich hoch *über* der Bühne. Da oben kriegt er auch seinen Strom. Wieso wurde er überhaupt hier unten angeschlossen? Das sollte auch unbedingt geklärt werden.«

»Ich kümmere mich darum.«

Was er sogleich tat. Er ging die Stufen hinunter, sagte ein paar Worte zu Kayleigh, nahm dann Madigan zur Seite und flüsterte ihm etwas zu. Der Detective nickte. Seine Stirn legte sich in Falten. »Okay«, rief er. »Die gesamte Bühne gilt ab sofort als Tatort. Außerdem das Gestänge, von dem sich gestern der Scheinwerfer gelöst hat. Räumt den Bereich. Und schickt Charlies Leute dort auf die Suche. Wir haben hier alles schon genug verunreinigt.«

Dance fragte sich, ob Harutyun die neuen Erkenntnisse als seine eigenen verkauft hatte. Vermutlich ja. Doch das war ihr egal. Hauptsache, sie konnten alle wichtigen Beweise sichern.

Gonzalez tätigte konzentriert einige Anrufe mit ihrem iPhone. Dance gesellte sich zu Kayleigh, die allein und verzweifelt dastand, sich hektisch umschaute und wild gestikulierend anfing, wirres Zeug zu reden. Kathryn musste an ihr eigenes chaotisches Verhalten während jener ersten Stunden denken, nachdem sie vom Tod ihres Mannes erfahren hatte. Der FBI-Agent war nicht etwa einem Verbrecher zum Opfer gefallen, sondern einem unachtsamen Autofahrer auf dem Highway 1.

Dance nahm sie fest in die Arme und fragte sie, wie sie ihr helfen könne, denn es gäbe gewiss Telefonate zu erledigen oder andere Vorkehrungen zu treffen. Kayleigh bedankte sich, wollte die Anrufe aber selbst übernehmen. »Oh, Kathryn, ist das zu fassen? Ich … ich kann's gar nicht glauben. Bobby.« Ihre Augen richteten sich auf den Orchestergraben, und Dance bereitete sich darauf vor, sie notfalls mit sanfter Gewalt daran zu hindern, einen Blick auf den Leichnam zu werfen. Doch die Sängerin wandte sich stattdessen an Madigan und Gonzalez und sagte, sie habe sich hier gestern beobachtet gefühlt. Nein, sie sei sich dessen sogar *sicher*.

»Von wo aus?«

Sie zeigte darauf. »Aus den Durchgängen dahinten. Alicia – meine Assistentin – hat auch was gesehen. Aber wir konnten niemanden deutlich erkennen.«

»Erzähl ihnen von dem Anruf gestern Abend«, sagte Dance.

Dieser Beitrag des Eindringlings erregte nun auch Madigans Aufmerksamkeit.

»Mein Gott, glaubst du etwa, das könnte mit dem hier zu tun haben?«, fragte Kayleigh mit zitternder Stimme.

»Was denn?«, hakte Gonzalez nach.

Kayleigh berichtete von dem Anruf, der sie am Vorabend im Auto erreicht und bei dem ihr jemand eine Strophe des Titelsongs ihres neuesten Albums *Your Shadow* vorgespielt hatte. »Und übrigens, die Aufnahme war sehr hochwertig, absolut klangtreu«, fügte sie hinzu. »Mit geschlossenen Augen hätte man nicht unterscheiden können, ob da leibhaftig jemand singt oder ob eine digitale Aufzeichnung abgespielt wird. Nur Profis besitzen Rekorder dieser Güteklasse.«

»Oder ein fanatischer Fan«, gab Dance zu bedenken. Dann erwähnte sie, was sie von TJ über das Mobiltelefon erfahren hatte. Madigan schien wenig begeistert zu sein, dass jemand aus einem anderen Zuständigkeitsbereich bereits begonnen hatte, in seinem Fall zu ermitteln. Dennoch notierte er sich die Einzelheiten.

In diesem Moment kam eine weitere Person hinzu. Deputy C. Stanning, von draußen.

»Crystal«, sagte Madigan kühl.

Vornamen …

»Chief, es finden sich immer mehr Reporter ein«, sagte sie. »Die werden eine Pressekonf…«

»Sind Sie nicht dafür zuständig, die Leute vom Tatort fernzuhalten, Deputy?«

Er sah bei diesen Worten nicht Dance an, aber das war auch gar nicht nötig. Ihr war auch so klar, dass Madigan ihr einen Beweis seiner Autorität liefern wollte.

»Das hier ist ein ziemlich großes Gelände«, versuchte Stanning eine Rechtfertigung, ohne gleichzeitig etwas zuzugeben. »Es gibt jede Menge Gaffer und Neugierige. Ich halte sie so gut wie möglich zurück.«

»Das will ich auch hoffen. Und die Reporter sollen sich gedulden.« Diesmal richtete der Blick sich auf den großen Leibwächter im hinteren Teil der Halle.

»Kayleigh, was genau haben Sie am Telefon gehört?«, fragte der Sheriff.

»Nur eine Strophe aus meinem Lied.«

»Der Anrufer oder die Anruferin hat nichts gesagt?«

»Nein. Bloß das Lied.«

Sheriff Gonzalez erhielt nun selbst einen weiteren Anruf und führte ein kurzes Gespräch. »Der Kongressabgeordnete Davis ist hier. Ich muss mich jetzt mit ihm und seinen Sicherheitsleuten treffen«, erklärte sie dann. »Ihr Verlust tut mir leid, Kayleigh.« Das war aufrichtig gemeint, und sie drückte bei diesen Worten beide Schultern des Mädchens. »Was auch immer ich für Sie tun kann, lassen Sie es mich wissen.«

Die ältere Frau sah ihren leitenden Detective an. Ihr Blick besagte: Setzen Sie bei diesem Fall alle Hebel in Bewegung. Er wird hier große Aufmerksamkeit erregen, und Kayleigh ist eine von uns. Ihr darf nichts geschehen. Nichts.

Dann verabschiedete Gonzalez sich von Dance und machte sich mit zwei der anderen Deputys auf den Weg.

»Ich bin auf Verhöre und Befragungen spezialisiert, Detective«, sagte Kathryn zu Madigan. »Falls ich mit einem Ihrer Verdächtigen oder Zeugen reden soll, geben Sie mir einfach Bescheid.« Sie reichte ihm ihre Visitenkarte.

»Ich bin auf dem Gebiet auch nicht ganz unbewandert«, erwiderte Madigan. »Gut, das wär's dann, Kathryn.« Er steckte die Karte ein wie ein benutztes Papiertaschentuch.

»Oh, halt, das Seminar«, sagte Harutyun stirnrunzelnd. »In Salinas. Körpersprache, richtig? Kinetik. Das waren Sie.«

»Kinesik, ja.«

Er wandte sich an Madigan. »Alberto und ich haben letztes Jahr daran teilgenommen. Es war hilfreich. Und Sie waren außerdem witzig.«

»Ein Seminar«, wiederholte Madigan. »Witzig? – Tja, gut zu wissen. Da kommt mir ein Gedanke. Kayleigh, Sie haben hier gestern jemanden gesehen?«

»Bloß einen Schatten«, sagte die Sängerin.

Er lächelte. »Es muss etwas da sein, um einen Schatten zu

werfen. Oder jemand. Warum sprechen Sie nicht mal mit allen Angehörigen der Crew, die gestern hier waren, Kathryn? Und auch mit allen Angestellten des Kongresszentrums. Vielleicht hat ja irgendjemand irgendwas bemerkt.«

»Das könnte ich tun, Detective. Aber das ginge eher in Richtung Klinkenputzen. Wobei das Team und alle anderen hier bestimmt gern behilflich wären. Normalerweise aber werde ich hinzugezogen, wenn Grund zu der Annahme besteht, dass ein Zeuge oder Verdächtiger lügt oder sich nicht mehr an relevante Fakten erinnern kann.«

»Und ich hoffe wirklich, dass wir jemanden auftreiben können, an dem Sie dann Ihre Seminarkünste erproben dürfen, Kathryn. Doch bis dahin wäre es eine große Hilfe, wenn Sie herausfinden könnten, was die anderen zu sagen haben. Sie brauchen sich natürlich nicht dazu verpflichtet zu fühlen.«

Seminarkünste ...

Sie war ausmanövriert worden. Der Hund hatte beim Picknick nach leckeren Bissen geschnüffelt und stattdessen einen trockenen Knochen hingeworfen bekommen.

»Es wird mir ein Vergnügen sein«, sagte Dance. Sie ließ sich von Kayleigh die Namen der Crewmitglieder und Mitarbeiter des Kongresszentrums nennen, die am Vortag zugegen gewesen waren, und gab sie einen nach dem anderen in ihr iPhone ein.

Der Gerichtsmediziner traf ein und beriet sich leise mit dem leitenden Detective.

»Wir sehen uns später«, sagte Dance zu Kayleigh. Der Blick der jungen Frau war so voller Kummer, dass man ihm kaum standhalten konnte. Kathryn bog auf den Mittelgang ein, als ihr schlagartig etwas klar wurde.

Mein Gott.

Sie drehte sich wieder um. »Kayleigh, noch mal wegen gestern Abend ... Der Anrufer hat dir nur eine Strophe vorgespielt, richtig?«

»Die erste. Und den Refrain.«

»Und im Text geht es um einen Konzertsaal.«

»Nun, ja, in gewisser Weise. Es dreht sich eher darum, wie es ist, eine öffentliche Person zu sein. Aber es wird eine Bühne erwähnt.«

»Ich weiß nicht, wer hinter der Sache steckt«, sagte Dance. »Aber falls es ein Stalker wie Edwin ist, wird er meiner Ansicht nach weitere Morde begehen.«

»Oh, Kathryn«, flüsterte Kayleigh. »Noch mehr? Er könnte noch anderen Leuten Schaden zufügen?«

Stalker wurden nur selten zu Mördern, aber in ihren Jahren als Reporterin, Beraterin bei der Geschworenenauswahl und schließlich als Cop hatte Dance gelernt, dass es in dieser Hinsicht keine Gewissheiten gab; tot blieb tot, egal, ob der Mörder ein Ersttäter oder ein Gewohnheitsverbrecher war.

»Stalking basiert auf der steten Wiederholung eines obsessiven Verhaltens. Ich glaube, wir sollten davon ausgehen, dass er weitere Anrufe tätigen wird und dass sich auch weitere Leute in Gefahr befinden. Ich würde Kayleighs Telefon überwachen lassen. Und lassen Sie uns die anderen Strophen des Songs unter die Lupe nehmen und herausfinden, wo oder gegen wen er das nächste Mal zuschlagen könnte.«

»Aber was hätte der Täter davon?«, fragte Madigan. »Was ist dabei für ihn drin?«

»Das weiß ich nicht«, erwiderte Dance. »Manche Stalker sind einfach Psychotiker.«

»Klingt ziemlich weit hergeholt«, sagte Madigan. Er schien in erster Linie verärgert zu sein, dass Kayleigh dank Dance noch weiter aus der Fassung gebracht worden war.

»Ich halte es für wichtig.«

»Scheint so.« Der Chief Detective erhielt einen Anruf, hörte kurz zu und sagte dann zu Kayleigh: »Das war eine der Streifen. Die Kollegen sind an Ihrem Haus vorbeigefahren, haben aber weder ihn noch seinen Wagen gesehen.«

»Wo *ist* er, wo ist er *hin*?« Kayleigh klang panisch.

»Das wissen sie nicht.«

Madigan sah auf die Uhr. Er wies Harutyun an, nach draußen zu gehen und für die Reporter eine kurze Verlautbarung abzugeben. »Nennen Sie keine Einzelheiten, nur Bobbys Namen. Die Ermittlungen laufen. Sieht vorläufig nach Unfall aus. Sie wissen schon, das Übliche. Und halten Sie die Leute von hier *fern.*« Madigan schien offenbar zu glauben, dass Deputy Stanning der Aufgabe nicht gewachsen war.

Dann fertigte er Dance ab, ungehalten und mit eisiger Stimme. »Wenn Sie sich nun bitte an die Vernehmungen machen würden. Ich wüsste das wirklich zu schätzen, Kathryn.«

Dance umarmte Kayleigh ein weiteres Mal. Dann begleitete sie Harutyun zum Ausgang.

»Danke, dass Sie ihn wegen des Scheinwerfers angesprochen haben, Detective Harutyun.«

»Das erschien nur sinnvoll. Nennen Sie mich Dennis.«

»Kathryn.«

»Hab ich gehört.« In trockenem Tonfall.

Sie nickten beide im Vorbeigehen dem ernsten Darthur Morgan zu. Er ließ Kayleigh höchstens für den Bruchteil einer Sekunde aus den Augen.

Wenig später traten sie durch den Vordereingang ins Freie. Dance war dankbar, dem Geruch zu entfliehen, auch wenn es hier draußen sengend heiß war. Harutyuns kantiges Gesicht ließ hingegen Anspannung erkennen. Auch seine Schulterlinie hatte sich verändert. Er schaute zu der Ansammlung von Reportern und Übertragungswagen. Dance begriff, dass er lieber einen Täter in eine dunkle Gasse verfolgt hätte, als diesen Auftrag zu erledigen. Vielleicht weil er ungern vor vielen Leuten sprach. Eine weitverbreitete Angst, die beträchtliche Ausmaße annehmen konnte.

Dance wurde langsamer, tippte eine E-Mail in ihr Telefon und schickte sie ab. »Detective?«

Der Mann mit der breiten Statur blieb stehen, aufmerksam,

aber anscheinend dankbar für jede Verzögerung auf seinem Weg zu den Medienvertretern.

»Ich habe gerade den Text von Kayleighs Lied heruntergeladen«, fuhr Dance fort. »Dem Lied, das ihr gestern Abend am Telefon vorgespielt wurde.«

Er schien sich nicht sicher zu sein, worauf sie hinauswollte.

»Und ich habe eine Kopie an die Detective Division geschickt. Zu Ihren Händen.«

»Zu meinen?«

»Ich wäre Ihnen wirklich dankbar, wenn Sie sich die zweite Strophe vornehmen würden – nun ja, eigentlich alle, aber die zweite Strophe sofort – und mich dann wissen ließen, ob der Text Sie an irgendwelche Orte erinnert, an denen der Täter den nächsten Mord begehen könnte. Wie der Konzertsaal in der ersten Strophe. Einen konkreten Schauplatz abzuleiten, dürfte praktisch unmöglich sein, aber eventuell können wir die Auswahl ein wenig eingrenzen, damit wir einen kleinen Vorsprung haben, sobald er ein weiteres Mal anruft.«

Ein Zögern. »Ich könnte Chief Madigan deswegen fragen.«

»Das *könnten* Sie, sicher«, sagte Dance langsam.

Harutyun sah nicht sie an; sein Blick schweifte über die Reporter. »Der Chief hat die beste Spurensicherung im ganzen Valley, besser als die aus Bakersfield. Und seine Verhaftungs- und Verurteilungsquote zählt zu den obersten zehn Prozent im Staat.«

»Ich glaube gern, dass er gut ist«, sagte sie.

Die Augen blieben auf die unersättlichen Journalisten gerichtet. »Ich weiß, ihm wäre es sehr lieb, wenn Sie sich um diese Zeugenaussagen kümmern würden.«

»Sehen Sie sich den Text an. Bitte«, drängte Dance entschlossen.

Der große Detective schluckte wortlos und ging mit widerwilligen Schritten auf das Rudel hungriger Wölfe zu.

11

Bobby Prescotts Wohnwagen war ein beeindruckendes Modell Cole der Firma Buccaneer mit doppelter Breite, etwa fünfzehn mal siebeneinhalb Meter, schätzte Kathryn Dance. Gelbbraun mit weißen Zierleisten.

Ein Fundament aus rissigen Betonziegeln belegte jedoch, dass dieses Gefährt schon lange keine Straße mehr gesehen hatte. Der trockene Boden des Grundstücks war aufgeplatzt und beigefarben. Das Gras hatte den Kampf schon verloren, aber einige Hortensien und Buchsbäume hielten wacker durch.

Hier war nicht viel los. Außer der Polizei waren nur ein paar neugierige Kinder mit Fahrrädern und Skateboards sowie einige ältere Schaulustige zugegen. Es war die entsprechende Art von Gegend: Die meisten Erwachsenen scherten sich entweder nicht darum, was hier gerade geschah, oder wollten keine unnötige Aufmerksamkeit auf sich ziehen. In dem Trailer wohnte sonst niemand; TJ hatte berichtet, Bobby Prescott sei ledig gewesen und habe hier allein gelebt.

Es war dreizehn Uhr, und der Sonnenstand entsprach dem Monat September. Trotzdem war die Luft so heiß wie im Juli.

Am Straßenrand standen zwei Streifenwagen des FMCSO geparkt. Dance rollte vorsichtig an ihnen vorbei zum Carport und stieg aus dem Pathfinder. Chief Detective Madigan und Dennis Harutyun sprachen beide mit den Kindern. Jedenfalls bis jetzt, denn nun rückte Kathryn in das Zentrum ihres Interesses.

Der schnauzbärtige Detective nickte ihr unverbindlich zu.

Sein Boss sagte: »Ah, Kathryn.« Madigan rang sich nicht mal

ein falsches Lächeln ab. Unter dem hauchdünnen äußeren Anstrich war Wut – auf sie und vermutlich auf sich selbst, weil er die politischen Spielregeln einhalten musste, statt die CBI-Agentin einfach achtkantig rauswerfen zu können. Sie hatte den Eindruck, dass er zudem überrascht war – denn eigentlich hatte er gehofft, dass es ihr langweilig werden würde, den Kleinstadt-Cop zu spielen, und sie von selbst verschwand.

Tja, Pech gehabt.

Dennis Harutyun musterte sie ernst, und sie fragte sich, ob er sich überhaupt die Mühe gemacht hatte, ihre E-Mail zu öffnen und den Text von »Your Shadow« zu überprüfen. Wahrscheinlich nicht. Er strich sich mit einem Finger über den Schnurrbart und setzte die Befragung der Anwohner fort. Dabei wirkte er ebenso ruhig wie zuvor im Kongresszentrum. Doch er war außerdem auf der Hut und sah sich beständig um, als würde hier irgendwo Edwin mit einer Pistole lauern.

Was durchaus möglich war, wusste Dance. Voyeuristische Täter wie Stalker setzen dich ständig unter Druck. Das Ausspionieren verschafft ihnen Befriedigung.

»So«, fuhr P.K. Madigan fort. »Sie hatten demnach keine Gelegenheit, mit den besagten Zeugen zu sprechen.«

»Doch, hatte ich. Aber ich fürchte, ohne allzu ergiebiges Resultat. Ich habe mit Alicia gesprochen, Kayleighs persönlicher Assistentin, und dann mit Tye Slocum, dem Rest der Crew und Darthur Morgan …«

»Mit *wem?*«

»Mit ihrem Leibwächter.«

»Diesem … dem großen Kerl, der vorhin dabei war?«

»Genau. Darüber hinaus waren drei Angestellte des Kongresszentrums der Band behilflich. Ein Wachmann, ein Elektriker und ein Zimmermann. Die beiden Letzteren mussten vor Ort sein wegen der Gewerkschaftsvorschriften. Ich habe auch sie befragt. Der Wachmann hat gesagt, drei der Türen seien nicht verschlossen gewesen. Doch das war nichts Ungewöhnliches. Tagsüber, wenn gerade keine Veranstaltung stattfindet, ist es sehr mühsam, ihn erst jedes Mal zu holen, damit er die Vorder-, Seiten- und Hintertür aufschließt, also bleiben sie meistens einfach offen. Keiner der drei hat irgendeine unbekannte Person bemerkt, weder oben an den Scheinwerfern noch sonst wo.«

»Und das alles haben Sie in drei Stunden geschafft?«

Genau genommen in achtzig Minuten. Den Rest der Zeit hatte sie darauf verwandt, die Orte in Erfahrung zu bringen, an denen Bobby sich am liebsten aufgehalten hatte – er war gern in einem nahen Naturschutzgebiet wandern gegangen (keine näheren Anhaltspunkte), hatte sich mit Freunden in einem Plattenladen oder Radiosender herumgetrieben (ebenfalls keinerlei Anhaltspunkte) oder in einem bestimmten Imbiss im Tower District gesessen und beachtliche Mengen Kaffee getrunken (auch dort nichts Hilfreiches).

Und natürlich sein Zuhause.

Deshalb war sie jetzt hier.

Sie entschied sich jedoch, dies alles nicht zu erwähnen, und fragte einfach nur: »Was hat Ihre Spurensicherung im Kongresszentrum gefunden?«

Eine Pause. »Jede Menge. Die Ergebnisse kennen wir noch nicht.«

Ein weiterer Streifenwagen traf ein – mit Crystal Stanning am Steuer. Sie parkte hinter Dance' Nissan, stieg aus und gesellte sich zu den anderen. Auch sie schaute sich nervös um.

Das ist ja das wirklich Schlimme bei einer solchen Straftat. Man weiß nie so genau, wo der Stalker sich aufhält. Vielleicht meilenweit weg, vielleicht draußen vor deinem Fenster.

Stanning schien ihrem Chef über irgendetwas Bericht erstatten zu wollen, würde jedoch, solange Dance dabei stand, ohne explizite Aufforderung nichts sagen. Der schwitzende Madigan war ungeduldig. »Was ist mit dem Telefon?«, herrschte er sie an.

»Service Plus Drugs in Burlingame. Bar bezahlt. Es gibt dort keine Überwachungskameras. Womöglich hat er sich *deswegen* genau diesen Laden ausgesucht.«

Dance hatte ihnen all diese Informationen bereits gegeben.

Doch dann fuhr Stanning fort: »Und Sie hatten recht, Chief, er hat zum selben Zeitpunkt noch drei weitere Telefone gekauft.«

Eine Frage, auf die Dance *nicht* gekommen war und die sie demzufolge auch nicht an TJ Scanlon weitergereicht hatte.

Madigan seufzte. »Also könnte dieser Kerl *tatsächlich* noch was vorhaben.«

Was wohl bedeutete, dass er ihre »weit hergeholte« Befürchtung nun doch ernst nahm.

»Your Shadow« hat vier Strophen, dachte Dance. Bedeutete das vier Opfer? Und eventuell war dieser Song nicht die einzige Mordvorlage; Kayleigh hatte zahlreiche Lieder geschrieben.

»Ich habe die Nummern und ESNs.«

Um ein Mobiltelefon aufspüren zu können, benötigte man sowohl die Rufnummer als auch die elektronische Seriennummer des Geräts.

»Wir sollten sie abschalten lassen«, sagte Madigan. »Damit Edwin gezwungen ist, sich hier ein neues zu kaufen. Das ließe sich leichter überwachen.«

Wir wissen nicht, ob Edwin der Täter ist, dachte Dance, sagte aber nichts.

»Ist gut.« Detective Stanning trug drei Knöpfe in einem Ohr und eine einzeln baumelnde Spirale im anderen. Außerdem einen Punkt in ihrer Nase, der in ihrer Freizeit vielleicht durch eine kleine Kugel ersetzt wurde.

»Ich würde nichts dergleichen unternehmen«, wandte Dance ein. »Er soll glauben, wir wüssten nicht, was er vorhat. Stattdessen sollten wir die drei Nummern zur automatischen Lokalisierung markieren lassen. Falls der Täter erneut anruft, können wir eine Dreieckspeilung vornehmen.«

Madigan überlegte und sah dann Crystal Stanning an. »Sorgen Sie dafür.«

»Wen soll ich …?«

»Verständigen Sie Redman in der Technik. Er kann alles Notwendige veranlassen.«

Gegenüber rührte sich was. Dort stand ein etwas bescheidenerer Wohnwagen im kümmerlichen Gras. Eine dicke Frau war hinaus auf die kleine Betonveranda getreten und rauchte eine Zigarette. Sonnenverbrannte Schultern, Sommersprossen. Sie trug ein enges, weißes, trägerloses Sommerkleid mit violetten und roten Flecken auf Kleinkindhöhe. Und sie musterte alle Anwesenden argwöhnisch.

Madigan wies Stanning an, gemeinsam mit Harutyun weiter die Nachbarn zu befragen, ging zum Bordstein, ließ zwei Pickups passieren und überquerte die Straße. Dance folgte ihm zu der korpulenten Frau.

Der Detective warf ihr einen Blick über die Schulter zu, aber sie ließ sich nicht beirren.

Die Nachbarin kam ihnen verunsichert ein Stück entgegen. Sie trafen sich auf halbem Weg zwischen Briefkasten und Wohnwagen. »Ich hab's in den Nachrichten gehört«, sagte die Frau mit krächzender Stimme. »Das mit Bobby, meine ich. Ich kann's gar nicht glauben.« Dann wiederholte sie hastig: »Es kam in den Nachrichten. Daher weiß ich davon.« Sie nahm einen Zug.

Die Unschuldigen verhalten sich meistens genauso schuldig wie die Schuldigen.

»Ja, Ma'am. Ich bin Deputy Madigan, das ist Officer Dancer.«

Sie korrigierte ihn nicht.

»Und Ihr Name?«

»Tabby Nysmith. Tabatha. Bobby hat nie irgendwelchen Ärger gemacht. Keine Drogen oder Besäufnisse. Die Musik war sein Ein und Alles. Nur einmal gab es Beschwerden wegen einer zu lauten Party. Ich kann gar nicht glauben, dass er tot ist. Was ist denn passiert? In den Nachrichten wurde nichts Genaues erwähnt.«

»Wir sind uns nicht sicher, was passiert ist, Ma'am. Noch nicht.«

»Waren es Gangs?«

»Wie gesagt, wir sind uns nicht sicher.«

»Ein so netter Kerl, wirklich. Er hat Tony, meinem Ältesten, all seine tollen Gitarren gezeigt. Auf einer davon hat vor Jahren mal Mick Jagger gespielt. Schon Bobbys Vater hatte mit den Stones und den Beatles gearbeitet. Jedenfalls hat Bobby das so erzählt. Nachprüfen konnten wir das nicht, wie denn auch? Aber Tony war begeistert.«

»Haben Sie hier in letzter Zeit jemanden gesehen, den Sie bis dahin nicht kannten?«

»Nein, Sir.«

»Hat er sich mit jemandem gestritten? Sind Ihnen laute Stimmen aufgefallen, oder deutete irgendwas auf Drogen hin?«

»Nein. Hier war niemand, weder gestern Abend noch heute Vormittag. Ich habe überhaupt nichts gesehen.«

»Sind Sie sicher?«

»Jawohl, Sir.« Sie drückte ihre Zigarette aus und zündete sich sofort eine neue an. Die vielen Stummel vor der Tür verrieten Dance, dass die Frau wenigstens den Anstand besaß, zum Rauchen nach draußen zu gehen – um die Kinder zu schützen.

»Ich kann von seinem Grundstück ja auch kaum was erkennen«, fuhr Tabatha fort und deutete auf die vorderen Fenster ihres Wohnwagens, vor denen Sträucher wuchsen. »Tony senior hätte die schon längst mal beschneiden sollen, aber er kommt irgendwie nie dazu.«

Ein Blick zu Dance, ein Lächeln.

Männer …

»Könnte Ihr *Ehemann* etwas bemerkt haben?«

»Der ist unterwegs. Fernfahrer. Schon seit drei Tagen. Nein, vier.«

»Also gut, Ma'am. Danke, dass Sie sich die Zeit genommen haben.«

»Gern, Officer. Gibt es denn eine Beerdigung oder so?«

»Weiß ich nicht. Einen schönen Tag noch.« Madigan machte

sich auf den Rückweg, aber Dance folgte der Frau zu ihrem Wohnwagen.

»Verzeihung.«

»Ja?«

»Dürfte ich Ihnen noch ein paar Fragen stellen?«

»Tut mir leid. Ich muss mich wirklich wieder um die Kinder kümmern.«

»Wie viele?«

»Was?«

»Kinder.«

»Oh. Vier.«

»Ich habe zwei.«

Tabatha lächelte. »Ich hab da mal so 'nen Ausdruck gehört. Hab zwar vergessen, wie der genau hieß, aber ich glaube, es sollte bedeuten, dass man mit zwei Kindern das Schlimmste hinter sich hat, wissen Sie? Man kann noch zehn weitere bekommen, und es ist trotzdem kaum teurer.«

Dance lächelte verständnisvoll. »Zwei reichen mir.«

»Aber Sie gehen doch arbeiten.«

Dieser kurze Satz besagte sehr viel. Dann fügte Tabatha hinzu: »Ich weiß wirklich nur das, was ich dem Mann erzählt habe.« Sie betrachtete Dance' straffe Figur, die saubere Jeans und die Sonnenbrille, deren Gestell die Farbe von Preiselbeersoße hatte.

Eine völlig andere Welt.

Und ich gehe arbeiten.

»Sheryl und Annette passen allein auf das Baby auf.« Die Frau ging weiter, und zwar erstaunlich schnell für ihre Statur. Sie nahm einen letzten tiefen Zug und trat die Zigarette dann sorgfältig aus. So machten die Raucher das in Kalifornien, dem Land der Buschfeuer.

»Nur ein oder zwei Fragen.«

»Wenn das Baby zu weinen anfängt …«

»Ich helfe Ihnen, seine Windel zu wechseln.«

»Ihre.«

»Wie heißt sie?«

»Caitlyn.«

»Hübsch. Meine heißt Maggie.«

Dann erreichten sie die Fliegengittertür des Wohnwagens. Tabatha spähte durch das schmutzige verrostete Drahtgeflecht. Dance konnte kaum etwas außer Spielzeugen erkennen: Plastikdreiräder, Ritterburgen, Puppenhäuser, Schatztruhen. Im Innern war es halbdunkel, doch die Außenwände sonderten immer noch Hitze ab. Der Fernseher lief. Eine der letzten noch verbliebenen Seifenopern.

Tabatha zog eine Augenbraue hoch.

»Nur noch ein paar Kleinigkeiten wegen Bobby.«

Dance setzte das Gespräch mit Tabatha fort, weil ihr eine wichtige Regel der kinesischen Analyse vertraut war: das Freiwilligenprinzip. Wenn jemand eine Antwort gibt und selbsttätig auch noch die mutmaßlich nächste Frage beantwortet, versucht derjenige dadurch oftmals, die Richtung des Gesprächs zu beeinflussen oder etwas zu verschleiern.

Dance war aufgefallen, dass Tabatha behauptet hatte, sie habe niemanden gesehen, weder gestern Abend *noch heute Vormittag*.

Wieso hatte sie das ausdrücklich erwähnt? Es ergab keinen Sinn, es sei denn, sie wollte etwas verbergen.

Dance nahm ihre Sonnenbrille ab.

»Ich muss mich jetzt wirklich um die Kinder kümmern.«

»Tabatha, was haben Sie heute Vormittag bei Bobbys Wohnwagen gesehen?«

»Nichts«, erwiderte sie schnell.

Die effektive kinesische Analyse eines Zeugen oder Verdächtigen beinhaltet langwierige Gespräche mit der jeweiligen Person – über einen Zeitraum von mehreren Tagen oder idealerweise Wochen. Dabei wird das Verbrechen zunächst gar nicht erwähnt; der Fragende erkundigt sich vielmehr nach Einzelheiten aus dem Leben des Betreffenden und gibt dazu Kommentare ab. Er wählt nur Themen, bei denen er vorher weiß, wie die Wahrheit lautet.

Auf diese Weise etabliert er eine grundlegende Norm des Betreffenden – wie die Person redet und sich verhält, wenn sie aufrichtig antwortet. Dann erst kommt der Fragende auf das Verbrechen zu sprechen und vergleicht die Reaktionen des Befragten mit der eingangs festgestellten Norm. Jede Abweichung deutet auf Stress und somit auf einen möglichen Täuschungsversuch hin.

Auch ohne Kenntnis der individuellen Norm gibt es indes einige Anzeichen, die auf eine Lüge hindeuten, zumindest für eine so erfahrene Spezialistin wie Kathryn Dance. Tabathas Stimme klang inzwischen etwas schriller als zuvor – was ein Zeichen für Stress war.

Ein Blick zu Bobbys Wohnwagen, vor dem Madigan und seine Deputys standen und zu ihr herüberstarrten. Dance ignorierte sie und sagte ruhig: »Es wäre für alle am besten, wenn Sie uns ein wenig mehr unterstützen würden.«

Für alle …

Auch für dich.

Wenigstens war sie keine Heulsuse. An diesem Punkt eines Verhörs, wenn Dance Zeugen oder Verdächtige dazu brachte, eine Lüge einzugestehen, brachen viele Frauen und eine überraschend hohe Anzahl Männer in Tränen aus. Es konnte dann mehr als eine Stunde dauern, sie davon zu überzeugen, dass sie trotz der Lüge keine schlechten Menschen waren, sondern einfach nur Angst hatten, ihre Familien beschützen wollten oder andere gute Gründe besaßen. Tabatha ließ keine solche Reaktion erkennen. Sie runzelte nur nachdenklich die Stirn, wahrscheinlich weil sie das Risiko für ihre Kinder abwog.

Dance hatte sie fast so weit.

»Wir werden dafür sorgen, dass Ihnen nichts passiert. Aber dies ist eine ziemlich ernste Angelegenheit.«

Mit leiser Stimme, von Frau zu Frau, Erwachsener zu Erwachsener.

»Sie haben gut reden. Das sagt sich so leicht.«

»Ich gebe Ihnen mein Wort.«

Von Mutter zu Mutter.

Überaus lange zehn Sekunden verstrichen. »Da *war* jemand im Wohnwagen. Heute Vormittag.«

»Können Sie die Person beschreiben?«

»Ich konnte kein Gesicht erkennen. Wegen des Winkels, Sie wissen schon. Bloß den Körper, Brust und Schultern, durch das Fenster. Wie eine – wie sagt man? – Silhouette. Nicht mal die Kleidung. Das war alles. Ich schwöre.«

Der letzte Satz deutet zwar häufig auf eine Täuschung hin, kann aber auch nur zur Bekräftigung dienen. Dance glaubte der Frau. »Durch welches der Fenster?«

»Das da drüben, auf der Vorderseite.« Sie zeigte darauf. Es war etwa sechzig Zentimeter hoch und neunzig breit.

»Sie waren draußen eine rauchen und haben diese Person gesehen?«

»Ich würde gern aufhören. Das werde ich auch. Ich mache mir nur Sorgen wegen der Gewichtszunahme, Sie wissen schon. Das passiert nämlich immer, wenn man mit dem Rauchen aufhört. Ich versuch's. Aber noch mehr Pfunde möchte ich eigentlich vermeiden. Tony senior macht deswegen schon Bemerkungen. Ausgerechnet er. Mr. Budweiser.«

»Wann heute Vormittag war das?«

»Um elf, halb zwölf.«

»Haben Sie ein Auto gesehen? Oder wann die Person gegangen ist?«

»Nein.«

Dann bemerkte sie erschrocken, dass Madigan es aufgegeben hatte, sie hasserfüllt zu beobachten, und auf die Vordertür von Bobbys Wohnwagen zuging.

»Danke, Tabatha. Gehen Sie jetzt zu Ihren Kindern.«

»Muss ich vor Gericht aussagen?«

Dance lief los und rief ihr über die Schulter zu: »Wir passen auf Sie auf, versprochen!« Dann brüllte sie: »Detective! Stopp!«

12

P. K. Madigan hatte die Hand schon nach dem Türknauf ausgestreckt.

Sein Blick richtete sich auf Dance, und sie sah, wie sein Gesicht sich zu seiner missmutigen Standardmiene verzog.

Doch er schien auch sofort zu begreifen, dass sie einen guten Grund dafür hatte, ihn am Eintreten zu hindern.

Womöglich weil dort Gefahr drohte. Seine Hand legte sich auf den Griff des Revolvers.

Er wich zurück. Dennis Harutyun tat es ihm gleich.

Dance kam über die Straße zu ihnen gerannt.

»Ist jemand da drinnen?«, fragte der Chief Detective mit schneidender Stimme.

Dance rang nach Luft. »Vermutlich nicht, aber ich weiß es nicht mit Sicherheit. Folgendes: Der Täter – oder sonst jemand – war heute Vormittag hier. Um elf, halb zwölf. Sie werden den Schauplatz nicht verunreinigen wollen.«

»*Hier*, im Wohnwagen?«

»Ich glaube, wir sollten davon ausgehen, dass es der Killer war.«

»Ist sie sich da sicher? Was den Zeitpunkt angeht?« Er nickte in Richtung von Tabathas Wohnwagen.

»Wohl ja. Der Fernseher ist an und dürfte schon den ganzen Tag gelaufen sein. Ihr Mann ist viel unterwegs, und das Gerät leistet ihr Gesellschaft. Ich schätze, dass sie anhand der Sendung, die jeweils läuft, ziemlich genau die Zeit abschätzen kann.«

»Wen hat sie gesehen? Kann sie die Person beschreiben?«

»Nein. Und ich glaube ihr. Sie hat weder ein Gesicht gesehen noch ein Fahrzeug.«

Ein tiefes Seufzen. »Verständigen Sie die Spurensicherung«, wies er Harutyun an. »Und riegeln Sie hier alles mit Absperrband ab. So viel wie möglich. Den ganzen Wohnwagen.«

Der sorgfältige Deputy tätigte einen Anruf.

Madigan und Dance entfernten sich von der Tür und blieben auf dem bröckelnden Gehweg stehen.

»Was hat Edwin oder wer auch immer hier gewollt? Hinterher.«

»Ich weiß es nicht.«

»Vielleicht war es ein Freund oder jemand aus der Crew.«

»Ein Freund kann sein. Mit der Crew habe ich geredet. Die hätten einen Besuch hier entweder erwähnt oder sich verdächtig verhalten. Aber das hat keiner von ihnen.«

Einen Moment lang herrschte Schweigen. Madigan starrte die Tür an, er wollte hinein. Ungeduldig wippte er vor und zurück. Dann fragte er sie plötzlich: »Gehen Sie gern angeln?«

»Nein.«

»Hm.« Er betrachtete das trockene, gelblich verfärbte Gras. »Gehen Sie gar nicht angeln? Oder nur nicht gern?«

»Beides. Aber ein Freund von mir würde am liebsten auf seinem Boot in der Monterey Bay wohnen.«

Michael O'Neil fuhr ständig auf das unruhige Wasser hinaus. Oft mit Dance' Sohn Wes und mit seinen eigenen Kindern. Manchmal kam auch Kathryns Vater mit, ein pensionierter Meeresbiologe.

»Die Monterey Bay. Hm. Lachs.« Madigan schaute sich um. »Ich gehe gern angeln.«

»Fangen und freilassen?«

»Nein. Das kommt mir grausamer vor. Ich fange und esse.«

»Michael auch.«

»Michael?«

»Der Freund, von dem ich sprach.«

Wieder Schweigen, so drückend wie die steigende Hitze. Sie sahen Harutyun und Stanning beim Spannen des gelben Absperrbandes zu.

»Ich habe Tabatha versprochen, dass wir auf sie aufpassen werden.«

»Können wir machen.«

»Es ist wichtig.«

»Können wir machen«, wiederholte er leicht gereizt. »Beordern Sie einen Streifenwagen her«, befahl er Harutyun. »Irgendeinen Anfänger. Er soll das Grundstück hier im Auge behalten. Den Wohnwagen auf der anderen Straßenseite ebenfalls.«

»Danke«, sagte Dance zu Madigan.

Er reagierte nicht.

Sie roch Old Spice oder irgendeinen anderen Gewürznelkenduft an ihm. Unter dem beachtlichen Bauch trug er einen Revolvergurt, in dessen Schlaufen tatsächlich einzelne Patronen steckten wie bei einem Cowboy. Nicht etwa Schnelllader, jene runden Halterungen, mit denen die sechs oder acht Kammern einer ausgeklappten Revolvertrommel alle auf einmal und binnen kürzester Zeit geladen werden konnten. Als Detective in Fresno war man offenbar nur selten gezwungen, auf Leute schießen oder gar eilig nachladen zu müssen.

Madigan trat wieder auf die Tür zu und nahm das Schloss in Augenschein. »Das könnte geknackt worden sein.«

Wortlos warteten sie auf die Ankunft der Spurensicherung. Als es so weit war, zeigte Dance sich – nicht zum ersten Mal – von der Effizienz der Fachleute beeindruckt. Das Team legte zügig Overalls, Masken und Füßlinge an. Dann überprüften zunächst zwei von ihnen mit gezogenen Waffen das Innere des Wohnwagens auf etwaige Gefahren. Dance war überrascht. Die meisten Polizeibehörden schickten zu diesem Zweck das Sondereinsatzkommando oder gewöhnliche Beamte vor, wodurch die Tatorte allerdings verunreinigt wurden.

Dann machte die Spurensicherung sich an die Arbeit, stäubte die Oberflächen ein und suchte mit alternativen Lichtquellen nach Fingerabdrücken, nahm Partikelproben, sicherte sowohl drinnen als auch draußen auf der Veranda elektrostatische Fußabdrücke und hielt nach Reifenspuren Ausschau sowie nach allem, was der Täter weggeworfen oder verloren haben könnte.

Lincoln Rhyme, ein guter Freund von Dance, zählte zu den landesweit führenden Experten für die forensische Spuren- und Tatortuntersuchung. Sie selbst stand dem blinden Vertrauen auf diese Methode ein wenig skeptisch gegenüber; in einem ihr bekannten Fall war beinahe ein Unschuldiger hingerichtet worden, weil der echte Täter ihm belastendes Material untergeschoben hatte. Andererseits vollbrachten Rhyme und seine Partnerin Amelia Sachs regelmäßig wahre Wunder, wenn sie anhand kaum wahrnehmbarer Spuren einen Täter identifizierten und seiner Verbrechen überführten.

Ihr fiel auf, dass Madigans Blick zum ersten Mal seit ihrem Eintreffen hellwach und interessiert wirkte, während er dabei zusah, wie das Team das Grundstück durchkämmte und eifrig in dem Wohnwagen ein und aus ging. Er mag seine Spuren, dachte sie. Er ist ein *Objekt*-Cop, kein *Subjekt*-Cop.

Eine Stunde später waren sie fertig und trugen mehrere Kisten und Tüten hinaus, Letztere teils aus Papier, teils aus Plastik. Dann gaben sie den Tatort frei.

Dance hatte das Gefühl, sie würde hier nicht viel länger willkommen sein, trotz des Angelgesprächs, das sie und Madigan geführt hatten. Also beeilte sie sich, den Wohnwagen zu betreten, in dem es nach erhitztem Kunststoffmobiliar roch. Dance erstarrte. Das war ja regelrecht ein Museum. Sie hatte so etwas noch nie gesehen, jedenfalls nicht in einer privaten Behausung. Poster, Schallplattenhüllen, Gitarren, Musikerstatuetten, eine Hammond-B3-Orgel, Teile von Blas- und Streichinstrumenten, alte Verstärker und Hunderte von Vinylschallplatten – LPs für 331/3 Umdrehungen pro Minute, 45er Singles und uralte 78er, dazu Tonbänder auf Spulen. Sie fand eine Plattenspielersammlung und ein legendäres Modell Nagra des Herstellers Kudelski, das beste tragbare Tonbandgerät aller Zeiten. Es war, als würde sie in einer Garage voller wunderschöner Oldtimer stehen. All diese analogen Geräte waren schon vor langer Zeit durch digitale Nachfolger abgelöst worden.

Dennoch waren sie für Dance, genau wie offenbar für Bobby, echte Kunstwerke.

Sie fand Hunderte von Konzertsouvenirs, hauptsächlich aus den Sechziger- bis Achtzigerjahren. Kaffeebecher, T-Shirts, Schirmmützen. Sogar Kugelschreiber – was eigentlich nicht überraschte, denn es handelte sich um Andenken aus dem Programm des intellektuellsten aller Singer-Songwriter, Paul Simon, dessen Lied »American Tune« zum Namensgeber für Kathryns Internetseite geworden war.

Der größte Teil aller Gegenstände hier hatte jedoch mit der Welt der Countrymusic zu tun. Die Fotos, die nahezu jeden freien Quadratzentimeter der Wände bedeckten, vollzogen die Geschichte des Genres nach, das sich, so glaubte Dance, im Laufe der Jahre so oft wie keine andere Musikform in Amerika immer wieder neu erfunden hatte. Sie entdeckte Bilder von Musikern der traditionellen Ära – den Stilrichtungen Grand Ole Opry und Rockabilly – in den Fünfzigern. Und aus der Zeit des Country-Rock ein Jahrzehnt später, gefolgt von Outlaw, vertreten durch Leute wie Waylon Jennings, Hank Williams jr. und Willie Nelson. Es gab hier Fotos und Autogramme von Dolly Parton, Kenny Rogers und Eddie Rabbitt, die zum Country-Pop-Trend der Spätsiebziger- und Achtzigerjahre gehörten. Die folgende Neotraditionalismus-Bewegung war eine Rückbesinnung auf die Anfangszeit und brachte Superstars wie Randy Travis, George Strait, die Judds, Travis Tritt und Dutzende andere hervor – und sie alle waren hier repräsentiert.

In den Neunzigern wurde Country international, einerseits mit Künstlern wie Clint Black, Vince Gill, Garth Brooks, Shania

Twain, Mindy McCready und Faith Hill und andererseits mit einer starken Alternativbewegung, die die durchgestylte Machart der Nashville-Produktionen ablehnte. Von einer der Wände blickten Fotos von Lyle Lovett und Steve Earl herab, zwei prominenten Vertretern der zweiten Richtung.

Auch die Gegenwart fand Beachtung. Hier war ein Foto von Carrie Underwood (ja, die *American-Idol*-Gewinnerin) sowie ein signiertes Exemplar der Noten zu Taylor Swifts »Fifteen«, in dem es nicht um Fernfahrer, Gott, das harte Leben oder andere traditionelle Country-Themen ging, sondern um die Ängste einer Highschool-Schülerin.

Und natürlich war die Karriere von Kayleigh Towne ausführlich dokumentiert.

Dance wusste, dass viele Historiker sich mit der Musikszene der letzten fünfzig Jahre beschäftigten, aber sie bezweifelte, dass auch nur einer von ihnen so viele Erinnerungsstücke wie Bobby besaß. Kein Todesfall ist schlimmer als irgendein anderer, aber Dance verspürte dennoch ein tiefes Bedauern, dass Bobby Prescotts hingebungsvolles Bemühen um die Archivierung sämtlicher Aspekte der Pop- und Countrymusic des zwanzigsten Jahrhunderts mit ihm gestorben war. Es war ein Verlust, der die ganze Welt betraf.

Dance riss sich von den Archiven los und schritt aufmerksam den gesamten Wohnwagen ab. Sie wusste nicht genau, wonach sie suchte.

Dann fiel ihr etwas Ungewöhnliches auf.

Sie ging zu einem Bücherregal, in dem mehrere Aktenordner und Schnellhefter mit wichtigen Unterlagen wie Verträgen und Steuerbescheiden standen, dazu Schachteln mit Kassetten und Tonbändern, einige beschriftet als »Mastertapes«.

Während Dance diesen Bereich des Wohnwagens besonders gründlich in Augenschein nahm, kam sie auch an dem Fenster vorbei, hinter dem Tabatha an jenem Vormittag den Eindringling gesehen hatte. Erschrocken zuckte sie zusammen, denn draußen vor der Scheibe stand ein überaus verdrießlicher P. K. Madigan und starrte ihr mitten ins Gesicht.

Seine Miene besagte, dass er gründlich mit ihr Schlitten fahren würde.

Doch sie kam ihm zuvor und rief: »Ich hab was gefunden!«

Er verzog das Gesicht und zögerte, bevor er sich schließlich widerwillig zu ihr gesellte.

»Genau genommen habe ich festgestellt, dass etwas *fehlt.*«

Er sah sich um. »Hat etwa die Körpersprache des Wohnwagens Ihnen das verraten?«, fragte er spöttisch.

»So könnte man es ausdrücken«, entgegnete Dance ungerührt. »Ein Mensch folgt bei seinen Gesten, seiner Sprache und seiner Mimik gewissen individuellen Mustern. Das gilt auch für die Gestaltung seiner Wohnung. Bobby ist eine hochgradig organisierte Person. Leute mit dieser Eigenschaft sind das nicht zufällig; der Antrieb ist in ihrer Psyche verankert. Und nun sehen Sie sich diese Regalfächer an.« Sie zeigte darauf.

»Die sind unordentlich, na und? Ich habe einen halbwüchsigen Sohn.«

»Aber alle anderen Regalfächer sind es nicht. Und Ihre Spurensicherung hat die Stellen markiert, an denen sie etwas weggenommen hat. Jemand anders hat diese Schachteln durchsucht. Wahrscheinlich der Eindringling. Das Regal steht neben dem Fenster, durch das Tabatha jemanden gesehen hat.«

»Und wie kommen Sie darauf, dass etwas fehlt?«

»Ich kann es nicht mit Sicherheit sagen. Ich ziehe lediglich eine Schlussfolgerung aus der Tatsache, dass nur diese Regalfächer in Unordnung geraten sind: Der Eindringling hat etwas Bestimmtes gesucht und auch gefunden, also hat er mit der Suche aufgehört.«

Madigan ging zu dem Regal, streifte Latexhandschuhe über und stöberte dann zwischen den Bändern, Papieren, Fotos und Erinnerungsstücken herum. »Manche dieser Schnappschüsse von Kayleigh sind keine offiziellen Souvenirs, sondern privater Natur.«

Das war Dance gar nicht aufgefallen.

»Genau die Art von Andenken, auf die so ein beschissener Stalker ganz wild wäre«, fuhr Madigan fort.

»Ja, das könnte die Erklärung sein.«

Madigan strich mit dem Finger über einen der Fachböden. Die Staubschicht war dick. Bobby mochte organisiert sein, aber mit dem Putzen hatte er es nicht so. »Gleich hier in der Nähe gibt es eine Zementfabrik. Das sieht mir wie Staub von dort aus. Ich bin mir sogar sicher. Wir haben damit mal einen Täter überführen können, weil es seine Anwesenheit in diesem Wohnwagenpark bewiesen hat. Das könnte hilfreich sein.« Ein kühler Blick in ihre Richtung. »Haben Sie sonst noch was gefunden?«

»Nein.«

Er ging wortlos hinaus, gefolgt von Dance. »Hatten Sie Erfolg?«, rief er Harutyun zu. »Gibt es irgendwelche Zeugen?«

»Nein, nichts.«

Auch Stanning schüttelte den Kopf.

»Wo ist Lopez?«

»Der packt im Kongresszentrum gerade alles zusammen.«

Madigan nahm ein Telefon von seinem dicken glänzenden Gürtel und wählte eine Nummer. Er trat ein Stück beiseite und führte ein kurzes Gespräch. Dance konnte nicht hören, was gesagt wurde. Sein Blick schweifte derweil über das Grundstück und ruhte dann nachdenklich auf dem Wohnwagen des Verstorbenen. Und auf Dance.

Madigan trennte die Verbindung. »Spüren Sie diesen Edwin Sharp auf«, sagte er zu Harutyun. »Schaffen Sie ihn mir herbei. Völlig egal, wo er ist oder was er gerade macht. Ich muss mit ihm reden. Sofort.«

»Soll ich ihn festnehmen?«

»Nein. Machen Sie ihm klar, dass es das Beste für ihn wäre, Sie zu begleiten. In seinem eigenen Interesse, Sie wissen schon.«

Dance hörte Madigan vernehmlich ausatmen, weil ihm ihre Miene auffiel. »Was ist? Halten Sie das etwa nicht für sinnvoll?«

»Nein«, sagte sie. »Ich wäre dafür, ihn zu überwachen.«

Madigans verkniffener Blick richtete sich auf Harutyun. »Na los, worauf warten Sie noch?«

»Jawohl, Chief.« Harutyun stieg in seinen Streifenwagen und fuhr los, ohne weiter auf Dance zu achten.

Nein, folgerte sie; der Deputy hatte sich den Text von Kayleighs Song *nicht* angesehen.

Madigan ging mit wogendem rundem Bauch zurück zu seinem Wagen und sah sich ein letztes Mal um. »Crystal«, knurrte er. »Hören Sie, Sie fahren bei mir mit. Wir müssen was besprechen. Ihren Streifenwagen holen wir später ab.«

Die Frau setzte sich gehorsam auf den Beifahrersitz von Madigans Wagen. Gleich darauf fuhren sie in Richtung Highway davon, ohne sich von Dance zu verabschieden.

Egal.

Sie nahm ihren Schlüssel und drehte sich zu ihrem SUV um. Dann hielt sie inne, schloss frustriert kurz die Augen und lachte verbittert auf. Crystal Stannings Streifenwagen stand unmittelbar an der hinteren Stoßstange von Dance' Pathfinder geparkt. Und vorn befand sich ein Carport voller Gerümpel, darunter ein V8-Motorblock, ungefähr eine halbe Tonne schwer, etwa fünfzehn Zentimeter vor dem SUV.

Sie würde nirgendwohin fahren.

13

P. K. Madigan kehrte von Bobby Prescotts Wohnwagen zum Gebäudekomplex des Fresno-Madera Consolidated Sheriff's Office zurück und machte einen Abstecher bei der Spurensicherung einen Block weiter.

Er wollte die Leute dort drängen, diesen Fall vorrangig zu behandeln, was natürlich kein Problem sein würde. Immerhin ging es um Kayleigh Towne, die geholfen hatte, Fresno weithin bekannt zu machen.

Und außerdem tat man Chief Madigan immer gern einen Gefallen.

Aber er war in Gedanken nur halb bei der Sache, weil er sich gerade Kathryn Dance vorstellte.

Und ihren zugeparkten Wagen. Manche Leute benötigten eben einen sehr deutlichen Hinweis, bis sie die Botschaft begriffen. Er würde Crystal in ein oder zwei Stunden wieder hinschicken, damit sie die Kleine aus ihrem Autogefängnis befreite. Oh, das tut mir aber leid, Kathryn; ich hatte wirklich keine Ahnung, dass Sie buchstäblich in der Klemme stecken – ha!

Doch er hatte die Nase voll von Leuten wie Dance, die Kayleigh einfach nur ausnutzten.

Wäre Kayleigh nicht gewesen, hätte jemand wie Kathryn Dance nie im Leben den Weg nach Fresno gefunden und sich herabgelassen, auch nur ein Wort mit den Einheimischen zu wechseln. Wo waren denn Miss Agent Dance und das CBI, als irgendwelche Möchtegerngangster eine Uzi genommen und damit einen Pizzaschuppen an der Herndon Avenue durchsiebt hatten? Die rivalisierenden Drogendealer hatten keinen Kratzer abbekommen, aber zwei Kinder waren getötet worden.

Bedauerlich, aber *die* waren ja nicht berühmt.

Vom CBI hätte er eigentlich mehr erwartet und geglaubt, dass sie nicht nur auf Publicity aus wären. Doch Madigan hatte seine Hausaufgaben gemacht. Er hatte Dance' Chef, Charlie Overby, auf YouTube und im Archiv überprüft. Der Mann war schneller mit einer Pressekonferenz bei der Hand als Wild Bill Hickock mit einem Sechsschüsser.

Dance arbeitete für ihn, also war sie vermutlich genauso drauf.

Zufällig in der Gegend und eine Freundin von Kayleigh? Dass ich nicht lache.

Sie haben doch nichts dagegen, dass ich Ihre Ermittlungen übernehme, oder, P. K.?

Ja, sie hatte ein paar hilfreiche Kleinigkeiten beigesteuert. Doch sie drängte sich aus den falschen Gründen in den Fall, und das war für P. K. Madigan einfach nicht hinnehmbar. Außerdem hielt er nichts von diesem schwammigen Hokuspokus, den sie veranstaltete. Kinesik? Schwachsinn. Das wäre ja so, als würde man das Forellenangeln aus Büchern und dem Discovery Channel lernen – anstatt selbst einen Fisch zu fangen, auszunehmen und ihn sich in die Pfanne zu hauen.

Nein, er verfolgte einen anderen Ansatz. Heutzutage basierten Fälle auf der Auswertung von Spuren, nicht auf Voodoo. Sie verfügten über Material aus dem Kongresszentrum, und sie hatten Bobbys Trailer untersucht – dieser Zementstaub war unverwechselbar und somit ein echter Glücksfall.

Mit diesen Erkenntnissen in der Hinterhand würde Madigan den Hurensohn in die Mangel nehmen und binnen ein oder zwei Stunden ein Geständnis erwirken.

Er und Crystal betraten das Labor der Spurensicherung. Ihm gefiel der Geruch der Chemikalien und des Gaschromatografen, der ihn immer an den Bunsenbrenner in seiner Highschool denken ließ und an die gute Zeit damals – Football, sein Bruder gesund, seine Freundin die Herausgeberin des Jahrbuchs.

»Charlie«, rief er.

Charlie Shean, der dickliche Leiter der Spurensicherung, blickte mit rosigen Wangen von einem Computer in seinem Büro auf – dem einzigen separaten Raum. Der Rest der großen Halle war nur durch halbhohe Trennwände unterteilt und beherbergte diverse Arbeitsplätze und hochmodernes forensisches *Technikzeugs*, dessen Anschaffung im Wesentlichen Madigans energischem Einsatz zu verdanken war.

»Hallo, Chief.« Sheans Akzent verriet, dass er in der Küstenregion von Massachusetts seine ursprüngliche Heimat hatte, irgendwo in unmittelbarer Nähe zu Boston.

Shean war der beste forensische Fachmann, den das Budget hergab, und zählte zu den wenigen Angestellten der Behörde, denen Madigan Respekt entgegenbrachte, wenngleich der Detective es sich natürlich nicht verkneifen konnte, den einen oder anderen Scherz auf seine Kosten zu machen, was Shean meist gutmütig wegsteckte.

»Ich möchte, dass Sie diesem Towne-Fall oberste Priorität einräumen.«

Der beleibte Mann schüttelte den Kopf. »Das arme Ding. Sie muss ziemlich mitgenommen sein. Und dann noch das große Konzert Ende der Woche. Meine Frau und ich haben Karten. Gehen Sie auch hin?«

»Ich ja«, sagte Stanning.

Madigan nicht. Er mochte Musik, aber er mochte es auch, sie abschalten zu können. »Was haben wir?«

Shean wies auf mehrere Techniker mit Schutzbrillen, Handschuhen und weißen Jacken, die leise und konzentriert bei der Arbeit waren.

»Noch nichts. Drei Tatorte. Kongresszentrum, Bobbys Wohnwagen und Sharps gemietetes Haus. Wir überprüfen etwa zweihundert unbekannte Fingerabdrücke. Die von Sharp *glauben* wir aus seinem Haus zu kennen, doch bei IAFIS findet sich kein Eintrag dazu.«

Das Integrierte Automatische Fingerabdruck-Identifizierungs-System des FBI war nach Madigans Ansicht eine der wenigen positiven Errungenschaften der Bundesregierung.

»Und wir sind uns nicht sicher, ob es überhaupt seine sind.«

»Ich werde mit Sharp reden. Ich besorge uns seine Abdrücke mit dem Wasserflaschentrick.«

»Wer ist übrigens Agent Dance vom CBI?«

»Wieso fragen Sie?«, erkundigte Madigan sich barsch.

»Weil sie hier angerufen hat.«

»Sie hat *Sie* angerufen? Hier? Direkt?«

»Ja. Sie hatte mit Kayleighs Assistentin gesprochen, Alicia Sessions, und sich schildern lassen, wo genau sie gestern im Kongresszentrum jemanden bemerkt zu haben glaubte, der Kayleigh nachspioniert hat. Wir haben den Bereich auf Abdrücke untersucht, aber nichts gefunden. Ist das CBI involviert?«

»Nein. Das CBI ist *nicht* involviert.«

»Oh.« Als Madigan das nicht näher erläuterte, fuhr Shean fort: »Sie hatten recht, das war Zementstaub in Bobbys Wohnwagen, das gleiche Zeug wie im Fall Baniero. Kommt nur in der Gegend da vor.«

»Gibt es eine Übereinstimmung mit den Spuren aus Edwins Haus? Lopez hat gesagt, die Kayleigh-Fotos und Andenken dort seien ziemlich verstaubt gewesen.«

»Wir haben eine Menge Spuren gesichert, ja, aber die Ergebnisse liegen noch nicht vor. Kann nicht mehr lange dauern. Und noch was. Das Team hat etwas in dem Orchestergraben gefunden. Einige Kartons wurden weggeräumt – der Geschäftsführer hat gesagt, die seien normalerweise dort aufgestapelt, um bei einem Unfall den Sturz der Person zu bremsen, verstehen Sie? Besondere Kartons, wie sie von Stuntmen verwendet werden. Wer auch immer sie weggeräumt hat, hat dabei offenbar Latexhandschuhe getragen. Die gleichen Spuren finden sich auf den Rauchmeldern; aus denen wurden die Batterien entfernt.«

Bingo!

Miguel Lopez hatte bei der Durchsuchung von Edwins gemietetem Haus eine Schachtel Latexhandschuhe gefunden.

»Passen die Spuren zu den Handschuhen, die wir bei Edwin sichergestellt haben?«

»Auch das wissen wir noch nicht. Die Struktur und die Besonderheiten dieses speziellen Fabrikats werden es uns aber verraten.«

»Gut, Charlie. Geben Sie mir sofort Bescheid, falls Sie einen Durchbruch erzielen.«

Madigan und Stanning verließen das Labor, gingen zum Hauptgebäude des Sheriff's Office und folgten dort einem langen Korridor. Wer ihnen entgegenkam, nickte Madigan vorsichtig zu. Manche regelrecht verschüchtert.

Er dachte abermals über Kathryn Dance nach. Sie hatte sich kein bisschen von ihm einschüchtern lassen. Und nun schmorte sie in der Hitze. Einen winzigen Augenblick lang verspürte er Gewissensbisse. Doch sie konnte ja jederzeit die Klimaanlage ihres tollen Pathfinder einschalten. Außerdem schleppten Hausfrauentypen wie die doch immer tonnenweise Wasserflaschen mit sich herum. Leitungswasser war natürlich nicht gut genug für sie.

Madigan stieß eine Schwingtür auf, auf der in verblassten Buchstaben *Detective Division* geschrieben stand.

Am Empfangsschalter stand Detective Gabriel Fuentes, eine Bulldogge von einem Kerl, der ständig schweißgebadet war, sogar im Winter. Im Gegensatz zu vielen Deputys des Departments, die als ehemalige Soldaten auch heute noch ein militärisches Erscheinungsbild bevorzugten, hatte Fuentes alle Brücken zur Armee abgebrochen und trug sein schwarzes glänzendes Haar so lang, wie es gerade noch zulässig war.

Auch Edwin Sharp war hier. Madigan erkannte ihn aufgrund der Fotos, die Kayleighs Anwälte ihnen geschickt hatten, wenngleich der Mann inzwischen deutlich weniger Gewicht auf die Waage brachte. Er überragte den ein Meter zweiundsiebzig großen Fuentes um ungefähr fünfzehn Zentimeter. Der Stalker hatte zudem lange Arme und riesige Hände. Seine Augen lagen tief in ihren Höhlen unter ausgeprägten, dichten Brauen. Dadurch wirkte er bedrohlich, obwohl er ansonsten recht durchschnittlich aussah. Sein Blick war sonderbar, fand Madigan. Er wirkte nicht im Mindesten beunruhigt. Zum Teufel, sogar die Schulkinder, die bisweilen auf Klassenausflügen hier herumgeführt wurden, sahen schuldiger aus als dieser Junge.

Sein Lächeln war das seltsamste, das Madigan je gesehen hatte, eine leichte Aufwärtskrümmung der schmalen Lippen, aber hauptsächlich ganz an den Enden.

Die beschatteten Augen richteten sich nun auf ihn. »Detective Madigan, hallo. Wie geht es Ihnen? Ich bin Edwin Sharp.«

Ich trage zwar ein Namensschild, aber dieser Typ hat keinen einzigen Blick darauf geworfen. Was läuft hier?

»Einen Moment noch, mein Junge. Danke, dass Sie gekommen sind.«

»Nur fürs Protokoll: Ich wurde nicht verhaftet. Sie haben um mein Erscheinen gebeten, und ich bin freiwillig hergekommen. Ich kann jederzeit wieder gehen. Ist das korrekt?«

»Ganz recht. Möchten Sie ein Eis?«

»Ob ich … was?«

»Ein Eis möchten.«

»Nein danke. Ich verzichte. Was soll das alles?«

»Nennt man Sie Ed, Eddie?«

Das Lächeln. Es war wirklich verflucht unheimlich. »Nein. Ich bevorzuge Edwin, Pike.«

Madigan hielt inne. Scheiße, wieso spricht der mich mit meinem Vornamen an? Und woher, zur Hölle, kennt er ihn überhaupt? Die meisten *Deputys* hier kennen ihn nicht.

»Gut, dann eben Edwin. Bin gleich wieder da.« Er bedeutete Fuentes, ihm ein Stück den Gang hinauf zu folgen.

»Gab's Probleme?«, flüsterte Madigan.

»Nein. Ich habe ihn hergebeten, und er war sofort einverstanden. Und wie ich gehört habe, haben Miguel und die Spurensicherung bei ihm ein paar gute Beweise sichern können, nachdem er von dort aufgebrochen war.«

»Sieht ganz danach aus.«

»Gut«, sagte Fuentes. »Wie hält Kayleigh sich?«

»Sie gibt sich alle Mühe, würde ich sagen. Aber ihr geht's nicht gut.«

»Dieser Scheißkerl«, murmelte Fuentes. Sie schauten zu Edwin und sahen, dass er sie beobachtete. Er konnte nicht hören, was sie sagten; sie standen zu weit weg. Doch der belustigte Blick ließ Madigan erschaudern. Es war, als könnte der Kerl jedes einzelne Wort erahnen.

Er schickte Fuentes zurück an seinen Platz, ging in den Pausenraum, öffnete den Kühlschrank und löffelte sich etwas Eis in einen Pappbecher. Er liebte Eiscreme. Alkohol war ihm nicht wichtig, abgesehen von einem Bier beim Grillabend; weder rauchte er noch kaute er Tabak, aber er liebte Eiscreme. Keinen Joghurt, kein Sorbet, keinen kalorienreduzierten Mist. Echte, richtige Eiscreme. Ihr allein hatte er mindestens fünf Kilo seines Übergewichts zu verdanken, aber das war ihm die Sache wert.

Die Leute glaubten, er esse Eiscreme, um Verdächtige zu verunsichern oder für sich zu gewinnen, indem er ihnen ein oder zwei Löffel davon anbot. Doch die Wahrheit lautete, dass er Eiscreme einfach gern mochte.

Heute gönnte er sich Pfefferminz mit Schokostückchen.

Er kehrte in die Detective Division zurück. »Okay, Edwin. Ich würde mich einfach gern mal mit Ihnen unterhalten, wenn Sie so freundlich wären.«

Zwei große Löffelvoll aus dem Becher. Er nahm immer einen Metalllöffel. Er hasste Plastik. Papp- und Styroporbecher waren okay, aber man musste Eiscreme mit einem vernünftigen Löffel essen.

Sie waren auf dem Weg zum Verhörzimmer erst wenige Schritte weit gekommen, als jemand anders durch die Schwingtür in den Eingangsbereich der Abteilung trat.

Ach, du meine Güte.

Es war Kathryn Dance.

14

Sie hatte ein Taxi genommen.

Hatten die etwa geglaubt, sie würde einfach warten?

Zehn Minuten nachdem der Chief Detective und Crystal Stanning von Bobbys Wohnwagen aufgebrochen waren, hatte Dance es aufgegeben, den breiten Nissan unter ständigem Vor- und Zurückfahren Zentimeter um Zentimeter aus der Lücke zu bugsieren.

Stattdessen hatte sie ihr Mobiltelefon gezückt, sich mittels einer App die nächstbeste Taxizentrale anzeigen lassen und einen Wagen gerufen, der sie geradewegs zum Sheriff's Office gebracht hatte.

Der Stalker wirkte deutlich amüsierter als der andere der beiden Männer, zu denen sie sich nun gesellte. »Agent Dance, ich hoffe, es geht Ihnen gut«, sagte Edwin mit sowohl der korrekten Anrede als auch dem richtigen Namen und erwies ihr dadurch ein wenig Respekt.

Madigans Miene besagte: So viel zum Thema provisorisches Gefängnis beim Wohnwagen.

»Ich würde gern mit Ihnen sprechen, Deputy«, sagte Dance nun in scharfem Tonfall und benutzte dabei den weniger beeindruckenden seiner beiden Dienstränge, weil sie wirklich stinksauer war.

»Ich habe gerade ziemlich viel zu tun, Kathryn«, erwiderte Madigan. »Kommen Sie, Edwin. Da entlang. Möchten Sie vielleicht eine Flasche schönes kaltes Wasser?« Und an einen Kollegen gewandt: »Wir sind in Nummer drei.«

Damit gingen sie den Flur hinunter.

Nach frustrierenden fünf Minuten sah Dance auf dem Korridor Detective Dennis Harutyun mit seinen breiten Schultern, dem dunklen Teint und dem üppigen Schnurrbart in ihre Richtung kommen. Er hatte sich noch vor Madigans kleinem Autotrick auf den Weg gemacht und wusste womöglich nicht, dass sie eine Persona non grata war. Sie traf eine Entscheidung, holte ihren Dienstausweis aus der Handtasche und klemmte ihn sich mit der Marke nach vorn an den Gürtel, was sie sonst nie machte, auch nicht im Dienst.

Dann ging sie auf Harutyun zu.

Lächelnd, mit freundlichem Nicken.

Er schien zwar auch nicht häufiger zu lächeln als sein Vorgesetzter, aber in seinem Blick lag kein Argwohn. Allenfalls ein wenig Verlegenheit, vermutlich weil er nicht alles stehen und liegen gelassen hatte, um Kayleighs Song »Your Shadow« auf potenzielle Tatorte zu überprüfen.

»Dennis.«

»Hallo, Kathryn.«

Sie erinnerte sich, wie Madigan von seinen direkten Untergebenen meistens genannt wurde. »Der Chief befragt gerade Edwin. Wo ist das Beobachtungszimmer für Verhörraum drei? Ich hab mich wohl verlaufen.«

Der Bluff funktionierte. Harutyun schöpfte keinen Verdacht und nahm an, sie sei befugt, sich hier aufzuhalten. Er führte sie den Gang entlang und hielt ihr sogar höflich die Tür auf. Dann schaltete er in dem kleinen, engen Raum das Licht an. Edwin oder Madigan würden nichts davon mitbekommen; Beobachtungszimmer waren ausnahmslos licht- und schalldicht, auch wenn jeder Fernsehzuschauer wusste, dass der Spiegel von der Rückseite aus durchsichtig war und es dort Kameras, Cops und Zeugen gab.

Sie hatte ein mieses Gefühl, Harutyun auf diese Weise zu benutzen. Doch sie war entschlossen, für Kayleigh Townes Sicherheit zu sorgen, und obwohl sie nicht infrage stellte, dass auch Madigan aufrichtig darum bemüht war, bezweifelte sie durchaus seine Befähigung, einen Verdächtigen wie Edwin in den Griff zu bekommen.

Und, o ja, sie war noch immer stinksauer.

Sie musterte den Verhörraum. Er war karg eingerichtet. In der Mitte gab es einen großen Tisch mit Holzfaserplatte, dazu ein halbes Dutzend Stühle sowie einen kleineren Beistelltisch mit einigen Flaschen Wasser und Notizpapier. Die Wände waren vollkommen schmucklos.

Keine Bleistifte oder Kugelschreiber.

Madigan ging das Verhör professionell, aber ohne rechte Begeisterung an, stellte Dance fest. Er saß vorgebeugt da, konzentriert, aber nicht bedrohlich. Er war selbstsicher, gab sich aber nicht so autoritär und herrisch wie sonst (diese Haltung war anscheinend für unerwünschte Kollegen anderer Behörden reserviert). Er gestikulierte nur sparsam, weil das den Verdächtigen ablenken konnte. Er ging respektvoll mit Edwin um, erkundigte sich nach seinem Befinden und danach, ob ihm zu warm oder zu kalt sei.

Dance ging davon aus, dass die Eiscreme als eine Art Requisit fungieren sollte. Jedes einzelne Wort und jede Geste eines Vernehmungsbeamten verrät dem Verdächtigen ein Stückchen mehr über sein Gegenüber. Man sollte niemals etwas sagen oder tun, das nicht dem Verhör diente. Einen Schluck Kaffee trinken, sich am Kopf kratzen, die Stirn runzeln … Doch offenbar gehörte das Eis doch nicht zum Plan des Detective. Er verspeiste es mit sichtlichem Genuss und warf den Becher weg. Edwin ließ ihn dabei keine Sekunde aus den Augen.

Madigan beging jedoch mehrere Fehler. Einer war, dass Edwin auf der anderen Seite des Tisches saß. Es wäre besser gewesen, ihm ohne weiteres Mobiliar gegenüberzusitzen. Tische, andere Stühle, alle Arten von Gegenständen verliehen dem Verdächtigen ein Gefühl der Sicherheit.

Dann bot er Edwin auf plumpe Weise Wasser an, indem er einfach auf die Flaschen zeigte, anstatt ihm eine zu holen. Es war vermutlich ein Versuch, an Edwins Fingerabdrücke zu gelangen, und auch Edwin schien das zu begreifen, denn er lehnte ab. Madigan hatte mit seiner Geste einen Teil seiner Strategie preisgegeben.

Doch der nach Dance' Ansicht größte Fehler kam als Nächstes.

»Darf ich fragen, worum es hier überhaupt geht, Pike?«

»Robert Prescott.«

Das hätte ich nicht gemacht, dachte sie.

»Ach, Kayleighs Roadmanager«, sagte Edwin nickend und rieb sich die Stirn.

»Wo waren Sie gestern Abend, als er gestorben ist?«

O nein.

Dance erkannte, dass sie es laut ausgesprochen haben musste, denn Harutyun neigte seinen Kopf in ihre Richtung.

»Was? Nein, er ist tot?« Edwin wirkte erschrocken.

»Und Sie wussten das gar nicht?«

»Nein, nein. Wie schrecklich. Er und Kayleigh haben sich sehr nahegestanden. Was ist passiert?«

»Er ist verbrannt. Sie wollen also behaupten, dass Sie gestern Abend nicht im Kongresszentrum gewesen sind?« Er beugte sich nun bedrohlich vor.

Dance kannte Madigans Ansatz. Er wurde als Blunt-Force-Angriff bezeichnet – benannt nach der Brute-Force-Methode von Hackern, die mithilfe von Großrechnern einfach alle möglichen Passwörter ausprobierten, um eine Verschlüsselung zu knacken.

Bei dieser Verhörtechnik überschwemmte man den Verdächtigen mit Informationen über ihn und den Fall und täuschte auf diese Weise ein Wissen vor, das man gar nicht besaß, und das Vorhandensein von Verbindungen, für die es bestenfalls dürftige Belege gab. Wenn man dabei selbstsicher auftrat, was

Madigan eindeutig tat, konnte man Verdächtige bisweilen zu einem schnellen Geständnis bewegen.

Ja, Blunt Force war manchmal erfolgreich. Aber wenn es nicht sofort funktionierte, endete es mit einem Verdächtigen, der mauerte, und jede Aussicht auf hilfreiche Erkenntnisse war zunichtegemacht. Daher wandte Dance diese Methode niemals an. Nach ihrer Überzeugung waren Informationen die wertvollsten Waffen im Arsenal eines Vernehmungsbeamten. Eine Information konnte wie ein Fangeisen sein, aber um die größtmögliche Wirkung zu erzielen, musste sie langsam verabreicht werden. Auf diese Weise verleitete man den Verdächtigen dazu, Einzelheiten preiszugeben, mit deren Hilfe man ihn später zu Fall bringen konnte. Madigan hatte soeben die wichtigsten Eckpunkte verraten – nämlich dass Bobby tot war, wo das Verbrechen stattgefunden hatte und wie es verübt worden war. Hätte Dance die Befragung durchgeführt, hätte sie diese Details vorläufig für sich behalten.

Edwin sah den Deputy bekümmert an. »Tja, das tut mir sehr leid. Wirklich, eine schlimme Nachricht. Wie traurig für Kayleigh.«

Madigan ging nicht darauf ein, sondern fragte schnell: »Können Sie mir sagen, wo Sie sich zum Zeitpunkt von Prescotts Tod aufgehalten haben? Gestern Abend um Mitternacht.«

»Nun, Sie wissen doch sicherlich, dass ich Ihnen überhaupt nichts sagen muss. Also wirklich, Detective. Sie glauben offenbar, ich hätte Bobby etwas angetan. Warum um alles in der Welt sollte ich so etwas tun? Ich würde niemandem je ein Leid zufügen, der Kayleigh nahesteht. Aber um Ihre Frage zu beantworten: Ich war zu Hause.«

»Kann das jemand bezeugen?«

»Vielleicht hat mich jemand im Vorbeifahren gesehen, keine Ahnung. Ich war im Wohnzimmer und habe den größten Teil des Abends Musik gehört. Und ich habe noch keine Vorhänge angebracht.«

»Ich verstehe. Okay.« Dann ließ er die Falle zuschnappen. Madigan beugte sich vor. »Aber was sagen Sie dazu, dass zwei Zeugen Sie zum einen gestern Abend zur ungefähren Tatzeit im Kongresszentrum und zum anderen heute Vormittag bei Bobbys Haus gesehen haben?«

15

Edwin Sharps Erwiderung war womöglich nicht das, was Madigan erwartet hatte.

Stirnrunzelnd, wodurch seine dichten Augenbrauen noch enger zusammenrückten, fragte er einfach: »Konnten die denn deutlich etwas erkennen?«

Nicht beantworten, dachte Dance inständig.

»Aber ja. Aus dem Haus, das gegenüber dem Bühneneingang des Kongresszentrums liegt. Und genau gegenüber von Bobbys Haus.«

Verflucht, dachte Dance. Jetzt konnte Edwin sich mühelos ausrechnen, wer die Zeugen waren.

Er zuckte die Achseln. »Nun, die Leute irren sich. Ich war zu Hause.«

»Tabatha konnte niemanden identifizieren«, sagte Dance zu Harutyun. »War denn sonst noch jemand da?«

Eine Pause. »Nicht dass ich wüsste.«

»Und gibt es wirklich einen Zeugen beim Kongresszentrum?«

»Anscheinend«, sagte Harutyun und zögerte. Dann beschloss er, es ihr zu verraten. »Eine Frau, die in der Nähe wohnt, hat gegen Mitternacht jemanden gesehen.«

»Sie hat Edwin eindeutig identifiziert?«

»Ich … ich glaube, nicht.«

Das Stocken bedeutete ein klares Nein. Dance rief sich den Schauplatz ins Gedächtnis. Das Haus musste jenseits des Parkplatzes stehen, knapp zweihundert Meter vom Bühneneingang entfernt. Im Dunkeln hätte die Frau höchstens eine verschwommene Silhouette erkennen können.

»Nun, Madigan hat einem etwaigen Mordverdächtigen soeben von zwei Zeugen erzählt, deren Identität sich relativ einfach ermitteln lässt. Die Leute müssen beschützt werden. Er hat gesagt, er würde jemanden zu Tabatha schicken. Wissen Sie, ob er dafür gesorgt hat?«

»Bei Tabatha, ja. Bei der anderen weiß ich es nicht.«

»Wir müssen aber.«

»Okay.«

Und im Verhörzimmer ging das Duell weiter. Madigan war vermutlich brillant darin, die typischen Central-Valley-Kriminellen zu Geständnissen zu verleiten. Aber Edwin Sharp war kein typischer Krimineller.

Nun, gemäß *Giles gegen Lohan …*

Der Stalker hörte geduldig und analytisch zu, als Madigan sagte: »Außerdem haben wir soeben Ihr Haus durchsucht, Edwin. Dabei sind wir auf eine Menge interessanter Dinge gestoßen, zum Beispiel auf dieselbe Sorte Latexhandschuhe, die bei dem Mord benutzt wurde. Und Partikelspuren.«

»Ich verstehe«, sagte Edwin ruhig. »Mein Haus, hm? Haben Sie sich vorher einen Durchsuchungsbeschluss besorgt?«

»Den brauchten wir nicht. Mein Deputy hat einige offen sichtbare Dinge bemerkt.«

»Sogar vom Gehweg aus?«, fragte der Stalker. »Es dürfte schwierig sein, etwas im Innern des Hauses zu erkennen, solange man nicht das Grundstück betritt. Deshalb glaube ich, dass diese Durchsuchung widerrechtlich erfolgt ist, und verlange die Rückgabe meines Eigentums.«

»Hatte er einen Durchsuchungsbeschluss?«, wandte Dance sich an Harutyun.

»Nein, nachdem wir festgestellt hatten, dass Sachen aus Bobbys Besitz fehlen, hat der Chief einen Deputy hingeschickt – Miguel Lopez. Er konnte Gegenstände aus dem Wohnwagen durch Edwins Fenster erkennen, offen sichtbar … Was ist denn?«

Dance erwiderte nichts.

Im Verhörzimmer sagte Edwin gerade: »Tja, ich bin aber nicht in Bobbys Wohnwagen gewesen, also …«

»Ach, woher wussten Sie denn, dass es ein Wohnwagen ist?«, unterbrach Madigan ihn triumphierend.

»Stimmt, Sie haben es eben ein ›Haus‹ genannt. Das kam mir gleich merkwürdig vor. Kayleigh hat nämlich vor zwei Jahren ein Lied darüber geschrieben, ›Bobby's Double-Wide – Bobbys riesiger Wohnwagen‹, und daher weiß ich, wie er gewohnt hat. In dem Song geht es um die Geschichte der Countrymusic. Ein bisschen wie in Don McLeans ›American Pie‹. Ich bin erstaunt, dass Sie das Lied nicht kennen. Wo Sie doch so begeistert von Kayleigh sind, meine ich.«

Madigans Lächeln verschwand. »Gestehen Sie einfach, Edwin. Sie wollen es, das weiß ich.«

Eine Lehrbuchzeile der Blunt-Force-Verhörtechnik. Dies ist der Moment, in dem der Verdächtige eventuell in Tränen ausbricht und dann tatsächlich ein Geständnis ablegt.

Doch Edwin fragte einfach: »Kann ich jetzt bitte meine Sachen mitnehmen? Wo sind sie? Bei der Spurensicherung? Das ist in dem Gebäude südlich von hier, richtig?«

Der Detective blickte verständnislos drein. »Hören Sie, seien Sie doch realistisch«, sagte er dann. »Arbeiten Sie mit mir zusammen. Ich rede mit dem Staatsanwalt. Er ist bestimmt mit einer Absprache einverstanden. Vielleicht gab es ja einen Streit zwischen Ihnen und Bobby. Die Sache hat doch schon am Mittag im Cowboy Saloon angefangen. Und abends ist sie eskaliert. So was kommt vor. Womöglich können wir uns auf eine Strafminderung einigen. Oder er lässt die Anklage wegen Stalking vielleicht sogar ganz fallen.«

»Stalking?« Edwin wirkte verblüfft. »Ich bin kein Stalker. Kayleigh ist eine Freundin von mir. Ich weiß das und sie auch.«

»Freundin? Das ist nicht die Geschichte, die ihre Anwälte erzählen.«

»Oh, vor denen hat sie Angst. Die werden von ihrem Vater kontrolliert. Und sie flüstern ihr ständig Lügen über mich ein.«

»Das stimmt nicht«, sagte Madigan. »Sie sind in der Stadt, um ihr nachzuspionieren. Und Sie haben ihren Freund ermordet, weil er Sie gestern aus dem Cowboy Saloon geworfen hat.«

Edwin blieb absolut gelassen. »Nein, Detective. Ich bin nach Fresno gekommen, um dem verregneten Seattle für eine Weile zu entfliehen und um ein öffentliches Konzert zu besuchen ... und um einer Künstlerin Respekt zu erweisen, die ich mag, einer Frau, die nett zu mir ist und aufrichtiges Interesse an mir zeigt. Und außerdem ist sie eine der besten Musikerinnen unserer Zeit. Sie werfen mir Stalking vor, aber es tut mir leid, *ich* bin hier das Opfer. Sie haben nichts wegen meines Anrufs unternommen.«

Madigans Gesicht ließ Verwirrung erkennen. »Was meinen Sie damit?«

»Ich dachte, deswegen bittet Ihr Deputy Fuentes mich her. Wegen *meiner* Beschwerde.«

»Beschwerde?«

»Sie wissen nichts davon? Ich muss sagen, das überrascht mich nicht. Ich habe am Samstagabend den Notruf gewählt und einen Spanner gemeldet, einen Eindringling, hinter meinem Haus. Aber niemand hat was unternommen. Sie haben tausend oder sogar zwölfhundert Deputys, oder? Ich hätte nur einen gebraucht, der vorbeikommt, sich anschaut, wo dieser Kerl gestanden hat, und mit den Nachbarn redet. Aber was ist stattdessen passiert? Gar nichts. Nicht für einen Auswärtigen.«

Madigan lachte verärgert auf. »Wir haben *vierhundert* Deputys in Fresno und sechzig in Madera. Die sind für ein Gebiet von mehr als fünfzehntausend Quadratkilometern zuständig, vom Valley bis hoch in die Berge. Ich fürchte, ein Spanner, sofern es denn tatsächlich einen gegeben hat, löst nicht unbedingt eine Großfahndung aus.«

Falls der Stalker vorgehabt hatte, möglichst viel über die dünne Personaldecke des Sheriff's Office zu erfahren, durfte er dies wohl als Erfolg verbuchen, dachte Dance.

Edwin erhielt seine Offensive mühelos aufrecht. »Ihre örtliche Berühmtheit wird angeblich gestalkt, und Sie setzen Himmel und Hölle in Bewegung. Ich bin ein Fremder, und niemanden interessiert, dass jemand mein Haus ausspioniert. Falls Bobby Prescott ermordet wurde und irgendwelche Zeugen behaupten, sie hätten mich bei seinem Haus – oder *Wohnwagen* – gesehen, dann weil man mir was anhängen will. Wer auch immer ihn umgebracht hat, will mich zum Sündenbock machen. Detective, Sie müssen wirklich begreifen, dass ich Kayleigh liebe. Ich würde niemals jemandem schaden, der ihr nahesteht.«

»Sie lieben sie nicht, Edwin. Sie sind von einer Prominenten besessen, die nicht das Geringste mit Ihnen zu tun hat.«

»Ich würde sagen, Liebe hat immer ein wenig mit Besessenheit zu tun, meinen Sie nicht auch, Pike? Sind Sie denn nicht bis zu einem gewissen Grad von Ihrer Frau besessen? Oder *waren* Sie es nicht wenigstens mal?« Edwin hatte den Ehering bemerkt.

»Reden Sie gefälligst nicht über meine Familie!«, rief Madigan.

»Verzeihung«, sagte Edwin und legte die Stirn in Falten. Sein Blick war schwer zu deuten, aber jedenfalls nicht reumütig.

»Kayleigh hat nichts für Sie übrig«, sagte Madigan. »Sie liegen völlig daneben.«

Der Versuch, einen Verdächtigen davon zu überzeugen, dass er sich irrte oder dass seine Meinung auf falschen Annahmen beruhte, war meistens zwecklos, vor allem bei Straftaten wie Stalking, denen Fanatismus oder Obsessionen zugrunde lagen.

Edwin zuckte die Achseln. »Das behaupten *Sie*, aber Sie wissen, dass sie mir E-Mails und Briefe geschickt hat. Sie hat praktisch gesagt, dass sie mich liebt.«

Madigan bekam seinen Zorn nur mühsam unter Kontrolle. »Junge, wachen Sie endlich auf«, sagte er. »Sie hat Ihnen die gleichen E-Mails geschickt wie zehntausend anderen Fans. Hunderttausend. Kayleighs Anwälte haben uns den Sachverhalt geschildert. Es wurden Ihnen ein halbes Dutzend automatisch generierte E-Mails und einige Formbriefe zugesandt.«

»Das wollen die Ihnen weismachen. Das heißt aber nicht, dass es stimmt.«

»Edwin, viele Fans empfinden so für einen Künstler. Ich habe auch mal einem Star einen Fanbrief geschrieben. Er hat mir daraufhin ein signiertes Foto geschickt und …«

»Er?«, fragte Edwin sofort.

Madigan zögerte kurz. »Wir haben Sie auf frischer Tat erwischt, Junge. Sagen Sie mir die Wahrheit. Gestehen Sie, dass Sie Robert Prescott getötet haben, und wir finden eine Lösung. Erzählen Sie es mir, und Sie werden sich besser fühlen. Glauben Sie mir.«

»Wissen Sie, Pike, ich glaube, ich möchte lieber gar nichts mehr sagen«, entgegnete Edwin. »Ich möchte jetzt gehen. Und ich würde gern meine Sachen mitnehmen. Sie kennen doch *Das Volk gegen Williams.* Sie müssen mich entweder festnehmen oder gehen lassen.«

»Was ist mit den Spuren?«, wollte Dance von Harutyun wissen. »Können wir Edwin mit dem Tatort in Verbindung bringen?«

Sie wartete gar nicht erst auf eine Antwort. Harutyuns ausweichender Blick war Bestätigung genug. »Madigan hat nichts in der Hand, oder?«

»Wir glauben, dass es wahrscheinlich eine Übereinstimmung geben wird. Aber derzeit liegen uns noch keine Ergebnisse vor.«

»Dennis, bitten Sie den Chief hier ins Zimmer.«

»Was?«

»Ich muss mit ihm sprechen. Es ist sehr wichtig.«

Harutyun musterte sie und die Dienstmarke an ihrem Gürtel.

Sein Mund unter dem Schnurrbart wurde schmallippig. Er begriff, dass Dance ihm etwas vorgemacht hatte.

»Tut mir leid«, sagte sie. »Es musste sein.«

Er verzog das Gesicht und seufzte. Dann nahm er den Telefonhörer ab und wählte eine Nummer. Sie konnten es nebenan summen hören. Madigan blickte überrascht und verärgert auf. Edwin achtete nicht auf ihn, sondern wandte sich um und blickte in den Spiegel. Da er nicht in das Beobachtungszimmer hineinschauen konnte, sah er nicht direkt Dance oder Harutyun an, aber schon der Blick in ihre ungefähre Richtung war beunruhigend.

Und dazu sein Lächeln. Dieses verdammte Lächeln.

»Ja?«, sagte Madigan beiläufig in den Hörer, wenngleich Dance bemerkte, dass die Knöchel seiner Hand weiß hervortraten.

»Detective?«

»Was?«

»Ich bin hier mit Agent Dance. Sie … würde gern kurz mit Ihnen sprechen. Falls möglich.«

Madigans ungläubiger Blick wanderte nun ebenfalls in Richtung des Spiegels, doch dann riss er sich zusammen.

»Jetzt gleich?«

»Ja, Sir. Es scheint wichtig zu sein.«

»Ich frage mich, wie sie dahin gekommen ist.«

Wusste der Stalker, worum es ging? Dance konnte es nicht sagen, aber er schaute immer noch in den Spiegel.

»Ich habe zu tun.«

Dance schnappte sich den Hörer. »Detective, lassen Sie ihn gehen. Nehmen Sie ihn nicht fest.«

Madigan ließ den Hörer nach einem Moment auf die Gabel fallen. »Edwin, trinken Sie doch einen Schluck.«

»Ich möchte jetzt gehen«, wiederholte er, ganz die Ruhe selbst.

Madigan ignorierte ihn und ging hinaus. Es schien mehrere

Sekunden zu dauern, bis die Tür des Beobachtungszimmers aufflog und er auf Dance zustürmte.

»Was, zum Teufel, bilden Sie sich ein?«

»Sie müssen ihn gehen lassen. Sofern es keinen hinreichenden Tatverdacht gibt.«

»Das hier ist mein Fall, nicht Ihrer.«

Sie wusste, dass sie ihn vor seinen Leuten in Verlegenheit gebracht hatte. Aber ihr blieb nichts anderes übrig. »Sie *müssen* ihn gehen lassen.«

»Nur weil Sie entdeckt haben, dass jemand diesen Scheinwerfer auf Bobby Prescott geworfen hat, heißt das nicht, dass ich weitere Ihrer Ansichten wünsche oder benötige.«

Aha, dachte sie. Dennis Harutyun hatte im Kongresszentrum also doch nicht den Ruhm für sich einstreichen wollen.

»Er muss auf freien Fuß gesetzt werden.«

»Stehen Sie jetzt etwa auf seiner Seite?«, fragte Madigan eisig.

Dance registrierte, dass sie ziemlich wütend war. »Es geht nicht um irgendwelche Seiten. Es geht um stichhaltige Beweise. Edwin mag durchaus derjenige sein, der Bobby getötet hat. Aber falls er vor Gericht aus Mangel an Beweisen freigesprochen wird, kann er für diese Tat kein zweites Mal angeklagt werden und ist mit einem Mord davongekommen.«

»Ich bin Sheriff Gonzalez Rechenschaft schuldig, nicht Ihnen.«

»Lassen Sie ihn gehen, und überwachen Sie ihn. Nur so können Sie einen Fall gegen ihn aufbauen.«

»Und was ist, wenn er dem Deputy entwischt und beschließt, es sei an der Zeit, nun Kayleigh zu töten? Wie bei Rebecca Schaeffer?«

Die Schauspielerin, die vor einigen Jahren in Los Angeles ermordet worden war. Ihr tragischer Tod durch die Hand eines Stalkers hatte dazu geführt, dass in Kalifornien das erste Anti-Stalking-Gesetz der USA verabschiedet wurde.

»Nun, Sie haben sie ja gerade gesehen, seine – wie nennen

Sie das? – Kinesik. Das ist doch Ihr Fachgebiet, wie Sie mir gar nicht schnell genug unter die Nase reiben konnten. Hat er gelogen, als er sagte, man wolle ihm was anhängen? Zu dem Zeitpunkt haben Sie doch schon unbefugt hier gesessen, oder?«

»Unter den gegebenen Umständen konnte ich das nicht erkennen. Ich hatte keine Zeit.«

»Ah.«

»Er wollte gehen, und Sie haben ihn nicht gelassen. Das ist ein Problem.«

Madigan schaute zu Edwin im Nebenraum. Der junge Mann hatte einen Stift und einen Notizblock gezückt und schrieb sich etwas auf. Sogar ziemlich viel.

»Festnehmen«, wies Madigan nun Harutyun an. »Legen Sie ihm Handschellen an, und schaffen Sie ihn ins Gefängnis. Vorläufig nur wegen des Einbruchs in Bobbys Wohnwagen. Ich weiß, dass die Beweise dafür reichen.« Er wandte sich an Dance. »Crystal wird Sie zu Ihrem Wagen fahren, und Sie sollten lieber sofort von hier verschwinden. Sie haben diesen Raum widerrechtlich betreten, und wie Sie sich sicherlich denken können, bin ich im Augenblick genau in der richtigen Stimmung, um Leute in den Knast zu stecken.«

16

Nach fünfzehn Minuten schweigender Fahrt ergriff Crystal Stanning endlich das Wort. »Ich habe Sie nicht absichtlich zugeparkt«, sagte sie zu Kathryn Dance. »Ich habe einfach nur meinen Wagen abgestellt.«

»Das weiß ich.«

Sie saßen in Stannings Privatfahrzeug, einem sonnengebleichten Toyota, und bogen soeben in die Auffahrt von Bobbys Wohnwagen ein. Als die junge Beamtin anhielt, quietschten die Bremsen. Einer der Gurte musste ebenfalls bald mal ausgetauscht werden. Das blasse spärliche Gras sah staubiger und stacheliger aus als zuvor. Die Hitze ließ die Luft über dem Pathfinder flimmern, als wäre sie aus fließendem Wasser.

Stanning nahm einen anderen Wagenschlüssel aus ihrer Handtasche. »In dem Nissan wird es sehr heiß sein«, sagte sie. »Seien Sie vorsichtig mit dem Lenkrad. Es haben sich schon Leute daran die Finger verbrannt.« Sie stiegen aus.

»Ich passe auf.«

»Und dabei ist schon September. Ich weiß ja nicht viel über schmelzende Gletscher, aber als ich noch ein Kind war, wurde es nicht so heiß wie heutzutage.«

»Wem sagen Sie das?«

»Im Drogeriemarkt gibt es diese Sonnenblenden für die Windschutzscheibe zu kaufen. Die funktionieren ganz gut. Obwohl Sie ja nicht mehr lange hierbleiben dürften, schätze ich.«

Dance fragte sich, ob Madigan seine Untergebene wohl gebeten hatte, eine solche Bemerkung fallen zu lassen und ihre Reaktion abzuwarten.

Sie sagte lediglich: »Danke.«

»Nur unter uns?«

»Sicher.«

»Kayleigh Towne ist hier bei uns eine große Nummer. Fresno zählt nicht unbedingt zu den glanzvollsten Städten der Welt. Bei Umfragen über Orte mit hoher Lebensqualität landen wir immer sehr weit unten auf der Liste, und Kayleigh hat uns berühmt gemacht. Ich weiß auch nicht, aber vielleicht glaubt der Chief, dass Sie nur hier sind, um sich zu profilieren – sich selbst und das CBI, meine ich. Und um uns die Ermittlungen aus der Hand zu nehmen. Falls das geschieht, verliert das Sheriff's Office bares Geld. Womöglich sogar eine ganze Menge.«

»Geld?«

»Ja. Sollten wir den Fall nicht selbst lösen, wird uns das bei den nächsten Etatverhandlungen ganz gewiss zum Vorwurf gemacht. Wissen Sie, der Chief setzt sich wirklich für uns ein. Als mal ein Mädchen entführt und ermordet wurde, war er überzeugt, wir hätten sie rechtzeitig finden können, wenn unsere Spurensicherung in der Lage gewesen wäre, eine bestimmte Bodenprobe vom Tatort zu analysieren. Er macht sich deswegen immer noch Vorwürfe. Und er kämpft für uns um jeden Penny.«

»Ich verstehe.«

»Seine Maschine für Bodenproben hat er jedenfalls bekommen, was auch immer sie genau macht. Ich glaube zwar, sie kommt nicht allzu häufig zum Einsatz, aber wir haben jetzt eine.«

Dann fuhr sie ohne ein weiteres Wort mit dem Streifenwagen davon.

Dance ging zu ihrem Nissan.

Was mache ich nun? Den Fall übernehmen? Das würde bedeuten, mit einem vollkommen unkooperativen Team aus ortsansässigen Kollegen zusammenzuarbeiten. Und selbst wenn es zu einer gemeinsamen Arbeit vor Ort käme – ihr Chef oder Sacramento würden es vermutlich ohnehin nicht gestatten. Was auch immer Madigan glauben mochte, das CBI war die unpolitischste Strafverfolgungsbehörde, die sie je kennengelernt hatte. Sogar wenn der Verdächtige es auf eine noch viel größere Berühmtheit abgesehen hätte, zählte ein Fall von Stalking einfach nicht zu den Straftaten, bei denen das CBI tätig wurde. Andererseits war Kayleigh eine gute Freundin, und es befanden sich noch weitere Leute in Gefahr, davon war Kathryn überzeugt. Zudem hatte Madigan gegen Edwin Sharp den Kürzeren gezogen.

Dieses seltsame Lächeln, die Berechnung, das ruhige Auftreten, die Nachforschungen. Der Mann war auf Abwehr und Angriff zugleich vorbereitet.

Und was lag hinter diesem Lächeln? Was ging in seinem Herzen vor, was in seinem Kopf? Im Gegensatz zu allen anderen Verdächtigen, denen sie bislang begegnet war, blieb Edwin Sharp bis zu einem gewissen Grad ein Rätsel für sie. Sie wurde einfach nicht aus ihm schlau.

Dance stieg in den Pathfinder ein.

Und sofort wieder aus. Im Innenraum war es mindestens fünfundfünfzig Grad heiß. Sie beugte sich hinein, ließ den Motor an und die Fenster hinunter. Dann drehte sie das Gebläse auf die höchste Stufe.

Während sie darauf wartete, dass im Wagen eine erträgliche Temperatur herrschen würde, ging sie näher an Bobby Prescotts Wohnwagen und das gelbe Absperrband heran. Sie musste wieder an die erstaunliche musikgeschichtliche Sammlung denken.

Sträucher und Gras wogten im Wind, der vereinzelte kleine Staubteufel aufwirbeln und wieder verschwinden ließ. Dance wurde klar, dass außer ihr niemand mehr hier war – nur noch der junge Deputy asiatischer Abstammung, der in seinem Streifenwagen am Straßenrand saß, von wo aus er sowohl Bobbys als auch Tabathas Wohnwagen im Blick behalten konnte.

beten hatte, eine solche Bemerkung fallen zu lassen und ihre Reaktion abzuwarten.

Sie sagte lediglich: »Danke.«

»Nur unter uns?«

»Sicher.«

»Kayleigh Towne ist hier bei uns eine große Nummer. Fresno zählt nicht unbedingt zu den glanzvollsten Städten der Welt. Bei Umfragen über Orte mit hoher Lebensqualität landen wir immer sehr weit unten auf der Liste, und Kayleigh hat uns berühmt gemacht. Ich weiß auch nicht, aber vielleicht glaubt der Chief, dass Sie nur hier sind, um sich zu profilieren – sich selbst und das CBI, meine ich. Und um uns die Ermittlungen aus der Hand zu nehmen. Falls das geschieht, verliert das Sheriff's Office bares Geld. Womöglich sogar eine ganze Menge.«

»Geld?«

»Ja. Sollten wir den Fall nicht selbst lösen, wird uns das bei den nächsten Etatverhandlungen ganz gewiss zum Vorwurf gemacht. Wissen Sie, der Chief setzt sich wirklich für uns ein. Als mal ein Mädchen entführt und ermordet wurde, war er überzeugt, wir hätten sie rechtzeitig finden können, wenn unsere Spurensicherung in der Lage gewesen wäre, eine bestimmte Bodenprobe vom Tatort zu analysieren. Er macht sich deswegen immer noch Vorwürfe. Und er kämpft für uns um jeden Penny.«

»Ich verstehe.«

»Seine Maschine für Bodenproben hat er jedenfalls bekommen, was auch immer sie genau macht. Ich glaube zwar, sie kommt nicht allzu häufig zum Einsatz, aber wir haben jetzt eine.«

Dann fuhr sie ohne ein weiteres Wort mit dem Streifenwagen davon.

Dance ging zu ihrem Nissan.

Was mache ich nun? Den Fall übernehmen? Das würde bedeuten, mit einem vollkommen unkooperativen Team aus ortsansässigen Kollegen zusammenzuarbeiten. Und selbst wenn es zu einer gemeinsamen Arbeit vor Ort käme – ihr Chef oder Sacramento würden es vermutlich ohnehin nicht gestatten. Was auch immer Madigan glauben mochte, das CBI war die unpolitischste Strafverfolgungsbehörde, die sie je kennengelernt hatte. Sogar wenn der Verdächtige es auf eine noch viel größere Berühmtheit abgesehen hätte, zählte ein Fall von Stalking einfach nicht zu den Straftaten, bei denen das CBI tätig wurde. Andererseits war Kayleigh eine gute Freundin, und es befanden sich noch weitere Leute in Gefahr, davon war Kathryn überzeugt. Zudem hatte Madigan gegen Edwin Sharp den Kürzeren gezogen.

Dieses seltsame Lächeln, die Berechnung, das ruhige Auftreten, die Nachforschungen. Der Mann war auf Abwehr und Angriff zugleich vorbereitet.

Und was lag hinter diesem Lächeln? Was ging in seinem Herzen vor, was in seinem Kopf? Im Gegensatz zu allen anderen Verdächtigen, denen sie bislang begegnet war, blieb Edwin Sharp bis zu einem gewissen Grad ein Rätsel für sie. Sie wurde einfach nicht aus ihm schlau.

Dance stieg in den Pathfinder ein.

Und sofort wieder aus. Im Innenraum war es mindestens fünfundfünfzig Grad heiß. Sie beugte sich hinein, ließ den Motor an und die Fenster hinunter. Dann drehte sie das Gebläse auf die höchste Stufe.

Während sie darauf wartete, dass im Wagen eine erträgliche Temperatur herrschen würde, ging sie näher an Bobby Prescotts Wohnwagen und das gelbe Absperrband heran. Sie musste wieder an die erstaunliche musikgeschichtliche Sammlung denken.

Sträucher und Gras wogten im Wind, der vereinzelte kleine Staubteufel aufwirbeln und wieder verschwinden ließ. Dance wurde klar, dass außer ihr niemand mehr hier war – nur noch der junge Deputy asiatischer Abstammung, der in seinem Streifenwagen am Straßenrand saß, von wo aus er sowohl Bobbys als auch Tabathas Wohnwagen im Blick behalten konnte.

Trotz der drückenden Hitze erschauderte Dance plötzlich ein weiteres Mal. Ihr war gerade bewusst geworden, was die Verhaftung von Edwin Sharp außerdem bedeutete: Falls jemand anders der Täter war und »Your Shadow« als Vorlage benutzte, konnte er nun ungehindert seinen nächsten Mord begehen, denn die Polizei suchte nicht nach ihm.

Der Pathfinder war endlich weit genug abgekühlt. Sie setzte sich ans Steuer und fuhr los. Hinter ihr flatterte fröhlich das gelbe Absperrband in der Brise.

Dance überlegte hin und her.

Ich will nicht. Das wird fürchterlich.

Doch zehn Sekunden später traf sie ihre Entscheidung, rief die CBI-Dienststelle in Monterey an und hinterließ ihrem Chef eine Nachricht auf der Mailbox.

»Charles, hier spricht Kathryn. Ich muss in Fresno die Leitung eines Falls übernehmen. Bitte rufen Sie mich wegen der Einzelheiten zurück.« Sie zog in Erwägung, ihm die Vorwarnung zu geben, dass als Folge dieser Entscheidung ein gewaltiger Krach und ein politischer Albtraum drohten.

Doch dann beschloss sie, es ihm lieber im direkten Gespräch mitzuteilen.

Bishop befand sich in Begleitung seiner vierten Frau, Sheri. Sie drückte Kayleigh ebenfalls kurz an sich und nahm dann Platz, wenngleich sie zunächst angestrengt überlegte, welches Möbelstück ihr dafür angemessen erschien. Das aschblonde Haar der zierlichen, aber vollbusigen Frau war fest mit Spray fixiert. Sie war nur ein Dutzend Jahre älter als Kayleigh, ganz im Gegensatz zu Ehefrau Nummer drei, die auf dieselbe Highschool wie Bishops Tochter hätte gehen können – allerdings in eine Klasse unter ihr.

An Ehefrau Nummer zwei konnte Kayleigh sich kaum noch erinnern. Bishop auch nicht.

Er ließ seinen massigen Leib nun auf eine Couch sinken, ganz langsam – langsamer als viele Leute, die noch älter waren als er. »Ich würde es heutzutage auf keinen Barhocker mehr schaffen«, hatte er kürzlich geklagt, und im ersten Moment hatte Kayleigh geglaubt, er wolle mal wieder betonen, dass er längst nicht mehr soff und sich prügelte. Dann aber hatte sie erkannt, dass er seine Gelenke meinte, seine Hüften, Knie und Schultern.

Er trug eine billige Jeans und das übliche schwarze Hemd. Sein Bauch hing ihm über den breiten Gürtel, sodass die beeindruckende Silberschnalle nur teilweise zu sehen war.

»War er immer noch da, auf der anderen Straßenseite?«, fragte Kayleigh und schaute aus dem Fenster. Darthur Morgan saß wachsam wie immer am Steuer des SUV, der abfahrbereit mit dem Heck zum Haus stand.

»Wer?«, knurrte Bishop.

»Edwin.« Wer denn sonst?

»Mir ist niemand aufgefallen«, sagte er. Sheri schüttelte den Kopf.

Edwin war das Erste gewesen, was Kayleigh heute Morgen beim Blick aus ihrem Schlafzimmer im Obergeschoss gesehen hatte. Nun ja, genau genommen seinen *Wagen*, diesen großen roten Wagen. Das beklemmende Gefühl blieb das gleiche.

Ihr Grundstück lag an der Strecke zum Yosemite-Nationalpark, genau da, wo die Landschaft allmählich interessant wurde. Jenseits der zweispurigen Straße gab es ein öffentliches Erholungsgebiet mit Arboretum, wogenden Hügeln, Laufwegen, Hainen und Gärten. Der Parkplatz war rund um die Uhr geöffnet und wie geschaffen für einen kranken Stalker.

»Vorhin war er jedenfalls noch da«, sagte sie. »Hat einfach dagesessen und das Haus angestarrt.« Zitternd schloss sie kurz die Augen.

»Oje«, sagte Sheri.

»Tja, jetzt ist niemand mehr da«, wiederholte Bishop geistesabwesend und musterte den Stapel Papiertaschentücher auf dem Couchtisch, daneben ein Glas Eistee und das Mobiltelefon, mit dem Kayleigh Freunde und Angehörige über Bobbys Tod in Kenntnis gesetzt hatte.

»He, tut mir leid wegen Bobby, KT. Ich weiß, du …«

»Wie schrecklich, Liebes«, sagte Sheri. »Ich fühle mit dir. Mit allen.«

Kayleigh ging in die Küche und holte ein Glas Milch für ihren Vater sowie Eistee für Sheri und sich selbst.

»Danke, Liebes«, sagte die Frau vorsichtig.

Ihr Vater hob sein Glas, als würde er ihr mit der Milch zuprosten.

»Daddy.« Sie wich seinem Blick aus. »Ich überlege, ob ich absagen soll.« Es fiel ihr leichter, in die Richtung der Stelle zu starren, von der aus ein mörderischer Stalker sie ausspioniert hatte, als Bishop Towne in die Augen zu sehen.

»Das Konzert?«, grunzte der massige Mann. Die raue Stimme hatte natürlich nichts mit seinen Gefühlen zu tun. So redete er nun mal. Nicht mit fröhlichem Unterton, niemals flüsternd, sondern einfach mit einem heiseren Krächzen. Das war nicht immer so gewesen; seine Stimme war durch seinen Lebenswandel in Mitleidenschaft gezogen worden, genau wie seine Gelenke und seine Leber.

»Ich denke darüber nach.«

»Sicher. Klar. Versteh schon.«

Sheri versuchte, den unangenehmen Moment zu überbrücken. »Falls ich irgendwas für dich tun kann… Ich bringe dir was zu essen vorbei. Sag mir, worauf du Appetit hättest. Ich koche dir was ganz Besonderes.«

Essen und Tod haben schon immer in Verbindung gestanden, dachte Kayleigh nun. Alles, um abzulenken.

»Ich überlege mir was. Danke, Sheri.«

Die Anrede »Mom« war natürlich nie in Betracht gekommen. Kayleigh hasste ihre Stiefmutter nicht. Wenn du mit einem Mann wie Bishop Towne verheiratet warst, musstest du entweder eine Frau aus Stahl sein, so wie Margaret, Kayleighs Mutter, die ihm die Stirn geboten und dabei bisweilen sogar gesiegt hatte, oder du begnügtest dich mit dem Rest von Prestige und dem unbestreitbaren Charisma und fügtest dich in dein Schicksal. So wie Sheri.

Kayleigh konnte es ihr nicht verübeln. Und ihrem Vater auch nicht. Margaret war seine erste Wahl gewesen, und trotz all seiner Seitensprünge wären sie auch heute noch zusammen, hätte das Schicksal ihnen keinen Strich durch die Rechnung gemacht. Es gab ohnehin niemanden, der Margarets Platz hätte einnehmen können, also warum es überhaupt versuchen? Andererseits schien es undenkbar, dass Bishop Towne ohne eine Frau in seinem Leben zurechtgekommen wäre.

»Weiß Barry Bescheid?«, knurrte er.

Sie wies auf das Telefon. »Er war der Erste, den ich angerufen habe. Er ist bei Neil in Carmel.«

Der hochgewachsene, stets unruhige Barry Zeigler, ihr Produzent, steckte voller unruhiger Energie. Im Studio war er genial. Er hatte einige der größten Hits der Neunziger produziert, als Country das Adjektiv »crossover« verpasst bekam und anfing, seinen Wurzeln in Nashville und Dallas und Bakersfield zu entwachsen und sich ins normale Fernsehprogramm und nach Übersee auszubreiten.

Falls jemand den Sound von Kayleigh Towne maßgeblich geprägt hatte, dann Barry Zeigler. Und dieser Sound hatte einen gewaltigen Erfolg für sie bedeutet.

Zeigler und das Label hatten dem Schatten von Edwin Sharp allerdings auch nicht entkommen können. Der Stalker hatte die Firma mit E-Mails überschwemmt, in denen er die Wahl der Instrumentierung, die Tempi und die Produktionsmethoden kritisierte. Er beanstandete niemals Kayleighs Stimme oder die eigentlichen Songs, behauptete jedoch, dass Zeigler, die Tontechniker und die Studiomusiker »ihr nicht gerecht« würden. Das war eine seiner Lieblingsphrasen.

Kayleigh hatte einige der E-Mails zu sehen bekommen, und obwohl sie es niemandem je eingestand, hielt sie manche von Edwins Einwänden für berechtigt.

»Da ist bloß noch eine Sache«, sagte Sheri schließlich. »Ich meine …« Ein Blick zu Bishop, der seine Milch genauso andächtig trank, wie er früher seinen Bourbon getrunken hatte. Als er ihr nicht ins Wort fiel, fuhr sie fort: »Das Mittagessen morgen – für den Fan des Monats. Glaubst du, es kann stattfinden?«

Alicia Sessions hatte bei Facebook und auf Kayleighs Internetseite eine entsprechende Werbeaktion gestartet. Sheri war von Bishop mehr oder weniger zwangsverpflichtet worden, sich für die Marke Kayleigh Towne diverse Projekte zur Absatzförderung auszudenken. Die Frau hatte früher im Einzelhandel gearbeitet und einige gute Ideen beisteuern können.

»Das ist alles schon vorbereitet, nicht wahr?«, fragte Bishop.

»Wir haben den Raum im Country Club angemietet. Es würde dem Jungen so viel bedeuten. Er ist ein großer Fan.«

Nicht so groß wie jemand anders, den ich kenne, dachte Kayleigh.

»Und es ist gute Publicity.«

»Keine Reporter«, sagte Kayleigh. »Ich möchte nicht über Bobby sprechen. Und sie würden mich garantiert nach ihm fragen.« Alicia hatte bislang alle Pressegesuche abgelehnt – und es waren jede Menge davon eingegangen. Doch wenn die persönliche Assistentin mit dem stählernen Blick einmal Nein sagte, gab es keine weitere Diskussion.

»Wir werden vorher feste Regeln erlassen«, sagte Bishop. »Niemand darf dir Fragen über die Vorfälle im Kongresszentrum stellen.«

»Ich kümmere mich darum«, sagte Sheri mit einem verunsicherten Blick zu Bishop. »Ich spreche das mit Alicia ab.«

»Also gut, meinetwegen«, stimmte Kayleigh schließlich zu. Sie musste an das letzte Mal denken, dass sie allein mit Bobby zu Mittag gegessen hatte. Es lag erst eine Woche zurück. Ihr kamen schon wieder die Tränen.

»Okay«, sagte Bishop. »Und wir werden uns dort nicht lange aufhalten. Sagt diesem Fan, dass Kayleigh leider nur wenig Zeit hat.«

Da sie in einem Punkt nachgegeben hatte, wagte Kayleigh einen weiteren Vorstoß: »Aber wegen des Konzerts bin ich mir wirklich noch nicht sicher, Daddy.«

Bishop brummte etwas, das wohl Verständnis ausdrücken sollte, beugte sich vor und schnappte sich eine der Gitarren, die seine Tochter im Wohnzimmer stehen hatte, eine alte Guild mit dünnem Hals, goldener Fichtenholzdecke und einem kraftvollen Tenorklang. Er spielte Elizabeth Cottens Version von »Freight Train«.

Bishop Towne war ein begabter Fingerpicker, der synkopierte Rhythmen bevorzugte, ganz im Stil von Artie und Happy Traum oder Leo Kottke (und er wollte verdammt sein, wenn er nicht auch ein genauso guter Flatpicker war wie Doc Watson; Kayleigh hingegen nutzte das Plektrum lediglich fürs Akkordspiel). Seine großen Hände hatten das Griffbrett vollständig unter Kontrolle. In der Popmusik war die Gitarre anfangs ein reines Rhythmusinstrument gewesen – so wie Drums oder Maracas; erst seit etwa achtzig Jahren übernahm sie auch die

Melodie. Kayleigh benutzte ihre Martin im ursprünglichen Sinne, nämlich zur Begleitung ihres Hauptinstruments, einer Vier-Oktaven-Stimme.

Sie dachte an Bishops einst so klangvollen Bariton und dann schaudernd an das, was daraus geworden war. Bob Dylan zum Beispiel hatte nie eine sanfte Stimme besessen, aber sie war voller Gefühl und Leidenschaft, und er traf damit wenigstens die Noten. Wenn Kayleigh und Bishop mal ein Duett sangen – auf einer Party und gelegentlich auch bei Konzerten –, wechselte sie in eine Tonart, die er noch schaffen konnte, und überdeckte die Noten, die ihm Schwierigkeiten bereiten würden.

»Wir werden dafür sorgen, dass es nicht lange dauert«, verkündete er erneut.

Was?, dachte Kayleigh. Das Konzert? Dann fiel es ihr wieder ein: das Mittagessen mit dem Fan. War das morgen oder übermorgen?

Oh, Bobby …

»Und über das Konzert reden wir noch. Mal sehen, wie es dir in ein oder zwei Tagen geht. Ich möchte, dass du in guter Verfassung bist. Und glücklich. Darauf kommt es an«, beteuerte er.

Sie schaute schon wieder aus dem Fenster und zu dem kleinen Gehölz, das in hundert Metern Entfernung ihr Grundstück von der Straße trennte. Eigentlich hatte sie die Bäume gepflanzt, weil sie Ruhe und Abgeschiedenheit wollte, doch nun konnte sie nur daran denken, dass sie Edwin eine hervorragende Deckung bieten würden und er sich so dem Haus noch weiter nähern konnte.

Es erklangen weitere Arpeggios – Akkorde, deren Töne nacheinander gespielt wurden anstatt gleichzeitig. Kayleigh dachte automatisch: vermindert, Moll 6, Dur. Die Gitarre machte alles, was Bishop wollte. Er hätte sogar einem Ast eine Melodie entlocken können.

Sie dachte: Bishop Towne hat Konzerte verpasst, weil er bewusstlos oder im Gefängnis war. Aber er hat nie eines abgesagt.

Er stellte die Gitarre zurück. »Wir müssen noch zu dieser Besprechung«, sagte er zu Sheri.

Die Frau, die für jeden Wochentag ein anderes Parfum zu besitzen schien, stand sofort auf und streckte unwillkürlich die Hand nach Bishops Arm aus, besann sich dann aber eines anderen. Sie wollte in Gegenwart seiner Tochter Diskretion walten lassen.

Sie gibt sich wirklich Mühe, dachte Kayleigh.

Ich hasse dich nicht.

Ich kann dich nur nicht ausstehen.

Kayleigh rang sich dennoch ein Lächeln ab.

»Hast du noch das Geschenk, das ich dir vor einigen Jahren gemacht habe?«, fragte Bishop seine Tochter.

»Ich habe alle deine Geschenke noch, Daddy.«

Sie begleitete die beiden zur Tür und stellte belustigt fest, dass Darthur Morgan die Besucher misstrauisch zu beäugen schien. Das Paar stieg in einen verstaubten SUV und fuhr los. Am Steuer des riesigen Gefährts saß die zierliche Sheri. Bishop hatte das Autofahren schon vor acht Jahren aufgegeben.

Kayleigh wollte eigentlich noch weitere Anrufe erledigen, konnte sich aber nicht dazu durchringen. Sie ging in die Küche, streifte Arbeitshandschuhe über und trat hinaus in den Garten. Es war einer ihrer Lieblingsorte, mit Blumen und Kräutern und Beeten – was auch sonst in diesem Teil von Kalifornien? Sie wohnte in der ertragreichsten Agrarregion der ganzen USA.

Sie mochte die Gartenarbeit nicht wegen des Wunders des Lebens, der Umwelt oder der Erdverbundenheit. Kayleigh Towne genoss es einfach, sich mal die Hände schmutzig zu machen und an etwas anderes als an die Musikbranche zu denken.

Außerdem konnte sie hier von ihrem zukünftigen Leben träumen, wenn sie gemeinsam mit ihren Kindern in Gärten wie diesem herumwerkeln würde. Und aus dem selbst gezogenen Gemüse würde sie Soßen und Aufläufe und Schmorgerichte zaubern.

I remember autumn, pies in the oven,
sitting on the porch, a little teenage lovin',
riding the pony and walking the dogs,
helping Daddy outside, splitting logs.
Life was simple and life was fine,
in that big old house, near the silver mine.

Ich erinnere mich an den Herbst,
an Kuchen im Ofen,
wie wir auf der Veranda gesessen haben und
ich zum ersten Mal verliebt war,
an die Ritte auf dem Pony und
das Herumtollen mit den Hunden
und daran, wie ich Daddy draußen
beim Holzhacken geholfen habe.
Das Leben war einfach, und das Leben war gut
in dem großen alten Haus bei der Silbermine.

Ich sage das Scheißkonzert ab, dachte sie.

Sie stopfte sich das Haar unter einen albernen Sonnenhut aus Leinen und inspizierte ihre Beete. Es war heiß, aber auf tröstliche Weise. Insekten summten ihr um den Kopf, und sogar diese hartnäckigen Plagegeister hatten etwas Beruhigendes an sich, als würden sie Kayleigh daran erinnern, dass das Leben nicht nur aus Bühnenauftritten bestand.

Nicht nur aus der *Branche*.

Doch plötzlich erstarrte sie: Da blitzte irgendwas auf.

Nein, nicht Edwin. Das war nicht das Rot seines Wagens.

Was war das? Es kam aus Richtung Süden, von der linken Seite, wenn man den Garten vor sich hatte, in ungefähr hundert Metern Entfernung, und zwar weder von Edwins üblichem Standort beim Arboretum noch von der Hauptstraße davor. Dort gab es einen schmalen Zufahrtsweg, der in rechtem Winkel abzweigte. Ein Bauherr hatte das angrenzende Land vor einem Jahr gekauft, war dann aber pleitegegangen, bevor mit der Arbeit am Haus begonnen werden konnte. Waren das Landvermesser? Letztes Jahr hatte sie sich noch gefreut, dass aus dem Bau nichts wurde; sie hatte ihre Privatsphäre gewollt. Nun freute sie sich widersinnigerweise darüber, dass Arbeiter – und letztlich Nachbarn – da sein würden, um Edwin und andere wie ihn fernzuhalten.

Doch was genau war dieses Licht?

An, aus, an, aus. Immer wieder.

Sie beschloss, es herauszufinden.

Kayleigh bahnte sich einen Weg durch das Gestrüpp auf die flatterhafte Lichtquelle zu.

Hell, dunkel.

Licht, Schatten.

18

Kathryn Dance befand sich im Süden von Fresno und hielt nach einem Restaurant Ausschau, das Crystal Stanning ihr empfohlen hatte.

In Gedanken jedoch spielte sie durch, wie sie die explosive Situation handhaben würde, die entstand, sobald Charles Overby oder eher der CBI-Direktor aus Sacramento Sheriff Anita Gonzalez mitteilte, dass Dance die Leitung der Ermittlungen im Mordfall Bobby Prescott übernahm.

Als ihr Telefon summte, zuckte sie sogar zusammen.

Ah, Charles, ich hoffe, ich habe Sie nicht bei einem Ihrer gemütlichen Mittagessen gestört.

Doch die Nummer im Display war eine von hier.

»Hallo?«

»Kathryn?«

»Ja.«

»Pike Madigan.«

Sie sagte nichts.

»Haben Sie eine Minute Zeit?«

Habe ich. Dance glaubte, das Kratzen eines Löffels zu hören, dann ein leises Schmatzen. Aß er gerade zu Mittag, den Hörer zwischen Schulter und Ohr eingeklemmt? Etwa wieder Eiscreme? »Legen Sie los.«

»Was haben Sie vor?«

»Hähnchen *mole* bei Julio's zu essen«, antwortete sie.

»Gute Wahl. Bestellen Sie bloß keine *tamales.* Viel zu fettig.«

Nun hielt *er* kurz inne. »Der Leiter unserer Spurensicherung hat mich angerufen. Charlie Shean. Geschrieben S-H-E-A-N. Nicht wie der Schauspieler. Er muss deswegen so manchen Scherz auf seine Kosten ertragen. Guter Mann.«

Sie erinnerte sich an das tüchtige Team im Kongresszentrum und beim Wohnwagen. Die Leute konnten mit jeder Großstadteinheit mithalten.

»Keine der Spuren hat was ergeben. Weder der Staub noch sonst welche Partikel von den Fotos und Andenken in Edwins Haus haben zu den Proben aus Bobbys Wohnwagen gepasst. Und die Überprüfung von Edwins Kreditkartentransaktionen hat ergeben, dass er alles, was in seinem Besitz gefunden wurde, bei eBay gekauft hat. Als wir ihn verhaftet haben, wurden seine Fingerabdrücke genommen. Sie passen weder zu denen im Wohnwagen noch zu denen im Kongresszentrum. Auch die gesicherten Fußspuren lassen sich ihm nicht zuordnen. Ebenso wie die Reifenspuren nicht zu seinem Wagen passen. Das war ein totaler Reinfall.«

»Sie mussten ihn gehen lassen.«

»Ja, vor einer Stunde. Und er hat alles mitgenommen, was wir beschlagnahmt hatten.«

Für jemanden wie Madigan dürfte dies so ziemlich das Höchstmaß an Reue sein, dachte Dance.

Doch da lag sie falsch.

»Ich möchte mich bei Ihnen entschuldigen.«

Und damit war es noch nicht vorbei.

»Sie hatten recht, nicht ich. Ich habe mich von diesem Kerl vorführen lassen. Es war, als sei er nur gekommen, um etwas über die Ermittlungen herauszufinden.«

»Falls er der Täter ist, dann ja, das könnte sein.«

»Dieser Typ unterscheidet sich sehr von meinen üblichen Verdächtigen. Sie finden offenbar einen besseren Zugang zu ihm. Falls Sie noch wollen, wären Sie dann wohl bereit, uns zur Hand zu gehen? Wir könnten Ihre Unterstützung wirklich gut gebrauchen.«

»Ich helfe gern«, sagte sie, ohne zu zögern.

Sie würde Overby anrufen und ihren Antrag zurückziehen.

»Haben Sie vielen Dank.«

Dance dachte daran, was Stanning ihr über Madigans Befürchtungen erzählt hatte. »Eines noch, Detective. Das hier ist Ihr Fall. Ich werde lediglich in beratender Funktion für Sie tätig.«

Mit anderen Worten, der Ruhm und die Pressekonferenzen sind ganz die Ihren. Übrigens, ich hasse diesen Rummel genauso sehr wie Ihr Kollege Dennis Harutyun.

»Danke für die Klarstellung. Und jetzt kommen Sie bitte so schnell wie möglich wieder her. Ach, und willkommen beim FMCSO, Deputy Dance. He, das klingt doch gar nicht so schlecht, finden Sie nicht auch?«

Er war es also doch.

Sie hatte kein Rot erkennen können, weil es sich bei den Blitzen um Reflexionen des Sonnenlichts auf der Windschutzscheibe handelte, die genau in ihre Richtung abgelenkt wurden. Die rote Lackierung des Buick lag vom Haus aus betrachtet deutlich unterhalb ihrer Augenhöhe.

Edwin Sharp befand sich fünfzehn Meter von ihr entfernt. Er hatte sich einen neuen Beobachtungspunkt gesucht. Sein Wagen stand auf dem Seitenstreifen geparkt, und Edwin saß auf der Haube, ließ die Beine baumeln und starrte Kayleighs Haus an, den Mund zu seinem kranken Lächeln verzogen. Sein leichtes Vor- und Zurückschaukeln hatte für das ständige Aufblitzen gesorgt.

Sie kniete sich hin. Er zeigte jedoch keinerlei Reaktion. Da wusste sie, dass er sie nicht bemerkt hatte.

Kayleigh wich einige Meter zur Seite aus und nahm ihn durch das Gebüsch erneut in Augenschein. Er trug Ohrhörer und klopfte sich im Takt der Musik auf den Oberschenkel. Vermutlich war es einer ihrer Songs. Aber welcher?

Hin und wieder drehte Edwin den Kopf und ließ seinen Blick über das Grundstück schweifen, als bewundere er ein Kunstwerk.

Oder … Moment mal. Irgendwas war mit seinem Gesicht. Was hatte diese Miene zu bedeuten?

Dann begriff sie, dass es Verzückung war. Fast schon Ekstase. Und nicht im religiösen Sinn. Er schloss des Öfteren die Augen, und sein Lächeln wurde breiter. Und er schien schwer zu atmen, seine Brust hob und senkte sich.

Es war, als würde er gerade Sex haben.

Klopfte er sich wirklich im Takt der Musik auf den Oberschenkel? Oder, mein Gott, machte er da mit seiner Hand etwas *anderes*? Sie konnte es nicht erkennen.

Nein, das war doch völlig unmöglich!

Aber dieser Ausdruck auf seinem Gesicht.

Igitt, wie ekelhaft!

Sein halb geöffneter Mund, die geschlossenen Lider unter den vorstehenden Augenbrauen … das war zu viel für sie.

Sie wich zurück und stolperte. Aber der Baum, an dem sie sich festhalten wollte, war bloß ein kleiner Kiefernschössling und bog sich unter ihrem Gewicht.

Edwin bemerkte etwas.

Er hielt inne und schaute zu der Stelle, an der die entsetzte Kayleigh nun am Boden kauerte.

Hatte er sie gesehen? Kam er jetzt etwa mit offener Hose auf sie zu?

Voller Panik sprang Kayleigh auf und ergriff so schnell wie möglich die Flucht.

Sie rannte zwischen den Bäumen und Sträuchern hindurch und wagte es nicht, sich umzudrehen. Dann kam der Zaun in Sicht, der ihren kostbaren Garten umgab. Sie wurde langsamer, hielt sich aber gar nicht erst mit der Pforte auf, sondern streckte die Hände aus und setzte seitlich über den Zaun hinweg, so wie früher über das Pferd im Turnunterricht. Schon damals hatte sie sich dieser Herausforderung stets gestellt, war aber oft – genau wie jetzt – bäuchlings auf dem Boden gelandet.

Das Herz schlug ihr bis zum Hals. Sie rappelte sich auf, stolperte ins Haus, schlug die Tür zu und fuhr herum.

Ihr Blick fiel auf den Garten. Edwin hatte ihn ihr *verdorben*! Verdorben für immer. Sie würde nie wieder einen Fuß hineinsetzen können, ohne an *ihn* zu denken und an das, was *er* gemacht hatte.

Sie drückte das Gesicht an die Scheibe.

Das Aufblitzen ging noch kurz weiter.

Dann bewegte es sich in Richtung der Hauptstraße. Sie erhaschte einen kurzen Blick auf den roten Lack, als der Wagen langsam zu der Einmündung rollte, nach rechts abbog und verschwand.

Kayleigh zuckte zusammen, weil plötzlich ihr Mobiltelefon klingelte – mit dem Klang einer Steel-Gitarre und dem Summen des Vibrationsalarms. Sie ging zögernd darauf zu. War das Edwin oder sonst jemand, der anrief, um ihr die zweite Strophe von »Your Shadow« vorzuspielen? Um einen weiteren Mord anzukündigen?

Sie nahm das Telefon. Schaute auf das Display. Nach kurzem Überlegen nahm sie das Gespräch an.

19

Besprechungsräume von Strafverfolgungsbehörden sehen überall auf der Welt gleich aus: Die Wände sind verschrammt und benötigen dringend einen neuen Anstrich, die Fenster sind schmutzig, das Mobiliar ist wild zusammengewürfelt, und die Ausschilderung lässt zu wünschen übrig.

Das Fresno-Madera Consolidated Sheriff's Office lag da ungefähr im Durchschnitt, wenngleich der säuerliche Knoblauchgeruch als individuelle Note gelten durfte, vielleicht noch vom gestrigen chinesischen Bring-Service-Essen. Dance stand am Kopfende des Raums mit der grünlichen Beleuchtung, neben ihr P. K. Madigan und Dennis Harutyun, dessen stoische Miene sich unter dem üppigen Schnurrbart zu der Andeutung eines Lächelns verzogen hatte, als er hörte, dass Dance ab jetzt zum Team gehörte.

Ihre List, ihn zu benutzen, um sich Zutritt zum Beobachtungszimmer zu verschaffen, war ihr anscheinend verziehen worden.

Die Detectives Crystal Stanning und Miguel Lopez waren ebenfalls anwesend. Gemeinsam mit Detective Gabriel Fuentes, der derzeit noch dienstlich unterwegs war, würden sie die Einsatzgruppe zum Mordfall Bobby Prescott beziehungsweise Stalking-Fall Kayleigh Towne bilden, verstärkt durch TJ Scanlon in Monterey (»Ich finde deine Vorstellung von einem Urlaub ziemlich bizarr, Boss«).

Darüber hinaus hielten sich zwei Zivilisten im Raum auf. Dance hatte Kayleigh Towne vor einer halben Stunde angerufen und sie hergebeten. Die junge Frau hatte widerstrebend eingewilligt und Alicia Sessions zur moralischen Unterstützung mitgebracht. Kayleigh war übermüdet und blass und hatte das beeindruckende honigblonde Haar zu einem festen Pferdeschwanz zusammengebunden. Sie trug eine burgunderfarbene Schirmmütze ohne Logo, als wolle sie sich am liebsten verstecken.

Sie trug außerdem eine weite Jeans, registrierte Dance, und keine der enger geschnittenen Hosen, die man von ihren Albumcovers und Konzerten kannte, dazu ein dickes langärmeliges Strickhemd, das bei dieser Hitze die reine Qual sein musste.

Doch falls sie dadurch möglichst unattraktiv wirken wollte, hätte sie sich die Mühe sparen können, wusste Dance. Für Edwin Sharp war sie die aufreizendste, schönste Frau der Welt, ganz egal, welche Kleidung sie trug und ob sie auf Make-up verzichtete.

Kayleigh berichtete, dass Edwin ihr schon wieder nachspioniert habe, vor knapp einer Dreiviertelstunde, von einer neuen Stelle aus. Offenbar hatte er keine Lust mehr darauf gehabt, dass ständig die Polizei vorbeifuhr und ihn auf dem Parkplatz des Erholungsgebietes anstarrte, das genau gegenüber von ihrem Grundstück lag. Demnach hatte er sich gleich nach seiner Entlassung aus der Untersuchungshaft auf den Weg zu Kayleigh gemacht – wie ein Süchtiger, der seine Dosis Meth brauchte.

Die Stimme der Sängerin zitterte, während sie diese Geschichte erzählte, woraus Dance schloss, dass Kayleigh ihn nicht nur gesehen hatte, sondern dass noch mehr passiert war. Sie fragte sich, ob es gar eine direkte Konfrontation gegeben hatte. Doch was auch immer geschehen sein mochte, es war klar, dass Kayleigh nicht darüber reden wollte.

Alicia Sessions' Aufmachung war das genaue Gegenteil des Erscheinungsbildes ihrer Chefin, fast schon aggressiv herausfordernd. Enge Jeans, hellblaue Cowboystiefel und ein grünes Tanktop, unter dem leuchtend orangefarbene BH-Träger hervorblitzten. Und beachtliche Muskeln. Dance hätte gern gewusst, wie die große Tätowierung auf ihrem Rücken wohl vollständig aussah. Alicias Miene war ernst. Die Frau war eindeutig verärgert, und ein Teil dieses Zorns schien den Deputys zu gelten, als würden sie nicht genug tun, um ihre Chefin zu beschützen.

»Chief Madigan war so freundlich, das CBI im Mordfall Prescott zur Beratung hinzuzuziehen«, sagte Dance. »Wir gehen vorläufig davon aus, dass die Tat mit dem Stalker zusammenhängt, der Kayleigh seit einer Weile belästigt. Ich bin nicht hier, um jemandem auf die Zehen zu treten, und falls Sie den Eindruck haben, dass zwischen Ihrer Behörde und meiner eine Konfliktsituation droht, können Sie mich oder Chief Madigan jederzeit darauf ansprechen. Meine Mitarbeit kann vielleicht von Nutzen sein, weil ich bereits einige Erfahrungen mit Stalkern gesammelt habe.«

»Persönlich?«, fragte Lopez.

Alle lachten.

»Die meisten verlässt der Mut, wenn sie eine Glock 23 an deiner Hüfte sehen.«

Auch Kayleigh lachte über diesen Scherz, aber zu laut. Die Arme ist völlig verängstigt, folgerte Dance. Alicia blickte argwöhnisch drein.

»Zunächst mal – mein Kollege in Monterey hat herausgefunden, dass keine Haftbefehle oder Gerichtsbeschlüsse gegen Edwin vorliegen – weder auf Bundesebene noch in Kalifornien, Washington oder Oregon. Ein paar Verkehrsverstöße, mehr nicht. Für einen Stalker ist das eher ungewöhnlich, denn meistens gibt es eine Vorgeschichte mit entsprechenden Strafanzeigen. Andererseits könnte er einfach nur sehr vorsichtig sein. Und wir wissen, dass er intelligent ist.

Ich werde Ihnen nun ein wenig über Stalking erzählen und darüber, wie Edwin meines Erachtens in dieser Hinsicht einzuordnen ist. Es gibt verschiedene Arten von Stalkern. Der erste

Typ wird als schlicht-obsessiv bezeichnet. Er tritt im privaten Umfeld auf. Zwischen dem Stalker und seinem Objekt hat es früher mal einen Kontakt gegeben, gemeinhin romantischer oder sexueller Natur. Denken Sie an Beziehungen, Ehen oder sogar One-Night-Stands, die kein gutes Ende nehmen. Oder an den Film *Eine verhängnisvolle Affäre.*«

»Jeder verheiratete Mann, der den gesehen hat, wird garantiert auf dem Pfad der Tugend wandeln«, sagte Lopez, was nervöses Gelächter nach sich zog.

»Dann gibt es die erotomanischen Stalker«, fuhr Dance fort.

»Sexuell Pervertierte?«, grübelte Madigan laut.

»Nein, es geht eher um Liebe als um Sex. Die herkömmlichen erotomanischen Stalker waren Frauen, die sich in einflussreiche Männer aus höheren Einkommens- oder Gesellschaftsschichten verliebt haben. Zum Beispiel Sekretärinnen oder Verkäuferinnen, die ihre Vorgesetzten anhimmelten. Mittlerweile trifft man in dieser Kategorie ebenso viele Männer wie Frauen an. Zum Profil gehört, dass es einen unbedeutenden, völlig harmlosen Kontakt gab, der vom Stalker falsch gedeutet wird. In der Folge redet er sich ein, die andere Person sei in ihn verliebt, aber zu schüchtern oder zurückhaltend, um die Gefühle offen zu zeigen.

Der dritte Typ ist der liebesobsessive Stalker. Das sind diejenigen, die es auf Prominente abgesehen haben, auf Leute, denen sie anfangs von fern Bewunderung entgegenbringen. Zu irgendeinem Zeitpunkt gelangen sie dann aber zu der Überzeugung, es handle sich um ihre Seelenverwandten. Ich halte Edwin für eine Mischung aus erotomanischem und liebesobsessivem Stalker. Er glaubt wirklich, dass du die Frau seines Lebens bist. Er möchte mit dir eine Beziehung eingehen und denkt, dass du das Gleiche für ihn empfindest.«

»Dieses verfluchte ›XO‹«, murmelte Kayleigh. »Es war bloß ein Formbrief.«

»Die verschicken wir jede Woche tausendfach«, sagte Alicia.

»Das einzig Persönliche daran ist der Name des Empfängers – und der wird automatisch durch eine Software eingefügt.«

»Nun, Sie müssen sich vor Augen führen, dass alle Stalker mehr oder weniger an Wahnvorstellungen leiden. Die Bandbreite reicht von Menschen mit gravierenden Neurosen über Borderline-Persönlichkeiten bis hin zu echten Psychotikern, ob nun schizophren oder ernstlich bipolar. Wir sollten davon ausgehen, dass Edwin ein Problem mit der Realität hat. Und er will daran auch gar nichts ändern, denn der Kontakt mit dir führt bei ihm zu emotionalen Höhenflügen – so stark wie durch eine Droge.«

»Aber was war sein Motiv für den Mord an Bobby Prescott?«, fragte Crystal Stanning. »Vorausgesetzt, er ist der Täter.«

»Gute Frage, Detective«, sagte Dance. »Es passt nämlich nicht ganz ins Bild. Erotomanische und liebesobsessive Stalker sind die Ungefährlichsten ihrer Art und statistisch gesehen viel weniger gewalttätig als Stalker aus dem privaten Umfeld. Aber natürlich sind auch sie zu einem Mord fähig.«

»Es könnte auch einfach sein, dass Bobby zur falschen Zeit am falschen Ort gewesen ist«, gab Madigan zu bedenken. »Falls dieser Song tatsächlich als Vorankündigung gedacht war, ging es darin zunächst mal nur um einen Konzertsaal. Vielleicht hatte es gar nichts mit Bobby zu tun. Der Täter könnte die erstbeste Person abgepasst haben.«

»Guter Punkt, ja«, sagte Dance. »Aber wir sollten uns dennoch ein wenig intensiver mit Bobbys Leben beschäftigen und herausfinden, was er so gemacht hat. Und ob zum Beispiel etwas Illegales dabei war.«

»Bestimmt nicht«, versicherte Kayleigh. »Er hatte früher mal ein Problem mit Drogen und Alkohol, aber die letzten Jahre war er clean.«

Dance war von Berufs wegen skeptisch, aber sie wollte dem Mädchen nicht widersprechen. Es war wichtig für Kayleigh, das Andenken an ihren Freund zu bewahren, und sie konnten unabhängig davon untersuchen, ob Bobby sich in irgendwelche riskanten Aktivitäten verstrickt hatte. Nach der Aussage seiner Nachbarin Tabatha zu schließen, sah es jedenfalls nicht danach aus.

»Trotzdem könnte jemand seinen Tod gewollt haben«, sagte Dance. »Und wir dürfen nicht vergessen, dass ein Eindringling – wahrscheinlich der Mörder – am Morgen nach der Tat etwas aus Bobbys Wohnwagen entwendet hat.«

»Ich könnte mir sein Privatleben und seine Vorgeschichte vornehmen«, bot Harutyun mit seiner tiefen, ruhigen Stimme an. Man konnte seine Lippen kaum erkennen, nur der seidige Schnurrbart bewegte sich auf und ab.

Dance schaute zu Madigan, der zustimmend nickte. »Dennis ist unser Bibliothekar. Das meine ich positiv. Er macht seine Hausaufgaben. Er wusste schon, was Google war, als ich noch dachte, das wäre der Name einer Zeichentrickfigur aus dem Vormittagsprogramm.«

»Gut.«

»Können Sie ihn denn nicht verhören?«, fragte Alicia, die nicht wusste, dass die erste Befragung ein Schlag ins Wasser gewesen war.

»Eventuell. Aber ich bin mir nicht sicher, ob uns das viel bringen würde«, sagte Dance.

In ihren Vorträgen kam sie darauf zu sprechen, wie schwierig es war, Verdächtige wie Edwin kinesisch zu analysieren.

Leute am Rand der Psychose, beispielsweise Stalker, können Ihnen durchaus Fakten verraten, die zur Aufklärung eines Falls beitragen und letztlich sogar zur Aufdeckung ihrer eigenen Täuschungsversuche führen. Aber eine kinesische Einschätzung solcher Leute ist oft ein Ding der Unmöglichkeit. Sie stehen nämlich nicht unter Stress, wenn sie lügen – weil ihr Wunsch, sich dem Objekt ihrer Besessenheit zu nähern, alles andere bei Weitem dominiert.

Sie erklärte dies nun und fügte hinzu, dass ihnen zudem eine aktuelle Handhabe für eine Festnahme fehle.

Alicia verzog frustriert das Gesicht. »Gibt es denn hier kein Gesetz gegen Stalking?«, fragte sie.

»Doch, Kalifornien hat sogar als erster Bundesstaat eines verabschiedet«, sagte Madigan.

Dance fasste die Voraussetzungen zusammen. »Man macht sich des Stalkings schuldig, wenn man das Opfer vorsätzlich, arglistig und wiederholt verfolgt oder schikaniert und auf glaubhafte Weise bedroht, sodass die Person berechtigte Angst um ihre Sicherheit oder die Unversehrtheit ihrer nächsten Angehörigen haben muss.« Sie zuckte die Achseln. »Leider hält die abschreckende Wirkung sich in Grenzen. Es drohen nur eine kurze Haft oder eine Geldstrafe.«

»Nun, das ist doch wenigstens etwas. Verhaftet ihn doch erst mal«, sagte Kayleigh.

»Das könnte schwieriger sein als gedacht. Schildere mir mal, wie sein Stalking aussieht.«

»Nun ja, meine Anwälte könnten dir mehr dazu sagen, denn ich habe die Sache weitgehend ihnen überlassen. Aber ich weiß, dass er mir ungefähr hundertfünfzig E-Mails und etwa dreißig Briefe geschrieben hat. Darin hat er mich um eine Verabredung gebeten, Andeutungen über eine gemeinsame Zukunft gemacht oder geschildert, was er an diesem oder jenem Tag getan hatte.«

Da kenne ich weitaus schlimmere Kandidaten, dachte Dance.

»Und er hat mir ein paar Geschenke geschickt. Zeichnungen, Miniaturinstrumente, alte LPs. Wir haben alles zurückgehen lassen.«

»Du hast gesagt, er sei bei Konzerten aufgetaucht, aber du hättest ihn da nie gesehen.«

»Richtig.«

»Könnte er sich verkleidet haben?«, fragte Lopez.

»Gut möglich«, sagte Dance. »Stalker bedienen sich einer Vielzahl von Tricks, um sich ihren Objekten zu nähern und sie zu kontrollieren. Sie stehlen zum Beispiel Briefe, um herauszufinden, wen die Opfer kennen und wo die Betreffenden sich aufhalten könnten. Sie nötigen Zeugen dazu, in ihrem Sinne zu lügen und zu behaupten, sie hätten den Stalker nie in der Nähe der Wohnung des Opfers gesehen. Sie bringen sich bei, Telefone und Computer zu hacken, und einige fangen sogar eine Ausbildung als Schlosser an, um zu lernen, wie man verriegelte Türen öffnet. Diese Menschen sind wirklich verzweifelt. Ihr komplettes Selbstwertgefühl ist an die Liebe zu ihrem Objekt gekoppelt; ohne diese Person sind sie nichts.«

»Wir haben ihm Unterlassungsverfügungen und alles Mögliche angedroht«, sagte Alicia. »Die Briefe hat er einfach ignoriert, aber die Anwälte sagten, er habe die Grenze zur Illegalität nie ganz überschritten.«

»Sie haben außerdem mit dem FBI darüber gesprochen, ob er sich in unsere Computer gehackt haben könnte«, sagte Kayleigh. »Und sie haben eine private Datensicherungsfirma engagiert. Aber es wurde nie ein konkreter Beweis dafür gefunden.«

Dann stellte Madigan die Schlüsselfrage: »Hat er in all seinen Briefen jemals eine Drohung ausgesprochen? Eine Verhaftung setzt voraus, dass eine glaubhafte Bedrohung vorgelegen hat.«

»Ist Bobbys Tod denn nicht Bedrohung genug?«, fragte Alicia barsch.

»Es gibt keinen Beweis dafür, dass Edwin der Täter war«, sagte Harutyun.

»O bitte. Natürlich ist er es gewesen.«

»Aber Detective Madigan hat recht«, fuhr Dance fort. »Um Edwin wegen Verstoßes gegen das Anti-Stalking-Gesetz verhaften zu können, muss eine Drohung gegen dich oder ein Familienmitglied vorliegen. Es kann sich auch um eine implizite Drohung handeln, aber dann muss die berechtigte Befürchtung bestehen, dass deine körperliche Unversehrtheit akut gefährdet ist.«

»Nur die körperliche? Die geistige oder seelische Unversehrtheit zählt nicht?«, fragte Crystal Stanning.

»Nein. Nur die körperliche.«

Kayleigh starrte ein Poster an, die Karikatur eines Polizisten und eines zerknirschten Teenagers.

Beim Einsatz an den Schulen gilt: Ist es nur Hasch, rede mit ihnen … aber rasch.

Sie wandte sich wieder davon ab. »Nein, es gab keine Drohungen«, räumte sie widerstrebend ein. »Eher das genaue Gegenteil. Er hat immer wieder betont, dass er mich beschützen will. Und dass er für mich da sein würde – genau wie in dem Song ›Your Shadow‹.«

In diesem Moment verkündete Dance' Telefon den Eingang einer Nachricht. Sie kam von TJ Scanlon. Dance las den Begleittext und blickte auf.

»Na, wer hat Interesse am Lebenslauf unseres Stalkers?«

Doch eine Antwort auf diese Frage war natürlich überflüssig.

20

Dennis Harutyun half Dance dabei, von einem Computer in der Ecke des Raums aus auf ihr E-Mail-Postfach zuzugreifen und TJs Dokument auszudrucken.

Sie überflog die Zeilen und wirkte enttäuscht.

»Ich fürchte, das hilft uns nicht viel weiter.« Edwin Stanton Sharp war in Yakima geboren, einer Stadt im Osten des Staates Washington. Sein Vater war Handlungsreisender, seine Mutter Verkäuferin im Einzelhandel.

»Ihrem Einkommen nach zu urteilen, muss sie mehrere Jobs gehabt haben. Das könnte bedeuten, dass der Junge viel Zeit allein verbracht hat. Psychologen glauben, dass Stalking aus einer Bindungsstörung heraus entsteht. Er sehnte sich nach seinen Eltern, vor allem nach der Mutter, aber sie war nicht abkömmlich. Seine Schulnoten waren sehr gut. Doch er musste die siebte Klasse wiederholen, was ungewöhnlich spät für eine solche Entscheidung ist. Da seine Zensuren immer noch annehmbar waren, deutet das auf emotionale Probleme in der Schule hin. Aber es sind keinerlei erzieherische Maßnahmen verzeichnet, abgesehen von der Ahndung einiger Raufereien auf dem Schulhof, alle ohne den Einsatz von Waffen. Er ist zudem keinen außerschulischen Aktivitäten nachgegangen, hat keine Sportart ausgeübt und keinem Verein angehört. Als er sechzehn war, haben seine Eltern sich getrennt, und er zog mit seiner Mutter an den Rand von Seattle. Er ist zwei Jahre auf die University of Washington gegangen. Auch dort hat er zunächst gute Resultate erzielt. Dann hat er das Studium aus irgendeinem Grund kurz nach Beginn seines dritten Jahres abgebrochen. Nähere Angaben fehlen. Und wieder scheint er sich für keine anderen Aktivitäten interessiert zu haben. Auch das ist typisch, denn Stalking ist sehr zeitintensiv. Er suchte sich Jobs, zu denen Stalker bisweilen tendieren: Wachmann, Teilzeitverkäufer und Probenverteiler in Supermärkten, Landschaftsgärtner, Handelsvertreter. Diese Tätigkeiten sind wie geschaffen für Leute mit voyeuristischen oder Stalking-Neigungen, denn man bekommt viele Menschen zu sehen und wird zumeist nicht beaufsichtigt. Und man selbst ist unsichtbar.«

»Wie ein Hecht im Karpfenteich«, sagte Madigan.

Gut ausgedrückt, dachte Dance.

»Seine Mutter ist im Juli letzten Jahres an Krebs gestorben. Sein Vater ist von der Bildfläche verschwunden; er hat seit sechs Jahren keine Steuererklärung mehr eingereicht, und das Finanzamt kann ihn nicht finden. Edwin reist nicht ins Ausland, sagt das State Department. TJ, mein Kollege in Monterey, hat seine Online-Aktivitäten überprüft. Seine Facebook-Seite ist voller Fotos von und Informationen über Kayleigh. Er hat dort nicht viele Freunde – zumindest nicht unter seinem eigenen Benutzernamen. Er könnte jedoch zusätzliche Seiten unter fremdem Namen eingerichtet haben.«

»Ich hab ihm jedenfalls keine Freundschaftsanfrage geschickt«, murmelte Kayleigh.

»TJ konnte vier verschiedene Internet-Pseudonyme ausfindig machen, unter denen er auftritt. Edwin treibt sich ziemlich viel im Netz herum, aber auch nicht öfter als Millionen anderer junger Männer. Er beteiligt sich an zahlreichen Musik-Blogs und mehreren Chatrooms. Manche davon haben einen sexuellen Inhalt, sind aber insgesamt eher harmlos. Was seine bevorzugten Interessen angeht, steht an erster Stelle zwar die Musik, aber er kennt sich auch mit Filmen und Büchern aus.« Dance schüttelte den Kopf. »Ein Stalker ist normalerweise wesentlich stärker in Online-Aktivitäten verstrickt – und zudem in deutlich finsterere.«

Sie las weiter. »Ah, hier haben wir vielleicht was. Wie es scheint, hat er letztes Jahr eine Trennung durchgemacht. TJ ist in einem von Edwins Blog-Beiträgen auf eine Person namens Sally gestoßen. Edwin hat in dem Zusammenhang ein Lied von dir erwähnt, ›You and me‹.«

»Stimmt«, bestätigte Kayleigh. »In dem Song geht es um eine Trennung.«

»Sein Posting war im Dezember.« Dance sah Kayleigh an. »Wenig später ging das Stalking los, nicht wahr?«

»Ja. Im Januar.«

»Eine traumatische Erfahrung trägt oft maßgeblich zum Beginn einer Stalking-Phase bei. Eine Entlassung, eine körperliche Verletzung, ein Todesfall in der Familie. Oder das Ende einer Liebesbeziehung.« Dance wies auf TJs E-Mail. »Edwin hat geschrieben, das Lied bedeute ihm wirklich viel. Er mache gerade eine schwere Zeit durch, hauptsächlich wegen des Kummers mit Sally. Es komme ihm so vor, als wüsstest du genau, was in ihm vorgeht. Ein paar Tage später hat er dann etwas zu deiner gerade veröffentlichten neuen Single geschrieben ›Near the Silver Mine‹. Er behauptet, auch er sei traurig gewesen, weil er ungefähr im gleichen Alter sein Zuhause verloren habe, aber seine Freundin habe gesagt, er solle sich nicht so anstellen.«

Kayleighs Lippen wurden schmal. »Er wusste von unserem Haus?« Sie schilderte, wie sehr sie das alte Haus, in dem sie aufgewachsen sei, gemocht habe, aber dann habe ihr Vater das Grundstück nördlich von Fresno an eine Minengesellschaft verkauft. »Wahrscheinlich habe ich mal in einem Interview erwähnt, dass ich wünschte, er hätte es nicht getan.«

Vermutlich dachte sie: Habe ich denn überhaupt kein Privatleben mehr?

Dance blätterte um. »Auch hier findet sich jedoch nichts Bedrohliches oder irgendwie Beunruhigendes.« Sie las weiter. »Eines dürfen wir nicht vergessen. Er ist klug. Er hat zum Beispiel geschrieben: ›Glücklich oder traurig, du sagst die Wahrheit.‹ Der Satz ist nicht allzu ergiebig, aber die meisten Leute hätten ihn umständlicher formuliert und auch das korrekte Komma nicht gesetzt. Edwins Rechtschreibung und Grammatik sind tadellos. Was mir verrät, dass er kontrolliert handelt, überaus kontrolliert.«

»Ist das schlecht?«, fragte Crystal Stanning.

»Es bedeutet, dass er, sofern er Bobbys Mörder ist, seine Spuren verwischen und das Stalking sehr sorgfältig planen wird. Und dass es unwahrscheinlich ist, dass ihm ein Fehler unterläuft.«

Madigan aß sein Eis auf und musterte den Pappbecher, als wolle er auch noch den letzten Rest herauskratzen. Dann warf er ihn weg. »Was sollten Ihrer Ansicht nach unsere nächsten Schritte sein?«

»Zunächst mal müssen wir Edwin rund um die Uhr beschatten.«

»Deputy Fuentes ist gerade dabei.«

»Wo hält Edwin sich im Moment auf?«

»Er schaut sich einen Film an. Im Rialto.«

Harutyun erklärte, es handle sich um ein altes Kino in Fresnos Tower District, einem bunt gemischten Viertel voller Galerien, Restaurants, Tätowierstudios und Läden.

Kathryn war nicht überrascht. »Stalker sehen sich oft Filme an, ob im Kino oder zu Hause. Es besteht ein starker Zusammenhang zwischen Voyeurismus und Stalking.«

»Was ist mit den Prepaid-Telefonen aus dem Drugstore in Burlingame?«

»Die lassen sich derzeit nicht aufspüren«, sagte Madigan. »Vielleicht wurden sie zerstört, oder der Täter hat die Akkus herausgenommen. Oder wer weiß? Womöglich sollen die Dinger uns bloß ablenken, und er benutzt für seine Anrufe ein ganz anderes Gerät.«

Dance wandte sich an Kayleigh. »Nun zu ein paar grundlegenden Stalker-Regeln. Du hast das vermutlich schon von

Darthur Morgan und deinen Anwälten zu hören bekommen, aber denk immer daran, dass du in keiner Weise auf ihn eingehen darfst, und sei es noch so geringfügig. Sogar eine Drohung oder die Forderung, dich in Ruhe zu lassen, verschafft ihm ein Hochgefühl – für ihn ist jede Art von Kontakt positiv. Falls er sich dir nähert, sag nichts und geh einfach weg.«

»Okay. Keine Einwände.«

»Und ich will mehr über ihn wissen. Wir müssen diese Exfreundin finden. Sally.«

»Lopez, das übernehmen Sie. Machen Sie sie ausfindig. Sie soll Agent Dance anrufen.«

»Geht klar, Chief.«

»Wir sollten uns Gedanken darüber machen, wer noch als Opfer infrage kommt, meinen Sie nicht auch?«, fügte der leitende Detective hinzu. »Damit wir die Leute beschützen können. Wer wäre denn besonders gefährdet?«

»An erster Stelle dürften all jene stehen, die er als Rivalen betrachtet.« Sie sah Kayleigh an. »Waren du und Bobby mal ein Paar?«

Anscheinend war das nicht allgemein bekannt. Kayleigh wurde rot, und Alicia sah sie stirnrunzelnd an. Dance hielt sich nicht lange mit Taktgefühl auf. Sie zog eine Augenbraue hoch, um ihrer Frage stillschweigend Nachdruck zu verleihen.

»Äh, ja, vor einer Weile. Ganz zwanglos. Es war keine große Sache. Woher hast du das gewusst? Ich habe zu der Zeit keine Konzerte gegeben. Die Medien haben nichts davon mitbekommen.«

Weil ich euch beide gestern zusammen erlebt habe, dachte Dance. Wenn du geredet hast, haben deine Schultern sich leicht gesenkt, was auf Entspannung und Behagen hindeutet. Und wenn Bobby etwas gesagt hat, hat er sich leicht vorgebeugt, als wäre es nur für deine Ohren bestimmt. Ein leises Lächeln bei dem Wort »Verstärker«, das zu einem Codewort zwischen euch beiden geworden war, ein Scherz für Eingeweihte. Die Art, wie er die Augen nicht von deinem Gesicht lassen konnte, was überdeutlich machte, dass die Sache zwischen euch für ihn jedenfalls noch längst nicht vorbei war.

Mit anderen Worten: Kinesik.

Doch was sie zu Kayleigh sagte, war: »Nur so eine Ahnung.«

»Es befinden sich also alle Männer in Gefahr, mit denen Kayleigh je ausgegangen ist oder befreundet war?«, fragte Crystal Stanning.

»Ja, wahrscheinlich. Frauen allerdings auch. Stalker sind extrem eifersüchtig. Vergessen Sie nicht, der Realitätssinn dieser Leute ist stark beeinträchtigt – sogar flüchtige Bekannte können als Bedrohung empfunden werden.« Dann sah sie wieder die junge Sängerin an. »Bist du zurzeit mit jemandem zusammen?«

»Nein.«

»Ein Stalker könnte außerdem auf jeden losgehen, der dich unter Druck setzt oder dich auch nur gekränkt hat. Er nimmt seine Beschützerrolle absolut ernst; das konnte ich gestern sehen. Hast du irgendwelche Feinde, von denen er wissen könnte?«

Kayleigh sah sich um. »Nicht wirklich.«

»Sie ist ein braves Mädchen«, sagte Alicia. »Sie lässt sich nicht auf Zickenkriege mit anderen Sängerinnen ein.«

»Er könnte auch beschließen, sich die Kritiker vorzunehmen, die dich verrissen haben«, fuhr Dance fort. »Oder Fans, die etwas an deiner Arbeit auszusetzen hatten. Und es ist jeder gefährdet, der sich seiner Ansicht nach zwischen euch beide stellt.«

»Wie Darthur?«

»Zum Beispiel. Aber auch deine Anwälte.« Sie schaute zu Alicia. »Oder Sie. Sie scheinen sehr um ihren Schutz bemüht zu sein.«

Die breitschultrige Frau zuckte die Achseln. »*Irgendjemand* muss sich ja darum kümmern.«

Ein Satz mit vielen möglichen Implikationen.

»Und es könnte uns treffen. Die Polizei. Wahrhaft besessene

Stalker haben ein anderes Verständnis von Recht und Unrecht. In extremen Fällen könnte für einen Stalker der Mord an einem Beamten so belanglos sein wie das Töten einer Fliege.«

»Was ist mit meiner Familie? Und der Crew?«

»Angehörige und Bekannte sind zumeist nur dann gefährdet, wenn sie versuchen, das Objekt vor dem Stalker zu beschützen. Aber wir haben es hier nicht mit unumstößlichen Regeln zu tun. Stalker sind unberechenbar. Ich habe einige der Crewmitglieder befragt, ob ihnen gestern etwas aufgefallen ist, aber ich sollte mal lieber mit allen reden, um einzuschätzen, ob sie sich in Gefahr befinden.«

Oder ob sie als Täter in Betracht kommen, dachte Dance, sprach es aber nicht aus.

»Die Crew ist im Kongresszentrum«, sagte Kayleigh. »Aber die Band ist immer noch in Nashville und schließt ein paar Studioaufnahmen für unser neues Album ab. Sie wird erst am Donnerstag oder Freitag hier eintreffen.«

Das war eine gute Neuigkeit, denn sie verringerte die Zahl der potenziellen Opfer. Und der möglichen Verdächtigen.

»Und dann gibt es da noch das Hinckley-Szenario«, fügte Dance hinzu. »Den Mord an einer bekannten Person, um Kayleigh zu imponieren.«

Sie rief den anderen ins Gedächtnis, dass John Hinckley jr. von Jodie Foster besessen war. »Er hat geglaubt, durch den Mord an Ronald Reagan könne er die Schauspielerin auf ewig an sich binden.«

»Irgendwie stimmt das ja auch«, stellte Harutyun fest. »In gewisser, kranker Weise hat er sein Ziel erreicht.«

»Ich habe mit Edwin gesprochen«, sagte Madigan. »Sie ebenfalls. Er wirkt nicht wie ein Psycho. Wie könnte er je auf die Idee kommen, die Ermordung anderer Menschen werde ihn Kayleigh näherbringen?«

»Oh, er denkt nicht groß darüber nach. Jedenfalls nicht bewusst. Und auch wenn er nach außen vernünftig zu sein scheint, geht unter der Oberfläche mehr in ihm vor. Vergessen Sie nicht, es ist *seine* Realität, nicht unsere.«

»Ich habe die Überwachung von Kayleighs Telefon veranlasst, und die Sicherheitsleute des Anbieters stehen Gewehr bei Fuß«, sagte Madigan. »Außerdem behalten wir weiterhin die Nummer der anderen Mobiltelefone im Blick, die er in Burlingame gekauft hat. Wenn er sie wieder einschaltet, können wir sofort einen Wagen losschicken.«

»Gut.«

»Kathryn hat mich gebeten, einen Blick auf die Strophen des Songs zu werfen, den man Ihnen gestern Abend vorgespielt hat«, sagte Harutyun zu Kayleigh und verteilte Kopien des Textes an alle Anwesenden. »Ich habe mir den Kopf darüber zerbrochen, wo ein weiterer Anschlag geplant sein könnte. Leider ist mir dazu nicht viel eingefallen.«

Also hatte er ihre Bitte *doch* ernst genommen. Dance nickte ihm dankbar zu.

Your Shadow
Dein Schatten

1.
You walk out onstage and sing folks your songs.
You make them all smile. What could go wrong?
But soon you discover the job takes its toll,
and everyone's wanting a piece of your soul.

Du gehst hinaus auf die Bühne und
singst den Leuten deine Lieder vor.
Du bringst sie alle zum Lächeln.
Was soll da groß schiefgehen?
Doch schon bald stellst du fest,
dass dieser Job seinen Tribut fordert
und jeder ein Stück von deiner Seele will.

Refrain:
When life is too much, just remember,
when you're down on your luck, just remember,
I'm as close as a shadow, wherever you go.
As bad as things get, you've got to know,
that I'm with you … always with you.
Your shadow.

Wenn dir alles zu viel wird, dann denk daran,
wenn dir alles misslingt, dann denk daran,
dass ich dir nah bin wie ein Schatten,
wohin auch immer du gehst.
Wie schlimm es auch werden mag, du sollst wissen,
dass ich bei dir bin … stets bei dir.
Dein Schatten.

2.
You sit by the river, wondering what you got wrong,
how many chances you've missed all along.
Like your troubles had somehow turned you to stone
and the water was whispering, why don't you come home?

Du sitzt am Fluss und fragst dich, was dir entgangen ist,
wie viele Gelegenheiten du wohl schon verpasst hast.
Als hätte dein Kummer dich irgendwie versteinern lassen,
und das Wasser flüsterte: Wieso kommst du nicht heim?

Refrain.

3.
One night there's a call, and at first you don't know
what the troopers are saying from the side of the road.
Then you see in an instant that your whole life has changed.
Everything gone, all the plans rearranged.

Eines Nachts kommt ein Anruf,
und im ersten Moment begreifst du nicht,
was die Polizei dir vom Straßenrand aus mitteilt.
Dann wird dir urplötzlich klar,
dass dein ganzes Leben sich soeben verändert hat.
Alles ist dahin, alle Pläne auf den Kopf gestellt.

Refrain.

4.
You can't keep down smiles; happiness floats.
But trouble can find us in the heart of our homes.
Life never seems to go quite right,
you can't watch your back from morning to night.

Das Lächeln vergeht dir nicht,
es gibt auch glückliche Momente.
Doch sogar in der Geborgenheit unseres
Zuhauses können die Sorgen uns einholen.
Das Leben läuft anscheinend nie so richtig rund,
und du kannst nicht von morgens
bis abends auf der Hut sein.

Refrain.

Refrain wiederholen.

»Ich weiß nicht, ob er mit diesem Lied weitermacht oder sich ein anderes sucht. Oder ob er die komplette Idee verwirft.«

Kayleigh nahm die Brille ab und putzte sie mit dem Saum ihres Strickhemds. »Ich möchte wetten, er bleibt bei ›Your Shadow‹. Er hält es für das beste Lied, das je geschrieben wurde.«

Miguel Lopez überflog den Text. »Man kann es als Liebeslied verstehen, als die Suche nach jemandem. Das könnte ein Partner sein oder sogar ein Elternteil oder ein Freund. Aber aus der Sicht eines Stalkers ist es ziemlich gruselig.«

Dance konzentrierte sich auf die zweite Strophe. »Ein Fluss.«

Madigan lachte auf. »Davon gibt es hier in der Gegend jede Menge.«

»Manche sind ausgetrocknet, andere führen Wasser«, erklärte Harutyun. »Das könnte überall sein.«

»Ich rede also mit der Crew in der Halle«, fasste Dance zusammen. »Detective Harutyun sammelt Informationen über Bobbys Vergangenheit, und Detective Lopez macht sich auf die Suche nach Edwins Exfreundin Sally.«

Madigan musterte den Liedtext. »Und ich werde unsere Streifen anweisen, auf alle Flussufer zu achten, vor allem auf die, die nicht von einer Straße aus eingesehen werden können.«

»Gut.«

Dance sah Alicia zum ersten Mal lächeln. »Ich schätze, die wirklich gute Nachricht ist, dass Kayleigh sich nicht in Gefahr befindet, da er sie doch so sehr liebt«, sagte die kräftige Frau.

»Stimmt. Aber nur vorläufig. Denken Sie an seinen verdrehten Realitätssinn. Er wirbt nun schon seit einer ganzen Weile um sie.« Sie wandte sich an Kayleigh. »Wahrscheinlich seit er dieses erste Lied gehört hat, von dem er sich angesprochen fühlte, oder seit er dich bei einem Konzert oder im Fernsehen gesehen hat. Für ihn war das eure erste Verabredung, und seitdem geht ihr zusammen aus.«

»Verabredung?«, fragte Crystal Stanning.

»Im Augenblick bildet er sich noch ein, dass dir etwas an ihm liegt. Er glaubt, man hätte dich einer Gehirnwäsche unterzogen. Irgendwann aber wird er dein Verhalten anders deuten, nämlich als würdest du mit ihm Schluss machen. Und wenn das geschieht, verwandelt er sich in einen schlicht-obsessiven Typ. Wie ein verschmähter Ehemann oder Geliebter. Das sind die gefährlichen Stalker. Es kann von einem Moment auf den anderen passieren. Er wird durchdrehen. Er wird Rache wollen.« Dance überlegte, kam dann aber zu dem Schluss, dass falsche Rücksichtnahme nicht angebracht war. »Oder er wird dich einfach nur töten wollen, damit kein anderer dich haben kann.«

21

Das Kongresszentrum war gründlich gereinigt worden.

Im Hinblick auf die Geschäftswelt machte Kathryn Dance sich nichts vor – sie hatte früher als Beraterin und Journalistin gearbeitet. Und Musik auf Kayleigh Townes Niveau war ein ziemlich großes Geschäft. Daher überraschte es sie nicht, dass der Tatort so schnell wie möglich gesäubert worden war und inzwischen nichts mehr auf den Todesfall hinwies. Das Konzert sollte immerhin wie geplant stattfinden.

Dance hatte sich gegen den Geruch gewappnet; kaum etwas ist so hartnäckig wie der Gestank von verbranntem Haar und Fleisch. Doch welche Reinigungsfirma Madigan oder Charlie Shean auch beauftragt haben mochten, die Leute hatten erstklassige Arbeit abgeliefert. Es roch hier nun nach Lysol – und nach Zimt, warum auch immer.

Kayleigh war hier und arbeitete am Ablauf der Bühnenshow. Tye Slocum, der Gitarrentechniker, fungierte vorübergehend als Chefroadie, bis Alicia dafür einen Profi würde anheuern können; sie brauchten jemanden, der sich nicht nur um den Auf- und Abbau kümmerte, sondern außerdem das Mischpult beherrschte, das so kompliziert wie ein Flugzeugcockpit war. Der stille, stämmige junge Mann war nervös und nicht allzu selbstsicher, versuchte aber, sich der Lage gewachsen zu zeigen. Es mussten natürlich Hunderte von Entscheidungen getroffen werden. Schwitzend schaute er immer wieder Hilfe suchend zu Kayleigh, die ihn bereitwillig anleitete und ihn lächelnd und nickend aufmunterte, obwohl es ihr erkennbar zusetzte, in der Nähe der Stelle zu stehen, an der ihr Freund gestorben war.

Dance rief Tye mit Kayleighs Einverständnis zu sich und erklärte ihm, dass sie mit der gesamten Crew sprechen musste. Er trommelte die Mannschaft zusammen. Die Leute waren im Alter von Anfang zwanzig bis Mitte vierzig und alle gut in Form, was angesichts ihrer körperlich anstrengenden Tätigkeit auch zu erwarten war. Dance sprach mit ihnen in der verschrammten schwarz gestrichenen Seitenkulisse der Bühne.

Ihr fiel auf, dass die Leute und Kayleigh sehr herzlich miteinander umgingen – die ganze Truppe war wie eine große Familie. Allerdings schien niemand ihr so nahezustehen, wie Bobby es getan hatte, und daher würde Edwin auch keinen von ihnen als offensichtlichen Rivalen empfinden. Von allen Anwesenden war Tye derjenige, der Kayleigh anscheinend am besten kannte, aber die Zuneigung zwischen ihnen ähnelte der zwischen Geschwistern, wie Dance aus der Körpersprache der Sängerin in seiner Gegenwart entnahm.

Und sie gewann auch nicht den Eindruck, jemand hier hätte ein Motiv für den Mord an Bobby Prescott gehabt haben können. – Diese Möglichkeit zu überprüfen war ja einer der Gründe für diese Befragung.

Die einzige Person, mit der Dance nicht sprach, war Alicia. Sie hatte bei Kathryns Ankunft draußen vor dem Kongresszentrum gestanden, gleich neben einem Ford F-150 Pick-up mit Anhängerkupplung und Stoßstangenaufkleber: I ♥ My Quarter Horse.

In ihrem Mundwinkel hatte eine Zigarette gesteckt, und sie hatte mit ihren muskulösen Armen, den Tätowierungen und der herausfordernden Miene eher wie eine Fernfahrerin als wie eine persönliche Assistentin ausgesehen. Alicia war mutmaßlich am stärksten gefährdet; sie hatte Edwin im Cowboy Saloon am aggressivsten die Stirn geboten und würde von ihm als Hindernis auf dem Weg zu Kayleigh wahrgenommen werden.

Dance konnte sie jedoch nicht persönlich warnen, sondern nur per Nachricht auf ihrer Mailbox. Die Assistentin hatte das Kongresszentrum bereits verlassen, als Kathryn mit ihr sprechen wollte.

Während Dance ihre Notizen durchging, registrierte sie aus dem Augenwinkel eine Bewegung. Ihr Blick schweifte über die vielen schattigen Winkel des Konzertsaals. Sie hatte zuvor zwei Dutzend Türen und Notausgänge gezählt. Und sie wusste ja, wie nachlässig das Verschließen der Türen gehandhabt wurde, wenn gerade keine Veranstaltung stattfand.

War er nun hier und beobachtete sie aus dem Hintergrund? Hatte sich in dieser Nische da soeben etwas gerührt? Oder dort drüben in dem Durchgang?

Ihre Augen spielten ihr einen Streich.

Offenbar.

Gleich darauf sah Dance, dass Kayleigh ihr Mobiltelefon aus der Tasche zog. Der Gesichtsausdruck der jungen Frau ließ wenig Raum für Zweifel. Die Nummer des Anrufers sagte ihr nichts.

Sie starrte einen Moment lang auf das Display und hob das Telefon dann ans Ohr.

Und keuchte erschrocken auf, was dank der guten Akustik des Saals weithin zu hören war.

Ihr Kopf ruckte zu Dance herum. »Das ist der nächste Anruf, Kathryn«, sagte sie. »Die zweite Strophe!«

22

Eine Viertelstunde später traf Dance beim Sheriff's Office ein und eilte ins Gebäude. Harutyun wartete am Eingang auf sie.

»Hat die Dreieckspeilung geklappt?«, fragte sie.

»Das war keines von Edwins Prepaid-Geräten – und auch sonst kein Mobiltelefon«, sagte Harutyun ruhig. »Der Anruf kam von einem Münzfernsprecher auf dem Campus des Fresno College. Zurzeit sind noch Semesterferien, und dort ist kaum was los. Niemand hat den Anrufer gesehen.«

»Und wo steckt Edwin?«

»Das ist merkwürdig. Er sitzt immer noch im Rialto – dem Kino. Es muss also jemand anders sein.«

Sie betraten Madigans Büro, wo sowohl der Chief Detective als auch Stanning gerade telefonierten.

Madigan hob den Kopf. Er beendete das Gespräch auf seinem Mobiltelefon und ignorierte den klingelnden Festnetzapparat auf seinem Schreibtisch, nachdem er einen kurzen Blick auf die angezeigte Nummer des Anrufers geworfen hatte. Sein Blick fiel auf einen halb geleerten Becher Eiscreme. Er löffelte weiter. Schokolade mit Marshmallows und Mandeln.

»Wo ist Kayleigh?«, fragte Harutyun.

»Sie und die Crew sind im Kongresszentrum«, sagte Dance. »Darthur Morgan ist bei ihr, und der Deputy, den Sie geschickt haben, ist draußen. Alicia ist die Einzige, von der ich nicht weiß, wo sie sich aufhält. Ich habe sie auf dem Weg hierher angerufen und eine Nachricht hinterlassen. Bislang hat sie sich nicht zurückgemeldet.«

Madigan zeigte auf sein Mobiltelefon. »Das war Fuentes. Edwin schaut sich immer noch den Film an.«

»Besteht die Möglichkeit, dass er vom Kino aus angerufen hat – ob nun per Festnetz oder mit einem anderen Mobiltelefon – und der Anruf irgendwie über den Apparat beim College geleitet wurde?«, fragte Harutyun.

Gute Frage. Doch Madigan hatte eine gute Antwort parat: »Nein, das haben wir bereits mit der Telefongesellschaft geklärt. Der Anruf wurde von dem Fernsprecher auf dem Campus getätigt und ging direkt an Kayleighs Nummer.«

Dance musste einfach nachfragen. »Und er hat sich auf keinen Fall aus dem Kino schleichen können?«

»Nein. Fuentes sitzt in einem Restaurant an der Olive Avenue und hat den Haupteingang im Blick. Die Hintertüren sind alle alarmgesichert. Er hat sich vergewissert.«

Dance nahm an, dass Edwin einfach war, was er zu sein schien: ein armseliger Trauerkloß ohne eigenes Leben, der sich zu einer Frau aus einem völlig anderen Universum hingezogen fühlte.

Eine alltägliche und langweilige Geschichte, sobald man die Schikanen und die Gewalt aus der Gleichung entfernte.

Trotzdem musste sie an seine eiskalte Haltung denken, seine absolute Ruhe, seine unerschütterliche Fixierung auf Kayleigh, sein aufgesetztes Lächeln.

Und an seine Intelligenz.

Was sie veranlasste zu fragen: »Gibt es dort Keller?«

»Wie bitte?«, fragte Madigan.

»Gibt es in dem Häuserblock womöglich miteinander verbundene Keller?«

»Keine Ahnung«, sagte Madigan und drückte eine Taste auf seinem Festnetztelefon. Ein Freizeichen erklang aus dem Lautsprecher, gefolgt von elf schnellen Wähltönen.

»Fuentes.«

»Wir glauben, er könnte sich durch den Keller weggeschlichen haben«, sagte Madigan barsch, ohne zuvor seinen Namen zu nennen. »Was ist mit der Eisenwarenhandlung nebenan? Sind die Keller verbunden?«

Eine Pause. »Ich überprüfe das und melde mich gleich wieder.«

Drei Minuten später erhielten sie die Nachricht, die Dance erwartet hatte. »Ja, Chief. Ich war gerade unten. Es gibt eine Tür, und sie ist nicht verschlossen.«

»Räumen Sie das Kino«, sagte Dance. »Wir müssen ganz sicher sein.«

»Räumen?«

Madigan starrte sie an. »Sie haben Agent Dance gehört, Gabe«, sagte er dann entschlossen. »Lassen Sie das Licht einschalten, und räumen Sie den Saal.«

»Der Betreiber wird nicht allzu begeistert…« Seine Stimme erstarb, und ihm wurde klar, dass jetzt nicht der Moment war, sich Gedanken über die Wirtschaftslage im gebeutelten Fresno zu machen. »Ich sorge dafür.«

Zehn Minuten darauf rief Fuentes erneut an. Schon als er »Chief« sagte, wusste Dance, was folgen würde.

Madigan seufzte. »Und er ist ganz bestimmt nicht mehr da?«

»Es war eine frühe Vorstellung mit nur wenigen Besuchern. Ja, ich bin mir sicher.«

»Verflucht«, murmelte Stanning.

Doch Fuentes war noch aus einem weiteren Grund ziemlich kleinlaut. »Ich muss Ihnen noch was sagen… Während ich das Kino im Blick behalten habe, von diesem Restaurant aus…«

»Ja? Was war da?«, knurrte Madigan.

»Jemand hat meinen Wagen aufgebrochen.«

»Reden Sie weiter.«

»Ich habe nicht nachgedacht. Ich hatte eine Glock auf dem Rücksitz. In einem Kasten unter meiner Jacke. Ich weiß nicht, wie jemand die Waffe gesehen haben oder auch nur vermutet haben könnte, dass sie da liegt.«

Aus der Art und Weise, wie er diese Information freiwillig preisgab, erkannte Dance, dass die Pistole nicht versteckt gewesen war, sondern offen dagelegen hatte.

»Verdammte Scheiße!«, rief Madigan.

»Es tut mir leid. Ich hätte sie in den Kofferraum legen sollen. Aber sie war vollständig verdeckt.«

»Sie hätte bei Ihnen *zu Hause* bleiben müssen. Es ist Ihre Privatwaffe. Sie hätten sie gar nicht erst mitnehmen dürfen.«

»Ich wollte heute Abend auf den Schießstand«, jammerte der Deputy.

»Sie wissen, was ich nun tun muss, Gabe. Es bleibt mir gar keine andere Wahl.«

»Ich weiß. Sie wollen meine Dienstwaffe und die Marke?«

»Ja, leider. Ich lasse den Papierkram noch heute erledigen. Die Anhörung wird so schnell wie möglich stattfinden, aber drei oder vier Tage dürfte es mindestens dauern. Bis dahin sind Sie vom Dienst suspendiert.«

»Es tut mir leid.«

»Liefern Sie die Sachen hier ab.« Er drückte die Taste des Lautsprechers und beendete damit das Gespräch.

»Das könnte eine der Gangs gewesen sein«, sagte Harutyun mit seiner leisen, unaufgeregten Stimme.

»Das war keine der Gangs«, fuhr Madigan ihn an. »Das war unser beschissener Stalker. Wenigstens wird er für lange, lange Zeit in den Bau wandern, wenn wir die Waffe bei ihm finden. Zum Teufel, dieses Arschloch ist wirklich gerissen. Er hat nicht nur Fuentes großen Ärger und eine Suspendierung eingebracht, sondern obendrein eine hübsche große Kanone erbeutet.«

Dance musterte das Blatt mit dem Liedtext, das an einer schiefen Pinnwand hing.

»Wo wird er zuschlagen? Ein Fluss … ein Fluss.«

»Und wer soll sein nächstes Opfer sein?«, fügte Crystal Stanning hinzu.

23

»Mary-Gordon, bleib da weg. Hast du das Schild denn nicht gesehen?«

»Es bewegt sich doch gar nicht, Mommy«, wandte die Sechsjährige ein. Suellyn Sanchez dachte bei sich, wie überaus logisch das doch war. Das Warnschild am Gepäckband besagte: *Vorsicht bei laufendem Band!*

»Es könnte aber jede Sekunde anfangen.«

»Wenn das Licht angeht, kann ich doch herunterspringen.«

Manchmal konnte sie wirklich aufsässig sein.

Mutter und Tochter befanden sich im Ankunftsbereich des Flughafens Fresno-Yosemite. Ihre Maschine aus Portland war zwanzig Minuten vor der angekündigten Zeit gelandet. Suellyn hielt nach der Mitfahrgelegenheit Ausschau, konnte aber noch niemanden entdecken und drehte sich wieder zu dem Mädchen um. »Und es ist verdreckt. Du wirst dir dein Kleid schmutzig machen.«

Auch dieses Risiko schien sie nicht sonderlich abzuschrecken. Doch es genügte ein einziges »Mary-Gordon ...!« in einem bestimmten Tonfall, mit dieser ganz besonderen Betonung, und die niedliche Blondine gehorchte sofort. Komisch, dachte Suellyn, sie und ihr Mann krümmten dem Kind nie auch nur ein Haar, sie drohten nicht einmal damit, ihr den Hintern zu versohlen, und doch benahm ihre Tochter sich viel besser als die Kinder der Nachbarn, die regelmäßig gezüchtigt wurden – alles im Namen einer »ordentlichen« Erziehung.

Sadisten, dachte sie.

Und ermahnte sich dann zu mehr Gelassenheit. Bobby Prescotts Tod hatte ein Leichentuch über alles gebreitet. Und wie Kayleigh sich wohl hielt? Sie und Bobby hatten einander sehr nahegestanden, und Suellyn wusste, dass ihre kleine Schwester von dem Verlust schwer getroffen sein musste.

Das arme Ding …

Und dazu noch die Möglichkeit, dass er umgebracht worden war.

Vielleicht von diesem widerlichen Stalker, der Kayleigh schon seit einigen Monaten belästigte. Schrecklich.

Sie dachte an Bishops Anruf vom Vormittag zurück, nachdem ihre Schwester ihr die traurige Nachricht bereits überbracht hatte. Die Unterredung mit ihrem Vater war so unbeholfen abgelaufen wie fast immer, wenn es bei ihm um etwas Persönliches ging. Suellyn war überrascht gewesen, dass er sie überhaupt angerufen hatte, ganz zu schweigen von der Bitte, nach Fresno zu kommen und ihrer Schwester in dieser schweren Zeit beizustehen … bis ihr etwas klar geworden war: Bishop wollte die Verpflichtung zum Beistand mit jemandem teilen, egal mit wem. Genau genommen wollte er sie sogar vollständig auf jemand anders abwälzen, falls irgendwie möglich.

Doch wer wusste schon genau, was in Bishop vorging? Ihr Vater war sowohl berechenbar als auch unergründlich.

Und wo blieb nur das Gepäck? Sie war ungeduldig.

Suellyn sah ihrer Schwester nicht allzu ähnlich. Sie hatte die völlig unbestätigte Theorie, dass das Aussehen von Geschwistern mit zunehmendem Altersabstand immer unterschiedlicher wurde. Zwischen ihnen beiden lagen acht Jahre, und Suellyn war größer, von breiterer Statur und mit vollerem Gesicht. Die sieben Kilo, die sie mehr wog als ihre Schwester, konnten jedenfalls nicht dafür verantwortlich sein, denn die fanden sich unterhalb der Körpermitte wieder. Ihre Nase war länger und ihr Kinn stärker ausgeprägt, fand sie, wenngleich ihr hellbraunes Haar ebenso seidig und glatt über ihre Schultern fiel. Fresnos heißer Spätsommer traf sie heute nicht unvorbereitet; sie trug ein weinrotes, vorn und hinten tief ausgeschnittenes Sommerkleid und Brighton-Sandalen. Mary-Gordon war ganz fasziniert von den silbernen Herzen, die jeweils die ersten beiden Zehen bedeckten.

Doch sogar in dieser luftigen Bekleidung war ihr viel zu warm. In Portland hatte man an jenem Vormittag knapp siebzehn Grad gemessen.

»Wo ist Tante Kayleigh?«

»Sie bereitet sich darauf vor, ein Konzert zu geben. Wir werden es uns am Freitag anschauen.«

Vielleicht. Bis jetzt hatte ihre Schwester sie noch nicht zu dem Konzert eingeladen.

»Gut. Ich mag es, wenn sie singt.«

Es ertönte ein lautes Signal, ein orangefarbenes Licht blinkte auf, und das Gepäckband lief an.

»Siehst du, du hättest gar nicht genug Zeit gehabt, um herunterzuspringen.«

»Doch, hätte ich. Oder ich könnte mitfahren und sehen, was hinter dem Vorhang ist.«

»Das würde denen bestimmt nicht gefallen.«

»Wem?«

Suellyn würde ihr jetzt ganz gewiss nichts von der Transportsicherheitsbehörde und von Terroristen erzählen.

»Denen«, wiederholte sie energisch, und Mary-Gordon vergaß ihre Frage, denn sie erspähte den ersten Koffer und lief fröhlich darauf zu. Ihre weißen Leinenturnschuhe quietschten auf dem Linoleum, und das rosafarbene Kleidchen mit der roten Schleife flatterte ihr um die Beine.

Das Gepäck fand sich vollständig ein. Sie ließen das Band und die Menschenmenge hinter sich und blieben vor einer der Türen stehen.

Suellyns Mobiltelefon klingelte. Sie warf einen Blick darauf. »Hallo, Daddy.«

»Ihr seid da«, knurrte der Mann.

Dir ebenfalls einen guten Tag.

»Richie ist unterwegs, um euch einzusammeln.«

Oder du hättest persönlich herkommen können, um deine Tochter und deine Enkelin abzuholen. Bishop Towne fuhr zwar nicht selbst, aber er hatte Leute genug um sich, die den Chauffeur spielen konnten – falls er gewollt hätte.

Obwohl er meilenweit entfernt war, ertappte Suellyn sich bei einem gekünstelten Lächeln, wie so oft, wenn sie mit ihrem Vater sprach. Bishop Towne schüchterte sie zwar nicht so stark ein wie seine jüngere Tochter, aber es reichte immer noch aus.

»Ich kann ein Taxi nehmen.«

»Nein, lass das. Ihr seid etwas früher gelandet als geplant. Richie wird gleich da sein.«

Dann schien ihm etwas einzufallen – oder vielleicht hatte auch Sheri, Ehefrau Nummer vier, ihm einen Rippenstoß versetzt. »Was macht Mary-Gordon?«, fragte er.

»Sie kann es kaum erwarten, dich zu sehen«, erwiderte Suellyn.

Ist das passiv-aggressiv? Ein wenig.

»Geht mir genauso.« Und mit diesen Worten legte er auf.

Dann nehme ich eben ein Taxi, dachte sie. Ich werde hier doch nicht herumsitzen. »Musst du auf die Toilette?«

»Nein.«

»Bist du sicher? Es wird eine Weile dauern, bis wir bei Tante Kayleigh zu Hause sind.«

»Ja. Kann ich Gummibären haben?«

»Bei deiner Tante gibt es bestimmt etwas Süßes.«

»Okay.«

»Verzeihung, sind Sie Suellyn?«

Sie drehte sich zu Bishops Schützling Richie um, einem jungen Mann, der exakt so aussah, wie man sich das Gefolge eines Country-Musikers vorstellte. »Ich bin Ihr Fahrer. Freut mich,

Sie kennenzulernen.« Er gab ihr die Hand und lächelte Mary-Gordon zu. »Hallo.«

»Hallo«, sagte sie.

»Willkommen in Fresno. Du bist Mary-Gordon, möchte ich wetten.«

»Er hat meinen Namen richtig gesagt.« Sie strahlte.

Sie hieß nicht etwa Mary mit Gordon als zweitem Vornamen, sondern hatte einen schönen, altmodischen Südstaatendoppelnamen. Und sie hatte keine Scheu, jeden zu korrigieren, der den Namen falsch aussprach.

»Lassen Sie mich das Gepäck nehmen«, sagte er und schnappte sich beide Koffer.

Mary-Gordon reichte dem Mann-der-ihren-Namen-kannte bereitwillig ihre Tasche.

»Achtung, draußen ist es heiß, ganz anders als in Oregon. Möchten Sie zu Ihrem Vater oder zu Kayleigh?«

»Zu Kayleigh. Wir wollen sie überraschen.«

»Sie wird sich sehr freuen.«

Suellyn hoffte es. Bishop hatte darauf bestanden, dass sie Kayleigh auf keinen Fall vorher benachrichtigen und ihren Besuch ankündigen würde – weil die jüngere Schwester wahrscheinlich versucht hätte, ihr den Besuch auszureden. Sie wolle keine Beileidsbekundungen wegen Bobbys Tod, sagte Bishop. Aber die Familie müsse zusammenhalten.

Vater weiß es am besten. Na klar.

»Kayleigh hat einen super Swimmingpool«, sagte er zu Mary-Gordon. »Gehst du gern schwimmen?«

»Ich habe zwei Badeanzüge, damit einer trocknen kann und ich trotzdem ins Wasser darf.«

»Das ist aber schlau«, stellte Bishops Mitarbeiter fest. »Was für Badeanzüge sind das denn? Hello Kitty?«

Mary-Gordon rümpfte die Nase. »Ich bin zu alt für Hello Kitty und SpongeBob. Auf einem sind Blumen, der andere ist blau. Ich kann schon ohne Schwimmflügel schwimmen.«

Sie traten ins Freie, und die Hitze war so heftig wie angekündigt.

Er drehte den Kopf und schaute lächelnd zu dem Mädchen hinunter. »Weißt du was? Du bist ein süßer Knopf.«

»Was heißt das?«, fragte Mary-Gordon.

Der junge Mann sah Suellyn an, und sie mussten beide lachen. »Ich habe keine Ahnung«, sagte er.

Sie ließen einige Autos durch und überquerten dann die Straße zum Parkplatz. »Gut, dass Sie hier sind«, flüsterte er. »Kayleigh ist wegen Bobby ziemlich mitgenommen.«

»Das kann ich mir vorstellen. Weiß man schon, was passiert ist?«

»Noch nicht. Es ist für uns alle furchtbar.« Er wandte sich in normaler Lautstärke an Mary-Gordon: »He, soll ich dir was Tolles zeigen, bevor wir zu deiner Tante fahren?«

»Ja!«

»Es ist wirklich hübsch und wird dir gefallen.« Er sah Suellyn an. »Ein kleiner Abstecher? Dieser Park liegt praktisch auf dem Weg.«

»Bitte, Mommy!«

»Na gut. Aber es darf nicht zu spät werden, Richie.«

Er hielt kurz inne. »Oh, ich bin nicht Richie. Ich bin an seiner Stelle gekommen.« Sie erreichten seinen Wagen. Er nahm die Koffer und ihre Laptoptasche und verstaute sie im Kofferraum des großen alten Buick. Der Wagen war leuchtend rot – eine Farbe, die man heutzutage kaum noch zu sehen bekam.

24

Im Wohnzimmer von Kayleighs Haus – bei geöffneten Fenstern, aber heruntergelassenen Jalousien – sprach Kathryn Dance gerade mit Darthur Morgan, der eines seiner alten Bücher in der Hand hielt, allerdings nicht darin las, denn er war im Dienst.

»Sie haben einen ungewöhnlichen Namen«, sagte sie.

»Ja. Wenn man nur einen Buchstaben ändert, heißt es ›Morgen‹.« Der riesige Mann verzog dabei keine Miene.

»Das ist lustig«, sagte Dance. Sie hatte natürlich seinen Vornamen gemeint.

»Mit dem Spruch habe ich schon mehrere zum Lachen gebracht.«

Kayleigh war oben und zog sich um, als hätte der Ort, an dem Bobby Prescott gestorben war, irgendwie ihre Kleidung besudelt.

»Wissen Sie«, sagte der Leibwächter, »da ich schwarz bin, glauben die Leute, meine Eltern hätten mich ›Darthur‹ genannt, weil sie nicht wussten, wie man Arthur schreibt, oder dass sie irgendwie durcheinander waren. Das bekomme ich wirklich manchmal zu hören.«

»Glaube ich gern.«

»In Wahrheit waren sie beide Lehrer und mögen klassische Literatur.« Er hob sein in Leder gebundenes Buch. Dickens, las sie. »Und Malorys *Morte d'Arthur* haben sie ganz besonders gemocht.«

»Die Geschichten um König Artus.«

Er zog eine Augenbraue hoch. »Das wissen nicht viele Cops. Aber schließlich sind Sie ja auch nicht bloß ein Cop.«

»So sehr wie Sie nicht bloß ein Leibwächter sind.« Sie fügte nicht hinzu, dass sie außerdem eine Mutter war, die ihren Kindern bei den Hausaufgaben half. Sie schaute zu dem Buch in seiner Hand.

»*Große Erwartungen*.« Sie nickte. »Kommt Kayleigh denn halbwegs zurecht?«

»Mit Mühe und Not, würde ich sagen. Ich kenne sie noch nicht lange. Ihre Anwälte und ihr Vater haben mich eingestellt, als dieser Kerl anfing, sie zu belästigen. Sie ist die beste aller Prominenten, für die ich je gearbeitet habe. Die netteste. Höflich. Über manche meiner früheren Klienten könnte ich Ihnen wilde Geschichten erzählen.«

Würde er aber nicht. Er war durch und durch ein Profi. Wenn dieser Auftrag vorbei war, würde Darthur Morgan sofort alles vergessen, was er über Kayleigh Towne wusste, sogar die Tatsache, dass er für sie gearbeitet hatte.

»Tragen Sie eine Waffe?«

»Ja.«

Dance hatte es ohnehin angenommen, war aber froh über die Bestätigung. Und darüber, dass Morgan jetzt nicht anfing, über seine Waffe zu reden oder mit seiner Zielsicherheit zu prahlen, geschweige denn darüber, ob er die Pistole je benutzt hatte.

Ein Profi …

»Es kann sein, dass Edwin eine Glock gestohlen hat.«

»Ich weiß. Ich habe mit Chief Madigan gesprochen.«

Der große Mann begab sich zur Vordertür und setzte sich auf einen Stuhl, der unter seinem Gewicht ächzte. Das geschlossene Buch legte er auf seinem breiten Oberschenkel ab.

Dance trank einen Schluck von dem Eistee, den Kayleigh ihr gebracht hatte. Sie musterte die zahlreichen Urkunden sowie die Gold- und Platinschallplatten, die an den Wänden hingen. Eine gerahmte Titelseite der *Country Times* fiel ihr auf, und Dance musste lachen. Das Foto zeigte Kayleigh, die den von der Country Music Association verliehenen Preis für die Sängerin des Jahres in der Hand hielt. Bei der Verleihung war ein junger Mann, ein Country-Sänger mit sorgsam gepflegtem Rüpel-Image, auf die Bühne gesprungen und hatte das Mikrofon an sich gerissen, um Kayleigh vorzuwerfen, sie sei noch zu unerfahren für diesen Preis und viel zu weit entfernt von den traditionellen Wurzeln der Countrymusic. Stattdessen hätte ein anderer Sänger die Auszeichnung verdient gehabt.

Kayleigh ließ ihn ausreden, nahm ihm dann das Mikrofon aus der Hand und sagte, da er ein so großer Anhänger der traditionellen Countrymusic sei, möge er doch bitte die jeweils fünf größten Hits von George Jones, Loretta Lynn und Patsy Cline nennen. »Oder zähl einfach nur je fünf beliebige Titel der drei Künstler auf«, forderte Kayleigh ihn heraus.

Für zehn lange Sekunden stand er wie ein Reh im Scheinwerferlicht da, mitten in einer Livesendung, vor Millionen von Zuschauern an den Fernsehgeräten, und schlich sich dann von der Bühne. Dabei reckte er aus irgendeinem Grund seinen Arm in die Luft, als wäre er ein Heavy-Metal-Rocker. Kayleigh hatte ihre Dankesrede beendet und am Ende – unter stürmischem Beifall – all die Hits aufgezählt, nach denen sie ihn gefragt hatte.

Nun gesellte sie sich wieder zu Kathryn und Darthur. Sie trug eine blaue Jeans, über deren Bund eine dicke dunkelgraue Bluse hing, die ihre Figur verhüllte – als würde Edwin sie von Weitem mit einem starken Fernglas beobachten.

Und wer hätte schon sagen können, ob das nicht tatsächlich gerade der Fall war?

Die Sängerin setzte sich auf eine dick gepolsterte Couch mit Blumenmuster, die in der Mitte des Wohnzimmers stand.

»Ich habe gerade mit dem Deputy beim Kongresszentrum gesprochen«, sagte Dance. »Alle aus der Crew sind da, nur nicht Tye und Alicia.«

»Oh, sie hat mich vor zehn Minuten angerufen. Ich habe

ihr von der zweiten Strophe erzählt und sie gebeten, auf sich aufzupassen.« Kayleigh lächelte. »Sie klang beinahe, als würde sie hoffen, dass Edwin was bei ihr versucht. Sie ist ein harter Brocken. Und aufbrausend.« Sie wählte Tye Slocums Nummer und hinterließ eine Nachricht. »Ich weiß nicht, warum er weggegangen ist.«

Und Darthur Morgan saß derweil ruhig da und schien das Gespräch nicht mal zu hören. Er behielt einfach nur das Haus und die Fenster im Blick. Dann nahm er einen Anruf entgegen, verstaute das Telefon wieder und merkte plötzlich auf.

Der große Mann erhob sich und warf einen Blick aus dem vorderen Fenster. »Besuch.« Er hielt inne. »Hm. Ein ganzer Hofstaat. Sieht offiziell aus.«

25

»Hofstaat« traf es ziemlich gut, fand Kayleigh Towne.

Zwei SUVs – Bishops verstaubter weißer Lexus und ein großer schwarzer Lincoln Navigator.

Bishop und Sheri stiegen aus und wandten sich dem anderen Fahrzeug zu.

Offenbar vier Insassen. Der Erste war ein Leibwächter, das sah man gleich. Ein kräftiger Kerl mit Sonnenbrille, eins neunzig groß und blass. Er warf einen prüfenden Blick in die Runde und flüsterte dann etwas ins Innere des Wagens. Der Nächste, der ausstieg, war ein schlanker, nachdenklich wirkender Mann mit schütterem Haar. Der Dritte trug ebenfalls einen dunklen Anzug mit weißem Hemd und Krawatte, war deutlich größer und hatte eine Frisur wie ein Politiker.

Was einen Sinn ergab, denn genau das war er auch, erkannte Kayleigh: einer von Kaliforniens bekanntesten Kongressabgeordneten, William Davis, Demokrat, derzeit in seiner zweiten Amtsperiode.

Kayleigh schaute zu Dance, die alles aufmerksam beobachtete.

Als letzte Person stieg eine Frau aus dem Navigator. Sie trug ein konservatives marineblaues Kostüm und fleischfarbene Strümpfe.

Der Sicherheitsmann blieb beim Wagen, und die anderen folgten Bishop und seiner Frau ins Haus.

Drinnen umarmte Bishop seine Tochter und – als wäre es ihm nachträglich eingefallen – erkundigte sich nach ihrem Befinden. Für Kayleigh klang das so, als würde er einen Bühnenarbeiter, dessen Namen er sowieso nicht kannte, danach fragen, wie der mit dem Verlust eines alten Elternteils zurechtkam. Er schien sich außerdem nicht mehr daran zu erinnern, dass er sie bereits vor einigen Stunden hier aufgesucht hatte.

Was, zum Teufel, hatten all diese Leute überhaupt hier verloren?

Bishop musterte Dance, als wären sie sich noch nie begegnet. Darthur Morgan wurde von ihm vollständig ignoriert.

»Das hier ist der Kongressabgeordnete Davis«, sagte er zu seiner Tochter. »Außerdem seine Berater Peter Simesky und …«

»Myra Babbage.« Die schmale Frau mit der ernsten Miene und dem brünetten Pagenkopf nickte formell. Kayleighs Anwesenheit schien ihr Ehrfurcht einzuflößen.

»Miss Towne, es ist mir eine Ehre«, sagte der Abgeordnete.

»Nennen Sie mich ruhig Kayleigh. Sie machen mich älter, als ich sein möchte.«

Davis lachte. »Und ich bin Bill.«

Kayleigh rang sich ein Lächeln ab. Und sie stellte Dance und Morgan vor.

»Wir sind vor ein paar Tagen nach San Francisco geflogen und arbeiten uns nun langsam nach Süden vor. Ich hatte mich mit Ihrem Vater in Verbindung gesetzt, weil ich Ihr Konzert besuchen wollte. Oh, ich zahle für die Tickets, keine Angst. Ich fürchte nur, wir werden zusätzliche Sicherheitsvorkehrungen benötigen.«

»Wir kümmern uns bereits darum«, sagte Bishop.

»Ich hatte gehofft, Sie persönlich treffen und Hallo sagen zu können. Ihr Vater hat vorgeschlagen, mich heute einfach mal mitzunehmen, noch vor dem Konzert.«

Das also war der Grund. Kayleigh verstand. Verflucht. Ihr Vater hatte versprochen, sie würden in Erwägung ziehen, das Konzert abzusagen, und gleichzeitig tat er alles in seiner Macht Stehende, um dafür zu sorgen, dass es stattfinden würde. Hauptsache, ihre Karriere blieb auf dem richtigen Kurs. Indem Bishop sie wissen ließ, dass der Kongressabgeordnete – und demzufolge auch mehr Presse – im Publikum sein würde, wollte er sie zwingen, nicht zu canceln.

Kayleigh kochte vor Wut, lächelte jedoch freundlich – oder versuchte es zumindest –, während Davis wie ein Schuljunge von den Liedern aus ihrem Repertoire schwärmte, die ihm am besten gefielen. Er war tatsächlich ein begeisterter Fan. Und er schien all ihre Songtexte auswendig zu kennen.

»Wir können Ihnen gar nicht genug dafür danken, dass wir ›Leaving Home‹ auf unserer Website benutzen dürfen«, fügte Myra Babbage hinzu. »Es ist zu einer Art Hymne für Bills Kampagne geworden.«

»Ich habe Sie im Autoradio gehört«, sagte Kathryn Dance. »Auf der Fahrt hierher lief eine Aufzeichnung der Debatte über Einwanderungsfragen. Da ging es ganz schön zur Sache.«

»Oh, das können Sie laut sagen.«

»Ich finde übrigens, dass Sie gewonnen haben. Sie haben die Gegenseite in Grund und Boden geredet.«

»Danke. Es hat viel Spaß gemacht«, sagte Davis mit funkelndem Blick. »Ich liebe Debatten. Das war schon in der Schule meine – in Anführungszeichen – ›Sportart‹. Reden ist nicht so schmerzhaft, wie auf dem Footballfeld über den Haufen gerannt zu werden. Zwangsläufig sicherer ist es allerdings auch nicht.«

Kayleigh interessierte sich nicht besonders für Politik. Manche ihrer Bekannten aus der Musikbranche engagierten sich für bestimmte Themen, aber Kayleigh hatte sie schon gekannt, als sie noch keine Berühmtheiten gewesen waren, und damals schienen die Tierrechte oder der Hunger auf der Welt ihnen noch ziemlich egal zu sein. Das änderte sich erst, als sie ins Licht der Öffentlichkeit rückten. Sie nahm an, dass die meisten von ihnen damit dem Rat ihrer PR-Agenten oder der Presseabteilungen ihrer Plattenfirmen folgten, weil ein solches Engagement sich gut in den Medien machte.

Der Kongressabgeordnete Bill Davis war jedoch kein Unbekannter für sie. Er vertrat ein vielseitiges Themenspektrum; seine kontroverseste Position beinhaltete die Lockerung der Grenzkontrollen, um mehr Zuwanderer ins Land zu lassen, vorausgesetzt, sie waren nicht vorbestraft, bestanden einen englischen Sprachtest und eigneten sich für den amerikanischen Arbeitsmarkt. Deshalb hatte er auch um die Erlaubnis gebeten, »Leaving Home« benutzen zu dürfen. Er war einer der heißesten Anwärter auf die nächste Präsidentschaftskandidatur und hatte bereits angefangen, erste Wahlreden zu halten.

»Ich kann bestätigen, dass er ein Fan ist«, sagte Peter Simesky, der Berater. »Während der Busfahrten von einem Wahlkampftermin zum nächsten besteht unser Musikprogramm überwiegend aus Ihnen, Taylor Swift, Randy Travis, James Taylor und den Stones. Ich hoffe, Sie sind mit dieser Gesellschaft einverstanden.«

»Jederzeit, das dürfen Sie mir glauben.«

Dann wurde der Abgeordnete ernst. »Ihr Vater hat gesagt, Sie hätten zurzeit ein paar Probleme mit einem Stalker, der Sie belästigt.« Das war zur Hälfte auch an Dance gerichtet. Kayleighs Vater musste ihre berufliche Position erwähnt haben.

»Das stimmt leider«, sagte Dance.

»Gehören Sie … hier nach Fresno?«, fragte Myra Babbage. »Wir haben hier schon verschiedentlich mit den Behörden zusammengearbeitet.«

»Nein, ich bin vom CBI.« Unter normalen Umständen hätte ihre Anwesenheit bedeutet, dass es sich um einen großen Fall handelte. Daher erklärte sie: »Meine Dienststelle ist die in Monterey. Ich war inoffiziell hier, habe von den Vorfällen erfahren und meine Hilfe angeboten.«

»Wir kommen gerade aus Monterey«, sagte Davis. »Es gab eine Wahlveranstaltung an der Cannery Row.«

»Das war also der Grund für die vielen Staus, als ich losgefahren bin«, scherzte Dance.

»Ich wünschte, es hätten noch mehr Leute festgesteckt. Die Besucherzahl war zwar nicht schlecht, hätte aber besser sein können.«

Kayleigh nahm an, dass Monterey und vor allem Carmel Hochburgen der konservativen Wählerschaft waren, die nicht allzu begeistert von einem Kandidaten gewesen sein dürfte, der sich für mehr Einwanderer aussprach.

Der Kongressabgeordnete nickte Dance zu. »Ich bin sicher, das CBI und die örtlichen Behörden tun, was in ihren Kräften steht, aber falls ich Ihnen irgendwie behilflich sein kann, lassen Sie es mich bitte wissen. Stalking kann auch ein Bundesvergehen sein.«

Kayleigh bedankte sich, Dance ebenfalls, und Simesky gab ihr seine Visitenkarte. »Im Ernst, falls Sie Hilfe brauchen, rufen Sie mich an«, betonte der schlanke junge Mann. »Jederzeit.«

»Werde ich«, erwiderte Dance und blickte nach unten auf ihre Hüfte, weil ihr Telefon summte. »Eine SMS von Detective Harutyun«, verkündete sie, las dann die Nachricht und seufzte. »Der nächste Tatort wurde gefunden. Wieder ein Mord, wieder ein Feuer. Diesmal aber viel schlimmer als im Konzertsaal. Er schreibt, es habe womöglich mehr als ein Opfer gegeben. Vorläufig könne man das einfach noch nicht sagen.«

26

»Das Feuer brennt noch«, teilte Harutyun ihr am Telefon mit. »Er muss ungefähr zwanzig Liter Brandbeschleuniger benutzt haben. In einem Schuppen am San Joaquin River.«

You sit by the river, wondering what you got wrong,
how many chances you've missed all along.
Like your troubles had somehow turned you to stone
and the water was whispering, why don't you come home?

Du sitzt am Fluss und fragst dich, was dir entgangen ist,
wie viele Gelegenheiten du wohl schon verpasst hast.
Als hätte dein Kummer dich irgendwie versteinern lassen,
und als würde das Wasser flüstern:
Wieso kommst du nicht heim?

Alle im Raum starrten Dance an. Sie ignorierte sie und konzentrierte sich auf das Gespräch mit Harutyun. »Gibt es Zeugen?«

»Nein.«

»Woher wissen Sie, dass es mit dem Stalking-Fall zu tun hat?«

»Tja, ich weiß nicht, wie ich es ausdrücken soll, aber wir haben draußen einen kleinen Kayleigh-Schrein gefunden.«

»Was?«

»Ja, Ma'am. Echt krank. Vor dem Schuppen. Ein kleiner Steinhügel und daneben zwei ihrer CDs. Und wissen Sie, was seltsam war?«

Noch seltsamer als das? Dance hatte keinen blassen Schimmer.

»Ein Zwanzigdollarschein unter einem der Steine. Wie eine Opfergabe.«

»Und es gibt keinen Hinweis auf den Toten?«

»Oder *die* Toten«, erinnerte er sie mit angespannter Stimme. »Das Team hat einen Blick ins Innere werfen können und zwei Beine gesehen. Das war so ziemlich alles, was noch übrig war. Dann ist das Dach eingestürzt. Das Gebäude gehörte früher mal zu einer Tankstelle, und keiner weiß, ob es hier nicht noch irgendwo einen großen Vorratstank im Boden gibt. Also sind alle besonders vorsichtig. Charlie Shean lässt seine Leute draußen die Spuren sichern, so nah an der Hütte, wie es eben geht. Es ist da höllisch heiß. Einer der Techniker hat in seinem Overall sogar das Bewusstsein verloren, so heiß ist es. Es gibt weder Reifen- noch Fußspuren. Aber wir haben zwei Patronenhülsen gefunden. Neun Millimeter.« Der Detective schnalzte mit der Zunge. »Das gleiche Kaliber wie bei der Waffe, die Fuentes gestohlen wurde. Aber das könnte auch Zufall sein. Wenigstens – und ich bete, dass es so war –, hat er sie erschossen, bevor er sie angezündet hat.«

»Das können wir nur hoffen.«

»Es gibt keine Blutflecke, aber wie es aussieht, hat er den Staub mit einem Ast oder so verwischt. Wir nehmen Proben. Die DNS könnte die einzige Möglichkeit sein, das oder die Opfer zu identifizieren.«

Ein Altar für Kayleigh. Nun, es stand in Einklang mit dem Verhalten eines Stalkers.

»Charlies Leute haben sich auch die Telefonzelle vorgenommen, von der aus er Kayleigh angerufen hat. Sie haben ein paar Partikel gefunden, aber die fast vierzig verschiedenen Fingerabdrücke lassen sich nicht zuordnen und sind auch nicht bei IAFIS verzeichnet.«

»Wurde Edwin irgendwo gesichtet?«

»Nein. Ich muss jetzt los. Ich melde mich, sobald ich mehr weiß, Kathryn.«

»Danke.«

Sie drehte sich zu Kayleigh, ihrem Vater und den anderen um und fasste den Stand der Dinge für sie zusammen.

Bishop schloss die Augen und murmelte etwas, eventuell ein Gebet. Dance fiel ein, dass er nach seiner Entziehungskur eine religiöse Phase durchlaufen und auch ein entsprechendes Album veröffentlicht hatte. Es hatte sich nicht gut verkauft.

»Wer ist das Opfer?«, fragte Kayleigh entsetzt.

»Das wissen wir noch nicht. Es könnte mehr als eine Person sein. Aber wegen des Feuers konnte man bislang kaum etwas erkennen.«

»Wo steckt Alicia?«, fragte die Sängerin mit zitternder Stimme. »Und wo Tye?«

Doch dann wählte Kayleigh ihre Nummern und erreichte diesmal alle beide. Auch der Rest der Crew sei wohlauf, berichtete sie nach dem Gespräch mit Tye Slocum. »Mein Gott. Alicia hat auf ihrem Pferd einen Ausritt unternommen. Und Tye hat neue Gitarrensaiten gekauft. Wir haben tausend davon im Truck. Warum macht er so was? Das ist zum Verrücktwerden.«

Der Kongressabgeordnete und seine Begleiter wirkten verunsichert, und Davis schien allmählich zu glauben, dass ein Besuch zu diesem Zeitpunkt vielleicht doch keine so gute Idee gewesen war. »Wir haben noch einige Termine«, sagte er. »Es tut uns leid, Sie belästigt zu haben.«

»Nein, nein, es war uns ein Vergnügen«, sagte Bishop, nicht etwa Kayleigh.

Davis bekräftigte erneut sein Hilfsangebot und verabschiedete sich bis zu dem Konzert.

»Das ist noch nicht …« Sie verstummte und sah ihren Vater an, der sich nichts anmerken ließ. »Vielen Dank für Ihre Unterstützung.«

»Ich hoffe, ich kann am Wahltag auf die Ihre zählen.«

Peter Simesky, der Berater, ging noch einmal zu Dance und

schüttelte ihr die Hand. »Sie haben meine Karte. Falls Sie irgendetwas benötigen, geben Sie mir bitte einfach Bescheid.«

Wer sich mit Kinesik auskennt, kann diese Fähigkeit bei Dienstschluss nicht einfach abschalten. Von dem Moment an, an dem Simesky vorhin Augenkontakt mit ihr aufgenommen hatte, war ihr klar gewesen, dass er sie besser kennenlernen wollte, sofern die Umstände es gestatteten. Eines musste sie ihm hoch anrechnen. Er trug keinen Ehering, und sein erster Blick hatte ihrem Ringfinger gegolten; es konnte durchaus sein, dass er hier nicht bloß eine außereheliche Affäre suchte.

Er verströmte zudem ein gesundes, aber nicht übertriebenes Selbstbewusstsein. Ihn schüchterte nicht ein, dass sie fünf Zentimeter größer war als er, und er schämte sich weder für seine schmächtige Statur noch für das lichte Haar. (Ironischerweise trafen beide Attribute auch auf Jon Boling zu, ihren aktuellen Freund.) Doch Kathryn Dance' Privatleben war schon kompliziert genug, und sie war weder geneigt noch in der Lage, eine weitere Verwicklung hinzuzufügen.

Sie nickte Simesky höflich zu und achtete darauf, dass ihr Händedruck kurz und professionell ausfiel. Ob er die Botschaft verstand, vermochte sie nicht zu sagen.

Dann verließen Davis und seine beiden Begleiter das Haus und gingen zum Wagen. Der Leibwächter öffnete die Türen für sie. Gleich darauf fuhren sie auf dem unbefestigten Schotterweg davon.

Plötzlich riss Kayleigh erschrocken die Augen auf und fing an zu weinen. »Moment mal, er hat sie verbrannt?«, flüsterte sie.

»Ja.«

»Nein, nein! Auch *das* ist meine Schuld!« Sie zog die Schultern hoch und biss die Zähne zusammen. Wütend wischte sie sich die Tränen weg. »Mein Song! Er benutzt ein anderes meiner Lieder.«

»Der Tatort liegt an einem Fluss, genau wie in der zweiten Strophe«, sagte Dance.

»Nein, das Feuer! Erst Bobby und jetzt diese anderen Leute. Edwin hat mir in einer seiner E-Mails – genau genommen in einem ganzen Haufen seiner E-Mails – geschrieben, wie sehr ihm mein Song ›Fire and Flame‹ gefällt.«

Sie holte aus einem Regal mit Hunderten von CDs ein Exemplar von *Your Shadow*, schlug das Booklet auf und zeigte Dance einen bestimmten Liedtext.

Love is fire, love is flame.
It warms your heart, it lights the way.
It burns forever just like the sun.
It welds two souls and makes them one.
Love is fire, love is flame.

Die Liebe ist Feuer, sie ist eine Flamme.
Sie wärmt dir das Herz und bescheint deinen Weg.
Sie brennt ewig, genau wie die Sonne.
Sie schmiedet zwei Seelen zu einer zusammen.
Die Liebe ist Feuer, sie ist eine Flamme.

»He, KT, du darfst dir keine Vorwürfe machen«, sagte Bishop zu seiner Tochter. »Du kannst doch nicht wissen, was in den Köpfen all der Verrückten da draußen vorgeht. Dieser Kerl ist ein krankes Arschloch, nichts weiter. Wenn du es nicht wärst, hätte er sich jemand anders gesucht.« Trost zu spenden war nicht gerade seine Stärke. Er klang wenig überzeugend.

»Er hat diese Leute *verbrannt*, Daddy!«

Bishop wusste nichts zu erwidern und ging in die Küche, um sich ein Glas Milch zu holen. Sheri stand verlegen neben einer der Gitarren. Dance rief noch mal Harutyun an, aber es gab keine neuen Erkenntnisse.

Als Bishop zurückkam, sah er auf die Uhr an seinem breiten rötlichen Handgelenk. »He, hast du schon was von deiner Schwester gehört?«

»Na ja, ich habe heute mit ihr telefoniert und ihr von Bobby erzählt. Warum?«

»Sie müssten inzwischen hier sein. Oder vielleicht …«

Kayleigh verschlug es tatsächlich für einen Moment die Sprache. »Was soll das heißen, Daddy?«, fragte sie dann.

»Vielleicht ist sie ja auch zu uns gefahren.«

»Nein, ich meine, wovon redest du da? ›Hier sein‹? Wieso sollte sie hier sein?«

Bishop blickte zu Boden. »Ich dachte, es wäre gut, wenn sie herkäme. Zur moralischen Unterstützung wegen Bobby. Ich hab sie heute Vormittag angerufen. Sie haben den nächsten Flug genommen. Ihre Maschine ist vor einer Stunde gelandet.«

So überbrachte er also eine wichtige Nachricht. Beiläufig hingeworfen, als wäre es ein Softball.

»O mein Gott. Warum hast du nichts gesagt? Sie hat kein Recht … Moment, du hast von mehreren gesprochen. Kommt etwa die ganze Familie?«

»Nein. Roberto muss arbeiten. Nur Suellyn und Mary-Gordon.«

Kayleigh tobte. »Was fällt dir bloß ein? Mit diesem Verrückten auf freiem Fuß? Ein kleines Mädchen?«

»Zur moralischen Unterstützung«, knurrte er nervös. »Wie schon gesagt.«

»O mein Gott. O mein Gott.« Kayleigh setzte sich. »Das ist nicht der Grund dafür, dass du sie hergebeten hast …« Doch dann wurde ihre Stimme auf einmal schrill. »Das Feuer, die Morde. Oh, bitte nicht … Sind das etwa *sie*?«

»Ganz ruhig, KT. Woher sollte dieser Sharp denn überhaupt wissen, dass sie herkommen?«, fragte Bishop. »Und noch dazu mit welchem Flug?«

Kayleigh schnappte sich ihr Telefon, wählte eine Nummer und trennte die Verbindung nach wenigen Sekunden. »Die Mailbox. Wer sollte sie abholen? Warum hast du mir nichts gesagt, warum bist du nicht *selbst* hingefahren?«

»Ich war mit dem Kongressabgeordneten verabredet. Ich habe Richie geschickt. Also gut, ich rufe ihn mal an.« Bishop holte sein Telefon hervor und drückte eine Kurzwahltaste. »Hallo. Ich bin's. Was ist los? Wo steckt ihr? … *Wer?* Was glaubst du wohl, wen ich meine? Suellyn und ihre Tochter natürlich … *Was?*«

Alle Augen im Raum waren auf ihn gerichtet.

»Wann? … O, Scheiße.« Er unterbrach die Verbindung. »Also, ein Freund von dir hat ihn angerufen.« Ein Blick zu seiner Tochter. »Und gesagt, dass *er* die beiden abholen und herbringen würde.«

»Wer?«, schrie Kayleigh. »Wer zum Teufel ist das gewesen?«

»Richie kann sich nicht an den Namen erinnern. Aber der Betreffende kannte die Flugnummer und ihre Namen. Er hat behauptet, es wäre dir lieber, dass er sie abholt.«

»Wenn das wirklich dieser Edwin war, wie konnte er dann wissen, dass du Richie schicken wolltest?«, fragte Sheri.

Bishops Blick bohrte sich in den Boden. »Äh … Scheiße.«

»Was, Daddy? Was?«

»Sheri und ich haben heute im Herndon Café gefrühstückt. Es war nicht viel los, wir hatten den Laden fast für uns allein. Nur am Nachbartisch hat jemand gesessen, mit dem Rücken zu uns. Ein Mann, groß, schwarzes Haar. Mehr konnte ich nicht erkennen. Er könnte mit angehört haben, wie ich erst mit Suellyn und dann mit Richie telefoniert habe. Ich bezweifle es zwar, aber so könnte es gewesen sein.«

»Wann war das?«, fragte Dance.

»Kein Ahnung. Halb zehn, zehn.«

Edwin ist gegen elf Uhr ins Kino gegangen, dachte sie. Die Zeit könnte passen.

Sheri Towne ging zu Kayleigh und legte ihr vorsichtig eine Hand auf die Schulter. Dance sah, wie die Lippen der Sängerin schmaler wurden. Sheri zog sich wieder zurück.

»Aber woher sollte er Richies Telefonnummer kennen?«, fragte Kayleigh.

»Wurde Richie mal irgendwo auf deiner Internetseite oder in einem Zeitungsartikel erwähnt?«, fragte Dance.

»Kann sein. Er war einer meiner Mitarbeiter und Fahrer und wird in den Danksagungen der letzten Alben aufgeführt.«

»Bei all den Nachforschungen, die Edwin anstellt, könnte er sich durchaus im Vorfeld alle Nummern verschafft haben«, sagte Dance.

Kayleigh fing wieder an zu weinen. »Was machen wir denn jetzt?«

Dance rief Harutyun an und teilte ihm ihre Befürchtung mit. Er sagte, er wolle etwas überprüfen.

Während sie wartete, achtete sie auf Bishop. Er schäumte vor Wut – Sheri blieb auf Abstand. Und Dance fragte sich, auf wen der Zorn wohl gerichtet sein mochte. Wahrscheinlich auf Richie. Bishop schien die Schuld für seine Probleme grundsätzlich bei anderen Leuten zu suchen, nie bei sich selbst.

Nach endlosen fünf Minuten meldete Harutyun sich zurück. »Es gibt ein Video vom Flughafen. Eine Frau Mitte dreißig und ein kleines Mädchen sind in Edwins Buick gestiegen. Etwa eine halbe Stunde nachdem die Maschine aus Portland gelandet war.«

Dance sah die erwartungsvollen Blicke. Sie erzählte den anderen, was der Deputy ihr mitgeteilt hatte.

»Nein!«, schrie Kayleigh. »Nein!«

»Und … Agent Dance … Kathryn«, sagte Harutyun. »Die Feuerwehr hat sich gerade gemeldet. In dem Schuppen liegt nur *eine* Leiche.« Er zögerte. »Nicht besonders groß. Könnte ein Teenager sein – männlich oder weiblich – oder eine Frau. Kann man noch nicht sagen; der Leichnam ist bis auf die Knochen verbrannt. Falls es sich um die Schwester handelt, ist das kleine Mädchen wenigstens noch am Leben. Aber das heißt auch, dass sie sich in seiner Gewalt befindet. Und das möchte ich mir gar nicht genauer vorstellen.«

27

Kayleigh wählte hektisch noch einmal die letzte Nummer.

»Geh ran, geh ran, geh ran«, flüsterte sie. Und verzog das Gesicht. »Suellyn, ich bin's. Ruf mich sofort zurück. Wirklich *sofort*. Es gibt ein Problem.« Sie schaute auf das Display. »Wie markiere ich das als dringend?« Ihre Stimme überschlug sich. »Ich weiß nicht, wie das geht. Wie markiere ich das als dringend?«

Dance nahm ihr das Telefon ab, sah genauer hin und drückte eine Taste.

Zuvor hatte sie darauf hingewiesen, dass Stalker für gewöhnlich nicht auf Angehörige losgingen.

Was wollte Edwin damit bezwecken, sofern er die beiden tatsächlich entführt hatte? Hatte die Festnahme ihn so sehr erzürnt, dass er einfach durchgedreht war? Hatte er Bishop an jenem Morgen ohne bestimmte Absicht verfolgt und zufällig von Kayleighs Schwester und Nichte erfahren? Im Wagen könnte er dann seine Gefühle für Kayleigh eingeräumt und Suellyn um Unterstützung gebeten haben. Als die Frau sich weigerte, brachte er sie um und behielt die Tochter in seiner Gewalt. Vielleicht wollte er sie selbst aufziehen wie eine kleine Kayleigh, die nur ihm gehörte. Dance hatte in ihrem Job schon so manches erlebt, aber sie war auch selbst Mutter, und sie wollte sich mit dieser Möglichkeit einfach nicht beschäftigen.

»Bitte«, flehte Kayleigh. »Gibt es denn nichts, das ihr tun könnt? Ihr Telefon anpeilen oder so?«

»Das ist möglich, aber es dauert. Doch, na klar, ich werde es veranlassen.«

Sie wies niemanden – und schon gar nicht Kayleigh – darauf hin, dass das Telefon womöglich nicht mehr existierte, falls da wirklich Suellyn in diesem Schuppen lag.

Dance wies gerade TJ Scanlon an, sich mit dem Telefonanbieter der Frau in Verbindung zu setzen, als Darthur Morgan vom Hauseingang rief: »Da kommt wieder ein Auto. Was hat das denn nur zu bedeuten?«

Niemand gab eine Antwort. Kurz darauf hörte man Autotüren ins Schloss fallen und gleich anschließend die Geräusche eines Wagens, der auf dem Schotterweg beschleunigte.

Dann ging die Haustür auf, und eine Frau Mitte dreißig trat ein, begleitet von einem entzückenden goldblonden, etwa sechsjährigen Mädchen in einem rosafarbenen Kleid. Die Kleine hielt ein Stoffspielzeug umklammert und ignorierte alle Anwesenden außer der Sängerin, zu der sie sofort hinrannte, um sie fest an sich zu drücken. »Tante Kayleigh, schau mal! Wir waren in diesem tollen Museum und haben dir einen ausgestopften Mammutbaum mitgebracht!«

28

Kathryn Dance begrüßte lächelnd die Frau, der sie soeben vorgestellt worden war – Suellyn Sanchez, Kayleighs Schwester –, und ging zur Vordertür. Der große rote Buick verschwand gerade außer Sicht.

»Das war er«, flüsterte Kayleigh, die aus dem Fenster sah und sich bemühte, nach außen hin ruhig zu wirken, um das kleine Mädchen nicht zu beunruhigen.

Suellyn umarmte ihren Vater – was wie eine Pro-forma-Geste wirkte. Und sie begrüßte Sheri herzlicher, als Kayleigh dies getan hatte. »Wieso ist die Polizei hier? Geht es um Bobby?«

Kayleigh warf jedoch ihrem Vater einen eisigen Blick zu und richtete ihre Aufmerksamkeit auf Mary-Gordon. »Schatz, ich möchte dir ein paar neue Spielzeuge zeigen, die ich für deinen Besuch besorgt habe.«

»Jaa! … Wo ist Freddie?«

»In dem Stall bei Grandpas Haus. Du und deine Mommy, ihr werdet dort im Haus wohnen.«

»Ich mag Freddie, aber ich möchte lieber bei dir bleiben«, verkündete das Mädchen.

»Oh, ich werde aber kaum hier sein. Ich komme euch bei Grandpa besuchen.«

»Okay.«

»Komm mit.«

Kayleigh legte dem Mädchen einen Arm um die Schultern und führte es zu dem Leibwächter. »Und das ist Mr. Morgan. Er ist ein Freund von mir und leistet uns oft Gesellschaft.«

Er schüttelte feinfühlig die Hand des Kindes. »Ich heiße Darthur. Du kannst mich so nennen.«

Das Mädchen sah den Sicherheitsmann mit großen Augen an. »Das ist ein lustiger Name.«

»Das finde ich auch«, sagte der Mann, warf Kayleigh einen unschlüssigen Blick zu, spielte aber weiter mit.

»Ich heiße Mary-Gordon, aber das sind nicht zwei Namen, sondern einer. Mary und Gordon, mit einer Linie dazwischen. Diese Linie nennt man Bindestrich.«

»Das ist ein sehr hübscher Name.«

»Danke. Ich mag dich.«

Dance rief Harutyun an und teilte ihm mit, dass die Schwester und die Nichte wohlbehalten eingetroffen waren. Er berichtete, man habe das Opfer nach wie vor nicht identifizieren können. Das Feuer aber sei mittlerweile gelöscht worden, sodass die Spurensicherung und die Gerichtsmedizin nun den Tatort betreten und ihre Arbeit aufnehmen würden.

Kayleigh und das Mädchen verschwanden im Arbeitszimmer. Kurz darauf kehrte die Sängerin zurück und stürmte sofort auf ihre Schwester zu. »Was hast du dir bloß dabei gedacht?«

»Wobei?«

»Weißt du, wer euch gefahren hat?«

»Ein Freund von dir. Er hat gesagt, sein Name sei Stan.«

»Stanton«, erklärte Dance. »Sein zweiter Vorname.«

»Herrje.« Kayleigh senkte ihre Stimme. »Das ist mein gottverdammter Stalker. Wieso hast du mich nicht angerufen? Er ist derjenige, der Bobby umgebracht hat.«

»Was? O mein Gott. Aber du hast doch gesagt, er sei fett und abstoßend.«

»Nun, offenbar hat er an sich gearbeitet«, herrschte Kayleigh sie an und sah ihrer Schwester wütend in die braunen Augen. Dann schüttelte sie den Kopf und seufzte. »Verzeih. Es ist nicht deine Schuld. Du solltest… du solltest eben einfach nicht hier sein.« Ein kalter Blick zu Bishop.

»Wir sind uns nicht sicher, wer der Täter ist«, sagte Dance. »Edwin Sharp ist aber ein möglicher Verdächtiger, und Sie sollten jeden weiteren Kontakt mit ihm vermeiden.«

»Wo wart ihr?«, fragte Kayleigh.

»Er hat uns gefragt, ob wir uns etwas anschauen wollten, das Mary-Gordon gefallen würde. Er sagte, es liege auf dem Weg. Wir sind zu dem Baummuseum in der Nähe des Highway 41 und der Bluffs gefahren. Er sagte, dass er weiß, wie gern du im Wald wandern gehst.«

Kayleigh schloss die Augen. »Das weiß er auch?« Ihre Hände zitterten. »Ich hatte solche Angst um euch. Warum bist du nicht ans Telefon gegangen?«

»Das Telefon war in meiner Computertasche, und die hatte er in den Kofferraum gelegt. Ich wollte sie ja erst bei mir behalten, aber er hat sie einfach genommen. Tut mir leid, K, aber er wusste *alles* über dich. Er hat erzählt, du hättest mal ein Lied über Bäume geschrieben, aber dann hätte Greenpeace oder irgendeine Umweltgruppe es vereinnahmt, und seitdem würdest du es bei deinen Auftritten nicht mehr singen. Das wusste ja nicht mal ich. Er kannte alle in der Band, er kannte Sheri. Ich dachte wirklich, er wäre ein guter Freund von dir.«

»Und dieser andere Mord, zur selben Zeit?«, fragte Morgan. »Der am Fluss? Das kann demnach nicht Edwin gewesen sein, oder?«

Dance dachte noch einmal über das Timing nach und kam zu dem Schluss, dass Edwin durchaus die Zeit gehabt hätte, das andere Opfer zu entführen, zu erschießen und anzuzünden und trotzdem noch rechtzeitig am Flughafen zu sein, um Suellyn und ihre Tochter abzuholen.

»O Gott. Wir haben mit jemandem im Auto gesessen, der gerade erst einen Mord verübt hatte?«, flüsterte Suellyn.

»Tja, aber jetzt seid ihr in Sicherheit«, sagte Bishop. »Das ist alles, was zählt. Und dieses Arschloch ist fällig.«

Kayleigh wischte sich schon wieder Tränen aus dem Gesicht.

»Das ist so merkwürdig«, sagte Suellyn. »Ich hatte fast den Eindruck, er wäre mehr als nur ein Freund für dich. Er hat gesagt, er mache sich Sorgen um dich, weil du so müde ausgesehen hättest. Du würdest im Augenblick sehr unter Druck stehen. Er war sich nicht mal sicher, ob das Konzert eine gute Idee sei. Seiner Meinung nach hättest du den Termin verlegen sollen.«

Kayleigh schaute wieder mal ihren Vater an, brachte das Thema aber nicht zur Sprache.

»Er hat gesagt…« Suellyn rang um die richtigen Worte. »Er hat gesagt, Kayleigh sollte öfter daran denken, was gut für *sie* ist. Zu viele Leute wollten ein Stück von ihrer Seele.«

Your shadow…

Bishop sah seine ältere Tochter an und fragte beiläufig: »Wie war der Flug?«

»Herrje, Dad. Also wirklich!«, erwiderte Suellyn aufgebracht.

Kayleigh sagte, sie wolle nicht, dass Mary-Gordon sich noch länger hier aufhalte. Sie befürchtete, Edwin würde zurückkehren, um sie auszuspionieren und sich womöglich dem Mädchen anzunähern. Mutter und Tochter sollten mit Bishop und Sheri zu deren Haus außerhalb der Stadt fahren. Und zwar jetzt gleich.

Dann senkte sie den Blick und bemerkte, dass sie noch immer den dämlichen ausgestopften Mammutbaum in der Hand hielt. Im ersten Moment wollte sie ihn wütend wegwerfen, doch dann besann sie sich eines anderen und stellte ihn in ein Regal.

Suellyn ging ins Arbeitszimmer, um ihre Tochter und die Spielzeuge zu holen, die Kayleigh für sie gekauft hatte.

Da klingelte Dance' Telefon; Dennis Harutyun rief an.

»Sie haben das Opfer identifiziert?«, fragte sie.

»Stimmt.«

»Gibt es eine Verbindung zu Kayleigh?«

»Ja und nein. Sie sollten lieber herkommen und sich das selbst ansehen.«

29

Der Gestank war schlimm, aber es waren so viel Gummi, Plastik und Öl verbrannt, dass zumindest der Geruch von menschlichem Fleisch und Haar weitgehend überdeckt wurde. Und der Wind half ebenfalls.

Dennoch musste Kathryn ihre gesamte Willenskraft aufbieten, um nicht zu würgen oder sich gar zu übergeben.

Love is fire, Love is flame …

Der Schauplatz bestand aus einem breiten staubigen Feld, einem Parkplatz mit rissigem, bröckelndem Asphalt, einer seit Langem geschlossenen, in sich zusammengestürzten Tankstelle und dem niedergebrannten Schuppen, von dem nicht viel übrig geblieben war. Es stiegen immer noch dichte Rauchschwaden empor. Und die Hitze konnte man schon von der Straße aus spüren, dreißig Meter entfernt. Ganz in der Nähe schlängelte sich der graubraune Streifen eines flachen Flusslaufs durch die Landschaft, der für die Auswahl des Tatorts bestimmend gewesen sein dürfte.

Das Team der Spurensicherung befand sich immer noch bei der Arbeit, wenngleich hier mehr Feuerwehrleute als Polizisten zugegen waren. Ein Brand konnte den Einwohnern von Fresno sehr viel gefährlicher werden als ein einzelner verrückter Stalker.

Harutyun, der Leiter der Ermittlungen vor Ort, schilderte Dance, was sie gefunden hatten. Es war nicht viel: die Patronenhülsen, die CDs, das Geld – der Altar für Kayleigh. Doch sogar der Zwanzigdollarschein schien gesäubert worden zu sein – im wahrsten Sinne des Wortes gewaschen. Und das Feuer hatte dermaßen heftig getobt, dass die Männer und Frauen massiv mit Schläuchen und Löschgerät hatten vorgehen müssen, um es unter Kontrolle zu bekommen. Als Folge davon war der Tatort nun stark durch fremde Spuren verunreinigt.

Doch falls Edwin hinter dem Mord steckte, hatte er ohnehin kaum belastendes Material hinterlassen, vermutete Dance. Dazu war er viel zu gerissen.

Harutyun führte nun genauer aus, was er am Telefon angedeutet hatte. Das Opfer hatte Kayleigh in der Tat gekannt – und noch ungefähr tausend andere Künstler. Sein Name war Frederick Blanton. »Er ist ein Gauner«, fasste Harutyun zusammen. »*War* ein Gauner.«

Dance dachte an die CDs, den Altar ... und daran, was sie über die Musikbranche wusste. »Hatte er mit illegalem Filesharing zu tun?«

»Sehr gut, Kathryn. Ja.«

»Wobei wurde er erwischt?«

»Das Netzwerk hat aus annähernd zehntausend Computern bestanden. Die Leute konnten dort Songs und Musikvideos herunterladen. Die von Kayleigh haben zu den beliebtesten gezählt.«

»Und wie konnten Sie ihn identifizieren?« Dance warf einen Blick ins Innere. »Jedenfalls nicht anhand der Fingerabdrücke.«

»Er hat ja kaum noch Hände oder Füße. Die eine Hand muss vollständig zu Asche verbrannt sein, es ist nichts mehr davon da. Ein DNS-Abgleich wird uns letzte Gewissheit bringen, aber wir haben in einem Teil des Schuppens, der nicht ganz so verwüstet wurde, seine Brieftasche gefunden. Dann haben wir die Adresse überprüft – er hat im Tower District gewohnt, etwa zehn, zwölf Kilometer von hier. Ein Team durchsucht gerade sein Haus. Die Tür war aufgebrochen, und alles war durchwühlt, die Computer zertrümmert. Wir haben uns zusammengereimt, dass der Täter ihn vermutlich gezwungen hat, die Filesharing-Server zu zerstören, und dann musste er sich in den Kofferraum des Wagens legen. Falls es Edwins Buick war, ist dahinten jede Menge Platz.

Er hat ihn hergebracht und erschossen und dann das Feuer gelegt.«

»Wie schwierig mag es wohl gewesen sein, diesen Kerl aufzuspüren?«, grübelte Dance.

»Man googelt ›Torrent‹, ›Kayleigh Towne‹ und ›Download‹, und seine Seite« – er nickte in Richtung des Schuppens – »ist unter den ersten zehn Treffern. Ich nehme an, mit ein paar einfachen Nachforschungen lässt sich dann schnell die Adresse herausfinden. Unser Edwin scheint sich ja recht gut mit so etwas auszukennen.«

»Und der Altar soll davor warnen, Kayleigh zu bestehlen.«

Ein Stalker könnte auf jeden losgehen, der dich unter Druck setzt oder dich auch nur gekränkt hat. Er nimmt seine Beschützerrolle absolut ernst ...

»Gibt es in seinem Haus irgendwelche Spuren des Täters?«

»Nein, keine. Weder Fuß- noch Fingerabdrücke. Ein paar Partikel, aber ...« Er zuckte die Achseln, hielt den Ansatz demnach für zwecklos. »Die Kollegen konnten immerhin feststellen, dass Blanton einen Partner hatte.«

»Der im Augenblick ziemlich nervös sein dürfte«, mutmaßte Dance.

»Nun ja, er lebt nicht hier in der Gegend.«

»Ich schätze, bei Computerstraftaten muss dein Komplize auch nicht im Haus nebenan wohnen. Er könnte genauso gut in Südamerika oder Serbien sitzen. Wo steckt er?«

»In Salinas.«

Hm. Monterey County.

»Kennen Sie seinen Namen – und entweder seine Anschrift oder IP-Adresse?«

»Die Spurensicherung müsste uns da weiterhelfen können.« Der Detective rief jemanden an und bat darum, die Informationen an Dance' Telefon zu senden. Ihr fiel auf, dass er sich ihre Nummer eingeprägt hatte.

Kurz darauf meldete ihr Gerät den Eingang einer SMS.

»Ich leite das an einige meiner Kollegen vor Ort weiter. Die werden sich um ihn kümmern.« Sie verfasste eine E-Mail und schickte sie ab.

»Ich bemühe mich, unvoreingenommen zu bleiben«, sagte Harutyun dann. »Ich weiß, es sieht nach Edwin aus, aber ich suche trotzdem weiter nach anderen Verdächtigen, die ein Motiv für den Mord an Bobby gehabt haben könnten. Ich habe schon eine Menge über ihn in Erfahrung gebracht, aber bis jetzt sticht noch nichts besonders hervor. Und nun sollte ich wohl auch unser neues Opfer mit berücksichtigen. Aber es dürfte haufenweise Leute geben, die einen Filesharer am liebsten umbringen würden. Die Hälfte aller Plattenfirmen und Filmstudios.«

Ein weiterer Streifenwagen traf ein und rollte am Rand des geschwärzten Brandorts knirschend über Schotter, Erde und gebleichte Zweige hinweg. Er hielt neben einem verblassten Schild der Tankstellenkette, auf dem ein hellgrüner Dinosaurier abgebildet war. Dance' Tochter Maggie machte gerade eine Dino-Phase durch, und in ihrem Zimmer lagen überall kleine Plastikechsen herum. Kathryn schob den Gedanken beiseite. Ihre Kinder fehlten ihr plötzlich sehr.

P. K. Madigan stieg aus, stemmte die Hände in die schmalen Hüften unter dem großen Bauch und ließ den Blick in die Runde schweifen. Dann gesellte er sich zu Dance und Harutyun. »Er hat also ihre Songs geklaut?«

»Ganz recht.«

»Ich habe einfach nicht daran gedacht, dass er auf ein Festnetztelefon ausweichen könnte«, knurrte Madigan. »Hätte ich aber müssen.«

»Wir alle.«

»Und wo, zum Teufel, steckt er? Sein Auto ist so groß wie mein Boot und noch dazu leuchtend rot. Ich begreife nicht, wie er uns immer wieder entwischen kann.« Sein Telefon klingelte, und er schaute auf das Display. »Hallo? … Was Sie nicht sagen … Nein, ich fahre selbst hin.« Er trennte die Verbindung. »Tja, nun gut. Ich weiß zwar immer noch nicht, wo Edwin war, als dieser Kerl hier gestorben ist, aber ich weiß, wo er sich jetzt aufhält. Er steht mal wieder vor Kayleighs Haus. Gegenüber, auf dem Parkplatz beim Arboretum.«

»Und was macht er?«

»Er sitzt quietschvergnügt auf der Motorhaube seines Wagens und macht ein Picknick. Ich will mit ihm reden. Nun ja, genau genommen möchte ich, dass *Sie* mit ihm reden, Kathryn. Kriegen Sie das hin?«

»Und ob.«

30

Doch es kam nicht zu dieser Unterredung.

Sie fuhren jeder mit dem eigenen Wagen und trafen schon fünfundzwanzig Minuten später bei Kayleighs Haus ein, aber Edwin Sharp war nicht mehr da.

Er hat einen sechsten Sinn, dachte Dance, obwohl sie nicht an sechste Sinne glaubte.

Bildete sie sich das nur ein, oder hing da immer noch eine Staubwolke in der Luft, die er beim Losfahren aufgewirbelt hatte? Schwer zu sagen. Es gab in Fresno ziemlich viel Staub. Der Himmel war klar, aber es kam gelegentlich Wind auf und ließ einen Wirbel aus beigefarbenem Puder entstehen, der sich zu einem winzigen Trichter verjüngte und dann wieder in sich zusammenfiel.

Dance und Madigan hielten auf dem Parkplatz gegenüber von Kayleighs Haus und stiegen aus. Diese Seite der Straße am Rand des Erholungsgebiets war üppig bewachsen, ebenso Kayleighs Grundstück. Die flachen Felder jedoch, die sich in einiger Entfernung nach Süden und Westen erstreckten, bestanden nur noch aus schwarzer Erde. Was auch immer dort angebaut wurde, war geerntet worden.

Der Detective warf ihr einen wissenden Blick zu, denn auch er war enttäuscht, dass Edwin ihnen schon wieder durch die Lappen gegangen war. Dann lehnte er sich gegen seinen Wagen und rief jemanden an. Offenbar sprach er mit dem Deputy bei Kayleighs Haus – einem zusätzlichen Wachposten, den Madigan zur Unterstützung von Darthur Morgan abgestellt hatte, sobald die Personallage es erlaubte. Er trennte die Verbindung. »Das war José drüben beim Haus.« Ein Nicken. »Edwin war bis vor zehn Minuten hier. Sie haben nicht gesehen, in welche Richtung er weggefahren ist.«

Dance konnte verstehen, warum. Von hier aus hatte man nur das Obergeschoss des Hauses im Blick, das in etwa neunzig Metern Entfernung am Ende der Schotterauffahrt stand. Sie fragte sich, ob die Fenster dort – die Edwin wahrscheinlich beim Essen angestarrt hatte – wohl zu Kayleighs Schlafzimmer gehörten.

Lange Zeit herrschte Schweigen. Die Sonne stand schon tief am Himmel, und Dance konnte spüren, wie die Hitze Stück für Stück nachließ.

»Vor zwei oder drei Jahren hatte ich bei mir im Garten mal eine Schlange«, sagte Madigan. »Eine große Klapperschlange, wirklich riesig. Ich habe sie nur einmal gesehen und dann nicht wieder, den ganzen Sommer lang. War sie unter dem Grill, unter der Hecke oder vielleicht wieder abgehauen? Ich habe ständig meine Waffe bei mir getragen, was ich sonst nie mache.«

»Wegen der Kinder«, sagte Dance.

»Wegen der Kinder. Irgendwann hieß sie bei uns nur noch die ›unsichtbare Schlange‹. Aber das war nicht witzig. Es hat uns in dem Jahr unseren Garten verdorben. Und dabei hatten wir sie nur ein einziges Mal gesehen. – Also gut.« Er stand wieder mit den Händen in den Seiten da und schaute in die Runde. »Sie sind ganz allein in der Stadt. Möchten Sie gern zum Abendessen vorbeikommen? Meine Frau ist eine ziemlich gute Köchin.«

»Ich werde wohl einfach etwas im Motel essen. Und früh schlafen gehen.«

»Wir haben auch leckeren Nachtisch.«

»Eiscreme?«

Er lachte. »Nein. Judy backt. Na ja, Eiscreme ist dann meistens auch noch dabei.«

»Ich glaube, ich passe, aber vielen Dank.«

»Dann noch einen schönen Abend, Kathryn.«

»Ihnen ebenfalls, Chief.«

Dance fuhr zurück zum Mountain View Motel. Die Schlösser an ihren Koffern waren intakt, und nichts schien in Unordnung gebracht worden zu sein. Sie schaute aus dem Fenster zum Park, konnte keinen Beobachter entdecken und zog die Vorhänge zu.

Gleich darauf klingelte das Telefon.

»Agent Dance?« Eine angenehme Männerstimme.

»Ja.«

»Hier ist Peter Simesky. Der Mitarbeiter des Abgeordneten Davis.«

Als hätte sie keine Ahnung, wer er war.

»Ja, hallo.«

»Hallo. Ich bin im Moment in der Lobby … in Ihrem Motel. Der Abgeordnete hat auf einer Farm in der Nähe eine Rede gehalten. Könnte ich mit Ihnen sprechen? Oder störe ich Sie bei irgendwas?«

Ihr fiel keine glaubwürdige Ausrede ein, und so sagte sie, sie würde gleich zu ihm kommen.

Als sie die Lobby betrat, telefonierte er gerade, beendete aber höflich das Gespräch, sobald er sie erblickte. Sie reichten einander die Hände. Simesky lächelte, legte aber gleich darauf die Stirn in Falten.

»Wie ich gehört habe, wurde der zweite Anschlag bestätigt.«

»Ja. Ein weiterer Mord.«

»Wieder jemand aus Kayleighs Umfeld?«

»Nicht direkt.«

»Können wir etwas für Sie tun?«

»Bis jetzt nicht. Aber ich weiß das Angebot zu schätzen.«

»War das dieser Stalker?«

»Es deutet manches darauf hin, doch wir wissen es nicht mit Sicherheit.«

Simesky neigte auf bestimmte Weise den Kopf, und Dance wusste, dass nun eine artverwandte Geschichte folgen würde.

»Der Abgeordnete hatte auch schon Probleme dieser Art. Mit Mitarbeitern der Kampagne und Praktikanten. Zwei Frauen und ein schwuler Mann. Die hatten sich in ihn verguckt, könnte man wohl sagen.«

Dance erzählte vom Typ des erotomanischen Stalkers. »Das passt genau ins klassische Profil. Ein mächtiger Mann und jemand in einer untergeordneten beruflichen Stellung. Gab es auch Drohungen?«

»Nein, nein, es wurde bloß unangenehm.«

Simesky hatte eine große Flasche Wasser und trank durstig daraus. Dance sah die Schweißflecke auf seinem weißen Hemd. Er folgte ihrem Blick und lachte. »Der Abgeordnete hat seine Umweltrede auf Farmen von Watsonville bis Fresno gehalten. Die Temperatur bei Ihnen zu Hause war wesentlich angenehmer.«

Watsonville lag unmittelbar nördlich von Dance' Wohnort und in der Nähe der Küste. Und Kathryn war der gleichen Meinung: Das Wetter dort war weitaus angenehmer als im San Joaquin Valley.

»Ich möchte wetten, es gab reichlich Zulauf.«

»Auf den Farmen wegen seiner Haltung zur Einwanderungsfrage, meinen Sie? Oh, allerdings. Wir haben das als Erfolg verbucht. Nur vierzig Demonstranten waren da, höchstens fünfzig. Und niemand hat was geworfen. Manchmal fliegen die Tomaten. Oder Rosenkohl. Irgendwie paradox, ein Kandidat aufseiten der Landarbeiter wird von den Gegnern der Landarbeiter mit Gemüse beworfen.«

Dance lächelte.

Simesky schaute zur Bar des Motels. »Wie wäre es mit einem Glas Wein?«

Sie zögerte.

»Es wird nicht lange dauern. Die Sache ist wichtig.«

Dance musste daran denken, wie er sie in Kayleighs Haus angesehen und ihre Hand ein wenig zu lange gedrückt hatte.

Wurde sie hier auch zum Objekt eines Stalkers? »Nur um das klarzustellen: Ich bin in festen Händen«, sagte sie.

Er lächelte wehmütig und ein wenig verlegen. »Das ist Ihnen nicht entgangen, hm?«

»Ich mache so etwas beruflich.«

»Ja, ich hab von Ihnen gehört.« Ein Grinsen. »Ich sollte wohl lieber auf meine Körpersprache aufpassen … Also, Agent Dance …«

»Kathryn.«

»Ja, ich habe ein bisschen geflirtet – vorhin und eben gerade. Und ich bin etwas enttäuscht, dass Sie einen festen Partner haben. Aber man kann ja mal fragen.«

»Kein Problem.« Edwin Sharp hätte sich an jemandem wie Peter Simesky ruhig mal ein Beispiel nehmen können.

»Doch ich bin noch aus einem anderen Grund hier. Völlig ohne Hintergedanken.«

»Okay, dann lassen Sie uns ein Glas Wein trinken.«

In der trüben, leicht heruntergekommenen Bar bestellte sie einen Merlot und Simesky einen Chardonnay. »Mit diesem Stalker haben Sie sich aber einen heftigen Fall an Land gezogen«, sagte er.

»Der Kerl ist hartnäckig und schlau. Und besessen. Die gefährlichste Art von Täter.«

»Aber Sie sagten doch, Sie seien nicht sicher, ob er es war.«

»Wir können uns nie sicher sein, solange es kein Geständnis oder unwiderlegbare Beweise gibt.«

»Das stimmt wohl. Ich bin Anwalt, hatte aber nie mit Strafsachen zu tun. Egal, nun zu meinem Anliegen.«

Der Wein kam, und sie stießen nicht mit den Gläsern an.

»Geht es um Kayleigh Towne?«, fragte Dance.

»Nein, um Sie.«

»Um mich?«

»Bill Davis mag Sie. Oh, halt … nicht auf diese Weise.« Er hob abwehrend eine Hand. »Schon seit dem College flirtet er mit niemandem außer seiner eigenen Frau. Die beiden sind jetzt seit achtundzwanzig Jahren zusammen. Nein, es handelt sich um ein berufliches Interesse. Verfolgen Sie das politische Geschehen?«

»Zum Teil. Ich versuche, auf dem Laufenden zu bleiben. Würde ich in Davis' Bezirk wohnen, könnte ich mir durchaus vorstellen, ihn zu wählen.«

Simesky schien das als überaus gute Neuigkeit aufzufassen. »Wissen Sie, er ist ziemlich liberal«, fuhr er fort. »Und manche Leute in der Partei befürchten, dass man ihm als Präsidentschaftskandidaten unterstellen würde, zu nachgiebig auf dem Gebiet von Recht und Ordnung zu sein. Es wäre sehr hilfreich, wenn ... ja, Sie ahnen schon, was jetzt kommt. Es wäre wirklich sehr hilfreich, wenn jemand wie Sie mit ihm in Verbindung stehen würden. Sie sind klug, attraktiv – tut mir leid, aber so ist es nun mal – und haben beim CBI zahlreiche Erfolge vorzuweisen.«

»Und ich bin eine Frau.«

»Das spielt nicht mehr die gleiche Rolle wie früher.«

»Was heißt ›in Verbindung stehen‹?«

»Falls Sie interessiert wären, würde er mit Ihnen gern über eine Stellung im Justizministerium sprechen. Und zwar in leitender Funktion. Im Moment steht aber noch nichts fest. Keine Verpflichtungen – auf beiden Seiten.«

Dance musste lachen. »Washington?«

»Ja.«

Ihr erster Impuls war, die Idee als völlig absurd von sich zu weisen, allein schon, weil sie die Kinder nicht entwurzeln wollte. Außerdem würden ihr die Außeneinsätze fehlen. Doch dann begriff sie, dass sie die Gelegenheit erhalten würde, ihre kinesischen Analyseprinzipien im ganzen Land bekannt zu machen. Sie war eine entschiedene Gegnerin extremer Verhörtechniken, empfand sie als unmoralisch und untauglich. Die Vorstellung, von hoher Stelle aus eine Änderung dieser Praxis bewirken zu können, war faszinierend.

Und bei näherem Hinsehen: Was konnte es denn schaden, wenn die Kinder mal für ein paar Jahre einer anderen Umgebung ausgesetzt waren, noch dazu der Hauptstadt der USA? Oder sie könnte vielleicht zwischen den beiden Küsten pendeln.

Nun musste Peter Simesky lachen. »Ich habe zwar nicht Ihre Fähigkeiten, aber sofern ich Ihren Gesichtsausdruck richtig deute, denken Sie darüber nach.«

Und dann fragte sie sich: Was würde Michael O'Neil wohl davon halten? Oh, und auch Jon Boling. Obwohl der als Berater überall wohnen könnte. Sie würde aber nichts entscheiden, ohne vorher mit ihm geredet zu haben.

»Das kommt für mich total aus heiterem Himmel. Nicht in einer Million Jahren hätte ich an so etwas gedacht.«

»In unserer Regierung fuhrwerken viel zu viele Berufspolitiker herum«, erklärte Simesky. »Wir benötigen Leute, die an vorderster Front dabei waren. Sie wechseln für eine Weile in die Politik und kehren dann wieder in die Reserve zurück, werden wieder zu Farmern.« Ein Lächeln. »Oder zu Cops. Ist es okay, ›Cop‹ zu sagen?«

»Das ist nicht im Mindesten anstößig.«

Simesky rutschte von seinem Barhocker und zahlte die Rechnung. »Ich habe Ihnen eine Menge zum Nachdenken gegeben. Sie müssen sich vorläufig nicht entscheiden, nicht solange diese Ermittlungen laufen. Lassen Sie alles erst mal sacken.« Er gab ihr die Hand. An der Tür hielt er inne. »Dieser Mann, den Sie erwähnt haben. Ernste Sache, ja?«

»Ja.«

»Sagen Sie ihm, er ist ein Glückspilz – und übrigens: Ich hasse ihn.« Ein engelsgleiches Lächeln, und dann war er verschwunden.

Dance trank ihren Wein aus und beschloss, den Abend damit zu beenden. Auf dem Rückweg zu ihrem Zimmer lachte sie in sich hinein. Stellvertretende Direktorin des Federal Bureau of Investigation, Kathryn Dance.

Vielleicht, nur vielleicht könnte sie sich daran gewöhnen.

Es war jetzt einundzwanzig Uhr dreißig, also eigentlich noch recht früh, aber sie war erschöpft. Nur noch ein weiteres Mal unter die Dusche und dann ins Bett.

Doch auch dabei wurde sie unterbrochen. Ihr Telefon klingelte mal wieder, und die Nummer im Display sagte ihr nichts. – Wegdrücken?

Aber die Ermittlerin in ihr entschied, das Gespräch anzunehmen.

Zum Glück. Wie sich herausstellte, kam der Anruf von Edwin Sharps Exfreundin.

31

Sie hieß Sally Docking.

Deputy Miguel Lopez hatte sie in Seattle ausfindig gemacht und ihr die Nachricht hinterlassen, sie möge Dance anrufen.

Kathryn dankte ihr nun dafür, dass sie sich gemeldet hatte.

»Worum geht es denn?« Eine zögernde, wohlklingende Stimme.

»Ich möchte mit Ihnen über Edwin Sharp sprechen.«

»Oh, Edwin? Geht es ihm gut?«

Seltsame Frage.

»Ja, soweit ich weiß. Würden Sie mir vielleicht ein paar Fragen beantworten?«

»Klar, aber worum geht es denn überhaupt?«

»Sie und er waren mal ein Paar, korrekt?«

»Ja, eine Weile. Wir kennen uns seit Februar des letzten Jahres. Wir haben nämlich im selben Einkaufszentrum gearbeitet. Nachdem die Sache mit uns angefangen hatte, haben wir für einige Monate zusammengewohnt. Aber es hat nicht funktioniert. So etwa um Weihnachten haben wir uns getrennt. Was ist denn …? Ich meine, ich bin neugierig, warum Sie das fragen.«

Manchmal weicht man zu sehr aus, und das Gegenüber macht dicht. »Er zeigt an jemandem hier in Kalifornien ein unangemessenes Interesse.«

»Wie meinen Sie das?«

»Wir überprüfen derzeit, ob er sich des Stalkings schuldig gemacht hat.«

»Edwin?« Sie klang aufrichtig überrascht.

Dance notierte sich das.

»Haben Sie in letzter Zeit von ihm gehört?«

»Nein, das ist schon Monate her.«

»Sally, seien Sie bitte ehrlich: Hat er Sie je bedroht?«

»Bedroht? Nein, niemals.«

»Wissen Sie von anderen Frauen, für die er sich übermäßig interessiert oder die er bedroht hat?«

»Nein. Ich kann mir das nicht mal vorstellen.«

»Haben Sie an ihm jemals obsessives Verhalten beobachtet?«

»Nun, äh, ich weiß nicht so genau, was Sie damit meinen. Er ist in vielen Dingen sehr leidenschaftlich, Sie würden es vielleicht obsessiv nennen. Er konnte sich zum Beispiel total in ein Wii-Spiel vertiefen. Oder er entdeckte irgendeinen Fantasy-Autor, der ihm gefiel, und kaufte sich gleich all seine Bücher.«

»Was ist mit Menschen, Stars, Musikern?«

»Er hat sich gern Filme angeschaut. Ja, wirklich oft. Im Kino, weniger im Fernsehen. Doch am meisten konnte er sich für Musik begeistern, ja. Er stand total auf Cassie McGuire, Kayleigh Towne, Charlie Holmes und Mike Norman – sagen die Namen Ihnen was?«

»Ja, allerdings.« Dance entging nicht, dass zwei Männer darunter waren.

»Und dann gibt es noch diese Band aus Seattle, die Pointless Bricks. Ich weiß, es ist ein blöder Name, aber die sind wirklich, wirklich gut. Edwin ist total auf die abgefahren. Wenn er ein bestimmtes Konzert besuchen wollte, hat er sich die Karten lange im Voraus besorgt und sichergestellt, dass er an dem Abend nicht würde arbeiten müssen. Wenn es schließlich so weit war, ist er schon drei Stunden vor Konzertbeginn am Veranstaltungsort eingetroffen, sogar wenn er einen reservierten Sitzplatz hatte. Und nachher hat er sich in die lange Warteschlange gestellt, um vielleicht ein Autogramm abzubekommen. Und die jeweiligen Fanartikel hat er bei eBay ersteigert.

Es war die reine Geldverschwendung. Ich meine, mir jedenfalls kommt das ziemlich obsessiv vor.«

»Nachdem Sie ihn verlassen hatten, hat er Sie da ständig angerufen oder verfolgt? Gab es Belästigungen?«

»Nein. Er hat noch ein paar Mal angerufen wegen irgendwelcher Sachen, die er noch in meiner Wohnung hatte, und wir hatten einen gemeinsamen Kredit aufgenommen, also mussten wir darüber reden und zusätzlichen Papierkram erledigen. Aber Stalking, nein, da ist nichts dergleichen gewesen. Nur eines noch … Sie sagten gerade, ›nachdem ich ihn verlassen hatte‹. So war es aber nicht. Er hat *mich* verlassen.«

Dance hätte sich ohrfeigen können. Noch vor wenigen Stunden hatte sie P. K. Madigan in Gedanken dafür kritisiert, dass er Edwin während des Verhörs anleitete, und nun machte sie hier genau das Gleiche.

»Erzählen Sie mir, was passiert ist.«

»Er hat nur gesagt, unsere Beziehung würde nicht funktionieren. Ich war wie vor den Kopf gestoßen. Wissen Sie, er war nie besonders ehrgeizig. Es hat ihm völlig genügt, als Wachmann oder Verkäufer zu arbeiten. Edwin war irgendwie romantisch, und er war zuverlässig. Er hat nicht getrunken, und das Rauchen hat er während unserer gemeinsamen Zeit auch fast ganz aufgegeben.«

»Demnach hat er früher geraucht«, sagte Dance und musste an den Beobachter vor ihrem Motel denken.

»Ja, aber nur wenn er unter Stress stand. Also, er hat mich verlassen, und mir ging es zwei Monate lang ziemlich dreckig.«

»Hat er jemand Neues gefunden?«

»Nicht wirklich. Er hatte wohl ein paar Verabredungen, aber ich weiß nicht, mit wem. Wir haben den Kontakt verloren.«

»Eine letzte Frage. Haben Sie jemals erlebt, dass er gewalttätig wurde oder die Kontrolle über sich verloren hat?«

Eine Pause. »Ja, habe ich.«

»Schildern Sie es mir.«

»Okay«, sagte Sally. »Edwin und ich und eine Freundin von mir waren unterwegs, und da ist uns ein Betrunkener begegnet. Der war wirklich total besoffen. Und er hat uns Schlampen genannt. Da ist Edwin zu ihm hingegangen und hat ihn angebrüllt: ›Entschuldige dich gefälligst, du Arschloch, und zwar sofort.‹ Und das hat der Kerl dann auch gemacht.«

Dance wartete. »Das war alles? Er hat den Mann nicht verprügelt?«

»O nein, so etwas würde Edwin niemals tun. Ich meine, er sieht ganz schön Angst einflößend aus, sicher. Die Augenbrauen, Sie wissen schon. Und er ist groß. Aber er würde niemandem je ein Haar krümmen. Sehen Sie, es gibt so vieles, dessen Edwin sich einfach nicht bewusst ist. Verstehen Sie, was ich sagen will? Er ist in gewisser Weise wie ein Kind. Das macht ihn ja gerade so charmant.«

Wohl kaum eines der Worte, die Dance benutzt hätte. Aber sie hatte es aufgegeben, verstehen zu wollen, was manche Partner aneinander fanden.

Sie dankte der jungen Frau und beendete das Gespräch. Dann notierte sie sich eine Zusammenfassung der Unterredung. Also, was sagt uns das? Eine relativ normale Beziehung mit einer Frau bedeutete nicht, dass er bei einer anderen nicht zum Stalker werden könnte. Aber Stalker sind Gewohnheitstäter. Dass Sally, die fast ein Jahr mit ihm zusammen gewesen war, teils sogar unter einem Dach, keinerlei Warnzeichen wahrgenommen hatte, war von Bedeutung.

Andererseits hatte er durchaus *einige* obsessive Verhaltensweisen an den Tag gelegt, wenn es um Musik und bestimmte Künstler ging.

Doch das galt auch für sie selbst, musste Dance sich eingestehen. Wie sonst erklärte sich ihre Reise zur *Casa de Villalobos* mit ihrem Rekorder – mitten ins schöne Fresno, und das ausgerechnet während der Hundstage im September?

Nachdem ein weiterer verstohlener Kontrollblick zum Park

noch immer keinen rauchenden Beobachter enthüllt hatte, ging Dance unter die Dusche. Sie trocknete sich ab und schlüpfte in den Bademantel des Hotels, den sie laut Schild auch gern erwerben konnte – für nur 89,95 Dollar.

Dann machte sie es sich in dem breiten Bett gemütlich. Wer brauchte schon den Ausblick auf schneebedeckte Gipfel, wenn es so bequeme Möbelstücke gab?

Sie wünschte sich Jon Boling herbei. Und sie dachte an den Wochenendausflug zurück, den sie kürzlich nach Ventana unternommen hatten, jenen wunderschönen, surrealen Urlaubsort in den Klippen bei Big Sur, südlich von Carmel. Die Reise hatte einen echten Meilenstein bedeutet, denn Kathryn hatte den Kindern zum ersten Mal mitgeteilt, dass sie und Boling über Nacht wegbleiben würden.

Ansonsten hatte sie nichts über den Ausflug erzählt, und die Ankündigung war weder bei Wes noch bei Maggie auf irgendein Interesse gestoßen. Allerdings waren die beiden wohl noch nicht alt genug, um die eigentliche Bedeutung zu erfassen. Dennoch stellte die gelangweilte Reaktion einen gewaltigen Sieg für Dance dar, die angesichts der Tatsache, dass Mom mit einem anderen Mann wegfuhr, weitaus Schlimmeres befürchtet hatte. Die größten Sorgen machte sie sich um Wes; Maggie hingegen wollte, dass ihre Mutter wieder heiratete (und hatte verkündet, sie würde die Trauzeugin sein; Blumenmädchen reichte ihr nicht).

Das Wochenende war herrlich gewesen, und Dance hatte erfreut festgestellt, dass ihr letztes Hemmnis aus der Zeit der Witwenschaft – das Unbehagen, Intimität zuzulassen – sich endlich verflüchtigte.

Und nun hätte sie Boling gern hier bei sich.

Und fand es seltsam, dass sie seit zwei Tagen nicht miteinander gesprochen hatten. Sie hatten sich gegenseitig Nachrichten hinterlassen, aber keiner hatte den anderen direkt erreicht, immer nur die Mailbox. Dance nahm an einer Mordermittlung teil, hatte also eine Ausrede, dachte sie nun. Aber Boling beriet ein Computerunternehmen. Sie war sich nicht sicher, weshalb ihn das so unerreichbar machte.

Dance rief ihre Eltern an, plauderte einige Minuten mit ihrem Vater und bat ihn dann, mit den Kindern sprechen zu dürfen.

Es war eine echte Wohltat, die reine Freude, ihre Stimmen zu hören. Dance ertappte sich bei einem stillen Lächeln, während die beiden begeistert von ihren Tagen in den Sommerlagern drauflos erzählten. Und sie lachte, als die Kinder sich mit einem jähen »HabdichliebMom« (Maggie) und »Mussjetztlosbisbald« (Wes) verabschiedeten, denn die verbalen Signale waren in perfekter Weise bezeichnend für das derzeit jeweils unterschiedliche Verhältnis zwischen Mutter und Kind.

Dann kam ihre eigene Mutter an den Apparat. Edie berichtete, dass Dance' Vater in ihrem Haus in Pacific Grove einige Vorbereitungen für die Party traf, die Kathryn am nächsten Wochenende veranstalten wollte: Manche der Gäste würden am Samstag per Auto aus San José anreisen und dann mehrere Tage bleiben.

Danach folgte eine Pause.

Dance bemühte sich, ihre beruflichen Fähigkeiten nicht im Privatleben anzuwenden. Nichts ruiniert eine Verabredung schneller als ein Mann, der sagt, er sei geschieden, während er sich vorbeugt und dir in die Augen schaut – was leider vollständig von seiner bisherigen Verhaltensnorm abweicht. (Einer ihrer Lieblingssongs von Kayleigh Towne hieß »The Truth About Men« und war eine vergnügte Schilderung der Tatsache, dass Männer bisweilen, nun ja, nicht ganz aufrichtig waren.)

Doch nun spürte sie, dass irgendwas in der Luft lag.

»Wie läuft es bei dir?«, versuchte Edie Dance es unbeholfen mit etwas Smalltalk.

»Gut. Fresno ist recht interessant. Zum Teil jedenfalls. Es gibt hier ein Neubaugebiet rund um eine Start- und Landebahn. Anstatt einer Garage bekommst du einen Hangar für dein

Flugzeug. Na ja, eine Garage gibt's vielleicht auch. Ich habe nicht so genau darauf geachtet.«

Kathryn Dance hatte ihre Mutter stets als freundlich und aufrichtig erlebt, aber auch als resolut, eigensinnig, unnachgiebig und gelegentlich zum Verzweifeln. Komm endlich zur Sache, dachte sie.

»Ich habe etwas herausgefunden. Ich war mir nicht sicher, was ich machen soll. Wenn die Kinder nicht wären …«

Diese Worte sind für jede besorgte Mutter natürlich wie ein Stromstoß, und Dance hielt sich nicht länger zurück. »Was? Raus damit.« Ihr Tonfall war unverkennbar: Rede gefälligst nicht um den heißen Brei herum. Ich bin deine Tochter, aber ich bin erwachsen. Ich will jetzt wissen, was los ist, und zwar sofort.

»Jon hat für die Kinder ein paar Computerspiele vorbeigebracht. Und als er hier war, bekam er einen Anruf… Schatz, er hat mit einem Immobilienmakler gesprochen. Ich habe ihn sagen gehört, er habe einen neuen Job und wolle ein Haus besichtigen.«

Das war interessant. Doch warum klang ihre Mutter so besorgt? »Und?«

»Es ist in San Diego. Er will in zwei Wochen umziehen.«

Oh.

Wochen?

Nun begriff Dance, was Edie hinsichtlich der Kinder meinte. Die beiden waren nach dem Tod ihres Vaters immer noch verwundbar. Nun auch den neuen Mann in ihrem Leben zu verlieren, würde sehr schmerzlich, wenn nicht sogar verheerend sein.

Und was ist mit mir?

Scheiße. Was hat er sich nur dabei *gedacht*, mir nichts zu sagen? Mir hat man gerade einen Job in D.C. angeboten, und mein erster Gedanke war, es mit ihm zu besprechen.

Wochen?

Also deshalb war er nicht ans Telefon gegangen, sondern hatte sich wie ein Feigling hinter der Mailbox versteckt.

Doch die erste Regel der Strafverfolgung lautete, keine voreiligen Schlüsse zu ziehen. »Bist du sicher? Könntest du das nicht irgendwie falsch verstanden haben?«

»Nein, nein. Er war allein, hinten beim Pool. Er hat gedacht, ich könnte ihn nicht hören. Und als Wes nach draußen gekommen ist, hat er sofort das Thema gewechselt und den Makler praktisch abgewürgt.«

Dance war einen Moment lang sprachlos.

»Es tut mir so leid, Schatz.«

»Ja. Danke, Mom. Ich muss erst mal ein wenig darüber nachdenken.«

»Leg dich schlafen. Die Kinder sind glücklich. Wir hatten viel Spaß beim Abendessen. Sie fühlen sich in ihren Sommerlagern sehr wohl.« Sie versuchte, unbeschwert zu tun. »Und was noch wichtiger ist: Kannst du dir das vorstellen? Sie freuen sich auf den Schulbeginn. Morgen gehen wir neue Büchertaschen kaufen.«

»Danke. Gute Nacht.«

»Es tut mir leid, Katie. Gute Nacht.«

Kurz darauf ertappte Dance sich dabei, dass sie sich immer noch das Telefon ans Ohr hielt, obwohl ihre Mutter längst aufgelegt hatte. Sie ließ es sinken.

Der Verlust ihres Ehemanns war für Kathryn Dance wie ein digitales Ereignis, würde Jon Boling, das Computergenie, es wohl beschreiben. An oder aus. Ja oder nein. Tot oder lebendig.

Doch von Jon Boling verlassen zu werden? Das war analog. Es war vielleicht. Es war teilweise. Gehörte er nun zu ihrem Leben oder nicht?

Das große Problem jedoch war, dass er seine Entscheidung ohne sie getroffen hatte. Es spielte keine Rolle, dass der Job sich vermutlich überraschend ergeben hatte und er schnell handeln musste.

Verdammt, sie war ein Teil seines Lebens. Er hätte etwas sagen müssen.

Ihr fiel ein, dass Edwin Sharp gestern im Restaurant auf einen Song von Kayleigh angespielt hatte. »Mr. Tomorrow«. Es ging darin um einen leichtfertigen Herumtreiber, der schwört, er werde sich zusammenreißen und sich bessern. Er verspricht, sich zu ändern. Doch natürlich wird er das nie tun, weiß der Zuhörer.

Als Dance nun im Dunkeln im Bett lag und an die Decke starrte, ging dieses Lied ihr im Kopf herum, bis sie einschlief.

You know me by now, you've got to believe
you're the number-one girl in the world for me.
I've sent her the papers, and she's promised to sign.
It'll just be a while, these things take some time…

Du kennst mich doch inzwischen, also bitte glaube mir,
dass du die Einzige für mich bist.
Ich habe ihr die Papiere geschickt,
und sie hat versprochen, sie zu unterzeichnen.
Es wird nur noch ein bisschen dauern,
diese Dinge brauchen eben etwas Zeit…

And his words are so smooth and his eyes look so sad.
Can't she be patient, it won't be so bad?
But sometimes she thinks, falling under his sway,
she got Mr. Tomorrow; she wants Mr. Today.

Seine Stimme ist so sanft, und sein Blick ist so traurig.
Kann sie nicht etwas mehr Geduld haben?
Es ist doch nicht so schlimm.
Doch bisweilen denkt sie,
wenn sie sich wieder mal bequatschen lässt,
dass sie Mr. Morgen hat und lieber Mr. Heute hätte.

DIENSTAG

32

Dance war bei P. K. Madigan und Dennis Harutyun im Sheriff's Office.

Und noch eine weitere Strafverfolgungsbehörde war vertreten: Monterey County.

Michael O'Neils ruhige Augen blickten ihnen via Skype aus zweihundertvierzig Kilometern entgegen. Er war derjenige, den Kathryn gebeten hatte, Erkundigungen über den in Salinas ansässigen Partner von Frederick Blanton, dem ermordeten Filesharer, einzuziehen. Sie hätte die Anfrage auch an TJ Scanlon in ihrer eigenen Dienststelle schicken können. Doch aus einer Laune heraus hatte sie sich für O'Neil entschieden.

Madigan brachte den Deputy aus Monterey soeben auf den neuesten Stand. »Edwin ist letzte Nacht gar nicht erst nach Hause zurückgekehrt. Kayleigh hat gesagt, gegen zweiundzwanzig Uhr dreißig habe sie gehört, dass irgendwo auf dem Parkplatz vor ihrem Grundstück ein Wagen angelassen wurde. Ihr Leibwächter hat ausgesagt, er habe es ebenfalls gehört.«

Die unsichtbare Schlange …

»Kathryn und ich möchten ihn gern befragen, aber er geht nicht ans Telefon. Wir wissen nicht mal, wo er steckt. Heute Morgen hat einer unserer Deputys seinen Wagen auf dem Highway 41 gesehen, einer der größten Durchfahrtsstraßen hier. Er hat versucht, die Verfolgung aufzunehmen, aber Edwin muss ihn bemerkt haben und hat sich im Verkehr absetzen können.«

»Mit nur einem Wagen ist eine Verfolgung ohnehin schwierig«, sagte O'Neil.

»Und ich kann kaum Leute erübrigen; wir müssen schon zwei Zeugen und Kayleigh beschützen«, murmelte Madigan. »Unser Zuständigkeitsbereich umfasst mehr als fünfzehntausend Quadratkilometer. Und dafür stehen insgesamt nur vierhundertsechzig Streifenbeamte zur Verfügung.«

O'Neil verzog das Gesicht. Monterey County war nicht klein, aber das Verhältnis von Fläche zu Personalstärke sah dort nicht annähernd so schlecht aus. »Kathryn hat mir erzählt, er habe Kayleighs Schwester und Nichte vom Flughafen abgeholt«, sagte er. »Kann man ihn deswegen irgendwie belangen?«

»Kathryn wird mit den beiden noch ausführlicher sprechen«, sagte Madigan. »Doch es sieht nicht danach aus. Kaum zu glauben, aber er hat sich wie ein Gentleman benommen. Das kleine Mädchen war ganz begeistert von ihm, und die Schwester hat ihn – Achtung! – für den nettesten *Freund* gehalten, den Kayleigh in den letzten Jahren gehabt hat.«

Dance musterte den Mann auf dem Bildschirm – stark und robust, aber nicht schwerfällig. O'Neil war gekleidet wie üblich. Hellblaues Hemd, keine Krawatte und ein dunkles Sportsakko. Die meisten Detectives beim Monterey County Sheriff's Office trugen Uniform – genau wie hier in Fresno –, aber O'Neil nicht. Er war der Ansicht, dass eine zwanglose Zivilmontur ihn bei Befragungen weiter brachte als Khaki und spitze Metallsterne.

Dance berichtete von dem Gespräch mit Sally Docking, der Exfreundin. »Ich muss leider sagen, dass sein Verhalten im Umgang mit ihr nicht zu dem Profil eines Stalkers passt.« Sie erklärte, dass Edwin es sogar gewesen war, der die Beziehung beendet hatte.

»Ich traue ihm trotzdem nicht über den Weg«, sagte Madigan.

»Natürlich nicht. Es ist bloß merkwürdig.«

»Ich habe übrigens Josh Eberhardt einen Besuch abgestattet«, fuhr O'Neil fort.

Dem Filesharing-Partner in Salinas.

»Wie höflich war er denn, der Besuch?«, fragte Dance.

»Ich konnte Amy überreden, mich zu begleiten.«

Amy Grabe, die Leiterin der FBI-Dienststelle San Francisco.

»Das FBI hat befunden, es lägen genügend bundesrechtlich relevante Copyright-Verstöße vor, um eine Razzia zu rechtfertigen. Im Rahmen einer gemeinsamen Einsatzgruppe.«

Was bedeutete, dass der Besuch nicht allzu höflich ausgefallen sein dürfte. »Beine auseinander, Hände an die Wand!«, war vermutlich die Grußformel gewesen.

Dance und O'Neil lächelten sich an. Die Bildqualität von Skype ließ zwar zu wünschen übrig, aber Kathryn hatte den Eindruck, er würde ihr zuzwinkern.

Was er natürlich nicht getan hatte.

Konzentriere dich gefälligst, rief sie sich selbst zur Ordnung.

»Gute Arbeit, Sir«, sagte Madigan und gönnte sich einen Löffelvoll Eiscreme. Die Sorte sah für Dance nach Pistazie aus. Sie hatte nicht gefrühstückt und zog in Erwägung, ihn um einen Becher Eis zu bitten.

»Auch von Eberhardts Haus aus wurde Filesharing betrieben, aber er schien eher für die Nachforschungen zuständig zu sein«, erläuterte der Detective aus Monterey. »Er behielt Hunderte von offiziellen und inoffiziellen Musiker-Fanseiten im Blick und hat sie offenbar nach potenziellen Kunden für illegale Downloads durchforstet. Dabei ging es nicht nur um Filesharing im eigentlichen Sinn, also um den wechselseitigen Austausch von Dateien, sondern auch um den *Diebstahl* und *Verkauf* digitaler Ware. Wer die Songs wollte, musste eine Gebühr bezahlen. Die hatten die Alben von ungefähr tausend Künstlern im Angebot. Es gibt da draußen einen wirklich … finsteren Untergrund aus Websites. Sie haben überwiegend mit kulturellen Dingen zu tun: Büchern, Filmen, Fernsehserien, Musik. Viele von ihnen berauben die Künstler und bereichern sich an ihrer Arbeit – etwa durch Bootlegs. Doch die meisten beschäftigen sich mit den Künstlern selbst. Stephen King, Lindsay Lohan, George Clooney, Carrie Underwood, Justin Bieber … und Kayleigh Towne. Und das alles findet im Verborgenen statt. Wer dort postet, benutzt Proxys, Portale und anonyme Accounts. Nichts davon taucht bei Google auf. Die können dem irgendwie entgehen.«

O'Neil nannte ihnen mehrere Internetseiten, deren Namen aus wirren Ziffern- und Buchstabenkombinationen bestanden. 299ek333.com zum Beispiel. Sobald man sich auf so einer Seite befand, stieß man auf Links, die scheinbar keinen Sinn ergaben – »Die siebente Stufe« oder »Gelernte Lektionen«.

Doch wenn man sich weiterklickte, erklärte er, stieß man zum wahren Kern dieser Seiten vor: der Welt der Berühmtheiten.

TJ Scanlon hatte keine einzige dieser beunruhigenden Websites gefunden.

»Wie es aussieht, bezieht Edwin viele seiner Informationen von hier«, sagte O'Neil. »Er hat sogar eine Menge über diesen Filesharer gepostet, der ermordet wurde – euer Opfer in Fresno.«

»Deutet irgendetwas darauf hin, dass Edwin an dem Mord beteiligt war?«, fragte Madigan.

»Nein, er hat die Leute lediglich gedrängt, solcherlei Angebote nicht zu nutzen. Das sei Kayleigh gegenüber, Zitat, ›respektlos‹. An Blanton direkt hat er sich nie gewandt.«

Natürlich nicht. Nicht der clevere Mr. Edwin Sharp.

O'Neil wandte sich kurz ab und tippte etwas ein. Dance erhielt eine E-Mail mit mehreren URLs. Sie hielt Harutyun ihr Telefon hin. Er nahm es und übertrug die Daten in einen Computer.

»Werden all ihre Anrufe überwacht?«, fragte O'Neil.

»Ja, aber wir versuchen, etwas Zeit zu schinden und es ihm zu erschweren, ihr die nächste Strophe am Telefon vorzuspielen«, sagte Harutyun. »Wir haben ihr und ihren Angehörigen neue Geräte gegeben, deren Nummern nirgendwo verzeichnet sind. Letzten Endes wird er sie vermutlich herausbekommen, aber wir hoffen, ihn bis dahin mithilfe von Beweisen oder Zeugen festnageln zu können.«

»Ich an Ihrer Stelle würde mir mal gründlich diese Websites vornehmen«, riet O'Neil. »Die dürften so einiges über ihn verraten. Anscheinend ist er ziemlich oft online.«

O'Neil erhielt einen Anruf und kehrte nach einem kurzen Gespräch an den Bildschirm zurück. Er sagte, er müsse jetzt gehen, es sei ein Verhör anberaumt. Sein Lächeln brachte die Fältchen in seinen Augenwinkeln zum Vorschein, und trotz des unscharfen Bildes glaubte Dance, sein Blick gelte ihr. »Falls ich noch irgendwie behilflich sein kann, lassen Sie es mich einfach wissen.«

Madigan bedankte sich, und der Monitor wurde dunkel.

Sie wandten sich einem zweiten Bildschirm zu, auf dem Miguel Lopez unterdessen eine der Untergrundseiten von O'Neils Liste aufgerufen hatte.

»Sieh sich das einer an«, sagte Crystal Stanning.

Die Website, die sich der Zahl von 125 000 Besuchern rühmte, war das Paradies eines Stalkers. Es gab dort Einträge zu mehreren Hundert Personen aus allen Bereichen der Unterhaltung und Politik. Die Kayleigh gewidmeten Seiten schienen zu den beliebtesten zu gehören. Eine der Überschriften lautete »Kayleigh gesichtet!« und war ein Forum, in dem Kayleighs jeweiliger Aufenthaltsort gepostet werden konnte. »Uns kann sie nicht zum Narren halten!« enthielt Fotos von Kayleigh in diversen Aufmachungen – fast schon Verkleidungen –, damit die Fans sie erkennen konnten, wenn sie versuchte, anonym zu bleiben. Andere Seiten warteten mit ausführlichen Lebensläufen der Crew- und Bandmitglieder auf, mit Fan-Storys über Konzertbesuche, mit Diskussionen über die gute oder schlechte Akustik diverser Veranstaltungsorte und mit Angaben darüber, welche Schwarzmarktpreise für Tickets verlangt worden waren.

Wieder andere Seiten gaben Einzelheiten aus Kayleighs Privatleben preis, von allen wesentlichen Daten bis hin zu ihren Vorlieben bei Essen und Kleidung, was hauptsächlich Spekulationen zu sein schienen.

Die Seite »WDWKL – Wir, die wir Kayleigh lieben« lieferte Informationen über namhafte Fans, also Prominente, die öffentlich bekannt hatten, Kayleighs Musik zu mögen. Als Dance durch die Liste scrollte, stieß sie auf den Namen des Kongressabgeordneten Davis. Er hatte offenbar auf einer Wahlveranstaltung betont, wie sehr er Kayleighs Talent schätzte … und ihre Haltung zu Einwanderungsfragen, die in dem Song »Leaving Home« zum Ausdruck komme. Dance folgte einem Hyperlink zu seiner eigenen Seite und entdeckte, dass dort der vollständige Text des Liedes zu lesen stand – mit Genehmigung der Sängerin. Dance erinnerte sich daran, wie Myra Babbage sich bei dem gestrigen Besuch dafür bedankt hatte.

»Die Eingeweihten« bot Presseinformationen, Tausende von Fotografien sowie Verlautbarungen von Kayleighs Plattenfirma und Barry Zeigler, ihrem Produzenten. Es gab zudem einen Feed von ihrer offiziellen Seite mit aktuellen Neuigkeiten – zum Beispiel über bevorstehende Ereignisse wie das Konzert am Freitag und das heutige Mittagessen in einem hiesigen Country Club für jemanden, den man zum »Fan des Monats« gekürt hatte. Dance las die Pressemitteilung, die von Kayleighs Stiefmutter Sheri verfasst worden war, und stellte zu ihrer Erleichterung fest, dass nicht etwa Edwin gewonnen hatte.

Weitere Links führten zu noch deutlich beunruhigenderen Seiten, auf denen verschiedene Filesharing-Dienste sowie Bootleg-Alben angeboten wurden, die auf illegalen Konzertmitschnitten beruhten. Eine Seite beschäftigte sich mit Klatsch und Tratsch über familiäre Streitigkeiten bekannter Personen, darunter auch Kayleigh, doch abgesehen von ein paar öffentlichen Wortwechseln mit Bishop, Sheri und einigen Musikern, darunter der Mann, der die Preisverleihung gestört hatte, stand hier nicht viel verzeichnet.

Sie ist ein braves Mädchen …

Eine andere Seite bot Kleidungsstücke von Kayleigh zum Kauf an – einschließlich Unterwäsche –, die zweifellos nicht wirklich aus ihrem Besitz stammten. Und es gab pikante Bilder von ihr, die aber eindeutig mit Photoshop manipuliert worden waren.

Dies erklärte Edwins vermeintlich harmlose und moderate Online-Aktivitäten, die TJ Scanlon zuvor herausgefunden hatte. Das eine war die öffentliche Seite von Edwin Sharp, und dies hier war das wahre Internetleben des Stalkers. Sie konnten es zwar nicht mit Sicherheit sagen, aber einige der Postings mit den Initialen ES oder ESS im Benutzernamen waren vermutlich seine. Für Dance erinnerten Grammatik und Satzbau vieler dieser Einträge an die Texte, von denen sie wussten, dass Edwin sie verfasst hatte.

Dance hoffte, sie würden zumindest eine ansatzweise Drohung gegen Kayleigh Towne ausfindig machen und als Folge davon das Anti-Stalking-Gesetz anwenden können, doch leider erwies auch diese Quelle sich als so unergiebig wie alle anderen. Genau wie auf den etwas öffentlicheren Internetseiten waren die mutmaßlichen Äußerungen von Edwin Sharp nicht im Mindesten bedrohlich. Ganz im Gegenteil, er verteidigte Kayleigh standhaft. Und es ließen sich auch keinerlei Rückschlüsse auf weitere potenzielle Opfer ziehen. Verglichen mit ihm waren andere Fans beleidigend, einige sogar regelrecht bösartig. Edwin wirkte wie ein durch und durch loyaler, wenn auch etwas zu überschwänglicher Fan. Dance dachte bei sich, dass Edwin Sharp höchstwahrscheinlich nicht der einzige besessene Anhänger von Kayleigh Towne war. Nach der Lektüre der Postings erschien er sogar vergleichsweise gemäßigt.

Kein einziger Aspekt aus dem Leben dieser Prominenten blieb privat. Kathryn Dance lehnte sich zurück. Sie fühlte sich von der anmaßenden, zudringlichen Haltung der Poster geradezu besudelt – als wären die Künstler und Berühmtheiten, die sie zu Objekten ihres Interesses erkoren hatten, lediglich zu ihrem Zeitvertreib da, als eine Art Ersatzbefriedigung.

Je erfolgreicher jemand darin war, der breiten Masse zu gefallen, desto mehr schien diese sich berechtigt zu fühlen, dem Betreffenden die Seele aus dem Leib zu saugen.

Crystal Stanning erhielt einen Anruf. Dance achtete zunächst nicht auf sie, bis ihr auffiel, dass die Schultern des Deputys sich hoben und ihre Stirn sich in Falten legte, was häufig auf schlechte oder zumindest unerwartete Neuigkeiten hindeutete.

»Bist du sicher?«, fragte Stanning.

Mittlerweile waren alle Augen im Raum auf sie gerichtet.

Sie trennte die Verbindung und verzog das Gesicht. »Das war mein Mann. Er hat unseren Sohn Taylor zum Footballtraining gefahren; das findet hier auch in den Schulferien statt. Und dann ist etwas Seltsames passiert. Ich hatte ihm davon erzählt, dass der Täter Strophen aus Kayleighs Song abspielt. Und er sagt, jemand habe sich in die Lautsprecheranlage am Sportplatz der Highschool eingeklinkt und das Kassettengerät so manipuliert, dass die dritte Strophe in einer Endlosschleife abgespielt wurde.«

»Oh, verflucht«, murmelte Madigan. »Er benutzt diesmal kein Telefon.«

Und war ihnen wieder mal einen Schritt voraus.

Welche Anhaltspunkte ergaben sich aus dem Text? Dance zog das Blatt zurate, das Harutyun ausgedruckt hatte.

One night there's a call, and at first you don't know
what the troopers are saying from the side of the road.
Then you see in an instant that your whole life has changed.
Everything gone, all the plans rearranged.

Eines Nachts kommt ein Anruf,
und im ersten Moment begreifst du nicht,
was die Polizei dir vom Straßenrand aus mitteilt.

Dann wird dir urplötzlich klar,
dass dein ganzes Leben sich soeben verändert hat.
Alles ist dahin, alle Pläne auf den Kopf gestellt.

Dance stutzte unwillkürlich, denn diese Strophe war wie ein Zitat aus ihrem eigenen Leben und erinnerte sie an den Tod ihres Mannes. Sie hatte von dem Unfall durch einen Anruf der Polizei erfahren.

Dann schob sie den Gedanken mit Mühe beiseite.

Wen wollte der Täter als Nächsten angreifen? Und sollte es irgendwo am Straßenrand geschehen?

Ein Blick auf die Karte der Region Madera-Fresno ergab geschätzte anderthalbtausend Kilometer Straßenverlauf.

Dance kam ein weiterer Gedanke: Die Überfälle auf Bobby Prescott und den Filesharer waren jeweils kurz nach den Anrufen erfolgt; es blieb ihnen allenfalls eine Stunde, um das nächste Opfer zu identifizieren und zu retten.

33

»Nicht vergessen«, mahnte Madigan. »Mit ›Road‹ muss nicht buchstäblich eine Straße gemeint sein.«

Dance nickte. »Roadcrew. Wie bei Bobby. Lassen Sie uns dort anrufen. Ich habe die Leute zwar angewiesen, vorsichtig zu sein, aber sie sollten trotzdem erfahren, dass er wieder ein Lied gespielt hat. Und wir müssen Alicia Sessions warnen. Im Cowboy Saloon konnte ich deutlich sehen, dass Edwin sie und Bobby gleichermaßen nicht gemocht hat.«

Sie zückte ihr Notizbuch und klappte die Seite mit den Telefonnummern aller Crewmitglieder auf. Dance, Harutyun und Stanning benachrichtigten jeden Einzelnen. Die Hälfte der Leute war im Kongresszentrum, die andere Hälfte in dem hübschen Country Club im Norden der Stadt, in dem das Mittagessen stattfinden sollte. Kayleigh würde ein paar Lieder spielen, daher hatte man einen Bankettsaal gemietet. Tye Slocum war gerade dorthin unterwegs, und Dance setzte ihn von der Gefahr in Kenntnis. Alicia war offenbar auf dem Rückweg von einem Ausritt das Benzin ausgegangen, aber sie war wohlauf. Im Moment saß sie in einem Café und wartete auf das Eintreffen eines Pannendienstes.

Dance beugte sich zum Monitor vor und informierte sich auf einer von Kayleighs inoffiziellen Fanseiten über Einzelheiten der geplanten Mittagsveranstaltung. Viele Fans hätten sich gewünscht, Karten zu bekommen, aber die waren schnell ausverkauft gewesen.

»Das kann doch nicht so schwierig sein!«, sagte Madigan am

Telefon. »Die Scheißkarre ist eine Meile lang! Und noch dazu leuchtend rot.« Er sah die anderen an und zuckte die Achseln. Die Schlange blieb unsichtbar.

Dance rief Kayleigh, die soeben im Country Club eingetroffen war, auf ihrem neuen Mobiltelefon an und warnte sie vor der möglichen Bedrohung.

»Nein! Schon wieder? Seid ihr sicher?«

»Ich fürchte, ja. Wir haben der Presse nichts davon erzählt, dass er die Strophen zur Ankündigung benutzt, also müssen wir davon ausgehen, dass es sich um eine echte Drohung handelt. Wo sind deine Schwester und deine Nichte?«

»Zu Hause bei Daddy und Sheri.«

»Ist Darthur bei dir?«

»Ja. Und es sind schon ungefähr ein Dutzend Leute hier. Wir rechnen mit insgesamt hundert oder so. Es gibt strenge Sicherheitsvorkehrungen. Ohne Ticket kommt niemand herein.«

Dance las auf dem Bildschirm weiter; ihr kam eine Idee. »Kayleigh, dieser Fan des Monats, wer ist das?«

»Ich glaube, er heißt … Moment. Sam Gerber. Könnte er sich etwa in Gefahr befinden? Oh, Kathryn, was sollen wir nur machen?«

»Er ist also noch nicht da?«

»Nein, wir fangen erst in einer Dreiviertelstunde an. Ich bin für den Soundcheck etwas früher hier. Sollen wir ihn anrufen?«

»Hast du denn seine Nummer?«

»Die finde ich heraus.«

Während Dance wartete, fiel ihr Blick auf mehrere Postings der Fanseite. Sie stammten vom selben Morgen.

> Wer ist dieser Gerber? Ist er unsere wunderbare Kayleigh überhaupt wert? Er hat nicht viel über sie gepostet, eigentlich kaum etwas. Irgendwie ist es nicht fair, dass ausgerechnet er so viel Glück hatte.
>
> –ESKayleighfan

Reg dich ab Edwin. da ist Platz genug für mehr als einen Fan.

–Musiqueman3468

ja komm schon, er hat einen wettbewerb gewonnen, was ist schon dabei? ich freu mich für ihn. er darf mit Kayleigh zu MITTAGESSEN!!!!!

–Suzi09091

Er hat es nicht verdient. Andere Leute schon. Das möchte ich betonen.

–ESKayleighfan

Kayleigh meldete sich mit Sam Gerbers Nummer zurück. Dance notierte sie sich. »Danke. Wir tun alles, was in unserer Macht steht. Ich rufe dich später wieder an.«

Sie versuchte, Sam Gerber zu erreichen, und landete bei der Mailbox. Es war eine Nummer aus der Gegend, vielleicht sogar ein Festnetzanschluss. Dance hinterließ eine dringende Nachricht.

»Er wohnt in Madera«, sagte Madigan. »Ich schicke einen Wagen zu seiner Adresse. Mit etwas Glück ist er noch dort.«

»Die Straße«, grübelte Dance. »Mal angenommen, Edwin will etwas auf dem Weg von Madera hierher versuchen.«

Ihr wurde klar, dass sie trotz Sally Dockings Aussage und der ansonsten unklaren Beweislage einfach davon ausging, dass Edwin der Mörder war. Dennoch verwarf sie diese Auffassung nicht, sondern scrollte weiter durch die Fanseite und versuchte, sich in die verquere Gedankenwelt des jungen Mannes zu versetzen.

Am meisten wünschte sie sich, dass Kayleigh sie mögen würde.

Sheri Towne wusste natürlich, dass sie von Anfang an keine guten Karten gehabt hatte. Nein, sie war weder wie Ehefrau

Nummer drei – das Kind, wie Sheri sie in Gedanken gehässig nannte – noch wie Nummer zwei, die Tarotkartenleserin.

Dennoch war Sheri sehr viel jünger als Bishop und hatte nach eigener Ansicht nicht viel vorzuweisen. Sie war unsicher und wusste, dass Welten sie von Margaret trennten, der starken Frau, die Kayleighs und Suellyns Mutter gewesen war. Sheri wusste von ihr nicht etwa, weil irgendjemand aus der Familie Towne in ihrer Gegenwart über Margaret gesprochen hätte, schon gar nicht Bishop, sondern weil sie sich Kayleighs sämtliche Songs angehört und eingeprägt hatte. Viele von den frühen Liedern drehten sich um ihre Mutter.

Ungeachtet des gespannten Verhältnisses hielt Sheri jedoch sehr viel von Kayleigh, Stieftochter hin oder her, und sie mochte auch Suellyn, deren Mann Roberto und Mary-Gordon. Oh, was für ein süßes Kind! Genau die Art von Tochter, die sie gern gehabt hätte – und auch *bekommen* hätte –, wäre ihr Leben nur ein wenig anders verlaufen.

Sheri wollte so gern dazugehören. Sie liebte Bishop, liebte seine seltsame Mischung aus Stärke und Bedürftigkeit und liebte sein Talent – einst brillant und immer noch mitunter aufblitzend. (Und womöglich würde es zukünftig wieder zu voller Blüte erwachen; er sprach manchmal davon, auf die Bühne zurückzukehren. Dieses Geheimnis hatte er nur mit ihr geteilt, mit niemandem sonst.)

Doch die Verbindung zwischen ihr und ihrem Mann würde erst vollständig sein, wenn es ihr gelang, eine echte Beziehung zu Kayleigh aufzubauen. Und nicht diese oberflächliche Herzlichkeit.

Hallo, Sheri, wie geht's? Einen schönen Tag noch wünsche ich dir. Bis dann.

Verdammt. Für Kayleigh bin ich wie der anonymste Fan, den sie bei irgendeinem Konzert sieht.

Sie bog nun von der langen Auffahrt ihres Hauses endlich auf die Straße ein, die zum Highway führte. Die Strecke war zwar gepflastert, aber trotzdem holprig. Der Wagen wurde durchgeschüttelt wie auf einem Schotterweg.

Aber vielleicht, nur vielleicht würden die Dinge sich ändern können. Es hatte vereinzelte Fünkchen Hoffnung gegeben. Kayleighs gelegentliche Grußkarten an Sheri. Ein Geschenk zum Geburtstag. Und dann vor einer halben Stunde eine E-Mail ihrer Stieftochter mit der Bitte, aus Bishops Haus zwei Dutzend ihrer CDs zu dem Mittagessen mitzubringen als Geschenke für die Fans. Kayleigh hatte vergessen, sie einzupacken.

Danke, Sheri. Du bist ein Schatz!

Sie war verletzt gewesen, dass Kayleigh es nicht für nötig befunden hatte, sie zu der Veranstaltung einzuladen, obwohl Sheri bei deren Organisation geholfen hatte. Doch dann war ihr in der E-Mail das Wort *mitbringen* aufgefallen. Demnach hatte das Mädchen sie gar nicht brüskiert. Vielleicht war Kayleigh davon ausgegangen, dass Alicia sie eingeladen hatte. Oder Sheris Teilnahme war für sie so selbstverständlich gewesen, dass es nicht extra erwähnt werden musste.

Handelte es sich eventuell um eine indirekte Entschuldigung, weil die Verärgerung des Mädchens nachließ? Bei dem Auftritt in Bakersfield war es zwischen ihnen kürzlich zu einer peinlichen Auseinandersetzung gekommen. Wegen einer dummen Kleinigkeit, eigentlich völlig unwichtig. Aber irgendein Arschloch hatte ein oder zwei Minuten des schroffen Wortwechsels aufgenommen und das Video ins Netz gestellt, wo es rasend schnell bekannt geworden war. Sheri hatte sich gedemütigt gefühlt – auch wenn sie immer noch der Überzeugung war, dass Kayleigh den Streit vom Zaun gebrochen hatte.

Aber nun könnte alles vergeben und vergessen sein. Unter Umständen war sie doch nicht dazu verdammt, auf ewig die böse Stiefmutter zu bleiben.

Der Zustand der Straße besserte sich, und Sheri beschleunigte den Mercedes, denn außer ihr war niemand zu sehen. Mit hohem Tempo sauste sie zwischen den Bäumen zu beiden Seiten dahin.

Vielleicht sollte sie Kayleigh zum Dank ein Geschenk besorgen. Sie …

Der Reifen platzte so schnell, dass der Wagen bereits über den Seitenstreifen rutschte, bevor Sheri auch nur reagieren konnte. Sie schrie auf und bemühte sich, die schwere Karosse unter Kontrolle zu bekommen. Dabei kam sie den Bäumen gefährlich nahe – mit immer noch mehr als hundertzehn Kilometern pro Stunde.

Doch Sheri Marshal Towne stammte aus dem Mittelwesten und fuhr Auto, seit sie vierzehn war. Die Kombination aus Schnee und großen Motoren hatte sie gelehrt, wie man mit einem schlingernden Fahrzeug umgehen musste. Sie ging vom Gas, fing an gegenzulenken und rührte die Bremse nicht an.

Langsamer, langsamer … der Wagen rutschte ein wenig, fuhr gerade, rutschte wieder und ließ Kies, Blätter und Zweige aufwirbeln. Doch es gelang ihr, weder über die neun Meter hohe Klippe rechts von ihr hinauszuschießen noch in die Kiefernreihe gegenüber zu donnern.

Noch achtzig Kilometer pro Stunde, sechzig …

Letztendlich jedoch war der Untergrund zu schlüpfrig – Schotter und Kiesel auf verdichteter Erde –, und sie konnte nicht verhindern, dass der große Mercedes auf die Bäume zurutschte, sich in einem Graben verkeilte und mit einem Ruck zum Stehen kam.

Mit schweißnassen Händen und klopfendem Herzen legte Sheri die Stirn auf das Lenkrad.

»O Gott, o Gott, o Gott«, flüsterte sie und war dankbar, dass sie letzten Sonntag in die Kirche gegangen war.

Der Herr hatte seine schützende Hand über sie gehalten und sie vor Schaden bewahrt.

Sie dachte noch an Ihn, als ein lautes Knacken ertönte und die Windschutzscheibe plötzlich von einem Netz aus Rissen durchzogen war; Glaspartikel trafen Sheris Haut.

Sie blickte verblüfft auf – eher erschrocken als beunruhigt –, und berührte die kleine Wunde.

Wie konnte ein Stein …?

Dann erneut ein Knacken und fliegendes Glas – und diesmal hörte sie draußen einen lauten Knall.

O mein Gott, nein! Jemand schoss auf sie! Das waren *Kugeln*!

In den Schatten zwischen einigen hohen Bäumen bewegte sich etwas. Ein weiteres Aufblitzen. Und im Wagen hallte ein dumpfer Schlag wider. Diesmal hatte er die Windschutzscheibe verfehlt.

Ein Jäger?

Oder dieser Verrückte, der von Kayleigh besessen war?

Sheri öffnete das Gurtschloss, rutschte so weit wie möglich auf den Boden und suchte nach ihrem Telefon. Wo, wo, wo?

Wieder ein Schuss. Auch dieser war nicht auf die Scheiben gezielt, sondern auf den hinteren Teil des Wagens, genau wie der vorherige. Der hallende Einschlag bestätigte den Treffer.

Was soll das?, dachte Sheri wie betäubt.

Und dann begriff sie es. Scheiße, er zielt auf den Tank! Das musste dieser Stalker sein, Edwin Sharp! Warum machte er das? Sie hatte ihm doch nichts getan!

Sie versuchte, das Beifahrerfenster herunterzulassen, aber die Stromzufuhr war unterbrochen. Und die Türen wurden durch die Seitenwände des Grabens festgeklemmt.

Dann roch es immer durchdringender nach Benzin. Sheri dachte unwillkürlich an die heißen Sommernachmittage an der Möchtegern-NASCAR-Strecke, auf der ihr erster Ehemann jeden Samstag Rennen gefahren war.

Und während sie nun schluchzend und vergeblich gegen die Windschutzscheibe trat, kam ihr noch ein anderer Gedanke: Die E-Mail wegen des Mittagessens stammte gar nicht von Kayleigh, sondern von ihm, Edwin Sharp, der eine E-Mail-Adresse mit Kayleighs Namen darin angelegt hatte. Dann hatte er von dort aus eine Nachricht an Sheris Kontaktadresse auf der Internetseite des Mädchens geschickt, um sie hierherzulocken.

Kayleigh hatte sie also doch nicht bei dem Mittagessen dabeihaben wollen.

34

Kathryn Dance hatte das Sheriff's Office vor fünfzehn Minuten verlassen.

Nachdem sie erfahren hatten, dass »Your Shadow« während des Trainings am Footballfeld gespielt worden war, hatte die Einsatzgruppe sich in drei Teams aufgespalten. Eines versuchte, Sam Gerber abzufangen. Das zweite fuhr zu dem Country Club im Norden von Fresno, weil Edwin dort einen Anschlag auf Gerber oder ein anderes Opfer versuchen könnte. Und das dritte Team begab sich gemeinsam mit der Highway Patrol auf die Suche nach Edwin und seinem Wagen. Harutyun hatte zudem die Krankenhäuser in Alarmbereitschaft versetzt, weil ein weiterer Anschlag drohte. Zu ihnen zählte auch eine Verbrennungsklinik; Feuer schien eine der bevorzugten Waffen des Täters zu sein – womöglich angeregt durch Kayleigh selbst.

Love is fire, love is flame.
It warms your heart, it lights the way.
It burns forever just like the sun.
It welds two souls and makes them one.
Love is fire, love is flame.

Die Liebe ist Feuer, sie ist eine Flamme.
Sie wärmt dir das Herz und bescheint deinen Weg.
Sie brennt ewig, genau wie die Sonne.
Sie schmiedet zwei Seelen zu einer zusammen.
Die Liebe ist Feuer, sie ist eine Flamme.

Auch Kathryn Dance war auf dem Weg zu dem Mittagessen. Sie kannte sich in der Gegend nicht aus, daher hätte es für sie wenig Sinn ergeben, sich an der Fahndung zu beteiligen. Nein, sie hielt es für das Beste, als Koordinatorin im Country Club zu fungieren und Kayleigh durch ihre Anwesenheit zu beruhigen.

Doch während sie den SUV flink durch den Verkehr steuerte, kam ihr eine Eingebung.

Dies geschah mitunter, als würde jemand in ihrem Verstand anklopfen, und sie konnte es sich einfach nicht erklären. Ein Sprung von Gedanke A zu Gedanke B zu … Gedanke Z (Michael O'Neil hatte neulich gescherzt, ihr Hirn vollführe mal wieder einen kleinen *Dance*).

Nein, nein, hier stimmt was nicht. Edwin würde wissen, wie schwierig es wäre, einen Anschlag während dieses Mittagessens zu verüben. Die Veranstaltung stellte jedoch eine gute Ablenkung dar und band viele Polizeikräfte. Und war Sam Gerber wirklich ein potenzielles Opfer? Nein. Edwin würde sich niemanden vornehmen, über den er sich in einem Posting geäußert hatte. Das wäre zu offensichtlich. Außerdem – wieso sollte er Gerber töten, einen von fünfzigtausend harmlosen Fans? Sam passte nicht in das Profil eines Stalker-Opfers.

Die Crew war in Sicherheit. Alicia war unter Leuten.

Wer also könnte das Opfer sein?

Dance stellte sich abermals die grundlegende Frage: Falls Edwin der Stalker war, was wollte er bezwecken? Jemanden töten, der sich zwischen ihn und Kayleigh stellen konnte, auf den Edwin eifersüchtig war, der als ein Feind Kayleighs wahrgenommen werden konnte oder der sie gekränkt hatte oder dessen Tod sie beide für immer aneinanderfesseln würde.

Dance erinnerte sich an den Klatsch und Tratsch auf den Untergrundseiten, die O'Neil gefunden hatte, an die Berichte der sensationslüsternen Fans. Ein heißes Thema – denn es gab nicht viele – war das gespannte Verhältnis zwischen Kayleigh und ihrer Stiefmutter. Es existierte sogar ein peinliches Video von einem Streit in Bakersfield, den jemand mit seinem Mobiltelefon aufgezeichnet hatte.

Es handelte sich nicht um eine ausgewachsene Fehde; Kayleigh schien weder über die dafür notwendige Kleinlichkeit noch Böswilligkeit zu verfügen. Und nach allem, was Dance gelesen hatte, kam Sheri Towne ihr wie eine achtbare Frau vor, die verlässlich und loyal zu ihrem Mann hielt und sogar aktiv an Kayleighs Karriere mitwirkte. Doch Sheri war die neueste in einer langen Reihe von Stiefmüttern, und sie und Kayleigh schienen nicht miteinander auszukommen. Sheri war nicht einmal zu dem Mittagessen eingeladen worden, das sie selbst mit organisiert hatte.

Gedanke Z…

Dance rief Bishop Towne an und nannte ihren Namen.

»Klar, Officer Dance«, knurrte der Mann. »Was macht dieses Arschloch? Ich habe gehört, er hat schon wieder ein Lied gespielt.«

»Wo ist Ihre Frau?«

»Sie ist zu diesem Mittagessen gefahren. Kayleigh hat sie doch noch eingeladen.«

Bei Dance erklang eine Alarmglocke, obwohl sie halb mit dieser Antwort gerechnet hatte.

»Wann ist sie losgefahren?«

»Vor etwa zwanzig Minuten.«

»Hat Kayleigh sie angerufen?«

»Nein, sie hat eine E-Mail geschickt und Sheri gebeten, ein paar CDs zu der Veranstaltung mitzubringen. Zum Verteilen als Geschenke. Sie hat auch geschrieben, ihre Schwester und Mary-Gordon sollten lieber nicht mitkommen – wegen dieses Arschlochs Sharp.«

»Sie ist also allein?«

»Ja.«

»Bishop, ich glaube, Sheri befindet sich womöglich in Gefahr. Diese E-Mail könnte von Edwin stammen.«

»Nein!«

»Vielleicht. Welche Strecke würde sie nehmen?«

»O nein, nein …«

»Welche Strecke?«

»Vom Haus aus bleibt nur die Los Banos Road zum Highway 41. Sie müssen etwas unternehmen! Bitte! Ihr darf nichts zustoßen.«

Es ging ihr zu Herzen, den sonst so ruppigen Mann auf einmal verzweifelt und verletzlich zu erleben.

»Geben Sie mir ihre Nummer.«

Dance prägte sie sich ein. »Ich melde mich, sobald ich etwas weiß«, sagte sie dann. »Was für einen Wagen fährt sie?«

»Ich glaube, sie hat den … ja, sie hat den Mercedes genommen. Silber.«

Dance versuchte, Sheri zu erreichen, aber die Frau ging nicht ans Telefon. Dann rief sie Kayleigh an und erfuhr nach einer kurzen, verlegenen Pause, dass, nein, Kayleigh eigentlich keinen Wert auf Sheris Anwesenheit gelegt und ihr demzufolge auch keine E-Mail geschickt hatte. Dance trennte die Verbindung und brachte den Wagen mit einer Vollbremsung zum Stehen. Dann gab sie die Los Banos Road in ihr Navigationsgerät ein und raste zurück auf den Highway.

Die fragliche Straße war ein schmaler Asphaltstreifen, der sich durch die Hügel in Richtung Yosemite schlängelte. Nur dort konnte Edwin einen Angriff auf Sheri inszenieren. Falls sie bereits den breiten, mehrspurigen Highway 41 erreicht hatte, befand sie sich vermutlich in Sicherheit.

Doch Dance wusste, dass Edwin das nicht zulassen würde. Er hatte bestimmt längst die perfekte Stelle für einen Hinterhalt ausgewählt.

Sie versuchte es erneut unter Sheris Nummer. Ohne Erfolg.

Zwei Minuten später befand sie sich auf der Los Banos Road mitten im Wald.

Da sah sie ungefähr einen Kilometer voraus Rauch aufsteigen.

Sie nahm das Telefon, fing an, Madigans Nummer zu wählen, trat das Gaspedal noch weiter durch und fuhr in eine Kurve. Nissan stellte gute SUVs her, aber es waren keine Sportwagen, und Kathryn wäre um ein Haar über den Seitenstreifen hinausgeschossen und zwölf Meter tief in eine Schlucht gestürzt.

Du bist sowieso keine gute Fahrerin, ermahnte sie sich. Sei nicht dumm.

Sie fing den Wagen ab und verlangsamte das Tempo ein wenig. Dann rief sie Madigan an und hinterließ auf seiner Mailbox, wo sie war und dass er sofort Verstärkung sowie die Feuerwehr schicken solle. Sie erreichte eine Gerade und hielt nun genau auf den Rauch zu, der sich von Grau nach Schwarz verfärbt hatte.

Brennende Reifen?, überlegte sie. Öl? – Ein Autounfall.

Dance schlitterte um eine letzte Kurve und sah die schreckliche Szene vor sich – der silberne Mercedes war von der Straße abgekommen und steckte neben der Fahrbahn in einem Graben. Der hintere Teil des Wagens brannte, der vordere noch nicht. Da die Front des Fahrzeugs höher stand als das Heck, floss das Benzin aus dem geborstenen Tank nach hinten. Trotzdem streckten die Flammen sich nach dem Innenraum aus.

Im Wagen schien sich etwas zu bewegen. Dance konnte es nicht genau erkennen, aber sie wusste, es musste Sheri sein, die verzweifelt gegen die Windschutzscheibe trat.

Nein! Das schaffst du nie! Schlag die Seitenfenster ein!

Dance brachte den Pathfinder am Straßenrand zum Stehen, sprang hinaus, öffnete die Heckklappe und griff hinter die Sitzbank, um sich den kleinen Feuerlöscher zu schnappen. Sie lief damit los, ließ den schweren Behälter jedoch fallen. Dance bückte sich, um ihn aufzuheben.

Wodurch sie einer Kugel entging.

Nein – wie sich herausstellte, waren es sogar zwei oder drei.

»Mein Gott«, keuchte sie, warf sich zu Boden und zog sich eine Schramme am Ellbogen zu.

Die Projektile schlugen geräuschvoll in das Stahlblech des Pathfinder ein, nur etwa dreißig Zentimeter von Kathryns Kopf und Schultern entfernt. Wo steckte der Schütze?

Sie konnte es nicht sagen. Er war irgendwo im Kiefernwald.

Natürlich im Schatten.

Sie wollte ihr Telefon vom Beifahrersitz holen, um den Notruf zu wählen, doch sobald sie sich aufrichtete, feuerte der Schütze erneut, und erst eine, dann noch eine Kugel zischte dicht über ihren Kopf hinweg. Dance presste sich flach auf den Boden, und ein weiteres Projektil drang laut in die Fahrerseite des Fahrzeugs ein.

Aus dem Mercedes ertönte ein Schrei.

Los, tu was!

Mit dem Feuerlöscher im Arm robbte Dance zu einem umgestürzten Baum ungefähr zwölf Meter von dem Mercedes entfernt.

Sie riskierte einen Blick. Die Flammen loderten nun heftiger und immer weiter in Richtung Front.

Und in einer Lücke im dichten Kiefernwald sah sie Mündungsfeuer aufblitzen. Noch bevor sie irgendwie reagieren konnte, sauste die Kugel über ihren Kopf hinweg.

Der Angreifer musste sie deutlich gesehen haben, und falls es Edwin war, hatte er sie als CBI-Agentin erkannt, was bedeutete, dass er sie eventuell für bewaffnet halten würde. Falls es nicht Edwin war oder falls er zu dem Schluss gelangte, dass sie keine Waffe trug, konnte der Schütze einfach in aller Seelenruhe zu ihr gehen und sie töten.

Da hörte Dance einen weiteren flehentlichen Schrei aus dem Mercedes.

Im Wald blitzte es auf, und fünfzehn Zentimeter vor ihrem Gesicht riss das Projektil ein faustgroßes Loch in den trockenen Baumstamm.

35

»Ich muss Kontakt mit meinen Leuten halten«, sagte P.K. Madigan verärgert und wies auf sein Büro. »Wir stecken mitten in einem Fall. Es droht ein weiterer Mord. Das kann nicht warten.« Der bestürzte Chief verspürte einen Anflug von Panik – was ziemlich neu für ihn war.

Vor ihm im Eingangsbereich der Detective Division standen zwei Beamte des kalifornischen Justizministeriums und hielten etwas Abstand – aus Respekt. Möglicherweise. Einer hatte rote Haare, der andere schwarze. Ansonsten sahen sie gleich aus, adrett, in Anzügen. Höflich. Sehr höflich. Madigan war so entgeistert, dass er ihre Namen vergessen hatte. »Nun, Sir, ich fürchte, die Anrufe werden warten müssen«, sagte der Rothaarige. »Die gleiche Vorschrift dürfte bei Ihnen gelten, wenn Sie eine Verhaftung vornehmen, da bin ich sicher.«

FMCSO-Sheriff Anita Gonzalez stand daneben und sah ebenfalls eher konsterniert als wütend aus. »Das ist Unsinn, Gentlemen. Kompletter Unsinn. Ich habe mich bereits mit Ihrer Dienststelle in Sacramento in Verbindung gesetzt.«

Die allerdings nicht zurückgerufen hatte, dachte Madigan.

Die beiden Beamten hielten ihren gegenwärtigen Auftrag jedoch keineswegs für unsinnig, weder komplett noch teilweise.

Die beiden Verdächtigen übrigens auch nicht: die Detectives Madigan und Miguel Lopez, die wegen Einbruchs, Freiheitsberaubung, Amtsmissbrauchs und Hausfriedensbruchs festgenommen wurden.

»Hören Sie, das alles gehört zum Plan des Täters, gegen den

wir ermitteln«, sagte Madigan. »Er versucht, uns auf diese Weise kaltzustellen.« Er legte ihnen dar, was Kathryn Dance über Stalker gesagt hatte: dass sie nämlich genau gegen die Leute vorgingen, die das Objekt ihrer Besessenheit beschützen wollten.

Die Justizbeamten waren nicht sonderlich beeindruckt.

Der Anlass für die Festnahme war – das war Madigan bereits klar gewesen, bevor sie überhaupt auf die einzelnen Punkte zu sprechen kamen – seine Entscheidung, Edwin Sharp länger in dem Verhörraum festzuhalten, als es angebracht gewesen wäre. Und Miguel Lopez zu Edwins Haus zu schicken, um Beweise zu sichern.

»Es läuft folgendermaßen, Detective«, sagte der dunkelhaarige Agent. »Wir nehmen Sie mit und führen Sie dem Haftrichter vor, der bestimmt eine beschleunigte Anklagevernehmung durchführen wird. Vermutlich wird ihm eine schriftliche Verpflichtung reichen. Ich kann mir nicht vorstellen, dass er eine Kaution verhängt. In ein paar Stunden sind Sie wieder draußen.«

»Es ist mir egal, wann ich wieder draußen bin. Das Problem ist, dass ich bis dahin suspendiert bleibe. Ganz nach Vorschrift.« So wie Gabriel Fuentes, der Detective, der nicht auf seine Waffe geachtet hatte.

»Wir können den Chief jetzt unmöglich entbehren«, sagte Gonzalez. »Nicht solange dieser Täter auf freiem Fuß ist.«

»Wir wissen, wie wichtig Ihnen Ihre Sängerin ist«, sagte der Rothaarige. »Aber …« Er fügte nicht hinzu, dass dies dennoch kein Anlass für eine Rechtsbeugung war.

Madigan hätte ihm am liebsten einen Kinnhaken verpasst.

Die Panik wurde immer schlimmer. Zum Teufel, das konnte das Ende seiner Laufbahn bedeuten – in dem einzigen Beruf, der ihm je etwas bedeutet hatte. Was sollte er seiner Familie erzählen?

Und er hatte die Regeln ja nur ein kleines bisschen gedehnt; immerhin ging es um Kayleigh.

Ihre Sängerin …

Dieser gottverdammte Edwin Sharp!

Die beiden Beamten berieten sich, aber es ging nur um die Frage, ob sie ihm Handschellen anlegen würden oder nicht.

»Oh, bitte«, sagte Madigan und klang dabei so verzweifelt, wie er war. »Sie können doch nicht …«

»Hören Sie, Gentlemen«, sagte Sheriff Gonzalez. »Der Fall befindet sich in einem kritischen Stadium. Es könnte jeden Moment zu einem weiteren Mord kommen.«

Madigan warf erneut einen Blick in sein Büro.

»Ist Ihnen klar, dass Haftbefehl gegen ihn erlassen wurde?«, wandte der Rothaarige sich an Gonzalez. »Es tut mir leid. Wir haben keine andere Wahl.«

Sie nahmen Madigan den Colt, den Dienstausweis und die Marke ab.

»Lassen Sie mich wenigstens noch einige meiner Leute anrufen.« Er regte sich immer mehr auf.

Die beiden hielten kurz Rücksprache, einigten sich aber auf: »In einer Stunde sind Sie wieder draußen. Höchstens in zwei.«

Und auch was die Handschellen anging, fiel ihre Entscheidung zu seinen Ungunsten aus.

36

Dance kauerte hinter dem umgestürzten Kiefernstamm.

Es hatte keine weiteren Schüsse mehr gegeben; war der Angreifer noch da? Wartete er darauf, dass sie sich zeigen würde? Aus seiner Sicht war es sinnvoller, sich aus dem Staub zu machen. Er musste davon ausgehen, dass Dance Verstärkung gerufen hatte. Also war er bestimmt geflohen, weil es zu riskant wäre, noch länger hierzubleiben.

Oder doch nicht?

Sie überlegte hin und her, den Feuerlöscher fest umklammert. Wenn ich nicht gleich etwas unternehme, hat Sheri keine Überlebenschance. Sie wird verbrennen.

Dance hob vorsichtig den Kopf und duckte sich sofort wieder. Keine Schüsse.

Sie dachte an ihre Kinder. Der Gedanke, die beiden könnten zu Waisen werden, war so schwer zu ertragen. Und sie dachte daran, dass sie sich auf kinesische Analysen und Verhöre spezialisiert hatte, um eben nicht bei taktischen Einsätzen ihr Leben riskieren zu müssen.

Und ich bin hier nicht mal im Dienst, dachte sie.

Wieder ein Schrei aus dem Wagen, aber gedämpft. Sheri Towne verlor den Kampf.

Jetzt. Ich muss jetzt handeln.

Sie sprang auf und rannte zu dem Mercedes. Die ersten Flammen züngelten bereits in den Innenraum.

Dance wartete auf die Kugeln.

Es kamen zwar keine, aber sie tauchte dennoch in den Graben ab, um aus der Schusslinie zu kommen. Dann kroch sie hastig zum Wagen. Drinnen hämmerte Sheri mit blutigen Händen gegen die Windschutzscheibe. Sie würgte und hustete im dichten Rauch. Das Gras rund um den Wagen war in Brand geraten; die Hitze reizte Dance' Haut.

Die Frau im Innern sah verzweifelt in ihre Richtung und sagte etwas, das Kathryn nicht hören konnte.

Dance bedeutete ihr, sie solle ein Stück zurückweichen, und schlug mit dem Feuerlöscher das Fenster auf der Beifahrerseite ein. Es zerbrach ohne großen Widerstand. Dance warf den Feuerlöscher beiseite – er hätte bei einem solchen Brand ohnehin nichts ausrichten können – und streckte den Arm aus, um die Frau hinauszuziehen. Sheri wurde von Krämpfen geschüttelt und hustete fortwährend. Speichel flog ihr aus dem Mund, und Tränen rannen über ihr verrußtes Gesicht.

Dance zerrte sie zehn Meter weit weg und hielt sich die ganze Zeit geduckt, nur für den Fall, dass der Angreifer doch noch in der Nähe war. Dann lagen sie beide flach in einer Senke am Straßenrand.

Sheri drehte sich auf die Seite, übergab sich und wollte aufstehen.

»Nein, unten bleiben«, sagte Dance und wollte zu ihrem SUV laufen, um herauszufinden, ob Madigan ihre Nachricht erhalten hatte, und ansonsten den Notruf zu wählen.

In dem Moment ertönte hinter ihr ein lauter Knall, und ein Schlag traf ihren Rücken. Sie kippte nach vorn auf den festen, von der Sonne ausgedörrten Boden.

37

Dennis Harutyun stand neben der Trage, auf der bäuchlings Kathryn Dance lag.

Auf der anderen Seite stand ein Rettungssanitäter und arbeitete an ihrem Rücken.

»Wir wissen noch nichts Genaues«, sagte der Detective.

Dance konnte aus der Waagerechten sehen, wie das stets tüchtige Team der Spurensicherung das Gelände nach Hinterlassenschaften des Angreifers durchkämmte, der beinahe Sheri Towne ermordet hatte … und auch Dance. Doch es war nicht mehr viel übrig; das Feuer hatte sich ausgebreitet und einige der Bäume und Sträucher erreicht, zwischen denen der Unbekannte gestanden hatte.

»Tut das weh?«, fragte der Sanitäter.

»Ja, und wie.«

»Hm.« Er arbeitete weiter, ohne sich näher zu äußern.

Es vergingen mehrere Minuten.

»Sind Sie nicht bald mal fertig?«, fragte Dance, die sich ärgerte, dass er so lange brauchte und zu ihren Schmerzen nichts gesagt hatte. Sie hätte antworten sollen: »Ja, es tut höllisch weh, du Metzger.«

»Ich denke, das dürfte reichen.«

Sie zog ihre Bluse herunter.

»Bloß ein Kratzer. Nicht besonders tief.«

Dance war sicher gewesen, einen Schuss in den Rücken abbekommen zu haben – und ihr erster Gedanke hatte einem Freund gegolten, dem forensischen Experten Lincoln Rhyme, der ein Tetraplegiker war, also vom Hals abwärts gelähmt. Wie soll ich eine gute Mutter sein, wenn ich nicht mehr laufen kann?, hatte sie gedacht, als die Wucht des Treffers sie neben Sheri Towne zusammenbrechen ließ. In Wahrheit war der Feuerlöscher, den sie zuvor beiseitegeworfen hatte, im brennenden Gras gelandet und letztlich explodiert. Entweder ein Stein oder ein Stück des Gehäuses hatte sie am Rücken getroffen. Sie war einen Moment lang benommen liegen geblieben, hatte sich dann umgewandt und auf dem Boden einen großen Kreis aus weißem Schaum oder Pulver aus dem detonierten Feuerlöscher gesehen. Da hatte sie die Zusammenhänge begriffen, war zum SUV gekrochen, hatte ihr Telefon genommen und ohne den Umweg über Madigan direkt den Notruf gewählt. Eine Viertelstunde später waren Polizei, Feuerwehr und Krankenwagen dann vor Ort eingetroffen.

Der ungehobelte Sanitäter begab sich zu seiner anderen Patientin – Sheri Towne, die neben ihrem Mann saß. Sie atmete Sauerstoff und starrte ihre verbundene Hand an. Ihre langen Fingernägel waren zufälligerweise blutrot lackiert.

»Wir stecken ganz schön in der Klemme«, sagte Harutyun und erklärte, dass Edwin sich beim Justizministerium über seine Festnahme und die illegale Durchsuchung beschwert hatte. Madigan und Miguel Lopez waren vor Kurzem verhaftet worden. Zwar hatte man sie gleich wieder ohne Kaution auf freien Fuß gesetzt, aber sie blieben vom Dienst suspendiert.

»O nein«, flüsterte Dance bestürzt. »Er wurde kaltgestellt?«

»Allerdings«, bestätigte Harutyun verbittert. »Erst klaut der Täter die Waffe von Gabriel Fuentes und zieht ihn dadurch aus dem Verkehr. Nun hat es den Chief und Miguel erwischt. Das Team besteht nur noch aus Crystal und mir … und Ihnen.«

»Wurde Edwin irgendwo gesichtet?«, fragte Dance.

»Nein, weder er noch seine auffällige rote Karre. Die Veranstaltung im Country Club ist wie geplant verlaufen. Nach allem, was ich gehört habe, hat Kayleigh aber nicht allzu gut ausgesehen. Sie hat ein paar Lieder gesungen, mit dem Fan zu Mittag gegessen und ist gegangen. Die Leute hatten den Eindruck, sie sei in Gedanken gar nicht bei der Sache gewesen.«

Dance wies auf das qualmende Mercedes-Wrack. »Es ist ziemlich gefährlich, sich bei Kayleigh unbeliebt zu machen.«

»Es fällt mir immer noch schwer, das als Mordmotiv zu begreifen.«

»Das ist die Realität eines *Stalkers*, nicht unsere«, erinnerte sie ihn.

Harutyun schaute zu Sheri und Bishop. »Sie ist beinahe verbrannt, aber am meisten setzt ihr zu, dass Kayleigh sie in Wirklichkeit nicht zu dem Mittagessen eingeladen hatte.«

»Was wissen wir über die gefälschte E-Mail, die er Sheri geschickt hat?«, fragte Dance.

»Heute Morgen wurde ein anonymer Account eingerichtet. So was wie ›Ktowne‹ plus ein paar Ziffern. In einem Internetcafé im Tower District. Einer der Deputys hat dort Edwins Foto herumgezeigt, aber niemand konnte sich an ihn erinnern. Die Baristas sagen, im Laufe des Vormittags seien ungefähr zweihundert Gäste dort gewesen.«

»Und Sheris E-Mail-Adresse, an die er seine Nachricht geschickt hat, kannte er woher? Von Bishops Website?«

»Von Kayleighs.«

»Aha.«

Eine Weile herrschte Schweigen.

»He, Charlie.« Harutyun nickte einem rundlichen Mann mit rosigem Gesicht zu, der auf ihn zukam. Er trug einen Overall. »Kennen Sie schon Kathryn Dance vom CBI? Das ist Charlie Shean, der Leiter unserer Spurensicherung.«

Er nickte ihr zu und fragte dann stirnrunzelnd: »Stimmt es, was ich über P.K. gehört habe? Er wurde suspendiert? Und Miguel auch?«

»Ja, leider.«

»Und dieser Stalker hat das irgendwie gedeichselt?«

»Das wissen wir nicht.«

»Was für ein idiotischer Schwachsinn«, murmelte Shean. Und Dance hatte den Eindruck, dass er kein Mann war, der oft fluchte.

»Was habt ihr gefunden, Charlie? Visitenkarten? Telefonrechnungen mit Edwins Namen darauf?« Dennis Harutyun mit dem dichten Schnurrbart und der unerschütterlichen Miene schien etwas lockerer zu werden.

»Er ist gut, wer auch immer er – oder sie – sein mag. Keine Fußabdrücke, Reifenspuren oder Partikel außer den fünf Millionen Kleinigkeiten, die man in einem Wald nun mal so findet. Allerdings sind wir unmittelbar außerhalb der verbrannten Fläche auf frische Zigarettenasche gestoßen. Die Analyse wird etwas dauern.«

Dance berichtete von dem Raucher, den sie vom Motelzimmer aus auf der anderen Straßenseite gesehen hatte. »Ich konnte jedoch nichts Genaues erkennen«, sagte sie. »Edwin hat übrigens auch mal geraucht. Vielleicht tut er's immer noch, aber das weiß ich nicht mit Sicherheit.«

»Die Waffe war eine Neunmillimeter wie Gabes Glock«, sagte Shean. »Aber wir haben von der weder Hülsen noch Projektile zum Vergleich, also können wir nicht feststellen, ob sie übereinstimmen. Auf den Hülsen von hier gibt es jedenfalls keine unmittelbaren Fingerabdrücke.«

»Und ich kann Ihnen auch keine Beschreibung liefern«, sagte Dance. »Er hat sich im Schatten der Bäume aufgehalten.« Stalker konnten sich nicht nur gut verstecken, sondern auch gut tarnen, denn es half ihnen dabei, ihr Zielobjekt so lange wie möglich ungestört und unauffällig zu beobachten. »Hat Sheri etwas gesehen?«

»Ich habe noch nicht mit ihr sprechen können. Sie hat sehr viel Rauch eingeatmet.«

Da näherte sich plötzlich mit hoher Geschwindigkeit ein Fahrzeug. Dance griff mal wieder instinktiv – und vergeblich –

nach ihrer Waffe. Doch dann erkannte sie Kayleigh Townes dunkelgrünen SUV, meisterhaft gesteuert von Darthur Morgan. Der Wagen war noch nicht ganz zum Stillstand gekommen, als Kayleigh bereits heraussprang und zu Bishop und Sheri rannte. Dabei ignorierte sie zunächst ihren Vater, bückte sich und schlang beide Arme um ihre Stiefmutter. Morgan schien nicht glücklich darüber zu sein, seinen Schützling am Schauplatz eines Attentats zu sehen, aber Dance nahm an, dass Kayleigh ungeachtet der Beziehung zu ihrem Vater ziemlich dickköpfig sein konnte.

Kathryn befand sich zu weit entfernt, um hören zu können, was gesagt wurde, aber die Körpersprache war eindeutig: Abbitte, Reue und Erleichterung.

Eine aufrichtige Versöhnung bahnte sich an.

Bishop Towne stand auf und umarmte sie beide.

Familie bedeutet Liebe und Zuneigung, aber auch Reiberei und Abgrenzung. Doch mit Mühe und Glück lassen die Abstände – geografische wie emotionale – sich verkleinern oder gar ganz überbrücken. Dance musste an sich selbst, Jon Boling und die Kinder denken … und daran, was ihre Mutter über Bolings Umzug nach San Diego erfahren hatte.

Wieder einmal kam ihr Kayleighs Liedtext in den Sinn, und zwar dieselbe Strophe, die dem Anschlag auf Sheri Towne zugrunde gelegen hatte.

One night there's a call, and at first you don't know
what the troopers are saying from the side of the road.
Then you see in an instant that your whole life has changed.
Everything gone, all the plans rearranged.

Eines Nachts kommt ein Anruf,
und im ersten Moment begreifst du nicht,
was die Polizei dir vom Straßenrand aus mitteilt.
Dann wird dir urplötzlich klar,

dass dein ganzes Leben sich soeben verändert hat.
Alles ist dahin, alle Pläne auf den Kopf gestellt.

Stand ihr das bevor? Hatte es sich bereits verändert, das Leben, auf das sie leise gehofft hatte – für sich selbst, für ihre Kinder und Jon Boling?

Und wo, dachte sie mit einem Anflug von Bitterkeit, ist *mein* Schatten, der auf mich aufpasst und dem ich wichtig bin?

38

Ein angenehmer, wenngleich heißer Septemberabend in Fresno.

Im Tower District war nicht viel los. An der Kreuzung Olive und Wishon Avenue stand hier ein berühmtes Art-déco-Theater, das tatsächlich einen – wenn auch bescheidenen – Turm vorweisen konnte. Benannt worden war das Viertel aber vermutlich nach einem anderen Turm in einiger Entfernung.

Die Anwohner kehrten soeben von einem frühen Abendessen in einer mexikanischen Taqueria oder einem Boutiquencafé zurück, oder sie besuchten Kunstgalerien, Tätowierstudios, Discountläden und Ethno-Bäckereien. Manche gingen vielleicht ins Kino, einen Comedy Club oder ein Gemeindetheater. Es war nicht San Francisco, aber man kam auch nicht wegen der Kunst, Musik oder Literatur nach Fresno, sondern um hier zu arbeiten und eine Familie zu gründen, und an Kultur nahm man mit, was die Stadt eben zu bieten hatte.

Heute Abend kurvten halbwüchsige Jungen mit ihren aufgemotzten Subarus und Saturns durch die Straßen und genossen die letzten freien Tage ohne Hausaufgaben.

Heute Abend tauschten Mädchen hier den neuesten Klatsch aus, rauchten heimlich Zigaretten, schauten verstohlen zu den Jungen, hielten sich stundenlang an ihren Limonaden fest und plauderten über Klamotten und den bevorstehenden Schulbeginn.

Und Kayleigh Towne war heute Abend hergekommen, um einen Mann zu töten.

Sie hatte diesen Vorsatz wegen einer bestimmten Person gefasst: Mary-Gordon Sanchez, das kleine Mädchen, das von Edwin Sharp – was auch immer die Polizei dazu sagte – entführt worden war.

O Gott, war sie wütend.

Kayleigh hatte sich immer darauf gefreut, selbst Mutter zu sein, aber diese Pläne waren durch ihren eigenen Vater bis auf Weiteres durchkreuzt worden, denn nach Bishops Ansicht vertrug eine Karriere sich nicht mit einem Familienleben.

Verdammt, KT, du bist doch selbst noch ein Kind. Warte ein paar Jahre. Wozu die Eile?

Kayleigh hatte mitgemacht, doch ihr Kinderwunsch war nur noch stärker geworden.

Und die Vorstellung, dass Mary-Gordon sich in Gefahr befunden hatte – und womöglich irgendwann wieder gefährdet sein würde –, war schlichtweg unerträglich.

Edwin Sharp war fällig.

Das Sheriff's Office wollte nichts unternehmen. Also würde Kayleigh eigenhändig dafür sorgen.

I'd prefer together, I'd hoped for two not one.
You and me forever, with a daughter and a son.
It was tough that didn't work out, but now it's plain to see:
When it comes to things that matter, all I really need is me.

Gemeinsam wäre es mir lieber gewesen,
und ich hätte mir zwei gewünscht, nicht nur eines.
Du und ich für immer, mit einer Tochter und einem Sohn.
Es war schlimm, dass es nicht geklappt hat,
doch inzwischen weiß ich:
Wenn es um wirklich wichtige Dinge geht,
komme ich auch allein damit klar.

Kayleigh Towne hatte diese Zeilen schon vor Jahren geschrieben, und sie gingen ihr nun durch den Kopf, als sie aus dem

SUV stieg. Darthur Morgan hatte in der Olive Avenue angehalten, vor einem Gebäude im viktorianischen Stil. Es war die Parker Hall, ein kleiner Theater- und Vortragssaal aus dem neunzehnten Jahrhundert. Auf einer kleinen Messingtafel stand:

KAYLEIGH, UNSER HOME »TOWNE« GIRL,
HAT HIER IHR ERSTES KONZERT GEGEBEN.

Sie war damals dreizehn gewesen. Das mit dem »ersten Konzert« stimmte nicht so ganz – sie war seit dem Alter von neun oder zehn Jahren in Kirchen und bei Sportveranstaltungen aufgetreten. Doch ja, hier hatte sie ihren ersten Auftritt in einem Konzertsaal absolviert, wenn auch gemeinsam mit einigen anderen Kindern aus dem Schulchor der George Washington Middle School.

»Ungefähr eine halbe Stunde«, sagte sie nun zu Darthur Morgan.

»Ich warte hier«, erwiderte er. Und fing sofort an, nach Edwin Sharp oder anderen Gefahren Ausschau zu halten.

Kayleigh schloss die Tür auf und betrat das muffige Gebäude. An jenem Nachmittag hatte sie bei der Stiftung angerufen, der die Parker Hall gehörte, und behauptet, sie spiele mit dem Gedanken, hier ein Konzert zu geben. Ob sie sich wohl den Schlüssel ausborgen dürfe, um sich ein wenig umzusehen? Die Leute waren begeistert gewesen, und sie hatte höflich mehrere Angebote ablehnen müssen, sich hier herumführen zu lassen. Ihre Zeit sei leider sehr begrenzt, hatte Kayleigh gesagt, und sie sei sich nicht sicher, wann es ihr gelingen würde, hier vorbeizuschauen.

Im Innern der dunklen Halle knarrte und ächzte der Boden bei jedem Schritt, doch im Gegensatz zum Kongresszentrum fühlte Kayleigh sich durch die Atmosphäre nicht im Mindesten verunsichert. Sie wusste, woher Gefahr drohte.

Jedenfalls nicht aus den Schatten um sie herum.

Kayleigh hielt direkt auf die Laderampe im hinteren Teil zu, öffnete die Tür, ging hinaus und musterte die Straße, die parallel zur Olive Avenue verlief. Wenige Minuten später entdeckte sie den roten Buick, an dessen Steuer der Mann saß, der Bobby ermordet und beinahe auch Sheri umgebracht hatte und von dem Mary-Gordon und Suellyn entführt worden waren. Er fuhr am Theater vorbei und hielt an der Ampel. Ein Streifenwagen kam in Sicht.

Verflucht, damit hatte sie nicht gerechnet.

Die Polizei durfte bei Edwins Tod nicht in der Nähe sein. Was sollte sie jetzt machen? Aufgeben? Der Gedanke widerstrebte ihr zutiefst.

Der Buick wartete auf Grün und blinkte links.

Der Deputy versuchte, schlau zu sein, wurde langsamer und bog bereits einen Block hinter Edwin nach links in eine Parallelstraße ein. Anscheinend hoffte er, dem Buick so weiter unbemerkt folgen zu können.

Kayleigh hätte fast laut aufgelacht, denn Edwin trat sogleich das Gaspedal durch und bog nach rechts in eine Wohngegend ab. Damit hatte er den Deputy abgehängt.

It was tough that didn't work out, but now it's plain to see:
When it comes to things that matter, all I really need is me.

Sie zog sich wieder in den hinteren Teil des Theaters zurück, in dem verstaubte Kisten und Kabeltrommeln standen, öffnete ihre Handtasche und streifte Lederhandschuhe über. Dann löste sie den Bindedraht, mit dem ein zwanzig Zentimeter langes Filetiermesser auf einem Stück Pappe befestigt war.

Sorgfältig wickelte sie die Klinge in ein Papiertaschentuch und verstaute sie mit dem Griff nach unten in der Innentasche ihrer Jeansjacke.

Und dann kontrollierte sie zwei-, nein, dreimal den anderen Gegenstand, den sie mitgebracht hatte.

Hast du noch das Geschenk, das ich dir vor einigen Jahren gemacht habe?

Ich habe alle deine Geschenke noch, Daddy…

Kayleigh dachte nun an den Song, den Edwin Sharp am Montag in der Jukebox des Cowboy Saloon ausgewählt hatte. »Me, I'm Not a Cowgirl.« An einer Stelle hieß es da:

I haven't got a cowgirl hat to shield me from the sun.
My boots they have high heels. I don't own a single gun.

Ich habe keinen Cowgirl-Hut zum Schutz vor der Sonne.
Meine Stiefel haben hohe Absätze.
Ich besitze keine einzige Schusswaffe.

In Kayleigh Townes Fall traf der letzte Satz nicht ganz zu.

Das Geschenk ihres Vaters war ein Colt-Revolver gewesen. Er hatte ihn ihr zu ihrem Schutz gekauft, als sie noch ein Teenager war. Suellyn ging zu der Zeit aufs College, die Mutter der Mädchen war tot, und Bishop war praktisch ständig auf Tour und versuchte vergeblich, irgendwie seine Karriere zu retten.

Sie hatte ein paar Mal mit der Waffe geschossen, sich aber nie mit dem Rückstoß und dem Krach anfreunden können – trotz Hörschutz. Was für ein Quatsch, hatte sie gedacht.

Die Vorstellung, ein menschliches Leben zu nehmen, war damals undenkbar gewesen.

Und dann hatte sie vor zwei Jahren im Garten hinter dem Haus einen Kojoten entdeckt, aggressiv und wahrscheinlich tollwütig, der fauchte und die gelben Zähne bleckte.

Kayleigh hatte das zerlumpte Vieh kurzerhand mit einem einzigen Kopfschuss erlegt.

Und so betrachtete sie nun auch Edwin Sharp.

Nicht als einen Menschen, sondern als einen räudigen Kojoten.

Sie zerriss die Verpackung des Messers sowie den Kaufbeleg, betrat eine Personaltoilette und spülte alles im Klo hinunter.

Ja, sie war entschlossen. Aber auch höllisch nervös.

Wo bleibt dieser Wichser? Ist er abgehauen?

Nein, das würde er natürlich niemals tun. Denn Kayleigh, das Zentrum seines Universums, hatte ihn vor einer halben Stunde angerufen – von einem Münzfernsprecher in dem Krankenhaus, in dem Sheri untersucht und aus dem sie dann entlassen worden war. Sie hatte ihn gebeten, sich hier mit ihr zu treffen. Der ausgestopfte Mammutbaum, den Edwin und Mary-Gordon in dem Museum für sie ausgesucht hatten, besaß ein Etikett. Und auf dieses Etikett hatte Edwin eine Telefonnummer geschrieben. Und die Worte: »Ruf mich an.«

Sie hatte das Ding gestern beinahe weggeworfen, sich dann aber anders entschieden – weil ihr die Nummer aufgefallen war und sie auf die zunächst noch unausgegorene Idee zu diesem Plan gebracht hatte.

Nun stand sie am schmutzigen Fenster der Hintertür zur Laderampe und wischte sich die Hände an der Jeans ab. Dann tauchte endlich Edwin Sharp auf, kam völlig unbekümmert in seiner gruseligen Gangart dahergeschlendert. Als würden die Morde und Entführungen ihn nichts angehen.

Er steuerte geradewegs die Laderampe des Vortragssaals an und hatte seine Kamera dabei. Dann blieb er stehen und schoss einige Bilder. Falls er auch Kayleigh fotografierte, würde sie die Kamera mitnehmen und entsorgen müssen.

Vergiss das bloß nicht.

Kayleigh atmete tief durch. Unter dem dicken Stoff ihrer Jacke konnte sie das Messer in der Innentasche spüren. Und an ihrem Bauch den Revolver.

Not you, not him, not her, not them. In the end we're all alone.
Whatever's needing to get done, I can do it on my own.
That's all I need, just me.

Weder du noch er, noch sie, noch sonst wer. Letztendlich sind wir alle auf uns selbst gestellt.
Was auch immer zu tun ist, ich kriege das allein hin.
Mehr brauche ich nicht, nur mich selbst.

39

Durch die dreckige Scheibe konnte sie den Blitz der Kamera sehen, als Edwin Sharp seinen Schrein im Bild festhielt. Die Reise nach Fresno musste für ihn nämlich wie eine Art Pilgerfahrt gewesen sein.

Ihre Hände und Stirn schwitzten immer mehr, ihr Herz klopfte *vivace*.

Ruhig, Mädchen, du kannst das. Denk an alle, die sich in Gefahr befinden.

Denk an Mary-Gordon, denk an Sheri.

Er ist ein tollwütiger Kojote, mehr nicht.

Sie hielt inne. Nein, tu das nicht. Sieh zu, dass du von hier verschwindest! Bevor du dir dein ganzes Leben versaust.

Doch Kayleigh Towne beschloss: Ich krieg das hin, ich krieg das hin. Für meine Schwester, für Mary-Gordon, für alle anderen, die gefährdet sind.

Für mich.

Your shadow ...

Sie trat hinaus auf die Laderampe. Edwin drehte sich um und verzog sein Gesicht zu diesem schiefen Lächeln. Sie nickte vorsichtig und schaute hinab auf den bröckelnden Asphalt, in dessen Rissen trockenes Unkraut wuchs. Ein weiteres kurzes Nicken. Als wäre sie schüchtern, als wäre sie unschlüssig.

Als wäre sie harmlos.

»Ich kann's gar nicht fassen.« Er sah an ihr vorbei und nach links und rechts. Kein Darthur Morgan. »Du bist allein?«

»Ja. Nur ich.«

»Wo ist Darthur?«

»Ein Stück die Straße hinauf. Ich bin ihm entwischt.«

»Gut«, sagte er und blickte an dem Theater empor. »Weißt du, ich wünschte, dein Auftritt damals wäre aufgezeichnet worden. Dreizehn Jahre alt und das Publikum hat dir aus der Hand gefressen. Die anderen Schüler haben niemanden interessiert. Das warst nur du. Nur du, Kayleigh.«

Nur eine einzige der kleinen Lokalzeitungen hatte über die Veranstaltung berichtet. Er musste dort davon gelesen haben.

Edwin folgte ihr hinein.

»Wir haben vor, hier demnächst ein Konzert aufzunehmen.«

»Ein Video. Cool! Hervorragend. Wann?«

»Das wissen wir noch nicht genau.«

»Als Reminiszenz an dein erstes Konzert? Das wäre echt super. Du musst mit ›Walking After Midnight‹ eröffnen. Genau wie damals.«

Herrje, das wusste er auch?

Edwin musterte sie erneut. »Wow, du siehst heute sensationell aus. Dein Haar… es ist so wunderschön. Nach deiner Stimme mag ich dein Haar vermutlich am meisten an dir.«

Kayleigh kämpfte um ihre Selbstbeherrschung, denn ihr fiel seine Bitte ein, sie möge ihm eine Haarsträhne schicken. Oder besser noch, Haare von ihrem Kissen. O mein Gott…

»Ich habe nicht viel Zeit«, sagte sie.

»Ich weiß. Die behalten dich immer im Auge.«

Die?

Er stemmte die Hände in die Seiten und lächelte. Seine Jeans war eng. Kayleigh dachte an den Zwischenfall bei ihrem Haus zurück, als er den Takt der Musik geklopft hatte – oder doch etwas anderes? Er sah sie unter seinen hervorstehenden Brauen schmachtend an.

Kayleigh Towne fragte sich, ob ihr gleich schlecht werden würde.

»O mein Gott«, flüsterte er. »Deine Stimme am Telefon zu hören, hat mir den ganzen Tag gerettet. Das ganze Jahr! Ich habe im Earl and Marge's beim Abendessen gesessen und mich ziemlich mies gefühlt. Und dann deine Stimme zu hören. Nach all den Monaten endlich deine Stimme.«

»Das ist ein guter Imbiss.«

»Der Kuchen sah lecker aus. Ich mag Kirschkuchen, wenn es ein Glas Milch dazu gibt. Aber heutzutage verzichte ich lieber darauf.« Er klopfte sich auf den Bauch. »Um in Form zu bleiben, du weißt schon. Mr. Heute. Das ist ja so ein großartiges Lied. Ich hoffe, es wird zu einer Hymne für Frauen. Lass dich nicht missbrauchen, gib dich nicht mit weniger zufrieden, als du verdienst. Weißt du, was ich meine?«

Natürlich wusste sie das. Sie hatte diesen Song geschrieben. Es war jedoch in der Tat seltsam, dass viele Fans die Aussage nicht mitbekamen, obwohl sie doch so offenkundig war.

»Sieh dir das an. Ein alter Perkolator.« Er bewunderte die uralte Kaffeemaschine. »Meine Mutter hat so einen benutzt.«

»Hör mal, Edwin«, sagte sie und sah dabei den Perkolator an. »Ich möchte mit dir über etwas reden. Es hat mich ziemlich verärgert, dass du meine Schwester und meine Nichte vom Flughafen abgeholt hast.« Sie hatte erkannt, dass sie es einfach nicht hinbekommen würde, ihm die gute Freundin vorzuspielen. Er würde misstrauisch werden, wenn sie es übertrieb. Ihr finsterer Blick richtete sich nun auf ihn.

»Ach, das. Tut mir leid. Ich wusste nicht, was ich sonst hätte machen sollen. Ich war besorgt.«

»Besorgt?«

»Wegen Richie.«

»Wer ist das?«

»Richie Hampton, der Kerl, den dein Vater schicken wollte, um Suellyn und Mary-Gordon abholen zu lassen. Weißt du denn nichts von seiner Vorgeschichte?«

Vorgeschichte? Wovon redete er da? »Äh … nein.«

»Okay, es lief so. Ich war in einem Café. Dein Vater und Sheri waren zufälligerweise auch da…«

»Zufälligerweise?«, fragte Kayleigh misstrauisch.

Das Lächeln schien sich leicht zu verstärken. »Okay, zugegeben, ich bin ihnen dorthin gefolgt. Ich dachte, sie würden sich mit dir zum Frühstück treffen. Es ist schwierig geworden, gegenüber von deinem Haus zu parken. Die Deputys machen mir ständig Scherereien.«

Unglaublich. Er beklagte sich allen Ernstes. Begriff er denn wirklich nicht, dass seine Aufdringlichkeit als Belästigung empfunden wurde? Wie auch immer, ihre Rolle erforderte, dass sie jetzt nichts sagte, sondern nur verständnisvoll nickte.

»Du weißt aber, dass ich nur auf dich aufpasse, richtig? Irgendjemand muss sich ja darum kümmern.«

Das hatte Alicia gestern bei der Polizei auch gesagt. »Erzähl mir von Richie. Was genau meinst du?«

Edwin nahm den Perkolator genau in Augenschein. Hob den Deckel an, betrachtete den Glaskolben in der Mitte und legte den Deckel wieder auf. »Ich habe mit angehört, wie Bishop bei Richie angerufen und ihn gebeten hat, Suellyn und Mary-Gordon abzuholen. Ich weiß, dass dein Vater nicht mehr selbst fährt, aber Sheri hätte ihn zum Flughafen fahren können. Warum konnte der Großvater nicht kommen, um seine kleine Enkelin zu empfangen?«

Kayleigh hatte genau das Gleiche gedacht. Bishop war jedoch mit dem Kongressabgeordneten Davis verabredet gewesen.

»Wie dem auch sei, er hat Richie gebeten. Weißt du, der Mann hat allein letztes Jahr drei Strafzettel für zu schnelles Fahren kassiert plus einen weiteren für fahrlässige Verkehrsgefährdung. Er musste schon zweimal seinen Führerschein abgeben. Und nicht mal dein Vater weiß, dass er in eine Alkoholkontrolle geraten ist. Man hat ihn durchgelassen, aber er hatte getrunken.«

Kayleigh starrte ihn an. Wie, zum Teufel, kann er all das wissen?

»Dein Vater wollte deine Schwester und deine süße kleine Nichte in die Hände eines Mannes geben, der ein dermaßen schlechter Autofahrer ist? Tut mir leid. Das konnte ich nicht zulassen. Und wenn ich ihn oder dich darauf angesprochen hätte, hättet ihr die Cops gerufen, richtig? Und mich ignoriert. Ich wollte die Menschen, die dir auf der Welt am wichtigsten sind, unbedingt beschützen. Ich habe mich sogar unter meinem zweiten Vornamen vorgestellt, nur für den Fall, dass deine Anwälte oder dein Vater ihnen eingeschärft hatten, sich vor jemandem namens Edwin in Acht zu nehmen.«

Die Anwälte oder der Vater. Aber nicht ich. Er war wirklich komplett verblendet. »Weißt du, du übertreibst es mit deiner Fürsorge. Ist dir das denn nicht klar?«

»Ich schätze, ich lasse mich manchmal ein wenig hinreißen.«

War sein Lächeln aufrichtig oder anzüglich? Sie konnte es nicht sagen. Trotz der trockenen Hitze fröstelte Kayleigh Towne.

»Sobald du mich erst mal besser kennst, wirst du dich wohler fühlen«, fügte er hinzu. Ein weiterer Blick auf ihr Haar. »Ich mag es, wenn wir allein sind.«

»Wie bitte?«

»Ich meine, im Gegensatz zu vorgestern im Cowboy Saloon. Mit all den anderen Leuten. Das war nicht natürlich, du weißt schon.«

Nein, wusste sie nicht.

»Nun ja«, sagte sie unschlüssig.

»Das mit Bobby tut mir wirklich leid«, sagte er mitfühlend. »Ich weiß, dass ihr beide euch nahegestanden habt. Ihr seid sogar eine Weile miteinander gegangen, nicht wahr?«

Was für ein Heuchler! Es tut dir leid? Du hast ihn ermordet!

Und dann dachte sie: Moment, wie kann er wissen, dass Bobby und ich uns nahegestanden haben?

»Ja, danke. Er war ein guter Freund.«

»Freund. Ja.«

»Es ist ziemlich hart.«

»Oh, das glaube ich sofort.« Seine Miene wurde zu der falschen Maske eines Bestattungsunternehmers. »Ich fühle von ganzem Herzen mit dir.«

»Und mit all seinen anderen Freunden und Angehörigen«, erinnerte Kayleigh ihn und bemühte sich, möglichst neutral zu klingen.

»Sicher. Hat die Polizei schon irgendwelche Anhaltspunkte?«

Du Schwein.

Zieh die Knarre und puste das Arschloch weg. Das Messer kannst du ihm auch noch danach in die Hand drücken.

Nein, nicht. Sei schlau.

»Ich glaube, nicht.«

»Möchtest du einen Eistee?«, fragte er. »Dein Lieblingsgetränk, oder?«

»Das geht nicht«, sagte sie. »Ich muss jetzt los.«

»Ich liebe dich, Kayleigh.« Es klang so selbstverständlich, als würde er sagen, die Erde ist rund, oder unsere Währung heißt Dollar.

»Äh …«

»Schon okay. Deine Lage ist mir bewusst. Es erstaunt mich, dass die dich überhaupt allein in die Stadt gelassen haben.«

»Die?«

»Du weißt, wen ich meine. Alle … wie in dem Lied. *Jeder* will ein Stück von deiner Seele.« Er atmete vernehmlich aus und schüttelte den Kopf. »Ich mache mir ja solche Sorgen um dich.«

Verrückt. Pathetisch und völlig verrückt.

Jetzt! Wenn du noch länger wartest, wirst du es nicht mehr schaffen.

»He, lass mich dir etwas geben.«

»Du hast mir etwas mitgebracht?«, fragte er überrascht.

Sie trat lächelnd vor und rechnete fest damit, von seinem abstoßenden Gestank überwältigt zu werden, aber sie roch lediglich einen Hauch von Deo oder Rasierwasser. War das die gleiche Sorte, die ihr Vater benutzte? Okay, das ist unheimlich.

Kayleigh fasste in ihre Jacke, nahm das Messer bei der eingewickelten Klinge und schob ihm den Griff flink in die Hand. Er fasste instinktiv zu. Sie wich schnell zurück.

»Was ist das, ein Stift?«, fragte er. Vielleicht dachte er, er solle ihr damit Briefe schreiben.

Dann erkannte er, was es war.

Edwins Lächeln verschwand. Er blickte auf und sah das Mädchen seiner Träume, wie es einen großen Revolver auf seine Brust richtete. Kayleigh spannte den Hahn. Er rastete mit lautem Klicken ein.

40

Die Hand mit dem Messer sank herab, seine Lider und Schultern ebenfalls. »Kayleigh … nein.«

»Keine Bewegung.«

»Oh, Kayleigh.« Er lächelte wieder, aber bekümmert. »Weißt du, welchen Ärger du dir einhandelst, falls du das tust?«

Sie ließ sich nicht beirren.

»Es wäre schrecklich. So schrecklich. Tu dir das nicht an. Bitte! Denk an deine Fans, denk an deine Familie.« Als würde er sich wirklich um sie sorgen, nicht um sich selbst. »Das wird die Polizei nämlich als Erstes untersuchen, ob du mir eine Falle gestellt hast. Sie werden es nicht glauben wollen, sie werden hoffen, dass es nicht wahr ist, aber die Deputys erleben so etwas nicht zum ersten Mal. Es passiert ständig. Häusliche Gewalt, Stalking … Es passiert ständig.«

»Du hast Bobby ermordet!«

Die dichten Brauen rückten noch enger zusammen und ließen ihn noch bedrohlicher wirken. »Das habe ich nicht, auf gar keinen Fall. Und ich habe von dem Anschlag auf Sheri gehört. Ich bin sicher, die haben dir erzählt, auch das sei ich gewesen. Aber ich würde niemandem je etwas antun, der dir nahesteht. Das ist alles gelogen.«

Erschieß ihn!, forderte sie sich auf. Und doch blieb ihr Finger außerhalb des Abzugsbügels. Die Waffe wankte einen Augenblick, dann stieß Kayleigh sie entschlossen nach vorn. Edwin Sharp verzog keine Miene.

»Und du hast meine Schwester und meine Nichte *entführt.*«

»Ich habe ihnen vielleicht das Leben *gerettet*. Wegen Richies Fahrkünsten, genau wie ich gesagt habe.«

Sie sah sich um, hielt die Waffe aber ruhig.

»Du bist eine kluge Frau, Kayleigh.«

Und sie musste unwillkürlich an ein kürzliches Gespräch mit ihrem Vater denken, der sie ein »kluges Mädchen« genannt hatte.

»Du hast mich von einem Münzfernsprecher aus angerufen, aber hat jemand dich dort womöglich gesehen? Der Anruf ist in den Verbindungsnachweisen meines Mobiltelefons verzeichnet. Der Ursprungsort wird sich leicht feststellen lassen. Und ich bin sicher, du hast Handschuhe oder ein Papierhandtuch benutzt, als du das da angefasst hast.« Ein Blick auf das Messer. »Und vermutlich hast du es in einem Laden mit Selbstbedienungskasse gekauft. Aber die werden es zu dir zurückverfolgen, Kayleigh. Das ist deren Beruf.«

»Halt die Klappe! Ich werde dich töten!«

Er musterte das Messer. »Es ist neu, also werden sie alle Geschäfte der Stadt überprüfen, die diese Marke führen. Allzu viele dürfte es nicht davon geben. Du hast gewiss bar bezahlt, aber sie brauchen sich bloß alle Barverkäufe dieses speziellen Messermodells der letzten Tage anzusehen. Sie werden schnell auf den genauen Laden und sogar die genaue Kasse stoßen, denn du hast wahrscheinlich nur diesen einen Artikel gekauft, richtig? Damit ist die Sache klar. Sie werden sich einen Gerichtsbeschluss holen und das Bargeld konfiszieren, das in der Selbstbedienungskasse gelandet ist. Dann nehmen sie von allen Scheinen die Fingerabdrücke und verfolgen die Seriennummern zurück zu den Zwanzigern, die du aus einem Geldautomaten gezogen hast. Weißt du, das wird nämlich alles registriert.«

Das wird es natürlich nicht!

Oder doch?

Hör nicht auf ihn. Schrei um Hilfe und drück dann ab.

»Es könnte sogar ein Video oder Foto des Selbstzahlungsvorgangs geben. Nach fünf Minuten haben sie dich mit dem Messer in Verbindung gebracht. Und in der Zwischenzeit werden die Neulinge unter den Deputys in der Gegend hier den Müll durchsuchen und nach Tüten, der Verpackung und dem Kaufbeleg Ausschau halten.« Er sah die Toilette, die fortwährend tröpfelte, bis der Wasserbehälter sich neu füllte. »Oder die Abflussrohre hier. Sie werden dich in einen Verhörraum stecken, und Kayleigh, du bist ein so guter und aufrichtiger Mensch, du hältst das nicht durch. Innerhalb von zehn Minuten haben sie dein Geständnis. Pike Madigan wird es widerstreben, aber ihm bleibt keine andere Wahl.« Er sah auf ihre Hand. »Darfst du überhaupt legal eine versteckte Waffe tragen?«

Ich kriege das allein hin.

Wohl doch nicht.

Ich bin ein verdammter Feigling.

Die Waffe senkte sich.

»Oh, Kayleigh, die haben dir eine so gründliche Gehirnwäsche verpasst. Nicht *ich* bin der Feind. *Die* sind der Feind. Hier, ich lege das Messer jetzt hin.« Er wischte seine Fingerabdrücke mit dem Ärmel ab und legte es auf den Boden. »Nun gibt es keine Verbindung mehr zwischen uns. Du kannst es mitnehmen und benutzen oder wegwerfen. Das hier ist nie geschehen.«

Er klang so ehrlich. Kayleigh wünschte, Kathryn Dance wäre hier, um sich den Stalker anzusehen und mit einem Nicken zu bestätigen, dass er die Wahrheit sagte, oder mit einem Kopfschütteln, dass er log. Er wich zurück, und sie trat vor, hob das Messer auf und steckte es wieder in die Innentasche ihrer Jacke.

»Denk über Folgendes nach, Kayleigh: Ja, du wirst gestalkt. Aber nicht von mir. Vielleicht sind es die Reporter und Fotografen. Vielleicht ist es dein *Vater*. Er behauptet, er wolle dein Bestes, aber stimmt das auch? Ich bin mir da nicht so sicher. Und was ist mit den anderen? Zum Beispiel mit, keine Ahnung,

Alicia, Tye Slocum – oh, auf den musst du achtgeben. Mir ist aufgefallen, wie er dich ansieht. Und Barry Zeigler. Er hat dich ganz schön fest im Griff. Welche großen Namen kann das Label denn außer dir schon vorweisen? Neil Watson, aber ich bitte dich, der wirkt doch wie eine schlechte Coverversion seiner selbst. Und wer ist *sonst* noch da draußen und beobachtet dich und spioniert dir hinterher? Fans und Fremde. Leute, die nicht mal deine Musik kennen, sondern nur wissen, dass du hübsch, berühmt und reich bist. Und dann fragen sie sich, wieso du so viel Glück hattest und sie nicht. Nur begreifen sie nicht, dass es kein Glück ist, sondern harte Arbeit und Talent.«

»Kannst du mich jetzt einfach allein lassen?«, flüsterte sie. »Bitte!«

»Oh, Kayleigh, du willst nicht, dass ich dich allein lasse. Du weißt es nur noch nicht.«

41

»Leaving Home.«

Ihr Hit über die Immigrantin mittleren Alters, die zurück nach Mexiko abgeschoben wird. Die Zeilen gingen Kayleigh durch den Kopf, während sie mehrere Koffer packte und nach unten in ihr Wohnzimmer schleppte, wo Darthur Morgan sie nahm und in dem SUV verstaute.

Alicia Sessions war mit ihrem Ford F-150 ebenfalls hier und half bei dem einstweiligen Umzug. Kayleigh hatte sie nicht bemühen wollen, doch die Frau bestand darauf, Gitarren, Verstärker und Vorratskartons von Whole Foods auf die Ladefläche zu wuchten. Die ökologisch bewusste Kayleigh kaufte vorwiegend in diesem Bio-Supermarkt ein und nicht etwa bei Safeway, woher die meisten Sachen in dem Haushalt stammten, zu dem sie unterwegs war.

»Ich komme wirklich zurecht.«

»Das ist überhaupt kein Problem.«

»Nun, dann bleib doch wenigstens noch zum Essen.«

»Geht nicht, ich bin mit Freunden verabredet.«

So tüchtig sie auch war und so wichtig die Funktion, die sie erfüllte, so weitgehend blieb Alicia ihnen ein Rätsel – Kayleigh, der Band und der Crew. Sie war eine Einzelgängerin, die sich jahrelang im Umfeld der professionellen Musikszene herumgetrieben hatte und mit Alternative Rock und Post-Punk in New York und San Francisco aufgetreten war, allerdings ohne viel Erfolg. Sie erledigte ihre Arbeit für Kayleigh und das Geschäft, und dann verschwand sie abends und an den Wochenenden, um Ausritte zu unternehmen oder Musik zu hören. Kayleigh hatte keine Ahnung, wer die Freunde sein mochten, mit denen sie sich heute Abend traf. Sie hielt Alicia für lesbisch. Ihr selbst war das völlig egal, abgesehen von der Tatsache, dass sie ihr eine liebevolle Beziehung wünschte, aber in der Country-Welt fielen die Tabus nur überaus langsam; das Genre war immer noch der Soundtrack der konservativen amerikanischen Mittelschicht. Und Kayleigh nahm an, dass Alicia ihre Vorlieben einfach nicht erörtern wollte.

Nachdem der SUV und Alicias Pick-up beladen waren, drehte Kayleigh sich zu ihrem Haus um, als wäre es das letzte Mal.

Leaving home …

Sie nahm am Steuer des SUV Platz und Morgan zur Abwechslung mal auf dem Beifahrersitz. Dann ließ sie den Motor an und fuhr die lange Auffahrt hinunter. Alicias Wagen folgte ihnen.

Sie rechnete damit, ihn, *ihn* auf dem Parkplatz vorzufinden, und bog mit hohem Tempo schlitternd auf die Straße ein. Morgan packte den Haltegriff und lächelte, was selten war. Kayleigh schaute sich um und in den Rückspiegel, aber da gab es keine roten Autos.

»Es ist am besten so«, sagte Morgan.

»Mag sein.«

Sie bemerkte, dass er sie eindringlich musterte. »Ist in dem Theater irgendetwas vorgefallen?«

»Was meinen Sie?« Kayleigh behielt die Augen unverwandt auf die Straße gerichtet und wich seinem Blick aus, als könnte er denken: Oh, ich weiß Bescheid. Sie hat Edwin dorthin gelockt, um ihn zu töten. Ich kenne diesen Gesichtsausdruck.

»Ich vergewissere mich nur, dass alles in Ordnung ist«, sagte er ruhig. »Haben Sie dort irgendeinen seltsamen Anruf erhalten oder sind jemandem begegnet?«

»Nein, alles ist gut.«

Kayleigh streckte die Hand nach dem Radio aus, hielt aber

inne und entschied sich dann doch dagegen. Sie legten den ganzen Weg zu Bishop Townes Haus in völliger Stille zurück.

Die beiden Wagen parkten in der Auffahrt, und Morgan half Alicia, die Kartons, Instrumente und Koffer auf die Veranda zu tragen. Dann verschwand der Leibwächter in der Dunkelheit, um das Gelände zu überprüfen. Die beiden Frauen gingen hinein.

Das kleine Erdgeschoss hätte ein Ausstellungsraum in einem Seitenflügel der Grand Ole Opry sein können. Im Wohnzimmer hingen gerahmte Fotos, Rezensionen und Albumcovers – natürlich überwiegend von Bishop Towne und seiner Band. Auf manchen der Bilder sah man Sängerinnen, mit denen Bishop früher mal Affären gehabt hatte – und deren Alben erst während der Zeit von Ehefrau Nummer zwei bis vier aufgehängt worden waren. Im Gegensatz zu Margaret wussten ihre Nachfolgerinnen nämlich nichts von seinen ehemaligen Seitensprüngen und hielten die Frauen einfach nur für Kolleginnen.

Doch es gab auch zahlreiche Bilder von Bishop und Margaret. Die hatte er niemals abgehängt, was auch immer die späteren Ehefrauen aus lauter Eifersucht verlangt haben mochten.

Mary-Gordon kam angelaufen und flog Kayleigh in die Arme. »Tante Kayleigh! Jaa! Komm, das musst du dir ansehen. Wir machen gerade ein Puzzle! Ich bin heute auf Freddie geritten. Und ich habe meinen Helm getragen, wie du immer sagst.«

Kayleigh kniete sich hin, um sie fest an sich zu drücken, stand dann auf und umarmte ihre Schwester. »Wie geht es dir, K?«, fragte Suellyn.

Sie dachte: Wenn man berücksichtigt, dass ich wegen Mordes im Gefängnis sitzen könnte, dann nicht schlecht. »Ich schlage mich so durch.«

Kayleigh machte sie und Mary-Gordon mit Alicia bekannt, die lächelte und ihnen die Hand reichte.

»Wow«, flüsterte das Mädchen und bewunderte Alicias Tätowierungen. »Die sind aber toll!«

»Oh, oh«, sagte Suellyn. »Komm bloß nicht auf dumme Gedanken.« Die Frauen lachten.

Kayleigh begrüßte ihren Vater und Sheri, deren Stimme noch immer durch den eingeatmeten Rauch beeinträchtigt war. Sie klang im Augenblick fast so wie ihr Ehemann. Ihre Haut wirkte blass, aber das konnte auch daran liegen, dass sie nicht geschminkt war, was sonst gar nicht ihrer Gewohnheit entsprach.

Kayleighs Einstellung ihrer Stiefmutter gegenüber hatte sich durch den Anschlag um hundertachtzig Grad gedreht, und sie bedauerte nun, dass sie sich zuvor dermaßen kleinlich verhalten hatte. Als sie Sheri umarmte, stiegen der Frau bei dieser Geste der Zuneigung Tränen in die Augen.

Alicia legte Bishop und Sheri einige Einzelheiten der geplanten Werbekampagne für die bevorstehende Kanada-Tournee dar. Dann warf sie einen Blick auf die Uhr und verabschiedete sich.

»Es ist besser, dass du hier bist«, sagte Bishop zu Kayleigh. »Das hatte ich ja von vornherein vorgeschlagen, wie du sicher noch weißt. Sheri hat das Zimmer vorbereitet. Für diesen Wachmann auch. Wo ist er?«

Kayleigh erklärte, Morgan sei draußen geblieben, um eine Runde über das Grundstück zu drehen. Er werde gleich zu ihnen stoßen.

»Ich habe ein Bild für dein Zimmer gemalt, Tante Kayleigh. Ich zeig es dir.«

Mary-Gordon packte den Griff einer der Rollkoffer und lief damit den Flur entlang zu einem der beiden Gästezimmer auf dieser Etage. Kayleigh und ihre Schwester lächelten.

»Hier drinnen! Hier ist es, Tante Kayleigh!«

Sie hatte dieses Gästezimmer auch zuvor schon gesehen, und da hatte es zweckmäßig und karg gewirkt. Nun jedoch gab es hier frische blaue Baumwollbettwäsche mit Rüschen an den Kissenbezügen und passenden Handtüchern, Kerzen sowie einigen preisgünstigen Dekorationsgegenständen, zum Beispiel Gänsefiguren mit Häubchen. An der Wand hingen gerahmte Fotos der kleinen Kayleigh und ihrer Familie, die zuletzt in irgendeinem Schuhkarton gelegen hatten – vor Sheri. Es war nun wirklich ein überaus behaglicher Raum.

Sie durfte nicht vergessen, ihrer Stiefmutter zu danken – denn natürlich hatte Sheri sich all die Arbeit gemacht, obwohl sie verletzt war.

Kayleigh bewunderte das Bild, das Mary-Gordon von dem Pony gemalt hatte, und legte es auf einen Ehrenplatz, nämlich neben das Bett auf den Nachttisch.

»Können wir morgen reiten gehen?«

»Das müssen wir noch abwarten, Mary-Gordon. Es gibt viel zu tun. Aber wir werden zusammen frühstücken.«

»Grandma Sheri und Mommy haben Pfannkuchen gemacht. Die waren ziemlich gut. Nicht die besten, aber ziemlich gut.«

Kayleigh lachte und schaute dabei zu, wie das Mädchen ihr beim Auspacken der Koffer half und nach jeweils einem erwartungsvollen Blick zu Kayleigh jedes Kleidungsstück und jeden einzelnen Toilettenartikel an der zugewiesenen Stelle verstaute. Während die Kleine sich überlegte, wie sie das am besten anstellen sollte, war sie völlig in Gedanken versunken und schien gewaltiges Vergnügen an dieser simplen Aufgabe zu haben.

Da hatte Kayleigh plötzlich einen Geistesblitz, als würde ein Finger gegen ein Kristallglas schnippen. Die Idee für einen Song. »I Could Learn a Lot From You«. Von einem Elternteil an ein Kind gerichtet. Darüber, dass die Mutter oder der Vater im Leben so manchen Fehler begangen hat und es nun das Kind ist, das die Perspektive des Erwachsenen gerade rückt. In dem Lied würde es eine überraschende Wendung geben. Während der ersten drei Strophen würden die Hörer glauben, dass das Kind die Geschichte erzählt; erst in der letzten Strophe wird klar, dass die Sicht die des Erwachsenen ist. Eine Melodie kam ihr wie von selbst in den Sinn. Sie setzte sich an den kleinen

Schreibtisch und notierte sich Text und Musik auf einem Blatt Papier. Die provisorischen Notenlinien zog sie selbst.

»Was machst du da, Tante Kayleigh?«

»Ich schreibe ein Lied. Du hast mich inspiriert.«

»Was heißt ›inspiriert‹?«

»Ich schreibe es für dich.«

»Oh, sing es mir vor!«

»Es ist noch nicht fertig, aber hier ist ein Teil davon.« Sie sang, und das Mädchen lauschte ihr verzückt.

»Das ist ein sehr gutes Lied«, verkündete Mary-Gordon stirnrunzelnd, als wäre sie der A&R-Manager einer großen Plattenfirma, der das Demoband eines neuen Künstlers beurteilte.

Kayleigh packte weiter aus und hielt vorübergehend inne, um ein etwa fünfzehn Jahre altes Familienfoto zu betrachten: Bishop, Margaret, Suellyn und Kayleigh auf der Veranda des alten Zuhauses in den Hügeln eine Stunde nördlich von hier.

I've lived in L.A., I've lived in Maine,
New York City and the Midwest Plains,
but there's only one place I consider home.
When I was a kid – the house we owned.

Ich habe in L.A. gewohnt und in Maine,
in New York City und im Mittelwesten,
aber als Zuhause würde ich nur
einen einzigen Ort bezeichnen,
nämlich das Haus, in dem ich aufgewachsen bin.

Das Mädchen richtete seine strahlend blauen Augen auf die Sängerin. »Weinst du etwa, Tante Kayleigh?«

Die Sängerin blinzelte. »Nun ja, ein wenig, Mary-Gordon, aber weißt du, manchmal weint man, weil man glücklich ist.«

»Das wusste ich nicht. Ich glaube, ich tue das nicht.«

»Es trifft nicht für alle Leute zu.«

»Wohin soll die hier?«, fragte die Kleine und nahm eine Jeans. Dann legte sie sie behutsam in die Schublade, auf die Kayleigh zeigte.

»Wachablösung«, sagte eine Männerstimme hinter Dance in der Lobby ihres Motels. Sie war nicht beunruhigt. Die Stimme war ihr mittlerweile vertraut.

Dennoch erkannte sie P. K. Madigan im ersten Moment nicht, denn er trug zivile Kleidung – Bluejeans, ein kariertes Hemd, Cowboystiefel und eine gelbbraune Schirmmütze mit dem aufgestickten Bild eines Fisches, der am Haken aus dem Wasser gezogen wurde.

»Chief.«

Sie wollte gerade aufbrechen – zu Bishop Townes Haus, um die Befragung von Kayleighs Familie fortzusetzen –, aber sie nahm sich die Zeit und ging zu ihm. Kathryn warf einen Blick in die Bar und hätte ihn beinahe gefragt: »Möchten Sie ein Eis?« Doch sie entschied sich für: »Einen Kaffee? Eine Limo?«

»Nein«, sagte der große Mann. »Ich begleite Sie ein Stück. Ich wollte unbedingt mit Ihnen reden.«

»Sicher.« Dance fiel seine resignierte Körperhaltung auf, ganz anders als die selbstbewusste Positur, mit der sie ihn am Schauplatz von Bobbys Ermordung kennengelernt hatte.

»Folgendes: Anita hält sich streng an die Vorschriften. Niemand aus der Abteilung darf mit mir reden – auch zu deren eigenem Besten. Ich bin völlig abgeschnitten. Und Sie haben nun die Leitung inne.«

Ah, das meinte er also mit »Wachablösung«, begriff Dance. »Das kann man so nicht sagen.«

»Nun ja, Sie jedenfalls mehr als jeder andere. Verdammt. Ich wünschte, ich hätte in dem Verhörraum auf Sie gehört und den Scheißkerl gehen lassen.«

Der Detective tat ihr aufrichtig leid. Er wirkte vollkommen verzweifelt.

»Ich habe den Sheriff gefragt, ob ich nicht irgendwie beratend tätig sein könnte oder so. Aber sie hat abgelehnt. Es würde nicht gut aussehen und könnte uns bei dem Fall den Vorwurf der Befangenheit einbringen.« Er lachte auf, schroff und humorlos. »Ich weiß nicht, ob sie den Mordfall gemeint hat oder den Fall gegen mich. Sie sehen, ich bin kaltgestellt.«

»Ich bedauere, dass es dazu gekommen ist.«

Er winkte ab. »Das habe ich mir selbst zuzuschreiben. Aber der arme Miguel… Seine Frau verdient kein Geld, und er hat drei Kinder. Da dürften kaum Ersparnisse vorhanden sein.« Er wirkte nun verlegen. »Ich darf nicht offen in Erscheinung treten, Kathryn, aber gibt es vielleicht trotzdem etwas, das ich tun kann?«

»Ich weiß es nicht, Chief. Ich führe Vernehmungen durch, Charlie arbeitet an den Spuren, und Dennis sucht weiterhin nach Verdächtigen, die ein Motiv für den Mord an Bobby und den anderen Opfern haben könnten.«

»Ja, klar. Ich verstehe.«

»Sie könnten sich doch einfach freinehmen und angeln gehen.«

»Schon komisch«, sagte Madigan. »Ja, ich gehe gern angeln. Jedes Wochenende, schon seit Jahren. Aber die Wahrheit ist, ich denke dabei mehr über die Fälle nach als über den Fisch.«

»Und kommen Ihnen da auf dem Wasser ein paar gute Ideen?«

»Oh, worauf Sie sich verlassen können.« Ein grimmiges Lächeln. »Doch die Sache ist die: Bisher konnte ich aus dem Boot steigen, meine Uniform wieder anziehen und direkt etwas unternehmen.«

»Tut mir leid, Chief.«

»Ist schon klar. Ich dachte nur, ich frage einfach.«

Er war schon halb auf dem Weg zur Tür, als Dance rief: »Chief, warten Sie.«

Madigan drehte sich um.

»Mir ist da gerade etwas eingefallen«, sagte sie. »Niemand würde etwas davon erfahren müssen. Aber es ist nicht die … nun ja, angenehmste Aufgabe der Welt.«

Die Andeutung eines Lächelns. »Tja, nun gut. Lassen Sie hören.«

42

Als Kathryn Dance bei Bishop Townes Haus eintraf, war es ungefähr zwanzig Uhr dreißig.

Sie begrüßte Kayleigh und die Familie, die sich sofort um sie scharte, um ihr dafür zu danken, dass sie Sheris Leben gerettet hatte. Heiser und mit feuchten Augen drückte die Stiefmutter Dance ein weiteres Mal fest an sich und bedankte sich überschwänglich.

Auch Bishop brachte seinen Dank zum Ausdruck und fragte dann: »Dieser Sheriff oder Deputy, Madigan? Wurde er wirklich suspendiert?«

»Ja. Zwei andere Deputys ebenfalls.«

»Dieser Hurensohn!«

»Daddy«, mahnte Suellyn. Doch Mary-Gordon war in der Küche und außer Hörweite.

»Tja, das ist er aber. Und M-G wird Worte wie diese früher oder später ohnehin lernen.«

»Dann lass es später sein«, herrschte Kayleigh ihn an.

»Was den Fall gegen Edwin angeht, machen wir keinerlei Fortschritte«, erklärte Dance nun. »Er ist entweder unschuldig oder sehr, sehr gerissen. Wir haben nicht den geringsten Beweis gegen ihn. Ich würde mich gern etwas eingehender mit Sheri und« – sie sah Suellyn an – »Ihnen und Ihrer Tochter unterhalten über die Fahrt vom Flughafen.«

Sie hoffte, etwas in Erfahrung zu bringen, aus dem sich ein bedrohliches Verhalten ableiten ließ, was wiederum eine Verhaftung wegen Stalkings rechtfertigen würde. Damit bekäme sie Zugang zu Edwin – sofern sein Anwalt einwilligte – und könnte ihn hoffentlich einer umfassenden kinesischen Analyse unterziehen.

»Es könnte zumindest dazu beitragen, eine Unterlassungsverfügung zu bewirken und ihn auf Abstand zu halten.«

»Oh, das wäre großartig«, sagte Kayleigh.

Dance fiel auf, dass sie kürzlich geweint hatte. Wegen Bobby? Wegen des heutigen Anschlags? Oder aus irgendeinem anderen Grund?

Bishop führte sie in ein kleines, dezent beleuchtetes Arbeitszimmer, in dem es nach Pfeifenrauch und Kiefernholz roch. Sheri und Mary-Gordon, deren blaue Augen funkelten, brachten Kekse und eine Kanne Kaffee. Das goldene Haar des kleinen Mädchens war zu einem Pferdeschwanz zusammengebunden, so wie auch Dance' Tochter Maggie ihr Haar häufig trug, und aus irgendeinem Grund dachte Kathryn: Wie um alles in der Welt soll ich Maggie und Wes nur beibringen, dass Jon wegzieht?

Doch dann schickte Sheri das Kind aus dem Zimmer und nahm gegenüber von Dance Platz, die alle persönlichen Gedanken beiseiteschob und mit der Befragung begann.

Die erwies sich jedoch als völlig unergiebig. Sheri konnte mit keinen weiteren Informationen über den Angreifer aufwarten. Sie hatte Mündungsfeuer aufblitzen gesehen, und das war alles. Nicht einmal die Silhouette des Täters. Nicht einmal einen Schatten.

Als Nächste vernahm sie Suellyn Sanchez. Die sachliche Frau, die ihrer jüngeren Schwester nicht allzu ähnlich sah, bemühte sich wirklich, etwas Hilfreiches beizusteuern. Doch sie räumte auch ein, dass es ihr immer noch schwerfiel, Edwin als Verdächtigen zu betrachten. »Er war einfach so nett und umgänglich. Und er schien Kayleigh dermaßen gut zu kennen, dass die beiden einfach Freunde sein *mussten.*«

»Und er hat nichts gesagt, das man auch nur annähernd als Drohung auslegen könnte?«

Als die Schwester zögerte, sagte Dance: »Sie müssten das auch vor Gericht aussagen. Unter Eid.«

Die Frau verstand und beschloss, nicht zu lügen, wie sie es vorgehabt hatte. »Nein, überhaupt nichts. Ganz im Gegenteil. Er klang wie ein Beschützer. Ich war sogar beruhigt, dass jemand sich um sie kümmert.«

Your shadow …

Das war wohl nichts.

Dann gesellte Mary-Gordon sich zu ihnen. Dance zeigte ihr Fotos von ihren eigenen Kindern und den Hunden. Sie trank ihren Kaffee und aß ein paar Kekse und plauderte mit dem kleinen Mädchen, das peinlich genau einen Teller und ein Glas Milch vor sich hinstellte und bedächtig aß.

Bei Kindern sind Täuschungsversuche natürlich alles andere als ungewöhnlich; sie lügen ungefähr genauso häufig wie Erwachsene, aber ihre Motive sind klarer. Verschwundene Süßigkeiten, zerbrochene Lampen.

Das größte Problem mit Kindern als Zeugen ist die Tatsache, dass sie nicht einordnen können, was sie gesehen haben. Was ihnen wie ein verdächtiges Verhalten vorkommt, kann völlig harmlos sein, und sogar die ungeheuerlichsten Verbrechen entgehen ihnen oftmals, weil sie nicht begreifen, dass es sich um Verbrechen handelt.

Dance kam nun behutsam auf die Fahrt vom Flughafen zu sprechen. Doch auch dieser Ansatz war vergebens. Die Kleine erinnerte sich lediglich an einen netten Mann, der ihr viele tolle Sachen über die Gegend erzählt hatte und ihre Tante sehr gern mochte. Wenn sie »Stan« erwähnte, Edwin Sharps Pseudonym, leuchteten ihre blauen Augen.

Es gefiel ihr, dass er gehofft hatte, ein perfektes Geschenk für Kayleigh zu finden. »Ich sollte etwas aussuchen, das ihr wirklich, wirklich gefällt. Ich habe einen ausgestopften Baum genommen.«

»Danke schön, Mary-Gordon«, sagte Dance.

»Gern geschehen. Sehen wir Mr. Stan bald wieder? Ich mag ihn gern.«

»Ich weiß es nicht, mein Schatz.«

»Du kannst dir einen Keks mitnehmen, wenn du möchtest. Oder zwei.«

»Ich glaube, das werde ich machen.« Dance wickelte sie in eine rosafarbene Serviette ein. Sie waren wirklich gut.

Als sie das Arbeitszimmer verließen, fragte Suellyn: »Das hat nicht viel gebracht, oder?«

»Wohl nicht, aber ich weiß die Hilfe zu schätzen.«

Nachdem er angeklopft und Sheri ihn hereingewinkt hatte, trat Darthur Morgan durch die Vordertür ein, in einer Hand seine Reisetasche, in der anderen zwei Bücher.

»Ich zeige Ihnen Ihr Zimmer«, sagte Kayleighs Stiefmutter. Das kleine Mädchen nahm ihm das Gepäck ab.

»Du brauchst nicht …«

»Die nehme ich«, sagte Mary-Gordon und lief damit ins Wohnzimmer. Der riesige Mann schaute ihr halb belustigt, halb verwirrt hinterher. Suellyn folgte ihrer Tochter lachend.

Dance verabschiedete sich von Bishop und Sheri und trat nach draußen auf die vordere Veranda. Kayleigh saß hier auf einer Hollywoodschaukel. Die beiden Frauen waren allein. Dance nahm auf einem knarrenden Rattansessel Platz. Die Sängerin wies mit ausholender Geste auf das Haus. »Sieh dir das an«, sagte sie angespannt. »Sieh dir an, was passiert ist. Menschen sind tot, Leben wurden ruiniert. Ich verstecke mich bei meinem Vater. Um Gottes willen, mein Leben ist eine Katastrophe. Und wir wissen nicht mal mit Sicherheit, dass *er* dahintersteckt. Aber er ist es, nicht wahr?«

Dance spürte, dass kürzlich etwas geschehen sein musste, von dem Kayleigh nichts erzählen wollte. Sie kannte die grundlegende Verhaltensnorm der Sängerin ziemlich gut und stellte nun Abweichungen fest – beim Augenkontakt und bei der Schulterhaltung. Es musste etwas sein, das in ihr vorging – Gedanken, die sie beschäftigten, Erinnerungen, die sie Dance nicht anvertrauen wollte, irgendein Fehler, den sie begangen hatte. Und zwar vor Kurzem.

»Ehrlich, ich weiß es nicht. Wir bauen Fälle zwar immer langsam auf, aber für gewöhnlich gibt es ein paar eindeutige Beweise oder Zeugenaussagen, die uns zumindest verraten, dass wir auf dem richtigen Weg sind. Bei Edwin ist alles unklar.«

Kayleigh senkte ihre Stimme. »Das wird mir alles zu viel, Kathryn. Ich denke ernsthaft darüber nach, das Konzert am Freitag abzusagen. Mein Herz ist überhaupt nicht bei der Sache.«

»Und dein Vater ist damit einverstanden?«, fragte Dance, weil sie den verstohlenen Blick in Richtung von Bishop Towne und den Rückgang der Lautstärke bei dem Wort »abzusagen« bemerkt hatte.

»Ja«, antwortete Kayleigh, war aber unschlüssig. »Er tut jedenfalls so, aber dann verhält er sich, als hätte ich nichts dergleichen erwähnt. ›Sicher, ich verstehe. Von mir aus … Aber falls du doch nicht absagst, solltest du bei der dritten und vierten Strophe von ›Drifting‹ die Tonart hoch nach D wechseln‹.«

Sie wies auf die Stelle, an der sie saßen. »Weißt du noch, was ich auf der Rückfahrt von der Familie Villalobos zu dir gesagt habe? Mehr Bühne als das hier will ich gar nicht, meine vordere Veranda. Große Abendessen kochen und dick werden. Nur noch für die Kinder und die Familie spielen, eine ganze Schar Mary-Gordons und Henrys bekommen. Ich weiß auch nicht, warum ich ausgerechnet diesen Namen ausgewählt habe. Ich kenne auf der Welt keinen einzigen Henry.«

»Du könntest eine Familie haben und trotzdem Profi bleiben.«

»Ich wüsste nicht, wie. Dieses Leben fordert seinen Tribut.«

»Loretta Lynn hat es hinbekommen.«

»Niemand ist wie Loretta Lynn. Die Frau ist einzigartig.«

Dance musste ihr beipflichten.

Und dennoch – ungeachtet aller Proteste – griff Kayleigh Towne plötzlich in die Tasche, holte einen Stift und einen kleinen linierten Schreibblock heraus und notierte sich Worte und Noten.

»Ein Song?«

»›Just can't stop‹.«

»Du musst einfach Lieder schreiben, meinst du?«

Kayleigh lachte. »Ja, stimmt, aber gemeint habe ich, dass mir gerade diese Zeile eingefallen ist. ›Just can't stop … spending hours … with you – Ich kann einfach nicht aufhören, meine Stunden mit dir zu verbringen.‹ Zuerst war es ›Spending time with you‹, aber ›Zeit‹ war zu kurz, es fehlte die zweite gesprochene Silbe in ›hours – Stunden‹. Ich schreibe ihn nachher noch fertig.«

»Den ganzen Song?«

»Hank Williams hat gesagt, ein Lied, das nicht in spätestens zwanzig Minuten geschrieben ist, taugt nichts. Ich brauche manchmal einen oder zwei Tage, aber mit diesem hier bin ich so gut wie fertig.«

Sie summte ein paar sehr eingängige Takte.

»Nimm es auf, ich kaufe es«, sagte Dance. »Du …« Ihre Stimme erstarb, denn zwischen den Bäumen wurden Scheinwerfer sichtbar. Ein Wagen näherte sich langsam.

Kayleigh erstarrte. »Das kann doch nicht *er* sein«, flüsterte sie. »Auf keinen Fall. Uns ist niemand gefolgt, da bin ich sicher. Und als wir von mir aufgebrochen sind, war Edwin gar nicht da. Er weiß nicht mal, dass ich nicht mehr bei mir zu Hause bin.«

Dance war sich da nicht so sicher. Es ergab einen Sinn, dass Kayleigh sich hierhin zurückziehen würde, vor allem, um nicht allein zu sein – Bishop hatte stets viele seiner Leute um sich. Und sie konnten zwar hoffen, dass Edwin nicht auf diesen Gedanken kommen würde, aber wenn es um den Aufenthaltsort seiner »Freundin« ging, hatte er sich, gelinde gesagt, als hartnäckig erwiesen.

Die Lichter blieben stehen und bewegten sich dann weiter, als kenne der Fahrer den Weg nicht so genau.

Oder als wolle er nicht gesehen werden.

»Sollen wir Darthur holen?«, fragte Kayleigh.

Keine schlechte Idee, fand Dance.

Doch noch bevor sie aufstehen konnte, um den Leibwächter zu verständigen, rollte der Wagen eine kleine Unebenheit in der Fahrbahn hinauf und hielt an.

Kayleigh saß auf einmal buchstäblich im Scheinwerferlicht.

Dance kniff die Augen zusammen, konnte aber nichts Genaues erkennen.

Was machte der Fahrer da?

War das Edwin? Würde er das Gaspedal durchtreten und in das Haus krachen, um erst Kayleigh und dann sich selbst zu töten?

Dance stand auf und zog Kayleigh auf die Beine.

Im selben Moment bäumte der Wagen sich auf und rollte los.

43

Doch das Fahrzeug stellte sich als ein überaus ungefährlicher – und langsam fahrender – taubenblauer Ford Taurus heraus.

Und man brauchte keine Kinesik-Expertin zu sein, um die deutliche Veränderung in Kayleighs Körpersprache zu erkennen, als sie den Fahrer sah.

»Ach, das ist Barry!«, rief sie und lächelte.

Ein sehr großer Mann, schlaksig und mit gut aussehendem langem Gesicht, stieg aus. Er hatte einen schwarzen Lockenschopf und trug eine runde Brille. Kayleigh lief die Stufen hinunter und drückte ihn an sich.

»Ich habe erst in zwei Tagen mit dir gerechnet«, sagte sie.

»Wirklich?«, fragte Zeigler nach einem kurzen Seitenblick auf Dance. »Ich habe Bishop doch vorhin angerufen und ihm mitgeteilt, dass ich heute Abend noch herfahren würde.«

»Oh, dieser Mann«, murmelte Kayleigh. »Er hat keinen Ton gesagt.«

»Ich war in Carmel und habe Neil besucht. Dann habe ich deine Nachricht über Bobby erhalten. Wie schrecklich. Es tut mir so leid.«

»Es ist furchtbar, Barry.« Kayleigh stellte Dance und Zeigler einander vor. Er war der Produzent ihres Plattenlabels und wohnte in Los Angeles. Dance kam er irgendwie bekannt vor. Dann fiel ihr ein, dass sie ihn in Kayleighs Haus auf einem halben Dutzend – teils Jahre alter – Fotos gemeinsam mit der Sängerin gesehen hatte. Auf einem der Bilder hielten sie beide eine Platinplatte des Verbandes der amerikanischen Musikindustrie, die Auszeichnung für mehr als eine Million verkaufter Tonträger, in die Kamera.

Mit seiner Jeans, dem weißen T-Shirt und dem dunklen Jackett erinnerte er Dance irgendwie an die Neunzigerjahre, aber als Plattenproduzent hätte er damit wohl in jedes Jahrzehnt gepasst. Abgesehen von den leicht ergrauten Schläfen sah er noch immer genauso aus wie auf den Fotos.

»Und es gab auch einen Anschlag auf Sheri?«

»Sie wurde verletzt, aber sie wird wieder gesund.«

»Haben Sie schon irgendwelche Beweise?«, fragte er Dance. »War das dieser Sharp?«

Kayleigh nickte. »Barry weiß über unseren Freund Bescheid«, erklärte sie. »Edwin hat auch jede Menge Briefe an die Plattenfirma geschickt und die Produktionsstandards bemängelt, die Instrumentierung und die technische Qualität.«

»Eine echte Nervensäge«, murrte Zeigler.

Kathryn gab ihm die Standardauskunft jeder Strafverfolgungsbehörde. »Wir ermitteln derzeit noch in alle Richtungen. Aber sagen Sie, hat er Sie oder sonst jemanden jemals bedroht?«

»Physisch?«

»Ja.«

Zeigler schüttelte den Kopf. »Er ist eher beleidigend. Schauen Sie, BHRC ist die drittälteste Plattenfirma von Los Angeles. Wir produzieren Kayleigh seit sechs Jahren. Sie hat acht goldene und vier Platinplatten geholt. Also müssen wir wohl irgendwas richtig machen. Aber nicht nach Meinung von Sharp. Erst letzte Woche hat er uns eine zweiseitige E-Mail über die akustische Dynamik der Downloadversion von ›Your Shadow‹ geschickt und behauptet, die Höhen seien übersteuert. Und warum Delmore die Dobro und nicht die Pedal-Steel gespielt hat, wollte er wissen. Er hat geschrieben: ›Kayleigh hat Besseres verdient.‹ Und dann hat er gesagt, wir sollten sie auf Vinyl veröffentlichen. Er ist ein Analog-Fan.«

Dance war nicht der Ansicht, dass Anmerkungen über die

akustische Qualität, mochten sie auch noch so kritisch sein, nach dem kalifornischen Strafgesetzbuch, Abschnitt 646.9, als Drohung gelten konnten.

»Bobby war der großartigste Kerl der Welt«, sagte Zeigler zu Kayleigh. »Ich kann nicht glauben, dass jemand ihm vorsätzlich etwas antun würde. Und zudem etwas so Grauenhaftes. Du musst dich …« Er verstummte, weil er offenbar beschloss, die Gräuel nicht noch weiter auszumalen.

»Ich soll dir von Aaron und Steve ausrichten, dass du es uns bitte wissen lässt, falls das Label etwas für dich tun kann. Die ganze Firma steht hinter dir.«

»Und Barry, ich glaube, er wird weitermachen. Er sucht sich Strophen aus meinen Songs heraus, spielt sie ab und ermordet dann jemanden oder versucht es.«

»Das habe ich schon von Bishop gehört.« Der Produzent wandte sich an Dance. »Können Sie ihn denn nicht festnehmen?«

Sie zögerte, aber Kayleigh sagte: »Er ist zu schlau. Man hat ihm bisher nichts nachweisen können, das eindeutig illegal gewesen wäre. Oh, das ist alles so schrecklich.« Der Zorn war verflogen, und sie hatte Tränen in den Augen. Dann riss sie sich zusammen und wurde so ruhig wie auf der Bühne.

Kontrolle …

Zeigler senkte seine Stimme. »Ich werde mal schnell Bishop und Sheri Hallo sagen. Kann ich dich dann bitte kurz sprechen? Allein?«

»Na klar«, antwortete Kayleigh. Und zu Dance: »Bin gleich wieder da.«

Der Produzent und die Sängerin gingen ins Wohnzimmer. Zeigler zog an der Tür unwillkürlich den Kopf ein. Dance schätzte ihn auf etwa zwei Meter.

Sie wartete einen Moment ab, erhob sich dann leise und ging zu der Hollywoodschaukel, auf der soeben noch Kayleigh gesessen hatte. Das Fenster dahinter stand halb offen, und Dance konnte von hier aus womöglich die Unterredung belauschen. Was auch immer Zeigler mit Kayleigh besprechen wollte, hatte womöglich mit dem Fall zu tun, ohne dass es den beiden bewusst gewesen wäre.

Wie sich herausstellte, konnte Dance jedes Wort laut und deutlich verstehen. Sie musste daran denken, dass ihre Kinder früher mal geglaubt hatten, sie wären unsichtbar und würden keinerlei Geräusche verursachen, sobald sie ihre Eltern nicht mehr sehen konnten.

»Sieh mal, ich weiß, dass es ein bescheuerter Zeitpunkt ist, aber… aber es tut mir leid, ich muss dich das einfach fragen.«

»Was denn, Barry? Na los, sag schon. Ich werde es dir sowieso entlocken. Du weißt, dass ich das kann.«

»Verhandelst du mit JBT Global?«

»Was?«

»JBT Global Entertainment. Die Dreihundertsechziger.«

»Ich weiß, wer die sind. Und, nein, ich verhandele nicht mit denen. Wie kommst du darauf?«

Zeigler erläuterte, der Freund eines Freundes eines Freundes in der komplexen Unterhaltungsbranche habe ihm erzählt, Global wolle sie unbedingt unter Vertrag nehmen.

»Es soll Gespräche gegeben haben.«

»Barry, wir kriegen ständig Anfragen. Live Nation, Global. Ich kümmere mich nicht darum. Du weißt, ich würde nie von euch weggehen. Ihr seid diejenigen, denen ich meinen Erfolg verdanke. He, was ist denn los?«

Es war seltsam, jemanden, der halb so alt wie der Produzent war, mit ihm reden zu hören, als wäre er ein Kind mit Schulproblemen.

»Ich sagte doch, ich war in Carmel.«

»Um Neil zu besuchen.«

Neil Watson, seit zwanzig Jahren einer der Superstars der Popmusik.

»Ja. Und von ihm gefeuert zu werden.«

»Nein!«

»Er geht zu... halt dich fest, SAV-More. Ja, die große Discounterkette wie Target oder Wal-Mart. Die werden ihn ab jetzt produzieren und seine Tourneen sponsern.«

»Tja, das tut mir leid. Aber es hat keinerlei Verhandlungen mit Global gegeben. Versprochen.«

Dance' Internetseite war für die großen Akteure der Musikindustrie nicht interessant genug, aber sie wusste, wovon Barry Zeigler da redete – von einem grundlegenden Wechsel in der Distribution der stärksten aller Drogen: Musik.

Bis vor zweihundert Jahren war Musik etwas, das man für gewöhnlich live erlebte – bei Konzerten, in Opernhäusern, Tanzsälen und Bars. Im neunzehnten Jahrhundert wurden dann in großem Maßstab Notenblätter gedruckt, die die Leute kaufen und mit nach Hause nehmen konnten, um die Stücke dort eigenhändig zu spielen – zumeist auf dem Klavier. Dann erfand Mr. Edison die Wachswalze, die auf einem Phonographen abgespielt wurde. Dabei wurde eine Nadel mittels der eingeritzten Rille der Walze in Schwingungen versetzt und der Schall über einen großen Trichter wiedergegeben. Man konnte zu Hause Musik hören, wann immer man wollte!

Aus den Walzen wurden runde Scheiben mit dazugehörigen aufziehbaren Geräten – Phonographen, Grammophonen (ursprünglich ein Konkurrent von Edison), Victor Talking Machines, Victrolas und andere. Schon bald wurden die Geräte mit elektrischem Strom betrieben, und Ende der 1930er-Jahre wurde die Wundersubstanz Vinyl zum Standardmaterial der Schallplatten, die man anhand der Umdrehungsgeschwindigkeit des Plattentellers voneinander unterschied: Den Anfang machten 78er, gefolgt von 45er Singles und Langspielplatten – abgekürzt LPs –, die mit 33 1/3 Umdrehungen pro Minute liefen.

Im späteren Verlauf des zwanzigsten Jahrhunderts wurden erst Tonbänder populär – klangtreue, aber umständliche Doppelspulen, gefolgt von Kassetten und Eight-Track-Endlosbändern – und dann CDs, optische Compact Discs.

Und obwohl die Medien sich im Laufe der Zeit änderten, konnte man sich darauf verlassen, dass die Leute Millionen und Abermillionen von Dollar ausgeben würden, um in ihren Häusern und Autos Musik hören zu können. Es gab natürlich auch viele Auftritte, aber die Konzerte stellten hauptsächlich Werbeveranstaltungen für den Verkauf der Alben dar. Manche Künstler setzten keinen Fuß auf eine Bühne und wurden mit ihrer Musik trotzdem reich.

Doch dann geschah etwas.

Es gab plötzlich Computer.

Auf die man jedes jemals aufgezeichnete Lied oder Musikstück herunterladen konnte, um es dann beliebig oft abzuspielen.

In der neuen Weltordnung brauchte man keine Schallplatten oder Tonbänder mehr, und die Plattenfirmen, die für sich selbst und die Künstler riesige Vermögen verdient hatten, indem sie Alben produzierten, pressten und in den Handel brachten, waren auch nicht mehr so wichtig.

Man musste nicht länger ein komplettes Album erwerben; falls man nur zwei oder drei Songs davon mochte (und war das nicht immer der Fall?), konnte man sich auf diese beschränken. Heutzutage leben wir in einem Mixtape-Universum, vor allem dank spottbilliger Download- und Streaming-Anbieter wie Napster, Amazon, iTunes oder Rhapsody und dem Satellitenradio. Für nur wenige Dollar pro Monat stehen dem Hörer Millionen von Titeln zur Verfügung.

Einen Großteil dessen, was das Herz begehrt, kann man sich sogar umsonst besorgen. Der Musik erging es in den letzten Jahren genauso wie vielen anderen Werken aus dem Bereich des kreativen Schaffens: Die Leute entwickelten ein gewisses Anspruchsdenken. Eine Kleinigkeit wie das Urheberrecht hält heute kaum jemanden mehr davon ab, sich zu bedienen. You-

Tube, Pirate Bay, BitTorrent, LimeWire und Dutzende weiterer illegaler Filesharing-Netzwerke machen so gut wie jeden Song verfügbar, gratis und frei Haus.

Anfangs wurden die Filesharer noch von den Plattenfirmen verklagt – was dazu führte, dass man mittellose Studenten und Hausfrauen zu Strafen in Höhe von Hunderttausenden von Dollar verurteilte. Dem öffentlichen Ansehen der Firmen war das jedoch ziemlich abträglich, und mittlerweile werden die Verstöße kaum noch verfolgt.

Und auch viele Künstler gaben sich bald darauf geschlagen – oder dachten etwas längerfristig, indem sie manche Inhalte kostenfrei unter die Leute brachten. Die Theorie war, dass Gratis-Downloads neue Fans generieren könnten, die dann zukünftige Alben kaufen und Konzerte besuchen würden – wo in der heutigen Zeit das wirklich große Geld verdient wird.

Und bei all dem sind althergebrachte Plattenläden und -label nur noch Relikte der Vergangenheit.

Produzenten wie Barry Zeigler werden zwar weiterhin benötigt, aber oftmals nur noch als Dienstleister auf Honorarbasis. Und da die Einkünfte aus Downloads rasant nachlassen, können manche von ihnen mit ihrem Beruf kaum noch den Lebensunterhalt verdienen.

Dance hatte von JBT Global Entertainment gehört – es handelte sich um einen Konkurrenten von Live Nation, die nicht nur das Unternehmen hinter Ticketmaster waren, sondern Veranstaltungsarenen und Konzerthallen besaßen und zudem zahlreiche Rock-, Pop-, Rap- und Country-Superstars unter Vertrag hatten. Firmen wie diese waren typische »Dreihundertsechziger«: Buchstäblich im 360-Grad-Winkel – also rundum – deckten sie alles ab, was es im Musikbusiness zu tun gab. Global regelte alle beruflichen Belange eines Musikers – sie produzierten die Alben, pressten die wenigen CDs, die sich noch verkaufen ließen, schlossen Vereinbarungen mit den Download-Anbietern, vermittelten exklusive Werbeveranstaltungen bei Großkonzernen und – was am wichtigsten war – verschafften den Musikern Live-Auftritte sowie lukrative Lizenzen für Filmmusiken und Werbespots.

Ironischerweise liegt der Schwerpunkt der Musikbranche nun wieder da, wo er schon vor zwei Jahrhunderten gelegen hat: bei den Live-Auftritten.

Barry Zeigler kam zusehends seine bisherige Welt abhanden, und Dance verstand seine verzweifelte Sorge, Kayleigh könne ihn verlassen.

Für ihn und die Sängerin war das Drama der Musikindustrie natürlich von großer Bedeutung, doch Dance verlor sogleich wieder das Interesse daran, denn die private Unterredung hatte nichts mit dem Fall Edwin Sharp zu tun. Sie hörte auf zu lauschen, holte von drinnen ihre Handtasche und wartete auf der Veranda auf Kayleigh, um sich von ihr zu verabschieden und zum Motel zurückzufahren. Ihr Blick schweifte über den dunklen Kiefernwald, der Bishops Haus umgab.

Und erneut dachte sie darüber nach, wie man am besten einen Killer aufspürte, der so unsichtbar wie eine Schlange war und ihnen jederzeit und überall auflauern konnte – vielleicht sogar genau in diesem Moment, in einem der vielen Tausend Schatten rund um das Haus.

44

Eine Stunde später wurde Kathryn Dance selbst zur Stalkerin.

Sie war zum Mountain View Motel zurückgekehrt und hatte mit ihrer Mutter telefoniert – die Kinder lagen bereits im Bett. Als Dance die Nummer wählte, war sie ziemlich verunsichert, denn sie befürchtete, weitere Einzelheiten über Jon Bolings bevorstehende Abreise zu erfahren. Doch Edie Dance brachte das Thema nicht wieder zur Sprache, sondern berichtete lediglich, den Kindern gehe es gut und Stuart, Kathryns Vater, sei in ihrem Haus mit den Vorbereitungen für die Gäste und die für das Wochenende geplante Party fertig.

Nach dem Gespräch überlegte sie, Boling anzurufen, entschied sich dann aber dagegen.

Zum Teil aus Feigheit, tadelte sie sich. Doch sie hatte außerdem noch etwas vor.

Stalking …

Sie schaltete den Fernseher ein und wählte einen Privatsender mit häufigen Werbepausen, damit das ständig wechselnde Flackern von draußen den Eindruck erwecken würde, es halte sich jemand im Zimmer auf. Dann zog sie die einzige Tarnausrüstung an, die ihr zur Verfügung stand: ein marineblaues Sportsakko, schwarze Jeans und ein burgunderfarbenes T-Shirt. Das musste reichen. Dazu Aldo-Pumps; sie besaß keine Kampfstiefel.

Als sie endlich fertig war, schlich Dance sich aus dem Zimmer und trat hinaus auf den Parkplatz.

Sie wollte herausfinden, wer die Person mit den beiden

schlechten Angewohnheiten war: Nikotin und – vermutlich – Spionage. Ihr war nämlich vorhin das Aufglühen der Zigarette aufgefallen, an fast derselben Stelle wie neulich, in dem Park auf der anderen Straßenseite. Der Raucher war wieder da.

Sie spähte hinter einem Caravan voller Utensilien für eine Hundeshow hervor. Ein Autoaufkleber besagte, der Fahrer sei der stolze Besitzer eines Deutschen Schäferhundes, schlauer als jeder Einser-Schüler.

Dance konzentrierte sich wieder auf den winzigen orangefarbenen Fleck zwischen zwei dichten Baumgruppen.

War die Zigarette bloß ein Zufall? Könnte sein, aber Sheri Townes Angreifer hatte offenbar geraucht. Und auch Edwin war eventuell immer noch Raucher.

Sie wollte jedenfalls unbedingt einen Blick auf die Person werfen. Falls es ein Teenager war, der sich mit seinen Freunden eine Zigarette oder einen Joint teilte, würde sie es dabei belassen. Falls es aber Edwin Sharp war – oder jemand anders, den sie in den letzten Tagen kennengelernt hatte –, musste es Konsequenzen geben.

Ein Wagen bog auf den Parkplatz ein, fuhr an ihr vorbei und hielt am Eingang. Dance trat aus den Schatten, huschte zum Straßenrand und überquerte eilig die vierspurige Fahrbahn.

Die leere Stelle an ihrem Gürtel, an der normalerweise ihre Pistole hing, war ihr schmerzlich bewusst. Kathryn beschrieb einen weiten Bogen und betrat den Park durch eine der zahlreichen Lücken in dem verrosteten Maschendrahtzaun, der das trapezförmige und etwa vier Hektar große Gelände umgab.

Sie hielt sich dicht bei den Bäumen – der Weg quer über den Spielplatz wäre im kühlen Mondschein zu ungeschützt gewesen. Lethargische, aber lästige Spätsommerinsekten schwirrten umher, und Fledermäuse stießen von oben herab und fraßen sich daran satt. Dance achtete auf den Boden zu ihren Füßen, um nicht geräuschvoll auf Zweige oder weggeworfene Verpackungen zu treten. Sie bewegte sich entschlossen voran, wurde aber langsamer, je näher sie der Sackgasse kam, in der der Spion – oder ein unschuldiger Bürger – sich die Gesundheit ruinierte.

Nach weiteren sechs Metern roch sie Zigarettenrauch.

Und verlangsamte ihren Schritt noch weiter, ging in die Hocke.

Sie konnte ihn noch nicht sehen, aber die Stelle, an der er saß, schien ein Picknickbereich zu sein; es gab hier mehrere Tische, und alle waren an dicke Betonpfeiler im Boden gekettet. War der Tischdiebstahl aus öffentlichen Anlagen ein großes Problem in Fresno?

Dance schlich weiter, einen behutsamen Schritt nach dem anderen.

Das orangefarbene Glühen war eindeutig, aber dicke Kiefernäste versperrten ihr vollständig die Sicht auf den Raucher, obwohl es nur noch sechs Meter waren.

Sie streckte die Hand aus und bog einen der Äste zur Seite.

Kniff die Augen zusammen …

O nein. Dance keuchte auf.

Die brennende Zigarette steckte in der Astgabel eines Schösslings neben einem der Tische.

Das konnte nur eines bedeuten: Edwin oder wer auch immer hatte sie das Motel verlassen sehen und sie in eine Falle gelockt.

Sie wirbelte herum, konnte niemanden entdecken und kniete sich sofort hin, weil sie wusste, dass er bevorzugt eine Pistole benutzte, wahrscheinlich Gabe Fuentes' gestohlene Glock. Im Mondlicht würde sie zwar kein gutes Ziel abgeben, aber mit einer solchen Waffe konnte man problemlos einen Fächer aus zehn oder zwölf schnellen Schüssen abfeuern; man brauchte die Pistole bloß in die ungefähre Richtung des Opfers zu halten.

Immer noch keine Spur von ihm.

Wo steckte er bloß?

Oder hatte er sie hergelockt, um unterdessen in ihr Zimmer

einzubrechen und ihren Computer sowie ihre Notizen zu stehlen?

Nein, viel wahrscheinlicher war es, dass er es auf sie selbst abgesehen hatte.

Wie zur Bestätigung knackte irgendwo in der Nähe ein Zweig. Dance sprang auf und drehte sich um. Ihr Rücken kribbelte vor lauter Panik, als würde der Täter ihr mit der Mündung der Waffe über die Wirbelsäule streichen.

Anstatt denselben Weg zu nehmen, auf dem sie hergekommen war, entschied sie sich dafür, in gerader Linie das Motel anzusteuern. Diese Strecke war kürzer, auch wenn das bedeutete, dass Dance den einen Meter achtzig hohen Zaun überklettern musste. Trotzdem glaubte sie, keine Alternative zu haben. Sie wandte sich von der einsamen Zigarette ab und lief geduckt in Richtung Straße los.

Wenn sie die vier Fahrspuren überquerte, würde sie völlig schutzlos...

In dem Moment ließ er die Falle zuschnappen.

Genau genommen löste sie die Falle selbst aus, denn sie stolperte über die Angelschnur – oder vielleicht auch Gitarrensaite –, die er quer über den von ihm vorausgesehenen Rückweg gespannt hatte.

Dance stürzte hart auf den festen Erdboden, denn natürlich lag ausgerechnet hier kein Bett aus Kiefernnadeln, das den Aufprall gemildert hätte. Keuchend lag sie da und rang nach Atem.

Verflucht, o verflucht, tut das weh! Ich krieg keine Luft...

Sie hörte schnelle Schritte, die immer näher kamen.

Noch näher, noch näher.

Verzweifelt versuchte sie, in Richtung der Straße zu kriechen, wo vielleicht ein Wagen vorbeifahren und ihn am Schießen hindern würde.

Doch bis zum Zaun waren es mindestens zwölf oder fünfzehn Meter, mitten durch das Unterholz.

Sie wollte aufstehen, schaffte es aber nicht; da war keine Luft in ihrer Lunge.

Dann hörte sie in der stillen, feuchten Nacht ein unverwechselbares Geräusch: Jemand lud den Schlitten einer Automatikpistole durch und beförderte eine Patrone in die Kammer.

45

Kathryn Dance versuchte ein letztes Mal, in Deckung zu gelangen.

Doch es gab hier keine Deckung, nur dünne Kiefern und karge Sträucher.

Dann ertönte nicht weit entfernt eine feste Männerstimme. »Kathryn!« Ein schneidendes Flüstern.

Sie sah sich um, konnte aber niemanden sehen.

Dann rief der Sprecher: »Sie da bei dem Spielgerüst. Ich bin County Deputy. Ich habe eine Waffe. Keine Bewegung!«

Dance hielt nach dieser zweiten Person Ausschau, konnte aber auch ihren Angreifer nicht entdecken.

Es folgte eine endlose Pause, und dann hörte sie hinter sich jemanden weglaufen.

Ihr Retter rannte sofort hinterher. Dance rappelte sich auf und versuchte – immer noch weitgehend erfolglos – zu atmen. Wer war das? Harutyun?

Sie rechnete damit, Schüsse zu hören, aber es gab keine, nur das Geräusch zurückkehrender Schritte. »Kathryn, wo bist du?«, flüsterte ihr Retter. Die Stimme klang vertraut.

»Hier.«

Er kam näher. Endlich gelang ihr ein tiefer Atemzug. Sie wischte sich die Tränen aus den Augen und blinzelte überrascht.

Der Mann, der dort soeben durch den Wald zu ihr kam und seine Waffe einsteckte, war Michael O'Neil.

Sie stieß ein Lachen aus. Es klang teilweise erleichtert, teilweise erfreut und auch ein klein wenig hysterisch.

Sie saßen in der Bar und tranken jeder ein Glas Sonoma Cabernet.

»Das war dein Wagen?«, fragte Dance. »Der hier vor einer Viertelstunde auf den Parkplatz eingebogen ist?«

»Ja. Ich habe gesehen, wie du die Straße überquert hast. So, als sollte dich niemand bemerken.«

»Ich habe es jedenfalls versucht. War aber nicht gut genug.«

»Also bin ich dir gefolgt.«

Sie lehnte ihren Kopf an seine breite Schulter. »Oh, Michael, ich hätte nie gedacht, dass es eine Falle war.«

»Wer war das? Edwin?«

»Vielleicht. Ja, nein, wir wissen es nicht. Was hast du gesehen?«

»Nichts. Einen Schatten.«

Sie lachte bei dem Wort leise auf und trank einen Schluck. »Das ist das Motto dieses Falls: Schatten.«

»Benutzt er immer noch dieses Lied, von dem du mir erzählt hast?«

»Ja.«

Sie fasste für ihn die Entwicklungen dieses Tages zusammen. Dazu zählte auch, dass die Informationen auf einer der Internetseiten, auf die O'Neil bei dem Partner des Filesharers in Salinas gestoßen war, dazu beigetragen hatten, das Leben von Kayleighs Stiefmutter zu retten.

»Er nimmt sich nahe Angehörige vor?« O'Neil war ein erfahrener Detective und hatte auch schon mit Stalking-Fällen zu tun gehabt. »Das ist selten.«

»Ja, ist es.« Sie überlegte. »›Your Shadow‹ hat noch eine weitere Strophe. Andererseits hat Kayleigh eine Menge Songs geschrieben. Sie ist überzeugt, dass er die Brände wegen ihres Hits ›Fire and Flame‹ gelegt hat. Wer weiß schon, was er sich noch ausdenkt? Bei ›Your Shadow‹ hat jede Strophe ein eigenes Thema, aber sie sind nur vage umrissen, sodass wir nicht vorhersehen können, wer sein nächstes Opfer sein wird.«

»Wie lautet die letzte Strophe denn?«
Dance kannte den Text inzwischen auswendig.

You can't keep down smiles; happiness floats.
But trouble can find us in the heart of our homes.
Life never seems to go quite right,
you can't watch your back from morning to night.

Das Lächeln vergeht dir nicht,
es gibt auch glückliche Momente.
Doch sogar in der Geborgenheit unseres
Zuhauses können die Sorgen uns einholen.
Das Leben läuft anscheinend nie so richtig rund,
und du kannst nicht von morgens
bis abends auf der Hut sein.

»Das mag ja ein Liebeslied sein, aber ich finde es ziemlich unheimlich. Und du hast recht, es liefert nicht unbedingt die GPS-Koordinaten des nächsten Tatorts.«

»Also«, sagte Dance und musterte ihn dabei von oben bis unten. »Du bist nach dem Abendessen einfach ins Auto gehüpft und dreieinhalb Stunden hergefahren, ja?«

O'Neil sah anderen Leuten nur selten in die Augen, auch wenn sie ihm nahestanden, und nun betrachtete er den Tresen und den rubinroten Lichtfleck, den sein Weinglas darauf warf. »Durch diesen Kerl in Salinas besteht eine Verbindung nach Monterey. Es erschien mir sinnvoll, mal hier vorbeizuschauen.«

Sie fragte sich, ob er hergekommen war, weil er wusste, dass Jon Boling sie nicht begleitet hatte. Wie hätte er das herausfinden können? Durch ihre Mutter? Die Frau wusste, dass Kathryn und O'Neil eng befreundet waren, und sie hatte den Deputy sehr gern.

»Und ich dachte mir, ich bringe dir ein Geschenk mit«, fuhr der Detective fort. »Die Art von Geschenk, die ich nicht mit

FedEx schicken konnte. TJ hat gesagt, du bist unbewaffnet hier. Ich habe beim CBI eine Glock für dich geholt. Besteht Overby eigentlich immer darauf, dass man so viele Formulare ausfüllt?«

Ja, der Leiter ihrer Dienststelle machte sich bestimmt Sorgen, dass ein leichtfertiger Umgang mit Schusswaffen letztlich zu schlechter Publicity für das Bureau führen konnte. Nun ja, für *ihn*.

»Charles liebt dreifache Ausfertigungen«, sagte sie lächelnd und verlagerte ihre Haltung auf dem Barhocker, weil ein Schmerz von dem Sturz durch ihre Seite zuckte.

O'Neil griff in seine Computertasche und händigte ihr einen schwarzen Pistolenkoffer aus Kunststoff aus. »Inklusive fünfzig Schuss. Falls du mehr brauchst, nun ja, dann stecken wir wohl alle in echten Schwierigkeiten.«

Sie drückte seinen Arm. Wollte wieder ihren Kopf an seine Schulter legen, unterließ es aber. »Das hier hat als Urlaubsreise angefangen. Mehr war es nicht.«

In diesem Moment betrat Dennis Harutyun die Bar, und Dance stellte die beiden einander vor, wenngleich der hiesige Deputy sich noch von dem Skype-Telefonat an O'Neil erinnerte. Es war Mitternacht, aber der Detective sah mit seinem perfekt gebügelten Uniformhemd so frisch aus, als wäre dies sein Dienstbeginn. »Charlies Leute haben den Park durchkämmt«, sagte er zu Dance. »Außer der Zigarette und der Angelschnur, die er als Stolperdraht benutzt hat, wurde nichts gefunden. Wir lassen die Zigarette auf DNS untersuchen, aber es wird wohl keine geben. Wenn er schlau war – und das scheint er ja zu sein –, hat er Handschuhe getragen und den Filter nie mit dem Mund berührt. Die Angelschnur ist eine aus Nylon, wie man sie in jedem beliebigen Sportfachgeschäft oder Einkaufszentrum bekommt.«

O'Neil berichtete die wenigen Dinge, die er gesehen hatte. Dance hatte zwar das Durchladen gehört, aber keiner von ihnen hatte die Pistole je zu Gesicht bekommen, von dem Eindringling ganz zu schweigen.

»Ist die Waffe Ihres Kollegen, der daraufhin suspendiert wurde, immer noch verschwunden?«, fragte der Detective aus Monterey.

»Ja. Oh, und es wird noch schlimmer.« Harutyun sah Dance an. »Haben Sie es ihm schon erzählt?«

»Nein.«

»Unser leitender Detective, Pike Madigan – den kennen Sie auch von unserem Skype-Gespräch –, sowie ein weiterer Kollege haben die Vorschriften bei einer Durchsuchung und Festnahme etwas zu nachlässig ausgelegt. Edwin hat sich beim Justizministerium beschwert, und die beiden wurden ebenfalls suspendiert.«

»Verdammt. Das dürfte Pike ziemlich zu schaffen machen.«

Dance sah aus dem Fenster und bemerkte, dass manche der Fahrzeuge ihr Tempo verringerten, denn der Park war nun hell erleuchtet. Überall liefen Beamte der Spurensicherung und uniformierte Deputys umher, und die Signalleuchten der Streifenwagen blinkten. Es hätte Kathryn nicht überrascht, auch den großen roten Buick vorbeirollen zu sehen. Doch er war natürlich nicht dabei.

»Ich glaube, ich gehe jetzt schlafen.« Ein Blick auf O'Neil. »Du dürftest auch müde sein.«

»Ich habe noch gar kein Zimmer gebucht.«

Nein, er musste mich ja retten.

Als Dance die Drinks auf ihre Zimmernummer anschreiben ließ und den Beleg unterzeichnete, meldete ihr Mobiltelefon den Eingang einer SMS. Sie hatte den Klingelton nach ihrem verheerenden Ausflug in den Park wieder eingeschaltet.

»Was gibt's?«, fragte O'Neil, dem auffiel, dass sie wie betäubt auf das Display starrte.

»Eine Nachricht.« Sie lachte ungläubig auf. »Von Edwin Sharp.«

»Was?«

»Er würde sich gern mit mir treffen.«

»Warum?«

»Um zu reden, schreibt er. Er möchte sich mit mir im Sheriff's Office treffen.« Sie blickte auf und sah erst O'Neil und dann Harutyun an. »Er fragt mich außerdem, ob ich einen schönen Abend gehabt habe.«

Harutyun atmete vernehmlich aus. »Der Kerl hat ja Nerven.«

Sie schrieb zurück, sie würde sich mit ihm um neun Uhr morgens treffen.

Er antwortete:

Gut. Ich freue mich schon darauf, etwas Zeit mit Ihnen allein zu verbringen, Agent Dance.

MITTWOCH

46

Um Punkt neun Uhr traf Kathryn Dance sich mit Edwin Sharp in einem unbenutzten Büro des FMCSO, nicht etwa in einem Verhörraum. Die Ausstattung des Zimmers war nicht einschüchternd, und es gab hier auch keine Spiegel.

Der Ort war Dance' Idee gewesen, um Edwin nicht unter Druck zu setzen. Gemütlich war es hier allerdings auch nicht. Das Büro hatte keine Fenster und besaß einen grauen verschrammten Schreibtisch, dem ein Bein fehlte, das durch einen Stapel Bücher ersetzt worden war. Dazu drei verstaubte tote Pflanzen und haufenweise Aktenkartons. An den Wänden hing ein halbes Dutzend verblasster Fotos von einem Familienurlaub an einem See, circa 1980.

Der hochgewachsene Mann trat vor Kathryn ein, ließ sich auf den Stuhl fallen und blickte ihr belustigt und neugierig entgegen. Ihr fielen abermals seine übergroßen Arme, Hände und Augenbrauen auf. Er trug ein kariertes Hemd und enge Jeans, dazu einen breiten Gürtel mit großer silberner Schnalle, die aus irgendeinem Grund zu einem stereotypen Bestandteil des Cowboytums geworden war. Dance fragte sich, ob die Leute auf den Ebenen von Kansas oder Westtexas im neunzehnten Jahrhundert wirklich solche Gürtel getragen hatten.

Seine Stiefel mit Metallkappen auf den Spitzen waren abgenutzt, sahen aber teuer aus.

»Stört es Sie, wenn ich mir Notizen mache?«, fragte sie.

»Überhaupt nicht. Meinetwegen können Sie unser Gespräch sogar aufzeichnen.« Er sah sich im Zimmer um, als wüsste er, dass jemand genau das tat. Dance war nicht verpflichtet, es ihm mitzuteilen, denn sie hatten sich einen entsprechenden Gerichtsbeschluss besorgt; der Mann war immerhin ein Mordverdächtiger.

Nach außen ließ Dance sich nichts anmerken, aber seine Auffassungsgabe – oder Intuition – gab ihr zu denken. Dazu sein völlig ruhiges Verhalten. Und dieser Anflug eines falschen Lächelns verstärkte den unheimlichen Eindruck nur noch.

»Falls Sie eine Kaffee- oder Zigarettenpause einlegen möchten, brauchen Sie es nur zu sagen.«

»Ich halte mich von Kaffee fern«, sagte er und äußerte sich mit keiner Silbe zu dem zweiten Angebot. Aus Schüchternheit? Dance hatte herausfinden wollen, ob er immer noch Raucher war. Doch ob er sie nun ausmanövriert hatte oder nicht, sie konnte das Thema kein zweites Mal zur Sprache bringen, ohne Verdacht zu erregen – so wie es Madigan während des ersten Verhörs passiert war.

Dann überraschte Edwin sie noch mehr, denn er fragte beiläufig: »Wie lange arbeiten Sie schon im Polizeidienst, Agent Dance?«

Das war genau die Art von Frage, die sie selbst in der Anfangsphase eines Verhörs stellen würde, um eine Verhaltensnorm für die kinesische Analyse zu etablieren.

»Schon seit einer ganzen Weile. Aber bitte nennen Sie mich Kathryn. Also, was kann ich für Sie tun?«

Er lächelte wissend, als hätte er mit einer solch ausweichenden Antwort gerechnet. »›Seit einer Weile.‹ Aha. Sie wirken erfahren. Das ist gut. Oh, und Sie können mich Edwin nennen.«

»Gern, Edwin.«

»Gefällt es Ihnen in Fresno?«

»Ja.«

»Ein wenig anders als Monterey, nicht wahr?«

Es überraschte Dance nicht, dass Edwin Nachforschungen

über sie angestellt hatte. Sie fragte sich allerdings, wie viel er wohl über sie wusste.

»Es ist schön hier«, fuhr er fort. »Ich habe nicht viel für Nebel übrig. Wohnen Sie nah am Wasser?«

»Edwin, was kann ich für Sie tun?«

»Sie sind beschäftigt, ich weiß. Reden wir nicht lange um den heißen Brei herum. So hat meine Mutter das genannt. Als Kind habe ich mich immer gefragt, was heißer Brei damit zu tun hat. Sie hat überhaupt gern Redewendungen benutzt. Eine tolle Frau.« Sein Blick wanderte über ihr Gesicht und streifte kurz ihre Brust und ihren Bauch, aber nicht auf anzügliche Weise. Dann sah er ihr wieder in die Augen. »Ich wollte mit Ihnen sprechen, weil Sie klug sind.«

»Klug?«

»Ich wollte mit jemandem sprechen, der mit dieser Situation zu tun hat und klug ist.«

»Hier im Sheriff's Office arbeiten viele gute Leute.« Sie vollführte dabei eine ausholende Geste und fragte sich, ob er mit seinem Blick wohl ihrer Hand folgen würde. Das tat er nicht. Seine Augen blieben eindringlich auf ihr Gesicht gerichtet und saugten die Bilder in sich auf.

Und dazu dieses Lächeln …

»Keiner von denen ist so klug wie Sie. Das ist eine Tatsache. Und außerdem haben Sie keine Agenda.« Er verzog das Gesicht, und seine Brauen rückten sogar noch enger zusammen. »Hassen Sie solche Phrasen nicht auch? ›Eine Agenda haben‹. ›Botschaften senden‹. ›Blinde Gefolgschaft leisten‹. Klischees. Ich bedauere, dass ich das mit der Agenda gesagt habe. Bitte verzeihen Sie. Anders ausgedrückt: Sie konzentrieren sich auf die Wahrheit. Sie werden nicht zulassen, dass Ihr – nennen wir es ›Lokalpatriotismus‹ – für Kayleigh Ihr Urteilsvermögen beeinträchtigt, wie es bei den Deputys hier der Fall ist.«

Er konnte sich gut ausdrücken, genau wie in seinen E-Mails, dachte Dance. Die meisten erotomanischen oder liebesobsessiven Stalker waren überdurchschnittlich begabt und gebildet; Edwin schien jedoch noch einmal ein ganzes Stück klüger zu sein. Falls er hinter den Morden steckte, war er hochintelligent, das stand fest. Einen völlig verdrehten Realitätssinn konnte er natürlich trotzdem haben – indem er zum Beispiel glaubte, dass Kayleigh sich allen Ernstes zu ihm hingezogen fühlen würde, wenn er ihre Stiefmutter und den Filesharer ermordete, der ihre Songs gestohlen hatte.

»Die Beamten hier hören mir einfach nicht zu«, fuhr er fort. »Und damit ist die Sache für sie erledigt.«

»Nun, ich höre mir jedenfalls gern an, was Sie zu sagen haben.«

»Danke, Kathryn. Es ist im Grunde wirklich simpel. Ich habe Bobby Prescott nicht umgebracht. Ich halte zwar nichts von Filesharing, aber ich würde deswegen niemanden töten. Und ich habe keinen Anschlag auf Sheri Towne verübt.«

Auch über Opfer Nummer zwei und drei war in den Medien berichtet worden, daher konnte er durchaus von ihnen wissen.

»Das sagen *Sie*, Edwin. Aber *jeder*, den ich verhöre, bestreitet seine Schuld, sogar wenn wir ihn auf frischer Tat ertapp…«

»Ha! Noch so eine Redewendung meiner Mutter.«

»Ich kenne Sie bei Weitem nicht gut genug, um einschätzen zu können, ob Sie fähig oder geneigt sind, jemandem Schaden zuzufügen oder nicht. Erzählen Sie mir ein wenig über sich.«

Wieder so ein wissender, unheimlicher Blick. Aber er spielte mit. Und breitete etwa fünf Minuten lang Fakten vor ihr aus, die sie bereits kannte: seine zwar bedauerliche, aber nicht qualvolle Familiengeschichte. Seine Jobs in Seattle. Seine Abneigung gegenüber schulischer Ausbildung. Er sagte, ihm sei an Schule und Uni oft langweilig gewesen; seine Lehrer und Professoren hätten nicht mit ihm mithalten können – was eine Erklärung für seine widersprüchliche Laufbahn gewesen wäre.

Er spielte seine Computerfähigkeiten herunter, leugnete sie aber nicht.

Sein Liebesleben verschwieg er, ob vergangen oder gegenwärtig.

»Haben Sie eine Freundin?«

Das schien ihn zu überraschen, als würde er denken: Selbstverständlich habe ich eine Freundin. Kayleigh Towne.

»Letztes Jahr war ich mit einer Frau in Seattle zusammen, wir haben uns sogar eine Zeit lang die Wohnung geteilt. Sally war in Ordnung, aber wir hatten kaum gemeinsame Interessen. Ich konnte sie nicht dazu bewegen, mit mir zu Konzerten zu gehen oder so. Am Ende musste ich mich von ihr trennen. Leichtgefallen ist es mir nicht. Sie hatte schon von Heirat gesprochen, aber… es hätte nicht funktioniert. Ich meine… ist es zu viel verlangt, dass man mit jemandem Spaß haben möchte, dass man gemeinsam lachen kann und auf der gleichen, Sie wissen schon, Wellenlänge liegt?«

Keineswegs, dachte Dance, antwortete aber nicht. »Wann haben Sie sich getrennt?«, fragte sie stattdessen.

»Um Weihnachten herum.«

»Das tut mir leid. Es muss hart gewesen sein.«

»Das war es. Ich hasse es, Menschen wehzutun. Und Sally war wirklich nett. Nur… wissen Sie, mit manchen Leuten passt es einfach, mit anderen nicht.«

Sie hatte nun genügend Informationen gesammelt und beschloss, mit der kinesischen Analyse zu beginnen. Sie fragte ihn erneut, was genau sie für ihn tun könne, und behielt sein Verhalten aufmerksam im Auge.

»Okay, ich bin vielleicht nicht das hellste Licht am Baum. Schon wieder eine Mama-Redewendung, ha! Und ich bin nicht allzu ehrgeizig. Aber ich bin schlau genug, um zu erkennen, dass ich hier das Opfer bin, und ich hoffe, dass Sie schlau genug sind, um das ernst zu nehmen. Jemand hängt mir was an – vermutlich dieselben Leute, die mir letztes Wochenende nachspioniert haben. Die waren hinter dem Haus und haben mich, meinen Wagen und sogar den Abfall überprüft.«

»Ich verstehe.«

»Hören Sie, ich bin nicht das Scheusal, als das ich hier von allen dargestellt werde. Und was die Deputys Madigan und Lopez betrifft: Es tut mir leid, dass ich ihre Suspendierung veranlassen musste, aber ich habe nicht damit angefangen. Durch meine Festnahme und die Durchsuchung meines Hauses haben die beiden gegen den vierten und vierzehnten Zusatzartikel sowie mehrere kalifornische Gesetze verstoßen. Die Souvenirs, die sie mir weggenommen hatten, waren mir wichtig. Und wer das Gesetz bricht, muss die Konsequenzen tragen. Genau darum geht es doch bei Ihrem Job, oder? Ich habe den Artikel gelesen, den Sie vor ein paar Jahren als Reporterin über das Justizsystem geschrieben haben. Bei dieser Zeitung in Sacramento. Das war ein guter Artikel. Und Sie haben darin betont, wie wichtig die Unschuldsvermutung ist.«

Dance musste sich schon wieder zusammenreißen, damit man ihr die Überraschung nicht ansah.

»Haben Sie erkennen können, wer Sie da beobachtet hat?«

»Nein. Die haben sich im Schatten gehalten.« Wurde sein Lächeln bei dem Wort »Schatten« etwas breiter? Gab es da eine schwache Reaktion? Sie vermochte es nicht zu sagen.

»Warum haben Sie nicht die Polizei gerufen?«

»Wie kommen Sie darauf, dass ich es nicht getan hätte?«

Sie wusste von dem Anruf; er hatte Madigan im Verhörraum davon erzählt, während sie im Beobachtungszimmer gesessen hatte. Die Frage diente zur Überprüfung seiner Reaktionen. »Sie haben?«

Seine Augen verengten sich. »Ich habe den Notruf gewählt. Und die haben mich gefragt, ob der Mann unbefugt mein Grundstück betreten hätte, und ich schätze, genau genommen hatte er das nicht.«

»Sind Sie sicher, dass es ein Mann war?«

Edwin zögerte einen Moment. »Äh, nein. Ich bin bloß davon ausgegangen.« Sein seltsames Lächeln. »Das ist gut,

Kathryn. Sehen Sie, das habe ich damit gemeint, als ich sagte, dass Sie klug sind.«

»Weshalb sollte jemand Sie zum Sündenbock machen?«

»Ich weiß es nicht. Es ist nicht meine Aufgabe, meine Unschuld zu beweisen. Ich weiß nur, ich habe niemandem etwas getan, während jemand anders sich nach Kräften bemüht, es so aussehen zu lassen.« Seine Augen musterten durchdringend ihr Gesicht. »Und hierbei benötige ich Ihre Hilfe. Ich war allein, als Bobby getötet wurde, und für den Mord an dem Filesharer gilt das Gleiche. Aber für den Anschlag auf Sheri Towne habe ich ein Alibi.«

»Haben Sie den Deputys davon erzählt?«

»Nein. Weil ich denen nicht traue. Daher wollte ich heute mit Ihnen reden. Ich war mir anfangs nicht sicher, ob das eine gute Idee ist – weil Sie eine Freundin von Kayleigh sind –, aber nachdem ich Ihren Artikel gelesen und Sie kennengelernt hatte, kam ich zu dem Schluss, dass Sie nicht zulassen würden, dass diese Freundschaft Ihr Urteilsvermögen beeinträchtigt. Vielleicht weil Sie eine Mutter sind.« Er ließ diesen letzten Satz fallen, ohne etwas hinzuzufügen oder auch nur auf eine Reaktion zu warten. Dance fragte sich, ob ihre Miene den Schreck verriet, den er ihr eingejagt hatte.

»Erzählen Sie mir von dem Alibi«, bat sie ruhig.

»Ich wollte zu diesem Mittagessen für den Fan. Ich habe zwar nicht damit gerechnet, reingelassen zu werden, aber ich dachte, ich könnte womöglich aus einiger Entfernung zuschauen oder Kayleigh von Weitem singen hören, keine Ahnung. Wie dem auch sei, ich habe mich verfahren. In der Nähe des Universitätsgeländes habe ich angehalten und nach dem Weg gefragt. Da war es zwölf Uhr dreißig.«

Ja, das war ziemlich genau der Zeitpunkt des Anschlags.

»Mit wem haben Sie gesprochen?«

»Den Namen weiß ich nicht. Es war eine Wohngegend beim Sportstadion. Die Frau hat in einem der Gärten gearbeitet. Sie hat aus dem Haus eine Straßenkarte geholt, und ich habe an der Tür gewartet. Der Fernseher lief, und die Mittagsnachrichten sind gerade zu Ende gegangen.«

Zur selben Zeit sind mir die Kugeln um die Ohren geflogen, und ich wurde vom Splitter des Feuerlöschers getroffen, erinnerte sich Dance.

»Wie hieß die Straße?«

»Keine Ahnung. Aber ich kann das Haus beschreiben. Da hingen haufenweise Körbe mit Pflanzen darin. Diese leuchtend roten kleinen Blumen. Wie nennt man die doch gleich?«

»Geranien?«

»Kann gut sein. Kayleigh hat viel für Gärten übrig. Ich nicht so sehr.« Als würde er über seine Frau sprechen. »Meine Mutter war auch so. Sie hatte – Klischeealarm! – einen echten grünen Daumen.«

Dance lächelte. »Wissen Sie noch mehr über das Haus?«

»Dunkelgrün. Ein Eckhaus. Oh, und es hatte einen Carport, keine Garage. Die Frau war nett, also bin ich ihr bei ein paar Säcken mit Grassamen zur Hand gegangen. Sie war Mitte siebzig. Eine Weiße. An mehr kann ich mich nicht erinnern. Ach ja, sie hatte Katzen.«

»Okay, Edwin. Wir werden das überprüfen.« Dance notierte sich die Einzelheiten. »Dürfen wir den Bereich hinter Ihrem Haus untersuchen, wo Sie den Eindringling bemerkt haben?«

»Sicher, na klar.«

Sie blickte nicht auf, fragte aber sogleich: »Und dürfen wir uns auch in Ihrem Haus umsehen?«

»Ja.« Hatte er für den Bruchteil einer Sekunde gezögert? Sie konnte es nicht sagen. »Falls Deputy Madigan mich vorher gefragt hätte, hätte ich es ihm auch erlaubt«, fügte er hinzu.

Dance hatte ihn dazu gebracht, Farbe zu bekennen, doch eventuell steckte gar kein Bluff dahinter. Sie sagte, sie würde einen Termin für den Besuch der Deputys vereinbaren.

Und sie stellte sich selbst die große Frage: Was ergab die Kinesik? Sagte Edwin Sharp die Wahrheit?

Sie war sich wirklich nicht sicher. Den Grund dafür hatte sie Madigan und den anderen am Montag erläutert: Ein Stalker ist für gewöhnlich ein Psychotiker, eine Borderline-Persönlichkeit oder ein schwerer Neurotiker, mit entsprechenden Auswirkungen auf seine Wahrnehmung der Realität. Das hieß, er beschrieb womöglich etwas, das er für die Wahrheit hielt, obwohl nichts davon tatsächlich zutraf. Als Folge würden seine kinesischen Reaktionen bei Unwahrheiten die gleichen sein wie bei objektiv wahren Aussagen.

Weiter erschwert wurde die Analyse durch Edwins verminderten Affekt – die Fähigkeit, Emotionen zu empfinden und zu zeigen, beispielsweise Stress. Man kann die Körpersprache nur dann verlässlich beurteilen, wenn der Stress einer Lüge das Verhalten des Befragten ändert.

Dennoch – Verhöre und Befragungen sind eine komplexe Kunst und können mehr enthüllen als lediglich den Versuch einer Irreführung. Bei den meisten Zeugen und Verdächtigen empfiehlt es sich, in erster Linie auf die Körpersprache und erst als Zweites auf die verbale Qualität zu achten – zum Beispiel die Tonlage einer Stimme und die Sprechgeschwindigkeit.

Auch der dritte Aspekt der menschlichen Kommunikation kann bisweilen hilfreich sein: der verbale Inhalt – *was* wir sagen, die eigentlichen Worte. (Ironischerweise ist das im Allgemeinen der am wenigsten nützliche Faktor, denn er lässt sich am einfachsten manipulieren und ist anfällig für Missverständnisse.)

Doch bei einem gestörten Individuum wie Edwin, auf dessen Kinesik nicht ohne Weiteres Verlass war, blieb vielleicht nur der Blick auf den verbalen Inhalt.

Aber was hatte er Hilfreiches von sich gegeben?

Wie zur Antwort auf ihre stumme Frage schüttelte er den Kopf, und das Lächeln wurde breiter. Es war unprofessionell, aber sie wünschte, er würde dieses Grinsen sein lassen. Seine

Miene war für sie zermürbender als der schlimmste blutrünstige Blick eines Massenmörders.

»Sie halten mich für klug, Edwin. Aber glauben Sie auch, dass ich aufrichtig bin?«

Er überlegte. »Jedenfalls so aufrichtig, wie Sie sein können.«

»Wissen Sie, nach allem, was geschehen ist, halten Sie es da nicht für sinnvoll, nach Seattle zurückzukehren und auf das Konzert zu verzichten? Sie könnten ja auch zu einem späteren Zeitpunkt einen von Kayleighs Auftritten besuchen.«

Sie sagte das, um eine Reaktion zu provozieren und ihn zu Äußerungen über sein Leben und seine Pläne zu verleiten – Angaben, die sie bei der inhaltsbasierten Analyse nutzen konnte.

Sie hatte allerdings nicht damit gerechnet, dass er ungläubig auflachen und sie fragen würde: »Das können Sie doch nicht ernsthaft von mir erwarten, oder?«

»Nein?«

»Kennen Sie Kayleighs Lied ›Your Shadow‹?«

Absolut nichts in seinem Gesicht wies darauf hin, dass dieser Song gewissermaßen als Visitenkarte für Morde genutzt wurde. »Klar«, sagte Dance beiläufig. »Ihr großer Hit. Sie haben ihn als das beste Lied bezeichnet, das je geschrieben wurde.«

Das Grinsen wirkte auf einmal nicht mehr so gekünstelt. »Das hat *sie* Ihnen erzählt, nicht wahr?« Er strahlte; seine Geliebte hatte sich an seine Zeilen erinnert. »Nun, wissen Sie, es geht in dem Lied um sie selbst.«

»Sie selbst? Kayleigh?«

»Genau. Die erste Strophe dreht sich darum, dass die Leute sie als Musikerin ausnutzen. Und dann gibt es eine Strophe über den Autounfall, bei dem ihre Mutter gestorben ist. Da war Kayleigh fünfzehn. Wissen Sie, dass Bishop am Steuer gesessen hat und betrunken war?«

Nein, das hatte Dance nicht gewusst.

»Er hat dafür acht Monate im Gefängnis gesessen. Und er ist seitdem nie wieder Auto gefahren. Und diese andere Strophe über den Fluss?« Nun endlich verblasste das Lächeln. »Ich glaube … ich weiß es nicht, aber ich glaube, dass ihr im Alter von ungefähr sechzehn Jahren etwas ziemlich Schlimmes zugestoßen ist. Sie ist damals für eine Weile von der Bildfläche verschwunden. Ich glaube, sie hatte einen Nervenzusammenbruch und hat versucht, sich das Leben zu nehmen. Sich zu ertränken. Darum geht es in der zweiten Strophe des Liedes.«

Stimmte das? Auch hiervon hatte Dance noch nie gehört.

Sein Gesicht blieb ernst. »Wie traurig das ist! Einen Song als Trost für sich selbst zu schreiben, weil ansonsten niemand für einen da ist. Furchtbar …« Er sah sie mit äußerstem Nachdruck an. »Kayleigh hat mir ein Dutzend E-Mails und einige echte Briefe geschickt, und wissen Sie, was für mich in jedem einzelnen Fall zwischen den Zeilen steht? Sie braucht mich, Agent Dance. Sie braucht mich unbedingt. Falls ich sie jetzt im Stich ließe – wer sonst würde auf sie aufpassen?«

47

Deputy Crystal Stanning, Michael O'Neil und Kathryn Dance waren im Besprechungsraum des FMCSO. Der amtierende Chief Detective Dennis Harutyun ebenfalls.

Dance berichtete von der Unterredung mit Edwin. »Ich muss Ihnen ehrlich sagen, er ist kinesisch nur sehr schwer zu durchschauen. An ihm deutet nicht das Geringste auf eine Irreführung hin, was entweder bedeutet, dass er vollständig die Wahrheit sagt, oder dass er komplett wahnhaft ist.«

»Dieser Mistkerl ist es gewesen«, knurrte Stanning.

Wie es schien, war die Frau durch die Arbeit an diesem Fall selbstbewusster und bissiger geworden. Vielleicht lag es aber auch nur an Madigans Abwesenheit.

Eine Nachfrage bei der Notrufzentrale erbrachte die Bestätigung, dass Edwin dort tatsächlich einen Spanner gemeldet hatte. Sein Anruf war um neunzehn Uhr am Samstagabend eingegangen. Er hatte angegeben, jemand würde sich hinter dem Haus herumtreiben und ihn beobachten. Keine weiteren Einzelheiten. Der Disponent hatte ihn angewiesen, erneut anzurufen, falls der Verdächtige tatsächlich unbefugt das Grundstück betreten oder ihn bedrohen würde.

Charlie Sheans Leute von der Spurensicherung waren vor einer Weile aufgebrochen, um den fraglichen Bereich zu untersuchen. Er würde sich bald mit den vorläufigen Ergebnissen melden.

»Samstag – das war der Tag vor Bobbys Ermordung«, sagte O'Neil. »Wer könnte Edwin beobachtet haben? Wer wusste, dass er in der Stadt war?«

»Kayleighs Anwälte haben uns vor etwa einer Woche mitgeteilt, dass er sich in Fresno aufhalten und uns Probleme machen könnte«, sagte Harutyun.

»Jeder könnte herausgefunden haben, wo Edwin war«, gab Dance zu bedenken.

»Wie denn das?«, fragte Harutyun.

Kathryn erklärte, Sharp habe auf den Fanseiten im Internet gepostet, er werde »eine Weile« in Fresno sein.

Harutyun erhielt einen Anruf und sprach einige Minuten.

»Die Streifen suchen die Gegend rund um das Bulldog Stadion und das Universitätsgelände ab«, berichtete er dann. »Das Viertel ist dicht bebaut. Es geht nur schleppend voran.«

Sie suchten nach der alten Dame, die Edwin zum Zeitpunkt des Anschlags auf Sheri nach dem Weg gefragt haben wollte. Dance nannte sie die Alibifrau.

Kurz darauf traf Charlie Shean ein. Er begrüßte alle Anwesenden und informierte sie über die jüngste Tatortuntersuchung. Sein ausgeprägter Bostoner Akzent war hier in Kalifornien eine Seltenheit.

»Wir haben uns sein Haus vorgenommen und einige Partikelspuren eingesammelt, aber alles war sauber. Ich frage mich, ob er gründlich geputzt hat, nachdem er Ihnen die Erlaubnis zur Durchsuchung erteilt hatte.« Ein Blick zu Dance.

Sie musste an Edwins kurzes Zögern vor dem Einverständnis denken.

»Gab es dort Zigaretten?« Dance hatte sie gebeten, darauf zu achten.

»Nein. Auch keine Feuerzeuge, Streichhölzer oder Aschenbecher. Und nach Zigaretten gerochen hat es ebenfalls nicht … Die Latexhandschuhe in Edwins Küche sind vermutlich nicht die gleichen wie beim Mord an Bobby Prescott, das wissen wir bereits dank der früheren Untersuchung. Die Faltenmuster stimmen nicht überein … Kommen wir nun zu der Stelle hinter dem Haus, von der aus er angeblich beobachtet wurde.

Nun, wir haben dort im Staub Schuhabdrücke gefunden – von Cowboystiefeln, wie es aussieht, nicht von der Sorte Schuhe, die Müllmänner oder Arbeiter tragen würden. Der Wind hatte sie zum Teil schon verweht, aber wenigstens hat es in den letzten Tagen nicht geregnet, sonst wäre nichts mehr da gewesen. In diesem Zustand verraten die Spuren uns aber leider weder die Größe noch das Alter der Stiefel, noch das Geschlecht der Person. Und wir haben ungefähr dreißig Partikelproben genommen, aber die vorläufige Untersuchung hat nichts erbracht. Tut mir leid, Dennis – falls da etwas ist, wüsste ich nicht, wie es uns weiterhelfen könnte. Wir haben mittlerweile bestätigt, dass die Zigarette von gestern Abend bei Ihrem Motel eine Marlboro ist. Wir verfügen zudem über Asche vom Schauplatz des Anschlags auf Sheri Towne – Zigarettenasche, meine ich –, aber wir können mit unserer technischen Ausstattung nicht verlässlich ermitteln, von welcher Marke sie stammt oder wie lange sie schon dort gelegen hat.«

Eine Sekretärin kam zur Tür herein und überreichte Dennis Harutyun einen Stapel Papier. »Das sind die Antworten, auf die Sie gewartet haben, wegen Bobby Prescott. Die E-Mails sind endlich eingetroffen.«

Der Deputy überflog sie und lachte. Zwar nur leise, aber nach seinen Maßstäben war das ein fast schon überschwänglicher Gefühlsausbruch.

Er blickte auf. »Wie Sie wissen, bin ich der Frage nachgegangen, ob es noch andere Motive für den Mord an Bobby Prescott geben könnte«, sagte er.

»Und?«, fragte Dance.

»Nun, ich habe da vielleicht eines gefunden.«

»Raus damit.«

»Haben Sie schon mal von vier Typen namens John, Paul, George und Ringo gehört?«, fragte er.

48

Dance und O'Neil nahmen die Durchsuchung eigenhändig vor.

Es fühlte sich gut an, wieder bei ihm zu sein und mit ihm zusammenzuarbeiten. Zum Teil, weil es einfach angenehm war, eine nahestehende Person um sich zu haben, deren subtile Blicke, Mienen und Gesten man auch ohne jedes Wort verstand.

Zum Teil aber auch, weil sie ihre beruflichen Fähigkeiten kombinieren konnten. Denn gemeinsam waren sie mehr als die Summe ihrer individuellen Eigenschaften. Die Polizeiarbeit ist ein hartes Geschäft und lässt sich nicht allein bewältigen. Sie kann sogar regelrecht zum Albtraum werden, wenn man keinen guten Draht zu seinem Partner hat – und das bedeutet nicht nur ein unangenehmes Arbeitsklima, sondern auch, dass weniger böse Jungs gefasst werden.

Polizeiliche Ermittlungen können eine Form von Kunst sein wie ein Ballett, eine Choreografie aus Methode und Zielstrebigkeit, und mit Michael O'Neil empfand Dance dies in nahezu völliger Perfektion.

Der Ort, an dem sie ihre Harmonie nun zur Anwendung brachten, war Bobby Prescotts Wohnwagen, und ausschlaggebend für die Suche war Harutyuns Enthüllung über die Fab Four gewesen.

Dance glaubte inzwischen zu wissen, was hier am Vormittag nach dem Mord gestohlen worden war – von der Person, die Tabatha Nysmith in Bobbys Wohnwagen gesehen hatte. Und der entwendete Gegenstand war kein Andenken an Kayleigh Towne. Er hatte sogar nicht das Geringste mit der Sängerin oder dem Stalker zu tun – abgesehen von dem Umstand, dass, jawohl, Edwin Sharp anscheinend tatsächlich als Sündenbock herhalten sollte, genau wie er die ganze Zeit behauptete.

»Aha«, sagte sie ein wenig atemlos. Sie hielt einen Ordner in der Hand – und zwar aus dem Regal, aus dem etwas zu fehlen schien, wie sie bereits zwei Tage zuvor gemeinsam mit P. K. Madigan festgestellt hatte.

O'Neil kam zu ihr. Sie blätterten den Ringordner durch, in dem Bobby Prescotts Vater Einzelheiten über seine Arbeit als Toningenieur notiert hatte – in den Londoner Abbey Road Studios während der Sechziger- und Siebzigerjahre.

Dance erinnerte sich, dass Tabatha die illustre Karriere von Bobbys Vater erwähnt hatte.

Es war eine atemberaubende Liste der Talente jener Ära: Cliff Richard, Connie Francis, die Scorpions, die Hollies, Pink Floyd und natürlich die Beatles, die *Yellow Submarine* und *Abbey Road* dort eingespielt hatten. Viele der Notizen waren rätselhaft – es ging offenbar um Synthesizer, die Dynamik von Verstärkern, Akustikprobleme und irgendwelche Instrumente.

Doch am bedeutendsten war die Kopie eines handschriftlichen Briefes an Bobbys Vater:

13. Juni 1969

An Bob Prescott:
He, Kumpel, danke für den GROSSARTIGEN Job, Du bist wirklich der beste aller Toningenieure. Es war toll, mit Dir zu arbeiten. Zum Dank für all die schlaflosen Nächte überlassen wir Dir die Bänder mit den Songs, an denen wir nach den Aufnahmen zu »Abbey Road« herumgespielt haben, und zwar inklusive aller Rechte. Die Liste steht unten. Bis bald!

»Moment mal«, sagte O'Neil. »Sind das…?«

»Ich glaube, sie sind es«, flüsterte Dance. »Mein Gott, ich glaube, sie sind es.« Am unteren Rand der Seite standen die Titel von vier Songs. Keiner davon zählte zu dem bekannten Repertoire der Beatles.

Sie erklärte, die Arbeit am Album *Abbey Road* habe im Frühjahr 1969 begonnen. Es war das letzte Studioalbum der Band. Zwar wurde ein Jahr später noch *Let It Be* veröffentlicht, aber das war bereits im Januar 1969 eingespielt worden.

Dennis Harutyun – der »Bibliothekar« des FMCSO, wie Madigan ihn nannte – hatte bei seiner Suche nach einem möglichen Mordmotiv einige erstaunliche Erkenntnisse aus dem Leben von Bobby Prescott und seiner Familie zutage gefördert. Der Deputy war irgendwo tief im Internet auf Gerüchte gestoßen, laut denen Bobbys Vater aus seiner Zeit als Toningenieur in London einige Rohfassungen von Beatles-Songs besessen haben könnte.

Doch dies waren offenbar keine Rohfassungen, sondern vollständig produzierte Songs, original und unveröffentlicht, die niemand sonst je zu hören bekommen hatte.

»Und die Beatles haben sie einfach so verschenkt?«, fragte O'Neil.

»Die Band war damals schon in Auflösung begriffen. Sie waren reich. Vielleicht haben sie keinen Wert mehr darauf gelegt. Oder womöglich fanden sie die Lieder einfach nicht gut.«

»Der Brief trägt keine Unterschrift.«

Dance zuckte die Achseln. »Ein Schriftexperte könnte feststellen, wer von den vier ihn verfasst hat. Aber es heißt dort ›nach den Aufnahmen zu *Abbey Road*‹. Wer sonst sollte es sein? Sie müssen danach noch einige Tage im Studio geblieben sein und Songideen gesammelt haben. Das spielt keine Rolle; es sind trotzdem Lieder der Beatles.«

»Bobby hat die Bänder von seinem Vater bekommen.«

»Richtig«, sagte Dance und deutete auf die Regale. »Der Täter hat es herausgefunden und auf eine günstige Gelegenheit gewartet, um ihn zu töten und sie zu stehlen.«

»Und die günstige Gelegenheit war jemand wie Edwin, der irgendwann aufgetaucht ist und einen guten Sündenbock abgegeben hat.«

»Genau.«

»Der Täter muss demnach Bobby und seine Archive gekannt und von den Gerüchten über die Beatles-Songs gewusst haben.« Er musterte die Songtitel. »Könnte man die überhaupt zu Geld machen?«

»Ich schätze, er könnte zumindest einen millionenschweren Finderlohn herausschlagen. Oder er könnte sie an einen zurückgezogen lebenden Sammler verkaufen – wie diesen japanischen Geschäftsmann, von dem letzten Monat in den Nachrichten die Rede war. Er wurde verhaftet, weil er fünfzig Millionen für einen gestohlenen van Gogh gezahlt hat. Er wollte das Bild in seinem Keller aufbewahren und es niemals jemandem zeigen. Es ging ihm einfach nur um den Besitz.«

»Okay, wir kennen nun das Motiv«, überlegte O'Neil. »Die zweite Frage lautet: Wer ist der Täter? Hast du eine Idee? Ich kenne die Beteiligten hier nicht.«

Dance überlegte und ließ den Blick durch den Wohnwagen schweifen.

Von A nach B nach Z…

»Du musst etwas für mich tun.«

»Klar«, sagte der Detective. »Beweissuche, Spurensicherung? Für Verhöre bist du besser geeignet als ich, aber wenn du willst, bin ich dabei.«

»Nein«, sagte sie, fasste ihn bei den Schultern und schob ihn anderthalb Meter nach hinten. Dann wich sie zurück und musterte ihn genau. »Bleib einfach da stehen, und rühr dich nicht.«

Während sie zur Tür hinausging, sah O'Neil sich um und sagte: »Das kriege ich hin.«

Eine halbe Stunde später rasten Dance und O'Neil zusammen mit mehreren FMCSO-Deputys durch den dunstigen Spätsommernachmittag zu einem Motel am Highway 41.

Es war ein Red Roof Inn. Annehmbar, sauber, aber sicherlich weit unter dem Standard, den der Gast, den sie gleich verhaften würden, an gewissen Punkten seines Lebens gewohnt gewesen war.

Die vier Fahrzeuge näherten sich leise.

Es stellte sich natürlich die Frage der Zuständigkeit, doch Dance und O'Neil waren nicht hier, um Lorbeeren zu ernten, sondern um Amtshilfe zu leisten. Die eigentliche Festnahme würde Sache der hiesigen Beamten sein. Kathryn hatte immerhin eingewilligt, dass Madigan die Ermittlungen leiten und die Publicity für sich verbuchen könnte. Da er zurzeit suspendiert war, würde es nun wenigstens das FMCSO im Allgemeinen sein, das den Ruhm einstrich.

Die drei Streifenwagen – und Dance' Nissan – bogen auf das Motelgelände ein und parkten. Dance und O'Neil sahen einander an. Lächelnd und in stillschweigendem Einverständnis begaben sie sich auf die Rückseite des Gebäudes, während Harutyun, Stanning und vier weitere Deputys durch die Gänge zum Zimmer des Verdächtigen liefen.

Der nervöse Täter hatte bereits mit dem Besuch gerechnet, genau wie sie vermutet hatten. Er hatte die Fahrzeuge bemerkt und sprang nun im wahrsten Sinne des Wortes aus dem Fenster seines Zimmers auf einen unansehnlichen Flecken Gras, auf dem normalerweise die Hunde ihr Geschäft verrichteten. Der Mann rappelte sich sofort auf, hängte sich den Riemen seiner Computertasche um und wollte wegrennen. Doch er entschied sich wohlweislich dagegen, denn er sah sich plötzlich Dance und O'Neil gegenüber, die mit ihren Waffen beide auf seinen Kopf zielten.

Zwei ernste Deputys, ein Latino und ein Weißer, kamen hinzu und legten Barry Zeigler Handschellen an. Dann führten sie Kayleighs Produzenten nach vorn auf den Parkplatz. Kathryn Dance nahm die Computertasche an sich, in der die unbezahlbaren Songs verstaut sein mussten, die Zeigler aus Bobby Prescotts Wohnwagen gestohlen hatte – nur wenige Stunden nachdem er den Roadie ermordet hatte.

49

»Ihre Körpergröße«, erklärte Dance.

Zeigler hockte wie ein Häuflein Elend auf der Rückbank einer der Streifenwagen. Die Tür stand offen, und er saß mit dem Rücken zum Innenraum, die Hände weiterhin hinten gefesselt.

Kathryn antwortete nun etwas ausführlicher auf seine Frage, wie sie ihm auf die Spur gekommen sei. »Der Täter musste Bobby ziemlich gut kennen und hatte sich wahrscheinlich schon früher in dem Wohnwagen aufgehalten. Und er musste jemand sein, der mit dem gesamten Umfeld der Band vertraut war.«

Den entscheidenden Punkt verriet sie ihm als Nächstes: »Außerdem war er groß.«

»Groß?«

Sie erzählte von dem Gespräch, das sie zwei Tage zuvor mit Tabatha von der anderen Straßenseite geführt hatte. »Sie hat gesagt, sie habe an jenem Vormittag jemanden im Wohnwagen gesehen. Allerdings habe sie nicht seinen Kopf erkennen können, nur seine Brust.«

Dance war eingefallen, wie P. K. Madigan ihr bei der ursprünglichen Durchsuchung unvermittelt von draußen ins Gesicht gestarrt hatte. Deshalb hatte sie O'Neil eine halbe Stunde zuvor an das Fenster des Wohnwagens gestellt, ungefähr dorthin, wo Tabatha den Eindringling bemerkt hatte. Dann war Kathryn auf die andere Straßenseite gegangen. Von dort aus hatte sie deutlich O'Neils Gesicht erkennen können.

Was bedeutete, dass der Unbekannte vom Montagvormittag ein ganzes Stück größer gewesen sein musste als O'Neils ein Meter dreiundachtzig. Dance hatte in den letzten Tagen nur eine Person kennengelernt, die mit Kayleigh Towne zu tun hatte, Bobby kannte und von der Statur her passte: Barry Zeigler.

»Scheiße«, murmelte der Mann und gab sich vollends geschlagen. »Es tut mir leid. Ich weiß nicht, was ich sagen soll. Es tut mir leid.«

Das bekam Dance bei ihren Vernehmungen oft zu hören.

Es tut mir leid.

Gemeint war natürlich, und zwar in zehn von zehn Fällen: Es tut mir leid, dass ich erwischt wurde.

»Als wir uns bei Kayleigh gesehen haben, sagten Sie, Sie seien gerade erst aus Carmel eingetroffen. Aber der Portier hier hat bestätigt, dass Sie bereits am Morgen nach Bobbys Ermordung eingecheckt haben.«

»Ich weiß, ich weiß. Ich habe gelogen. Es tut mir leid.«

Schon wieder.

»Und dann war da noch die Aufnahme von Kayleigh, wie sie ›Your Shadow‹ singt«, sagte Dance. »Die Sie abgespielt haben, um die Anschläge anzukündigen. Sie wurde mit einem hochwertigen digitalen Rekorder aufgezeichnet. Von der Art, wie Profis sie benutzen – Profis wie Sie, Produzenten und Toningenieure.«

»Welche Aufnahme?«, fragte er stirnrunzelnd.

Sie blickte zu Dennis Harutyun, der dem Verdächtigen soeben die Rechte verlesen hatte und nun hinzufügte: »Sie werden verhaftet wegen Mordes, wegen …«

»Wegen Mordes? Was soll das denn heißen?«

Dance und Harutyun sahen sich an.

»Sie werden verhaftet wegen der Ermordung von Bobby Prescott, Sir«, sagte der Detective. »Und wegen der Ermordung von Frederick Blanton. Zudem wegen versuchten Mordes an Sheri Towne und Agent Dance. Möchten Sie sich …?«

»Nein, nein, ich habe niemanden umgebracht! Ich habe keinem was getan!« Der Produzent schien völlig schockiert zu sein. Dance hatte es schon oft erlebt, dass Verdächtige ihr etwas vormachen wollten. Dieser Auftritt hier zählte zu den besten. »So etwas würde ich niemals tun! Warum sollte ich auch?«

»Ja, Sir. Sie werden vor Gericht Ihre Chance erhalten. Haben Sie Ihre Rechte verstanden?«

»Bobby? Sie glauben, ich hätte Bobby ermordet? Nein! Und ich könnte Sheri kein Haar krümmen. Das hier ist …«

»Haben Sie Ihre Rechte …?«

»Ja, ja. Aber …«

»Verzichten Sie auf Ihr Recht zu schweigen?«

»Ja, sicher. Das hier ist lächerlich. Es handelt sich um ein gewaltiges Missverständnis.«

»Sind Sie am Sonntag hergekommen und haben am Abend Bobby Prescott getötet?«, fragte Harutyun.

»Nein, nein. Ich bin am Montagvormittag hier eingetroffen, gegen elf Uhr. Nachdem Kayleigh mir mitgeteilt hatte, dass Bobby nicht mehr lebt. Ja, ich bin in Bobbys Wohnwagen eingebrochen, aber nur, um ein paar persönliche Dinge zu holen.«

»Die Songs«, sagte Harutyun. »Wir wissen darüber Bescheid.«

»Songs?« Zeiglers Stirnrunzeln verstärkte sich.

»Die Beatles-Songs.«

»Wovon reden Sie da?«

Seine Verwirrung wirkte dermaßen echt, dass Dance hinzufügte: »Bobbys Vater hat in den Sechzigern und Siebzigern als Tontechniker in den Abbey Road Studios gearbeitet.«

»Stimmt. Er war sogar ziemlich bekannt. Aber was hat das mit uns hier zu tun?«

»Die Beatles haben ihm nach den Aufnahmen zu *Abbey Road* vier ihrer Songs geschenkt.«

Barry Zeigler lachte. »Nein, nein, nein …«

»Sie haben ihn ermordet und die Songs gestohlen«, sagte O'Neil. »Die sind Millionen wert.«

»Das ist eine Großstadtlegende«, behauptete der Produzent. »So wie all die anderen Gerüchte über Rohfassungen und geheime Aufnahmen. Oder dieser Unsinn, dass Paul angeblich tot wäre. Nichts in der Musikwelt verbreitet sich so schnell wie Gerede über die Beatles. Aber da ist nichts dran. Es gibt keine unentdeckten Songs.«

Dance taxierte sein Verhalten. Zeigler wirkte mehr oder weniger glaubwürdig. »Was ist damit?«, fragte sie und zeigte ihm einen Klarsichtumschlag, in dem der Brief an Bobbys Vater steckte.

Zeigler warf einen Blick darauf und schüttelte den Kopf. »Da geht es nicht um Songs der Beatles. Das war irgendeine ortsansässige Band aus Camden Town in London. Ich kann mich nicht mal mehr an deren Namen erinnern. Sie waren absolut unbedeutend. Aber sie hatten das Studio im Anschluss an die Beatles und deren Aufnahmen zu *Abbey Road* gebucht. Sie haben fünfzehn oder sechzehn Titel eingespielt und davon zwölf oder so für ihr Album benutzt. Ich schätze, sie mochten Bobbys Vater so gern, dass sie ihm die übrigen Titel überlassen haben, wahrscheinlich anstelle eines Honorars. Aus der Gruppe ist nie was geworden. Sie haben sogar ausgesprochen miese Songs geschrieben.«

Dance sah sich den Wortlaut des Schreibens erneut an.

Zum Dank für all die schlaflosen Nächte überlassen wir Dir die Bänder mit den Songs, an denen wir nach den Aufnahmen zu »Abbey Road« herumgespielt haben, und zwar inklusive aller Rechte. Die Liste steht unten. Bis bald!

Ja, das konnte sich tatsächlich auf Studioaufnahmen im Anschluss an die Beatles und deren Album beziehen.

»Aber Sie haben uns soeben gestanden, dass Sie am Montagvormittag etwas aus Bobbys Wohnwagen mitgenommen haben.«

Zeigler überlegte. Er sah O'Neil und die anderen Deputys an. »Bitte lassen Sie Agent Dance und mich allein. Ich möchte mit ihr unter vier Augen sprechen.«

»Das geht in Ordnung«, sagte sie nach kurzem Zögern.

Die anderen entfernten sich ein Stück von dem Streifenwagen. Dance verschränkte die Arme vor der Brust. »Okay, reden Sie.«

»Sie dürfen es keiner Menschenseele verraten.«

»Sie wissen, dass ich Ihnen so etwas nicht versprechen kann.«

Das lange Gesicht des Mannes verzog sich zu einer verzweifelten Grimasse. »Also gut. Aber werfen Sie erst einen Blick darauf und entscheiden dann. In meiner Computertasche gibt es ein Reißverschlussfach mit einigen Unterlagen. *Die* habe ich von Bobby mitgenommen.«

Dance öffnete die Tasche und dann das besagte Fach. Darin steckte ein Umschlag mit diversen Papieren. Sie überflog ein vierseitiges Dokument.

»O mein Gott«, flüsterte sie.

»Na, jetzt zufrieden?«, murmelte Zeigler.

50

Was er gestohlen hatte, war ein Brief, in dem Bobby Prescott für den Fall seines Todes verfügte, wie sein Eigentum aufzuteilen sei.

Das meiste sollte eine einzige Person erhalten: Mary-Gordon, die gemeinsame Tochter von ihm und Kayleigh Towne.

Offenbar hatte Kayleigh das Kind im Alter von sechzehn Jahren bekommen. Dann hatten Suellyn und ihr Mann, Roberto Sanchez, das kleine Mädchen nach wenigen Wochen adoptiert.

Der Umschlag enthielt eine Kopie der Adoptionspapiere sowie persönliche Nachrichten an die Tochter, die diese lesen sollte, wenn sie älter war.

»Er hat mir vor ein paar Jahren von diesem Umschlag erzählt«, sagte Zeigler. »Ich konnte nicht zulassen, dass das an die Öffentlichkeit gelangt.«

Dance musste an die enge Beziehung denken, die sie zwischen Bobby und Kayleigh im Restaurant gespürt hatte. Und noch andere Dinge waren ihr aufgefallen: Mary-Gordons goldblonde Haare, ihre unkomplizierte Art. Und ihre Augen waren leuchtend blau, genau wie die von Kayleigh. Suellyns hingegen – und mutmaßlich auch die ihres Latino-Ehemanns – waren braun.

Sie erinnerte sich außerdem an Edwins Bemerkung während ihres Gesprächs:

Ich glaube, dass ihr im Alter von ungefähr sechzehn Jahren etwas ziemlich Schlimmes zugestoßen ist …

»Aber wie kommt es, dass ihre Schwangerschaft niemandem aufgefallen ist?«, fragte Dance.

»Oh, Kayleigh hat erst mit siebzehn ihre ersten professionellen Auftritte absolviert. Bis dahin hatte die Presse sie nicht auf dem Schirm. Und Bishop hatte viel mit ihr vor. Am Ende des zweiten Schwangerschaftsmonats hat er sie von der Schule genommen und einen Privatlehrer engagiert. Nach außen musste alles geheim bleiben, und sogar Freunden hat er eine glaubwürdige Geschichte aufgetischt. Kayleigh hatte nämlich den Tod ihrer Mutter noch nicht verkraftet und war ziemlich deprimiert. Bishop ließ durchblicken, sie habe einen Nervenzusammenbruch erlitten. Da erschien es sinnvoll, dass sie für acht oder neun Monate von der Bildfläche verschwand.«

Dance war entsetzt. »Und er hat sie gezwungen, das Baby abzugeben?«

Zeigler nickte. »Bobby war zweiundzwanzig, sie sechs Jahre jünger. Okay, das ist nicht gut, keine Frage. Andererseits war er ein wirklich netter Kerl, und wenn jemand anlehnungsbedürftig war, dann Kayleigh. Sie hatte kurz zuvor ihre Mutter verloren, sie wohnte in einem Haus, das sie hasste, und ihr Vater war fast ständig auf Tour. Sie war verwundbar. Und es war nicht bloß eine Schwärmerei. Die beiden wollten heiraten. Sie haben sich geliebt. Doch als Bishop davon erfuhr, ist er unmittelbar nach einem Konzert nach Hause geflogen und hat ihnen massivst gedroht: Falls die beiden nicht in eine Adoption einwilligen würden, würde er Bobby wegen Unzucht mit Minderjährigen verhaften lassen.«

»*Das* hat er getan?«

»Aber natürlich. Kayleigh hat sich gefügt – aber nur unter der Voraussetzung, dass das Kind bei ihrer Schwester aufwachsen würde und sie es weiterhin sehen könnte. Und sie hat darauf bestanden, dass Bobby bei der Band bleiben würde. Bishop war wohl der Ansicht, dass mehr für ihn nicht zu holen sei, und hat eingewilligt.«

Dance dachte an ihre eigenen Eindrücke von Bobby zurück – und daran, was Kayleigh über ihn gesagt hatte. »Deshalb hat

Bobby zu trinken angefangen und Drogen genommen, richtig?«

Zeigler hob eine Augenbraue. »Sie wissen davon, hm? Ja, das war der Grund. Es hat ihm sehr zu schaffen gemacht, dass ihre Beziehung zerbrochen ist.«

»Aber warum konnte sie das Baby denn nicht behalten?«, fragte Dance. »Ich weiß, wie sehr sie sich Kinder wünscht.«

»Oh, das wäre nicht gegangen«, sagte Zeigler verbittert. »Bishops eigene Karriere war zu dem Zeitpunkt längst im Niedergang begriffen. Alles, was ihm blieb, war Kayleigh.«

»Und er war überzeugt, dass sie ihren Erfolg nur auf dem Image des braven Mädchens aufbauen konnte.«

»Genau. Er war damit seiner Zeit voraus wie üblich. Sehen Sie sich doch nur diese *Biss*-Bücher an, die meine Tochter so liebt. Es geht darin um verliebte Kinder, die keinen Sex haben. Das ist Kayleigh Towne. Und Eltern – also diejenigen mit den Kreditkarten – lieben dieses Image. Falls bekannt geworden wäre, dass sie bereits mit sechzehn schwanger gewesen ist, hätte dies das Ende ihrer Karriere bedeuten können.«

Dance wusste nicht, ob das zutraf oder nicht. Sie glaubte eigentlich an die Intelligenz und das Urteilsvermögen des Publikums. »Doch es ging auch um Ihre Interessen, nicht wahr?«, stellte sie mit kühler Stimme fest. »Sie können es sich nicht leisten, sie zu verlieren. Nicht angesichts der Schwierigkeiten, mit denen Plattenlabels heutzutage zu kämpfen haben.«

Zeiglers Schultern sackten herab. »Okay, okay. Kayleigh ist die letzte große Nummer, die mir noch bleibt. Alle anderen sind weg. Wenn ich sie auch noch verliere, ist alles vorbei. Ich bin fünfundvierzig Jahre alt und habe nie etwas anderes getan, als Alben zu produzieren. Ich kann es mir nicht leisten, als Freiberufler zu arbeiten. Davon abgesehen ist Kayleigh ein herausragendes Talent. Ich arbeite außerordentlich gern mit ihr zusammen. Sie ist ein Genie, wirklich einzigartig.«

Dance musterte die Adoptionspapiere, den Brief.

»Mary-Gordon weiß nichts davon?«

»Nein. Bishop hat Suellyn und ihren Mann gezwungen, eine Vertraulichkeitsvereinbarung zu unterzeichnen. Falls sie auch nur ein Wort sagen würden, könnten sie das Sorgerecht verlieren.«

Dance schloss kurz die Augen und schüttelte den Kopf. Sie war zwar erschüttert, so etwas über Bishop Towne zu erfahren, aber nicht im Mindesten überrascht.

Zeigler lachte humorlos auf. »Ich bin nicht der einzige Verzweifelte in dieser Branche.«

Sie schob die Dokumente zurück in den Umschlag und verstaute ihn in ihrer Handtasche. »Ich muss noch darüber nachdenken. Vorläufig gilt, dass Sie bei Bobby nach persönlichen Unterlagen gesucht haben. Was Sie gefunden und mitgenommen haben, ist ohne materiellen Wert und ohne Belang für den Fall.« Sie betrachtete ihn reserviert. »Aber Sie sind immer noch ein Mordverdächtiger.«

»Als Bobby ermordet wurde, war ich in einem Hotel in Carmel.«

»Kann jemand das bestätigen?«

Er überlegte kurz. »Ich war allein«, sagte er dann. »Ich war ziemlich aus der Fassung – mein anderer wichtiger Künstler hatte mich soeben gefeuert. Der einzige Kontakt, den ich hatte, war zu der Mailbox meiner Frau.« Er hob mit jämmerlicher Miene den Kopf. »Nützt Ihnen das was – eine Nachricht, bei der ich wie ein Zehnjähriger heule und darüber jammere, dass meine Karriere vermutlich vorbei ist?«

»Kann sein«, sagte Dance.

51

»Keine Beatles?«, fragte Dennis Harutyun sichtlich enttäuscht. So emotional hatte sie ihn noch nicht erlebt.

»Sieht nicht so aus.«

Dance hatte Martine angerufen, mit der gemeinsam sie ihre Internetseite betrieb und die zudem eine echte Musikhistorikerin war. Martine hatte daraufhin einige Nachforschungen angestellt und Zeiglers Angaben überprüft. Ja, hatte sie dann gemeldet, es würde schon seit vielen Jahren Gerüchte über unentdeckte Fab-Four-Songs geben, aber die übereinstimmende Meinung zum Wahrheitsgehalt entspreche dem, was Zeigler behauptet hatte.

Dance, Harutyun und Crystal Stanning standen zusammen auf dem Parkplatz des Red Roof Inn. Die Signalleuchten der Streifenwagen blinkten hektisch. Vielleicht war dies Vorschrift, aber Dance wünschte, sie würden die Dinger abschalten.

O'Neil telefonierte. Schließlich beendete er das Gespräch und blickte auf. »Sein Alibi stimmt.«

Die Verbindungsdaten und die Stimmanalyse des »heulenden Zehnjährigen« bestätigten, dass Barry Zeigler sich zum Zeitpunkt von Bobby Prescotts Ermordung mehr als zwei Fahrtstunden entfernt aufgehalten hatte.

»Wieso ist er in Bobbys Wohnwagen eingebrochen?«, fragte Harutyun. »Worauf hatte er es abgesehen?«

Dance zuckte die Achseln. »Offenbar ging es um was Persönliches, das nichts mit dem Fall zu tun hat. Ich glaube ihm.«

O'Neil sah sie belustigt an. Wich ihr Verhalten etwa von der grundlegenden Norm ab? Wenn jemand das bemerken würde, dann er.

»Ihn deswegen festzunehmen, dürfte kaum die Mühe wert sein«, sagte Harutyun. »Jedenfalls solange schlechtes Urteilsvermögen nicht als Straftat gilt.« Er ging zu seinem Wagen, ließ Zeigler aussteigen und nahm ihm die Handschellen ab. Dance wusste nicht, was die beiden beredeten, aber eine ernste Standpauke gehörte wohl auch dazu. Dann nahm der Produzent seine Computertasche, warf Dance einen letzten Blick zu und kehrte in sein Zimmer zurück. Dabei rieb er sich fortwährend die Handgelenke.

Dance beschloss, die Dokumente an Kayleigh weiterzugeben und sie entscheiden zu lassen, was damit geschehen sollte.

»Okay«, sagte Harutyun, der sich wieder zu ihnen gesellte. »Wir haben keine neuen Anhaltspunkte und keinen Verdächtigen.«

»Wir haben die Spuren«, wandte Crystal Stanning ein. »Die von den Tatorten und Edwins Grundstück.«

»Spuren«, murmelte Harutyun mürrisch, was Dance als weitere Gefühlsregung des zurückhaltenden Detective verbuchte. »Wir sind hier nicht bei *CSI*, tut mir leid. Charlie und seine Leute sind gut, aber es reicht nicht, die Spuren zu finden. Man muss auch Zusammenhänge daraus ableiten.«

In der Nähe wirbelte mal wieder ein kleiner Staubteufel auf. Dance neigte den Kopf und beobachtete ihn.

»Was ist?«, fragte O'Neil mit Blick auf ihr Gesicht. Er spürte, dass etwas in ihr vorging.

Der Minizyklon verschwand.

Kathryn Dance zückte ihr Telefon und rief jemanden an.

52

Zwei Stunden später fanden dieselben vier Personen sich im Sheriff's Office zusammen – genau genommen im Zimmer des suspendierten P.K. Madigan, weil kein anderes Büro der Detective Division Platz für mehr als zwei oder drei Leute gleichzeitig bot.

Dance registrierte mit einem Anflug von Wehmut, dass der Chief Detective Rabattcoupons von Safeway ausgeschnitten hatte. Vielleicht war er für die Familieneinkäufe zuständig. Lediglich einer der Gutscheine galt für Eiscreme. Kauf zwei Packungen, zahl nur eine.

Sie erhielt eine SMS, las sie und fragte dann die Deputys: »Dürfte ich mal den Lieferanteneingang sehen?«

Harutyun und Stanning sahen einander an. »Sicher, wieso nicht?«, sagte Crystal. »Kommen Sie mit.«

Dance und die anderen gingen los und erreichten bald darauf eine breite Türöffnung auf der Rückseite des Hauptgebäudes. Von hier aus verlief eine Zufahrt hinunter zum Parkplatz.

»Gut. Das wird reichen.« Sie wählte eine Nummer und beschrieb jemandem den Weg zu diesem Eingang. Dann trennte sie die Verbindung. »Ich bekomme dieses Wochenende Besuch«, erklärte Dance. »Meine Gäste nehmen zurzeit in San José an einer Konferenz teil. Ich habe mir erlaubt, sie heute Abend herzubitten, und veranlasst, dass die Highway Patrol ihnen einen Satz Signalleuchten leiht. Sie sind schneller hier als gedacht.«

In diesem Moment fuhr ein weißer Van vor und hielt an. Die Schiebetür öffnete sich, und eine kleine Rampe fuhr aus. Dann steuerte ein gut aussehender Mann mit dunklem Haar und breiter Nase einen roten motorisierten Rollstuhl flink aus dem Wagen und durch den Lieferanteneingang. Er trug eine gelbbraune Stoffhose, ein langärmeliges weinrotes Hemd und war blass, als würde er sich nur selten unter freiem Himmel aufhalten. Eine große rothaarige Frau in Jeans, schwarzem T-Shirt und schwarzer Jacke gesellte sich zu ihm, gefolgt von einem schlanken, jüngeren Mann mit perfekt gestutztem Haar, maßgeschneiderter Hose sowie einem weißen Hemd mit gestreifter Krawatte.

»Lincoln!« Dance bückte sich und drückte ihre Wange gegen die des Rollstuhlfahrers. »Amelia.« Sie umarmte die Rothaarige, Amelia Sachs, Lincoln Rhymes Partnerin.

»Hallo, Thom«, begrüßte sie Rhymes Betreuer, der sie ebenfalls herzlich in die Arme schloss. »Es ist viel zu lange her«, sagte er.

»Kathryn … und Michael O'Neil«, sagte Rhyme und schaute zu dem Detective.

»Stimmt«, bestätigte O'Neil überrascht. Er war Rhyme noch nie begegnet. »Woher haben Sie das gewusst?«

»Ein paar Kleinigkeiten haben Sie verraten. Sie tragen eine Waffe, also sind Sie Polizist. Die Fresno-Madera-Kollegen hier« – er nickte in Richtung Harutyun und Stanning – »tragen Uniform, sind laut ihren Namensschildern aber Detectives. Demnach ist hier die Uniform auch bei Detectives üblich. Sie sind in Zivil, stammen daher vermutlich von einer anderen Behörde. Draußen steht ein Wagen mit einem Parkausweis für den Hafen von Monterey. Sie sind gebräunt und recht durchtrainiert – so wie jemand, der oft zum Angeln aufs Meer fährt. Ich weiß, dass Sie und Kathryn oft zusammenarbeiten. Und deshalb … mussten Sie Michael O'Neil sein. Oder vielleicht konnte ich das auch an Ihrer beider Körpersprache ablesen.« Wie fast immer, wenn Lincoln Rhyme einen sarkastischen Kommentar abgab, verzog er dabei keine Miene.

Er bewegte nun leicht den Hals und streckte seinen rechten

Arm in einer flüssigen Geste aus. O'Neil gab ihm die Hand. Dance wusste, dass Rhyme sich vor einer Weile hatte operieren lassen, um seinen Zustand zu verbessern – er war Tetraplegiker und vom Hals abwärts nahezu vollständig gelähmt. Die Verletzung lag schon viele Jahre zurück; er hatte sie sich im Dienst zugezogen, als Leiter der Spurensicherung des New York Police Department. Die Operation war erfolgreich verlaufen, und er hatte dank ihr die weitgehende Kontrolle über seinen rechten Arm und die rechte Hand wiedererlangt. Gesteuert wurde das alles mittels feinfühliger Kontraktionen der Kopf-, Hals- und Schultermuskulatur.

Nun begrüßte er auf gleiche Weise Harutyun und Stanning, und Sachs stellte ihnen Thom Reston vor, Rhymes Betreuer.

»Kathryn hat erzählt, sie würde einen Experten hinzuziehen, aber ich hätte nie mit jemandem wie Ihnen gerechnet«, sagte Harutyun. »Wie dem auch sei, danke, dass Sie gekommen sind. Soweit ich weiß, sind Sie eigentlich in New York tätig. Was hat Sie nach Kalifornien verschlagen?«

»Ich bin zu Besuch hier«, lautete die knappe Antwort. Und dabei beließ er es. Rhyme war nicht allzu redselig – sogar noch weniger als Michael O'Neil.

Sachs sprang ein. »Er hält Vorträge auf einer Fachkonferenz in San José. Danach wollen wir ein paar Tage bei Kathryn und ihrer Familie in Pacific Grove verbringen.«

Dance kannte Rhyme seit einigen Jahren und hatte mehrfach mit ihm zusammengearbeitet. Fast ebenso lange versuchte sie schon, ihn und Sachs zu einem Besuch zu bewegen. Rhyme reiste nicht gern – es bedeutete stets einen großen logistischen Aufwand, und er war von Natur aus ein Einsiedler. Andererseits war er ein begehrter Berater in allen forensischen Belangen, und so hatte er sich schließlich zu der Vortragsreihe in San José bereit erklärt.

Die Besuchsvorbereitungen, die Kathryns Vater in ihrem Haus getroffen hatte, umfassten eine Rollstuhlrampe zur Vordertür und einige Änderungen im Badezimmer. Rhyme hatte gesagt, sie sollten sich nicht bemühen, er würde in einem Motel unterkommen. Doch der pensionierte Stuart Dance freute sich über jede Gelegenheit, seine zahlreichen Werkzeuge einsetzen zu können.

»Nun, es ist uns ein großes Vergnügen, Sie kennenzulernen, Detective Rhyme«, sagte Harutyun.

»›Lincoln‹ reicht völlig. Ich bin nicht mehr im Dienst«, versicherte Rhyme sogleich, war aber trotz des mürrischen Tonfalls durchaus erfreut, erkannte Dance.

»Ich vermute, Amelia ist gefahren«, sagte sie und schaute lächelnd zu Thom. Das bezog sich auf die Fahrtzeit. Von San José bis nach Fresno waren es knapp zweihundert Kilometer, und sie hatten dafür nur anderthalb Stunden benötigt – noch dazu in einem behindertengerechten Van. Im Gegensatz zu Dance war die Polizistin aus New York eine echte Autoliebhaberin und schraubte sogar selbst an den Fahrzeugen herum. Zur »Entspannung« jagte sie ihr Muscle Car gern mit zweihundertneunzig Kilometern pro Stunde über eine Rennstrecke.

Sachs lächelte. »Wir sind gut durchgekommen. Und die blauen Signalleuchten sind auch immer recht hilfreich.«

Rhyme schaute sich in der Lieferzone um und verzog das Gesicht, als hätte er mit einem Kriminallabor gerechnet. »Also. Ich soll mir hier ein paar Dinge ansehen?« Der Kriminalist hatte nichts für Smalltalk übrig, erinnerte Dance sich.

»Wir haben ein ziemlich gutes Labor«, sagte Harutyun.

»Ach ja?« In seiner Stimme schwang Zynismus mit. Dance kannte Rhymes Stadthaus am Central Park West in Manhattan; er hatte dort den ehemaligen Salon in ein gut ausgestattetes forensisches Labor verwandelt, in dem er als Berater gemeinsam mit Sachs und anderen Beamten die Spuren von Kapitalverbrechen aus dem Großraum New York untersuchte.

Stanning entging der sardonische Tonfall. »Ja, Sir«, sagte

sie stolz. »Chief Madigan hat sich sehr dafür eingesetzt, unsere Spurensicherung aufzubauen. Sogar noch aus Bakersfield werden Proben zur Analyse hergeschickt. Und damit meine ich nicht bloß Vergewaltigungs-Kits. Auch ziemlich kompliziertes Zeug.«

»Bakersfield«, sagte Rhyme noch spöttischer, was ihm einen mahnenden Blick von Thom einbrachte als Erinnerung, dass kein Grund zur Herablassung bestand. Dance vermutete allerdings, dass seine Haltung nichts mit Vorurteilen gegenüber Kleinstädten zu tun hatte. Rhyme war einfach durch und durch ein Griesgram. Auch das NYPD, Scotland Yard und das FBI waren vor seinen Sticheleien nicht sicher. Sogar der Gouverneur und der Bürgermeister hatten bereits entsprechende Erfahrungen mit ihm sammeln dürfen.

»Nun, dann machen wir uns mal lieber an die Arbeit, sofern Sie nichts dagegen haben.«

»Hier entlang«, sagte Harutyun und wies auf einen Korridor.

Sie gingen und rollten durch das Gebäude und verließen es durch eine Seitentür. Dance fasste für die Neuankömmlinge unterdessen den Fall zusammen und erklärte, ihr Hauptverdächtiger habe sich als äußerst schwer zu fassen erwiesen. »Er heißt Edwin Sharp. Vielleicht ist er der Killer, vielleicht auch nur ein Sündenbock und völlig unschuldig.«

»Zur Ankündigung der Morde spielt der Täter eine Strophe aus einem von Kayleighs Songs«, sagte Harutyun.

Das erweckte eindeutig Rhymes Interesse. »Wie außergewöhnlich«, sagte er und befand, das sei entschieden zu viel Begeisterung gewesen. »Gut. Und er ist gerissen, richtig? Er hat mit Telefonen angefangen und ist dann auf andere Arten umgestiegen, das Lied zu spielen. Eine Wunschsendung im Radio womöglich?«

»Sehr gut, Sir«, sagte Stanning. »Keine Wunschsendung, aber das letzte Mal hat er den Song über die Lautsprecheranlage eines Highschool-Sportplatzes abgespielt.«

Rhyme runzelte die Stirn. »Das wäre mir nicht eingefallen. Wie gesagt, sehr interessant.«

»Wir suchen derzeit nach einer Zeugin, die ihm ein Alibi verschaffen könnte«, fügte Dance hinzu. »Und er behauptet, jemand habe *ihn* beobachtet, angeblich um ihm die Verbrechen unterzuschieben. Damit hängen einige der Spuren zusammen, um deren Einschätzung wir Sie bitten.«

»Haben Sie den Mann vernommen?«, fragte Sachs.

»Ja, aber die Kinesik war nicht schlüssig. Ich kann zumindest bestätigen, dass er eine Stalker-Persönlichkeit hat: verminderter Affekt, Bindungsstörungen, Realitätsprobleme.«

Die Frau aus New York nickte. Kathryn Dance sah nach unten; sie liebte Schuhe und konnte nicht anders, als Amelia Sachs' schwarze hochhackige Stiefel zu bewundern, dank derer die ohnehin hochgewachsene Frau – ein ehemaliges Mannequin – noch imposanter wirkte.

»Haben wir Proben aus Edwins Haus oder Wohnung?«, fragte Rhyme.

»Haus«, sagte Dance. »Er hat uns die Erlaubnis gegeben, könnte vorher aber gründlich geputzt haben.«

Harutyun ergänzte, eine frühere Durchsuchung ohne entsprechenden Beschluss habe dazu geführt, dass der Chief of Detectives und ein Deputy suspendiert worden seien. Der Täter habe zudem die Waffe eines anderen Detective entwendet, was ebenfalls zu einer vorläufigen Suspendierung geführt habe.

»Ein verrückter Hund«, merkte Rhyme an und klang dabei seltsam zufrieden – vielleicht weil er Gegner mochte, die besonders schlau und herausfordernd waren. Sein größter Feind hieß Langeweile.

Gleich darauf erreichten sie das Labor, wo Charlie Shean sie bereits erwartete. Schon Harutyun war von Rhymes Anwesenheit beeindruckt gewesen; Shean aber war außer sich vor Ehrfurcht, einen so legendären Kollegen in seiner »bescheidenen Hütte« begrüßen zu dürfen.

Ungeachtet seiner anfänglichen Befürchtungen war Rhyme jedoch von der technischen Ausstattung des Labors sichtlich angetan. Dance wusste, dass manche Leute einfacher zu lesen waren als andere, und obwohl Rhyme naturgemäß nur über eine sehr eingeschränkte Körpersprache verfügte, war er für sie wie ein offenes Buch.

Charlie Shean erläuterte dem Kriminalisten nun, in welcher Hinsicht seine Fachkenntnis benötigt wurde. »Wir haben die Spuren gesichert und analysiert, aber die meisten Resultate sind bloß Rohdaten. Wir wissen nicht, was davon zu halten ist. Falls Ihnen etwas dazu einfällt, wären wir für Ihre Hilfe sehr dankbar.«

Rhyme nickte nachdenklich und schaute zur Decke empor. Dann sagte er abrupt: »Sachs, lass uns eine Tabelle anlegen.«

Er griff bei seinen Fällen stets auf dieses Hilfsmittel zurück und ließ jemanden eine Aufstellung der gesammelten Spuren auf eine Tafel schreiben – vor der er dann mit seinem Rollstuhl hin- und herfuhr, die Stirn runzelte und leise Selbstgespräche führte, während er Schlüsse zog und zu Ergebnissen gelangte – oder auch nicht. Shean zählte nun auf, was sie gefunden hatten, und Sachs schrieb mit.

**SONNTAG. MORD AN ROBERT PRESCOTT.
KONGRESSZENTRUM: BÜHNE/ORCHESTER-GRABEN/SCHEINWERFERGERÜST**

Bühnenfluter:

- Keine passenden Fingerabdrücke.
- Keine passenden Werkzeugspuren (Batterie wurde von Flügelmuttern gehalten).

Stromkabel, 15 Meter:

- Keine passenden Fingerabdrücke.

Rauchmelder im Orchestergraben, unbrauchbar gemacht:

- Keine passenden Fingerabdrücke.
- Wischspuren stammen von Latexhandschuhen; Marke unbekannt; keine Übereinstimmung mit Handschuhen in Edwin Sharps Besitz.

Pappkartons; wurden von der geplanten Aufschlagstelle des Opfers entfernt:

- Keine passenden Fingerabdrücke.
- Wischspuren stammen von Latexhandschuhen; Marke unbekannt; keine Übereinstimmung mit Handschuhen in Edwin Sharps Besitz.

Ungewöhnliche Partikel von Bühne/Orchestergraben/Scheinwerfergerüst:

- Triglycerid-Fett (Schweineschmalz).
    - Farbtemperatur: 2700 K (gelblich).
    - Schmelzpunkt: 5–13 °C.
    - Spezifisches Gewicht: 0,91 bei 40 °C.
- Keine Fußabdrücke/Reifenspuren.

MONTAG. MORD AN FREDERICK BLANTON.
TANKSTELLE AM SAN JOAQUIN RIVER

Zwei 9-mm-Patronenhülsen:

- Waffe mutmaßlich von Det. Gabriel Fuentes; keine Vergleichsproben verfügbar.
- Keine Fingerabdrücke.
- Auswerferspuren passen zu denen am Tatort Sheri Towne.

Ein 9-mm-Projektil:

- Felder und Züge passen zu Projektilen am Tatort Sheri Towne.

Brandbeschleuniger:
- Shell-Benzin, 89 Oktan.
- Benzinkanister wurde zerstört.

- Keine Fußabdrücke/Reifenspuren.

MONTAG. HAUS VON FREDERICK BLANTON, FRESNO

- Keine relevanten Fingerabdrücke, Fußabdrücke, Reifenspuren.

MONTAG. ÖFFENTLICHER FERNSPRECHER IN SEMINARGEBÄUDE DES FRESNO COLLEGE

- Keine relevanten Fingerabdrücke.

- Ungewöhnliche Partikel:
  - Kalziumpulver; medizinische/dietätische Nahrungsergänzung?
  - Chemikalien: Limonit, Goethit und Kalzit.

- Keine Fußabdrücke/Reifenspuren.

DIENSTAG. TATORT SHERI TOWNE

- Zigarettenasche.

- Dreiundzwanzig 9-mm-Patronenhülsen:
  - Waffe mutmaßlich von Det. Gabriel Fuentes; keine Vergleichsproben verfügbar.
  - Keine Fingerabdrücke.
  - Auswerferspuren passen zu denen am Tatort Frederick Blanton.

- Sieben 9-mm-Projektile:
    - Felder und Züge passen zu Projektilen am Tatort Frederick Blanton.

- Keine Fingerabdrücke.

- Keine Fußabdrücke/Reifenspuren.

DIENSTAG. SPORTPLATZ DER EMERSON HIGHSCHOOL, LAUTSPRECHERANLAGE

- Keine Fingerabdrücke.

- Keine Fußabdrücke/Reifenspuren.

- Ungewöhnliche Partikel:
    - Kalziumpulver; medizinische/dietätische Nahrungsergänzung?

DIENSTAG. PARK GEGENÜBER DEM MOUNTAIN VIEW MOTEL

- Marlboro-Zigarette; DNS-Analyse veranlasst.

- Angelschnur als Stolperdraht; handelsübliches Fabrikat.

- Keine Fingerabdrücke.

- Keine Fußabdrücke/Reifenspuren.

MITTWOCH. HAUS VON EDWIN SHARP

DRAUSSEN:

- Stiefelabdruck, mutmaßlich Cowboy-Stil; Größe und Geschlecht nicht bestimmbar.

- Keine Reifenspuren.

- Ungewöhnliche Partikel:
  - Triglycerid-Fett (Schweineschmalz).
    - Farbtemperatur: 2700 K (gelblich).
    - Schmelzpunkt: 5–13 °C.
    - Spezifisches Gewicht: 0,91 bei 40 °C.
  - Pilz.
  - Chemikalien: Limonit, Goethit und Kalzit.
  - Mineralöl mit Kalk und Schwefel.
  - Kalziumpulver; medizinische/dietätische Nahrungsergänzung?
  - Ammoniumoxalat.

DRINNEN:

- Latexhandschuhe; keine Übereinstimmung mit Handschuhen am Tatort Robert Prescott.

- Haushaltsreiniger (um Spuren zu vernichten?).

- Keine Zigaretten, Streichhölzer oder Feuerzeuge; kein Zigarettengeruch.

Lincoln Rhyme ließ den Blick über die Tabelle schweifen. »Könnte besser sein, könnte schlimmer sein. Legen wir los.«

53

»Wie viele Ein- und Ausgänge hat das Kongresszentrum?«

»Insgesamt neunundzwanzig, einschließlich der Fenster, Wartungszugänge und Laderampen«, erklärte Shean. »Es gab Tausende von Fingerabdrücken und Partikelspuren.«

»Ja, ja, manchmal sind nicht zu wenige Spuren das Problem, sondern zu *viele*«, sagte Lincoln Rhyme. »Ich bin froh, dass Sie die Zahl der Ausgänge kennen, Charlie. Gute Arbeit.«

»Danke, Sir.«

»Lincoln«, berichtigte er ihn geistesabwesend und wandte den Blick nicht von der Tabelle ab.

Rhyme und Shean machten sich ans Werk. Dance hatte sich gefragt, ob Rhyme sich hier als Gast wohl etwas zurücknehmen würde, aber das war eindeutig nicht der Fall. Als er erfuhr, dass es hinter Edwins Haus zwei Stellen gab, an denen ein Beobachter gestanden haben könnte, erkundigte er sich, welche Spuren von welcher Stelle stammten. Die Etiketten des halben Dutzends Beweismitteltüten besagten lediglich: *Partikelspuren, gesammelt hinter E. Sharps Haus, Woodward Circle West.*

»Tja, wir haben da keinen großen Unterschied gemacht.«

»Oh«, sagte Rhyme. Das entsprach in etwa einer lauten Zurechtweisung. »Zukünftig sollten Sie das vielleicht berücksichtigen.«

Rhyme hatte mal zu Dance gesagt: »*Wo* man eine Spur findet, ist von entscheidender Bedeutung. Bei einem Tatort ist es wie mit einer Immobilie. Es kommt sehr auf die Lage an.«

Andererseits hatte Shean jedoch die wichtigste Anforderung

Rhymes erfüllt: Er hatte an den Tatorten die »ungewöhnlichen« Partikelspuren isoliert – die auf den ersten Blick nicht ins Bild passten und daher vom Täter stammen könnten. Zu diesem Zweck nahm man im Umfeld der Fundstelle eine Reihe von Kontrollproben und glich sie mit der verdächtigen Probe ab.

Sheans Mitarbeiter hatten hierbei gute Arbeit geleistet. Es lagen von den diversen Schauplätzen Hunderte von Kontrollproben vor.

»Das war kompetent«, machte Rhyme ein für seine Verhältnisse großes Kompliment. »Kommen wir zu der Zigarettenasche.«

»Wir würden gern wissen, ob die Ascheproben übereinstimmen«, bat Stanning.

»Tja, nun, *übereinstimmen* werden sie wohl kaum.« Er wandte sich der jungen Frau zu. »Das würde nämlich bedeuten, dass sie identisch sind, und so etwas kommt nur sehr selten vor. Finger- und Fußsohlenabdrücke gehören in diese Kategorie, außerdem DNS und mit etwas gutem Willen die Felder und Züge auf Projektilen beziehungsweise die Auswerferspuren auf Patronenhülsen. In seltenen Fällen auch Werkzeugspuren. Aber Partikel? Man könnte argumentieren, dass manche Substanzen im Hinblick auf ihre Halbwertszeit *übereinstimmen*, aber das wäre auf atomarer Ebene. Mal angenommen, Sie finden Kokain, das mit achtzehn Prozent Natron und zwei Prozent Babypuder verschnitten wurde, und Sie verfügen über eine weitere Probe mit den gleichen Substanzen in genau dem gleichen Verhältnis. Dann stimmen diese beiden Proben nicht etwa überein, sondern sie sind *assoziiert*, und die Geschworenen können folgern, dass sie aus derselben Quelle stammen. In unserem Fall ist es natürlich möglich, dass jemand ein und dieselbe Zigarette an unterschiedlichen Tagen sowie an zwei verschiedenen, meilenweit voneinander entfernten Orten geraucht hat. Aber ich würde die Chance dafür eher gering ansetzen. Meinen Sie nicht auch?«

»Aber ja. Ganz bestimmt.« Stanning sah aus, als hätte sie beschlossen, sich weitere Kommentare zu verkneifen.

»Sie haben mit Ihren Aussagen vor Gericht gewiss schon viele Verurteilungen erreicht«, merkte Shean an.

»Nahezu einhundert Prozent«, bestätigte Rhyme eher unbescheiden. »Falls die Aussichten von vornherein schlecht stehen, empfehle ich natürlich, gar nicht erst vor Gericht zu ziehen. Obwohl ich mich nicht scheue, jemanden durch einen Bluff zum Geständnis zu verleiten. So, nun möchte ich einen induktiv gekoppelten Plasmatest durchführen.«

»Eine Massenspektrometrie«, sagte Shean. »Das dürfte kein Problem sein.«

»Ich bin ja so froh.«

»Aber – nur aus Neugier – zu welchem Zweck? Sie analysieren doch Asche?«

»Wegen der Metalle«, sagte Amelia Sachs.

Shean tippte sich an die Stirn. »Metallpartikel in Zigarettenasche. Brillant. Da wäre ich nie draufgekommen.«

»Es ist die präziseste Methode, um Marke und Herkunft von Zigaretten zu bestimmen, wenn man nur über deren Asche verfügt«, dozierte Rhyme beiläufig. »Eine Probe des Tabaks wäre mir allerdings viel lieber, denn dann könnte man die Austrocknung sowie andere absorbierte Substanzen berücksichtigen und daraus auf den Lagerort und die Zeit schließen. Jedenfalls bis zu einem gewissen Punkt.«

Shean bereitete die Probe vor und führte den Test durch. Kurz darauf lag das Ergebnis vor.

Rhyme las es vom Computermonitor ab: »Zink 351,18, Eisen 2758,74 und Chrom 5,59. Kein Arsen. Ja, das ist Marlboro.«

»Sie *wissen* das?«, fragte Harutyun.

Rhyme zuckte die Achseln – es war eine der wenigen Gesten, derer der Kriminalist noch fähig war, und er wendete sie relativ häufig an.

»Ich würde sagen, es hat sich mutmaßlich ein und dieselbe Person an beiden Tatorten aufgehalten«, verkündete er. »Aber bedenken Sie: Person A könnte den Anschlag auf Sheri Towne verübt und eine Marlboro geraucht haben. Person B könnte von ihm eine Zigarette geschnorrt haben und hinter der Falle am Mountain View Motel stecken. Das ist zwar nicht wahrscheinlich, aber möglich. Wie lange dauert es noch, bis die DNS-Ergebnisse vorliegen?«

»Einige Tage.«

Er verzog das Gesicht. »In New York geht das leider auch nicht schneller. Ich vermute übrigens, dass Sie gar keine DNS finden werden. Ihr Täter ist schlau. Er brauchte die Zigarette nicht in den Mund zu stecken, sondern lediglich auf die Spitze zu pusten, um den Tabak in Brand zu setzen. Ist dieser Sharp Raucher?«

»Er war es zumindest«, sagte Dance. »Vielleicht raucht er immer noch gelegentlich, aber das wissen wir nicht.«

Aus dem Abdruck des Stiefels – eigentlich nur der Zehen – vermochte Rhyme keine Schlussfolgerungen zu ziehen.

Sachs musterte das elektrostatische Abbild. »Ich würde auch sagen, das ist offenbar ein Cowboystiefel. Ich kenne mich ein bisschen damit aus. Vor ein paar Jahren waren die Dinger in New York ziemlich verbreitet – und Line Dance war groß in Mode.« Sie fügte hinzu, Rhyme habe mal an der Einrichtung einer Schuhdatenbank mitgewirkt, aber der Abdruck hier sei zu undeutlich, um daraus einen Markennamen ableiten zu können.

»Also gut, dann zu der Angelschnur… Da gibt's nichts, fürchte ich. Nebenbei bemerkt, ich kann das Wort ›handelsüblich‹ nicht ausstehen. Sehen wir uns die Patronenhülsen an.«

Shean wiederholte, er glaube, die Waffe beim Mord an Blanton und dem Anschlag auf Sheri Towne sei vermutlich dieselbe gewesen.

»Sie können ruhig sagen, sie ›stimmt überein‹«, versicherte Rhyme. »Ich werde Sie in diesem Zusammenhang schon nicht beißen. Aber wo kam die Waffe her? Sie wurde einem Ihrer Beamten gestohlen, sagen Sie?«

»Wahrscheinlich – Gabriel Fuentes. Er ist suspendiert.«

»Habe ich schon gehört.«

»Ich wünschte, wir könnten es feststellen. Es wäre eventuell ein Beweis gegen Sharp. Er war in der Nähe von Gabes Wagen, als die Waffe gestohlen wurde. Aber wir wissen es nicht mit Sicherheit.«

»Nein? Lassen Sie mich mal die Vergrößerungen der Auswerferspuren und Kratzer sehen«, sagte Rhyme. »Und die der Felder und Züge auf den Projektilen.«

Shean legte sie vor Rhyme auf einen Tisch. »Aber wir verfügen über keine Vergleichsproben von Gabes Glock. Ich habe ihn gefragt, und ...«

»Das weiß ich bereits.«

»Oh, richtig, andernfalls hätten wir die Waffe identifiziert.«

»Genau.« Rhyme nahm sich die Bilder stirnrunzelnd vor. »Sachs?«

Dance wusste, dass die beiden zwar privat und beruflich Partner waren, es aber dennoch meistens vorzogen, einander bei den Nachnamen zu nennen.

Auch Sachs nahm die Fotos in Augenschein. Offenbar wusste sie genau, worauf er aus war. »Ich würde sagen viertausend.«

»Gut«, verkündete Rhyme. Dann: »Ich benötige die Seriennummer von Fuentes' Waffe.«

Eine Computerabfrage lieferte das gewünschte Resultat. Rhyme warf einen kurzen Blick darauf. »Okay, die Pistole wurde vor vier Jahren von unseren begabten Freunden in Österreich hergestellt. Rufen Sie diesen Fuentes an und fragen Sie ihn, wann er die Waffe gekauft und wie oft er damit geschossen hat.«

Harutyun erledigte das. Er machte sich einige Notizen und blickte auf. »Brauchen Sie noch etwas von Gabe, Lincoln?«

»Nein. Vorläufig nicht. Vielleicht später. Er soll sich nicht zu weit von seinem Mobiltelefon entfernen.«

Die Antwort lautete, dass er die Waffe vor drei Jahren neu im Laden erworben hatte und ungefähr zweimal im Monat damit auf dem Schießstand gewesen war. Normalerweise verfeuerte er jeweils fünfzig Schuss.

Rhyme blickte über die Köpfe der Anwesenden hinweg ins Leere. »Fünfzig Schuss, alle zwei Wochen, drei Jahre lang. Das ergibt etwa dreitausendneunhundert Schuss. Sachs hat anhand der Bilder der Hülsen und Projektile geschätzt, dass die zugehörige Pistole circa viertausend Mal abgefeuert wurde. Gutes Auge.« Er warf ihr einen Blick zu.

Sachs erklärte es den anderen. »Die Ausdehnung des Messings, die Risse am Hülsenhals und das Erscheinungsbild der Felder und Züge entsprechen einer Waffe mit dieser Schusszahl.«

Shean nickte, als würde er es sich einprägen.

»Demnach handelt es sich tatsächlich um Gabes Pistole.«

»Höchstwahrscheinlich«, sagte Sachs.

»Mikroskop! Charlie, ich brauche ein Mikroskop!«, rief Rhyme.

»Nun, das Rasterelektronen…«

»Nein, nein, nein. Doch nicht so was. Es geht hier nicht um die molekulare Ebene. Ein optisches Gerät!«

»Oh, sicher.«

Der Mann ließ einen Techniker zwei schwere Stereomikroskope herüberrollen – eines ein Durchlichtmodell mit von unten beleuchtetem Objekttisch, das andere ein Auflichtmodell mit Beleuchtung von oben. Shean machte sich an den Geräten zu schaffen, aber Rhyme scheuchte ihn weg. Dann platzierte der Kriminalist mit seiner rechten Hand mehrere der Proben auf Objektträgern und untersuchte sie eine nach der anderen mit beiden Mikroskopen.

»Die Partikelanalyse war ebenfalls gute Arbeit, Charlie. Lassen Sie mich mal die ursprünglichen Ergebnisse sehen.«

Shean holte sie auf den Monitor. Rhyme studierte erst den

Bildschirm, dann manche der Proben unter dem Mikroskop. Beim Blick durch die Okulare murmelte er vor sich hin. Dance konnte nicht alles verstehen, schnappte aber einige Wortfetzen auf. »Gut, gut … Was zum Teufel ist das? Ach, Scheiße … Hm, interessant … Gut.«

Rhyme legte mehrere Objektträger beiseite und zeigte darauf. »Einen Abgleich mit der Pilzdatenbank bei dem hier und einen schnellen Reagenstest bei den anderen.«

Ein Techniker nahm die Tests in Angriff.

»Eine Pilzdatenbank haben wir leider nicht«, sagte Charlie Shean.

»Wirklich?«, fragte Rhyme. Er nannte dem Mann eine Internetseite, einen Benutzernamen und ein Passwort. Fünf Minuten später scrollte Shean durch Rhymes persönliche Schimmel- und Pilzdatenbank und machte sich Notizen.

»Harutyun«, sagte Rhyme und hatte dabei die Augen auf die Tabelle gerichtet. »Das ist armenisch.«

Der Detective nickte. »Es gibt hier in Fresno eine große Gemeinde.«

»Ich weiß.«

Und woher wusste Rhyme *das* nun wieder?, fragte Dance sich. Doch es hatte keinen Sinn, Spekulationen über den enzyklopädischen Verstand des Kriminalisten anzustellen. Manche Dinge, die sogar Kinder wussten, gingen völlig an ihm vorbei. Andere, weitaus kuriosere, waren umfassend abgespeichert. Ausschlaggebend dafür war, ob dieses Wissen ihm bei der Spurenanalyse geholfen hatte oder zukünftig helfen könnte. Es hätte sie nicht überrascht zu erfahren, dass Rhyme keine Ahnung hatte, ob die Erde sich um die Sonne drehte.

Dann lagen die Ergebnisse der neuen Tests vor, und Rhyme verglich sie mit den Resultaten der früheren Analysen durch Sheans Mitarbeiter. Es handelte sich lediglich um Rohdaten, doch niemand konnte daraus besser etwas ablesen als Lincoln Rhyme.

»Also, dies betrifft den Bereich hinter Edwins Haus. Das Mineralöl wird oft anstelle herkömmlichen Kunstdüngers verwendet, und der Pilz findet sich in alternativen Pestiziden. Dann die Triglyceride bei seinem Haus und im Kongresszentrum … In Anbetracht von Farbtemperatur und Schmelzpunkt würde ich auf Klauenöl tippen. Das ist ein Lederpflegemittel, zum Beispiel für Baseballhandschuhe und andere Sportgegenstände, Sattel- und Zaumzeug oder Gewehrriemen. Es wird häufig von Scharfschützen benutzt. Ursprünglich wurde es aus Rinderknochen gewonnen, aber heutzutage stellt man es hauptsächlich aus Schweineschmalz her. So weit also dazu.« Er zog stirnrunzelnd die Tabelle zurate. »Über das Ammoniumoxalat weiß ich noch nichts. Das wird weitere Nachforschungen erfordern. Aber das Limonit, Goethit und Kalzit? Das ist taubes Gestein.«

»Und was versteht man darunter?«, fragte O'Neil.

»Ein Abfallprodukt, das hauptsächlich bei der Erzgewinnung und -verarbeitung anfällt. Es fanden sich auch Spuren davon an dem öffentlichen Fernsprecher im Fresno College, von dem aus er Kayleigh angerufen hat, um einen seiner Anschläge anzukündigen. – Und da ist noch etwas.« Rhyme klang einigermaßen aufgeregt. Er schaute zu den Beweismitteltüten. »Es findet sich im Kontrollraum der Lautsprecheranlage, am Telefon *und* hinter Edwins Haus: Kalziumpulver. Aber es ist nicht das, was Sie vermuten, Charlie – also eine medizinische oder diätetische Nahrungsergänzung. Es ist Knochenstaub.«

»Nun, könnte es nicht dennoch eine Nahrungsergänzung sein?«

Rhyme legte die Stirn in Falten. »Ich glaube, die würde niemand haben wollen. Vielleicht sollte ich ergänzen: Es handelt sich um menschliche Knochen.«

54

Das Knochenmaterial sei nur in sehr geringer Menge vorhanden, und um den Ursprung zu bestätigen, würde man ein konfokales Laser-Scanning-Mikroskop benötigen, erläuterte Rhyme und sah sich im Raum um, als würde eines dieser Zaubergeräte hier im Labor stehen.

Charlie Shean sagte, er würde zwar durchaus wissen, was das sei, und habe sogar eines anschaffen wollen, aber das FMCSO könne es sich beim besten Willen nicht leisten.

»Nun, ich bin mir auch so zu neunundneunzig Prozent sicher. Die Morphologie der Partikel und die Geometrie des Staubes garantieren praktisch eine menschliche Herkunft. Alles andere würde mich doch sehr überraschen.«

Was sie mit dieser Information anfangen sollten, wisse er aber leider nicht, räumte Rhyme ein. »Ich kann nicht erkennen, wie es ins Gesamtbild passt. Hat irgendeiner der Beteiligten hier einen Job, bei dem er mit Knochen in Berührung kommt? Ein Chirurg vielleicht oder ein Zahnarzt?«

»Nein.«

»Ein Leichenbestatter?«, schlug Harutyun vor.

»Die haben eigentlich kaum mit Knochen zu tun. Ich könnte mir Gerichtsmediziner vorstellen, Pathologen. Moment, gibt es am Fresno College – von wo aus er angerufen hat – eine medizinische Fakultät?«

»Ja«, sagte Harutyun.

»Ah, das könnte es sein. In den Seminarräumen hängen menschliche Skelette, und in der praktischen Ausbildung bekommen die Studenten es mit Knochensägen zu tun. Solange wir nicht über mehr Informationen verfügen, sollten wir meines Erachtens davon ausgehen, dass er den Knochenstaub auf dem Universitätsgelände aufgenommen und dann weiter Edwin beobachtet hat.«

»Wenigstens wissen wir, dass die Person hinter Edwins Haus der Täter war«, sagte O'Neil.

»Das heißt aber auch, dass Edwin es nicht gewesen ist«, sagte Harutyun.

»Es sei denn, er selbst hat den Knochenstaub an sich getragen«, gab Dance zu bedenken. »Er könnte die Partikel hinter seinem Haus hinterlassen haben, als er nachsehen wollte, wer ihn ausspioniert.«

»Ganz genau, Kathryn«, sagte Rhyme.

»So läuft dieser Fall schon die ganze Zeit«, murmelte Harutyun. »Er ist schuldig, er ist unschuldig, schuldig, unschuldig.«

Rhyme fuhr zurück zu den Mikroskopen. »Hm, ich will mir noch ein paar Dinge ansehen. Ammoniumoxalat ... Was ist mit einem Scotch?«

Crystal Stanning brach ihr Schweigegelübde. »Sie ... Sie haben Spuren von Alkohol entdeckt?«

»Nein, nein. Ich *möchte* einen Scotch.«

»Oh, tja, hier im Sheriff's Office gibt es leider keinen.«

»Sind Sie sicher?« Rhyme klang überrascht.

»Lincoln«, mahnte Thom.

»Es war doch nur eine Frage.« Mürrisch widmete er sich wieder dem Mikroskop.

Dance und O'Neil sahen sich die Tabelle an, die von Sachs auf den neuesten Stand gebracht worden war.

SONNTAG. MORD AN ROBERT PRESCOTT.
KONGRESSZENTRUM: BÜHNE/ORCHESTERGRABEN/ SCHEINWERFERGERÜST

Bühnenfluter:

- Keine passenden Fingerabdrücke.
- Keine passenden Werkzeugspuren (Batterie wurde von Flügelmuttern gehalten).

Stromkabel, 15 Meter:

- Keine passenden Fingerabdrücke.

Rauchmelder im Orchestergraben, unbrauchbar gemacht:

- Keine passenden Fingerabdrücke.
- Wischspuren stammen von Latexhandschuhen; Marke unbekannt; keine Übereinstimmung mit Handschuhen in Edwin Sharps Besitz.

Pappkartons; wurden von der geplanten Aufschlagstelle des Opfers entfernt:

- Keine passenden Fingerabdrücke.
- Wischspuren stammen von Latexhandschuhen; Marke unbekannt; keine Übereinstimmung mit Handschuhen in Edwin Sharps Besitz.

Ungewöhnliche Partikel von Bühne/Orchestergraben/ Scheinwerfergerüst:

- Triglycerid-Fett (Schweineschmalz).
  - Farbtemperatur: 2700 K (gelblich).
  - Schmelzpunkt: 5–13 °C.
  - Spezifisches Gewicht: 0,91 bei 40 °C.
  - Vermutlich Klauenöl; Lederpflegemittel für Sportausrüstung, Zaumzeug und Gewehrriemen.
- Keine Fußabdrücke/Reifenspuren.

MONTAG. MORD AN FREDERICK BLANTON. TANKSTELLE AM SAN JOAQUIN RIVER

Zwei 9-mm-Patronenhülsen:

- Waffe mutmaßlich von Det. Gabriel Fuentes; keine Vergleichsproben verfügbar.
- Weitere Informationen deuten ebenfalls auf diese Waffe hin.
- Keine Fingerabdrücke.
- Auswerferspuren passen zu denen am Tatort Sheri Towne.

Ein 9-mm-Projektil:

- Felder und Züge passen zu Projektilen am Tatort Sheri Towne.

Brandbeschleuniger:

- Shell-Benzin, 89 Oktan.
- Benzinkanister wurde zerstört.

- Keine Fußabdrücke/Reifenspuren.

MONTAG. HAUS VON FREDERICK BLANTON, FRESNO

- Keine relevanten Fingerabdrücke, Fußabdrücke, Reifenspuren.

MONTAG. ÖFFENTLICHER FERNSPRECHER IN SEMINARGEBÄUDE DES FRESNO COLLEGE

- Keine relevanten Fingerabdrücke.

- Ungewöhnliche Partikel:
    - Kalziumpulver:
      Vermutlich menschlicher Knochenstaub.

    - Chemikalien: Limonit, Goethit und Kalzit.
    - Vermutlich taubes Gestein; Abfallprodukt bei Erzgewinnung und -verarbeitung.

- Keine Fußabdrücke/Reifenspuren.

DIENSTAG. TATORT SHERI TOWNE

- Zigarettenasche.
    - Vermutlich Marlboro.

- Dreiundzwanzig 9-mm-Patronenhülsen:
    - Waffe mutmaßlich von Det. Gabriel Fuentes; keine Vergleichsproben verfügbar.
    - Weitere Informationen deuten ebenfalls auf diese Waffe hin.
    - Keine Fingerabdrücke.
    - Auswerferspuren passen zu denen am Tatort Frederick Blanton.

- Sieben 9-mm-Projektile:
    - Felder und Züge passen zu Projektilen am Tatort Frederick Blanton.

- Keine Fingerabdrücke.

- Keine Fußabdrücke/Reifenspuren.

DIENSTAG. SPORTPLATZ DER EMERSON HIGHSCHOOL, LAUTSPRECHERANLAGE

- Keine Fingerabdrücke.

- Keine Fußabdrücke/Reifenspuren.

- Ungewöhnliche Partikel:
    - Kalziumpulver.
        - Vermutlich menschlicher Knochenstaub.

DIENSTAG. PARK GEGENÜBER DEM MOUNTAIN VIEW MOTEL

- Marlboro-Zigarette; DNS-Analyse veranlasst.

- Angelschnur als Stolperdraht; handelsübliches Fabrikat.

- Keine Fingerabdrücke.

- Keine Fußabdrücke/Reifenspuren.

MITTWOCH. HAUS VON EDWIN SHARP

DRAUSSEN:

- Stiefelabdruck, mutmaßlich Cowboy-Stil; Größe und Geschlecht nicht bestimmbar.

- Keine Reifenspuren.

- Ungewöhnliche Partikel:
    - Triglycerid-Fett (Schweineschmalz).
        - Farbtemperatur: 2700 K (gelblich).
        - Schmelzpunkt: 5–13 °C.
        - Spezifisches Gewicht: 0,91 bei 40 °C.
        - Vermutlich Klauenöl; Lederpflegemittel für Sportausrüstung, Zaumzeug und Gewehrriemen.
    - Pilz.
        - Vermutlich organisches Pestizid.

- Chemikalien: Limonit, Goethit und Kalzit.
    - Vermutlich taubes Gestein; Abfallprodukt bei Erzgewinnung und -verarbeitung.
- Mineralöl mit Kalk und Schwefel.
    - Vermutlich Ersatz für Kunstdünger.
- Kalziumpulver
    - Vermutlich menschlicher Knochenstaub.
- Ammoniumoxalat.

DRINNEN:

- Latexhandschuhe; keine Übereinstimmung mit Handschuhen am Tatort Robert Prescott.

- Haushaltsreiniger (um Spuren zu vernichten?).

- Keine Zigaretten, Streichhölzer oder Feuerzeuge; kein Zigarettengeruch.

Dann summte Dance' Mobiltelefon. Stirnrunzelnd las sie die SMS.

»Ich bin gleich wieder da«, sagte sie zu den anderen.

Sie ging nach draußen auf den Parkplatz des Sheriff's Office. Als sie P. K. Madigan sah, hätte sie beinahe laut losgelacht – er trug für seine verdeckten Ermittlungen eine khakifarbene Hose, ein kariertes Hemd und eine gelbbraune Weste, dazu seine Anglermütze und eine verspiegelte Pilotenbrille.

Dance lächelte. »Hallo, ich …«

Doch Madigan fiel ihr ins Wort. »Wir haben ein Problem«, warnte er. »Ich meine, *Sie* haben ein Problem.«

»Was ist?«

»Ich habe die letzten sechzehn Stunden oder so online verbracht und mir alles angesehen, was ich über Edwin, Kayleigh, die Fans finden konnte … alles.«

Das war die Aufgabe, die Dance dem Chief Detective übertragen hatte, und sie hatte sie als »unangenehm« bezeichnet, weil man dazu die ganze Zeit an einem Schreibtisch sitzen musste. Für einen engagierten Polizisten wie ihn, der im Gegensatz zu vielen Beamten von ähnlich hohem Rang die Arbeit auf der Straße zu mögen schien, fühlte sich das bestimmt wie eine zusätzliche Strafe an. Doch Dance war überzeugt, dass Edwins Online-Aktivitäten auch weiterhin überwacht werden mussten, um seine neuen Postings zu lesen und die Seiten zu finden, die er besuchte. Da ihnen kaum Leute zur Verfügung standen, hatte sie Madigan um entsprechende Hilfe gebeten.

»Wo ist Edwin jetzt? Wird er beschattet?«

»Vorhin jedenfalls. Ich frage mal nach.« Dance rief Dennis Harutyun an, der sich über ihr plötzliches Verschwinden vermutlich ein wenig wunderte. Doch er ging gar nicht weiter darauf ein, sondern sagte nur: »Warten Sie kurz.« Nach wenigen Sekunden meldete er sich zurück. Er klang frustriert. »Das ist merkwürdig. Edwin ist zum Einkaufszentrum gefahren – dem Fashion Fair an der Shaw Avenue. Er hat seinen Buick auf dem Parkplatz in der Nähe der East Santa Ana Avenue abgestellt. Der Deputy hat befürchtet, Edwin im Gedränge zu verlieren, also ist er bei dem Wagen geblieben. Das war vor zwei Stunden. Bislang ist er nicht zurückgekehrt.«

»Er wusste, dass er verfolgt wurde, und ist abgehauen.«

»Wahrscheinlich.«

»Okay. Ich bin in ein paar Minuten wieder bei Ihnen.«

Sie trennte die Verbindung und gab die Information an Madigan weiter. Er verzog das Gesicht. »Verdammt.« Dann fragte er: »Sind irgendwelche Beweise aufgetaucht, die darauf hindeuten, dass er gewalttätig geworden ist oder werden könnte?«

»Nein.« Dance berichtete, dass sie ihn vernommen hatte. »Aber Leute wie er geben so gut wie nichts von ihren Emotionen preis. Manchmal genügt ein kleiner Auslöser, um sie überschnappen zu lassen.«

»Tja«, sagte Madigan, »ich bin ziemlich beunruhigt. Vor einer halben Stunde sind auf einigen von Kayleighs Fanseiten mehrere Postings aufgetaucht. Zwar anonym, aber Edwin hatte sich auf diesen Seiten zuvor schon zu Wort gemeldet. Die Postings waren identisch und lauteten ungefähr: ›Schau dir die Nachrichten an, Kayleigh. Vielleicht wirst du nun endlich begreifen, wie sehr ich dich liebe.‹«

»John Hinckley.«

»Ja. Ich weiß noch, was Sie uns bei der ersten Besprechung erklärt haben.«

Dass nämlich ein Stalker bisweilen völlig den Kontakt zur Realität verlor. Wenn er dann auch noch keine Hoffnung mehr hatte, bei der geliebten Person sein zu können, beging er einen Mord, um sich dadurch zumindest in ihrem Gedächtnis zu verewigen.

»Hier sind die URLs der besagten Seiten.« Madigan reichte ihr ein gelbes liniertes Blatt. »Die Abteilung für Computerkriminalität soll die Postings zu ihrem Ursprung zurückverfolgen.«

»Danke, Chief.«

»Nein«, sagte er und lächelte matt. »Ich danke *Ihnen*, Deputy.«

Dance kehrte in das Labor zurück und reichte das Blatt Papier an Dennis Harutyun weiter.

»Was ist das?«, fragte er.

Sie berichtete von den bedrohlichen Postings, ohne Madigan zu erwähnen. »Wir müssen sie zurückverfolgen. Edwins Name taucht zwar nicht auf, aber er postet in diesen Blogs und Foren regelmäßig.«

»Woher haben Sie diese Adressen?«, fragte Amelia Sachs.

»Ich habe ein paar Nachforschungen anstellen lassen.«

Harutyun runzelte die Stirn. Vielleicht erkannte er die Handschrift und folgerte, dass die Quelle sein suspendierter Boss war. Er sagte jedoch nichts dazu, sondern rief die Abteilung für

Computerkriminalität an und beauftragte sie mit der Rückverfolgung der verdächtigen Einträge.

Crystal Stanning ging online und sah sich die Postings an.

»Womöglich sind die gar nicht von ihm«, sagte O'Neil. »Kayleigh muss auch noch andere obsessive Fans haben. Das dürfen wir nicht vergessen.«

Doch gleich darauf summte Harutyuns Telefon. Er schaute auf das Display. »Das ist die Computerkriminalität.« Er nahm das Gespräch an und hörte eine Weile zu. »Okay. Danke.« Er trennte die Verbindung und steckte das Telefon wieder ein. »Das Posting wurde in der Java Hut aufgegeben. Der Laden befindet sich im Fashion-Fair-Einkaufszentrum. Genau dort hält Edwin sich gegenwärtig auf.«

»Vielleicht ist er immer noch vor Ort«, sagte Amelia Sachs.

Harutyun beauftragte die Funkzentrale, Deputys in das Einkaufszentrum zu beordern und nach Edwin suchen zu lassen. Er erinnerte daran, dass der Verdächtige vermutlich bewaffnet war.

»Will er etwa in dem Einkaufszentrum um sich schießen?«, fragte Stanning.

»Das könnte sein«, sagte Sachs. »Aber wenn ein Stalker zum Killer wird, dann meistens, um eine bestimmte Person umzubringen. Bei einem Attentat.«

»Stimmt«, bestätigte Dance. »Und für gewöhnlich ist es jemand Berühmtes. Damit der Täter auch garantiert die Aufmerksamkeit seines Objekts erregt.«

»Aber auf wen hat er es abgesehen?«, grübelte Harutyun laut.

O'Neil überflog weiter die Postings. »Hier wird niemand Bestimmtes genannt.«

Dance gesellte sich zu ihm, und Arm an Arm lasen sie beide.

»Da, das da«, murmelte Dance und zeigte darauf. Dann las sie es laut vor. »›Ich hab all deine Postings über Kayleigh gesehen. Du behauptest du magst sie, du behauptest du liebst ihre Musik. Aber auch du benutzt sie genau wie alle anderen. Du hast Leaving Home gestohlen um dich bei den Latinos einzuschleimen. Du bist ein dreckiger Häuchler.‹«

»Weiß jemand, wer damit gemeint sein könnte?«, fragte Lincoln Rhyme.

»Ich weiß genau, wen er damit meint«, erwiderte Dance.

55

»Machen Sie sich keine Sorgen, Sir«, sagte Peter Simesky.

Davis wollte nicht beruhigt werden. Er wollte, dass man sich um seine Familie kümmerte. Er rief ein weiteres Mal Suze an und hinterließ ihr noch mal die Nachricht, sie möge mit den Kindern zu Hause bleiben. Es gebe eventuell ein kleines Sicherheitsproblem. »Bleib da und schließ die Tür ab. Ruf mich zurück. Ich liebe dich.« Er legte auf. »Peter, veranlassen Sie, dass Jessie meine Frau sucht.«

»Mache ich, Sir. Aber es deutet nichts darauf hin, dass dieser Sharp auch Ihrer Familie etwas antun will. Außerdem kann ich mir nicht vorstellen, wie er so schnell nach L. A. gelangen sollte. Die Polizei sagt, er sei vor Kurzem noch in einem Einkaufszentrum in Fresno gewesen. Und alle suchen nach ihm.«

»Er glaubt allen Ernstes, ich würde Kayleigh ausnutzen?«

»Ja, sie und ihr Lied ›Leaving Home‹ – um mehr Latino-Wähler zu gewinnen.«

»Das ist doch Blödsinn! Ich habe schon immer viel von ihr gehalten. Und ich poste auf ihrer Internetseite und in den Blogs seit mehreren Jahren. Da hatte sie das Lied noch gar nicht geschrieben.«

»Bill, er ist ein Psycho«, rief Simesky ihm ins Gedächtnis. »Agent Dance sagt, er habe keinerlei Realitätssinn.«

»Sie meint, er könnte wie Hinckley sein?«

»Unter Umständen.«

»Mein Gott. Die müssen ihn finden. Falls er mich nicht erwischen kann, startet er vielleicht einfach einen Amoklauf.«

Die Männer befanden sich im Coronado, einem der besseren Hotels von Fresno, und Davis fand es hier eigentlich recht sicher, solange man sich von den Fenstern fernhielt. Doch sowohl seine Berater Peter Simesky und Myra Babbage als auch die Polizei wollten, dass er sich an einen geschützteren Ort begab.

Ohne die Sorge um seine Familie wäre Davis wohl eher belustigt gewesen. Er war in gewissen Kreisen überaus unbeliebt und hatte wegen seiner Einstellung zu diversen Themen schon zahlreiche Drohungen erhalten. Bereits wenn jemand auf einer Cocktailparty erwähnte, er sei für eine Lockerung der Einwanderungsbestimmungen, war sofort der Teufel los. Man stelle sich die Folgen vor, wenn dieser Punkt zu den Wahlversprechen eines potenziellen Präsidentschaftskandidaten gehörte. Dennoch stammte die aktuelle Drohung nicht von irgendwelchen wütenden Rechtskonservativen, sondern von einem Verrückten, der vermutlich nicht mal wusste, was das Wort »Immigration« bedeutete.

Es klopfte an der Tür. Davis wollte öffnen, aber der Berater hielt ihn zurück und rief: »Ja?«

»Kathryn Dance und Deputy Harutyun sind hier«, rief von draußen der Sicherheitsmann der Wahlkampagne, der mit ihnen reiste, ein massiger Kerl namens Tim Raymond.

Simesky öffnete die Tür und ließ die beiden herein. Er lächelte Dance zu.

Bei dem Besuch in Kayleigh Townes Haus hatte Davis amüsiert bemerkt, wie Simesky mit Dance zu flirten versuchte. Es sprach ja auch nichts dagegen, dass ein geistreicher und charmanter alleinstehender Mann sich für eine attraktive alleinstehende Frau im selben Alter interessieren sollte. Heute jedoch waren beide rein geschäftlich bei der Sache.

Dance grüßte knapp, aber freundlich; dann verschafften ihre grünen Augen sich einen schnellen, aber ruhigen Überblick über die Räumlichkeiten. Wahrscheinlich hielt sie nach

Sicherheitslücken Ausschau, denn ihr Blick verweilte kurz bei den Fenstern. Davis fiel auf, dass sie inzwischen eine Waffe trug, im Gegensatz zur ersten Begegnung. Das machte ihn noch ein wenig nervöser.

»Wie ist der Stand der Dinge?«, fragte Simesky. »Was wissen wir?«

»Wir versuchen immer noch, Edwin zu finden«, sagte Dance. »Michael O'Neil – ein Kollege aus Monterey – und die anderen sind im Sheriff's Office und arbeiten daran. Er ist aus dem Einkaufszentrum verschwunden, in dem er die Drohung gegen den Abgeordneten gepostet hat. Sein Wagen steht noch dort auf dem Parkplatz, aber er könnte über ein weiteres Fahrzeug verfügen. Solange wir nicht wissen, wo er steckt, möchten wir Sie so bald wie möglich an einem sicheren Ort unterbringen. Können wir gleich aufbrechen?«

»Natürlich. Wohin fahren wir?«

»Das Haus, das wir zu diesem Zweck benutzen, steht etwa eine halbe Stunde nördlich von hier im Wald«, sagte Harutyun.

»Ja, einverstanden.« Davis verzog das Gesicht. »Ich möchte nur nicht den Eindruck erwecken, ich würde mich von diesem Kerl einschüchtern lassen.«

»So etwas kommt oft vor, Bill«, sagte Simesky. »Die Wähler werden es Ihnen nicht verübeln. Denen ist ein lebendiger Kandidat lieber als ein toter Märtyrer.«

»Das will ich hoffen.« Davis überlegte. Kathryn Dance gehörte zu einer im ganzen Bundesstaat vertretenen Behörde. »Könnten Sie veranlassen, dass die Polizei mein Haus in L.A. bewacht?«, bat er. »Es ist… Ich mache mir Sorgen um meine Familie.«

»Aber natürlich. Ich verständige unsere Dienststelle und schicke ein CBI-Team hin, in Abstimmung mit dem Sondereinsatzkommando des LAPD. Wir arbeiten oft mit den Kollegen zusammen.«

»Vielen Dank«, sagte er. Ihm wurde ein wenig leichter ums Herz. Er nannte ihr die Adresse und Susans Telefonnummer.

Dance veranlasste telefonisch alles Nötige. Dann teilte sie dem Kongressabgeordneten mit, die Beamten seien unterwegs. Davis war ein weiteres Mal beeindruckt, wie ruhig und effizient sie vorging, und gelangte zu dem Schluss, dass Peter mit seinem Vorschlag recht hatte: Sie würde für seine Administration eine echte Bereicherung sein.

Dann – danke, o Herr – rief endlich seine Frau zurück. »Liebling?«, fragte sie besorgt. »Jess ist jetzt in der Schule. Was ist denn los? Geht es dir gut?«

»Ja, ja.« Davis erklärte ihr die Situation und fügte hinzu, die Polizei würde jede Minute bei ihr eintreffen. »Es gibt ein paar Sicherheitsbedenken. Wahrscheinlich ist gar nichts an der Sache dran. Öffne aber bitte niemandem die Tür, nur der Polizei. Es werden Beamte vom LAPD und dem California Bureau of Investigation sein.«

»Worum geht es? Wieder mal eine Drohung von einem dieser Isolationistenspinner?«

»Nein, das hier ist offenbar bloß irgendein Verrückter. Wir sind uns zu neunundneunzig Prozent sicher, dass er sich nicht in eurer Nähe aufhält, aber ich möchte bei dir und den Kindern kein Risiko eingehen.«

»Du klingst zu ruhig, Bill«, sagte Susan. »Ich hasse es, wenn du so klingst. Es bedeutet nämlich, dass du alles andere als ruhig bist.«

Er lachte. Aber sie hatte recht. Er war zu ruhig.

Dance pochte auf ihre Armbanduhr.

»Es geht mir gut. Bei mir ist ebenfalls die Polizei. Wir müssen jetzt los. Ich rufe nachher wieder an. Alles Liebe.«

»Ach, Schatz.«

Er trennte widerwillig die Verbindung.

Simesky rief Myra Babbage in der hiesigen Wahlkampfzentrale an und bat sie, sich mit ihnen in dem neuen Versteck zu treffen.

Dann brachen sie auf. Dance und Harutyun gingen voraus,

dann folgten Davis und Simesky, und Tim Raymond bildete den Abschluss. Eilig durchquerten sie den Hotelkorridor und fuhren hinunter in die Parkgarage, wo sie in einen Chevrolet Tahoe des Sheriff's Office stiegen.

»Ich würde vorschlagen, wir schalten auf den ersten vier oder fünf Kilometern nur die Signalleuchte und nicht die Sirene ein«, sagte Dance zu Harutyun, der am Steuer des SUV saß. »Geben Sie ordentlich Gas ... und wählen Sie möglichst Nebenstraßen und Gassen. Dann schalten wir die Leuchte aus und fahren im normalen Verkehrsstrom bis ans Ziel.«

»Einverstanden.«

»Glauben Sie, er ist in der Nähe?«, fragte Simesky und schaute beunruhigt aus dem Fenster.

»Er ist unsichtbar«, lautete Dance' rätselhafte Antwort. »Wir wissen es einfach nicht.«

Als der große Wagen schnell beschleunigte, packte die CBI-Agentin den Griff der Armlehne und schien ein wenig blass zu werden. Davis dachte bei sich, dass sie seinen Speedboat-Touren bestimmt nicht viel abgewinnen würde, falls sie sich tatsächlich entschloss, für ihn zu arbeiten.

Andererseits hatte er den Eindruck, dass sie und Susan gute Freundinnen werden könnten.

Zehn Minuten später, als sicher zu sein schien, dass Edwin ihnen nicht folgte, verlangsamten sie das Tempo und bogen auf einen Highway ein. Nach einer weiteren halben Stunde folgte der Deputy für ungefähr anderthalb Kilometer einer menschenleeren Straße ohne Gebäude. Dann kam ein stattliches Blockhaus in Sicht. Der eingeschossige, braun gestrichene Bau stand mitten auf einer großen Lichtung – sodass man das Gelände gut überblicken konnte, falls jemand einen Angriff auf das Haus versuchte.

Davis konnte sehen, dass es zudem nur wenige Fenster gab, die allesamt über Rollläden verfügten. Obwohl er vielleicht gefährdeter war als manch andere Politiker, hielt doch jeder, der sich um ein öffentliches Amt bewarb, instinktiv Ausschau nach möglichen Gefahren, bedachte Schusslinien und Scharfschützenstellungen. Überall. Ständig.

Danke schön, zweiter Zusatzartikel, für das Recht zum Besitz und Tragen von Waffen.

56

Kathryn Dance stieg dankbar aus dem SUV und atmete den angenehmen starken Kieferndurft ein.

Die Übelkeit infolge der unruhigen Fahrt hielt zwar noch an, ließ aber bereits nach.

Sie verfolgte, wie Harutyun zum Haus ging und eine Nummer in ein Tastenfeld eingab, woraufhin ein grünes Lämpchen aufleuchtete. Er trat ein und deaktivierte ein weiteres Sicherheitssystem. Tim Raymond, der Leibwächter, würde draußen bleiben. Dance tauschte mit ihm die Telefonnummern aus. Dann gesellte sie sich zu den anderen im Haus. Harutyun schaltete das Licht ein. Die Einrichtung war zweckmäßig und komplett unpersönlich: ein brauner Zottelteppich, der wie der Innenraum eines alten Autos roch, fleckige Fotos in billigen Plastikrahmen, Lampen im mediterranen Stil und viel zu verschnörkelte Möbel. Eine mietbare Skihütte. Der Geruch nach altem Dodge wurde ergänzt durch den nach muffiger Polsterung, Moder und Kochbrennstoff.

Um den Kitsch zu vervollständigen, fehlte bloß noch ein Bären- oder Elchkopf an der Wand.

Das Haus war groß. Es schien hier außer dem Wohnbereich und der Küche vier oder fünf Schlaf- und mehrere Arbeitszimmer zu geben.

Harutyun schloss die Tür und verriegelte sie. Dann drehte er eine Runde durch das Haus und vergewisserte sich, dass alles in Ordnung war. Simesky begleitete ihn.

Einige Minuten später rief Raymond bei Dance an und meldete, ihm sei in der Umgebung nichts Verdächtiges aufgefallen.

Sie musterte die karge Behausung und dann Davis, der nun, nachdem er seine Frau in Sicherheit wusste, einfach nur verärgert zu sein schien, dass ein solcher Zwischenfall seinen Wahlkampf und die Wahrnehmung seiner Amtspflichten beeinträchtigte. Er bestätigte diesen Eindruck kurz darauf, als er murmelte, er hätte heute Abend eigentlich noch einen weiteren Auftritt vor Landarbeitern absolvieren sollen, aber das könne er wohl vergessen. Er würde Peter oder Myra bitten müssen, den Termin abzusagen. »Das kotzt mich an, muss ich gestehen.« Er setzte sich, rieb sich mit den Knöcheln die Augen und scrollte dann durch sein iPhone.

Simesky und Harutyun kehrten von ihrem Rundgang zurück. »Alles klar, die Fenster und Türen sind verschlossen und gesichert«, sagte der Deputy und verteilte einige Flaschen mit Mineralwasser.

»Danke.« Davis leerte eine sofort.

Dance' Telefon summte und meldete den Eingang einer E-Mail. Anstatt den Text auf dem kleinen Display zu lesen, klappte sie lieber den Computer auf und ging online. Der Betreff ließ sie lächeln.

Vogelkacke

Die Nachricht stammte von Lincoln Rhyme und bezog sich auf einige zusätzliche Analysen der Proben, die man hinter Edwins Haus genommen hatte.

> Es ist uns endlich gelungen, die anderen Partikel in dem Ammoniumoxalat zu isolieren. Es waren Phosphate und Rückstände tierischer Substanzen. Das ist Vogelkacke. Von welcher Vogelart genau, weiß ich nicht. Ich habe mein Vogelkacke-Erkennungsset leider nicht mitgebracht. Und für

ein Vogelkacke-Genomprojekt konnte ich auch niemanden begeistern. Aber ich kann sagen, dass die defäkierenden Vögel höchstwahrscheinlich in einer Küstenregion beheimatet waren. Sie haben sich nämlich überwiegend von Fisch ernährt. Wozu immer das auch gut sein mag. Anbei noch mal die ganze Liste. Ich begreife nicht, wieso es in dieser Behörde nichts zu trinken gibt.

Er hatte die vollständige Beweistabelle beigefügt. Dance las sie ein weiteres Mal durch und stellte belustigt fest, dass jemand – mutmaßlich Amelia Sachs – die kürzlich gemachte Entdeckung auf etwas zurückhaltendere Weise hinzugefügt hatte.

MITTWOCH. HAUS VON EDWIN SHARP

DRAUSSEN:

- Stiefelabdruck, mutmaßlich Cowboy-Stil; Größe und Geschlecht nicht bestimmbar.
- Keine Reifenspuren.
- Ungewöhnliche Partikel:
    - Triglycerid-Fett (Schweineschmalz).
        - Farbtemperatur: 2700 K (gelblich).
        - Schmelzpunkt: 5–13 °C.
        - Spezifisches Gewicht: 0,91 bei 40 °C.
        - Vermutlich Klauenöl; Lederpflegemittel für Sportausrüstung, Zaumzeug und Gewehrriemen.
    - Pilz.
        - Vermutlich organisches Pestizid.
    - Chemikalien: Limonit, Goethit und Kalzit.
        - Vermutlich taubes Gestein; Abfallprodukt bei Erzgewinnung und -verarbeitung.
    - Mineralöl mit Kalk und Schwefel.

    - Vermutlich Ersatz für Kunstdünger.
- Kalziumpulver.
    - Vermutlich menschlicher Knochenstaub.
- Ammoniumoxalat.
    - Vermutlich Vogelexkremente, wahrscheinlich aus Küstenregion.

Sie las die Liste noch mehrere Male durch.

Und dann:

Von A nach B nach Z…

Dance schloss die Augen und ließ ihrer Intuition freien Lauf. Dann rief sie die Internetseite mit der Drohung an Davis auf, die sie sich zuvor angesehen hatten. Sie scrollte durch die Postings.

»Hat sich was Neues zu Edwins möglichem Aufenthaltsort ergeben?«, fragte Harutyun.

»Kann sein«, antwortete sie geistesabwesend. Sie war völlig in Gedanken versunken.

Simesky seufzte. »Weiß dieser Kerl denn nicht, dass ihn für einen solchen Mord in diesem Staat wahrscheinlich die Todesstrafe erwarten würde?«

Dance behielt die Augen auf den Bildschirm gerichtet. »Das spielt für ihn keine Rolle. Überhaupt keine«, erklärte sie. Ein Blick zu Davis. »Indem er Sie tötet, ehrt er Kayleigh.«

Der Kongressabgeordnete lachte gereizt auf. »Ich bin also im Grunde so etwas wie eine Ziege, die er seiner Göttin opfern will.«

Das war eine ziemlich treffende Beschreibung, fand Dance und konzentrierte sich wieder auf ihren Computer.

57

Plane deine Handlungen und handle nach deinem Plan.

Peter Simeskys analytischer Verstand verglich beständig die tatsächlich erreichten Fortschritte mit den projektierten Etappenzielen seines Plans und fand, sie kamen gut voran. Die Ereignisse verliefen im Großen und Ganzen so, wie er und Myra Babbage dies seit nunmehr zehn Monaten beabsichtigt hatten.

Er stand in einem Arbeitszimmer hinter dem Wohnbereich und überprüfte die Textnachrichten in einem seiner vielen anonymen und nicht zurückverfolgbaren Accounts. Zwischendurch spähte er vorsichtig um die Ecke. Die bedauerlich intelligente Kathryn Dance, der Kongressabgeordnete Davis und Deputy Dennis Harutyun saßen vor dem alten Fernsehgerät. Es lief irgendein Baseballspiel, aber sie schauten vermutlich gar nicht richtig zu. Davis war zwar nicht froh, dass er hier sein musste, aber besonders verängstigt wirkte er nicht.

Simesky drehte sich um und ging in die Küche im hinteren Teil des Hauses.

Das Ziel seines Plans war recht simpel: den Verräter William Garrett Davis zu eliminieren, einen Politiker, der Amerika an Leute verschachern wollte, die nicht hierhergehörten, die sich nur bereicherten, die diese glorreiche Nation und ihre Kultur verachteten, sie aber bereitwillig bis auf den letzten Cent ausraubten. Es war Simesky unendlich schwergefallen, Bewunderung und grenzenlose Ergebenheit vorzutäuschen, um eine Stelle in Davis' Team zu erhalten und sich dann in den engsten Kreis vorzuarbeiten. Er hatte diese Prüfung jedoch verdammt gut bewältigt und sich härter ins Zeug gelegt als nahezu alle anderen Mitarbeiter des Kongressabgeordneten. Was auch immer nötig gewesen war, um Davis' Vertrauen zu gewinnen und so viele Informationen wie möglich zu sammeln, er hatte es getan. Nun konnten sie diesen Verräter aufhalten, der – falls man ihn zum Präsidenten wählte, was durchaus passieren konnte – ihr großartiges Land ruinieren würde.

Vor etwas mehr als einem Jahr, als Davis plötzlich immer populärer wurde, war Simesky noch für eine in Texas beheimatete Denkfabrik tätig gewesen, die Büros in Washington, New York, Chicago und Los Angeles besaß. Sie gehörte zu einer inoffiziellen Vereinigung wohlhabender Geschäftsleute im Mittelwesten und Süden, die Firmen, gemeinnützige Institutionen und sogar ein paar Universitäten leiteten. Diese Gruppe von Männern – und ja, es waren ausschließlich Männer, und zwar Weiße – besaß keinen formellen Namen, aber sie hatte sich insgeheim und mit einer gehörigen Portion Sarkasmus eine Bezeichnung zu eigen gemacht, die ihnen ursprünglich von irgendeinem teuflischen liberalen Medienblogger verpasst worden war. Der Journalist hatte die Gruppe verächtlich als die »Schlüsselfiguren« bezeichnet, denn, so schrieb er, die obersten Führer glaubten den Schlüssel zur Heilung aller nationalen Leiden zu besitzen.

Die so Geschmähten waren begeistert.

Die Schlüsselfiguren unterstützten mit gewaltigen Summen genau jene Kandidaten, von denen sie annahmen, dass sie am ehesten geeignet wären, die wahren Werte Amerikas zu verteidigen: möglichst wenig Einmischung der Regierung, möglichst niedrige Steuern, möglichst geringe Beteiligung an geopolitischen Vorhaben sowie – und das war am wichtigsten – die Beseitigung von praktisch jeder Möglichkeit zur Einwanderung. Kurioserweise hatten die Schlüsselfiguren wenig übrig für, wie sie glaubten, zu breit aufgestellte und oftmals geistig schlichte Bewegungen wie die Tea Party, die religiöse Rechte und alle Feinde von Abtreibungen und Homosexualität.

Nein, es ging den Schlüsselfiguren in erster Linie um den Kampf gegen die sozialistische Bedrohung des amerikanischen Selbstbewusstseins und gegen die Verwässerung der Reinheit der Nation durch Immigration. Politische Führer wie Bill Davis würden das Land geradewegs in den Bankrott und die moralische Verdorbenheit treiben.

Der Aktionsradius der Schlüsselfiguren beschränkte sich dabei für gewöhnlich auf die finanzielle Unterstützung von Kandidaten, von Werbemaßnahmen und Desinformationskampagnen gegen verräterische Politiker oder Reporter sowie auf Verleumdungen und Unterstellungen.

Doch manchmal reichte das nicht aus.

Und in solchen Fällen erhielt Peter Simeskys obskure Denkfabrik einen Anruf mit der Bitte, er möge eine besonders kritische Angelegenheit regeln.

Nach seinem Ermessen.

Mit notfalls extremen Mitteln.

Die Schlüsselfiguren wussten, dass Simesky stets sorgfältig einen effizienten Plan entwickeln würde, wie auch immer der Auftrag lauten mochte. Daher war der Tod dieses liberalen Enthüllungsjournalisten eindeutig ein Unfall gewesen, und jener Umweltaktivist hatte zweifellos Selbstmord begangen. Und der Kongressabgeordnete mit all seinen Reformideen würde dem Anschlag eines Stalkers zum Opfer fallen, der dadurch seine Liebe zu einer berühmten Sängerin bekräftigen wollte.

Denn all die schlauen Pläne erforderten häufig einen Sündenbock.

Hallo, Edwin.

Die Idee, den Stalker zu benutzen, war ihm letzten Winter gekommen, nachdem er und Myra Babbage – seine Geschäftspartnerin und Gelegenheitsgeliebte – sich in Davis' Team eingeschlichen hatten. Im Zuge seiner wie immer erschöpfenden Nachforschungen hatte Peter Simesky erfahren, dass Davis ein großer Fan von Kayleigh Towne war. Der Abgeordnete hatte »Leaving Home«, den Pro-Einwanderungs-Song dieser Schlampe, bei Veranstaltungen und in Wahlwerbespots genutzt.

Simesky nahm sich Kayleighs Internetseiten vor und stieß auf einen fanatischen Anhänger namens Edwin Sharp, der Hunderte von Kommentaren über die Sängerin gepostet hatte und von den anderen Fans als »Irrer« bezeichnet wurde.

Perfekt.

Die Schlüsselfiguren verfügten über beträchtliche Ressourcen und benötigten nur einen Tag, um ihm Zugriff auf die Daten der Internetanbieter zu verschaffen, die Kayleigh Townes und Edwins E-Mail-Accounts verwalteten. Leider wirkten Edwins Briefe und Postings alles andere als bedrohlich. Doch er war eindeutig gestört und unangenehm hartnäckig; das würde für Simeskys Plan genügen. Er und Myra schickten Edwin E-Mails und Briefe, in denen sie sich als Kayleigh ausgaben. Sie schrieben, sie fühle sich durch seine Aufmerksamkeit geschmeichelt, und ließen sogar durchblicken, sie wäre gern mit ihm zusammen. Aber sie müsse sich nach außen hin abweisend geben, oder ihr Vater würde schrecklichen Ärger machen.

Lösche all meine E-Mails und verbrenne meine Briefe. Du musst, Edwin. Ich habe ja solche Angst vor meinem Vater!

Ihre Nachrichten gaben zu verstehen, dass sie sich sehr freuen würde, ihn am Freitag bei dem Konzert zu sehen, ganz egal, was sie in der Öffentlichkeit behaupten mochte. Falls möglich, wollte sie sich im Anschluss mit ihm treffen. Ganz allein.

Edwin, ich habe letzte Nacht an dich gedacht. Weißt du, auch Mädchen haben diese Art von Gedanken …

Diese Zeilen waren Myra Babbages Idee gewesen.

Und Edwin hatte genau das getan, was sie gewollt hatten: Er war in all seiner psychotischen Herrlichkeit über Fresno hereingebrochen und hatte sich als weitaus größerer Spinner erwiesen als erhofft.

Simesky und Myra Babbage hatten Edwin in seinem Haus beobachtet, um seine Gewohnheiten zu erforschen und Spurenmaterial zu stehlen, das man am Schauplatz von Davis' Ermordung deponieren konnte, um den Stalker zu belasten. Heute würde es endlich so weit sein. Myra hatte Edwin angerufen und sich als Mitarbeiterin von Kayleigh ausgegeben. Sie sagte, die Sängerin wolle sich mit ihm treffen, müsse aber vorsichtig sein. Er solle zum Fashion-Fair-Einkaufszentrum fahren, dort die Polizei abhängen und dann an der Laderampe von Macy's warten, bis eine von Kayleighs Freundinnen ihn abholte.

Myra war hingefahren und hatte ihn zu sich gewinkt. Der arme Narr war grinsend vor lauter Vorfreude in den gestohlenen SUV gehüpft. Als er sich abwandte, um den Sicherheitsgurt anzulegen, hatte Myra ihn mit einem Elektroschocker außer Gefecht gesetzt, ihm ein Beruhigungsmittel injiziert und ihm mit Klebeband die Hände und Füße gefesselt. Dann war sie in das Einkaufszentrum gegangen und hatte in der Java Hut die Ankündigung hochgeladen, dass jemand etwas tun würde, um Kayleigh ewig im Gedächtnis zu bleiben. Aus dem Kontext ging klar hervor, dass Bill Davis das Opfer sein sollte.

Und nun befanden Myra und ein halb bewusstloser Edwin Sharp sich auf dem Weg zu dem Versteck.

In wenigen Minuten würde Folgendes passieren: Myra würde eintreffen, dem Sicherheitsmann Tim Raymond zulächeln und ihn mit ihrer Pistole erschießen. Im selben Moment würde Simesky den Wohnbereich betreten und den Kongressabgeordneten sowie die anderen umlegen. Dann würden er und Myra den Stalker ins Haus zerren, ihm mit Harutyuns Waffe in den Kopf schießen und Edwins Hand mit Schmauchspuren versehen.

Simesky würde den Notruf wählen und panisch Hilfe anfordern. Er würde behaupten, er hätte dem Stalker die Waffe entreißen und den Verrückten damit erschießen können.

Plane deine Handlungen, und handle nach deinem Plan.

Doch bisweilen gab es Variationen.

Kathryn Dance.

Ihre Anwesenheit konnte dazu beitragen, ein mögliches Problem von vornherein zu vermeiden – dass jemand Verdacht schöpfte, weil nur er und Myra überlebt hatten. Falls auch Dance mit dem Leben davonkam, würde alles etwas glaubhafter wirken. Natürlich musste er es so drehen, dass sie ihn als Schützen nicht zu Gesicht bekam.

Daher würde er Dance in den Rücken schießen und sie lähmen, aber nicht töten. Danach wären Davis und Harutyun dran. Sobald sie erledigt waren, würde Simesky etwas rufen wie: »Edwin, nein! Was machen Sie da?«

Im Idealfall wäre Dance bei Bewusstsein und würde diesen Ausruf hören. Dann könnte sie später zu Protokoll geben, dass Edwin der alleinige Schütze gewesen sei.

Falls dieser Idealfall nicht eintrat und Kathryn starb, nun ja, dann wäre das auch kein großer Verlust.

Immerhin hättest du ruhig mit mir zu Abend essen können, du Miststück, dachte Simesky verärgert. Was hätte es denn schon geschadet?

58

Simesky sah auf seine Rolex.

Noch drei Minuten.

Myra Babbage musste sich bereits auf der Zufahrtsstraße befinden und sich dem Blockhaus nähern. Er schlich ein Stück in Richtung Wohnbereich. Durch die dicken Wände konnte er von draußen keine Reifengeräusche hören, zumal der Fernseher immer noch lief, aber Dance sagte gerade: »Was ist das denn? Haben Sie das auch gehört? Ist das ein Wagen?«

»Offenbar schon. Oder doch nicht? Ich bin mir nicht sicher.« Das war Davis' Stimme.

Zwei Schüsse in Kathryns Wirbelsäule. Zwei in Harutyuns Kopf. Zwei in den von Davis.

Und was würde er rufen?, grübelte Simesky. »Mein Gott, das ist dieser Stalker!« Klang das glaubwürdig? Vielleicht lieber: »Edwin, o Gott, nein!«

Vorn im Wohnbereich klingelte Davis' Telefon. »Hallo … Ja, wir sind drinnen.« Dann zu den anderen: »Das ist Myra Babbage. Sie ist gerade hier eingetroffen.«

»Hoffentlich ist sie vorsichtig gewesen und hat auf eventuelle Verfolger geachtet«, sagte Harutyun.

Simesky glaubte Dance sagen zu hören, dass Edwin zwar vielerlei Nachforschungen anstelle, höchstwahrscheinlich aber nicht mal wisse, wer Myra war, ganz zu schweigen davon, dass er sie aufspüren können und ihr folgen würde.

Oh, wenn du wüsstest …

Noch eine Minute, laut Simeskys Rolex.

»Nein, Herr Abgeordneter, bitte bleiben Sie vom Fenster weg«, sagte Dance.

»Wir wissen doch, wer das ist.«

»Lassen Sie uns trotzdem kein Risiko eingehen.«

Simesky blieb außer Sicht im Arbeitszimmer und streifte Latexhandschuhe über. Dann öffnete er seine Computertasche und nahm eine Pistole heraus – eine gestohlene, kalte Waffe. Das war eine der großartigen Möglichkeiten, die dieses Land zu bieten hatte: Wenn man eine nicht zurückverfolgbare Schusswaffe benötigte, konnte man sich mühelos eine beschaffen. Er wusste, dass sie geladen war, und er wusste genau, wie sie funktionierte. Und er hatte sie bereits ein Dutzend Mal abgefeuert, um Pulverreste zu erhalten und in einer kleinen Plastiktüte zu sammeln; er würde sie später auf Edwins Hände übertragen. Nun überprüfte er die Pistole ein weiteres Mal. Sorgfältig.

Zwei Schüsse, dann zwei, dann zwei.

»Peter?«, rief der Abgeordnete aus dem Wohnbereich.

»Bin gleich da«, antwortete Simesky. »Möchte jemand Kaffee?«

»Nein danke«, rief Davis. »Myra ist hier.«

»Gut.«

»Kathryn, Dennis? Kaffee?«

Beide lehnten ab.

Simesky schob sich näher an den Durchgang zum Wohnbereich und presste sich dabei fest an die Wand, um außer Sicht zu bleiben. Er wartete auf Myras Schüsse, die Raymond töten würden.

»Wir haben hier sogar mal einen echten Präsidenten untergebracht«, sagte Harutyun. »Er war zu einer Konferenz mit dem Gouverneur hier. Ich musste damals ein Dokument unterzeichnen, dass ich nicht verraten darf, um wen es sich gehandelt hat.«

»Können wir *Zwanzig Fragen* spielen, um es herauszufinden?«, fragte Dance.

Der Detective lachte.

»Ich war letzte Woche in Camp David«, sagte Davis. »Da ist es nicht so komfortabel, wie man es sich vielleicht vorstellt.«

Würden das seine letzten Worte sein?

Und was dachte Edwin Sharp wohl gerade, während er seine letzten Momente auf Erden erlebte, wenn auch vermutlich nicht genoss?

»He, sehen Sie mal«, sagte Davis. »Ein Triple Play!« Der Fernseher wurde lauter gestellt. Das Publikum johlte.

Ein Blick auf die Rolex. Myra musste jede Sekunde schießen.

Simesky würde vortreten und es ihr gleichtun.

Zwei.

Dann noch zwei und noch zwei.

Edwin, o Gott, nein ...!

Er wischte sich die Hand am Hosenbein ab und nahm wieder die Pistole.

Jetzt!

Doch es ertönten keine Schüsse.

Eine weitere Minute verstrich. Man hörte nur noch die Menschenmenge und den Baseball-Kommentator im Fernsehen.

Was war hier los? Simesky hatte Schweißperlen auf der Stirn.

Und dann endlich: Schüsse von draußen.

Ein halbes Dutzend. Das helle, abgehackte Knallen von Faustfeuerwaffen.

Scheiße, dachte Simesky. Was soll das denn? Er ging noch mal den Plan durch. Was war der Grund für diese wilde Ballerei? War zwischenzeitlich ein weiterer Deputy eingetroffen? Oder hatte irgendein örtlicher Streifenpolizist im Vorbeifahren zufällig eine bewaffnete Frau oder den gefesselten Edwin Sharp bemerkt?

Jetzt herrschte draußen auf einmal Stille.

Handle nach deinem Plan ...

Aber manchmal geht das einfach nicht, dachte Simesky. Manchmal muss man improvisieren. Doch dazu benötigt man Fakten.

Nur dass es hier keine Fakten gab.

Er beschloss, dennoch zu handeln. Die drei im Wohnbereich würden auf die Geschehnisse vor der Tür lauschen und geduckt in Deckung bleiben.

Zwei, zwei und zwei … Falls Raymond noch lebte, würde er ihn beim Hereinkommen erschießen. Und dann so gut wie möglich sauber machen. Schade um Myra; er ging davon aus, dass sie tot war.

Doch hier stand mehr auf dem Spiel.

Simesky packte die Waffe mit festem Griff, legte den Sicherungshebel um und atmete tief durch. Dann trat er entschlossen durch den gewölbten Durchgang in den Wohnbereich und visierte die Stelle an, an der Harutyun und Dance gesessen hatten – die beiden unmittelbaren Gefahren. Er verstärkte den Druck auf den Abzug und erstarrte.

Der Raum war leer.

Das Lämpchen an dem Tastenfeld der Tür leuchtete grün. Jemand hatte den Alarm deaktiviert, damit Davis, Dance und Harutyun verschwinden konnten. Aber er hatte die Tür gar nicht gehört. Was, zum Teufel, hatte das alles zu bedeuten? Er trat weiter vor. Und dann sah er, dass das Seitenfenster offen stand. So waren sie also entkommen.

Er sah außerdem einen großen gelben Notizblock auf dem Boden liegen. Darauf stand eine hastig hingekritzelte Nachricht:

Anschlag auf Ihr Leben, Simesky beteiligt, Myra auch, vielleicht noch andere, wir fliehen JETZT SOFORT durch das Seitenfenster.

O nein …

Wer?, dachte er. Doch dann wurde ihm klar: Was soll die Frage? Natürlich Kathryn Dance.

Diese drecksliberale Hausfrau und Mutter aus einer Kleinstadt hatte ihn und die Schlüsselfiguren überlistet.

Wie sie das angestellt hatte, war ihm bei Weitem zu hoch. Aber sie hatte es geschafft. Wahrscheinlich hatte sie per SMS Verstärkung angefordert und Raymond gewarnt, der sofort auf Myra geschossen hatte, als sie mit einer Waffe aus dem Wagen gestiegen war.

Und könnte …

Da ertönte hinter ihm Dennis Harutyuns Stimme: »Simesky, lassen Sie die Waffe fallen und heben Sie die Hände über den Kopf!«

Der Deputy musste sich zur Hintertür wieder hereingeschlichen haben. Dance sicherte vermutlich die Vorderseite.

Simesky schätzte die Situation ein. Harutyun war ein echtes Landei und hatte seine Waffe wahrscheinlich noch nie in einer echten Gefahrensituation abgefeuert. Simesky hingegen hatte bereits acht Menschen eigenhändig getötet und war danach jedes Mal mit reinem Gewissen zu Bett gegangen.

Er warf einen Blick über die Schulter. »Was reden Sie da? Ich wollte lediglich den Abgeordneten beschützen. Ich habe Schüsse gehört. Ich hab nichts getan! Sind Sie verrückt?«

»Ich sag's nicht noch mal. Waffe fallen lassen!«

Simesky dachte: Ich habe mein Konto auf den Cayman Islands. Ich kann jederzeit einen der Privatjets der Schlüsselfiguren nutzen.

Kämpf dir einfach den Weg frei. Dreh dich um und schieß. Er wird total überrascht sein und in Panik geraten. Dämlicher Kleinstadtbulle.

Simesky fing an, sich umzudrehen, hielt die Waffe gesenkt, nicht bedrohlich. »Ich wollte nur …«

Er hörte einen ohrenbetäubenden Knall und verspürte ein Brennen in der Brust.

Und gleich darauf beides noch mal. Doch sowohl der zweite Knall als auch der leichte Schlag gegen seine Haut waren schon merklich schwächer als beim ersten Mal.

59

»Es sind beide tot?«

»Ganz recht«, teilte Harutyun Sheriff Anita Gonzalez mit.

In ihrem Büro beim FMCSO hielten sich derzeit zehn Personen auf, wodurch es ziemlich eng wurde.

P. K. Madigan war zurück – wenngleich inoffiziell –, denn seine Nachforschungen hatten zur Aufdeckung des Komplotts beigetragen. Er gönnte sich einen Becher Vanille-Pekannuss.

Ebenfalls zugegen war ein Pressesprecher des Bezirks. Dance fiel auf, dass Harutyun deswegen ungeheuer erleichtert wirkte – jemand anders würde sich den Medien stellen. Und diese Pressekonferenz würde groß werden. Sehr groß.

Lincoln Rhyme, Thom Reston und Amelia Sachs waren auch hier, außerdem Michael O'Neil und Tim Raymond, der Leibwächter des Kongressabgeordneten. Der Abgeordnete Davis saß im Interesse der Sicherheit an Bord seines Privatjets und flog zurück nach Los Angeles.

»Hatten Simesky und Babbage Komplizen?«, fragte Anita Gonzalez.

»Davon bin ich überzeugt«, erwiderte Dance. »Aber die beiden sind – nun ja, *waren* – die einzigen aktiven Beteiligten vor Ort. Unsere Behörde und Amy Grabe, die Leiterin der FBI-Dienststelle San Francisco, fahnden bereits nach weiteren Kontakten und Verbindungen.«

»Es scheint ein Zusammenhang mit einer Gruppe namens ›die Schlüsselfiguren‹ zu bestehen«, sagte Michael O'Neil. »Irgendein politisches Aktionskomitee.«

»Politisch? Zum Teufel, das sind Arschlöcher«, murmelte Madigan und löffelte seine Eiscreme. »Echte Vollidioten.«

»Aber reiche und gut vernetzte Vollidioten«, sagte Lincoln Rhyme.

»Hat einer der beiden noch irgendwas gesagt?«, fragte Gonzalez.

»Nein«, sagte Raymond. »Myra kam bereits auf mich zu, als Agent Dance mir per SMS die Warnung geschickt hat, sie habe feindliche Absichten.« Er zuckte ungerührt die Achseln. »Als sie noch ungefähr zehn Meter weg war, habe ich meine Waffe gehoben. Sie hielt unter ihrer Jacke eine Fünfundvierziger versteckt und wollte das Feuer eröffnen. Das konnte ich leider nicht zulassen.« Er war etwas mitgenommen, erkannte Dance, aber nicht wegen des Schusswechsels, sondern eher wegen der Tatsache, dass ihm der drohende Anschlag entgangen war – und dass die Täter sich als seine Freunde und Kollegen ausgegeben hatten.

»Und Simesky schien nicht zu glauben, dass mein ›Ich sag's nicht noch mal‹ ernst gemeint war«, berichtete Harutyun. Er war so ruhig wie immer. Man merkte ihm nicht an, dass er heute einen Menschen getötet hatte.

»Und Edwin?«, fragte der Sheriff.

»Wir haben ihn hinten in dem gestohlenen SUV gefunden. Myra hatte Edwin mit einem ziemlich leistungsstarken Elektroschocker ausgeschaltet und ihn zudem unter Medikamente gesetzt. Aber die Sanitäter sagen, er wird sich erholen.«

»Wie haben Sie den Plan durchschaut, Kathryn?«, fragte Madigan.

»Das war nicht nur ich allein.« Sie zeigte auf Lincoln Rhyme und Amelia Sachs.

»Es kam mehreres zusammen«, sagte der Kriminalist lakonisch. »Ihr Charlie ist übrigens recht fähig. Lassen Sie ihn nicht zu Besuch nach New York kommen. Ich nehme ihn Ihnen sonst weg.«

»Das wäre nicht das erste Mal«, sagte Thom, was ihm eine hochgezogene Augenbraue von Rhyme einbrachte. Dance schloss daraus, dass es ihm mit dem Jobangebot für Shean ernst war.

Da Rhyme seinen Beitrag nicht näher erläuterte, übernahm Dance das. »Es ergaben sich einige Fragen im Hinblick auf die Spuren, die im Kongresszentrum und hinter Edwins Haus gesichert worden waren, wo jemand ihn angeblich beobachtet hatte.«

»Ja, Edwin hat es mir erzählt«, sagte Madigan mit grimmiger Miene. »Und ich habe ihm nicht geglaubt.«

»Eine der Spuren erwies sich als Seemöwenkot«, fuhr Dance fort.

»Wörtlich hieß es Kacke von Vögeln, die – Zitat – ›höchstwahrscheinlich in einer Küstenregion beheimatet waren‹«, korrigierte Rhyme. »Nicht von hier, wohlgemerkt. Ich hatte keine Ahnung, woher sie gekommen oder wohin sie geflogen sind. Es ging mir nur darum, dass die fraglichen Vögel sich vermutlich vor Kurzem noch an der Küste aufgehalten und Seefisch gefressen hatten. Und dann konnten wir ein Mineralöl und einen Pilz identifizieren, wie sie im biologischen Landbau verwendet werden.« Er nickte in Richtung von Sachs. »Sie hat übrigens einen ganz anständigen Garten. Es leuchtet mir zwar nicht ein, was jemand mit Blumen anfangen soll, aber ihre selbst gezogenen Tomaten sind recht gut.«

»Mir fiel ein, dass der Abgeordnete Davis, Simesky und Babbage kürzlich auf einer Wahlveranstaltung in Monterey gewesen waren«, führte Dance aus. »Das liegt an der Küste, und sie könnten dort die Vogelkotpartikel aufgenommen haben. Und danach sind sie über Watsonville bis hierher gereist und haben unterwegs Reden auf Ökofarmen gehalten.«

»Aber wodurch sind Sie so misstrauisch geworden, dass Sie in Erwägung gezogen haben, Edwin könnte vielleicht doch nicht unser Täter sein?«, fragte Madigan.

Dance lachte. »Auch durch die Vogelkacke, jedenfalls indirekt. Wissen Sie, so hat nämlich der Betreff von Lincolns E-Mail gelautet. ›Vogelkacke‹. Doch in der Beweistabelle, die er mitgeschickt hat, stand das Wort ›Vogelexkremente‹.«

»Das war Sachs«, murrte Rhyme.

»Nun, es ließ mich an das Posting auf der Internetseite denken, die Drohung gegen den Kongressabgeordneten. Mir wurde plötzlich klar, dass das einfach nicht wie Edwin klang.«

»Die Kinesik der Sprache«, sagte O'Neil.

»Genau.«

Sie zeigte ihnen den Text, der alle so beunruhigt hatte.

Ich hab all deine Postings über Kayleigh gesehen. Du behauptest du magst sie, du behauptest du liebst ihre Musik. Aber auch du benutzt sie genau wie alle anderen. Du hast Leaving Home gestohlen um dich bei den Latinos einzuschleimen. Du bist ein dreckiger Häuchler ...

»Das ist nicht Edwins Tonfall. Ich habe von ihm noch kein einziges Schimpfwort gelesen oder gehört. Und dann all die fehlenden Kommas und die falsche Schreibweise von ›Heuchler‹. Seine E-Mails an Kayleigh waren orthografisch immer einwandfrei. Und wenn er darin einen ihrer Songs erwähnt hat, stand der Titel grundsätzlich in Anführungszeichen. In dem Posting mit der Drohung war der Titel hingegen in keiner Weise abgegrenzt. Mir kam in den Sinn, dass dieser Text von jemandem verfasst worden sein könnte, der *dachte*, so müsse das Posting eines verrückten Stalkers aussehen. Darüber hinaus hatten sich während meines Gesprächs mit Edwin einige Fragen ergeben.«

Sie erklärte das Konzept der inhaltsbasierten Analyse, bei der Edwins Aussage und nicht seine Körpersprache berücksichtigt wurde.

»Da ich mich nicht auf die herkömmliche kinesische Analyse verlassen konnte, habe ich mir die Fakten vorgenommen, die er mir mitgeteilt hat. Manches davon war widersprüchlich. Zum Beispiel die Anzahl der Briefe und E-Mails, die Edwin von Kayleigh erhalten haben will. Sie und ihre Anwälte sagten, man hätte Edwin ein halbes Dutzend Antworten geschickt – allesamt automatisch generierte E-Mails oder Formbriefe. Doch Edwin hat bei der Vernehmung behauptet, er habe weitaus mehr bekommen … und er hat Pike gegenüber angedeutet, die Nachrichten seien sehr ermutigend gewesen. Anfangs habe ich das für ein Produkt seines Realitätsverlustes gehalten. Doch dann begriff ich den Unterschied. Sehen Sie, ein Stalker mag die *Bedeutung* einer Tatsache fehlinterpretieren, aber die Tatsache an sich ist ihm bewusst. Was für eine Aussage auch immer Edwin in Kayleighs Briefe hineinlesen mochte, er würde ganz genau wissen, wie viele Briefe er erhalten hatte. Hieß das etwa, jemand anders hatte sich als Kayleigh ausgegeben und ihm E-Mails und Briefe geschickt?«

Sie bedachte Michael O'Neil mit einem gequälten Lächeln. »Und dann kam mir komisch vor, dass Peter Simesky ein solches Interesse an mir gezeigt hat. Er behauptete, der Abgeordnete Davis wolle mich in seinem Team haben, und vielleicht war das auch so. Aber ich glaube, dass Simesky ihm diesen Floh ins Ohr gesetzt hat. Es gab Simesky die Gelegenheit, sich bei mir unauffällig nach den Ermittlungen und dem Stand der Dinge zu erkundigen. Auch Myra Babbage hat sich dafür interessiert, für wen ich arbeite. Sie hat mich das bei dem Zusammentreffen in Kayleighs Haus gefragt. Im Nachhinein betrachtet war das eine seltsame Frage, irgendwie fehl am Platz. Zudem waren die beiden und Davis ein paar Tage zuvor nach San Francisco geflogen; bei dieser Gelegenheit hätten sie die Prepaid-Telefone in Burlingame kaufen können. Das liegt ganz in der Nähe des Flughafens.«

»Demnach haben die beiden Bobby und den Filesharer nur umgebracht, um für Edwin ein angebliches Tatmuster zu konstruieren«, murmelte Madigan.

»Ja, so schwer es auch fällt, das zu glauben«, sagte Dance. »Das dürfte tatsächlich der einzige Grund für die Morde gewesen sein.« Sie sah Rhyme an. »Nachdem ich Ihre Nachricht über den Vogelkot erhalten hatte, wurde ich skeptisch, was das Umfeld des Kongressabgeordneten betraf. Ich habe daraufhin meinen Kollegen TJ Scanlon per E-Mail gebeten, alle Mitglieder von Davis' Stab gründlich zu durchleuchten. Keiner von denen hatte Dreck am Stecken – aber Simesky und Myra waren etwas zu sauber. Sie stellten Paradebeispiele politischer Berater dar, geradezu lehrbuchmäßig. Und sie hatten sich der Kampagne beide am selben Tag angeschlossen. Und es war unmöglich, etwas über sie vor diesem Datum herauszufinden. TJ wurde stutzig und grub weiter, bis er auf eine Verbindung zu diesen sogenannten Schlüsselfiguren stieß – von denen bekannt war, dass sie viele von Davis' Positionen verurteilten, vor allem aber seine Haltung zur Lockerung der Einwanderungsbestimmungen. Ich beschloss, auf Nummer sicher zu gehen, und wir sind durch das Seitenfenster des Blockhauses geflohen, gerade als Myra vor Ort eintraf und von Tim aufgehalten wurde.« Sie wies auf Raymond. »Den Rest haben wir schon gehört.«

P. K. Madigan richtete seinen Löffel auf den Mann im Rollstuhl. »Sind Sie sicher, dass Sie nicht doch ein Eis möchten?«

»Ich bevorzuge andere Laster«, sagte der Kriminalist.

Crystal Stanning betrat den Raum. »Wir haben soeben die barmherzige Samariterin gefunden.«

»Wen?«, fragte Madigan schroff. Anscheinend hatte er vergessen, dass er formal noch immer Zivilist war.

»Die alte Dame, die Edwin den Weg beschrieben hat, als er sich verfahren hatte.«

Ah, die Alibifrau.

»Edwin hat die Wahrheit gesagt. Das war genau zum Zeitpunkt des Anschlags auf Sheri Towne. Und die Zeugin hat ihn eindeutig identifiziert.«

Madigan seufzte. »Tja, liebe Leute, da haben wir aber mächtig danebengelegen. Holen wir Edwin her. Ich jedenfalls werde mich bei ihm entschuldigen.«

Kurz darauf wurde Edwin in das Büro gebracht. Er schaute sich ein wenig verwirrt um. Sein Haar war zerzaust. Er schien noch etwas benommen zu sein, war aber fasziniert von Rhyme und dessen Rollstuhl.

Gonzalez erklärte, was geschehen war – wozu auch die Mitteilung gehörte, dass die meisten der E-Mails, die Edwin von Kayleigh erhalten hatte, Fälschungen waren.

Dance sah, wie sein langes Gesicht noch länger wurde. »Die stammen nicht von ihr?«

Es herrschte verlegenes Schweigen, bis Dance sagte: »Manche davon schon, aber das waren lediglich Formbriefe, Edwin, wie alle Fans sie erhalten. Es tut mir leid.«

Er schob die Hände in die Taschen seiner Jeans. »Ich hätte mich ihretwegen nie so … komisch aufgeführt, wenn ich das gewusst hätte. Stellen Sie sich nur vor, jemand, der so hübsch und talentiert und berühmt ist wie Kayleigh, sagt Ihnen, sie würde sich für Sie interessieren und dass Sie ihr viel bedeuten … Was hätte ich denn da glauben sollen?«

»Ich verstehe, Edwin«, sagte Dance.

»Mir tut es auch leid, mein Junge«, sagte Madigan.

Edwin blieb einen Moment lang still, die Augen auf den Rollstuhl gerichtet. »Ich bin jetzt also kein Verdächtiger mehr oder so?«

»Nein«, sagte Harutyun.

Er nickte und sah dann Madigan an. »Nun, dann erhalte ich meine Beschwerde gegen Sie und Deputy Lopez auch nicht länger aufrecht. Wissen Sie, ich habe bloß gedacht, ich müsste mich irgendwie verteidigen.«

»Das kann ich nachvollziehen, und ich danke Ihnen, Edwin. Ich glaube, wenn es um Kayleigh geht, geraten wir alle ein wenig zu sehr in Begeisterung.«

»Ich würde jetzt gern gehen. Ist das in Ordnung?«

»Aber sicher, mein Junge. Wir werden später oder morgen noch Ihre Aussage aufnehmen – bezüglich Simesky und der Frau und Ihrer Entführung. Ich lasse Sie nun nach Hause fahren. Sie sind nicht in der Verfassung, sich selbst ans Steuer zu setzen. Ihren Wagen können Sie morgen abholen.«

»Danke, Detective.« Er ging mit hängenden Schultern und eingesunkener Brust zur Tür hinaus. Obwohl er kinesisch schwer einzuschätzen war, konnte Dance an seiner Haltung tiefen Kummer ablesen.

60

Lincoln Rhyme steuerte den Lieferanteneingang und die Zufahrt zum Parkplatz des Sheriff's Office an. Bei ihm waren seine beiden Begleiter aus New York sowie Kathryn Dance und Michael O'Neil. »Höchste Zeit für einen Drink, würde ich sagen, und dann zurück nach San José.«

»Höchste Zeit für einen Kaffee im Van«, berichtigte Thom.

»*Ich* bin nicht der Fahrer«, entgegnete Rhyme sarkastisch. »*Ich* darf trinken.«

»Ich bin mir sicher, dass es illegal ist, in einem fahrenden Wagen einen offenen Behälter Alkohol mit sich zu führen, auch wenn man nicht selbst am Steuer sitzt«, widersprach der Betreuer sogleich.

»Er ist aber nicht offen«, protestierte Rhyme. »Mein Trinkbecher hat einen Deckel.«

»Wir könnten hier natürlich noch länger diskutieren«, sagte der Betreuer nachdenklich, »aber das hieße nur, wir würden die Bar in San José noch später erreichen.«

Rhyme schnaubte verächtlich, aber seine mürrische Miene verschwand sofort, als er sich von Kathryn und Michael verabschiedete. Seine rechte Hand bewegte sich flüssig auf Dance' Hand zu und ergriff sie. Sie küsste ihn auf die Wange und umarmte dann Amelia Sachs.

»Wir sehen uns dann am Sonntag«, fügte O'Neil hinzu. »Ich bringe die Kinder mit.« Er sah Dance an. »Falls Sie interessiert sind, wir haben gerade die neue Heckler & Koch MP7 hereinbekommen.«

»Die mit dem kleinen Kaliber.«

»Richtig. Vier Komma sechs Millimeter. Möchten Sie mich am Montag auf die Schießbahn begleiten und ein paar Zielscheiben durchlöchern?«

»Und ob«, sagte Sachs begeistert.

»Kathryn?«, fragte O'Neil.

»Ich passe. Ich glaube, ich hänge lieber mit Lincoln und Thom ab.«

Und auch mit Jon Boling?, fragte sie sich und verbot sich den Gedanken gleich wieder.

Das Trio aus New York verließ das Gebäude.

Auch O'Neil verabschiedete sich von den örtlichen Beamten, und Dance begleitete ihn hinaus in die schwüle Abendluft.

»Hast du es eilig mit der Rückfahrt?« Die Worte kamen ihr wie von selbst über die Lippen. Geplant hatte sie das nicht. Aber nun dachte sie, sie könnten vielleicht gemeinsam zu Abend essen.

Eine Pause. Sie konnte sehen, dass auch er bleiben wollte. Doch dann schüttelte er den Kopf. »Die Sache ist die … Anne kommt aus San Francisco, um ein paar Dinge zu holen. Ich sollte da sein.« Er senkte den Blick. »Und morgen dürften die Papiere fertig sein, die Scheidungsvereinbarung.«

»So schnell?«

»Sie wollte nicht viel.«

Zudem befindet eine Frau, die ihren Mann betrügt und die Kinder verlässt, sich vermutlich nicht unbedingt in der Position, großartige Forderungen zu stellen, dachte Dance. »Geht es dir gut?« Eine dieser sinnlosen Fragen, die im Allgemeinen eher für den Fragenden wichtig sind als für den Gefragten.

»Ich bin erleichtert, traurig, stocksauer und mache mir Sorgen um die Kinder.« Was so ziemlich die ausführlichste Beschreibung seiner emotionalen Verfassung war, die sie jemals von Michael O'Neil gehört hatte.

Es herrschte für einen Moment Schweigen.

Dann lächelte er. »Okay, ich sollte mich jetzt lieber auf den Weg machen.«

Aber noch bevor er sich abwenden konnte, streckte Dance die Hand aus, legte sie ihm in den Nacken und zog ihn an sich. Dann umschlang sie mit dem anderen Arm seinen Leib und küsste ihn leidenschaftlich auf den Mund.

Sie dachte: Nein, nein, was zum Teufel machst du da? Hör auf!

Doch bis dahin hatte er sie bereits ebenfalls umarmt und erwiderte den Kuss ebenso fest.

Dann schließlich löste er sich von ihr. Trat noch einmal vor für einen weiteren Kuss, wobei sie ihn sogar noch fester umklammerte, und wich dann zurück.

Sie rechnete mit einem fragenden Blick, aber O'Neil sah ihr ohne jede Verlegenheit in die Augen, und auch sie fühlte sich gut. Beide lächelten.

Oje, was habe ich nur getan?

Den Mann geküsst, den ich aufrichtig liebe, dachte sie. Und dieser unwillkürliche Gedanke war noch verwirrender als der eigentliche Kuss.

O'Neil stieg in seinen Wagen. »Ich rufe dich an, wenn ich zu Hause bin. Wir sehen uns am Sonntag.«

»Fahr vorsichtig«, sagte sie. Ein Satz, der sie als Halbwüchsige immer tierisch genervt hatte, wenn sie ihn von ihren Eltern zu hören bekam. Als hätte sie vorgehabt, andernfalls gegen den nächstbesten Baum zu donnern.

Doch als Witwe, die ihren Mann bei einem Verkehrsunfall auf dem Highway verloren hatte, konnte sie sich manchmal einfach nicht zurückhalten. O'Neil schloss die Tür, sah sie noch einmal an und drückte seine linke Hand von innen gegen die Windschutzscheibe. Sie legte ihre Rechte außen auf das Glas.

Er ließ den Motor an und fuhr vom Parkplatz.

»Das schlägt ja wohl alles«, sagte Bishop Towne und trank einen Schluck Milch.

»Allerdings«, sagte Dance zu ihm und seiner Tochter. Sie saßen auf der Veranda vor seinem Haus. »Edwin Sharp war unschuldig. Er hat niemanden ermordet. Er wurde von vorn bis hinten hereingelegt.«

»Er ist trotzdem ein Arschloch.«

»Daddy.«

»Er ist ein mieses kleines Arschloch, und ich hätte nichts dagegen, wenn er für irgendwas hinter Gitter wandern würde. Aber es ist gut zu wissen, dass er kein Problem mehr darstellen wird.« Der grauhaarige Musiker sah Dance argwöhnisch an. »Das wird er doch nicht, oder?«

»Davon gehe ich aus. Er ist vor allem traurig, dass die persönlichen E-Mails und Briefe nicht von Kayleigh gestammt haben, sondern von Simesky.«

»Wir sollten diese Scheißkerle verklagen«, sagte Bishop. »Wie heißen die? Schlüsselfiguren? Zum Henker, was sind das für Wichser?«

»Daddy, wirklich, reiß dich zusammen.« Kayleigh nickte in Richtung Küche, wo Suellyn und Mary-Gordon soeben Sheri dabei behilflich waren, irgendetwas zu backen, das nach Muskatnuss duftete. Doch die raue Stimme des Mannes hatte wahrscheinlich nicht bis nach drinnen gereicht.

»Ich werde niemanden verklagen, Daddy«, sagte Kayleigh. »Wir können diese Art von Publicity nicht gebrauchen.«

»Tja, wir werden aber Publicity bekommen, ob wir wollen oder nicht. Ich rede mit Sheri darüber, wie wir das am besten anpacken sollten.« Dann klopfte er seiner Tochter auf die Schulter. »He, sieh es mal von der guten Seite, KT. Die Verbrecher sind tot, und Edwin spielt keine Rolle mehr. Also brauchen wir auch nicht mehr darüber nachzudenken, irgendwelche Konzerte abzusagen. Und wo wir gerade dabei sind: Ich habe mir die Reihenfolge der Songs noch mal vorgenommen, und ich glaube, wir müssen ›Leaving Home‹ verschieben. Das wollen nämlich alle hören. Am besten packen wir es in die Zugabe. Und ich würde den Kinderchor dazu bewegen, den letzten Teil auf Spanisch zu singen.«

Dance registrierte, dass Kayleighs Schultern sich während dieser Ausführungen angespannt hoben. Die junge Frau war sich wegen des Konzerts eindeutig noch nicht so sicher. Nur weil die Mörder ausgeschaltet worden waren und Edwin keine Bedrohung mehr darstellte, befand sie sich noch lange nicht in der seelischen Verfassung, nach den Verbrechen der letzten Tage eine Bühnenshow zu bestreiten.

Und dann sah Dance, wie die junge Frau kaum merklich in sich zusammensackte. Was bedeutete, dass sie aufgab.

»Ja, Daddy, ist gut.«

Die Stimmung des Abends war umgeschlagen, doch Bishop Towne bekam nichts davon mit. Er stemmte sich aus seinem Sessel wie ein Büffel, der ungestüm aus einem durchschwommenen Fluss ans Ufer trampelte, und schlenderte in die Küche. »He, M-G, was backt ihr denn da?«

Kayleigh schaute ihm mit grimmiger Miene hinterher. Dance nutzte die Gelegenheit, um in ihre Handtasche zu greifen und der Sängerin den Umschlag zu geben, der Bobbys letzten Willen und die Kopie von Mary-Gordons Adoptionspapieren enthielt. Kayleigh sah ihn an. »Diese Dokumente sind während der Ermittlungen aufgetaucht«, sagte Dance leise. »Außer mir weiß niemand davon. Mach damit, was du für richtig hältst.«

»Was …?«

»Du wirst schon sehen.«

Die Frau starrte auf den dünnen Umschlag und hielt ihn mit beiden Händen, als würde er fünf Kilo wiegen. Dance begriff, dass sie den Inhalt kannte. »Du musst das verstehen. Ich konnte …«

Dance umarmte sie. »Das geht mich nichts an«, flüsterte sie.

»Und jetzt fahre ich zurück zum Motel. Ich muss noch meinen Bericht diktieren.«

Kayleigh steckte den Umschlag ein und bedankte sich bei Dance für alles, was sie getan hatte. Dann ging sie hinein.

An ihrem Wagen drehte Kathryn sich noch einmal um und konnte einen Blick ins Haus erhaschen. Suellyn und Sheri standen an der Kücheninsel und blätterten in einem Kochbuch. Kayleigh setzte sich auf einen Hocker und hob Mary-Gordon auf ihren Schoß. Eine kinesische Analyse war überflüssig. Das fröhliche Kreischen der Kleinen verriet, dass die Umarmung gerade besonders fest ausfiel.

Während Dance die lange dunkle Auffahrt hinunterfuhr, dachte sie nicht über die Familie Towne nach, sondern über die drohende Katastrophe, auf die ihr eigenes Privatleben zusteuerte. Die Erinnerung an den Kuss auf dem Parkplatz ließ sie nicht los – halb aus Freude, halb aus Bestürzung.

Sie scrollte auf dem Bildschirm des Bordcomputers durch die Wiedergabeliste ihres iPods und suchte nach einem Lied, das ihr gerade in den Sinn gekommen war – einer von Kayleighs Songs, was sonst? Er hieß: »Is it Love, is it Less?« Dann erklang die Melodie aus den volltönenden Lautsprechern des Pathfinder.

Is it left, is it right? Is it east, is it west?
Is it day, is it night? Is it good or the best?
I'm looking for answers, I'm looking for clues.
There has to be something to tell me the truth.
I'm trying to know, but I can just guess,
is it love between us?
Is it love, is it less?

Ist es links, ist es rechts? Ist es Osten, ist es Westen?
Ist es Tag, ist es Nacht? Ist es gut oder am besten?
Ich suche nach Antworten, ich suche nach Anhaltspunkten.

Es muss doch irgendwas geben, das mir die Wahrheit verrät.
Ich würde es gern wissen, aber ich bin unschlüssig.
Ist das zwischen uns Liebe?
Ist es Liebe oder ist es weniger?

DONNERSTAG

61

»Gracias, Señora Dance.«

»De nada.«

Dance schaltete in der Garage von José Villalobos den digitalen Rekorder aus und fing an, die Kabel und Mikrofone einzupacken. Sie hatte den Tag nicht als Polizistin, sondern als Toningenieurin und Produzentin verbracht. *Los Trabajadores* hatten soeben die letzte Aufnahme beendet – einen *Son huasteco* im traditionellen Stil des nordöstlichen Mexiko, bei dem auch eine achtsaitige Gitarre, genannt *Jarana*, sowie eine Fiedel zum Einsatz kamen. Der Geiger, ein drahtiger Vierzigjähriger, der ursprünglich aus Juarez stammte, hatte ein wahres Feuerwerk entfesselt und sich sogar an Improvisationen nach Art von Stephane Grappellis Quintette du Hot Club de France gewagt.

Dance war von dieser bizarren und fesselnden musikalischen Reise begeistert gewesen und hatte sich zwingen müssen, bei den schnellen, ansteckenden Melodien nicht mitzuklatschen.

Nun war es kurz nach siebzehn Uhr, und sie trank mit der Band ein mexikanisches Bier. Dann ging sie zurück zu ihrem Pathfinder. Ihr Telefon summte. Es war eine SMS von Madigan. Er fragte, ob sie vorbeikommen und die Abschrift ihres Berichts zum Fall Peter Simesky und Myra Babbage überprüfen könnte, den sie letzte Nacht noch diktiert hatte.

Sie überlegte kurz – denn sie war erschöpft –, beschloss dann aber, es hinter sich zu bringen. Beim Blick auf das Display ihres iPhones fiel ihr auf, dass sie außerdem einen Anruf verpasst hatte.

Jon Boling.

Sie dachte erneut an die »San-Diego-Situation«, wie sie das inzwischen nannte. Und als Erstes fiel ihr ein, wie sie Michael O'Neil geküsst hatte.

Ich kann Jon nicht anrufen, riet ihr Verstand.

Während ihr Finger auf Wahlwiederholung drückte.

Das Trillern der Nummer. Dann … die Mailbox.

Enttäuscht, verärgert und erleichtert trennte sie die Verbindung, ohne eine Nachricht zu hinterlassen. Eigentlich wäre das ein guter Titel für einen Kayleigh-Towne-Song, dachte sie. »Direkt auf die Mailbox«.

Eine halbe Stunde später traf sie im Sheriff's Office ein. Sie war offiziell zum Deputy ehrenhalber ernannt worden und konnte ungehindert den Empfangsschalter und die Sicherheitsschleuse passieren. Mehrere Beamte, die sie gar nicht kannte, winkten ihr zum Gruß freundlich zu.

Sie betrat Madigans Büro. Die Suspendierung des Chief Detective war in vollem Umfang aufgehoben worden; Edwin hatte seine Anzeige zurückgezogen.

»Nehmen Sie denn nie Zuckerstreusel?«, fragte sie mit Blick auf den Pappbecher, den er gerade begeistert leerte, und setzte sich auf die abgenutzte Couch.

»Wie bitte?«, fragte Madigan.

»Auf Ihre Eiscreme. Oder Schlagsahne oder Sirup?«

»Nein, das verdirbt den Geschmack. Und bedeutet zusätzliche Kalorien. Genau wie Waffeln. Bei Gelegenheit werde ich Ihnen mal meine Eiscreme-Theorie darlegen. Die ist philosophisch. Haben Sie schon mal welches selbst gemacht?«

»Eis?«

»Ja.«

»Es gibt Leute auf der Welt, die Eiscreme, Joghurt, Pasta und Brot selbst herstellen. Und es gibt Leute, die das Zeug kaufen. Ich bin eine Käuferin.«

»Da bin ich ganz bei Ihnen. Das hier ist für Sie.« Er brachte einen weiteren Becher zum Vorschein. Chocolate Chip. Und einen Metalllöffel.

»Nein, ich …«

»Seien Sie nicht so voreilig, Deputy«, brummte Madigan. »Sie wollen jetzt ein Eis. Ich weiß es.«

Das stimmte. Sie nahm den Becher und aß mehrere Löffelvoll. Er musste das Eis vor ungefähr zehn Minuten in den Becher gefüllt haben, schätzte sie. Es war leicht geschmolzen und lecker. Genau wie sie es mochte. »Das ist gut.«

»Natürlich ist es gut. Es ist Eiscreme. Hier ist der Bericht. Werfen Sie mal einen Blick darauf, und lassen Sie hören, was Sie davon halten.« Er schob ihr die Seiten über den Tisch zu. Sie nahm das Dokument und las es.

Crystal Stanning hatte von Dance' Tonband eine Abschrift angefertigt. Alles war so weit in Ordnung. Kathryn formulierte ein oder zwei Gedanken etwas ausführlicher und schob die Seiten zurück.

Sogar zu dieser Uhrzeit durchdrang die Hitze des San Joaquin Valley noch das ganze Gebäude.

Was soll's? Ich fahre zu Macy's, kaufe mir einen Badeanzug und hocke mich in den Pool des Mountain View, bis ich ganz runzlig bin.

Dance streckte sich, stand auf und wollte sich soeben von dem Detective verabschieden, als das Telefon auf seinem Tisch klingelte. Er drückte den Lautsprecherknopf. »Ja?«

Dance aß ihr Eis auf. Dachte kurz daran, ihn um einen Nachschlag zu bitten, entschied sich dann aber dagegen.

Natürlich ist es gut. Es ist Eiscreme …

»Hallo, Chief. Miguel hier. Lopez.«

»Sie arbeiten seit vier Jahren für mich. Ich kenne Ihre Stimme«, murmelte Madigan und musterte den Eiscremerest in seinem Becher. Vielleicht schätzte er ab, wie viele Löffelvoll ihm noch blieben. »Was gibt's?«

»Was irgendwie Komisches.«

»Werden Sie es mir verraten, oder lassen Sie das einfach für sich stehen?«

»Hören Sie KDHT?«

»Den Radiosender? Manchmal. Kommen Sie zum Punkt. Worum geht's?«

»Ich habe auf dem Heimweg KDHT gehört«, sagte der Deputy. »Und da läuft gerade eine Sendung mit Publikumsbeteiligung. ›Bevo am Abend‹.«

»Lopez!«

»Okay, Bevo ist also der DJ, und sie erfüllen Hörerwünsche. Vor ungefähr fünf Minuten hat jemand sich ein Lied gewünscht. Genau genommen einen *Teil* von einem Lied. Von einem von Kayleighs Liedern.«

Dance erstarrte. Und setzte sich wieder.

»Und?«, rief Madigan.

»Der Wunsch kam per E-Mail, unterzeichnet mit ›Ein Kayleigh-Fan‹. Und das Lied war ›Your Shadow‹. Nur die letzte Strophe. Der DJ hielt das für einen Scherz und hat den ganzen Song gespielt. Aber ich habe mir gedacht ...«

»O mein Gott«, flüsterte Dance. »Niemand hat je die vierte Strophe gespielt – als Ankündigung für den Mord am Abgeordneten Davis!« Ihr fiel Lincolns Kommentar ein.

Und er ist gerissen, richtig? Er hat mit Telefonen angefangen und ist dann auf andere Arten umgestiegen, das Lied zu spielen. Eine Wunschsendung im Radio womöglich ...?

»Scheiße.« Madigan nickte. Er fragte Lopez, ob in der E-Mail noch mehr gestanden habe.

»Nein. Nur das.«

Madigan unterbrach die Verbindung, ohne sich zu verabschieden. Dann rief er sofort den Radiosender an, ließ sich ins Studio durchstellen, teilte Bevo mit, dass es um eine Polizeiangelegenheit gehe, und bat ihn, die E-Mail des Unbekannten an das Sheriff's Office weiterzuleiten. Während er und Dance warteten, murmelte er: »Oh, verflucht, Sie wissen ja, dass wir immer noch nach einer Verbindung suchen – zwischen Simesky und Mary Babbage einerseits und den Morden an Bobby und Blanton sowie dem Anschlag auf Sheri Towne andererseits. Doch bislang haben wir nichts gefunden.«

Gleich darauf traf die E-Mail in seinem Postfach ein. Die Adresse des ursprünglichen Absenders war eine kryptische Mischung aus zufälligen Buchstaben und Ziffern, und der Text besagte tatsächlich nur das, was Lopez ihnen bereits angekündigt hatte. Madigan verständigte die Abteilung für Computerkriminalität und leitete die E-Mail dorthin weiter. Nach einigen Minuten erfuhren sie, dass es sich um einen anonymen und kostenlosen E-Mail-Account handelte und die Nachricht aus einem Hotel im Tower District verschickt worden war.

»Sehen wir uns mal die aktuelle Gästeliste an«, sagte Madigan.

Doch Dance runzelte die Stirn. »Die wird uns nicht weiterhelfen. Er wohnt nicht dort. Wahrscheinlich hat er von der Lobby oder auch nur vom Parkplatz aus das WLAN-Signal angezapft. Es könnte sein, dass er aus der Gegend kommt. Aber er wohnt bestimmt nicht in dem Hotel.«

»Glauben Sie, dass das Komplott gegen Davis nur ein Zufall war? Und dass es *tatsächlich* einen Stalker gibt?«

»Nun, wir wissen, es kann nicht Edwin sein. Er hat ein Alibi. Und es braucht sich nicht um einen Stalker zu handeln. Es könnte *sonst wer* sein, der versucht, Edwin die Morde an Bobby und dem Filesharer sowie den Anschlag auf Sheri Towne anzuhängen.« Sie schüttelte den Kopf. »Oder diese drei sollten uns bloß ein Muster vorgaukeln … und es kommt ihm eigentlich nur auf das nächste Opfer an.«

»Scheiße. Wie konnte uns das entgehen? … Aber wer ist das nächste Opfer? Wie lautet denn die vierte Strophe?«

Dance sagte sie auswendig auf:

You can't keep down smiles; happiness floats.
But trouble can find us in the heart of our homes.
Life never seems to go quite right,
you can't watch your back from morning to night.

Das Lächeln vergeht dir nicht,
es gibt auch glückliche Momente.
Doch sogar in der Geborgenheit unseres
Zuhauses können die Sorgen uns einholen.
Das Leben läuft anscheinend nie so richtig rund,
und du kannst nicht von morgens
bis abends auf der Hut sein.

Madigan seufzte. »Da soll jemand zu Hause getötet werden. Das ist wie mit der anderen Strophe über die Straße – nämlich alles andere als ergiebig.«

»Vielleicht gibt es ja einen Zusammenhang mit dem Tower District. Aber wir müssen das weiter einengen.« Dance überlegte kurz. »Wissen Sie, wir haben uns mit manchen Spuren, die Charlies Leute gesichert haben, nie näher beschäftigt – weil wir genug herausgefunden hatten, um Simeskys und Myras Plan aufzudecken.«

Madigan rief Charlie Shean im Labor der Spurensicherung an, führte ein Gespräch mit ihm und machte sich Notizen. Nachdem er aufgelegt hatte, fuhr er fort: »Shean ist mit seiner Untersuchung fertig. Er sagt, dass bisher nicht zugeordnet werden konnten das taube Gestein – dieses Abfallprodukt oder was auch immer –, außerdem der menschliche Knochenstaub und die Marlboros. Simesky und Myra – hat von denen jemand geraucht?«

»Ich habe sie jedenfalls nie dabei gesehen.«

Der Chief musterte seine Notizen. »Dann noch der Stiefelabdruck, von dem nur der vordere Teil scharf erkennbar ist. Und das Klauenöl – das Lederpflegemittel für Baseballhandschuhe. Vielleicht hat der werte verstorbene Peter Simesky ja in einer faschistischen Softball-Liga mitgespielt.«

Von A nach B nach Z...

Dance neigte den Kopf. »Das wird auch noch für andere Dinge verwendet.«

62

Kayleigh Towne war endlich wieder zurück in ihrem eigenen Haus, ihrer Zuflucht.

Wenn auch nur für ein paar Stunden. Alicia Sessions hatte sie per E-Mail um ein Treffen gebeten, aber ausdrücklich nicht in Bishops Haus; sie wollte etwas besprechen, das mit dem Konzert zu tun hatte.

Ich kann dich gut verstehen, Schwester. Daher war sie bereitwillig auf Alicias Vorschlag eingegangen, sich bei Kayleigh zu Hause zu treffen. Darthur Morgan hatte sie hierher zurückgefahren. Dann hatte er seinen eigenen Wagen geholt und sich verabschiedet.

»Glauben Sie mir, Ma'am, ich habe wirklich gern für Sie gearbeitet.«

»Immer noch ›Ma'am‹, nach allem, was wir durchgemacht haben?«

»Ganz recht, Kayleigh Ma'am.« Und zum ersten Mal, seit sie sich erinnern konnte, lächelte er sie an.

Sie lachte und umarmte ihn, was er ein wenig unbeholfen, aber gut gelaunt erwiderte.

Dann war er weggefahren, und Kayleigh war allein zurückgeblieben. Doch die Erleichterung, die sie darüber empfunden hatte, dass Edwin in Wahrheit gar kein gefährlicher Stalker war, legte sich allmählich und wich einem starken Unbehagen – das nichts mit den Ereignissen der letzten paar Tage und diesen schrecklichen Leuten zu tun hatte, die sie als Vorwand benutzt hatten, um den Kongressabgeordneten zu ermorden.

Nein, die Ursache lag wesentlich näher.

He, sieh es mal von der guten Seite, KT. Die Verbrecher sind tot, und Edwin spielt keine Rolle mehr. Also brauchen wir auch nicht mehr darüber nachzudenken, irgendwelche Konzerte abzusagen …

Weshalb hatte sie ihrem Vater nicht widersprochen? Und energisch darauf *bestanden*, dass sie absagten? Begriff er denn nicht, dass nicht ihre vermeintliche Gefährdung der Grund dafür war, dass sie dieses Konzert nicht bestreiten wollte? Es lag nicht einmal daran, dass Bobby tot war und Sheri fast gestorben wäre … Sie wollte schlicht und einfach nicht auf der Bühne stehen.

Ich bin nicht Superwoman, Daddy.

Dein Ziele sind nicht meine Ziele.

Warum war er so blind dafür? Diese ganze Branche war wie ein gewaltiger Bulldozer, der dich immer nur vorwärts-, vorwärts-, vorwärtsschob, und falls dabei jemand oder etwas zerstört wurde – Bobbys Leben, Kayleighs Lebensfreude – na und? Das alles war unaufhaltsam.

Aber solche Gedanken lagen Bishop Towne natürlich fern. Er dachte nur daran, was Kayleigh zu tun hatte, was sie tun *musste:* Geld verdienen, ihre Angestellten und ihre Familie ernähren, die unersättlichen Fans bedienen, das Plattenlabel und die Veranstalter bei Laune halten.

Und auf diese Weise, so vermutete sie, wollte er das Andenken an Bishop Towne am Leben erhalten – sogar bei jüngeren Leuten, die ihn nie hatten singen hören und die vielleicht nicht einmal wussten, wer er war.

Scheiß doch auf den Seelenfrieden seiner Tochter.

Scheiß doch auf das, was ihr am wichtigsten war, nämlich ein einfaches Leben zu führen.

Warum konnte er …?

Hm, dachte sie. »Ein einfaches Leben«. Kein schlechter Titel für einen Song. Sie schrieb ihn sich auf und fügte gleich noch ein paar Schlagworte hinzu. Dann sah sie auf die Uhr. Alicia würde erst in einer halben Stunde hier sein. Kayleigh ging nach oben ins Schlafzimmer.

Ihr ging eine Strophe aus dem mittlerweile berüchtigten »Your Shadow« durch den Kopf.

You sit by the river, wondering what you got wrong,
how many chances you've missed all along.
Like your troubles had somehow turned you to stone
and the water was whispering, why don't you come home?

Du sitzt am Fluss und fragst dich, was dir entgangen ist,
wie viele Gelegenheiten du wohl schon verpasst hast.
Als hätte dein Kummer dich irgendwie versteinern lassen,
und als würde das Wasser flüstern:
Wieso kommst du nicht heim?

Oh, was für eine Zeit war das damals gewesen … Erst sechzehn Jahre war sie alt gewesen – die Mutter fehlte ihr so sehr, ihr Baby fehlte ihr so sehr, ihr Vater, nach dem Autounfall kaum aus dem Gefängnis entlassen, drängte sie, bei einigen seiner Konzerte aufzutreten und eine eigene Karriere in Angriff zu nehmen, vor der sie sich nicht einmal sicher war, ob sie sie überhaupt wollte. Es wurde ihr alles zu viel. Sie fuhr allein nach Yosemite und ging wandern. Und auf einmal hielt sie es nicht mehr aus. Sie sah einen klaren Flusslauf und lief einfach ins Wasser. Ohne Überlegung, ohne die Absicht, sich ernstlich etwas anzutun – oder vielleicht doch. Kayleigh hatte es damals nicht gewusst, und sie wusste es bis heute nicht. Eine Minute später zog ein Wanderer sie zurück ans Ufer und brachte sie sofort ins Krankenhaus. Es hatte ihr nicht wirklich ein Tod durch Ertrinken gedroht, allenfalls eine leichte Unterkühlung. Und sogar die blieb aus.

Nun saß Kayleigh auf ihrem Bett und las ein weiteres Mal

Bobbys Brief durch, in dem er seinen Wunsch zum Ausdruck brachte, der größte Teil seiner Habe möge an Mary-Gordon gehen, einige wenige Dinge auch an Kayleigh. Sie wusste nicht, ob dieser Brief die gleiche legale Geltung wie ein Testament besaß, aber falls sie damit zu einem Anwalt ging, würde unter Umständen öffentlich bekannt werden, wer Mary-Gordons leibliche Eltern waren.

Bishop würde explodieren. Und die Fans? Würde Kayleigh sie verlieren? Sie konnte aufrichtig sagen, dass ihr in ihrer gegenwärtigen Verfassung beides ziemlich gleichgültig war.

Doch es bestand außerdem die Gefahr, dass Mary-Gordon davon Wind bekam. Irgendwann würde sie es natürlich erfahren müssen. Aber noch nicht jetzt, in diesem Alter. Suellyn war ihre Mutter und Roberto ihr Vater. Kayleigh würde nie in Erwägung ziehen, so massiv in das Leben des Mädchens einzugreifen. Sie verstaute den Umschlag in der obersten Schublade ihrer Kommode. Es würde ihr schon irgendwie gelingen, dafür zu sorgen, dass die Kleine bekam, was ihr leiblicher Vater ihr hinterlassen hatte.

Ja, im Hinblick auf Bobby und Mary-Gordon war es zu spät für Kayleigh. Aber es war noch nicht zu spät für das Leben, von dem sie träumte. Einen Mann finden, heiraten, viele weitere Kinder bekommen, Musik auf der Veranda spielen – und hin und wieder ein paar Konzerte geben.

Am Anfang von all dem stand jedoch eine winzige Kleinigkeit: »einen Mann finden«.

Seit Bobby hatte es keinen mehr gegeben, für den sie wirklich viel empfunden hatte. Sie war damals zwar erst sechzehn gewesen, aber sie hatte für sich erkannt, dass die Liebe in jenem Alter der beste Maßstab war, den man sich wünschen konnte: am reinsten, am ehrlichsten, am unkompliziertesten.

In ihrem Kopf erklang eine Note. Ein Cis, gefolgt von fünf anderen Tönen und begleitet von einem Satz: »How I Felt At Sixteen.«

Sie sang es.

Ein gutes Metrum, und es reimte sich viel auf »sixteen«. Das war sehr wichtig, wenn man Lieder schrieb: Was sich worauf reimte. »Orange« war zum Beispiel kein Wort, mit dem man eine Zeile beendete. »Silver« war ebenfalls knifflig, wenngleich Kayleigh es geschafft hatte, das Wort in einem Song ihres aktuellen Albums unterzubringen.

Sie setzte sich an die Frisierkommode, die ihr hier im Schlafzimmer als Schreibtisch diente. Dann nahm sie einen gelben Notizblock und einige Blätter Notenpapier zur Hand. Bereits nach drei Minuten hatte sie die Melodie und einige Teile des Textes aufgeschrieben.

I still recall how I felt at sixteen.
You were a king and I was your queen.
Love was so simple, way back when,
I wish life could be like that again,
when I was sixteen.

Ich weiß noch, wie ich mich mit sechzehn gefühlt habe.
Du warst ein König, und ich war deine Königin.
Die Liebe war so einfach damals,
ich wünschte, das Leben könnte wieder so sein
wie zu der Zeit, als ich sechzehn war.

Oh, Bobby …

Kayleigh weinte volle fünf Minuten lang. Dann nahm sie sich noch mehr Papiertücher und trocknete sich das Gesicht ab. Sie hatte diese Woche schon fast zwei ganze Schachteln aufgebraucht.

Okay, genug jetzt.

Sie drehte ihren iPod Player auf und wählte die Loretta-Lynn-Wiedergabeliste aus.

Im Badezimmer füllte sie die Wanne, steckte sich das Haar

hoch und zog sich aus. Dann versank sie im tiefen Wasser und lauschte der Musik.

Es fühlte sich herrlich an.

63

Sie hatten ihre Antwort.

Dance, Dennis Harutyun und Pike Madigan waren in dem winzigen Apartment von Alicia Sessions und betrachteten die Beweise, die sie soeben gefunden hatten. Nadelspitz zulaufende Cowboystiefel wie diejenigen, die die Spuren hinter Edwins Haus hinterlassen hatten. Und in der Küche gab es Klauenöl zur Pflege von Sattel- und Zaumzeug; Dance erinnerte sich an den Pferdeaufkleber an der Stoßstange von Alicias Wagen und ihre Vorliebe für das Reiten. Hier lagen mehrere Stangen Marlboro herum. Und die Wohnung befand sich im Tower District, unweit des Hotels, von dem aus die E-Mail an den Radiosender geschickt worden war.

Doch weitaus belastender waren zwei Müllsäcke voll mit Edwin Sharps Abfall, gestohlen hinter seinem Haus in Fresno. Darunter befanden sich Quittungen und einige Briefe, die an seine Anschrift in Seattle adressiert waren – um sie bei Kayleigh zu hinterlassen und die Polizei und die Geschworenen davon zu überzeugen, dass Edwin hinter den bisherigen Anschlägen steckte und auch Kayleigh ermordet hatte. Und verborgen unter Alicias Bett lag Deputy Gabriel Fuentes' Pistolenkoffer – ohne die Waffe –, der ihm in der Nähe des Kinos entwendet worden war, während der Cop Edwin beschattet hatte.

»Alicia wusste, wo Gabriel war«, hatte Dance ihnen ins Gedächtnis gerufen. »Sie war bei der Besprechung im Sheriff's Office dabei.«

Zunächst war ihnen kein Motiv dafür eingefallen, weshalb

die Frau Edwin Sharp etwas anhängen wollte. Doch nun kannte Dance die Antwort. Sie zeigte Madigan und Harutyun zwei Dutzend Blätter Papier, die alle sehr ähnlich aussahen. Jemand hatte geübt, Kayleighs Handschrift zu fälschen und eine Nachricht zu verfassen:

An alle, die es angeht:
Ich möchte den Menschen, die mir nahestehen, einige Dinge mitteilen – für den Fall, dass mir unterwegs etwas zustößt … Ich muss einfach immer wieder an Patsy Cline in diesem Flugzeug denken … Nun, falls mir etwas passieren sollte, möchte ich gern, dass Alicia meinen Platz als Sängerin der Band einnimmt. Sie kennt die Songs so gut wie ich und kriegt die hohen Töne sogar besser hin. Und noch was: Ich will, dass ihr eine Mordsparty veranstaltet. Und sorgt dafür, dass sie »I'm in the Mood (for Rock 'n' Roll)« singt, denn sie hat mich inspiriert, dieses Lied zu schreiben.
Wir sehen uns im Himmel, ich hab euch alle lieb!
Kayleigh

»Herrje«, murmelte Madigan. »Kayleigh ist das vierte Opfer. Die letzte Strophe. ›Sogar in der Geborgenheit unseres Zuhauses können die Sorgen uns einholen.‹ Alicia will sie in ihrem Haus umbringen.«

Dance riss das Telefon aus dem Futteral am Gürtel und tippte die Nummer der Sängerin ein.

Ich sollte einen Song über Dinge wie diese schreiben, dachte Kayleigh, die es zutiefst genoss, in der Wanne zu liegen, Loretta Lynn zu hören und den Veilchenduft der Kerze zu riechen, die sie angezündet hatte.

»Die alltäglichen Freuden«, sang sie. Nein. »Die kleinen Freuden.« So ließ es sich besser skandieren. Die gesparte Silbe half.

Es würde darum gehen, dass die Tragödien des Lebens, die Umstände, die sich unserer Kontrolle entziehen, durch die kleinen Dinge gelindert, wenn nicht gar ausgeglichen werden.

»Ein Mittel gegen den Schmerz.«

Nette Zeile, dachte sie. Gut. Doch dann … Moment. Halt mal. Du brauchst nicht alle fünf Minuten ein Lied zu schreiben.

Aber genau genommen *schrieb* sie die Songs gar nicht. Und zwar nie. Das war das Geheimnis. Sie schrieben sich von selbst.

Sie hörte nebenan ihr Telefon klingeln. Kayleigh überlegte. Ach was. Nach dem vierten Klingeln ging sowieso die Mailbox dran.

»Es trifft mich mitten ins Herz … Es ist ein Mittel gegen den Schmerz …« Hm, dachte sie sarkastisch. Wie scheußlich! Nur weil einem manche Zeilen schnell einfallen, heißt das noch längst nicht, dass sie gut sind. Aber für einen Profi gehört es dazu, das Miese vom Brauchbaren unterscheiden zu können. Sie würde noch daran arbeiten.

Als nun das Mobiltelefon schon wieder klingelte, dachte sie aus irgendeinem Grund an Mary-Gordon. Rief etwa Suellyn an, weil die Kleine krank war? Sollte Kayleigh ihr von hier irgendein besonderes Spielzeug mitbringen? Die Sorge um das Mädchen trieb Kayleigh aus der Wanne. Sie trocknete sich ab und zog schnell Jeans, Bluse und Socken an. Und setzte ihre Brille auf.

Vielleicht kam der Anruf auch von Alicia. Worüber genau wollte sie eigentlich sprechen? Was sollte Bishop nicht mitbekommen?

Es konnte alles Mögliche sein. Die Assistentin und Bishop hatten sich von Anfang an nicht gut verstanden. Ihr Vater mochte Frauen, die unterwürfig waren. Alicia arbeitete zwar für ihn – er war der Chef des Unternehmens –, aber es herrschte stets eine gewisse Spannung zwischen den beiden, weil sie keinen Kotau vor ihm machte.

Kayleigh nahm das Telefon. Ah, Kathryns Nummer. Sie drückte auf RÜCKRUF.

Während es klingelte, schaute sie aus dem Fenster. Es war inzwischen dunkel, aber sie sah Alicias blauen Pick-up in der Auffahrt stehen. Kayleigh hatte sie nicht ankommen gehört, aber die Assistentin konnte sich selbst hereinlassen. Sie hatte einen Schlüssel.

Dance hob ab.

»Hallo, wie …?«, setzte Kayleigh an.

Doch Dance fiel ihr ins Wort. »Kayleigh, hör gut zu«, drängte sie. »Ich habe keine Zeit, es dir zu erklären. Alicia Sessions ist zu dir unterwegs. Sie will dich töten. Verschwinde aus dem Haus. Sofort!«

»Was?«

»Hau sofort ab!«

Unten öffnete sich die Küchentür, und Alicia rief: »Hallo, Kayleigh. Ich bin's. Bist du salonfähig?«

Kathryn Dance hörte, wie Kayleigh der Atem stockte. Dann flüsterte die Sängerin: »Sie ist schon hier. Unten in der Küche. Alicia!«

O nein. Was nun?

Dance, Harutyun und Madigan saßen in einem Streifenwagen des FMCSO und entfernten sich mit hoher Geschwindigkeit von Alicias Apartment im Tower District. Sie teilte den Männern mit, dass Alicia sich bereits in Kayleighs Haus befand, und fragte dann ins Telefon: »Ist Darthur da?«

»Nein, er ist weg. Wir dachten doch, mit Simeskys Tod wäre alles vorbei.«

»Kannst du nach draußen? Und in den Wald rennen?«

»Ich … Nein, ich bin oben. Ich glaube nicht, dass ich springen kann. Und falls ich die Treppe nehmen würde, müsste ich an ihr vorbei. Kann ich nicht mit ihr reden? Wieso will sie …?«

»Nein, du musst dich verstecken, bleib weg von ihr. Sie hat eine Pistole. Die Polizei ist schon zu dir unterwegs, aber es wird trotzdem noch zwanzig Minuten dauern. Kannst du die Zimmertür abschließen?«

»Ja, ich bin in meinem Schlafzimmer. Aber allzu stabil ist das Schloss nicht.«

»Hast du eine Waffe?«

»Ja, aber die ist unten und eingeschlossen.«

»Dann verbarrikadiere dich einfach in deinem Zimmer. Und halte sie irgendwie hin.«

»O mein Gott, Kathryn. Was ist denn nur los?«

»Verschanze dich so gut es geht. Wir sind bald da.«

Die Sirene hallte laut durch die heiße trockene Luft, und die blau-weißen Signallichter wurden von den Autos, Straßenschildern und Fenstern reflektiert, während sie weiter durch die abendlichen Straßen rasten.

»Kayleigh?«, rief Alicia von unten erneut.

Wo ist sie?, überlegte Kayleigh. Immer noch in der Küche? Im Arbeitszimmer?

»Komme gleich.« Sie starrte die Tür an.

Mach sie zu, Mädchen! Worauf wartest du noch? Schinde Zeit. Schließ ab, verbarrikadiere dich.

Sie ging zur Tür und rief: »Ich war gerade unter der Dusche. Gib mir fünf Minuten.« Sie schloss und verriegelte die Tür. Doch der Stuhl, den sie unter den Knauf klemmen wollte, war zu niedrig. Ihre Kommode war zu schwer, um sie von der Stelle zu bewegen. Und der Toilettentisch würde nicht mal Mary-Gordon aufhalten.

Such dir eine Waffe. Irgendeine.

Eine Nagelfeile? Eine Lampe?

Sei nicht dämlich, spring!

Sie lief zum Fenster. Unten war nicht nur Beton, sondern ein schmiedeeiserner Zaun. Falls sie sich nicht die Wirbelsäule brach, würde sie sich aufspießen.

Sie kehrte zur Tür zurück und presste das Ohr ans Holz.

»Kayleigh?«

»Bin gleich da! Nimm dir ein Bier, oder mach einen Kaffee!«

Spring aus dem Fenster. Es ist deine einzige Chance.

Dann dachte Kayleigh plötzlich: Kommt überhaupt nicht infrage.

Ich werde kämpfen.

Sie schnappte sich den Schminkhocker und riss das Laura-Ashley-Sitzpolster herunter. Das waren rund zwei Kilo Hartholz. Nicht viel, aber es musste reichen. Ich locke sie nach hier oben und schlage ihr den Schädel ein.

Kayleigh ging zur Tür und lauschte. Sie nahm einen sicheren Stand ein und hob den Hocker wie einen Baseballschläger.

Dann klingelte ihr Telefon.

Sie schaute auf das Display. Die Nummer kam ihr vage bekannt vor. Moment … Das war die von Edwin Sharp! Kayleigh erinnerte sich: Die Ziffern hatten auf dem Etikett des ausgestopften Mammutbaums gestanden, den er und Mary-Gordon für sie ausgesucht hatten.

»Hallo … Edwin?«

»Hallo, Kayleigh, hör zu«, sagte er zögernd. »Ich bin fast da. Alicia hat mich gebeten, dich nicht anzurufen, sondern einfach vorbeizukommen. Aber ich weiß nicht, was das alles soll. Geht es um irgendeine Art von Schlichtung? Ich will nichts von dir. Es war nicht deine Schuld, was dieser Mitarbeiter des Kongressabgeordneten gemacht hat.«

Die Erkenntnis durchzuckte Kayleigh wie ein Stromstoß. Alicia hatte Edwin eine Falle gestellt. Sie hatte *ihn* ebenfalls hergelockt und wollte es so aussehen lassen, als hätte *er* sie ermordet.

»Oh, Edwin, es gibt ein Problem.«

»Du klingst so komisch. Was ist denn? Ich meine …«

»Bleib weg! Alicia ist hier. Sie will mich umbringen. Sie will, dass …«

Eine Pause. »Das meinst du doch nicht ernst, oder?«

»Sie hat dir eine Falle gestellt. Sie ist schon hier.«

»Ich rufe die Polizei.«

»Hab ich schon«, sagte sie. »Die sind unterwegs.«

»Ich bin in fünf Minuten da.«

»Nein, Edwin, komm nicht her! Fahr zur Bradley Road, zu dem Minimarkt. Bleib da, bleib unter Leuten. Dann hast du ein Alibi für was auch immer hier passiert.«

In diesem Moment roch Kayleigh Rauch.

Edwin sagte etwas. Sie ignorierte ihn und lauschte an der Tür. Ja, von unten war das Prasseln von Flammen zu hören.

Nein, nein! Mein Haus, meine Gitarren! Sie verbrennt sie! Genau wie Bobby und den Filesharer und Sheri will sie auch mich verbrennen!

»Kayleigh, Kayleigh?«, rief Edwins Stimme aus dem Telefon.

»Sie hat ein Feuer gelegt, Edwin. Verständige bitte die Feuerwehr. Aber komm nicht her. Auf gar keinen Fall.«

»Ich …«

Sie trennte die Verbindung.

Und die ersten bitteren, stechenden Rauchschwaden drangen unter der Schlafzimmertür hervor.

64

Der Qualm und die Flammen nahmen zu.

Love is fire, love is flame …

Mein Haus, mein Haus, dachte Kayleigh, während ihr Tränen über die Wangen rollten; aus Kummer, aus Angst und weil der Rauch in ihren Augen brannte. Meine Gitarren, meine Bilder … Das darf doch alles nicht wahr sein!

Die Tür fühlte sich mittlerweile warm an, und draußen warf das Feuer im Erdgeschoss flackernde Schatten auf die Bäume und den Rasen.

Kayleigh überlegte. Wo steckte Alicia? Natürlich nicht unten im Feuer. Sie war vermutlich weg.

Tja, scheiß auf sie. Ich rette mein Haus!

Kayleigh lief ins Badezimmer und schnappte sich den Feuerlöscher. Das Gerät war mehrere Jahre alt, aber laut der Anzeige immer noch einsatzbereit. Sie entriegelte die Schlafzimmertür und öffnete sie vorsichtig. Das Feuer wütete hauptsächlich auf dem Flur im Erdgeschoss und auf der Treppe, die mit Auslegeware versehen war. Das brennende Nylon ließ dichte, beißende Rauchwolken aufsteigen. Funken stoben durch die Luft. Kayleigh atmete eine volle Ladung Gestank ein und fing an zu würgen. Sie ging in die Knie und erwischte einen Atemzug mehr oder weniger saubere Luft, dann noch einen. Dann stand sie wieder auf. Das Feuer war noch nicht außer Kontrolle geraten. Falls Alicia weg war, würde sie die Flammen weit genug zurückdrängen können, um es in die Küche zu schaffen, wo es einen größeren Feuerlöscher gab. Und im Garten den Schlauch.

Sie wagte sich vor.

In dem Moment ertönte unten ein lauter Knall, und im Rauch blitzte etwas auf. Neben Kayleighs Kopf schlug eine Kugel in die Tür ein. Dann noch zwei weitere.

Sie schrie auf, sprang zurück in ihr Zimmer, schlug die Tür zu und schloss sie ab. Ihr wurde klar, dass sie keine andere Wahl hatte, als einen Sprung aus siebeneinhalb Metern Höhe zu riskieren. Würde sie sich die Beine brechen und sich in Schmerzen am Boden winden, bis Alicia sie erschoss? Würde sie von dem Zaun durchbohrt werden und verbluten?

Doch immerhin würde sie nicht verbrennen. Sie lief zum Fenster, riss es auf und schaute nach draußen in Richtung der Straße. Noch war weit und breit kein Signallicht zu sehen. Dann blickte sie nach unten, um den Winkel und die Entfernungen einzuschätzen.

Es gab eine Stelle, an der sie landen konnte, unmittelbar hinter dem Zaun. Aber dann sah sie genau dort den Schatten von Alicia, die fast schon gemächlich auf und ab schlenderte. Die Frau rechnete vermutlich mit Kayleighs Sprung, wartete an der Vordertür und zielte genau auf diesen Fleck.

Schatten …

Kayleigh setzte sich auf das Bett, nahm ein Foto von Mary-Gordon, das auf ihrem Nachttisch stand, und drückte es sich an die Brust.

Das war's also.

Mama, Bobby, ich bin bald bei euch.

O Bobby …

Sie dachte an das Lied, das sie vor Jahren für ihn geschrieben hatte. »The Only One for Me«.

Sie weinte wieder.

Doch da erklang unten auf einmal ein weiterer Schuss … Dann noch zwei oder drei. Kayleigh keuchte auf. War die Polizei doch schon hier?

Sie rannte zum Fenster und schaute hinaus. Nein, niemand

war hier. Die Auffahrt war leer, abgesehen von Alicias Pick-up. Und am Horizont waren noch immer keine Signalleuchten zu sehen.

Wieder zwei Schüsse.

Und von unten rief jemand ihren Namen.

Eine Männerstimme.

»Kayleigh, schnell, beeil dich!«

Sie öffnete vorsichtig die Tür und spähte nach unten.

Mein Gott! Sie konnte inmitten der Rauchschwaden gerade noch Edwin Sharp erkennen, wie er die Flammen auf der Treppe mit seiner Jacke ausschlug. Alicia lag unten im Korridor und blickte mit starren Augen zur Decke. Ihr Gesicht war blutüberströmt. Sie war auf ein Stück brennenden Holzbodens gefallen, und ihre Kleidung hatte Feuer gefangen.

Kayleigh begriff: Edwin hatte ihre Warnung ignoriert und war dennoch zum Haus gekommen.

»Schnell!«, rief er. »Na los! Ich habe die Feuerwehr gerufen, aber ich weiß nicht, wie lange die brauchen. Du musst hier raus!«

Seine Bemühungen dämmten das Feuer kaum ein, aber es war ihm gelungen, einen schmalen Pfad bis zum Erdgeschoss freizuschlagen.

Kayleigh wagte sich hinunter. Edwin zeigte auf das Arbeitszimmer. »Wir können da raus, durch das Fenster!«

»Geh du«, sagte sie. »Ich versuche zu löschen.«

»Nein, das ist unmöglich!«

»Geh!«, rief sie und richtete den kleinen Feuerlöscher auf die Flammen.

Edwin zögerte und musste stark husten. Dann schwang er wieder seine Jacke. »Ich helfe dir.«

Sie lächelte. »In der Küche gibt es noch einen Feuerlöscher. Neben dem Herd!«

Würgend stolperte Edwin durch den gewölbten Durchgang und kehrte gleich darauf mit dem anderen Feuerlöscher zurück, einem wesentlich größeren Modell. Gemeinsam entleerten sie die Geräte in die Flammen.

Mit einem entsetzten Blick auf Alicias brennenden Leichnam rannte Kayleigh zur Hintertür hinaus und holte den Gartenschlauch. Sie löschte nun mit Wasser weiter, während Edwin neben ihr die letzten Schaumstöße aus dem großen Löscher ins Feuer jagte. Sie mussten beide würgen und husten und versuchten, die Tränen wegzublinzeln, die der Rauch ihnen in die Augen trieb.

Die Sängerin und ihr Stalker konnten sich eine kurze Weile behaupten. Dann war Edwins Feuerlöscher leer, und eine Flammenzunge ließ den Gartenschlauch schmelzen.

Zu spät… nein! Mein Haus.

Doch dann waren plötzlich Sirenen zu hören, und draußen in der Dunkelheit zuckten Blinklichter auf, weil die ersten Löschfahrzeuge eintrafen. Männer und Frauen in dicker gelber Schutzkleidung eilten mit Schläuchen ins Haus und nahmen den Kampf gegen die Flammen auf. Einer der Feuerwehrleute beugte sich über Alicias Körper, der zwar nicht mehr brannte, aber stark schwelte, und fühlte ihren Puls. Dann blickte er auf und schüttelte den Kopf.

Einer seiner Kollegen schob Kayleigh und Edwin zur Vordertür und nach draußen. Kayleigh torkelte hustend die Stufen hinunter in den Vorgarten und spuckte die ekligen Ruß- und Aschepartikel aus. Dann musste sie sich schmerzhaft auf den Rasen übergeben. Als sie sich umwandte, wurde ihr klar, dass Edwin nicht mitgekommen war.

Er kniete leicht schwankend auf der Veranda und hielt sich die Kehle. Schließlich nahm er die Hand weg und sah sie an. Kayleigh erkannte, dass die Finger zwar dunkel waren, aber nicht vom Ruß, wie sie geglaubt hatte. Edwin blutete aus einer Wunde am Hals.

Alicia hatte ihn angeschossen, bevor er ihr die Waffe entreißen konnte.

Sein ungläubiger Blick richtete sich auf Kayleigh. »Ich glaube … ich glaube, sie …« Seine Augen schlossen sich, und er kippte nach hinten auf die Planken.

65

Kathryn Dance saß neben Kayleigh Towne auf den Stufen des Hauses. Sie wurden in ein Meer aus bunten Lichtern getaucht, Blau, Rot und blitzendes Weiß. Schön und erschreckend.

Die junge Frau war erschüttert, saß zusammengesunken da, mit eingezogenem Kinn und hängenden Schultern. Und sie war mit Edwin Sharps Blut beschmiert, weil sie versucht hatte, die Blutung zu stillen. In der kinesischen Analyse konnte man Kayleighs Körperhaltung als Stadium der Niederlage und Akzeptanz lesen, das Ziel eines jeden Vernehmungsbeamten. Doch die Haltung konnte auch Erschöpfung oder Ungläubigkeit bedeuten.

P. K. Madigan leitete die Spurensicherung des FMCSO bei der Untersuchung des Hauses an, und die Feuerwehr sorgte dafür, dass die Flammen nicht wieder auflodern konnten.

»Ich begreife nicht, was hier geschehen ist«, flüsterte Kayleigh.

Dance schilderte ihr, was sie über Alicia erfahren und in ihrer Wohnung gefunden hatten. »Und hier in ihrem Pick-up lag eine Tüte mit Sachen, die sie aus Edwins Haus gestohlen hatte. Sie wollte sie hier deponieren.« Dann kam Dance auf den Anlass dafür zu sprechen. »In ihrem Apartment gab es außerdem einen Brief. Sie hatte deine Handschrift gefälscht, und zwar ziemlich gut. Falls dir etwas zustoßen sollte, wolltest du angeblich, dass sie die Band übernimmt.«

»Also hat sie Edwin heute Abend hergelockt, damit es so aussehen würde, als hätte er mich umgebracht. Dann wäre er verhaftet worden, und niemand hätte seine Unschuldsbeteuerungen geglaubt.«

»Genau.«

Kayleigh rieb sich das Gesicht und biss die Zähne zusammen. »Alicia wollte meine Stelle einnehmen. Sie wollte Ruhm und Geld und Einfluss. Das macht diese beschissene Branche aus den Menschen. Sie verbiegt sie, verführt sie. Ich habe es so satt! Ich habe so die Schnauze voll davon.« Sie schaute zu den beiden Krankenwagen. »Ich habe ihm gesagt, er soll nicht herkommen. Ich wusste, man würde ihn beschuldigen, falls etwas passiert. Aber er ist trotzdem gekommen.«

Während zwei der Rettungssanitäter die Trage mit Edwin in eines der Fahrzeuge schoben, kam ein anderer zu den beiden Frauen. »Agent Dance, Miss Towne … Mr. Sharp hat viel Blut verloren. Wir haben ihn so weit es geht stabilisiert, aber es sieht leider nicht gut aus. Wir müssen ihn so schnell wie möglich ins Krankenhaus bringen. Er muss operiert werden.«

»Wird er es überleben?«, fragte Kayleigh.

»Das können wir zu diesem Zeitpunkt nicht sagen. Ist er ein Freund?«

»In gewisser Weise«, sagte Kayleigh sanft. »Er ist einer meiner Fans.«

66

Zwei Stunden später ging ein müde aussehender Chirurg, ein Mann südostasiatischer Abstammung in grüner OP-Kleidung, langsam einen neonbeleuchteten Flur des Fresno Community Hospital in Richtung Wartebereich.

Dance sah Kayleigh an, und sie standen beide auf.

Der Mann schien nicht zu wissen, wem er die Nachricht überbringen sollte: der berühmten Sängerin aus Fresno oder der hochgewachsenen Frau mit der Waffe am Gürtel. Also blickte er zwischen ihnen hindurch, als er sagte, dass Edwin Sharp überleben würde.

Der Blutverlust sei zwar beträchtlich gewesen, aber er werde sich im Laufe der Zeit völlig davon erholen. »Die Kugel hat Halsschlagader und Wirbelsäule verfehlt.« Edwin werde in diesen Minuten aus der Narkose erwachen. Falls sie wollten, könnten sie ihn kurz sehen.

Sie gingen zum Aufwachraum und traten ein. Edwin starrte benommen an die Decke.

»He«, murmelte er. »He.« Er blinzelte. »Fühlt sich an wie damals, als meine Mandeln entfernt wurden.« Seine Stimme schien nicht beeinträchtigt zu sein; er sprach jedoch leise und ein wenig undeutlich. Und er wirkte total kraftlos.

»In Anbetracht der Dinge siehst du eigentlich ganz gut aus«, sagte Kayleigh.

Obwohl das Einschussloch nicht besonders groß sein konnte – nämlich ungefähr neun Millimeter –, erstreckte der grünblaue Bluterguss sich noch weit über den dicken Verband hinaus.

»Es, äh, du weißt schon, tut noch nicht so weh.« Er musterte den Tropf, an dem er hing, vermutlich mit einer Morphiumlösung. »Und der, äh, Arzt hat gesagt, wenn ich entlassen werde, bekomme ich ein paar tolle Pillen. Der Arzt, du weißt schon.« Auf seinem Gesicht lag ein wirres Grinsen, aber dieses eine Mal wirkte es kein bisschen unheimlich.

»Sie lassen mich morgen früh raus. Ich dachte, ich würde, du weißt schon, eine Woche hier sein. Vielleicht sogar länger.« Seine Lider senkten sich, und Dance fragte sich, ob er einschlafen würde. Dann öffneten sie sich wieder. »Eine Woche«, wiederholte er benebelt.

»Es freut mich, dass es dir besser geht«, sagte Kayleigh. »Ich war ganz schön besorgt.«

Er runzelte die Stirn. »Aber wie ich sehe, hast du mir keine Blumen mitgebracht«, sagte er langsam. »Keine Blumen. Hattest du Angst, ich könnte das falsch verstehen?« Dann lachte er. »Bloß ein Scherz.«

Kayleigh stutzte im ersten Moment, lächelte dann aber auch.

Edwins Gesicht wurde ernst. »Alicia … Was hatte das alles zu bedeuten? Ist sie verrückt geworden? Alicia, meine ich. Was war denn los?«

»Sie wollte Kayleigh umbringen und am Tatort einige Dinge aus Ihrem Haus deponieren, damit man Sie für den Täter halten würde«, sagte Dance. »Sie hatte außerdem einen Brief gefälscht, in dem stand, Kayleigh wolle Alicia als neue Sängerin der Band.«

»*Das* hat sie gemacht? Hat sie auch Bobby Prescott ermordet? Und deine Stiefmutter überfallen?«, fragte Edwin.

Kayleigh nickte.

Dann fügte er hinzu, was auch die Sängerin vor wenigen Stunden gesagt hatte: »Sie wollte …« Er musste sich konzentrieren. »Sie wollte berühmt sein. Das will wohl jeder, schätze ich. Es ist wie eine Droge. Alle wollen Harry Potter schreiben oder Daniel Craig sein. Sie wollen berühmt sein.«

»Ich weiß nicht, was ich sagen soll, Edwin«, flüsterte Kayleigh mit feuchten Augen. »Was für ein furchtbares Durcheinander das doch alles gewesen ist.«

Er wollte die Achseln zucken, was ihm aber nicht gelang, und verzog vor Schmerz das Gesicht.

»Du hättest nicht zum Haus zu kommen brauchen, Edwin. Ich hatte dich doch gewarnt, dass es gefährlich war.«

»Ja«, sagte er, vielleicht um sarkastisch zu sein, vielleicht weil er nicht ganz begriff, was sie gemeint hatte. Er war wirklich ziemlich zugedröhnt.

»Was genau ist denn passiert?«, fragte Dance.

Er hatte Mühe, ihr zu folgen. »Hä?«

»Bei Kayleighs Haus.«

»Oh, bei Kayleigh … Na ja, sie hatte mir von Alicia und dem Feuer erzählt, also hab ich die Feuerwehr gerufen, aber ich konnte nicht anhalten. Du hast gesagt, ich soll nicht weiterfahren, richtig?«

»Ja, habe ich.«

»Aber das konnte ich nicht. Ich bin weiter zum Haus gefahren. Als ich ankam, habe ich auf dem Seitenstreifen geparkt, damit Alicia mich nicht bemerkte. Dann habe ich mich zwischen den Bäumen gehalten und bin zum Haus gelaufen. Die Küchentür stand offen, und ich sah Alicia an der Treppe stehen. Sie hat mich nicht bemerkt. Ich habe sie angegriffen. Aber sie war wirklich stark. Damit hatte ich nicht gerechnet. Die Waffe ging los, bevor ich sie ihr wegnehmen konnte. Sie hat mich angesprungen, und ich habe geschossen. Ich hab gar nicht nachgedacht. Ich hab einfach abgedrückt. Mir war nicht mal bewusst, dass *ich* angeschossen war. Dann weiß ich nur noch, dass wir versucht haben, das Feuer zu löschen, du und ich … und dann bin ich hier aufgewacht.«

Er schloss kurz die Augen, öffnete sie dann mit großer Mühe und sah Kayleigh an. »Ich wollte dir vor meiner Abreise etwas mit der Post schicken. Da ist eine Karte. Ich wollte dir eine

Karte schicken. Mit einem kleinen Geschenk. In meiner Jacke. Sieh in die Tasche. Wo ist meine Jacke?«

Dance fand sie im Schrank. Kayleigh durchsuchte die Taschen und zog einen an sie adressierten frankierten Umschlag heraus.

»Mach ihn auf.«

Sie gehorchte. Dance schaute ihr über die Schulter und sah eine alberne Grußkarte mit einem bekümmert dreinblickenden Hund auf der Vorderseite. In der Sprechblase über seinem Kopf stand: »Es tut mir ja so leid.« Kayleigh lächelte. »Mir tut es auch leid, Edwin.«

»Sieh in dem Seidenpapier nach.«

Sie schlug das Quadrat aus dünnem Papier auf; es lagen drei kleine Plektren darin. »Oh, Edwin.«

»Ich habe mir aus einer Pfandleihe in Seattle ein Rehgeweih besorgt und sie selbst daraus angefertigt.«

»Die sind wunderschön.« Sie zeigte sie Dance, die ihr beipflichtete.

»Ich …« Seine Augen vollführten einen Schwenk durch den Raum, bis ihm wieder einfiel, was er sagen wollte. »Ich habe sie dir schon mal geschickt, aber du hast sie zurückgeschickt. Nein, *irgendjemand* hat sie zurückgeschickt. Aber falls du möchtest, kannst du sie jetzt haben.«

»Natürlich möchte ich sie. Hab vielen, vielen Dank. Ich werde sie bei dem Konzert benutzen. Und ich werde mich auf der Bühne persönlich bei dir bedanken.«

»O nein. Ich fahre zurück nach Seattle. Ich war beim Packen, als Alicia angerufen hat.« Ein mattes Lächeln.

»Du reist ab?«

»So ist es besser für dich, schätze ich.« Er lachte. »Und für mich auch, würde ich sagen. Du glaubst, ein berühmter Star mag dich, und als Nächstes wollen irgendwelche Verrückten dich dazu benutzen, einen Politiker umzubringen, und irgendein Psycho klaut deinen Müll, um dir einen Mord anzuhängen. Ich hätte nie gedacht, dass es so gefährlich ist, ein Fan zu sein.«

Dance und Kayleigh lächelten beide.

»Ich schätze, ich ... ich schätze, ich ... bin in Seattle besser dran.« Sein Kopf rollte auf die Seite, und er murmelte: »Dort ist es auch nicht so heiß. Es ist wirklich heiß ... heiß hier.«

Kayleigh lächelte immer noch, sagte aber: »Edwin, so kannst du auf keinen Fall Auto fahren. Warte ein paar Tage ab. Bitte. Und falls dir danach ist, komm zum Konzert. Ich besorge dir eine Karte für die erste Reihe Mitte.«

Er war kaum noch da. »Nein ... besser ... es ist besser, wenn ich ...«

Dann schlief er tief und fest. Kayleigh betrachtete die Plektren und schien von dem Geschenk aufrichtig gerührt zu sein.

Sie und Dance verließen das Krankenhaus. Auf dem Parkplatz lachte Kayleigh auf.

Kathryn sah sie fragend an.

»He, kennst du schon den Witz über die blonde Country-Sängerin?«

»Raus damit.«

»Die war so blöd, dass sogar ihr Stalker nichts mehr von ihr wissen wollte.«

FREITAG

67

Der Tag des Konzerts.

Die Band war um neun Uhr morgens aus Nashville eingetroffen und auf direktem Weg ins Kongresszentrum gekommen, wo Kayleigh und die Crew sie schon erwarteten. Sie machten sich gleich an die Arbeit.

Nach zwei Stunden legten sie eine Pause ein. Kayleigh trank hinter der Bühne einen Tee und rief Suellyn an. Dann sprach sie mit Mary-Gordon; sie würde mit ihr am Nachmittag ein neues Kleid kaufen gehen, das die Kleine bei dem Konzert tragen wollte.

Nach dem Gespräch nahm sie wieder ihre alte Martin und übte ein wenig mehr mit den Plektren, die Edwin ihr geschenkt hatte.

Sie mochte sie sehr. Erstklassige Flatpicker wie Doc Watson, Norman Blake, Tony Rice und Bishop Towne würden niemals ein großes flexibles Dreieck benutzen, sondern kleine, harte Plektren wie diese. Kayleigh war eigentlich eher eine Fingerpickerin, mochte aber dennoch die Kontrolle, die …

»Wie fasst sie sich an?«, ließ eine Stimme sie zusammenzucken. Tye Slocum war lautlos aus dem Nichts erschienen, trotz seiner Größe. Seine Augen waren auf das Instrument gerichtet.

Kayleigh lächelte. Der Gitarrentechniker meinte den Abstand zwischen den Saiten und dem Griffbrett. Manche Gitarren hatten eine Schraube oder Mutter, um diesen Abstand mühelos zu verstellen. Martins nicht; bei ihnen erforderte diese Einstellung mehr Aufwand und Geschick.

»Ein bisschen tief. Beim D hat sie etwas gebrummt.«

»Wir können den Sattel austauschen«, sagte er. »Ich habe kürzlich welche aus Knochen aufgetrieben. Ganz alte. Die sind prima.« Der Sattel war das schmale, zumeist weiße Querstück am Übergang vom Kopf zum Hals. Durch seine Kerben liefen die Saiten, und er war für den Klang einer Gitarre unerlässlich. In akustischer Hinsicht war hartes Elfenbein das beste Material, aus den Stoßzähnen von Waldelefanten. Danach kam weiches Elfenbein – von großen afrikanischen Elefanten. Knochen waren das drittbeste Material. Es waren beide Elfenbeinsorten erhältlich – manche legal, andere nicht –, aber Kayleigh weigerte sich, Elfenbein zu benutzen, und duldete das auch bei keinem anderen Mitglied ihrer Band. Tye besaß jedoch gute Quellen für alte Knochen, die einen fast ebenso trefflichen Klang erzeugten.

Eine Pause. »Ach, übrigens: Wird Barry heute Abend das Mischpult übernehmen?« Er schaute zu der Plattform im hinteren Teil der Halle, wo Barry Zeigler mit einem Kopfhörer saß und die Hände über das Bedienfeld huschen ließ.

»Ja.«

Tye seufzte. »Okay. Klar. Er ist gut.«

Bobby Prescott war nicht nur der Chefroadie gewesen, sondern hatte bei den Konzerten auch die schwierige Aufgabe der Abmischung übernommen, ganz in der Tradition seines Vaters. Alle aus der Crew hatten das riesige, komplizierte Midas-XL8-Mischpult halbwegs im Griff – Tye ebenfalls –, aber Kayleigh hatte beschlossen, Zeigler darum zu bitten, solange er sich noch in der Stadt aufhielt. Ihr Produzent hatte als Pultmann in der Branche angefangen, nachdem aus seinen Rockstar-Träumen nichts geworden war. Niemand bekam es besser als Barry hin, sowohl dem Publikum im Saal einen guten Sound zu liefern als auch der Band auf der Bühne über die Monitorboxen eine verlässliche Rückmeldung zu geben.

Slocum ging nun zu seinem Arbeitsplatz voller Stimmer,

Saiten, Verstärker und Werkzeuge. Kayleigh kehrte auf die Bühne zurück und setzte die Probe fort.

Ihre Band bestand aus Künstlern, die ihr gesamtes Berufsleben der Musik gewidmet hatten. Es gab da draußen natürlich zahlreiche Talente, aber Kayleigh hatte sich sehr darum bemüht, eine Gruppe zusammenzustellen, die sie und ihre Lieder verstand und wusste, welchen Klang sie anstrebte. Eine Gruppe, die reibungslos zusammenspielte; oh, das war nicht nur wichtig, sondern unabdingbar. Es gibt wenige Tätigkeiten, die so intim sind wie gemeinsames Musizieren, und ohne komplette Synchronizität der Beteiligten würden auch die besten Songs der Welt und die talentierteste Sängerin nicht zur Geltung kommen.

Kevin Peebles war der Leadgitarrist, ein schlanker, gelassener Mann Mitte dreißig, dessen mahagonifarbene Kopfhaut im Scheinwerferlicht vor Schweiß glänzte. Er war einige Jahre lang Rocker gewesen, bevor er sich seiner wahren Liebe zugewandt hatte – der Countrymusic, einem Genre, in dem dunkelhäutige Interpreten seit jeher kaum repräsentiert waren.

Die Bassistin und Backgroundsängerin Emma Sue Granger war eine der schönsten Frauen, die Kayleigh je gesehen hatte. Sie hatte schulterlanges rabenschwarzes Haar, in das sie gelegentlich kleine Zöpfe flocht oder das sie mit der einen oder anderen Blume schmückte. Granger trug am liebsten enge Pullover, die sie selbst strickte, und Lederhosen. Kayleighs Publikum bestand zu sechzig Prozent aus Frauen, aber für die restlichen vierzig hielt Emma Sue sich häufig im vorderen Teil der Bühne auf.

Mit seinem verbeulten Strohhut und dessen fast vollständig aufgerollter Krempe, einem karierten Hemd und uralter Bluejeans saß Buddy Delmore an der Pedal-Steel-Guitar der Band, jenem sanften, verführerischen Instrument, das Kayleigh trotz all ihres Talents nie gemeistert hatte. Sie hielt jeden, der es beherrschte, für ein Genie. Buddy spielte außerdem die charakteristisch klingenden Dobro- und National-Resonatorgitarren. Der Fünfundsechzigjährige stammte aus West Virginia und finanzierte mit der Musik seine wahre Leidenschaft: eine Hühnerfarm. Er hatte acht Kinder; das jüngste war zwei Jahre alt.

Der Drummer war neu in der Gruppe. Alonzo Santiago kam aus dem spanischen Viertel von Bakersfield und konnte mit allem, das er in die Finger bekam, einen Rhythmus erzeugen. Auch dies war für Kayleigh wie Magie; sie selbst vermochte einem Takt zwar zu folgen, aber vorgeben mussten ihn andere. Santiago hatte sogar seinen kleinen Kindern Schlagzeuge geschenkt – was für Eltern wirklich selten war –, nur um enttäuscht erfahren zu müssen, dass seine Tochter später mal Rennfahrerin werden wollte und sein Sohn Comiczeichner.

Das letzte Mitglied der Band, eine stämmige, rundgesichtige Rothaarige Mitte vierzig, war ihr »Orchester«. Sharon Bascowitz zählte zu den Menschen, die ein Instrument nehmen und es sofort virtuos spielen konnten, auch wenn sie es noch nie zuvor gesehen hatten. Ob Susafon, Cello, Cembalo, Marimba, Indianerflöte … egal, was es war, Sharon konnte es zum Singen bringen. Sie trug stets drei oder vier farbenprächtige Schichten aus Batikstoff und Spitze und dazu glitzernden Modeschmuck. Die Frau war so grell wie Emma Sue schüchtern.

Die Probe verlief zwanglos; sie hatten den größten Teil des Programms schon so oft aufgeführt, dass ein erneutes Proben wahrscheinlich nicht mal nötig war, aber die Reihenfolge der Songs war neu. Zudem hatte Kayleigh je einen Coversong von Patsy Cline beziehungsweise Alison Krauss & Robert Plant hinzugefügt und zwei neue Lieder geschrieben, die sie der Band am Vorabend gefaxt hatte. Eines davon war Bobby gewidmet. Alicia würde hingegen keine Erwähnung finden, hatte Kayleigh beschlossen.

Sie beendeten das ungestüme und spaßige »I'm in the Mood (for Rock 'n' Roll)«, und Kayleigh schaute zu Barry am Mischpult. Er reckte den Daumen nach oben. Er war zufrieden. Sie war zufrieden. »Okay«, sagte sie zur Crew und zur Band. »Ich glaube, das reicht fürs Erste. Wir treffen uns um achtzehn Uhr zum letzten Soundcheck.«

Laut dem Gott aller Auftritte, Bishop Towne, konnte man nicht oft genug proben, aber durchaus zu lange. Sie brauchten jetzt eine Pause, um die neuen Ideen reifen zu lassen.

Kayleigh reichte ihre Martin an Tye Slocum weiter, damit er den neuen Sattel einbauen konnte, trank einen weiteren Eistee und nahm ihr Telefon. Sie überlegte einen Moment und dann noch einen. Schließlich tat sie etwas, das sie bis heute für undenkbar gehalten hätte.

Kayleigh Towne rief Edwin Sharp an.

»Ja?« Er klang immer noch ein wenig groggy.

»Hallo, hier ist Kayleigh.«

»Äh, hallo.«

»Bist du noch im Krankenhaus?«

Er lachte. »Ich hätte nicht gedacht, dass du dich wirklich melden würdest. Nein. Die haben mich rausgelassen.«

»Wie geht es dir?«

»Es tut alles weh.«

»Nun, ich hoffe, es geht dir gut genug, um zum Konzert zu kommen«, sagte sie entschlossen. »Ich habe dir eine Karte besorgt.«

Es herrschte Stille, und sie fragte sich, ob er ablehnen würde. Doch er sagte. »Okay. Danke.«

»Ich hab sie hier. Wollen wir uns zum Mittagessen treffen?«

Sie hätte das Ticket an der Kasse hinterlegen können, aber das kam ihr irgendwie kleinlich vor angesichts all dessen, was er für sie getan hatte. Sie hatte sich mit Sheri versöhnt; sie würde sich auch mit Edwin versöhnen können.

»Ich soll mich bei Detective Madigan melden und meine Aussage zu Protokoll geben«, sagte er. »Aber erst um vierzehn Uhr. Also ja, gern.«

Er schlug einen Imbiss vor, den er kannte. Kayleigh war einverstanden und beendete das Gespräch. Auf dem Weg zum Bühnenausgang sah sie, dass Tye Slocum bereits die Saiten der Martin entfernt hatte und an dem neuen Knochensattel herumfeilte. Er war so in seine Arbeit versunken wie ein Bildhauer, der ein Meisterwerk vollendete.

Dann blickte sie zur dunklen Decke des Konzertsaals empor. Kayleigh war am Morgen im Haus ihres Vaters aufgewacht und hatte gedacht, das Konzert sei das Letzte, was sie nun wollte. Sie hatte sogar in Erwägung gezogen, den Rauch des Feuers in ihrem Haus als Ausrede für eine Absage zu benutzen, indem sie behauptete, ihr Hals schmerze noch immer, obwohl das nicht der Wahrheit entsprach. Doch nachdem sie hier eingetroffen war, die Band begrüßt, ihre Gitarre gestimmt und die Bühne betreten hatte, änderte ihre Einstellung sich völlig.

Nun konnte sie das Konzert kaum noch erwarten. Nichts würde sie davon abhalten, dem Publikum die beste Show zu bieten, die es je zu sehen bekommen hatte.

68

Der Fall war abgeschlossen.

Doch als Folge davon musste Kathryn Dance sich nun einem größeren Problem stellen.

Und zwar schon ziemlich bald. Sie hatte entschieden, dass heute der Tag dafür sein würde.

Nach einem üppigen Brunch mit *huevos rancheros* befand sie sich nun wieder in ihrem Zimmer im Mountain View Motel. Sie telefonierte mit Martine, ihrer Website-Partnerin, und besprach die Songs, die sie von *Los Trabajadores* aufgenommen hatte. Sie hatte sie der Frau per E-Mail geschickt, und sie hatten ewig diskutiert, welche der zwei Dutzend Titel sie auf ihrer Internetseite anbieten würden.

Die Entscheidung fiel schwer; die Lieder waren alle so gut.

Doch wenn Martine sprach, schweiften Dance' Gedanken bisweilen zu dem größeren Problem ab, das sie nun in Angriff nehmen wollte: der Frage nach den Männern in ihrem Leben. Nein, das stimmt nicht, berichtigte sie sich. Es gab nur *einen* Mann in ihrem Leben – in *dieser* Hinsicht. Jon Boling. Ungeachtet dessen, dass er kurz davor stand, die Beziehung zu beenden. Sie musste Michael O'Neil vorläufig außer Acht lassen. Hier ging es um sie und Boling.

Also, was mache ich nun?

»Hallo, bist du noch da?«, holte Martines Stimme sie aus ihren Überlegungen.

»Entschuldigung«, sagte sie ins Telefon. Sie setzten die Besprechung fort und einigten sich auf eine Titelliste. Dann trennte

Dance die Verbindung, setzte sich aufs Bett und dachte: Ruf Jon an. Bring's hinter dich.

Sie sah aus dem Fenster. An einem wirklich klaren Tag konnte man von hier aus vielleicht tatsächlich die Berge erkennen. Doch der heutige Tag war alles andere als klar, nicht am Ende des Sommers hier in Fresno.

Dann studierte sie eingehend ihr Mobiltelefon, drehte es wieder und wieder in ihrer Hand.

Der Fotoaufkleber auf der Rückseite zeigte zwei strahlend lächelnde Kinder und zwei Hunde, die ganz außer sich vor Freude waren.

Auf der Vorderseite war ihr Adressbuch ausgewählt und Jon Bolings Nummer bereits markiert. Ein Knopfdruck würde genügen.

Zurück zu den Fotos.

Ihr Blick fiel auf ein schlechtes Gemälde an der Wand – von einem Hafen. Glaubte der Raumausstatter, dass alle Kalifornier Segelboote besaßen, sogar hier, drei Stunden von der Küste entfernt?

Umdrehen ... das Adressbuch. Ihr Zopf kitzelte ihr linkes Ohr. Sie schob die Strähnen gedankenverloren zur Seite.

Anrufen oder nicht, anrufen oder nicht?

Sie wollte ihn unumwunden fragen, weshalb er nach San Diego zog, ohne vorher mit ihr zu sprechen. Seltsam, dachte sie. Es bereitete ihr keine Schwierigkeiten, ihre Raubtierbrille aufzusetzen und gegenüber dem höhnisch grinsenden Manuel Martinez Platz zu nehmen, um von diesem Gangster aus Salinas in Erfahrung zu bringen, wo er die Überreste von Hector Alonzo verscharrt hatte, vor allem den Kopf. Doch schon das bloße Vorhaben, ihrem Geliebten eine simple Frage über seine Absichten zu stellen, lähmte sie.

Dann ein Anflug von Zorn. Was dachte er sich dabei? Er freundete sich mit den Kindern an, wurde Teil ihres Lebens, fügte sich in ihre Familie ein und alles ohne jegliche Probleme.

Sie wurde analytisch. Womöglich war das die Antwort: Oberflächlich betrachtet war Jon Boling perfekt für sie gewesen, gut in Form, witzig, nett, sexy. Es hatte kein böses Wort zwischen ihnen gegeben, keinen Streit, keine prinzipiellen Konflikte – im Gegensatz zu den Auseinandersetzungen zwischen ihr und Michael O'Neil… *Halt,* ermahnte sie sich. O'Neil durfte hierbei keine Rolle spielen.

Bedeutete die Abwesenheit von Reibungen in ihrer Beziehung mit Boling, dass die Zahnräder der Liebe nicht wirklich ineinandergriffen?

War Liebe nur echt, wenn sie anstrengend war?

Das kam ihr widersinnig vor.

Sie umklammerte das Telefon, drehte es wieder und wieder und wieder.

Anrufen, nicht anrufen?

Kinder – Display – Kinder – Display – Kinder – Display…

Vielleicht sollte ich das Ding wie eine Münze aufs Bett werfen und dem Schicksal die Entscheidung überlassen.

Kinder – Display – Kinder – Display…

69

Kayleigh traf den sich langsam bewegenden Edwin Sharp vor dem Imbiss.

Die Wahl des Restaurants sagte ihr zu; es lag in einem ruhigen Teil der Stadt, und sie würde hoffentlich keine Autogramme geben müssen. Dieser Umstand war sogar für unbedeutendere Stars wie sie stets eine Überlegung wert.

Edwin begrüßte sie lächelnd und ließ ihr den Vortritt. Das klimatisierte und hell erleuchtete Lokal war fast leer. Die Kellnerin erkannte den berühmten Gast und lächelte, aber Kayleigh wusste sofort, zu welcher Kategorie Fan sie gehörte: Die Frau würde aufmerksam und fröhlich sein, aber viel zu nervös, um etwas zu sagen, abgesehen von der Aufnahme der Bestellung und eventuell einem Kommentar über die Hitze.

Sie setzten sich in eine Nische, bestellten Eistee und für Kayleigh einen Burger. Edwin entschied sich für einen Milchshake; die Wunde an seinem Hals schmerze beim Kauen, erklärte er. »Ich liebe die Dinger. Aber ich habe seit Monaten keinen mehr gegessen. He, du hast mich immerhin dazu gebracht, dass ich nach Jahren endlich mein Übergewicht losgeworden bin.«

»Wow, der Bluterguss sieht ganz schön heftig aus.«

Er nahm den verchromten Serviettenspender und benutzte ihn als Spiegel. »Ich glaube, der wird noch schlimmer.«

»Tut es sehr weh?«

»Ja. Aber am schlimmsten ist, dass ich auf dem Rücken schlafen muss, was ich noch nie hinbekommen habe.«

Sie unterhielten sich eine Weile über den Abgeordneten Davis und über Alicia, dann über das Leben in Fresno und Seattle. Die Bestellung wurde serviert, und sie aßen beziehungsweise tranken.

»Was macht dein Haus?«, fragte er.

»Ich werde einen neuen Teppich brauchen. Und ich muss einen Großteil des Bodens sowie eine Wand erneuern. Das größte Problem ist der Rauchschaden. Der Qualm ist überall reingezogen. Die erste Schätzung beläuft sich auf hunderttausend Dollar. Die Hälfte meiner Klamotten kann ich auch wegwerfen. Sie stinken.«

»Tut mir leid.«

Sie schwiegen, und es war klar, dass Edwin nicht weiter über die schrecklichen Ereignisse der letzten Tage reden wollte. Ihr war das nur recht. Er fing an, über Musik und einige der Gründerfrauen der Country-Szene zu plaudern. Er erzählte von den Alben in seiner Sammlung – er hörte noch viel Musik auf LPs und hatte in einen teuren Plattenspieler investiert. Auch Kayleigh war der Ansicht, dass Vinyl – und somit analoge Aufnahmetechnik – den reinsten Klang hervorbrachte, besser als die höchste Digitalqualität.

Edwin erwähnte, er habe in einem Secondhandladen in Seattle kürzlich ein paar Kitty-Wells-Singles gefunden.

»Magst du sie?«, fragte Kayleigh überrascht. »Sie ist eine meiner Lieblingssängerinnen.«

»Ich habe fast alle ihre Platten. Weißt du, dass sie noch mit sechzig einen *Billboard*-Hit gelandet hat?«

»Ja, weiß ich.«

Wells' Karriere hatte in den Fünfzigerjahren begonnen. Sie war als eine der ersten Frauen in die Country Music Hall of Fame aufgenommen worden.

Sie unterhielten sich über die Countrymusic der damaligen Zeit – Nashville gegen Texas gegen Bakersfield. Kayleigh lachte, als Edwin Loretta Lynn zitierte, die sich in der von Männern dominierten Branche bis ganz nach oben gekämpft hatte: »In der Welt der Countrymusic gilt die Floskel ›meine unbedeutende Meinung‹ für Frauen noch immer ohne Einschränkung.«

Nach Edwins Ansicht repräsentierte Country das Beste der kommerziellen Musik, weitaus mehr als Pop und Hip-Hop. Country war handwerklich gut gemacht, bediente sich gefälliger Melodien und sprach Themen an, die für jedermann wichtig waren: Familie, Liebe, Arbeit und sogar Politik. Und die Musiker beherrschten ihr Fach – im Gegensatz zu vielen Folk-, Alternative-, Hip-Hop- und Rock-Interpreten.

Was die Musikindustrie insgesamt anbelangte, war Edwin über den Niedergang der Plattenfirmen nicht allzu glücklich und glaubte, dass die illegalen Downloads auch weiterhin ein Problem sein und die Qualität der Produktionen untergraben würden. »Wenn Künstler für ihre Arbeit nicht bezahlt werden – welchen Anreiz haben sie dann noch, sich richtig Mühe zu geben?«

»Darauf trinke ich.« Kayleigh stieß mit ihrem Eisteeglas seinen Milchshake an.

Nach dem Essen gab sie ihm dann seine Konzertkarte. »Erste Reihe Mitte. Ich werde dir zuwinken. Ach, und diese Plektren sind großartig.«

»Freut mich, dass sie dir gefallen.«

Ihr Telefon summte. Eine SMS von Tye Slocum.

Die Martin ist einsatzbereit. Bei dir alles klar?

Merkwürdig. Er verschickte so gut wie nie Textnachrichten, schon gar nicht über etwas so Profanes wie den Status eines Instruments.

»Alles in Ordnung?«

»Ja, es ist nur …« Sie beendete den Satz nicht und steckte ihr Telefon ein. Sie würde die SMS später beantworten.

Die Rechnung kam, und Edwin bestand darauf, für beide zu

bezahlen. »Weißt du, das ist für mich etwas ganz Besonderes. Ich hätte nie gedacht, dass ich bei einem Kayleigh-Towne-Konzert mal in der ersten Reihe sitzen würde.«

Sie gingen hinaus auf den Parkplatz und näherten sich Kayleighs SUV. Edwin lachte und zeigte auf seinen alten roten Wagen, der ein Stück weiter geparkt stand. »Auf ›Buick‹ reimt sich so gut wie gar nichts. Gut, dass du ›Cadillac‹ gewählt hast.«

»›Toyota‹ wäre noch schwieriger«, scherzte Kayleigh.

»He, da du ja jetzt weißt, dass ich nicht der Verrückte bin, für den du mich gehalten hast, könnten wir doch mal zusammen zu Abend essen. Vielleicht nach dem Konzert?«

»Da gehe ich normalerweise mit der Band aus.«

»Oh, richtig. Nun, dann eben irgendwann mal ... Wie wär's mit Sonntag? Du bist doch die nächsten zwei Wochen hier. Bis zu der Show in Vancouver.«

»Tja ... wolltest du nicht zurück nach Seattle?«

Er zeigte auf seinen Hals. »Diese Schmerztabletten. Du hattest recht – die Dinger sind ziemlich heftig. Es ist vermutlich besser, wenn ich vorerst keine langen Strecken fahre. Also bleibe ich noch ein paar Tage hier.«

»Oh, sicher, du musst aufpassen.« Sie waren an ihrem SUV. »Okay, nochmals vielen Dank, Edwin. Für alles, was du getan hast. Es tut mir leid, dass du meinetwegen so viel durchmachen musstest.«

Fast hätte sie ihn umarmt und auf die Wange geküsst, entschied sich aber dagegen.

XO ...

»›I'd Do It All Again‹«, sagte er lächelnd. Das war der Titel eines ihrer ersten Hits gewesen. Kayleigh lachte. Nach einem Moment sagte er: »He, da kommt mir ein Gedanke: Ich könnte ja hoch nach Kanada fahren. Vancouver ist nicht so weit von Seattle entfernt. Ich kenne da ein paar schöne Ecken. Da gibt es in den Bergen einen herrlichen Park, in dem ...«

Sie lächelte. »Weißt du, Edwin, es ist wohl besser, wenn wir uns nicht mehr treffen. Einfach, weil… Ich halte es für das Beste.«

Er grinste. »Sicher. Nur… na ja, nach allem, dachte ich eben…«

»Es ist wohl besser«, wiederholte sie. »Mach's gut, Edwin.« Sie streckte die Hand aus.

Er ergriff sie nicht.

»Du… du machst mit mir Schluss?«, fragte er.

Sie lachte auf, weil sie glaubte, er mache einen Scherz – so wie letzten Abend im Krankenhaus über die Blumen. Aber sein Blick verengte sich; er sah ihr in die Augen. Und das Lächeln verwandelte sich in jenes, das sie von vorher kannte. Die leicht nach oben gekrümmten Mundwinkel, unecht. »Nach allem«, wiederholte er flüsternd.

»Okay, pass auf dich auf«, sagte sie eilig, drückte den Knopf auf dem Autoschlüssel und entriegelte die Tür.

»Geh nicht«, raunte er.

Kayleigh sah sich um. Der Parkplatz war menschenleer. »Edwin.«

»Warte«, bat er. »Es tut mir leid. Hör mal, lass uns einfach zusammen ein Stück fahren und reden. Wir können einfach reden. Und dabei bleibt es vorläufig auch.«

Vorläufig. Was sollte das denn heißen?

»Ich glaube, ich muss los.«

»Nur reden«, drängte er hartnäckig. »Mehr will ich ja gar nicht.«

Sie drehte sich um, aber Edwin trat flink vor und verstellte ihr den Weg. »Bitte. Es tut mir leid. Nur eine kurze Fahrt.« Er sah auf die Uhr. »Du musst erst in sechseinhalb Stunden wieder im Kongresszentrum sein.«

»Nein, Edwin. Schluss jetzt! Geh mir aus dem Weg.«

»Du magst doch Männer, die reden. Weißt du noch, dein Song ›You Never Say a Word‹? So bin ich nicht. Komm schon. Eben im Restaurant hast du dich noch gern mit mir unterhalten.« Er packte ihren Arm. »Das hat doch Spaß gemacht. Das schönste Mittagessen, das ich je hatte!«

»Lass mich los!« Sie versuchte ihn wegzustoßen. Es war, als hätte sie einen Sack Zement beiseiteschieben wollen.

»Dir ist doch klar, dass ich fast getötet worden wäre«, sagte er unheilvoll und zeigte auf seinen Hals. »Und zwar, als ich dir das Leben gerettet habe! Hast du das etwa vergessen?«

O Herr im Himmel. Er hat sich die Schusswunde selbst zugefügt. Alicia war unschuldig. Er hat ihr eine Falle gestellt. Edwin *hat* Bobby ermordet und Alicia auch! Ich weiß nicht, wie, aber er hat es getan.

»Edwin, bitte!«

Er ließ sie los und wirkte reumütig. »Es tut mir so leid! Irgendwas läuft hier falsch. Hör zu, du musst irgendwo wohnen. Dein Haus ist halb abgebrannt. Du könntest bei mir bleiben, bis alles repariert ist.«

Meinte er das im Ernst?

Sie fuhr herum und wollte weglaufen. Aber seine riesige Hand legte sich auf ihr Gesicht und drückte fest zu. Sein anderer Arm umklammerte ihre Brust. Er zerrte sie zum Heck seines Buick und öffnete den Kofferraum. Sie bekam keine Luft mehr. Ihr wurde schwarz vor Augen. Sie hörte eine Stimme – oder *glaubte* zumindest, sie zu hören –, die flüsternd sang: »Always with you, always with you, your shadow.«

70

Kathryn Dance warf ihr Telefon nicht wie eine Münze aufs Bett.

Sie beschloss, die San-Diego-Situation wie eine Erwachsene anzugehen. Daher stand sie auf, ließ das Telefon Bolings Nummer wählen und trank den letzten Rest Kaffee aus ihrem Starbucks-Pappbecher.

Als Bolings Telefon zum ersten Mal klingelte, war ihr Blick auf den Abfalleimer des Motelzimmers gerichtet.

Zum zweiten Mal.

Zum dritten Mal.

Sie trennte hastig die Verbindung.

Nicht, weil sie im letzten Moment die Nerven verloren hatte; nein, ihr war ein anderer Gedanke gekommen.

Von A nach B nach Z…

Wie hatte Edwin Sharp wissen können, dass Alicia Sessions seinen Müll gestohlen hatte?

Denn das hatte er im Krankenhaus gesagt. Allerdings hatte Dance diesen Umstand nie erwähnt. Sie hatte nur erklärt, Alicia habe ein paar Dinge aus seinem Haus bei sich gehabt. Von den Müllsäcken in ihrer Wohnung war nie die Rede gewesen.

Immer langsam, ermahnte sie sich. Denk nach.

Konnte er irgendwie anders davon erfahren haben? Nein, ausgeschlossen. Gestern Abend bei Kayleighs Haus war er die meiste Zeit bewusstlos gewesen, und nur die Sanitäter hatten mit ihm gesprochen, weder Madigan noch Harutyun, die einzigen anderen, die von dem Müll wussten. Und im Krankenhaus waren Kayleigh und Dance seine ersten Besucher gewesen.

Konnte er einfach eine logische Schlussfolgerung gezogen haben? Wenn Alicia etwas aus seinem Besitz hatte deponieren wollen, hatte es Sinn, dass sie es aus dem Abfall gefischt hatte.

Durchaus möglich.

Doch eine andere mögliche Erklärung lautete, dass *Edwin* die beiden Müllsäcke in Alicias Apartment zurückgelassen hatte, dazu die vermeintlich von ihr gefälschten Briefe, die in Wahrheit von seiner Hand stammten. Und auch die Spuren hinter seinem Haus konnten von ihm selbst gelegt worden sein, sowohl das Klauenöl als auch der Stiefelabdruck, um Alicia als diejenige zu belasten, die ihn angeblich ausspioniert hatte.

Nein, nein, das war absurd. Was war mit den Schüssen in Kayleighs Haus? Das musste Alicia gewesen sein.

Wirklich?

Geh das Szenario noch einmal durch, dachte Dance. Was hatte Kayleigh ihr, Madigan und Harutyun über den gestrigen Abend erzählt?

Bestand die Möglichkeit, dass Edwin die Sache eingefädelt hatte?

Denk nach.

Von A nach B nach Z…

Komm schon, du versetzt dich andauernd in irgendwelche Killer hinein. Mach es. Wie hättest *du* das angestellt?

Und die Ideen nahmen Gestalt an.

Er geht zu Alicia und fesselt sie. Dann platziert er seinen eigenen Abfall in der Wohnung, dazu Gabriel Fuentes' Pistolenkoffer und die gefälschten Briefe. Mit Alicias Telefon schickt er Nachrichten an Kayleigh und an sich selbst und schlägt darin ein Treffen bei Kayleigh zu Hause vor. Dann geht er zu dem Hotel in der Nähe von Alicias Apartment und benutzt ihren Computer, um die E-Mail mit dem Musikwunsch an den Radiosender zu verschicken.

Aber bei Kayleighs Haus hatten zwei Wagen gestanden. Seiner und der von Alicia. Nun, vielleicht bezahlt er einen

Teenager oder Landarbeiter dafür, mit dem Buick zu Kayleighs Adresse zu fahren, dort auf dem Seitenstreifen zu parken und zu verschwinden. Er selbst fährt mit Alicias Pick-up dorthin, während sie gefesselt auf der Rückbank liegt. Oder womöglich war sie da schon tot – bei einem stark verbrannten Leichnam wäre der Todeszeitpunkt noch nah genug dran.

Aber Kayleigh hat gehört, wie Alicia im Haus ihren Namen gerufen hat.

Ein Rekorder!

Edwin könnte sie in ihrer Wohnung dazu gebracht haben, diverse Sätze in das Mikrofon eines hochwertigen digitalen Rekorders zu sprechen – dasselbe Gerät, mit dem er »Your Shadow« abgespielt hatte, um die Morde anzukündigen.

Mit geschlossenen Augen hätte man nicht unterscheiden können, ob da leibhaftig jemand singt oder ob eine digitale Aufzeichnung abgespielt wird. Nur Profis besitzen Rekorder dieser Güteklasse.

Dance wusste noch, was sie daraufhin zu Kayleigh gesagt hatte.

Oder ein fanatischer Fan.

Er hatte sich wahrscheinlich verschiedene Szenarien für die »Rettung« von Kayleigh Towne zurechtgelegt – je nachdem, wo im Haus die Sängerin sich aufhielt, wenn er eintraf. Wäre sie im Erdgeschoss oder auf der Veranda gewesen, hätte der Kampf mit Alicia sich vielleicht in der Auffahrt oder vorn am Straßenrand zugetragen. Doch bei seiner Ankunft hatte er von Weitem feststellen können, dass sie im Schlafzimmer war. Dadurch hatte er die Gelegenheit, ins Haus einzudringen und sich als Alicia auszugeben – natürlich unter kräftiger Mitwirkung von Dance, die Kayleigh angerufen und aufgefordert hatte, sich im Obergeschoss zu verbarrikadieren.

Und Edwins Verletzung? Tja, da er sich schon wieder so gut bewegen konnte, mochte die Schussverletzung dramatisch gewirkt haben, ohne wirklich kritisch zu sein.

Die Kugel hat Halsschlagader und Wirbelsäule verfehlt …

Dance zog ein Stück Haut von ihrem eigenen Hals weg. Ja, er hätte sich mühelos selbst eine Schusswunde beibringen können, ohne etwas Lebenswichtiges zu treffen.

Sie versuchte, eine Erklärung für die restlichen Spuren zu finden, die noch nicht zugeordnet werden konnten.

Als Erstes fiel ihr der Knochenstaub ein.

Menschlicher Knochenstaub.

Die Plektren! Die waren nicht aus einem Rehgeweih hergestellt, sondern aus der Hand von Frederick Blanton, dem Filesharer – die war nämlich keineswegs zu Asche verbrannt; Edwin hatte sie ihm abgetrennt, bevor er das Feuer in dem Schuppen gelegt hatte. Als er behauptete, er habe Kayleigh die Plektren bereits einmal zugeschickt, war das gelogen. Doch woher sollte sie das wissen? Ihre Assistentin hatte alle seine Sendungen zurückgehen lassen, vermutlich sogar ungeöffnet.

Eine grausige Form von ausgleichender Gerechtigkeit; die Sängerin benutzte Plektren aus den Knochen des Mannes, der ihre Musik gestohlen hatte.

Es war eine abenteuerliche Theorie. Aber …

Mir reicht sie aus, entschied Dance und wählte Kayleighs Nummer. Vergeblich. Sie hinterließ eine Nachricht, in der sie ihren Verdacht schilderte. Dann rief sie Bishop Towne an und teilte auch ihm ihre Vermutung mit.

»Ach du Scheiße«, knurrte der Mann. »Sie sitzt gerade mit ihm beim Mittagessen! Sheri war wegen der Probe im Kongresszentrum. Kayleigh ist vor einer Stunde aufgebrochen, um sich mit ihm zu treffen.«

»Wo?«

»Äh, keine Ahnung. Warten Sie.«

Nach unerträglich langer Zeit kam er wieder an den Apparat. »Im San Joaquin Diner an der Dritten Straße. Werden Sie …«

»Falls sie sich bei Ihnen meldet, soll sie mich sofort anrufen.« Dance trennte die Verbindung und überlegte, ob sie den Notruf oder die Nummer des Sheriff's Office wählen sollte. Was von beidem würde die kürzere Erklärung erfordern?

Sie entschied sich.

»Madigan«, ertönte die Stimme.

»Chief, hier ist Kathryn. Ich erklär's Ihnen später, aber ich glaube, dass *doch* Edwin unser Täter ist.«

»Was?« Sie hörte das Geräusch, mit dem der Pappbecher Eiscreme hingestellt wurde. »Aber … was ist mit Alicia?«

»Später. Hören Sie. Er und Kayleigh sind im San Joaquin Diner. An der Dritten Straße. Schicken Sie unverzüglich einen Streifenwagen hin.«

»Ich kenne den Laden, klar. Ist er bewaffnet?«

»Wir wissen von keiner weiteren Schusswaffe, aber das muss nichts heißen. Man kann sich in diesem Staat leicht eine neue besorgen.«

»Verstanden. Ich melde mich gleich wieder.«

Dance lief in ihrem Zimmer auf und ab und eilte dann zu dem Schreibtisch, auf dem ihre Aufzeichnungen zu dem Fall lagen. Es waren mehrere Dutzend Seiten. Falls das einer ihrer eigenen Fälle gewesen wäre, vor allem bei einer gemischten Einsatzgruppe, hätte sie die Unterlagen längst geordnet und mit einem Inhaltsverzeichnis versehen. Doch da der Fall vermeintlich abgeschlossen gewesen war und andere das Material für die Staatsanwaltschaft aufbereiten würden, hatte sie sich noch nicht darum gekümmert. Nun breitete sie alles auf ihrem Bett aus – ihre Vernehmung der Zeugen, die Beweismittel, die Lincoln Rhyme und Amelia Sachs untersucht hatten, die Notizen aus dem Gespräch mit Edwin.

Doch wie sich herausstellte, brauchte Kathryn Dance nicht länger nach Hinweisen darauf zu suchen, ob Edwin der Täter war oder nicht.

P.K. Madigan rief zurück und klang ungewöhnlich konsterniert. »Sie und Edwin haben den Imbiss vor einer halben Stunde verlassen«, platzte es aus ihm heraus. »Aber ihr SUV steht immer noch auf dem Parkplatz. Und der Autoschlüssel lag direkt daneben.«

»Sie hat ihn absichtlich fallen gelassen, um uns ein Zeichen zu geben. Was ist mit ihrem Telefon?«

»Jemand hat es zerstört oder den Akku entfernt. Es gibt kein Signal, das wir anpeilen könnten. Ich habe Lopez zu Edwins Haus geschickt. Der Buick steht vor der Tür. Aber im Haus ist nichts mehr; es sieht aus, als wäre Edwin ausgezogen.«

»Er hat einen neuen Wagen.«

»Ja. Aber der ist entweder gestohlen oder von privat gekauft. Bei der Zulassungsstelle ist jedenfalls nichts auf seinen Namen registriert, das haben wir schon überprüft. Und auch bei den Autovermietern in unserer Datenbank taucht er nicht auf. Er könnte alles Mögliche fahren. Und überallhin unterwegs sein.«

71

Die Alibifrau hatte gelogen.

Als Dance vor zwanzig Minuten mit ihr telefoniert hatte, hatte die zweiundsiebzigjährige Mrs Rachel Webber erneut – und sehr hastig – bestätigt, Edwin sei am Dienstag zu der genannten Zeit bei ihrem Haus gewesen.

Doch Kathryn musste sie nur drei Minuten verbal in die Mangel nehmen, um zu erfahren, was wirklich geschehen war: Edwin hatte sie früh an jenem Vormittag in ihrem Garten aufgesucht, sie mit vorgehaltener Waffe ins Haus gezwungen und sich die Namen ihrer Kinder und Enkel notiert. Dann hatte er ihr befohlen, der Polizei auf Nachfrage mitzuteilen, er sei um zwölf Uhr dreißig dort gewesen.

Nun hörten Dance und Dennis Harutyun dabei zu, wie Madigan mit dem Leiter der Spurensicherung telefonierte. Schließlich grunzte er und knallte den Hörer auf die Gabel. »Charlies Leute sind hinter Edwins Haus auf ein paar menschliche Knochen und Werkzeuge gestoßen. Ziemlich tief vergraben, sodass sie vorgestern bei der ersten Untersuchung nicht gefunden wurden. Sie hatten recht, Kathryn; er hat diese Plektren selbst angefertigt, und zwar aus der Hand des Filesharers.«

Dance schaukelte auf dem billigen Drehstuhl in Madigans Büro vor und zurück. Neben seinem Telefon stand ein Becher geschmolzener Eiscreme. Und Kathryn dachte erneut: Wie konnte mir das entgehen? Was ist schiefgelaufen? Es war ihr nicht gelungen, seine Lügen zu erkennen, aber sie hatte gewusst, dass die Analyse der Körpersprache von jemandem wie Edwin Sharp schwierig, wenn nicht sogar unmöglich sein würde.

Also hatte sie sich die Fakten angesehen, die er erwähnt hatte, und versucht, nicht seine Kinesik, sondern den verbalen Inhalt zu erforschen. Tja, geh es noch mal durch. Gab es da irgendetwas, das ihnen verraten könnte, wohin Edwin mit seiner Liebsten fliehen würde?

Und was passieren würde, wenn sie dort eintrafen?

Dance glaubte die Antwort auf *diese* Frage zu kennen und wollte gar nicht genauer darüber nachdenken.

»Warum hat er sie sich nicht schon vor ein paar Tagen geschnappt?«, fragte Harutyun.

»Oh, er *wollte* sie sich gar nicht schnappen«, vermutete Dance. »Deshalb hat er Alicia als Mörderin inszeniert. Damit er Kayleigh retten und sie dadurch für sich gewinnen konnte. Wie bei manchen Brandstiftern – erst legen sie das Feuer, dann retten sie die Leute aus den Flammen, um als Helden dazustehen. Und genau das hat er ja auch gemacht. Wahrscheinlich hat er heute bei dem Mittagessen seine Chancen ausgelotet. Er hat Kayleigh daran erinnert, dass sie ihm ihr Leben verdankt, und vorgeschlagen, sie könnten ja mal zusammen ausgehen, irgendwie so was. Sie hat ihn abgewiesen. Da dies seine letzte Gelegenheit war, allein in ihrer Nähe zu sein, blieb ihm nichts anderes mehr übrig, als sie zu entführen. Aber es war keine impulsive Handlung. Glauben Sie mir, er hat diese Möglichkeit von vornherein bedacht und einen entsprechenden Plan entwickelt.«

Irgendwas nagte an ihr, doch sie bekam es nicht zu fassen. Wieder die Fakten … der verbale Inhalt. Da passte etwas nicht zusammen.

Was war es?

Sie seufzte. Der Gedanke verschwand, bevor er konkreter werden konnte. Dann:

Halt … Ja! Das war's!

Sie nahm ihr Telefon und rief ihre Kollegin Amy Grabe an, die Leiterin der FBI-Dienststelle San Francisco.

»Hallo, Kathryn«, meldete sich die tiefe, angenehme Stimme der Frau. »Ich habe die Fahndungsmeldung gesehen – Entführung und mögliche Flucht über die Staatsgrenze.«

»Deshalb rufe ich an.«

»Geht es wirklich um die Sängerin Kayleigh Towne?«

»Leider ja. Ein Stalker.«

»Tja, was können wir für Sie tun? Glauben Sie, er ist in unsere Richtung unterwegs?«

»Nein, darum geht es mir nicht. Ich benötige die Unterstützung des FBI im Großraum Seattle. Ich muss eine Zeugin befragen und habe keine Zeit, selbst hinzufahren. Es muss sofort geschehen.«

»Geht das nicht telefonisch?«, fragte Grabe.

»Das habe ich schon versucht. Es hat nicht funktioniert.«

72

Tja, dachte Kathryn Dance beim Blick auf den Computermonitor. Sieh sich das einer an.

Die Frau dort, die aus Seattle via Skype mit ihnen verbunden war, hätte Kayleigh Townes Schwester sein können.

Kein eineiiger Zwilling, aber ziemlich nah dran. Glattes blondes Haar, zierliche Statur, ein langes, hübsches Gesicht.

Sally Docking, Edwins Exfreundin, starrte nervös in die Kamera. »Diese Leute«, sagte sie mit zitternder Stimme. »Ich verstehe das nicht. Ich habe doch nichts Falsches getan.« Hinter ihr standen zwei FBI-Agenten im Wohnzimmer ihres Apartments in Seattle.

Dance lächelte. »Ich habe die Kollegen lediglich gebeten, einen Computer zu Ihnen zu bringen, damit Sie und ich uns noch mal unterhalten können.«

Genau genommen waren die beiden Agenten da, weil Dance nicht geglaubt hatte, dass Sally freiwillig an einem Skype-Gespräch teilgenommen hätte.

Dance klang ganz zwanglos, obwohl sie es mehr als eilig hatte. »Sie haben nichts zu befürchten. Vorausgesetzt, Sie sagen mir die Wahrheit.«

Nicht »Sie sagen mir *diesmal* die Wahrheit«. Das wäre zu offensiv gewesen.

Kathryn Dance war eine Unstimmigkeit aufgefallen – gewisse Dinge passten nicht zusammen. Nachdem Edwin Sharp nun als Täter feststand, erschien sein Verhalten Sally Docking gegenüber nicht mehr glaubwürdig. Ihre Schilderung der Beziehung mit Edwin hatte am Telefon halbwegs überzeugend geklungen, aber eine Kinesikexpertin muss ihr Gegenüber *sehen*, nicht nur hören, um einen Täuschungsversuch zu erkennen.

Daher hatte Amy Grabe die FBI-Dienststelle Seattle verständigt und zwei Agenten zu Sallys Wohnung in einem Arbeiterviertel der Stadt geschickt. Die beiden brachten einen überaus kostspieligen Laptop mit, der mit einer hochauflösenden Webcam ausgestattet war.

Dance saß in einem Besprechungsraum des Sheriff's Office. Die Deckenbeleuchtung war ausgeschaltet, aber in der Nähe ihres Gesichts brannte eine Schreibtischlampe. Kathryn hatte den Lichtkegel sorgfältig eingestellt; Sally sollte ihr Gesicht deutlich erkennen können – und die Beleuchtung sollte bedrohlich wirken. Sallys Gesicht wurde lediglich durch das Tageslicht der Umgebung erhellt, aber die Kamera und die Software brachten daraus ein erstklassiges Bild zustande.

»Die Wohnung sieht hübsch aus, Sally.« Dance trug ihre harmlos erscheinende Brille mit dem rosafarbenen Gestell, im Gegensatz zu der metallen oder schwarz geränderten »Raubtierbrille«, die sie aufsetzte, wenn sie aggressiv wirken wollte.

»Ja, ich glaube, sie ist ganz okay. Mir gefällt sie jedenfalls. Und die Miete ist günstig.«

Dance stellte Sally einige Fragen über ihr Leben, ihre Familie und ihren Job, um eine Verhaltensnorm zu etablieren. Dabei fiel ihr nur ein einziges Mal ein winziger Anflug von Stress auf, als Sally sagte, es störe sie nicht, jeden Tag fast fünfundzwanzig Kilometer zu ihrer Arbeitsstelle im Einkaufszentrum zu pendeln.

Gut, sie bekam ein Gefühl für die Frau, die auch dann nervös und verunsichert wirkte, wenn man ihr einfache Fragen stellte, auf die sie wahrheitsgemäß antwortete.

Nach zehn Minuten sagte Dance: »So, ich würde nun gern ein weiteres Mal über Edwin reden.«

»Alles, was ich Ihnen erzählt habe, war die Wahrheit!« Ihr Blick bohrte sich in die Kamera.

Das war ungeschickt: die eigene Aufrichtigkeit zu beteuern, obwohl niemand das Gegenteil behauptet hatte. Dance durfte sich nichts anmerken lassen, um der Frau keine Anhaltspunkte zu liefern. Ruhig fuhr sie fort: »Nun, wir führen häufig Folgegespräche, um weitere Informationen zu erlangen, nachdem sich Änderungen ergeben haben. Das ist alles.«

»Oh.«

»Wir brauchen Ihre Hilfe, Sally. Wissen Sie, die Lage hier in Fresno ist… kompliziert. Edwin könnte in größerem Ausmaß an einer Straftat beteiligt gewesen sein, als es ursprünglich den Anschein gehabt hat. Ich fürchte, er macht gerade eine schlimme Phase durch und könnte jemandem Schaden zufügen. Oder sich selbst.«

»Nein!«

»Leider ja.« Dance hatte dafür gesorgt, dass nach außen hin niemand auch nur eine Silbe über die Entführung verlauten ließ. Sally Docking konnte nichts davon wissen. »Und wir müssen ihn finden. Wir müssen wissen, wo er sich aufhalten könnte, welche Orte ihm wichtig sind oder ob er über weitere Wohnungen verfügt.«

»Oh, darüber weiß ich aber nichts.« Ihr Blick richtete sich prompt auf den Bildschirm.

Eine Verhaltensabweichung, die erkennen ließ, dass sie zumindest einen Verdacht hatte. Doch es würde etwas Arbeit erfordern, an dieses Nugget zu gelangen.

»Nun, vielleicht wissen Sie ja mehr, als Ihnen bewusst ist, Sally.«

»Aber ich habe schon lange nichts mehr von ihm gehört.«

Ausweichend. Und die vage Zeitangabe deutete sogar auf eine Lüge hin. Dance ließ es ihr vorerst durchgehen. »Es muss sich nicht unbedingt um eine Stadt handeln, in die er umziehen wollte. Aber womöglich hat er ja mal irgendeinen Ort erwähnt, als Sie beide zusammen waren.«

»Nein.«

»Nein?«

Sally überlegte hektisch. »Eigentlich hat er sich in Seattle ganz wohl gefühlt. Er ist nicht viel gereist. Er war eher der häusliche Typ.«

»Und er hat wirklich niemals was erwähnt?« Sie sah auf das Blatt, das vor ihr lag.

Sally entging der Blick nicht.

Vorausgesetzt, Sie sagen mir die Wahrheit...

»Na ja, er hat hin und wieder über mögliche Urlaubsziele geredet. Sie wissen schon. Aber ich glaube, das haben Sie nicht gemeint.«

»Wohin wollte er denn?«

»Zum Beispiel nach Nashville. Um die Grand Ole Opry zu besichtigen. Und dann vielleicht nach New York, um einige Konzerte zu besuchen.«

Edwin Sharp hatte wahrscheinlich tatsächlich darüber gesprochen, aber er würde mit Kayleigh Towne nicht nach Nashville oder Manhattan flüchten und einen Hausstand gründen, wie verdreht seine Sicht der Dinge auch sein mochte.

Aber Dance sagte: »Gut, Sally. Das ist genau die Art von Information, die wir benötigen. Fallen Ihnen noch andere Orte ein? Vielleicht haben Sie mal gemeinsam eine Sendung im Fernsehen gesehen, und er sagte: ›He, das sieht gut aus.‹ Irgendwas in dieser Richtung?«

»Nein, ehrlich.« Die Augen auf die Webcam gerichtet.

Eine Lüge.

Dance verzog das Gesicht. »Nun, ich danke Ihnen jedenfalls für die Bemühung. Ich weiß nicht, was wir nun tun sollen. Sie waren wirklich die einzige Person, an die wir uns wenden konnten.«

»Ich? Ich hab mich doch schon vor einer ganzen Weile von ihm getrennt. Äh, vor neun Monaten, so ungefähr.«

»Ich will damit bloß sagen, dass Sie in einer ganz anderen Art von Beziehung zu Edwin gestanden haben als andere Leute. Sie werden es nicht glauben, aber er kann sehr dominant und obsessiv sein.«

»Nein, echt?«

Dance' Herzschlag beschleunigte sich. Sie hatte Witterung aufgenommen und näherte sich ihrer Beute.

Dennoch klang sie weiterhin so ungezwungen wie möglich. »Ja, absolut. Wenn jemand ihn zurückweist, löst das bei ihm etwas aus. Edwin hat große Verlassensängste. Er klammert sich an andere Menschen. Da *er* sich von *Ihnen* getrennt hat, sind Sie aber kein negativer Faktor in seinem Leben. Er hat sogar zu mir gesagt, dass die Trennung ihm immer noch zu schaffen macht. Vielleicht hat er ein schlechtes Gewissen.«

»Sie haben mit Edwin über mich geredet? Erst kürzlich?« Die Worte sprudelten ihr förmlich über die Lippen.

»Ja. Schon komisch, aber es klang so, als würde er Sie vermissen.« Dance achtete genau auf ihre Formulierungen. Sie würde ihr Gegenüber niemals vorsätzlich in die Irre führen, aber manchmal übernahm der Betreffende das selbst. »Ich wäre nicht überrascht, wenn er gern wissen würde, was Sie so machen.«

Sally schluckte vernehmlich und strich sich mit den blau lackierten Fingernägeln zögernd durch das lange Haar – das an das von Kayleigh erinnerte, auch wenn es nicht so lang und nicht so seidig war. Als sie den Kopf neigte, konnte Dance die Haarwurzeln erkennen; sie war nicht naturblond. »Wonach hat er sich denn erkundigt?«, fragte die Frau mit etwas höherer Stimme – ein Anzeichen für Stress.

»Ach, nach nichts Besonderem.«

Wieder ein Schlucken.

Dance schaute hinunter auf ein leeres Blatt Papier und hob dann wieder den Kopf. Sally bemühte sich, einen Blick auf die Seite zu erhaschen. Ihr stand ein wenig Schweiß auf der Stirn.

Das FBI verfügte über wirklich gute Kameras.

Dance sah abermals auf das Blatt, und Sallys Augen senkten

sich ebenfalls, als würde der Zettel fünfzig Zentimeter vor ihr auf dem Tisch liegen.

»Ihr Bruder wohnt in Spokane?«, fragte Dance. »Und Ihre Mutter in Tacoma?«

»Ich … mein Bruder, meine Mutter?«

»Hat Edwin den beiden nahegestanden?«

Der Stalker hatte nur ein oder zwei Sätze über Sally verloren und ihre Familie nicht mal erwähnt. Dance hatte sich die Informationen aus behördlichen Unterlagen besorgt, nachdem ihr die wahre Beziehung zwischen den beiden aufgegangen war.

»Hat er irgendwas über meine Mutter und meinen Bruder gesagt?«, fragte Sally.

»Er hat sich gut mit den beiden verstanden, nicht wahr?«

»Ich …«

»Was ist denn, Sally? Wären Sie etwa beunruhigt, falls Edwin größeres Interesse an Ihrer Familie gezeigt hätte?«

Ah, die Macht des Hypothetischen.

Größeres Interesse …

»Was genau hat er gesagt?«, flehte sie. »Bitte!«

»Was ist los, Sally?« Dance bemühte sich, verblüfft zu wirken.

»Ich …« Die Tränen fingen an. »Was hat er *gesagt*?« Einer der FBI-Agenten hinter ihr verlagerte seine Haltung, vielleicht weil auch ihm – genau wie Dance – auffiel, dass Sally fast schon hysterisch war. »Edwin … was hat er über meine Familie gesagt?«

»Warum machen Sie sich Sorgen?«, fragte Dance ruhig. »Sagen Sie es mir.« Ihre Stirn legte sich in Falten.

»Er wird ihnen was antun! Er wird nicht begreifen, dass ich gemacht habe, was er von mir wollte. Falls er sie Ihnen gegenüber erwähnt hat, bedeutet das, er will den beiden Schaden zufügen, um es mir heimzuzahlen. Bitte, Sie müssen etwas unternehmen!«

»Moment mal.« Dance tat verwirrt. »Ich hoffe, Sie wollen mir nicht erzählen, dass *Sie* diejenige sind, die die Trennung wollte.«

»Ich…«

»O nein. Das ändert alles. Ich meine, was ich zu Edwin gesagt habe…« Sie verstummte und warf Sally einen nervösen Blick zu.

»Bitte! Nein! Was haben Sie zu ihm gesagt? Wo ist er? Ist Edwin nach Tacoma oder Spokane unterwegs?«

»Wir wissen nicht, wo er ist, Sally. Das habe ich Ihnen doch schon erklärt. Lassen Sie mich mal nachdenken. Okay, das ist ein Problem.«

»Lassen Sie nicht zu, dass er meiner Mama was antut!« Sie schluchzte inzwischen. »Bitte! Und mein Bruder hat zwei kleine Kinder!«

Es lief genau so, wie Kathryn Dance es geplant hatte. Sie hatte der Frau indirekt Angst einflößen müssen, um sie zum Reden zu bringen. Daher hatte sie mittels ihrer Fragen den Eindruck erweckt, dass Edwin sich praktisch schon auf dem Weg befand, ihre Familie zu ermorden… und dann womöglich Sally selbst.

Die Tränen flossen in Strömen. »Ich habe gemacht, was er verlangt hat. Warum will er uns wehtun?«

»Wir können Ihnen helfen, Sally«, sagte Dance mitfühlend. »Aber wenn Sie nicht aufrichtig sind, können wir weder für Sie noch für Ihre Mutter oder Ihren Bruder etwas tun.«

In Wahrheit hatte sie längst dafür gesorgt, dass die örtlichen Behörden sowohl die Mutter als auch den Bruder beschützten, wenngleich die beiden bisher noch nichts davon wussten.

Sally rang nach Luft. »Bitte. Es tut mir leid. Ich habe gelogen. Er hat es mir befohlen. Er hat gesagt, falls jemand sich erkundigt, sollte ich sagen, dass er ein großartiger Kerl war und weder mich noch sonst jemanden je gestalkt hat und dass *er* mit *mir* Schluss gemacht hat, nicht umgekehrt. Es tut mir leid, aber ich hatte solche Angst. Schicken Sie die Polizei zu meiner Mutter und meinem Bruder. Er hat zwei kleine Kinder! Bitte! Ich gebe Ihnen die Adressen.«

»Zuerst müssen Sie mir die Wahrheit sagen, Sally. Dann können wir über Polizeischutz reden. Was ist wirklich zwischen Ihnen und Edwin gelaufen?«

»Okay«, sagte die Frau und wischte sich das Gesicht mit den Papiertaschentüchern ab, die einer der Agenten ihr reichte. »Edwin war letztes Jahr Wachmann in dem Einkaufszentrum, in dem ich arbeite. Er hat mich gesehen und, peng, war sofort total hin und weg von mir.«

Weil sie wie Kayleigh Towne aussah.

»Er hat sich sehr um mich bemüht. Eines führte zum anderen, und wir haben angefangen, miteinander auszugehen. Allerdings wurde er komisch. Ich durfte dies nicht tun, durfte das nicht tun. Manchmal wollte er nur dasitzen und mich ansehen. Dann starrte er einfach, oder wir lagen im Bett, und er hat mein Haar gestreichelt. Das war so gruselig! Er sagte mir, wie schön ich sei, wieder und wieder. Die Wahrheit ist, er dachte, ich würde wie diese Sängerin aussehen, die er so toll fand. Ich glaube, ich habe sie schon mal erwähnt. Kayleigh Towne.«

Sally schnaubte verächtlich. »Die ganze Zeit musste ihre Musik laufen. Er hat ständig über sie geredet. Es hieß immer nur ›die arme Kayleigh hier, die arme Kayleigh da‹. Niemand würde sie verstehen, ihr Vater habe das Haus der Familie verkauft, das sie so mochte, ihre Mutter sei gestorben, die Fans würden sie nicht anständig behandeln, die Plattenfirma würde die Aufnahmen ihrer Songs verpfuschen. Das ging in einer Tour so. Ich konnte es nicht mehr ertragen. Eines Abends bin ich einfach gegangen. Etwa einen Monat lang ging das halbwegs gut. Er hat mich gestalkt, ja, aber es war nicht so wild. Doch dann ist seine Mutter gestorben, und er ist ausgeflippt. Aber total.«

Die entscheidende emotionale Belastung, die ihn um den Verstand gebracht hatte.

»Er kam zu mir und hat geweint und sich ganz komisch aufgeführt, als wäre sein Leben vorbei. Er tat mir leid – und ich hatte Angst –, also wurden wir wieder ein Paar. Aber er wurde nur immer merkwürdiger. Er ging überhaupt nicht mehr vor die Tür, ich musste den Kontakt zu all meinen Freunden abbrechen, und er war eifersüchtig auf meine männlichen Arbeitskollegen. Er dachte, ich würde mit jedem von denen ins Bett gehen. Von *wegen*… Ich sollte ständig bei ihm zu Hause sein. Und dann wollte er mich entweder anstarren, vor dem Fernseher sitzen oder mit mir schlafen. Und dabei hat er dann ihre Musik gespielt. Es war schrecklich! Am Ende…« Sally überlegte. Dann zog sie den Ärmel hoch und zeigte Dance eine eindrucksvolle Narbe am Handgelenk. »Nur so konnte ich mich von ihm befreien. Aber er hat mich gefunden und in die Notaufnahme gebracht. Ich glaube, das hat ihn dazu bewegt, mich in Ruhe zu lassen.«

»Wann war das?«

»Letzten Dezember.«

Die zweite emotionale Belastung, die dazu geführt hatte, dass er anfing, Kayleigh zu stalken.

Dance traf eine Entscheidung. »Er hat sie gekidnappt, Sally.«

»Wen, Kayleigh Towne?«, flüsterte sie. Und wirkte dabei gar nicht so schockiert.

»Wir werden Sie und Ihre Familie beschützen, Sally, das verspreche ich Ihnen. Und wir werden ihn erwischen und für den Rest seines Lebens hinter Gitter bringen – er hat nämlich auch mehrere Morde begangen.«

»O nein. Mein Gott, nein.«

»Aber das können wir nur, wenn Sie uns helfen. Haben Sie irgendeine Idee, wo er sein könnte?«

Sally war erneut hin- und hergerissen.

Sie weiß etwas. Komm schon, dachte Dance. Komm schon!

»Ich…«

»Wir werden Ihre Familie unter Polizeischutz stellen, Sally. Aber Sie müssen uns dafür entgegenkommen.«

»Na ja, er sagte, er hätte so eine Art religiöse Erfahrung gehabt, als er Kayleigh zum ersten Mal singen sah. Bei einem Open-Air-Konzert. Vor zwei Jahren, glaube ich. Er sagte, wenn er sich irgendeinen Ort zum Leben aussuchen könnte, dann den dort. In einer Hütte im Wald, irgendwo da in der Nähe.«

»Wo?«, fragte Dance.

»Bei einer Stadt in Kalifornien, an der Küste. Monterey. Ich weiß nicht genau, wo das liegt.«

Dance blickte vom Bildschirm auf und zu Madigan. Dann wieder zu dem tränennassen Gesicht ihrer Gesprächspartnerin. »Schon in Ordnung, Sally. Ich weiß es.«

73

Edwin Sharp sang während der Fahrt laut vor sich hin. Er traf sogar halbwegs die Töne.

She gets gallons to the mile, not the other way round,
and the tailpipe, it really makes a pretty nasty sound.
The heater hardly works at all and forget about the air.
Duct tape's been involved in most of her repairs.
But she's big and fast and solid and I know I can depend
on her to always be there … unlike a lot of men.

She's my red Cadillac … my red Cadillac.
She gets me where I'm going, and she always gets me back.
I love her like a sister, she's my red Cadillac.

Sie schafft Liter pro Kilometer, nicht umgekehrt,
und der Auspuff klingt wirklich ziemlich ungesund.
Die Heizung funktioniert kaum und
die Klimaanlage überhaupt nicht.
Vieles an ihr ist mit Klebeband geflickt.
Aber sie ist groß und schnell und robust und ich weiß,
ich kann mich immer auf sie verlassen …
im Gegensatz zu den meisten Männern.

Sie ist mein roter Cadillac … mein roter Cadillac.
Sie bringt mich an mein Ziel und stets auch wieder zurück.
Ich liebe sie wie eine Schwester, sie ist mein roter Cadillac.

»Wir mussten uns von ihm verabschieden«, rief er nach hinten in den Van. »Von meinem roten Buick. Tut mir leid.«

Kayleigh konzentrierte sich darauf, nicht zu weinen. Es ging hier ums Überleben, nicht um ihre Gefühle. Ihre Nase war nämlich schon bedenklich verstopft, und sie war sich sicher, dass sie ersticken würde, falls sie in Tränen ausbrach. Das Klebeband auf ihrem Mund saß bombenfest. Ihre Augen waren nicht verbunden, aber sie lag weit hinten auf dem Boden des fensterlosen Laderaums. Edwin hatte ihr die Stiefel ausgezogen und gierig an dem Leder geschnüffelt. Das war ekelhaft gewesen.

Sie befanden sich nun etwa eine Stunde von Fresno entfernt, wenngleich sie nicht wusste, in welcher Richtung. Sie tippte auf die Ausläufer des Yosemite oder die Sierras, denn die Straße schien leicht anzusteigen. In Richtung Westen oder Süden war die Landschaft flach. Einmal hatten sie kurz angehalten, nachdem Edwin einen Blick in den Rückspiegel geworfen und die Stirn gerunzelt hatte. Er war an den Straßenrand gefahren und zu ihr nach hinten gekommen. Sie war vor ihm zurückgeschreckt. »Nein, nein, mir ist da ein Missgeschick unterlaufen«, hatte er gesagt. Eine dicke Strähne ihres Haars hatte unter dem Isolierband geklebt. Edwin hatte die Haare behutsam von dem Klebstoff gelöst. »Das darf nicht sein.« Und er hatte abermals erwähnt, wie lange sie es schon nicht mehr abgeschnitten hatte. »Zehn Jahre, vier Monate. Du solltest ein Lied darüber schreiben. Das wäre ein guter Titel.«

Dann hatte er zu ihrem Entsetzen eine Bürste zum Vorschein gebracht und sie sanft und gewissenhaft durch ihr Haar gezogen. »Du bist so wunderschön«, hatte er geflüstert.

Dann waren sie weitergefahren.

Nun sang er: »›She gets me where I'm going, and she always gets me back. She's my red Cadillac.‹ Das ist klasse, so richtig klasse.«

Kayleighs Arme waren mit Handschellen vor ihrem Leib gefesselt. Sie hatte gehofft, einen der hinteren Türflügel öffnen und aus dem Wagen springen zu können, trotz des Tempos und des Verkehrs.

Aber es gab hier drinnen keine Türgriffe. Er hatte sie abmontiert. Edwin Sharp hatte alles sorgfältig geplant.

Während er weitersang, spürte sie, dass der Van von der Hauptstraße abbog und eine Weile einer Nebenstrecke in deutlich schlechterem Zustand folgte. Es ging bergauf. Zehn Minuten später rollten die Reifen knirschend über Erde und Schotter. Dann wurde der Untergrund noch unebener, und das Fahrzeug quälte sich mehrere Kilometer weiter nach oben. Schließlich ging es wieder waagerecht voran, und nach zehn Minuten hielt Edwin an.

Er stieg aus. Dann herrschte für einen langen Moment Stille.

Das ist nicht fair, dachte Kayleigh. Das ist einfach nicht fair.

You walk out onstage and sing folks your songs.
You make them all smile. What could go wrong?

Du gehst hinaus auf die Bühne und
singst den Leuten deine Lieder vor.
Du bringst sie alle zum Lächeln.
Was soll da groß schiefgehen?

»Hallo!« Edwin öffnete die hintere Tür. Eine große Lichtung wurde sichtbar, umgeben von Kiefernwald. Er half Kayleigh beim Aussteigen und zog das Klebeband von ihrem Mund – ganz sanft, obwohl sie auch diese Berührung als zutiefst widerwärtig empfand. Sie roch sein Rasierwasser – ja, allen Ernstes die gleiche Sorte, die ihr Vater benutzte – und seinen Schweiß.

Dann atmete sie tief ein und erschauerte vor Erleichterung. Die Luftnot hatte ihr wirklich zu schaffen gemacht.

Edwin trat zurück und starrte sie schmachtend an. Die Bewunderung hatte allerdings nichts mehr mit ihr als Künstlerin zu tun; seine Augen verweilten auf ihren Brüsten und ihrem Schritt.

»Meine Stiefel«, sagte sie.

»Nein, ich mag dich barfuß.« Ein Blick nach unten. »Diesen Nagellack müssen wir ändern. Er ist ein bisschen zu rot.«

Dann deutete er auf einen kleinen Wohnwagen unter einem Tarnnetz, der mitten auf der grasbewachsenen Lichtung stand. »Kommt dir das hier irgendwie bekannt vor?«

»Hör mal, wenn du mich gehen lässt, lasse ich dir einen Vorsprung. Sechs Stunden, zehn Stunden. Und ich kann dir Geld verschaffen. Eine Million Dollar.«

»Kommt es dir nicht bekannt vor?«, wiederholte er verärgert, weil sie es offensichtlich nicht begriff.

Sie schaute sich um. Ja, tatsächlich. Aber was …?

O mein Gott.

Kayleigh erkannte verblüfft, wo sie sich befand. Auf dem Grundstück, auf dem sie aufgewachsen war! Das ihr Großvater gerodet und auf dem er das Haus der Familie errichtet hatte. Edwin hatte den Wohnwagen ziemlich genau auf der Fläche des ehemaligen Gebäudes abgestellt. Im Laufe der Jahre hatte sich hier viel verändert, aber manche Orientierungspunkte ihrer Kindheit waren immer noch mühelos auszumachen. Sie erinnerte sich, dass Edwin gewusst hatte, wie sehr sie den Verkauf des Grundstücks durch Bishop bedauerte – und auch er hatte das Zuhause seiner Kindheit verloren. Wie hatte er die Parzelle gefunden? Wahrscheinlich durch eine Suche im Grundbuch.

Kayleigh wusste auch, dass die Minengesellschaft vor dem Bankrott alle privaten Liegenschaften im Umkreis von dreißig Kilometern aufgekauft hatte. Heutzutage gab es dort keine Menschenseele mehr.

»Ich wusste, wie viel es dir bedeutet hat«, sagte Edwin mit aufrichtigem Ernst. »Dieses Grundstück. Ich wollte es dir zurückgeben. Du musst mir zeigen, wo du als kleines Mädchen auf deinem Pony geritten bist und mit den Hunden gespielt hast. Wir können Spaziergänge entlang derselben Strecken machen. Das wird ein Spaß! Vielleicht fangen wir schon heute vor dem Abendessen damit an.«

Sie nahm an, sie hätte lieber mitspielen und Rührung heucheln sollen, um bei passender Gelegenheit einen Stein aufzuheben und Edwin den Schädel einzuschlagen. Aber sie konnte einfach nicht so tun als ob. Die Abscheu und die Wut waren zu stark. »Wie, zum Teufel, kannst du behaupten, du würdest mich lieben, und mir dann so etwas antun?«

Er grinste und streichelte zärtlich ihr Haar. Sie riss den Kopf weg. Er nahm es kaum wahr. »Kayleigh … Schon als ich deine erste Nummer bei dem Konzert in Monterey gehört hatte, wusste ich, dass wir Seelenverwandte sind. Du brauchst womöglich noch ein wenig Zeit, aber dann wirst auch du es bemerken. Ich mache dich zur glücklichsten Frau der Welt. Ich werde dich verehren.«

Er bedeckte auch den Van mit einem Tarnnetz, beschwerte die Ecken mit Steinen am Boden und legte Kayleigh fest einen Arm um die Schultern. Dann führte er sie zu dem Wohnwagen.

»Ich liebe dich nicht!«

Er lachte nur. Aber je näher sie dem Wohnwagen kamen, desto eisiger wurde sein Blick. »Er hat dich gevögelt, nicht wahr? Bobby. Wage nicht, es zu leugnen.« Er ließ sie nicht aus den Augen, als fordere er stillschweigend die Wahrheit ein. Und als hoffe er gleichzeitig, dass er sich irrte.

»Edwin!«

»Ich habe ein Recht, es zu wissen.«

»Wir waren nur befreundet.«

»Ach, wo steht denn geschrieben, dass Freunde es nicht miteinander treiben? Weißt du, wo das geschrieben steht?«

Kayleigh registrierte, dass die höfliche Ausdrucksweise, die er bislang an den Tag gelegt hatte, offenbar eine Täuschung gewesen war, nur ein weiterer Teil des unschuldigen Erscheinungsbildes, das er für sich geschaffen hatte.

Sie standen nun an der Tür des Wohnwagens. Edwin beruhigte sich und lächelte. »Es tut mir leid. Der Gedanke an ihn lässt mich bloß immer wütend werden.«

»Edwin, sieh mal ...«

»Ich sollte dich über die Schwelle tragen. Wie vor der Hochzeitsnacht, du weißt schon.«

»Fass mich nicht an!«

Er musterte sie mitleidig, so schien es. Dann stieß er die Tür auf und nahm Kayleigh auf die Arme, als würde sie nichts wiegen. Er trug sie hinein. Kayleigh wehrte sich nicht; eine seiner riesigen Hände hatte sich um ihre Kehle geschlossen.

74

»Wir sind auf dem Weg«, sagte Kathryn Dance zu Michael O'Neil am anderen Ende der Leitung.

Dann keuchte sie auf, weil Dennis Harutyun mit dem rechten Außenspiegel beinahe einen Lastwagen gestreift hatte. Er scherte nach dem Überholen wieder ein und beschleunigte.

»Alles in Ordnung?«, fragte O'Neil. »Hallo, bist du noch da?«

»Ja, bin ich … ja.« Sie schloss die Augen, weil Harutyun sich den nächsten Sattelschlepper vornahm.

O'Neil saß in seinem Büro am Schreibtisch. Dance öffnete kurz die Augen und fragte: »Was habt ihr aufgeboten?«

»Zwei Hubschrauber rund um Point Lobos – da hat Edwin sie bei dem Konzert vor zwei Jahren zum ersten Mal gesehen. Ein weiterer Helikopter deckt den Bereich von Moss Landing bis nach Santa Cruz ab. Er konzentriert sich auf das unbewohnte Gebiet. Die Highway Patrol errichtet Straßensperren rund um Pacific Grove, Pebble Beach und Carmel. Aus Monterey und dem County sind ungefähr vierzig Uniformierte beteiligt.«

»Gut.«

»Und dein Chef zieht sein übliches Ding durch.«

Charles Overby, der Leiter der CBI-Dienststelle von Monterey und begeisterter Anhänger von Pressekonferenzen, rief die Bevölkerung zur Mithilfe bei der Suche nach Edwin Sharp und Kayleigh Towne auf.

Auf den zahlreichen Fanseiten herrschte ebenfalls reger Betrieb. Überall wurden Fotos des Verdächtigen und seines Opfers gepostet, wenngleich Dance vermutete, dass jeder, der ein Fernsehgerät oder ein iTunes-Abonnement besaß, wusste, wie Kayleigh Towne aussah.

»Wie geht es dir?«, fragte O'Neil.

Eine seltsame Frage.

Allerdings nicht, wenn man berücksichtigte, was sich zwischen ihnen zugetragen hatte, bevor er aus Fresno aufgebrochen war.

Doch nun war nicht der geeignete Zeitpunkt für derartige Überlegungen.

»Gut«, sagte sie. Was nicht im Mindesten der Wahrheit entsprach, aber sie hoffte, dass O'Neil den Wink verstehen würde.

Anscheinend ja. »Wann trefft ihr in etwa ein?«, fragte er.

Sie reichte die Frage an Harutyun weiter.

»In einer halben Stunde«, sagte er.

Dance teilte es O'Neil mit und fügte hinzu: »Lass uns jetzt Schluss machen, Michael. Wir rasen hier gerade mit mehr als dreihundert Kilometern pro Stunde durch die Landschaft.«

Was dem schnauzbärtigen Detective ein seltenes Lächeln entlockte.

Sie beendeten das Gespräch. Dance lehnte sich zurück.

»Soll ich langsamer fahren?«, fragte Harutyun.

»Nein, im Gegenteil, machen Sie schneller«, sagte Dance.

Er trat aufs Gaspedal, und sie schloss wieder die Augen.

»Na, was hältst du davon?«, fragte Edwin fröhlich und wies mit ausholender Geste auf das Innere des Wohnwagens, das blitzsauber geputzt war. Es war hier drinnen außerdem heiß und stickig.

Kayleigh, die immer noch Handschellen trug und in der Kochnische stand, erwiderte nichts.

»Sieh mal, ein hochauflösender Fernseher, und ich habe bestimmt hundert DVDs. Und haufenweise von deinem Lieblingsessen.« Er öffnete zum Beweis die Schränke. »Von Whole Foods. Natürlich alles biologisch. Und auch deine Lieblingsseife.«

Ja, tatsächlich. Angesichts einer so weitreichenden Vorausplanung verließ sie der Mut.

Ihr fiel zudem auf, dass an verschiedenen Stellen des Wohnwagens Ketten an den Wänden befestigt waren. Sie endeten in Fesseln. Edwins Vorstellung von Rücksichtnahme schien sich darin zu äußern, dass er die Metallringe für ihre Hand- und Fußgelenke mit Lammwolle beklebt hatte.

Mr. Heute.

Dann verflüchtigte sich sein Lächeln mal wieder. »Wenn du mit mir ausgegangen wärst, wie ich dich gebeten hatte, wäre uns all dies erspart geblieben«, sagte Edwin. »Einfach nur zum Abendessen. Und danach hättest du während der Reparaturarbeiten an deinem Haus ein paar Tage bei mir gewohnt. Was wäre denn schon groß dabei gewesen?«

Kayleigh spürte, dass er vor Wut bebte.

Edwin hat ein Problem mit der Realität. So wie alle Stalker.

Seine Stimme wurde wieder frostig. »Ich weiß, dass du keine Jungfrau mehr bist… Ich bin sicher, du *wolltest* niemanden vögeln, es ist einfach irgendwie passiert. Aber du *hast* Bobby gevögelt, nicht wahr?… Nein, ich will es gar nicht wissen.« Er überlegte kurz. »Und du hast gewiss auch nichts Schräges getan – du weißt schon, Ekliges. Die braven Mädchen, die mit den Brillen und hochgeschlossenen Blusen, die stellen nämlich manchmal echt wilde Dinge an. Aber du nicht.« Er nahm sie genau in Augenschein. Und dann – als würde ein Schalter umgelegt – hellte seine Miene sich auf und er lächelte. »He, schon in Ordnung. Du gehörst jetzt zu mir. Es wird alles gut.«

Er zeigte ihr den Wohnwagen etwas eingehender. Das Ding war natürlich wie ein Schrein eingerichtet. Poster und Andenken, Kleidungsstücke und Fotos.

Überall Kayleigh Towne.

Aber keine Waffen.

In der Küche gab es keine scharfen Messer – das Erste, wonach sie Ausschau hielt. Auch nichts aus Glas oder Keramik. Sie sah eine Schachtel Zigaretten, aber nirgendwo ein Feuerzeug.

Edwin folgte ihrem Blick. »Keine Sorge«, versicherte er sogleich. »Ich rauche nicht beziehungsweise nicht mehr. Ich habe lediglich ein paar von den Dingern benötigt, um eine Spur zu dieser großmäuligen Alicia zu legen. Für dich, Kayleigh, lasse ich komplett die Finger von Zigaretten und Alkohol. Ich bin clean. Und ich habe nie Drogen genommen – im Gegensatz zu diesem … *Freund* von dir, Mr. Bobby Prescott.«

Sie schwitzte stark. »Das hat doch alles keinen Sinn, Edwin. Meinst du nicht, dass zehntausend Leute nach mir suchen werden?«

»Da wäre ich mir nicht so sicher. Vielleicht glauben die ja, dass du mit jemandem durchgebrannt bist, der dich liebt und für dich sorgt. Und sie gehen weiterhin davon aus, dass Alicia hinter allem gesteckt und die Morde und Anschläge begangen hat.«

Hatte er so sehr die Bodenhaftung verloren?

»Doch auch *wenn* sie nach uns suchen, werden sie uns nicht finden. Die glauben, wir verstecken uns in Monterey. Mehr als dreihundert Kilometer von hier entfernt. Diese Schlampe, mit der ich eine Weile ausgegangen bin, hat ihnen davon erzählt. Ich wusste, sie würde mich verraten. Deshalb habe ich ihr schon vor langer Zeit bestimmte Informationen untergeschoben. Wir sind hier ganz für uns allein. Und auf der Fahrt hierher hat es weder einen Hubschrauber noch irgendwelche Straßensperren gegeben. Falls die gedacht hätten, wir wären in diese Richtung unterwegs, hätten sie den Highway 41 sofort abriegeln können. Nein, Kayleigh, die werden uns niemals finden.«

»Du hast all das geplant … und wozu? Um mich für dich zu gewinnen?«

»Um dich zur Einsicht zu bringen. Wer sonst würde sich so viel Mühe geben? Nur jemand, der dich liebt.«

»Und… was war mit dem Kongressabgeordneten? Ich begreife das nicht.«

Er lachte. »Oh, ja, das war interessant. Dabei habe ich echt was gelernt. Ich habe aufgehört, Sachen online zu posten. Denn so hatte Simesky von dir und mir erfahren. Du hast mir ja nicht geglaubt, als ich sagte, die ganze Welt wolle dich ausnutzen.«

Dir und mir…

»Aber es hatte auch etwas Gutes. Ich habe am Samstagabend tatsächlich jemanden hinter meinem Haus bemerkt. Es war Simesky oder diese Babbage, aber zu dem Zeitpunkt dachte ich bloß an irgendwelche Halbwüchsigen. Und es hat mich auf eine Idee gebracht. Ich ließ es so aussehen, als hätte Alicia mich ausspioniert, und habe einige Spuren platziert, die die Polizei zu ihr führen würden. Manchmal hat man eben Glück.«

Dann wurde Edwin ungeduldig. Er musterte ihr Haar, ihre Brüste, ihre Beine. »Also los jetzt. Du weißt, dass der Zeitpunkt gekommen ist.« Er blickte zu dem zerwühlten Bett, neben dem ein iPod-Player stand. »Siehst du das? Ich habe fünfzig deiner Konzerte aufgenommen. Ich besitze einen echt guten Rekorder. Ich musste eine ganze Weile sparen, bis ich ihn mir leisten konnte. Wir werden deine Konzerte abspielen, während wir, du weißt schon…« Er setzte eine fürsorgliche Miene auf. »Oh, keine Angst. Ja, ich habe die Konzerte aufgezeichnet, aber ich habe nie einen Song davon verkauft oder an jemanden weitergegeben. Die waren nur für mich… und nun für *uns*.«

»Bitte nicht, Edwin. Bitte.«

Er starrte ihr Haar an und lehnte sich dann an die Küchenspüle. »Du solltest nicht so… du weißt schon, reserviert sein. Ich habe dir einen Gefallen getan. Fred Blanton war ein Arschloch, das deine Musik gestohlen hat. Und Alicia, nun, die wollte wahrscheinlich wirklich an deine Stelle treten. Und Sheri? O bitte. Du hast eine bessere Stiefmutter verdient. Sie ist eine einfache Verkäuferin, die mit Bishop einen Glückstreffer gelandet hat. Sie ist deiner nicht wert, Kayleigh. Die haben es alle verdient zu sterben. Und Bobby? Der wollte dich bloß vögeln.« Und abermals starrte er sie an und erwartete die Bestätigung ihrer Untreue.

Dann schien er sich zusammenzureißen.

»Darf ich mich wenigstens frisch machen?«, fragte sie. »Bitte, nur eine Dusche. Ich fühle mich so nicht wohl.«

»Nein, lieber nicht.«

»Und du willst Mr. Heute sein?«, fuhr sie ihn an. »Was soll dieser Scheißdreck? Ich möchte bloß mal kurz unter diese bekackte Dusche, und du lässt mich nicht?«

Er runzelte die Stirn. »Na gut. Aber sag nicht solche Worte. Sag nie wieder solche Worte.«

»Einverstanden. Ich verspreche es.«

»Du kannst duschen. Aber du weißt, dass ich den einzigen Schlüssel habe und dass es hier keine Waffen gibt. Und alle Fenster sind verriegelt.«

»Das habe ich mir schon gedacht. Ich möchte wirklich nur duschen.«

Er nahm ihr die Fesseln ab. Sie rieb sich die Handgelenke.

Mit hängenden Schultern betrat sie das winzige Badezimmer.

»Oh, Kayleigh. Warte.«

Sie blieb stehen und drehte sich um. Er wirkte verlegen. Wurde er etwa rot? »Wegen dieser Frau, die ich erwähnt habe. Die in Seattle. Du brauchst nicht eifersüchtig zu sein. Das zwischen ihr und mir war nichts Ernstes. Ich habe nie mit ihr geschlafen. Ehrlich, du kannst mir glauben.«

Kayleigh konnte sehen, dass er log, aber was sie schockierte, war die Tatsache, dass er ernsthaft zu glauben schien, sie lege Wert auf seine Treue.

Er lächelte. »Beeil dich, Liebling.« Und dann ging er zum Bett, um zu warten.

75

Edwin konnte sich nicht entscheiden, welcher ihrer Songs ihm am besten gefiel.

Doch dann wurde ihm klar, dass diese Überlegung Quatsch mit Soße war, noch so ein Ausdruck seiner Mutter. Es war, als hätte man kein Lieblingsgericht, sondern würde alles gern essen, sofern die Soße stimmte (nun, auf ihn jedenfalls konnte das zutreffen – hätte Kayleigh nicht dafür gesorgt, dass er abnahm, würde er hundertvierzig Kilo wiegen).

Er stellte die Klimaanlage nach – mit dem Tarnnetz auf dem Wohnwagen wurde es hier drinnen verdammt heiß. Aber kühl werden sollte es auch nicht. Ihm war vorhin aufgefallen, dass Kayleigh geschwitzt hatte. Die Perlen auf ihrer Haut hatten ihn mächtig angetörnt. Er stellte sich vor, wie er ihr die Schläfen und die Stirn ableckte, und wurde noch erregter. Sally zu vögeln, während Kayleigh Townes Stimme aus den Lautsprechern erklang, war ganz okay gewesen. Das hier würde tausendmal besser werden.

Das einzig Wahre.

He, das war ein ziemlich guter Songtitel. »The Real Thing – Das einzig Wahre«. Er würde ihn ihr vorschlagen. Er hatte schon mal mit dem Gedanken gespielt, dass sie gemeinsam Lieder schreiben könnten. Er würde sich den Text ausdenken und sie die Melodien komponieren.

Edwin konnte gut mit Worten umgehen.

Er dachte: Hochzeits*nachmittag*. Nicht Hochzeitsnacht. *Nachmittag*.

Das war echt witzig.

Er fragte sich, ob sie damals, als sie und ihre Familie hier gewohnt hatten, wohl jemals mit einem Kerl herumgemacht hatte. In ihrem Lied hieß es in einer Zeile, sie sei in dem alten Haus »zum ersten Mal verliebt« gewesen. Das hatte ihn anfangs stinksauer gemacht. Dann war ihm eingefallen, dass Bishop das Grundstück verkauft hatte, als sie zwölf oder dreizehn Jahre alt gewesen war. Und als braves Mädchen würde sie einen Jungen damals höchstens mal geküsst haben, eventuell verbunden mit etwas Petting. Aber auch das versetzte ihm vor lauter Eifersucht einen Stich.

Bobby…

Er hoffte, dieser beschissene Roadie war unter größtmöglichen Qualen gestorben. An dem Abend im Kongresszentrum hatte er leider nicht so viel geschrien, wie Edwin es sich gewünscht hätte.

Edwin lauschte dem fließenden Wasser und stellte sich Kayleigh nackt unter der Dusche vor. Er kriegte einen Ständer. Ihm fiel der Artikel ein, den der *Rolling Stone* über sie gebracht hatte.

Die kleine Blonde trumpft groß auf.

Und er beschloss, nachsichtig zu sein.

Er würde ihr verzeihen, dass sie Bobby gevögelt hatte. Er würde sie noch mal danach fragen und darauf bestehen, dass sie aufrichtig war. Er musste es wissen, aber was auch immer sie sagte, er würde ihr vergeben.

Edwin zog sich das Hemd aus und knetete seinen Bauch. Nach all dem Gewichtsverlust war seine Haut noch ein wenig geweitet. Aber zumindest war er das Fett losgeworden.

Alles nur für Kayleigh.

Sollte *er* auch duschen? Nein. Er hatte am Morgen geduscht. Außerdem würde sie sich daran gewöhnen müssen, dass er auf ihr sein oder sie von hinten nehmen würde, wann immer ihm der Sinn danach stand, ob er nun sauber war oder nicht.

Immerhin war sie seine Frau.

Er schaltete das Radio ein. Es liefen die Nachrichten. Offenbar hielt die Polizei Kayleighs Verschwinden nicht für harmlos. Pike Madigans Stimme sprach ernst von einer Entführung und teilte den Leuten mit, Edwin Sharp und Kayleigh Towne seien mutmaßlich nach Westen zum Großraum Monterey unterwegs.

»Wir wissen nicht, in was für einem Fahrzeug die beiden sitzen, aber auf der Internetseite, die wir eingerichtet haben, finden Sie Sharps Foto.«

Ah, ich wusste doch, dass ich auf dich zählen kann, Sally, du verlogenes kleines Miststück. Er fragte sich kurz, wer sie wohl zum Reden gebracht hatte. Nun ja, Kathryn Dance. Wer sonst?

Das Ablenkungsmanöver mit Monterey würde natürlich irgendwann durchschaut werden. Dann müssten sie von hier verschwinden, aber bis dahin blieb etwa ein Monat Zeit. Kayleigh hatte mal gesagt, dass sie Austin mochte. Es lag in Texas; da musste es viel Wildnis geben, in der man sich verstecken konnte. Andererseits hatte sie in ihrem Tourneeblog geschrieben, Minnesota sei ganz toll. Das wäre womöglich die bessere Wahl, vor allem, um das Kind zur Welt zu bringen. Es würde dort kühler sein. Eine Schwangerschaft in der Hitze würde gewiss anstrengend sein, stellte er sich vor.

Ach ja, Kinder …

Edwin hatte gegoogelt, wie dieses Zyklusding im Körper einer Frau funktionierte. Er fragte sich, wo Kayleigh diesbezüglich wohl gerade sein mochte. Dann beschloss er, dass es sowieso keine Rolle spielte. Sie würden mindestens alle zwei Tage miteinander schlafen, wenn nicht öfter. Früher oder später würde er einen Treffer landen.

Er öffnete seine Jeans und schob eine Hand in die Unterhose, obwohl eine weitere Unterstützung gar nicht nötig war.

Das Wasser in der Dusche hörte auf zu fließen. Kayleigh würde sich nun abtrocknen. Er malte sich ihren Körper aus. Und er entschied, dass sie beide im Wohnwagen grundsätzlich nackt sein würden. Nur wenn sie nach draußen gingen, würden sie etwas anziehen.

Er atmete tief durch. In der feuchten Luft duftete es angenehm nach Shampoo.

»Edwin«, sagte Kayleigh neckisch. »Ich habe mich für dich hübsch gemacht. Komm und sieh selbst.«

Lächelnd ging er hinüber und sah sie vollständig bekleidet vor der Badezimmertür stehen.

Edwin Sharps Augen weiteten sich. Dann schrie er entsetzt auf.

76

»Nein, nein, nein! Was hast du getan?«

Sie hatte in dem Kosmetiktäschchen, das er gekauft hatte, eine kleine Nagelschere mit stumpfer Spitze gefunden. Das Ding entsprach den Vorschriften für den Flugverkehr und galt daher als sicher.

Aber es konnte immer noch schneiden. Und genau das hatte sie damit gemacht: Sie hatte sich ihre Haare abgeschnitten.

»Nein!« Er starrte entgeistert den Haufen glänzender blonder Strähnen an, als läge dort auf dem Badezimmerboden die Leiche eines geliebten Menschen.

»Kayleigh!«

Ihr war eine struppige Ponyfrisur von fünf bis sieben Zentimetern Länge geblieben. Sie hatte überhaupt nicht geduscht; sie hatte die zehn Minuten darauf verwandt, ihr wunderschönes Haar abzuschneiden.

»Was ist denn, Edwin?«, spottete sie in einem herausfordernden Singsang. »Magst du mich nicht mehr? Möchtest du mich denn gar nicht mehr stalken? … Aber es spielt doch keine Rolle, oder? Du liebst *mich*, richtig? Es ist egal, wie ich aussehe.«

»Ja, ja, sicher. Es ist nur …« Er glaubte, ihm würde schlecht werden. Wie lange dauert es wohl, bis das nachgewachsen ist?, fragte er sich.

Zehn Jahre, vier Monate …

Sie könnte eine Mütze tragen. Nein, er hasste Frauen mit Mützen.

»Ich habe den Eindruck, es macht dir doch was aus. Du siehst richtig verstört aus, Edwin.«

»Warum, Kayleigh? Warum hast du das getan?«

»Um dir die Wahrheit zu zeigen. Du liebst das Mädchen von den Albumcovers und Postern, aus dem Fernsehen und den Videos. Aus der *Entertainment Weekly*. Mich liebst du kein bisschen. Erinnerst du dich an Dienstag, als wir uns in dem Theater in Fresno getroffen haben? Du hast gesagt, meine Stimme und mein Haar seien das Beste an mir.«

Vielleicht würde er jemanden auftreiben können, der aus ihren Haaren eine Perücke fertigte, solange es nicht nachgewachsen war.

Aber wie sollte er das anstellen? Man würde ihn erkennen und die Polizei rufen. Nein, nein, nein, nein, nein! Was sollte er bloß machen?

»Möchtest du mich jetzt noch vögeln?«, höhnte Kayleigh. »Wo ich doch wie ein Junge aussehe?«

Er trat langsam vor und starrte den Haufen Haare an.

»Hier!«, schrie sie, packte eine Handvoll davon und schleuderte sie ihm entgegen. Die Haare fielen zu Boden. Edwin kniete sich hin und griff verzweifelt danach.

»Ich wusste es«, murmelte sie verächtlich und wich ins Badezimmer zurück. »Du kennst mich nicht. Du hast nicht die geringste Ahnung, wer ich bin.«

Und dann wurde auch er wütend. Und er dachte bei sich: Doch, ich kenne dich sehr wohl. Du bist die Schlampe, die ich in etwa einer Minute ficken werde.

Er richtete sich auf. Dann sah er etwas in ihrer Hand. Was …? Ach, bloß ein Becher. Der war aus Plastik. Und da drinnen war nichts, das zerbrochen war oder als Messer hätte zweckentfremdet werden können.

Er hatte doch an alles gedacht.

Nur an eines nicht.

An das, was jetzt in dem Becher war.

Salmiakgeist von unter dem Waschbecken. Sie hatte den Becher bis zum Rand gefüllt.

Das abgeschnittene Haar war keine Botschaft oder Lektion gewesen. Sondern ein Ablenkungsmanöver.

Er wollte sich abwenden, aber Kayleigh machte einen schnellen Schritt nach vorn und schüttete ihm das Putzmittel direkt ins Gesicht. Es drang ihm in Nase und Mund. Seine Augen konnte er gerade noch retten, aber schon die Dämpfe, die sich unter seine Lider schoben, brannten wie glühendes Eisen. Er schrie. Der Schmerz war schlimmer, als Edwin es je erlebt hatte, war wie eine Kreatur, ein Wesen, ein *Ding* in seinem Körper.

Kreischend kippte er nach hinten und wischte sich panisch über das Gesicht. Alles, damit das bloß aufhörte! Würgend, keuchend, hustend.

Es tut weh, es tut weh, es tut ja so weh!

Dann noch mehr Schmerz, denn sie schlug ihm fest gegen den Hals, genau auf die Stelle, an der er sich die Schusswunde beigebracht hatte.

Er schrie erneut.

Edwin krümmte sich wehrlos am Boden und spürte, wie sie ihm den Schlüssel aus der Tasche riss. Er wollte ihren Arm packen, aber sie war sofort wieder außer Reichweite.

Die bittere, beißende Chemikalie floss ihm noch tiefer in Mund und Nase. Er schnupfte und spuckte und hustete und rang verzweifelt nach Atem. Dann kämpfte Edwin sich auf die Beine und hielt sein Gesicht unter den Wasserhahn der Küchenspüle, um das Brennen wegzuspülen.

Aber es kam kein Wasser.

Kayleigh hatte den ganzen Vorrat aufgebraucht.

Edwin torkelte zum Kühlschrank, riss ihn auf und tastete nach einer Flasche Wasser. Er fand eine und schüttete sie sich über das Gesicht. Die kalte Flüssigkeit linderte das Stechen Stück für Stück. Sein Sehvermögen kehrte zurück, wenn auch nur verschwommen. Er ging zur Eingangstür. Kayleigh hatte sie zugeschlagen und abgeschlossen. Edwin nahm einen Zweitschlüssel aus seiner Brieftasche, öffnete die Tür und eilte hinaus. Er wischte sich über die Augen.

Und er sah sich um. Da entdeckte er Kayleigh; sie lief die Straße zum Highway hinunter.

Der Schmerz ließ immer mehr nach. Edwin entspannte sich. Er lächelte sogar.

Die Straße war fünf Kilometer lang. Aus Schotter. Kayleigh war barfuß.

Sie konnte ihm nicht entkommen.

77

Edwin nahm die Verfolgung auf, zunächst im Laufschritt, dann im Sprint.

Das schreckliche Brennen des Reinigungsmittels hatte seine Erregung gemindert, aber nicht verfliegen lassen. Er war nur umso entschlossener, Kayleigh zu Boden zu werfen, ihr die Jeans herunterzureißen und sie auf den Bauch zu drehen.

Er würde sie zum Weinen bringen, so wie sie ihn zum Weinen gebracht hatte. Sie würde lernen, wer hier das Sagen hatte.

Edwin sah sie um eine Wegbiegung verschwinden, nur dreißig Meter vor ihm. Er holte schnell auf.

Zwanzig Meter, fünfzehn …

Sie gehörte jetzt ihm, das würde sie nie wieder vergessen.

Und dann bog auch er um die Kurve.

Er lief noch zehn Schritte weiter, fünf, drei, langsamer, langsamer. Und dann blieb Edwin stehen. Seine Schultern sackten herab. Der Salmiakgeist und die Anstrengung des Laufs ließen ihn heftig husten.

Und er lachte. Er musste einfach.

Kayleigh stand bei zwei Leuten: einem uniformierten Deputy und einer Frau, die einen Arm um die Sängerin gelegt hatte.

Edwin lachte erneut, ein tiefes, herzliches Lachen. So wie seine Mutter immer gelacht hatte, wenn sie fröhlich und nüchtern war.

An den Deputy mit dem dichten schwarzen Schnurrbart erinnerte er sich noch aus Fresno.

Und die Frau war natürlich Kathryn Dance.

Der Deputy hatte seine Pistole genau auf Edwins Brust gerichtet.

»Hinlegen«, rief er. »Hinlegen, auf den Bauch, die Hände zur Seite ausstrecken.«

Edwin überlegte. Wenn ich noch einen Schritt mache, sterbe ich.

Wenn ich mich hinlege, komme ich ins Gefängnis.

Er überlegte und überlegte.

Im Gefängnis bestünde zumindest die Möglichkeit, dass er mit Kayleigh sprechen und sie wahrscheinlich sogar sehen könnte. Sie würde ihn besuchen kommen. Vielleicht würde sie sogar für ihn singen. Sie könnten reden. Er könnte ihr begreiflich machen, wie schlecht alle anderen für sie waren. Und dass er der Richtige für sie war.

Edwin Sharp legte sich hin.

Während Kathryn Dance dem Deputy mit ihrer Waffe Deckung gab, umrundete er Edwin, legte ihm Handschellen an und zog ihn auf die Beine.

»Könnte ich bitte etwas Wasser für meine Augen bekommen? Sie brennen.«

Der Beamte holte eine Flasche und schüttete sie über Edwins Gesicht.

»Danke.«

Weitere Fahrzeuge trafen ein.

»Was ist mit den Nachrichten?«, fragte Edwin. »Ich habe im Radio gehört, Sie würden uns in Monterey vermuten. Warum sind Sie hergekommen?« Er sprach mit gesenktem Kopf, aber die Person, an die seine Worte gerichtet waren, antwortete trotzdem.

Dance steckte ihre Pistole ins Holster. »Wir haben tatsächlich Teams in Monterey, aber hauptsächlich für die Medien. Damit Sie glauben würden, Sie hätten uns zum Narren gehalten, sobald Sie das Radio einschalten oder online gehen. Für mich ergab Ihre vermeintliche Flucht zur Küste keinen Sinn. Weshalb sollten Sie Sally Docking irgendwas von einem bestimmten Ort erzählen, es sei denn, Sie hätten sich ausgerechnet, dass sie es uns letztlich verraten würde? Wissen Sie, das ist nämlich eines Ihrer Muster. Fehlinformationen zu streuen und Zeugen durch Einschüchterung zu Lügen zu verleiten. – Und woher wir wussten, dass Sie hier sind? Die Spurensicherung hat hinter Ihrem Haus Partikel gefunden, die bei der Erzgewinnung anfallen. Ich musste an Kayleighs Lied ›Near the Silver Mine‹ denken. Sie wussten, dass sie unglücklich darüber war, dass Bishop das Grundstück verkauft hatte. Aus Ihrer Sicht erschien es sinnvoll, Kayleigh herzubringen. Wir haben aktuelle Satellitenfotos des Geländes angefordert und den Wohnwagen entdeckt. Tarnnetze funktionieren nicht wirklich.«

Edwin war von Kathryn Dance beeindruckt, aber im nächsten Moment war sie bereits wieder vollständig aus seinen Gedanken verschwunden. Seine Augen richteten sich auf Kayleigh, die trotzig und breitbeinig dastand und seinen Blick kalt erwiderte. Dennoch kam es ihm so vor, als würde sie versuchen, mit ihm zu flirten.

Sobald ihr Haar nachgewachsen war, würde sie wieder wunderschön sein.

Mein Gott, wie sehr er sie doch liebte.

78

Um neunzehn Uhr dreißig an jenem Abend war Kathryn Dance backstage im Kongresszentrum.

Es hatte Überlegungen gegeben, das Konzert abzusagen, aber ausgerechnet Kayleigh Towne hatte energisch darauf bestanden, es stattfinden zu lassen. Der Saal füllte sich zügig, und Dance spürte das gleiche elektrische Kribbeln wie vor Jahren, als sie selbst als Folksängerin auf der Bühne gestanden hatte.

Es gab wirklich nichts Vergleichbares: dieses absolute Hochgefühl, der machtvolle Gleichklang von Stimme und Musik, der aus den Lautsprechern strömte, das Publikum, das ihres wurde in einer Verbindung von magischer Intensität. Wer einmal dort im Scheinwerferlicht gestanden hat, kann leicht nachvollziehen, wie süchtig man danach wird, Tausende von Leuten in den Bann zu schlagen. Diese Kraft, diese Droge der Aufmerksamkeit, Zuneigung, Sehnsucht.

Deshalb traten Künstler wie Kayleigh Towne immer wieder hinaus auf die Bühne, trotz der Erschöpfung und der Entbehrungen für die Familien… und trotz des Risikos, das von Leuten wie Edwin Stanton Sharp ausging.

Die Sängerin hatte sich für das Konzert umgezogen – und kam natürlich als braves Mädchen daher. Mit dem einzigen Unterschied, dass sie heute Abend ein braves Mädchen war, das mit seinen Freunden Softball gespielt hatte; eine Mütze der Cal State Fresno Bulldogs bedeckte ihr kurzes Haar.

Im Augenblick stand sie ein Stück abseits und machte sich mit einer neuen Gitarre vertraut. Sie würde ihre geliebte Martin erst wieder benutzen, wenn das Instrument mit neuen Saiten versehen und gründlich gereinigt worden war – wegen der Plektren aus Menschenknochen, die Edwin ihr geschenkt hatte. Dance war zwar nicht im Mindesten abergläubisch, konnte sie aber dennoch gut verstehen; sie selbst hätte die Gitarre vielleicht sogar weggeworfen und sich eine neue gekauft.

»Hallo.«

P. K. Madigan kam angeschlendert, in Begleitung einer kleinen, rundlichen Frau von etwa vierzig Jahren. Sie hatte ein hübsches Gesicht, das für immer einen jugendlichen Einschlag behalten würde, mit großen fröhlichen Augen und Sommersprossen, eingerahmt von einer braunen Pagenfrisur. Dance fand es bezaubernd, dass die beiden Händchen hielten.

Er machte Dance mit seiner Frau bekannt.

»Das CBI ist in Fresno stets willkommen«, sagte Madigan. »Vorausgesetzt, *Sie* sind die Verbindungsfrau.«

»Abgemacht. Lassen Sie uns nur hoffen, dass Sie keine weiteren Fälle wie diesen auf den Tisch bekommen.«

»Wir werden uns das Konzert mal anhören«, fügte er zweifelnd hinzu. »Jedenfalls vorerst. Solange es nicht zu laut wird. Oh, hier.«

Er gab ihr eine kleine Schachtel. Dance öffnete sie und lachte. Es war ein Dienstabzeichen des Fresno-Madera Consolidated Sheriff's Office.

»Unser Blechstern.«

Sie bedankte sich und widerstand dem Impuls, sich das Abzeichen an ihre grüne Seidenbluse zu heften.

Madigan sah sich mürrisch um. »Also gut«, sagte er schließlich und führte seine Frau zu ihren Plätzen. Dance bildete sich das womöglich nur ein, aber er schien nach etwas im hinteren Teil der Halle Ausschau zu halten. Nach Schatten, nach Stalkern oder nach Eisverkäufern?

Sie richtete ihre Aufmerksamkeit wieder auf Kayleigh, die die neue Gitarre mit einigen Anweisungen an Tye Slocum weitergereicht hatte. Dann sprach die Sängerin mit der Band über ein paar kurzfristige Änderungen bezüglich der Reihenfolge und der Zeitpunkte diverser Instrumentalsoli. Sie hatte zudem in einem ihrer Songs, der Bobby gewidmet war, eine der Strophen umgeschrieben, sodass sie nun mehrere Zeilen über Alicia enthielt. Sie hatte Dance anvertraut, dass sie hoffte, während des Liedes nicht in Tränen auszubrechen.

Tye Slocum kam und teilte Kayleigh mit, die Gitarre sei wie gewünscht eingestellt. Sie dankte ihm, und der große Mann verharrte einen Moment. Sein sonst so unsteter Blick richtete sich ein- oder zweimal auf das Gesicht der Sängerin. Dann ging er weg. Manch einer hätte daraus etwas Verdächtiges ablesen können, doch für Dance verriet dieses Verhalten lediglich seine tiefe Zuneigung. Die auf ewig unerwidert bleiben würde.

Doch es war klar, dass bei ihm die geheime Hoffnung niemals zu Taten führen würde – abgesehen von scheuen Blicken und hingebungsvoller Arbeit an Kayleighs Gitarren.

An Tye Slocums Beispiel zeigte sich der Unterschied zwischen normalem und verrücktem Verhalten.

In diesem Moment trat ein Mann in Stoffhose und gestärktem Anzughemd, aber ohne Krawatte, auf Kayleigh und Dance zu. Er war Mitte dreißig und hatte ein jungenhaftes Grinsen. Sein lockiges schwarzes Haar verlor den Kampf gegen seine schimmernde Kopfhaut.

»Kayleigh, hallo.« Das war zunächst alles, gefolgt von einem höflichen Nicken in Richtung Dance. »Ich bin Art Francesco.« Sowohl Dance als auch Kayleigh musterten ihn argwöhnisch, bis sein Backstage-Ausweis sich nach vorn drehte.

»Hallo«, sagte Kayleigh desinteressiert. Dance nahm an, dass er ein Freund von Bishop war; sie glaubte, sie hätte die beiden vorhin auf dem Parkplatz miteinander reden gesehen.

»Mir tut ja so leid, was alles geschehen ist. Ihr Dad hat mir davon erzählt. Was für eine schreckliche Zeit. Aber dieser Kerl sitzt jetzt hinter Gittern, oder?«

»Ja.«

»Gott sei Dank. Nun, ich wollte nur sagen, wie froh ich bin, dass wir zusammenarbeiten werden.«

»Aha. Und wer sind Sie noch mal?«

Er runzelte die Stirn. »Art. Art Francesco.« Eine Pause. Als Kayleigh nicht reagierte, fügte er hinzu: »Ihr Vater hat doch erwähnt, dass ich heute Abend herkommen würde, oder etwa nicht?«

»Leider nein.«

Er lachte. »Das sieht Bishop mal wieder ähnlich. Er ist ein Genie, aber manchmal vergisst er die Kleinigkeiten.«

Er reichte ihr seine Visitenkarte.

Dance hätte keine Kinesikexpertin sein müssen, um den Schreck zu erkennen, der Kayleighs Körper durchzuckte. Die Agentin warf einen Blick auf die Karte in der Hand der Sängerin. Darauf stand »JBT Global Entertainment«.

»Was soll das heißen, wir werden zusammenarbeiten?«

Francesco fuhr sich mit der Zunge über den Mundwinkel. »Tja, tut mir leid, aber ...«

»Was ist hier los?«, herrschte Kayleigh ihn an.

»Nun, ich dachte, Ihr Vater ... Er hat nicht erwähnt, dass Sie nichts davon wissen. Ich habe vorhin erst mit ihm ...«

»Dass ich wovon nichts weiß?«

»Ach, herrje. Hören Sie, es tut mir leid. Er sagte, er würde es Ihnen heute Vormittag mitteilen, nachdem wir alles unterzeichnet hatten. Vielleicht hat er wegen dieses Verrückten nicht mehr daran gedacht.«

»*Was* haben Sie unterzeichnet?«

»Tja, die Verträge. Wir haben *Sie* unter Vertrag genommen. Er ... Es tut mir leid, Kayleigh. Ach, Scheiße. Ich dachte wirklich, Sie wüssten davon.« Francesco wirkte niedergeschlagen. »Hören Sie, warum sprechen Sie nicht mal mit Ihrem Vater?«

Die Sängerin trat einen Schritt vor. Sie hatte gerade erst einen mörderischen Stalker überlebt. Von einem Anzugträger aus

L. A. würde sie sich nicht so einfach abspeisen lassen. »Nein, *Sie* werden es mir sagen. Sofort.«

»Er hat Sie heute bei Global untergebracht. Der Vertrag mit Barry Zeigler und Ihrem bisherigen Label wird nicht verlängert.«

»Was?«

»Kann er das tun?«, fragte Dance.

Kayleigh biss wütend die Zähne zusammen. »Ja, kann er«, murmelte sie. »Das wurde damals so eingerichtet, als ich noch minderjährig war. Ich habe es nie geändert. Aber er hat auch nie etwas gemacht, mit dem ich nicht einverstanden war. Bis jetzt.«

»Oh, aber es ist ein großartiger Deal, Kayleigh«, sagte Francesco. »Und das Geld erst! Sie werden nicht glauben, wie lukrativ die Vereinbarung ist. Und Sie behalten zu hundert Prozent die künstlerische Kontrolle. Bishop und seine Anwälte haben wirklich hart verhandelt. Es ist ein Dreihundertsechziger-Deal. Wir werden all Ihre Konzerttourneen regeln, Ihre Aufnahmen, die Produktionen, CDs, Download-Plattformen, Marketing, Werbung … alles. Sie kommen ganz groß raus, und zwar international. Wir haben bereits verbindliche Zusagen von CMT und MTV, und HBO ist an einem Special interessiert. Das alles ist schon am ersten Tag passiert, nachdem Bishop unterschrieben hatte. Und sowohl Starbucks als auch Target möchten exklusive Sonderausgaben Ihrer Alben. Damit erreichen Sie ein völlig neues Level. Wir werden Sie in Amphitheatern platzieren, in Vegas, in London. Sie müssen nie wieder in kleinen … Käffern wie diesem hier auftreten.«

»Dieses kleine Kaff ist zufällig meine Heimatstadt.«

Er hob eine Hand. »So habe ich es nicht gemeint. Ich wollte nur sagen, Ihre Karriere wird einen gewaltigen Auftrieb erfahren. Das Missverständnis tut mir leid, Kayleigh. Lassen Sie uns von vorn anfangen.« Er streckte seine Hand aus.

Sie ignorierte sie.

Bishop hatte die Unterredung verfolgt und näherte sich nun mit angewiderter Miene. »Artie.«

»Es tut mir leid, Bishop. Ich dachte, Sie hätten es ihr erzählt.«

»Ja«, knurrte er. »Heute war viel los. Ich bin noch nicht dazu gekommen.« Genau wie Dance erwartet hatte, richtete sein Blick sich auf die Bühne und wich nicht mehr davon ab. »Entschuldigen Sie uns für eine Minute, Artie.«

»Natürlich. Es tut mir leid.«

Kayleigh wandte sich ihrem Vater zu. »Wie konntest du nur? Ich habe Barry gesagt, wir würden nicht mit Global verhandeln. Ich habe es ihm versprochen!«

»KT«, krächzte er leise. »Barry ist Teil der Vergangenheit. Die Welt der Plattenfirmen existiert nicht mehr. Das ist vorbei.«

»Er war immer für mich da, war immer loyal. Ich habe ihm Platin zu verdanken.«

»Und in ein paar Jahren gibt es keine Platinplatten mehr, jedenfalls nicht wie früher. Es geht dann nur noch um Downloads und Fernsehauftritte und Konzerte und Verträge mit Einzelhandelsketten und Fluglinien und Werbeagenturen. Die Branche hat sich schon immer verändert. So läuft das nun mal. Wir befinden uns in einer neuen Ära.«

»Hübsche Rede. Klingt, als hättest du sie eifrig einstudiert.« Ihre Augen verengten sich, und Dance nahm in ihrem Blick eine Wut und Aufsässigkeit wahr, die Kayleigh ihrem Vater gegenüber noch nie an den Tag gelegt hatte. Sie lachte kalt. »Glaubst du, ich begreife nicht, was hier passiert? Es geht hier nicht um mich, sondern ausschließlich um dich, nicht wahr?«

»Um mich?«

»Du hast deine Karriere versaut. Du hast deine Stimme zum Teufel gehen lassen, und nun kannst du weder singen noch auch nur einen halbwegs anständigen Song zu Papier bringen. Was tust du also? Du wirst der große Impresario. Wie wird Globals Slogan lauten? ›Wir präsentieren … Bishop Townes Tochter‹?«

»Natürlich nicht, KT. Das ist …«

»Und was wird aus Barry?«

»Barry?« Als hätte Bishop keinen Gedanken daran verschwendet. »Er wird sich der neuen Situation anpassen oder sich eine neue Beschäftigung suchen müssen. Oder wir bitten Art, ihm eine Stelle bei Global zu geben. Produzenten werden weiterhin benötigt.«

»So behandelst du also deine Freunde. Auf jeden Fall hast du mich so behandelt, nicht wahr? Du hast mich gezwungen, mein …« Ihre Stimme erstarb. Dance wusste, dass sie sich das Wort »Kind« gerade noch verkniffen hatte, aber die junge Frau ging nicht näher darauf ein. »Du hast mich gezwungen, so unendlich viel aufzugeben, nur damit du in der Branche bleiben konntest. Es war die einzige Möglichkeit für dich.«

Sie machte auf dem Absatz kehrt und ging weg.

»KT!«, rief Bishop.

Sie hielt inne.

»Bitte warte eine Minute.«

Kayleigh drehte sich trotzig wieder um, und Bishop kam zu ihr. Er sah sie nicht wie ein Kind, sondern wie eine Gleichgestellte an. »Du führst dich auf wie ein verzogenes kleines Mädchen«, raunte er so leise, dass keiner der anderen es hören konnte. »Du willst die Wahrheit? Na gut. Ja, ich habe deine Schwester und den Abgeordneten Davis hergebeten, damit du das Konzert nicht absagst. Und, ja, ich habe den Deal mit Global ausgehandelt. Aber es ging mir dabei *nicht* um mich. Und um *dich* geht es dabei auch nicht. Willst du wissen, worum es geht? Willst du das?«

»Ja, raus damit«, sagte sie barsch.

Bishop zeigte in den sich füllenden Zuschauerraum. »Es geht um *sie*, KT. Das Publikum. Diese Leute sind das Einzige, was wirklich zählt.«

»Was willst du damit sagen?«

»Was du hast, kommt nur ein- oder zweimal in einer Generation vor. Deine Stimme, deine Musik, deine Bühnenpräsenz, dein Talent als Komponistin und Texterin. Bist du dir bewusst, wie selten das ist? Und wie wichtig?«

Seine Stimme wurde sanfter. »KT, heutzutage ist Musik die Wahrheit. Die Religion gibt uns keine Antworten, die Politiker nicht und mit Sicherheit auch nicht die Fernsehnachrichten. Wir bekommen unsere Antworten von der *Musik*. Die ganze Welt läuft mit Ohrhörern herum und zieht sich einen Song nach dem anderen rein. Warum? Um die Wahrheit zu erfahren! Die Zuhörer brauchen Leute, die die benötigten Antworten in Worte und Musik fassen können. Leute, die ihnen die Traurigkeit nehmen und sie verstehen lassen, dass jeder schlimme Zeiten durchmacht. Die ihnen zeigen, dass es Hoffnung gibt, und sie zum Lachen bringen. Und dir fliegen diese Dinge so einfach zu. Das war bei mir nie der Fall. Bei dir schon. Wie viele Lieder sind dir während der letzten paar Tage eingefallen, KT? Ohne dass du dich auch nur anstrengen musstest? Wie viele? Ich würde wetten, mindestens ein Dutzend.«

Kayleigh blickte erstaunt drein, und Dance sah, dass er recht hatte.

»Das ist eine Gabe, Liebes.« Ein bekümmertes Lächeln. »Es ging mir nie um mich, wenn ich dich angespornt habe. Ich habe das getan, weil ich wusste, dass du diese Gabe besitzt … Ich wusste, du würdest jedermanns Begleiter sein, KT. Tut mir leid, dass es dir nicht gefällt, aber das sind nun mal die Karten, die du auf der Hand hast. Und du musst dieses Blatt spielen.« Er wies auf das Publikum. »Sie brauchen dich.«

»Dann werden sie heute Abend wohl ziemlich enttäuscht sein. Denn das Konzert muss ohne mich stattfinden.«

Und mit diesen Worten ging sie weg.

Die zwei Dutzend Leute hinter der Bühne starrten alle schweigend den alten Mann an. Es war ein großer Fehler gewesen, Kayleigh nichts von dem Global-Deal zu erzählen. Er hatte es ihr wahrscheinlich absichtlich verschwiegen, um das Konzert nicht zu gefährden. Doch Dance hatte Mitleid mit ihm. Er schien am Boden zerstört zu sein.

Gleich darauf waren jedoch alle Gedanken an die Familie Towne wie weggeblasen.

Denn hinter ihr ertönte eine vertraute Stimme. »Hallo, du.«

Sie drehte sich um.

Oh…

Jon Bolings zwanglose Begrüßung entsprach seinem Charakter, war unkompliziert und freundlich. Und mehr als nur ein wenig sexy, hatte Dance immer gedacht.

Bis jetzt.

Sie starrte ihn verständnislos an. Er lachte überrascht auf. Offenbar nahm er an, dass sie in Gedanken noch bei dem Drama war, das hier hinter der Bühne gerade stattgefunden haben musste – und zu allseits ernsten Gesichtern führte. Dann trat er vor und legte seine Arme um sie.

Sie erwiderte die Umarmung lustlos. Die Erkenntnis, dass er drei Stunden Fahrt auf sich genommen hatte, um ihr mitzuteilen, dass er sie verlassen und nach San Diego ziehen würde, traf sie mit voller Wucht.

Wenigstens hat er den Mumm, es mir ins Gesicht zu sagen.

Das ist ja eine Situation wie in einem Country-Song, dachte Dance sarkastisch. Vielleicht kann Kayleigh Towne mal ein Lied darüber schreiben.

79

»Du siehst überraschter aus, als ich erwartet hätte«, sagte Boling und trat einen Schritt zurück.

Er schaute sich um und runzelte übertrieben stark die Stirn. »Dein geheimer Liebhaber muss sich hier irgendwo verstecken. Und verdammt, ich habe mir eine Karte *gekauft*. Ihn hast du wahrscheinlich kostenlos mit reingenommen.«

Dance lachte, obwohl sie sich dabei nur noch elender fühlte, weil es sie an die vielen schönen Momente erinnerte, die sie geteilt hatten. Sie zogen sich nun ein Stück von den anderen zurück, um ungestört zu sein.

Boling sah sich um. »Was ist los? Ist alles in Ordnung?«

»Schwer zu sagen.« Die kryptische Antwort ließ sich nicht vermeiden.

Er musterte sie von oben bis unten. »Das mit den Anrufen war ja wirklich Pech. Ich habe zehn Stunden am Tag gearbeitet. Und du hattest mit diesem Entführungsfall zu tun, hat deine Mutter erzählt. Schöner Urlaub, was?«

Meine Mutter, meine Spionin.

»Und Lincoln und Amelia waren hier?«

»Ohne die beiden hätten wir es nicht geschafft.« Sie erzählte Boling von den winzigen Partikeln, die sie auf die Idee gebracht hatten, Edwin könne sich Kayleighs Song über das alte Haus der Familie zu Herzen genommen haben. »So sind wir ihm auf die Spur gekommen.«

Boling beugte sich vor und küsste sie flink, drückte seine Lippen fest auf ihren Mund.

Ihr Telefon vibrierte. Ein Blick nach unten. Es war Michael O'Neil.

»Musst du rangehen?«

»Nein, nicht nötig«, sagte Dance.

»Ganz schön großer Andrang«, sagte er und deutete auf den Zuschauerraum. »Auf dem Weg hierher habe ich mir eine von Kayleighs CDs angehört. Ich kann das Konzert kaum noch erwarten.«

»Tja … daraus wird vielleicht nichts.«

Sie berichtete ihm von dem Streit zwischen Vater und Tochter.

»Nein! Sie will das ganze Konzert platzen lassen?«

»Sieht so aus.«

Die Crew, Kayleighs Band, die örtlichen Backup-Musiker, ein Kinderchor … sie alle standen verlegen herum, schauten von links nach rechts und hielten nach der Hauptperson des Abends Ausschau. Die allseitige Befürchtung war fast mit Händen zu greifen. Kayleigh war die am wenigsten impulsive Künstlerin der Welt. Wenn sie hinausstürmte, dann war das kein Abgang einer Diva, die in der Garderobe darauf wartete, dass man sie mit Schmeicheleien zurückholte. Ihre Abwesenheit schien eher der Aussage in einem ihrer frühen Hits zu entsprechen: »Gone For Good (and It's Good to Be Gone).«

Bishop Towne stand allein da und wischte sich die Hände an der Hose ab. Die Show hätte schon vor fünf Minuten anfangen sollen. Das Publikum war noch nicht ungeduldig, aber es würde nicht mehr lange dauern …

Dance merkte, dass ihre Schultern schrecklich verkrampft waren. Sie warf einen Blick auf Bolings gut aussehendes Gesicht, sein schütteres braunes Haar, die perfekten Lippen.

Aber dann rief sie sich die stählerne Härte ins Gedächtnis, zu der ihre Seele fähig war. Sie hatte einen Mann durch eine Tragödie verloren. Wenn sie auch Boling verlieren musste, dann lieber auf diese Weise – für alle ging das Leben weiter, sie waren gesund, und es blieb ein Rest Zuneigung. Wer weiß, was die Zukunft bringen würde? Zumindest gab es keine andere Frau in seinem Leben – glaubte sie. Sie würde dafür sorgen, dass Boling und die Kinder in Verbindung blieben. Gott sei Dank waren sie noch nicht zusammengezogen.

»Hier. Hab ich mit reingeschmuggelt.«

Er reichte ihr einen Starbucks-Becher. Sie roch sofort, dass er Rotwein enthielt, und da Boling der Barista war, würde es ein guter sein. Ja, ein schöner Malbec, folgerte sie nach einem kleinen Schluck – eine der Sorten, die sie kürzlich bei Verkostungen in Monterey und Carmel kennengelernt hatten. Diese Abende hatten so viel Spaß gemacht …

Kathryn Dance ermahnte sich: keine Tränen.

Das war nicht verhandelbar.

»Alles in Ordnung?«

»Es war ein schwieriger Fall«, erklärte sie.

»Ich habe mir Sorgen um dich gemacht, weil das mit dem Telefonieren einfach nicht klappen wollte.«

Hör auf damit!, protestierte sie stumm. Bring mich dazu, dich zu hassen.

Er spürte ihre Anspannung und wich zurück, ließ ihre Hand los, gab ihr mehr Raum.

Und diese Fürsorglichkeit irritierte sie sogar noch mehr.

Doch dann beschloss er, dass der Zeitpunkt gekommen war. Sie konnte es mühelos an seiner Körperhaltung ablesen. Ja, er hatte wohl eigentlich noch damit warten wollen, aber nun zog er es vor, die schlechte Nachricht endlich loszuwerden. So waren Männer. Entweder gaben sie nie etwas Persönliches und Ernsthaftes von sich, oder sie platzten immer im falschen Moment damit heraus.

»He, ich wollte etwas mit dir besprechen«, sagte Boling.

Oh, dieser Tonfall. Gott, wie sehr sie diesen Tonfall hasste.

Sie zuckte die Achseln und trank einen Schluck Wein. Einen großen Schluck.

»Okay, ich weiß, das wird sich merkwürdig anhören, aber…«

Um Himmels willen, Jon, bring's hinter dich. Ich muss mich um meine Kinder kümmern, meine Hunde, meine Gäste aus New York… und um meine Freundin hier, die gleich den Zorn von 35 000 Menschen auf sich ziehen wird.

»Tut mir leid, ich bin deswegen ein wenig nervös.«

»Jon, es ist okay«, sagte sie und fand, dass sie überraschend freundlich klang. »Red weiter.«

»Ich weiß, dass wir uns, nun ja, gewissermaßen darauf geeinigt hatten, nicht mit den Kindern wegzufahren, nicht über Nacht. Tja…« Er schien zu merken, dass er stammelte, und sagte einfach: »Ich möchte, dass wir alle zusammen eine Reise unternehmen.« Er wandte den Blick ab. »Ich muss wegen dieses Beraterjobs für zwei Wochen runter nach San Diego, genauer gesagt, nach La Jolla. Die Firma hat für mich ein Haus am Strand gemietet. Das geht offenbar nur für einen ganzen Monat, und die haben gesagt, ich könnte im Anschluss an den Job ruhig noch ein oder zwei Wochen bleiben. Daher habe ich mir gedacht, wir könnten alle gemeinsam dort Urlaub machen und uns Hearsts Schloss ansehen und dann wegen der Kinder nach Legoland und Disneyland fahren. Na ja, genau genommen möchte *ich* auch dorthin. Nicht unbedingt nach Legoland. Aber nach Disneyland. Also, was meinst du? Eine Woche in San Diego, wir alle vier zusammen?«

»Eine Woche?«

Er verzog das Gesicht. »Okay, ich weiß, du kannst nicht so einfach freinehmen, vor allem weil du ja gerade erst weg warst. Aber falls es irgendwie möglich ist… Weißt du, das Haus hat vier Schlafzimmer. Wir hätten jeder ein eigenes Zimmer, du und ich auch. Aber es wäre trotzdem ein guter Schritt vorwärts, mit den Kindern und so, dachte ich mir. Wir würden gemeinsam verreisen, aber nicht *zusammen* zusammen, wenn du verstehst, was ich sagen will.«

»Eine Woche?« Jetzt stammelte Dance ebenfalls.

Er musste denken: Aber das habe ich doch gerade gesagt, oder etwa nicht?

O Gott – der Umzug war nur vorübergehend. Ihre Mutter hatte nur einen Teil der Informationen mitbekommen.

Er spürte ihr Zögern. Und sagte stoisch: »Kein Problem. Wenn das zu lange ist, kannst du mit den Kindern eventuell per Flugzeug anreisen, und wir verbringen ein paar Tage zusammen. Ich meine ... du kannst natürlich auch gern allein kommen, aber ich dachte mir ... keine Ahnung ..., das wäre doch vielleicht ein schöner Familienurlaub.«

Dance entging nicht, dass er das letzte Wort mit einem kurzen Zögern aussprach. Ein wenig fragend und hoffnungsvoll.

»Ich ... he.« Er stolperte zurück, denn sie schlang die Arme um ihn, sowohl euphorisch als auch zutiefst beschämt wegen ihrer Unterstellung, die auf dem Schlimmsten basiert hatte, das einem Ermittlungsbeamten unterlaufen konnte: voreiligen Schlüssen aufgrund unzureichender Informationen.

Sie küsste ihn leidenschaftlich. »Ja, ja, ja! Wir kriegen das schon irgendwie hin. Ich möchte jedenfalls sehr gern.« Dann runzelte sie die Stirn. »Aber tust du mir einen Gefallen?«

»Klar, na sicher.«

»Können du und ich benachbarte Zimmer bekommen?«, flüsterte sie. »Die Kinder gehen manchmal früh zu Bett.«

»Das lässt sich einrichten.«

Sie küsste ihn noch mal.

In diesem Moment summte ihr Telefon. Diesmal hatte O'Neil eine SMS geschickt.

Hab die Scheidungspapiere unterzeichnet. Viel Spaß bei dem Konzert. Bis bald ... hoffentlich.

Oje, dachte sie.

Ach, du meine Güte.

Noch ein Summen. Sie sah auf das Display.

XO, Michael.

Sie steckte das Telefon ein und nahm Bolings Hand.

»Gibt's ein Problem?«, fragte er.

»Nein«, sagte sie. »Alles ist bestens.«

Dann näherte sich die massige Gestalt von Bishop Towne. Er blieb stehen, ignorierte Boling und raunte Dance zu: »Ich schätze, das war's wohl.« Er atmete tief durch. »In Augenblicken wie diesen hätte ich wirklich gern einen Drink... Na ja, dann wollen wir all diesen Leuten mal so richtig den Abend vermiesen.«

Er trat hinaus auf die Bühne.

Es brandete natürlich ein donnernder Applaus auf, dazu viele Rufe; dies war Mr. Country persönlich, der sie begrüßte und seine sogar noch begabtere Tochter ankündigen wollte.

Er winkte.

Infernalischer Lärm.

Dance und Boling begaben sich an die Seite der Bühne, um besser sehen zu können. Als ein Spotlight sich auf Towne richtete, wirkte er auf einmal klein, alt und gebeugt. Er kniff die Augen zusammen, zögerte und ging zu einem der Mikrofone.

Sein Blick schweifte über die Menge. Er schien überrascht zu sein, dass so viele Leute gekommen waren, wenngleich Dance vermutete, dass der erfahrene Geschäftsmann die Zahl der verkauften Karten und die Höhe der Einnahmen längst kannte.

»Einen guten Abend euch allen«, krächzte er. »Ich...« Seine Stimme stockte, und er fing noch mal an. »Ich freue mich sehr, dass ihr heute gekommen seid.« Dance war aufgefallen, dass Bishop im normalen Gespräch keinen Südstaatenakzent hatte.

Nun klang er so, als würde er aus den südlichen Appalachen stammen.

Wieder Pfiffe und Rufe und Beifall.

»Äh … ich möchte gern etwas bekannt geben.«

Die Menge wurde schlagartig ruhig. Offenbar stimmte hier etwas nicht, womöglich wegen Kayleighs Entführung am heutigen Tag und der anderen Ereignisse der vergangenen Woche.

Allgemeine Bestürzung machte sich breit.

»Noch mal, wir danken euch für euer Kommen und wissen zu schätzen, wie sehr ihr Kayleigh und die Band und ihre Familie in dieser schwierigen Zeit unterstützt.«

Er räusperte sich ein weiteres Mal.

Als er sagte: »Ich muss euch mitteilen …«, setzte der Applaus wieder ein und wurde lauter und lauter, wuchs immer mehr an wie eine Naturgewalt. Innerhalb von zwei oder drei Sekunden stand das gesamte Publikum auf den Beinen, johlte, klatschte, pfiff.

Bishop war verwirrt. Was hatte das zu bedeuten?

Auch Dance konnte es sich nicht erklären, bis sie zum linken Teil der Bühne blickte und Kayleigh Towne vortreten sah, die eine Gitarre hielt und in die Menge winkte.

Sie blieb stehen und warf den Leuten eine Kusshand zu.

Frenetischer Jubel hallte durch den Konzertsaal, Leuchtstäbe wurden hin- und hergeschwenkt, die Blitze der eigentlich verbotenen Kameras zuckten wie Sonnenstrahlen über aufgewühltes Wasser.

Dance bemerkte, dass auf der anderen Seite der Bühne Suellyn, Mary-Gordon und Sheri standen und dabei zusahen, wie Kayleigh nun zu ihrem Vater ging. Die drei waren nicht allein. Art Francesco von Global Entertainment gesellte sich hinzu und plauderte freundlich mit Sheri und ihrer Stieftochter.

Bishop beugte sich derweil vor und umarmte seine Tochter. Sie küsste ihn auf die Wange. Kayleigh stellte ein zweites Mikrofon auf ihre Größe ein und wartete, bis die Menge sich beruhigt hatte.

»Danke euch allen! Vielen Dank! … Mein Daddy wollte euch mitteilen, dass wir heute Abend eine große Überraschung für euch haben. Aber ich habe beschlossen, dass ich ihm das Rampenlicht nicht zu lange überlassen darf, sonst quatscht er sich wie üblich fest.«

Lautes Gelächter.

»Wie dem auch sei, wir möchten die heutige Show eröffnen wie schon seit Jahren nicht mehr. Nämlich mit einem Vater-Tochter-Duett.« Auch in ihrer Stimme schwang nun ein leichter Südstaatenakzent mit.

Noch mehr tosender Beifall.

Sie gab Bishop die Gitarre und sagte: »Ihr wisst vermutlich alle, dass mein Daddy besser Gitarre spielt als ich, also lasse ich ihn die ganze Arbeit machen und singe bloß ein bisschen nebenher. Also, dieses Lied hat Daddy geschrieben und mir immer vorgesungen, als ich noch klein war. Ich glaube, es war sogar der erste Song, den ich je gehört habe. Er heißt ›I Think You're Going to Be a Lot Like Me‹.«

Ein Blick in seine Richtung. Er nickte, und auf seinem wettergegerbten Gesicht lag der Anflug eines Lächelns.

Während der Applaus und die Rufe abebbten, legte Bishop Towne sich den Riemen der Gitarre über die breiten Schultern und überprüfte mit einigen Akkorden, ob das Instrument richtig gestimmt war. Dann stellten er und Kayleigh die Mikrofone für sich ein.

Er warf einen Blick über die Schulter und vergewisserte sich, dass die Bandmitglieder ihre Positionen eingenommen hatten. Dann wandte er sich wieder den Tausenden erwartungsvoller Fans zu, die andächtig schwiegen. Er gab den Takt mit dem Fuß vor, beugte sich zum Mikrofon und zählte an: »One … two … three … four …«

YOUR SHADOW

Songs von Kayleigh Towne

Your Shadow
Dein Schatten

1.
You walk out onstage and sing folks your songs.
You make them all smile. What could go wrong?
But soon you discover the job takes its toll,
and everyone's wanting a piece of your soul.

Du gehst hinaus auf die Bühne und
singst den Leuten deine Lieder vor.
Du bringst sie alle zum Lächeln.
Was soll da groß schiefgehen?
Doch schon bald stellst du fest,
dass dieser Job seinen Tribut fordert
und jeder ein Stück von deiner Seele will.

Refrain:
When life is too much, just remember,
when you're down on your luck, just remember,
I'm as close as a shadow, wherever you go.
As bad as things get, you've got to know,
that I'm with you … always with you.
Your shadow.

Wenn dir alles zu viel wird, dann denk daran,
wenn dir alles misslingt, dann denk daran,
dass ich dir nah bin wie ein Schatten,
wohin auch immer du gehst.
Wie schlimm es auch werden mag, du sollst wissen,
dass ich bei dir bin … stets bei dir.
Dein Schatten.

2.
You sit by the river, wondering what you got wrong,
how many chances you've missed all along.
Like your troubles had somehow turned you to stone
and the water was whispering, why don't you come home?

Du sitzt am Fluss und fragst dich, was dir entgangen ist,
wie viele Gelegenheiten du wohl schon verpasst hast.
Als hätte dein Kummer dich irgendwie versteinern lassen,
und das Wasser flüsterte: Wieso kommst du nicht heim?

Refrain.

3.
One night there's a call, and at first you don't know
what the troopers are saying from the side of the road.
Then you see in an instant that your whole life has changed.
Everything gone, all the plans rearranged.

Eines Nachts kommt ein Anruf,
und im ersten Moment begreifst du nicht,
was die Polizei dir vom Straßenrand aus mitteilt.
Dann wird dir urplötzlich klar,
dass dein ganzes Leben sich soeben verändert hat.
Alles ist dahin, alle Pläne auf den Kopf gestellt.

Refrain.

4.
You can't keep down smiles; happiness floats.
But trouble can find us in the heart of our homes.
Life never seems to go quite right,
you can't watch your back from morning to night.

Das Lächeln vergeht dir nicht,
es gibt auch glückliche Momente.
Doch sogar in der Geborgenheit
unseres Zuhauses können die Sorgen uns einholen.
Das Leben läuft anscheinend nie so richtig rund,
und du kannst nicht von morgens
bis abends auf der Hut sein.

Refrain.

Refrain wiederholen.

Is it love, is it less?
Ist es Liebe oder ist es weniger?

1.
A warm autumn night, the state fair in full swing,
we walked back to my place and sure enough one thing
led to another and at dawn you were there.
Your breath on my shoulder, your hand in my hair.

Ein warmer Herbstabend,
die State Fair war in vollem Gange.
Wir sind zurück zu mir gegangen,
eines hat irgendwie zum anderen geführt,
und bei Tagesanbruch warst du immer noch da,
dein Atem an meiner Schulter,
deine Hand in meinem Haar.

2.
Just a week later, it happened again,
I was sure that we'd move to lovers from friends,
but that time I woke to a half empty bed,
and at least two months passed till I saw you again.

Nur eine Woche später ist es noch mal passiert,
und ich war mir sicher, dass aus uns
Freunden ein Liebespaar werden würde.
Doch als ich aufgewacht bin, war das Bett neben mir leer,

und es vergingen mindestens zwei Monate,
bis ich dich das nächste Mal gesehen habe.

Refrain:
Is it left, is it right? Is it east, is it west?
Is it day, is it night? Is it good or the best?
I'm looking for answers, I'm looking for clues.
There has to be something to tell me the truth.
I'm trying to know, but I can just guess,
is it love between us?
Is it love, is it less?

Ist es links, ist es rechts? Ist es Osten, ist es Westen?
Ist es Tag, ist es Nacht? Ist es gut oder am besten?
Ich suche nach Antworten, ich suche nach Anhaltspunkten.
Es muss doch irgendwas geben, das mir die Wahrheit verrät.
Ich würde es gern wissen, aber ich bin unschlüssig.
Ist das zwischen uns Liebe?
Ist es Liebe oder ist es weniger?

3.
I saw you and some girl on the street one day.
Oh, look, here's my friend, I heard you say.
But the »friend« that you meant wasn't her; it was me,
and you took her hand, pleased as could be.

Dann bin ich zufällig dir und diesem Mädchen begegnet.
Ach, übrigens, das ist meine Freundin, hast du gesagt.
Aber deine »Freundin«, das war doch nicht sie, sondern ich;
und trotzdem hast du freudestrahlend ihre Hand gehalten.

4.
Then just a month later, we meet for a beer,
we get to talking and then I hear,
you wonder out loud how life would be
if you got married to someone like me.

Kaum einen Monat später treffen wir uns auf ein Bier,
fangen an zu plaudern, und plötzlich höre ich
dich laut darüber nachgrübeln, wie es wohl wäre,
mit jemandem wie mir verheiratet zu sein.

Refrain.

5.
I read blogs and the papers, I watch cable news.
But the more that I hear, I get more confused.
Which reminds me of us, I simply can't tell
if I'm immune or I'm under your spell.

Ich lese Blogs und Zeitungen,
schaue mir die Nachrichten im Fernsehen an.
Aber je mehr ich höre, desto verwirrter bin ich.
Das erinnert mich an uns beide,
ich kann nämlich einfach nicht sagen,
ob ich gegen dich immun oder dir verfallen bin.

Refrain.

Near the Silver Mine
Bei der Silbermine

1.
I've lived in L. A., I've lived in Maine,
New York City and the Midwest Plains,
but there's only one place I consider home.
When I was a kid – the house we owned.
Life was perfect and all was fine,
in that big old house, near the silver mine.

Ich habe in L. A. gewohnt und in Maine,
in New York City und im Mittelwesten,
aber als Zuhause würde ich nur
einen einzigen Ort bezeichnen,
nämlich das Haus, in dem ich aufgewachsen bin.
Das Leben war perfekt, und alles war in Ordnung
in dem großen alten Haus bei der Silbermine.

Refrain:
The silver mine … the silver mine.
I can't remember a happier time,
in that big old house … near the silver mine.

Bei der Silbermine … der Silbermine.
Ich war nie so glücklich wie damals
in dem großen alten Haus … bei der Silbermine.

2.
I remember autumn, pies in the oven,
sitting on the porch, a little teenage lovin',
riding the pony and walking the dogs,
helping Daddy outside, splitting logs.
Life was simple and life was fine,
in that big old house, near the silver mine.

Ich erinnere mich an den Herbst, an Kuchen im Ofen,
wie wir auf der Veranda gesessen haben
und ich zum ersten Mal verliebt war,
an die Ritte auf dem Pony und
das Herumtollen mit den Hunden
und daran, wie ich Daddy draußen
beim Holzhacken geholfen habe.
Das Leben war einfach, und das Leben war gut
in dem großen alten Haus bei der Silbermine.

Refrain.

3.
It stewed in the summer and froze in the winter,
the floors were sure to give you splinters.
A little wind and we'd lose the lights,
but nobody cared, it just seemed right.
Life was cozy and all was fine,
in that big old house, near the silver mine.

Im Sommer war es dort kochend heiß, im Winter eiskalt,
und an den Bodenbrettern hat man sich
ständig Splitter eingetreten.
Kaum wurde es mal windig,
fiel prompt der Strom aus, aber das hat niemanden gestört,
es gehörte irgendwie dazu.

Das Leben war behaglich, und alles war in Ordnung
in dem großen alten Haus bei der Silbermine.

Refrain.

4.
We'd go to the mine and sneak up close
to watch the train fill up with loads,
and wonder which nugget of shiny silver
would become a ring for some girl's finger.
The future was bright and life was fine
in that big old house, near the silver mine.

Wir sind oft zur Mine gelaufen,
haben uns ganz nah herangeschlichen
und dabei zugesehen, wie der Zug beladen wurde.
Dann haben wir uns gefragt,
aus welchem Stück glänzenden Silbers
wohl ein Ring für den Finger
eines Mädchens werden würde.
Die Zukunft war verheißungsvoll,
und das Leben war gut
in dem großen alten Haus bei der Silbermine.

Refrain.

5.
The was always kin and pickers too,
from daddy's band, playing country and blues.
They'd clear a table to be a stage,
and get me up to sing and play.
Life was good and all was fine
in the big old house, near the silver mine.

Es war immer jemand zu Hause, und oft kam Besuch,
zum Beispiel die Musiker aus Daddys Band, um Country
und Blues zu spielen.
Sie machten einen Tisch zur Bühne,
auf der ich sang und mitspielte.
Das Leben war gut, und alles war in Ordnung
in dem großen alten Haus bei der Silbermine.

Refrain.

6.
My sis was born there and I was too.
And grandpa passed at eighty-two,
asleep upstairs 'neath grandma's quilt,
in the house that he himself had built
to give his family a place real fine,
that big old house, near the silver mine.

Meine Schwester wurde dort geboren, genau wie ich.
Und Grandpa ist dort gestorben, mit zweiundachtzig,
oben, im Schlaf, unter Grandmas Quilt,
in dem Haus, das er mit eigenen Händen gebaut hatte,
um seiner Familie ein schönes Heim zu schaffen,
das große alte Haus bei der Silbermine.

Refrain.

The Truth About Men
Die Wahrheit über Männer

1.
Listen up, sonny boy, I've got some shocking news.
We girls, we got some problems, sure, we sometimes get the blues.
We get a little crazy, we fall head over heels.
We live to shop and drive for miles just for a good deal.

Hör mal, Sonnyboy, ich muss dir was Wichtiges sagen.
Wir Mädchen haben auch so unsere Macken, klar,
wir kommen manchmal mies drauf.
Wir sind ein wenig verrückt und oft auch viel zu übermütig.
Wir shoppen für unser Leben gern und fahren meilenweit
für ein gutes Sonderangebot.

2.
But one thing you can count on, we tell it to you straight.
I'm overdrawn, I'm leaving you, I'll be two hours late.
Maybe it's from playing cards, but you guys sure do bluff.
Don't you know that commandment:
Thou shalt not make up stuff?

Aber auf eines kannst du dich verlassen:
Wir reden nicht um den heißen Brei herum.
Mein Konto ist überzogen, ich verlasse dich,
ich verspäte mich um zwei Stunden.

Vielleicht kommt es ja vom Kartenspielen,
ihr Kerle könnt jedenfalls gut bluffen.
Kennst du denn nicht das Gebot:
Du sollst andere nicht in die Irre führen?

Refrain:
Men lie … [Fünfmal in die Hände klatschen] Men lie …
Last time that I looked, one and one do not make three,
if that's your kind of math, it's not good enough for me.
Men lie … [Fünfmal in die Hände klatschen] Men lie.

Männer lügen … [Fünfmal in die Hände klatschen]
Männer lügen …
Soweit ich weiß, ergeben eins und eins nicht drei,
falls auch du so rechnest, ist mir das nicht gut genug.
Männer lügen … [Fünfmal in die Hände klatschen]
Männer lügen.

3.
You'll call me in the morning,
you'll be back home by eight.
You're gonna have just one more beer,
my mom and dad are great.
You've never touched a single joint,
you swear you sent that text.
You just need to cuddle,
the last thing you want is sex.

Du rufst mich gleich morgen früh an,
du bist um acht zu Hause.
Du trinkst nur noch ein letztes Glas Bier,
meine Eltern sind toll.
Du hast noch nie einen Joint angerührt,
du schwörst, du hast mir eine SMS geschickt.
Du möchtest bloß kuscheln,
so etwas wie Sex käme dir gar nicht in den Sinn.

Refrain.

4.
You boys're cute, you take us out, you can make us laugh,
and nine times out of ten, your're just big pussy-cats.
No, I can't deny that most of you are fun.
You just got to work on problem number one.

Ihr Jungs seid niedlich, ihr führt uns aus,
ihr bringt uns zum Lachen,
und in neun von zehn Fällen seid ihr
einfach nur große Teddybären.
Nein, ich will gar nicht abstreiten,
dass wir die meisten von euch gern um uns haben.
Aber an dieser einen Sache müsst ihr
unbedingt noch arbeiten.

Refrain.

5.
I found a note from Stephanie. You said you dated her.
But it was years and years ago, the time was just a blur.
So I called her up and chatted about you and her, of course.
When were you going to tell me, you never got divorced?

Ich habe eine Nachricht von Stephanie gefunden. Da sei
mal was zwischen euch gewesen, hast du gesagt.
Aber das sei schon ewig her,
du könntest dich kaum noch daran erinnern.
Also habe ich sie angerufen und
natürlich auch auf euch beide angesprochen.
Wann wolltest du mir eigentlich mitteilen,
dass ihr zwei nie geschieden wurdet?

Refrain.

Dann, immer leiser werdend:
You fib … you prevaricate … you tell tales … you fabricate.
It must be something in your genes … or in your jeans.
Men lie …
[Fünfmal in die Hände klatschen]
Men lie …

Du schwindelst … du machst Ausflüchte …
du fabulierst … du erfindest irgendwas.
Der Grund dafür steckt offenbar in deinen Genen …
oder in deiner Hose.
Männer lügen …
[Fünfmal in die Hände klatschen]
Männer lügen …

Another Day Without You
Ein weiterer Tag ohne dich

1.
I see you on the street, holding someone else's hand.
She's acting like she owns you –
and that's more than I can stand.
I know that you're unhappy. I see it in your eyes.
It's clear that you don't love her, that you're living in a lie.

Ich sehe dich auf der Straße,
Hand in Hand mit einer anderen.
Sie führt sich auf, als wärst du ihr Eigentum –
und das ist mehr, als ich ertragen kann.
Ich weiß, dass du unglücklich bist.
Ich erkenne es an deinem Blick.
Es ist klar, dass du sie nicht liebst,
dass du eine Lüge lebst.

Refrain:
And it's another day without you … Oh, such lonely time.
But in just a little while … I'm going to make you mine.
Und es ist ein weiterer Tag ohne dich …
Oh, es ist so einsam.
Aber schon bald … wirst du mir gehören.

2.
Ever since we met, I'm twice the girl I was.
Nothing keeps me going the way your smile does.
We have our time together, but it's really not the same.
The thought you share a bed with her is driving me insane.

Seit wir uns kennen, bin ich doppelt so stark wie zuvor.
Nichts gibt mir so viel Kraft wie dein Lächeln.
Wir verbringen Zeit zusammen,
aber es ist wirklich nicht dasselbe.
Der Gedanke, dass du das Bett mit ihr teilst,
macht mich wahnsinnig.

Refrain.

3.
I'll steal you away, I will steal you for good.
I'll never have to share you; we'll live the way we should.
It won't be too much longer until I set you free.
Then I'll never let you go; I'll keep you close to me.

Ich werde dich stehlen, ein für alle Mal.
Ich werde dich nie teilen müssen;
wir werden so leben, wie es sein sollte.
Nicht mehr allzu lange und ich werde dich befreien.
Dann lasse ich dich nie mehr gehen;
du wirst für immer bei mir sein.

Refrain.

Refrain wiederholen.

My Red Cadillac
Mein roter Cadillac

1.
One Saturday a while ago, I went out for the night.
The music, it was playing loud, everything seemed right.
You smiled my way across the room and moved up really near.
We talked and laughed and then you said:
»Hey, let's get out of here.«

Neulich am Samstag bin ich abends ausgegangen.
Die Musik war laut, alles war prima.
Du hast mir quer durch den Raum zugelächelt
und bist herübergekommen.
Wir haben geredet und gelacht, und dann hast du gesagt:
»He, lass uns von hier verschwinden.«

2.
We walked outside and found my car. I sped into the street.
The night was really perfect, till I saw you weren't too pleased.
»What's wrong?« I asked, slowing down, before we got too far.
You said: »Just wondering if you ever thought 'bout getting a new car?«

Wir sind nach draußen zu meinem Wagen gegangen,
und ich bin losgebraust.
Der Abend war einfach perfekt, bis mir auffiel,

dass dich irgendwas zu stören schien.
»Was ist denn los?«, habe ich gefragt und den Fuß vom Gas genommen, da waren wir noch nicht lange unterwegs.
Du hast erwidert: »Hast du eigentlich je daran gedacht, dir ein neues Auto zuzulegen?«

Refrain:
She gets gallons to the mile, not the other way round,
and the tailpipe, it really makes a pretty nasty sound.
The heater hardly works at all and forget about the air.
Duct tape's been involved in most of her repairs.
But she's big and fast and solid and I know I can depend
on her to always be there… unlike a lot of men.

She's my red Cadillac… my red Cadillac.
She gets me where I'm going, and she always gets me back.
I love her like a sister, she's my red Cadillac.

Sie schafft Liter pro Kilometer, nicht umgekehrt,
und der Auspuff klingt wirklich ziemlich ungesund.
Die Heizung funktioniert kaum und die Klimaanlage
überhaupt nicht.
Vieles an ihr ist mit Klebeband geflickt.
Aber sie ist groß und schnell und robust und ich weiß,
ich kann mich immer auf sie verlassen…
im Gegensatz zu den meisten Männern.

Sie ist mein roter Cadillac… mein roter Cadillac.
Sie bringt mich an mein Ziel und
stets auch wieder zurück.
Ich liebe sie wie eine Schwester,
sie ist mein roter Cadillac.

3.

This Caddie's got a history that goes back lots of years.
My daddy gave her to me as soon as I could steer.
She's the one who's moved me to half a dozen states
and come with me to weddings and funerals and dates.

Die Geschichte dieses Caddies reicht viele Jahre zurück.
Mein Daddy hat sie mir geschenkt,
kaum dass ich fahren durfte.
Mit ihr habe ich die Umzüge in ein halbes
Dutzend Staaten bewältigt,
und sie hat mich zu Hochzeiten,
Beerdigungen und Verabredungen begleitet.

4.

She hasn't got a GPS; the windshield's none too clear.
There's no pine tree freshener hanging from the mirror.
I don't reserve my Sundays to polish, wax and clean.
She's a wash and wear gal – an awful lot like me.

Sie hat kein Navi, und die Windschutzscheibe
ist inzwischen eher trübe.
Am Spiegel baumelt kein Duftbaum mit Kieferngeruch.
Ich verbringe meine Sonntage nicht mit Waschen,
Wachsen und Polieren.
Sie ist pflegeleicht und bügelfrei –
also weitgehend so wie ich.

Refrain.

5.

This Caddie is America, made for fast and far.
I feel a patriotic spirit when I'm driving in this car.
We've been from north to south, from sea to shining sea.
She's part of that tradition that made this country free.

Dieser Caddie ist Amerika,
gemacht für Schnelligkeit und Weite.
Wenn ich dieses Auto fahre,
komme ich in patriotische Stimmung.
Wir sind zusammen von Norden nach Süden gereist,
von einem funkelnden Meer zum anderen.
Sie ist Teil jener Tradition,
der dieses Land seine Freiheit verdankt.

6.
The Saturday a while ago, if you're wondering how it went,
I pulled up to the curb, turned to that boy and said:
»So long, friend, I think you better hitch a ride on back.
There's no better judge of men than this here Cadillac.«

Und falls ihr wissen wollt,
wie es neulich am Samstag ausgegangen ist…
Ich habe am Straßenrand gehalten
und zu dem Jungen gesagt:
»Mach's gut, Kumpel, ich glaube,
du solltest dir lieber eine Rückfahrgelegenheit suchen.
Niemand kann Männer so gut einschätzen
wie mein Cadillac hier.«

Refrain.

Fire and Flame
Feuer und Flamme

1.
I'm drawn to you, like a moth to a flame.
Once we met, I was never the same.
To reach that light, moths fly for miles.
That's what I'd do, just to see your smile.

Ich fühle mich zu dir hingezogen
wie eine Motte zu einer Flamme.
Seit wir uns getroffen haben,
bin ich nicht mehr dieselbe.
Um zu jenem Licht zu gelangen,
fliegen Motten meilenweit.
Und auch ich würde das tun,
nur um dein Lächeln zu sehen.

Refrain:
Love is fire, love is flame.
It warms your heart, it lights the way.
It burns forever just like the sun.
It welds two souls and makes them one.
Love is fire, love is flame.

Die Liebe ist Feuer, sie ist eine Flamme.
Sie wärmt dir das Herz und bescheint deinen Weg.
Sie brennt ewig, genau wie die Sonne.
Sie schmiedet zwei Seelen zu einer zusammen.
Die Liebe ist Feuer, sie ist eine Flamme.

2.
I know some boys as smooth as ice.
I can't deny some look real nice.
But I don't care if they're slick and cool.
They don't ignite me like you do.

Ich kenne Jungs, die sind glatt wie Eis.
Und ich kann nicht bestreiten,
manche von ihnen sehen wirklich gut aus.
Aber es ist mir egal, ob sie knackig und cool sind.
Denn sie entfachen in mir kein Feuer wie du.

Refrain.

3.
Some folks hook up not to be alone.
Or they want babies and to make a home.
Nothing wrong with that, for them it's fine.
But I like my furnace turned up high.

Manche Paare tun sich zusammen, um nicht allein zu sein.
Oder sie wollen Kinder und sich ein Heim schaffen.
Das geht in Ordnung, für sie ist es genau das Richtige.
Ich jedoch möchte lieber lichterloh in Flammen stehen.

Refrain.

4.
You can keep those days in early spring.
A gentle autumn's not my thing.
No, I want sun and blaring heat –
sweaty love, just you and me.

Den Frühlingsanfang kannst du behalten.
Und ein milder Herbst ist nicht mein Ding.
Nein, ich will Sonne und brüllende Hitze –
verschwitzte Liebe, nur du und ich.

Refrain.

The Puzzle of Your Heart
Das Puzzle deines Herzens

1.
A quiet Sunday, the rain comes down.
Hey, you want to play a game?
I look around. There's a jigsaw puzzle on the shelf.
A country scene, some old-time art
of farms and fields and stacks of hay.
We pour some wine, curl up and start.

Ein ruhiger Sonntag, es regnet in Strömen.
He, wollen wir was spielen?
Ich schaue mich um. Im Regal liegt ein Puzzle.
Eine ländliche Szene, irgendein altes Gemälde
mit Farmen und Feldern und Heuhaufen.
Wir schenken uns Wein ein,
machen es uns gemütlich und fangen an.

Refrain:
One piece there, and one piece here.
Some fall in place and some won't fit.
It's just not clear
how I can take these mismatched parts
and put together the puzzle of your heart.

Ein Teil dort und ein Teil hier.
Manche passen sofort und andere partout nicht.
Mir ist bloß unklar,
wie ich aus diesen widerspenstigen Teilen
das Puzzle deines Herzens zusammensetzen soll.

2.
You want to stay, you have to go.
I think I love you, but I'm confused.
I just don't know.
Sometimes you stay, sometimes you run.
The past ist good, but the future looms.
Let's have a baby, or maybe not.
Let's buy this place, no, we should move.

Du möchtest bleiben, du musst gehen.
Ich glaube, ich liebe dich, aber ich bin verwirrt.
Ich weiß es einfach nicht.
Manchmal bleibst du, manchmal läufst du weg.
Die Vergangenheit ist gut, die Zukunft aber ungewiss.
Lass uns ein Kind bekommen oder vielleicht doch nicht.
Lass uns dieses Haus kaufen, nein, wir sollten umziehen.

Refrain.

3.
The hours pass, there's not much done.
The middle's harder than we thought.
It's been fun.
But the rain let's up. Let's take a walk.
We've got an hour before it's night.
Oh, you'd rather watch the game?
I understand. No, it's all right.

Die Stunden vergehen, wir haben nicht viel geschafft.
Die Mitte ist schwieriger als gedacht.
Es macht Spaß.
Aber der Regen lässt nach. Lass uns spazieren gehen.
Noch eine Stunde, dann wird es dunkel.
Oh, du würdest dir lieber das Spiel ansehen?
Ich verstehe. Nein, ist schon in Ordnung.

Refrain.

4.
I get back home and in the hall
I find a note. You're outside jogging
after all.
I try a jigsaw piece or two,
but finally I admit defeat.
I guess that's how it often goes,
some puzzles we just can't complete.

Ich komme zurück nach Hause, und im Flur
liegt eine Nachricht von dir. Du bist doch lieber
eine Runde joggen gegangen.
Ich versuche mich an ein oder zwei Puzzleteilen,
aber schließlich gebe ich mich geschlagen.
Ich schätze, es kommt häufig vor,
dass wir manche Puzzles einfach nicht fertigstellen können.

Refrain.

Leaving Home
Aufbruch von daheim

1.
Packing up the suitcase, filling boxes to the brim.
Years and years of memories, trying to fit them in.
I never really thought that there might come a time,
when everything would change and I'd have to say goodbye.

Ich packe den Koffer, mache die Kartons randvoll
und versuche, die vielen Jahre voller
Erinnerungen ebenfalls darin zu verstauen.
Ich hätte nie gedacht,
dass es einmal so weit kommen könnte,
dass alles sich ändert und ich mich verabschieden müsste.

Refrain:
Now I'm starting over, starting over once again,
to try to make a new life, without family or friends.
In all my years on earth, there's one thing that I know:
Nothing can be harder than to leave behind your home.

Ich fange jetzt von vorn an, fange noch einmal von vorn an
und versuche, mir ein neues Leben aufzubauen,
ohne Familie oder Freunde.
In all meinen Jahren auf dieser Erde habe ich eines gelernt:
Nichts kann härter sein, als dein Zuhause zu verlassen.

2.
This room, it was my daughter's, who's grown and lives nearby.
She's got babies of her own, oh, I'll miss them till I cry.
This room is the one where my man and I would sleep.
Or sometimes never sleep at all, if you know what I mean.

Dies war das Zimmer meiner Tochter.
Sie ist inzwischen erwachsen, wohnt ganz in der Nähe
und hat eigene Kinder. Oh, ich werde viel weinen,
weil sie mir so sehr fehlen.
In diesem Zimmer haben mein Mann und ich geschlafen.
Und manchmal haben wir auch kein Auge zubekommen,
wenn ihr versteht, was ich meine.

Refrain.

3.
And here's the porch we'd sit on, after dinner every night.
My husband talked about his job and I'd tell him 'bout mine.
Then dishes and some cleaning, some homework and to bed.
And the joy of seeing sunrise as the day would start again.

Und hier ist die Veranda, auf der wir jeden
Abend nach dem Essen gesessen haben.
Mein Mann hat von seiner Arbeit erzählt
und ich von meiner.
Dann der Abwasch, etwas Hausputz,
die Hausaufgaben und zu Bett.
Und die Freude über den Sonnenaufgang
bei Anbruch des neuen Tages.

Refrain.

4.
Oh, we had quite some parties, to mark those special times.
Christmases and Easters and the Fourth of July:
Any cause for celebration, but the best, at least for me,
was my daughter's graduation when she got her degree.

Oh, wir haben gern gefeiert, wenn es einen Anlass gab
wie an Weihnachten und Ostern und am vierten Juli.
Jeder Grund zum Feiern war uns recht, aber der schönste,
zumindest für mich, war der Tag, an dem meine
Tochter erfolgreich ihr Studium absolviert hatte.

Refrain.

5.
We worked hard at our jobs and bought ourselves this home.
We gave back what we got and never hurt a soul.
But I guess I was just naïve and I didn't see the truth:
Why judge people by their hearts? It's simpler to use rules.

Wir haben in unseren Jobs hart gearbeitet
und uns dieses Haus gekauft.
Wir haben zurückgegeben, was wir bekommen haben,
und niemandem je ein Haar gekrümmt.
Doch ich schätze, ich war bloß naiv und
habe die Wahrheit nicht erkannt:
Wieso sollte man die Menschen nach ihren Herzen
beurteilen? Vorschriften sind doch viel einfacher.

Refrain.

6.
Now the bus drives through the gate, at the border line,
and drops me off in Juarez, deported for the crime
of loving the great USA as if she were my own.
I turn and say goodbye to what's been my only home.

Jetzt fährt der Bus an der Grenze durch das Tor
und setzt mich in Juarez ab. Ich wurde abgeschoben, weil
ich das Verbrechen begangen habe,
die großartigen USA von ganzem Herzen zu lieben.
Ich drehe mich um und verabschiede mich von dem Land,
das meine einzige Heimat gewesen ist.

Refrain.

Dann auf Spanisch:
America, The Beautiful

O beautiful for spacious skies,
for amber waves of grain,
for purple mountain majesties
above the fruited plain!

America! America!
God shed His grace on thee,
and crown thy good with brotherhood
from sea to shining sea!

O beautiful for pilgrim feet
whose stern, impassion'd stress
a thoroughfare for freedom beat
across the wilderness.

America! America!
God shed His grace on thee,
and crown thy good with brotherhood
from sea to shining sea!

Mr. Tomorrow
Mr. Morgen

1.
You know me by now, you've got to believe
you're the number-one girl in the world for me.
I've sent her the papers, and she's promised to sign.
It'll just be a while, these things take some time …

Du kennst mich doch inzwischen,
also bitte glaube mir,
dass du die Einzige für mich bist.
Ich habe ihr die Papiere geschickt,
und sie hat versprochen, sie zu unterzeichnen.
Es wird nur noch ein bisschen dauern,
diese Dinge brauchen eben etwas Zeit …

Refrain:
And his words are so smooth and his eyes look so sad.
Can't she be patient, it won't be so bad?
But sometimes she thinks, falling under his sway,
she got Mr. Tomorrow; she wants Mr. Today.

Seine Stimme ist so sanft, und sein Blick ist so traurig.
Kann sie nicht etwas mehr Geduld haben?
Es ist doch nicht so schlimm.
Doch bisweilen denkt sie,

wenn sie sich wieder mal bequatschen lässt,
dass sie Mr. Morgen hat und lieber Mr. Heute hätte.

2.
Love that new dress, you're looking real hot.
Let's go out dancing. Oh, wait, I forgot.
Me and my buddy, we got something to do.
But next week, I promise, it's just me and you.

Dein neues Kleid gefällt mir, du siehst echt heiß aus.
Lass uns tanzen gehen. Ach, halt,
das habe ich ja ganz vergessen.
Mein Kumpel und ich, wir müssen noch was erledigen.
Aber nächste Woche sind es nur du und ich, versprochen.

Refrain.

3.
Hey, I hardly know her, she's only a friend.
We've had lunch once or twice and that was the end.
I wouldn't have left that receipt in my pants
with something to hide. Why would I take that chance?

He, ich kenne sie kaum, sie ist bloß eine Bekannte.
Wir haben ein- oder zweimal zu Mittag gegessen,
das war alles.
Ich hätte doch wohl kaum diese Rechnung
in meiner Hosentasche gelassen,
wenn ich etwas zu verbergen hätte.
Wieso sollte ich ein solches Risiko eingehen?

Refrain.

4.
What happened last night, I was a fool.
I didn't mean it, I was in a bad mood.
I won't drink again, I promise, you'll see.
To think that I hit you – you know that's not me.

Was gestern Abend vorgefallen ist …
da habe ich mich wie ein Idiot benommen.
Ich habe es nicht so gemeint, ich war einfach sauer.
Ich trinke nie wieder, versprochen,
du wirst schon sehen.
Die Vorstellung, dass ich dich geschlagen habe …
du weißt, das bin nicht ich.

Refrain.

5.
Sure, I want babies, I swear that it's true:
Pretty girls growing up to look just like you.
But waiting a while – that's what I'd prefer
until we're both ready, what can it hurt?

Klar möchte ich Kinder, das darfst du mir glauben:
Lauter hübsche Mädchen,
die alle so aussehen werden wie du.
Ich möchte bloß noch ein wenig damit warten,
bis wir beide bereit sind, das kann doch nicht schaden, oder?

Refrain.

I'm In the Mood (for Rock 'n' Roll)
Ich bin in der Stimmung (für Rock 'n' Roll)

(Langsames Tempo)
1.
We've got a night together, we're sitting on the couch.
This doesn't happen often, alone inside our house.
You open up a real nice wine, the candle light is low.
We're both thinking of romance and where the night might go.

Wir verbringen den Abend zusammen,
wir sitzen auf der Couch.
Es kommt nicht oft vor,
dass wir das Haus für uns allein haben.
Du öffnest eine gute Flasche Wein,
die Kerzen leuchten behaglich.
Wir kommen beide auf romantische Gedanken und
fragen uns, was die Nacht wohl noch bringen mag.

Now, baby, baby, baby – you better know it's true
I'm in the mood …
in the mood … in the mood … for rock 'n' roll!

Tja, Baby, Baby, Baby – ich sollte dir wohl lieber sagen,
dass ich in der Stimmung bin …
in der Stimmung … in der Stimmung … für Rock 'n' Roll!

(Wesentlich schneller und lauter)

Refrain:
Sometimes it's the only way to fix your achin' soul:
Ditch the soft, crank up the loud and go with rock 'n' roll.
Rock 'n' roll, Rock 'n' roll.
When you're down and when you're out
and just can't be consoled,
Get yourself in the mood, the mood for rock 'n' roll.

Manchmal gibt es keine andere Möglichkeit,
die Trübsal zu vertreiben:
Vergiss »leise«, dreh die Lautstärke hoch und
versuch's mit Rock 'n' Roll.
Rock 'n' Roll, Rock 'n' Roll.
Wenn du fix und wenn du fertig bist und
untröstlich noch dazu,
Bring dich in Stimmung, in Stimmung für Rock 'n' Roll.

2.
You know that I'm a good girl, I don't do too much wrong.
I treat folks right, work real hard,
playing tunes and writing songs.
But there's another side to me, that you don't see a lot.
I like to kick my shoes off and get crazy and get hot.

Du weißt, dass ich ein artiges Mädchen bin,
ich schlage selten über die Stränge.
Ich bin höflich und fleißig, spiele Musik und schreibe Songs.
Aber ich habe auch eine andere Seite,
die nicht so häufig zum Vorschein kommt.
Ich lasse gern mal alle Zurückhaltung fahren und
lege wie verrückt los.

Refrain.

3.
My iPod's filled with pop and Jazz and Motown and with blues
and soul and folk and hip-hop, not to mention country tunes.
But there's times I just can't help it, I need a concert hall
filled with glam and spotlights and speakers twelve-feet tall.

Mein iPod ist voller Pop und Jazz und Motown und Blues
und Soul und Folk und Hip-Hop,
nicht zu vergessen Country.
Doch manchmal kann ich einfach nicht anders,
dann brauche ich einen Konzertsaal
mit Bühnenshow und Spotlights und
vier Meter hohen Lautsprechertürmen.

Refrain.

4.
Way up high in heaven, the choir sit on clouds,
and plays their harps and trumpets, and makes angelic sounds.
But I just have this feeling that once or twice a year,
St. Pete digs out his Fender for all paradise to hear.

Hoch oben im Himmel sitzt der Chor auf den Wolken
und spielt mit Harfen und Posaunen engelsgleiche Klänge.
Doch ich möchte wetten, dass ein- oder zweimal im Jahr
der heilige Petrus seine Fender hervorkramt und
im Paradies die Wände wackeln lässt.

Endrefrain:
Now, baby, baby, listen up – you better know it's true
He's in the mood …
in the mood … in the mood … for rock 'n' roll!

Tja, Baby, Baby, hör gut zu –
ich sollte dir wohl lieber sagen,
dass er in der Stimmung ist …
in der Stimmung … in der Stimmung … für Rock 'n' Roll!

Sometimes it's the only way to fix your achin' soul:
Ditch the soft, crank up the loud and go with rock 'n' roll.
Rock 'n' roll, Rock 'n' roll.
When you're down and when you're out
and just can't be consoled,
Get yourself in the mood, the mood for rock 'n' roll.

Manchmal gibt es keine andere Möglichkeit,
die Trübsal zu vertreiben:
Vergiss »leise«, dreh die Lautstärke hoch
und versuch's mit Rock 'n' Roll.
Rock 'n' Roll, Rock 'n' Roll.
Wenn du fix und wenn du fertig bist
und untröstlich noch dazu,
Bring dich in Stimmung, in Stimmung für Rock 'n' Roll.

Die Crew

Bobby Prescott
Tye Slocum
Hector Garcia
Sue Stevens
Traynor Davis
Sandy (»Scoop«) Miller
Carole Ng

Die Band

Kevin Peebles, *Leadgitarre*
Emma Sue Granger, *Gitarre, Bass und Gesang*
Buddy Delmore, *Resonatorgitarre (National und Dobro) und Pedal-Steel-Gitarre*
Alonzo Santiago, *Drums und Percussion*
Sharon Bascowitz, *Keyboard, Saxofon, Oboe, Cello und Gesang*
Kayleigh Towne, *Gitarre und Gesang*
Produziert von Barry Zeigler, BHRC Records
Mit Dank an Alicia Sessions und Bishop Towne – ich hab dich lieb, Daddy!
Dieses Album ist meiner Nichte gewidmet, Mary-Gordon Sanchez, der niedlichsten Sechsjährigen auf der ganzen Welt!

Nachwort

Ich bedanke mich bei Clay Stafford und Ken Landers von American Blackguard Film and Television und bei den großartigen Musikern, die dieses Projekt möglich gemacht haben – vor allem bei unserer traumhaften Sängerin Treva Blomquist. Einzelheiten über alle Beteiligten entnehmen Sie bitte meiner Website www.JefferyDeaver.com, www.AmericanBlackguard.com oder www.ClayStafford.com. Trevas Internetseite finden Sie unter www.TrevaMusic.com. Eine wunderbare Organisation in North Carolina namens Music Maker war uns ebenfalls eine große Hilfe. Besuchen Sie ihre Website www.MusicMaker.org.

Vielen Dank auch an meine übliche Crew: Deborah, Cathy, Victoria, Vivienne, Betsy, Carolyn, Jamie, Francesca, Julie, Jane, Will, Tina … und natürlich Madelyn.

Zu guter Letzt ein besonders herzlicher Dank an meine Freunde bei Simon & Schuster: Jessica Abell, Louise Burke, Amy Cormier, Jon Karp, Sarah Knight, Molly Lindley, Irene Lipsky, Phil Metcalf, Carolyn Reidy, Kelly Welsh und alle anderen.